GOETHE

GEDE JINGXUANJI

歌 德 精 选 集

歌德谈话录

上

[德]艾克曼 辑　杨武能 译

河北出版传媒集团
河北教育出版社

图书在版编目（CIP）数据

歌德谈话录：全2册 / 杨武能译．-- 石家庄：
河北教育出版社，2015.7
（歌德精选集）
ISBN 978-7-5545-1842-7

Ⅰ．①歌… Ⅱ．①杨… Ⅲ．①歌德，J.W.V.（1749~
1832）-语录 Ⅳ．①I516.64

中国版本图书馆CIP数据核字(2015)第129052号

书　　名　歌德精选集——歌德谈话录（上、下）
译　　者　杨武能
策　　划　杨　才　孟保青　郝建国
责任编辑　高树海　杨　乐
装帧设计　牛亚勋
出版发行　河北出版传媒集团
　　　　　河北教育出版社　http://www.hbep.com
　　　　　（石家庄市联盟路705号，050061）
印　　制　山东临沂新华印刷物流集团有限责任公司
开　　本　890mm×1240mm　1/32
印　　张　17.625
字　　数　458千字
版　　次　2015年7月第1版
印　　次　2015年7月第1次印刷
书　　号　ISBN 978-7-5545-1842-7
定　　价　38.00元

编译者言

杨武能

“德国最伟大的诗人”歌德（1749—1832），是人类历史上名列前茅的大文豪和大思想家。无论哪个民族、哪个国家、哪个时代，人们只要心中还怀有对真、善、美的向往与追求，都必定会研究、翻译、出版和阅读歌德。

中国研究和译介歌德，也已经有一个多世纪。20 世纪初叶，郭沫若、宗白华、田汉等新文学的缔造者曾经许下宏愿，要将歌德的“一切名著杰作合盘翻译介绍过来”[①]。可惜他们生不逢时：国家贫弱，社会动荡，更加战乱连年，有良知的知识分子最紧迫的任务是为大众争温饱，为民族保独立，有几个人能坐在平静的书斋里译介歌德呢！以致直到 20 世纪中叶，译成了汉语的歌德杰作仅只零零散散的几种，离“和盘介绍”相距甚远。

1980 年代的改革开放犹如一股春风，吹醒了我国沉睡多时的文学翻译园地。特别是 1999 年歌德诞生二百五十周年，更成为译介和出版这位德国大文豪百年不遇的大好契机，国内于是一下子涌现出三套《歌德文集》；其中由笔者与著名出版家刘硕良主编的一套，收入河北教育出版社工程浩大的“世界文豪书系”，荣获我国

---

① 参见拙作《歌德与中国》，生活·读书·新知三联书店“读书文丛”，1991 年版，第 104～108 页。

出版界最高奖之一的“中国图书奖”。它从三套歌德文集中脱颖而出，不仅因为煌煌十四卷最具规模且装帧典雅、端庄、大气，还有更重要的一点，是它并非旧译的编纂、整合，而是专为出文集而精心选编，花大力气组织动员当时全国的歌德学者和翻译名家，齐心协力才得以成就，是一套全新的真正意义的歌德文集。毫不夸张地说，河北教育出版社这一巨献填补了百多年来中国译介歌德的空白，可谓前无古人，后待来者。

来者肯定会有。随着中国国力日增，新人辈出，新的《歌德文集》乃至《歌德全集》，过不几年定然会摆在读者面前，而且体量和气派无疑还将超过我们。在此只是瞩望新锐们下足功夫，做到精益求精，以便在获得广大读者接受、喜爱方面，也更上层楼，达到青出于蓝而胜于蓝的预期目的。

河北教育出版社1999年版的《歌德文集》早已“奇货可居”[①]。眼前这套《歌德精选集》规模不足它一半，特点如题名所示端在一个“精”字。从歌德遗存下来的上百卷著作中，我们只选编了六卷既具代表性又富可读性的文学杰作。它不仅可以满足广大读者尤其是文艺爱好者阅读的需要，也是家庭藏书之必备。

除了内容的“精”，翻译则力求体现本人“译者必须同时是学者和作家”的理想。拙译《少年维特的烦恼》1981年出版后广受好评和欢迎，连年重印、再版，却碍于翻译版权当时仍为人民文学出版社专有，所以未能收进1999年版《歌德文集》。三十年来，它和笔者翻译的其他歌德作品不仅经受住了读者和市场的检验，而且为译者在国内外赢得了不少荣誉。特别是最可贵的德国国家功勋奖章和国际歌德研究的最高奖项“歌德金质奖章”，能授予我这个中国人，主要的原因无疑都是我对歌德的成功译介。1999年版的

---

① 拙编已入藏德国魏玛等地的歌德博物馆；国内坊间偶得一见，整套售价已高至数千元。

《歌德文集》系多位译者的集体劳作，译风难免有差异，水平难免有高低。眼前的《歌德精选集》无此遗憾，翻译全部出自我一人笔下。

说几句《歌德精选集》的编排顺序——

第一卷：诗歌，因为歌德自幼写诗一直到老，始终是也首先是一位诗人；

第二卷：《少年维特的烦恼》，它是青年歌德的成名之作，影响巨大而且深远。此外还收了些体裁相近的作品，以免这卷篇幅太单薄；

第三卷：被誉为“提高了的《维特》”的《亲和力》；

第四卷：长篇小说《威廉·迈斯特的学习时代》。它不只情节曲折，场面宏大，思想内容也更丰富、广阔，可称“提高了的《维特》与《亲和力》”；

第五卷：集歌德创作和思想之大成的诗剧《浮士德》；

第六卷：《歌德谈话录》全译本。它虽为艾克曼记录、整理，却不折不扣地是歌德晚年对自己一生全面而精彩的回顾、总结。

笔者半生研究、译介歌德，而今怀着感恩的心情，把所有翻译成果编辑成《歌德精选集》，交由河北教育出版社出版，对自己的翻译生涯做个阶段性总结，并向专家同行和喜爱我的广大读者进行汇报。

2014 年金秋 10 月　德国北威州多特蒙德

目　　录

第二卷

1828年

前　言

艾克曼

眼前这部《歌德谈话录》的辑成和诞生，主要归因于我内心的某种自然冲动，就是我天生喜欢把自己觉得有价值或者有意思的经历见闻写成文字，以便将其化为己有。

再就是我一直渴望学习，在初遇这位杰出的人时是如此，在和他相处多年以后仍然如此，所以乐于理解和记录下他言谈的内容，以为自己将来所用。

可是现在回想起来，在长达九年的时间里我有幸听他的谈话是那样丰富多彩，而看一看眼前能记录下来的却这么少，心情就不能不怅然若失如一个小孩，他摊开两手努力要接住清凉宜人的春雨，结果雨水却大部分从指缝间流走了。

不过常言道得好，书籍都有自己的命运。要是这话既适用于它们的诞生，也适用于它们成书后在广大世界上的流传，那么就同样不妨用来看待眼前这部谈话录诞生的情况。经常是几个月写不成一行，原因或在时运不济，或在心情不佳，或在为解决生计而忙于琐务；可过了一阵却时来运转，良好的身心状况加上富有余暇而且又不乏写作的兴致，于是便有了可喜的进展。随后呢，那么长时间的相处难免时不时地会出现掉以轻心的情况，忘记了对眼前那本该珍惜的机缘好好地珍惜！

提及这一切，我有一个特别的动机，就是对可能计较时间顺序的读者发现的某些重大遗漏，预先表示歉意。这类遗漏，包括歌德对他遍布各地的朋友以及对当今某个德国作家的作品说过的好话，或者特别有利的话，在此处它们被有意略去了，在别处却记录了下来。不是已经说过嘛，还在诞生的时候，书籍就各有各的命运。

对命运我怀有发自内心的感激，它使我辑成这两卷谈话，将它们变为了我的财富，在一定程度上我可把它们视为我生命的精华。是的，我甚至充满信心，相信世人也会因此感谢我。

我以为，这些谈话不仅对于人生、对于艺术和科学富有启迪，富有宝贵的教益，而且它们作为诗人生活的直接速写，还特别有助于人们把从其众多作品中得来的歌德形象变得丰满起来。

不过另一方面，我又远远不会相信这便绘成了一个内心完整的歌德。这样一位杰出人物和思想家啊，他堪与一块有多个截面的金刚钻石相比，它每一个截面反射的都是另外一种颜色。这样，在不同的场合，面对不同的人，歌德便呈现出不同的样了；而就我这部谈话录而言，我也只能谦虚谨慎地说：这是我的歌德。

这么讲应该不只是指他对我呈现了怎样的形象，还特别指我理解他和表现他的能力。这样的理解和表现犹如照镜子生成的影像，由于通过另外一个个体反映出来，就难免失掉一些个性，混进一些异己的东西。劳赫、戴维、施蒂勒尔和大卫①等人绘制和雕刻的歌德肖像全都十分逼真，可尽管如此，又无一不或多或少带有每个画家的个性印记。实实在在的艺术作品已然如此，难以捉摸的、虚无缥缈的精神表现尤有过之！具体到我这部谈话录，不管怎么讲，一切有幸在精神上甚或亲身与歌德有过交往的人们都有权评判，但愿

① 劳赫（Ch. D. Rauch，1777－1857），柏林雕塑家。戴维（G.. Dawe，1781－1829），英国油画家。施蒂勒尔（K. J. Stieler），慕尼黑宫廷画家。大卫（P. J. David d' Angers，1789－1856）巴黎雕塑家。

我尽可能追求的忠实的努力，不会为他们视而不见。

做完这些多半是针对理解问题的提示，下面还得就本书的内容讲几句。

所谓真理，即便涉及的只是一件单独的小事，它也绝不会是微不足道的、局限和狭隘的；相反，就算简单的事物，却同时也包罗万象，这就像一个影响深远的自然法则给予方方面面的启示，是不容易说清楚的。一句话不成，一句加上一句也不成，一种说法再加上一个反驳还是不成，只有把所有一切统统加在一起，才可能获得一个近似值，更甭提达到终极真理了。

举个例子吧，对于诗艺歌德一次次地发表过看法，可这些看法单独地要么常常给人以片面的印象，要么甚至明显地相互矛盾。他有时完全强调世界提供的素材，有时又只强调诗人的内心；时而认为题材决定一切，时而又认为一切取决于艺术处理；一会儿说成功来自完美的形式，一会儿又完全忽视形式，变成了一切来自于精神。

可所有这些正说和反说，统统都是正确的说法的一个个方面，加在一起才道出了事物的本质，才能引导人们接近真理。所以遇上这样的以及类似的情况，我就时时警惕自己，别忽略这类产生自不同契机、不同年代和不同时刻的谈话，将这些看似矛盾的谈话忠实地保留了下来。为此我相信读者诸君有的是眼光和洞察力，不致为只言片语所迷惑，而会眼观全局，理顺所有混乱和矛盾，得出统一的结论。

同样，读者也许还会碰见一些乍看起来琐屑的记叙。然而进一步观察就会发现，微不足道的小事常常是随后引发重大事变的契机，是事态进一步发展的根由，或者说也为歌德的个性描绘添加了小小的一笔，因此同样属于必需，尽管还不能称作神圣，却应该得到原谅。

写到这里，终于可以对这本我呵护多时的书道一声珍重，打发她走向广阔的世界了；我祝她好运，祝她快活，希望她产生一些好影响，将好影响不断扩大。

1835 年 10 月 31 日于魏玛

第　一　卷

1823 年

1823 年 6 月 10 日，星期二

（初见歌德）

几天前我来到魏玛，今天第一次见着歌德。他待我异常热情，言谈举止给我留下极为深刻的印象，使我把这一天看作了自己一生中最幸福的一天。

昨天我托人去询问何时能见他，他便定下了今天中午 12 点这个时间。于是我按时前往，发现他的仆人也已经等着领我上楼去。

住宅内部给人的印象十分愉快：一切都极其高雅和俭朴，不显得豪华；还有楼梯边上陈列的形形色色古代雕塑的复制品，也显示歌德对于造型艺术和希腊、罗马古典艺术怀有特殊的喜好。我看见住宅的底层有一些妇女在进出和忙碌，还有奥蒂莉的一个漂亮男孩

儿很亲热地走过来，睁着一双大眼睛瞅着我。①

略微环顾一下四周，便跟随相当健谈的仆人登上楼梯，来到了二楼。他拉开一扇房门，但见门槛前嵌着“SALVE”②这个预示着客人会受到亲切接待的拉丁字。我跨过门槛，他领我穿过房间，拉开第二扇稍微宽大一点儿的门，请我在门前等着，好让他去向主人通报我的到来。这里空气凉爽宜人，地板上铺着地毯，家具为一张红色长沙发和几把同样颜色的椅子，显得爽朗至极，近旁立着一台三角钢琴，一面面墙上则可看见各种不同类型和尺寸的素描和油画。

通过面前敞开着的门，可以看见前边的一个房间同样装饰着许多油画；那位去通报我到来的仆人穿过了房间。

没等一会儿歌德就来了，身着一袭蓝色长袍，还穿好了鞋子—— 形象何等高贵啊！我又惊又喜。可他无比亲切的话语立刻驱散了我的局促不安。我们坐在了沙发上。在他的注视下，在他的近旁，我幸福得近乎心神迷乱，很少知道或者说简直不知道该向他讲什么。

他开门见山，谈起了我的稿子。

“我刚好在读它，”他说，“你的大作我读了整整一上午；它无须任何推荐，它本身就很有说服力。”

接着，歌德称赞我的书稿阐述清晰，思路流畅，说一切都有很好的基础，显然经过了深思熟虑。

---

① 奥蒂莉（Ottilie von Goethe，1796—1872）是歌德儿媳妇，因歌德的妻子早已过世，家务实际由儿媳主持。艾克曼原文中的“歌德夫人”实指奥蒂莉，我译作“小歌德夫人”。她有两个儿子，一个名叫瓦尔特（Walter），一个名叫沃尔夫冈（Wolfgang），此处提到的应为前者。

② 拉丁文常用的问候语：您好。

“我想很快把它送走，”他补充说，“今天我就给柯塔①写一封专递快信，明天再通过驿车寄去装文稿的包裹。”

对此我用言语和目光表示了感激。

随后我们谈我下一步的旅行。我告诉他，我的目的地原本是莱茵地区，想在某个适合的地点待上一些时候，写一点儿新的东西。然而现在我却希望从此地去耶那，以便在那里等候柯塔先生的答复。

歌德问我在耶那是否已有些熟人。我回答，我希望能结识克内勃尔先生②。于是歌德答应给我写封信带去，让我有把握得到更好的接待。

“这下好啦！”歌德接着说，“你在耶那，我们便近在咫尺，可以相互往来，一有什么事情就可以相互写信。”

我们在一起坐了很久，气氛宁静而亲切。我抚住他的膝头，盯着他忘记了说话，怎么看也看他不够。他坚毅有力的褐色面孔满是皱纹，每一条皱纹都富有表现力。他的整个神情是如此诚挚而又坚定，宁静而又伟大！他说话缓慢、安详，谈吐如同我们想象中一位年事已高的王者。看外表便知道他气定神闲，已然超乎于世间的毁誉之上。待在他身旁我感到说不出的惬意，内心充满了宁帖，就像一个人在历经长久的艰辛和渴望之后，终于满足了自己最热切的愿望。

接着他谈到我写给他的信，说我的想法是对的，一个人能干净利落地办一件事，也就能办许多其他的事。

“不知道怎么搞的，”他后来说，“我在柏林有些好朋友，最近几天我常想起他们。”

---

① 柯塔（Cotta，1794—1832），耶那的出版商，以系统出版歌德、席勒的作品而享誉文坛，留名史册。

② 克内勃尔（Karl Ludwig von Knebel，1744—1834），作家和歌德的老友，早年也曾在魏玛宫廷任职。

他说时面带微笑。随后他提醒我这几天还应抓紧上魏玛哪些地方观光，说他将请他的秘书克罗伊特先生①给我当导游。可他呢，认为我最不该耽误的是上剧院去。接着他问我住在哪里，说希望再次见到我，想在适当的时候差人过来通知。

我们亲切地告别。我幸福到了极点，因为他的每一句话都流露出善意，我感到他真的打心眼儿里喜欢我。

1823年6月11日，星期三

（《法兰克福学报》与歌德写的书评）

今天早上我收到了再次去见歌德的邀请，而且是他亲笔书写的一张卡片。一小时后我便到了他那儿。今儿个他在我看来与昨天判若两人，干什么事都像青年似的迅速而果决。

他跨进门时手里拿着两本厚书。"这样不好，"他说，"你来去匆匆；我们最好相互走得更近一些。我希望多见到你，多和你谈谈。可是一般的话题漫无边际，于是我马上想到一件特别的事情，想到一些能把我们联系起来、成为我们谈话出发点的具体参照。也就是在这两大卷资料里，你会找到1772和1773那两年的《法兰克福学报》，而我当时写的所有短篇书评也几乎都刊载在里面。它们没有署名；不过你熟悉我的风格和思维方式，完全可以从别人的文章中将其分辨出来。我呢，想让你认真读读这些早年之作，然后把你对它们的想法告诉我。我希望知道它们有没有价值，好不好收到将来出版的某个文集中去。这些东西离我自己太远，我已经没了判断力。你们年轻人却肯定知道，对于你们它们是否还有价值，站在

① 克罗伊特（Kräuter，1790—1856），从1814年起担任歌德的秘书和图书管理员。

当代文学的立场上看，它们还有多少用处。我已经安排人抄写，将会把抄件给你，以便你对照原文。随后再做认真仔细的编辑，看是不是能在不损伤整体风格的前提下，这儿、那儿地再做些小小的删削或者增补更好些。”

我回答说很乐意试一试这件事，告诉他我唯一的心愿就是能做得完全符合他的心意。

“只要钻进去了，”他回答说，“你就会发现完全能够胜任，这工作在你易如反掌。”

随后他向我透露，他打算在大约八天后旅行去玛丽温泉，希望在此之前我仍待在魏玛，以便我们还有机会时不时地见见面，谈一谈，彼此更加熟悉。

“还有，我希望你在耶那也不只逗留几天或者几个星期，”他补充说，“而是整个夏天都在那里住下来，直住到临近秋天我从玛丽温泉返回魏玛。昨天我已写一封信安排住所等事务，好让一切都让你感觉舒适和满意。

“在耶那，你会发现进一步研究的资料和工具书应有尽有，加之交往的都是一些有学问的人；再说那地方也美不胜收，足够你散五十次步无一重复，次次让你感觉惬意，而且几乎都能让你不受打扰地思考。你会找到闲暇和机会，在此期间既搞些自己的写作，顺便也帮帮我的忙。”

对如此善意的建议，我提不出任何一点儿异议，便高高兴兴地全盘应允了。我离开时，他真是特别慈蔼，还定好了后天我再去一个小时，和他做进一步商谈。

1823年6月16日，星期一

（为《艺术与古代》编目）

最近几天我多次见到歌德。今天我们大部分时间都在谈工作。我也发表了对他那些刊载在《法兰克福学报》的书评的看法，称其为他学生时代的余响。而我这一提法看样子令他高兴，以至他欣然指出，观察这些早年之作最好以什么为出发点。

随后他给了我《艺术与古代》的头十一卷，让我带回耶那，算是我于浏览《法兰克福学报》书评之余的又一件工作。

“也就是我希望，”他说，“你好好研究研究这些刊物，不只搞出个一般的目录来，而是还要注明哪些题目不能认为做完了，以便我一目了然，重新找到头绪，好把文章继续做下去。这将帮我一个大忙，而你自己也会受益，也会通过这一实践更仔细地审视所有文章的内容，更有效地吸收它们，好处将远远胜过你仅凭个人喜好的一般的阅读。”

所有这些话我都觉得既善意又正确，于是讲，我也乐意承担这件工作。

1823年6月19日（?），星期四

（歌德眼中的耶那）

我原想今天就去耶那，可是昨天歌德说希望我留在魏玛一直到星期天，然后再乘驿车去耶那。昨天他把介绍信给了我，同时还让

我带一封信给弗罗曼[①]家。“生活在这些人中间你会满意的，”他说，“我曾在那儿度过一些个美好的夜晚。还有让·保尔、蒂克、施勒格尔兄弟[②]和当今德国的另外许多名流，都曾在那儿待过，都乐于与那里的人交往，时至今日，那里仍然是学者、艺术家和其他知名人士的荟萃之地。过几个礼拜，你给我写信到玛丽温泉来吧，好让我知道你过得怎样，对耶那喜欢不喜欢。另外我也已告诉我儿子，我不在时他得去看你一次。”

歌德对我无微不至的关怀，令我十分感激；我深感快慰：所有迹象表明，他已当我作自家人，并希望把我留在自己身边。

星期六，6 月 21 号，我告别歌德，于次日乘车来到耶那，住进了一处花园住宅，房主是一些和善而又体面的人。由于有歌德的介绍，在封·克内勃尔大人府上和弗罗曼先生家里，我都受到热情接待，并从与他们的交往中获益匪浅。我带到耶那来做的工作也进展异常顺利，除此之外还很快有了另一件喜事：柯塔先生来了一封信，不只是通知我很乐意出版我寄去的书稿，还答应付给我一笔数目可观的稿酬，并且安排由我亲眼看着在耶那付印。

如此一来，我眼下至少有一年之久可以不愁生计，因此也就干劲儿十足，想要在这期间创作出一些新作品，以便为实现当作家的远大理想奠定基础。我希望通过撰写和出版《诗学论稿》，一劳永逸地结束理论和批评方向的学习，事实上也由此弄清了它那些高深精妙的法则；眼下，我整个内心都自然而然地渴望实践，都促使我转向实践。我计划好写无数的诗，长诗和短诗，还要写各式各样的剧本；我感觉现在的问题只是考虑清楚侧重什么，才能从从容容

---

① 弗罗曼（K. Frommann，1765—1837），耶那出版商，他家系文人墨客聚会之所。

② 让·保尔（Jean Paul，1763—1825），德国幽默小说家兼美学理论家；蒂克（J. L. Tieck，1773—1853），德国浪漫派作家，尤擅长中短篇小说和童话创作；施勒格尔兄弟（A. W. Schlegel，1767—1815；F. Schlegel，1772—1829），影响深远道德国浪漫派文学理论家。

地、按部就班地实现自己的计划。

从长远看我不喜欢待在耶那，这儿太安静，太单调。我渴望去一座大城市，它不只有一座一流的剧院，还能让民众生活得自由而豪迈，这样我才能吸收有价值的生活元素，才能迅速提高自己的内在素养。同时，在这样一座城市里，我希望默默无闻地生活，随时都可以离群索居，完全不受干扰地投身自己的创作。

在此期间，我已满足歌德的愿望做好《艺术与古代》头四卷的目录初稿，附在一封信里给他寄到了玛丽温泉。在信里，我和盘托出了我的心愿和计划，很快我便收到下面这封回信：

> 目录来得很及时，编得也完全符合我的期望和用途。但愿在我回来的时候，能让我见到法兰克福书评也已编辑成这个样子，真如此那我就感激不尽，而事实上我已经对你心怀感激，因此你的抱负、境遇、愿望、志向和打算，我也时时挂在心上并寄予同情，以便我回到魏玛以后，能推心置腹地和你谈谈有关你前途的问题。今天就写这些。离开玛丽温泉之前有不少事要考虑，要办理，逗留太过短暂，人们亲切可爱，分别让你实在太难过。
>
> 希望见到你时你仍在安安静静地工作，要知道，这条路最终能通向睿智与练达，而且是再安全不过，再直接不过。
>
> 保重！很高兴和你在一起，更长久、更亲密地在一起。
>
> 1823 年 8 月 14 日 玛丽温泉
>
> 歌德

收到歌德这封信，我感到幸福至极，情绪又暂时缓和下来了。我因此决定不采取任何自以为是的步骤，而一切遵从歌德的建议和愿望。这期间我写了几首小诗，完成了法兰克福书评的编辑工作，并撰写了一篇谈自己看法的短文，准备交给歌德看。我急切地期待他从玛丽温泉归来；这时候我的《诗学论稿》快要印好了，而为了稍事休整，我希望这个秋天无论如何就去莱茵河畔小住数日。

1823 年 9 月 15 日，星期一，耶那

（为挽留艾克曼盛赞魏玛）

歌德幸福地从玛丽温泉回来了，但在耶那只准备逗留短短数日，因为他此地的别墅不够舒适。他心情畅快，精神矍铄，一连步行几个小时也不在话下，让人看着真是高兴。

相互愉快地问候了几句，歌德便立刻谈起我的事情。

“我必须照直说出来，”他开门见山，“我希望今年冬天你就留在魏玛，留在我身边。”他开口就这么讲，随后便步步深入，一直往下说：“你的文论和批评搞得很不错，在这方面你拥有天赋的基础；它是你之所长，应该好好坚持，也过不了多久，它就会替你奠定一个坚实的生存基础。不过还有一些原本不属于你本行的知识，你也必须掌握。应该注意的只是不能因此耗费太多实践，而是要迅速地越过去。今年冬天你待在魏玛我这儿就完成这件事，到了明年复活节，你会惊讶你已取得多大的进步。我手里掌握着最好的辅助手段，你因此会有一切最佳条件。这以后你就会在生活中站住脚，就会舒适愉快，到任何场合都信心十足。”

我乐于接受这些建议，便说，我完全同意他的意见，听从他的安排。

“我负责在我家附近找一处住房，”歌德继续道，“你整个冬天都将过得很有意义。魏玛还汇集着许多好的方面，在上流圈子里，你慢慢会结识一些朋友；即使和所有大都市里最好的相比，这里的社交情况也不差。还有，我本身交往的更是一些十分杰出的人，他

们你也会慢慢认识，并从与其来往中获得极多极大的教益。”

歌德念出来一系列显赫的姓氏，三言两语表明这些大人物各自的殊勋。

“别的还有哪个小地方，你找得到这么多杰出之士！”歌德继续说，“再有咱们的图书馆出类拔萃，再有咱们的剧院与其他德国城市最棒的剧院相比，就主要方面看也绝无逊色。因此我要重申：你就留在咱们这儿吧，而且不仅是今年冬天，你最好就在魏玛定居。魏玛的城门和大道通达四海五洲。夏日里，你不妨旅游旅游，慢慢观赏你想观赏的一切。我在那儿住了五十年，那儿有什么地方我没有去过！——可我总还是乐于回到魏玛去。”

我深感幸福，又来到了歌德身边，又能聆听他的谈话，我感觉自己的整个灵魂已经奉献给了他。我想，只要拥有你，能够拥有你，别的一切我全无所谓了。于是我又告诉他，他认为什么好我就做什么，一切一切全由他权衡我的特殊境况做出决定。

1823 年 9 月 18 日，星期四，耶那

（给青年诗人的忠告）

昨天早上在歌德动身回魏玛之前，我有幸又和他待了一会儿。当时他做了一次非常重要的谈话，内容对我极为珍贵，将使我终身受益。德国的所有青年诗人必须了解这个谈话，它对他们也会有帮助。

歌德问我这个夏天写诗没有，以此引出了谈话。我回答他写是写了几首，但整个而言还缺乏写诗的兴趣。

“你得当心啊，”他接着说，“当心别急于写大作品。许多咱们最优秀的青年正好犯了这个毛病，恰恰又是那些最具天才和最有抱

负的人。我自己也曾经吃过亏，知道它对我多么有害。白费劲儿的事情干得太多太多啦！倘使我只做自己确实能做好的事情，我写成的作品何止一百部。

“现实要求获得自己的权利，每天涌起在诗人胸中的思想和情感，它都要求得到表现，也应该得到表现。可是，你脑袋里如果装着大作品，就不可能同时想到任何别的事情，如此一来所有思想都被排挤掉了，你也会长时间失去生活本身的乐趣。仅仅为使一部大作品的构思变得完整、谨严，就需要耗费多少的努力和心智；而随后要流畅自如地把它表现出来，又需要花多少力气以及何等安静而不受干扰的生活环境哟。要是整体有所失误，那自然前功尽弃；再说，题材如此巨大，只要不能完全把握好一个个的细节，整部作品必然这儿那儿出现漏洞，你于是会挨骂。结果，诗人做了那么多努力和牺牲，一切一切换来的不是奖赏和喜悦，仅仅是不快和心灰意懒。相反，诗人如果抓住每天的现实，随时趁热打铁以涌起在自己胸中的思想情感作题材，那他就总写得出一点儿好东西；即使有时候也可能不成功，却不会有任何的损失。

“就说科尼希堡的奥古斯特·哈根吧，他本是一位了不起的天才。你读过他的《奥尔弗里特与李塞娜》没有？①诗中有些个段落写得好得不能再好，东海之滨的风物人情以及种种细节描绘，都出色极了。②然而美的也仅仅只是段落，整部诗不会讨任何人喜欢。而他为此浪费了多少的精力啊！简直就快精疲力竭，心力交瘁。现在他又搞了一部悲剧！”

说到此歌德微微一笑，停了片刻。我接过话头，说：要是我没有弄错，他曾在《艺术与古代》③ 上撰文劝告哈根，希望他只写小

---

① 哈根（August Hagen，1797－1880），系当时一位颇有才华的青年诗人，《奥尔弗里特与李塞娜》是他写的一部叙事长诗。

② 德国人习惯说的东海（Ostsee）即波罗的海。

③ 《艺术与古代》（*Kunst und Altertum*）是歌德自己办的一份文艺评论杂志。

题材。

“我自然是劝过他，”歌德应道，“可我们老年人的话又有谁听呢？谁都自以为是呀，结果一些人一败涂地，一些人长时间胡乱摸索，误入歧途。可而今不再是摸索和失误的时代喽，我们年长者已经走过了这个阶段；要是你们年轻人还要重蹈覆辙，那我们的所有摸索和失误又有什么意义呢？那咱们将永远原地踏步！人们会原谅我们年长者误入歧途，因为我们没有现成的路可走；对你们后来人的要求就要多一些，你们不允许重蹈覆辙，胡乱摸索，而是得听取老年人的忠告，一开始就在正路上往前行进。而且还不能满足于仅仅向着未来的目标迈步，还得一步一个脚印，使你们迈出的每一步本身都成为目标。

“随时随地牢记这些话，看看有哪些适合你，能为你所用。我原本不担心你，只是想这么说上几句，也许能帮助你快一些度过一个不适合于你情况的阶段。我说过了，希望你目前只写小题材，写每天的新鲜感受，这样你通常都会写出好的东西，而每一天也会带给你快乐。一开始不妨把稿子给小册子使用，给杂志发表；但切莫别人要求怎么写就怎么写，而是永远得有主见。

“世界如此辽阔广大，生活如此丰富多彩，什么时候也不会缺少作诗的因由。不过所有的诗都必须是即兴诗，也即是说，必须由现实为写诗提供灵感和题材。个别特殊的事件，正是通过了诗人的处理，才会获得普遍价值和诗意。我自己所有的诗都是即兴诗，都是由现实所引发，在现实中获得坚实的根基。对那种凭空胡诌的诗我嗤之以鼻。

“别讲什么现实缺乏诗意，须知诗人的本色正好体现在他是否有足够的智慧，能够从平凡的事物中提炼出富有诗意的成分来。现实应该提供的是母题，是须要表现的要点，是真正的核心。而诗人的任务就在于，由此核心发展创造出诗的美好、鲜活的整体来。你知道那位傅恩施坦①，那位人们讲的自然诗人。他写过一首讲忽布叶种植的诗，写得真是再好不过。现在我让他写一些反映手工业者生活的诗，特别是写一首纺织工人歌，并且确信他一定能写好；因为他打青年时代起就生活在这些人中间，对要写的对象了解十分透彻，一定能驾驭他的题材。而这，即只需挑选和能够挑选自己熟悉和善于驾驭的题材，正是写小作品所占的便宜。写大作品却不成，与整体有牵连瓜葛的一切一切都无法回避，都必须写，而且还要写得真实、精确。可年轻作者对事物的认识仍然片面，写大作品却要求有多方面的知识，这一来就必然跌跤子。”

我告诉歌德，我正想写一首关于四季更迭的长诗，准备把各阶层人士在不同季节的活动和娱乐通通编织进去。

“这正是我说过的那种情况，”歌德回答，“在许多方面你可能成功，但还有一些也许你研究不够和认识不够的地方，你会遭到失败。渔夫也许你写得很好，猎人却可能不行。但只要某个部分不过关，整体也就有了问题，即使一些个段落再精彩，你仍不能算创作了完美的作品。反之，要是你只写你胜任愉快的这个那个部分，你就笃定能写出好作品来。

“我特别要告诫你别去搞自己的伟大发明②，因为发明得拿出自己的观点，而年轻人的观点很少是成熟的。再说，塑造人物和提出观点作为诗人禀赋的重要方面往往会从其自身剥离开来，这样就将使他日后的创作丧失丰满。结果呢，多少光阴耗费在了臆造、构思和编织的过程中，到头来却没人会说你一点儿好话，就算你好歹还能大功告成。

“相反，写现成的题材完全是另一个样子，会容易得多。事实

① 傅恩施坦（A. Fürnstein，1783－1841），一位从小就瘫痪了的德国作家、诗人，歌德曾于前一年到波希米亚访问他，鼓励他创作取材于农民和手工业者生活的诗。

② 发明（Erfindung）指凭空臆造。

和人物俱已存在，诗人只需赋予整体以生命。这样做他还能保持自身的丰满完整，因为诗人只需做很少的自我投入，再说时间和精力的消耗也小得多，因为需要花力气的只是表达。是的，我甚至建议写前人已经写过的题材。叶芙根尼亚①不知写过多少次啦，然而仍旧常写常新是不是，因为每个人对事情有每个人自己的看法和写法。

“暂时丢开所有的大题材吧，你已经努力得够长久啦，是该你认识生活的欢乐的时候啦，对此，最好的途径就是写小题材。”

我们在歌德的房间里边走边谈，始终不曾离开这个话题；我只能一个劲儿表示同意，因为打心眼里感到他的每句话都是真理。每往前走一步我都越发轻松，越发幸福，因为我不得不承认，过去那各式各样我迄今仍弄不清楚的大计划，确实曾经是我不小的负担。现在我抛弃了它们，将它们贮之高阁，直到我逐渐研究了世界的方方面面，掌握了一个个的题材，再一次提起笔来胜任愉快地完成了一个又一个小作品，然后才回过头去管它们。

我感到歌德的话使我聪明了好几岁，长大了好几岁；我在内心深处认识到了，一个人能遇见一位真正的大师是何等的幸福。我由此获得的教益简直无法估量。

今年冬天，我从他那儿还有什么学不到啊，仅仅与他交往，即使在他不讲任何有深义的话语的时刻，我不是同样受益匪浅吗！—— 只要能亲近他，他这个人本身似乎就能给我教益，即使他这时一言不发。

---

① 叶芙根尼亚（Iphigenie）是荷马史诗中征讨特洛亚的希腊主将阿伽门农之女。古希腊悲剧诗人欧里庇德斯、17 世纪法国古典主义诗人拉辛以及歌德自己，都以她的遭遇为题材，成功地创作出了传世的悲剧作品。

1823年10月2日，星期四，魏玛
（普鲁士国务顾问舒尔茨）

昨天从耶那转移到魏玛，碰巧赶上个风和日丽的好天气。为欢迎我回魏玛，我刚站稳脚跟，歌德便差人送来一张剧院包厢的戏票。我利用昨天一天整理内务，反正歌德府里人来人往，法国公使莱因哈特伯爵专程从法兰克福来拜访他，还有普鲁士国务顾问舒尔茨也从柏林前来拜访。

今天上午我去了歌德那儿。见我到来他挺高兴，态度显得极为和蔼和殷勤。临到我要告辞，他说他想先引荐我与舒尔茨国务顾问认识一下。他领我走进隔壁房间，我发现国务顾问正在观赏艺术品，歌德随即把我介绍给他，然后就留下我们单独交谈。

“太好啦，”舒尔茨接着说，“你愿意留在魏玛，协助歌德编辑他在此之前的未刊稿。他已经告诉我，他对你的参与寄予厚望，他说这下他又有望完成一些新作啦。”

我回答他，我此生别无他求，只想献身德国文学；希望能在此地聊尽绵薄，也算贡献一分力量，所以就暂时把个人的文学创作打算摆在了后面。还有与歌德的实际交往，我补充说，也有助于自己提高成长，我希望这样干个几年，能变得成熟起来，然后就可以更好地完成眼下我只能略为尝试一下的事情。

“确实，”舒尔茨说，“像歌德这样一位伟人和大师，你能受他本人的直接影响，实在是难能可贵啊。我不也远道而来，为的就是再受一下这位伟人的熏陶嘛。”

接着他问起我那书稿付梓的情况，去年夏天歌德已在信里对他提到这事。我告诉他，过几天我就有望收到耶那送来的头一批样

书，届时如果他已不在魏玛，我一定不会忘记给他寄一本到柏林去，请他教正。

随后我们亲切握手告别。

1823年10月14日，星期二

（歌德家的茶会；看戏须有耐心）

今晚第一次在歌德家列席一个大的茶会。我第一个到来，穿过一道道敞开着的房门，从一个房间走进另一个房间，房里都灯火明亮，我心情十分愉快。在最后面的一个房间里，我看见歌德正兴冲冲地迎着我走来。他黑制服上戴着一枚星形勋章，显得气宇轩昂。我俩继续单独待了一会儿，便走进所谓的屋顶室，室内在一张红色长沙发的上方，挂着一幅题名为《阿尔布兰蒂尼斯的婚礼》的油画①，特别吸引了我的目光。由推到旁边去了的绿色帷幔衬托着，我眼前的这张画格外鲜亮醒目，能静静地观赏它令我充满喜悦。

“是啊，”歌德说，“古代人不仅有伟大的思想，而且还能将它们表现出来。相反我们现代人虽也不乏伟大的思想，但却少有能生动而有力地表现出来的时候。”

正说着里默尔②和迈耶尔③也来了，封·缪勒首相和宫里的另一些显官贵妇也来了。还有歌德的公子，还有我在此地第一次认识的歌德儿媳也走了进来。室内人越聚越多，大家全都兴致勃勃。还有几个年轻漂亮的外国人来凑热闹，歌德跟他们说的是法语。

---

① 原为一幅古代壁画，此处悬挂的是歌德的朋友和艺术鉴赏家迈耶尔的临摹品。

② 里默尔（F. W. Riemer，1774—1875），歌德的家庭教师兼私人秘书。

③ 迈耶尔（J. H. Meyer，1760—1832），瑞士艺术理论家，即前注提到的歌德的朋友，其所著《古希腊造型艺术史》在当时颇有影响。

这次茶会挺合我的意，所有人都那么自由自在，无拘无束，爱站站着，爱坐坐着，有的开玩笑，有的谈笑风生，谁都喜欢怎么样就怎么样。我跟歌德的儿子热烈谈论着几天前上演的侯瓦尔德①那出《肖像》，两人对这出戏看法一致。我很高兴，年轻的歌德分析起问题来既富有见地，又激情澎湃。

在聚会上，歌德本人表现得格外殷勤和蔼。他一会儿走向这个，一会儿走向那个，总是专心地聆听，自己讲得少，让客人讲得多。小歌德夫人则经常走过去挽着他，偎依着他，亲吻他。前不久我曾告诉他，看戏给了我极大的快乐，我不愿多想，只想潜心体验演出的效果。这似乎合他的意，认为适合我眼下的情况。

这时他领着小歌德夫人来到我跟前。"这是我的儿媳，"他介绍说，"你俩已经认识了吗?"我们回答是刚刚才认识。"这位也像你一样是个戏迷喽，奥蒂莉，"他随即道，我们则庆幸彼此有着同样的兴趣爱好。"我这媳妇是一场不落呀。"歌德补充说。——我应道："多会儿戏精彩好看，我也是一样；不过就算演出挺糟糕，你也得有点儿耐心才对。"——"这就对啦，"歌德回应说，"你不能走，糟糕也得强迫自己听下去，看下去。这一来你就会恨透那些坏东西，从而提高自己对好东西的识别力。阅读却不是这个样子，读起来不受用就干脆扔掉手里的书；在剧院里却必须忍耐。"我对他表示赞成，心想这老先生确实经常说出有见地的话。我们分散开来，参合到了在周围其他房间里高谈阔论的宾客中。歌德凑到了夫人女士堆里，我则和里默尔和迈耶尔结伙，听他们给我讲了许多意大利的事情。

后来政务参事施密特坐到一架三角钢琴前，弹了几首贝多芬的

① 侯瓦尔德（E. v. Houwald，1773－1845），德国剧作家。

曲子，在场的人看上去都听得专心而又投入。一位聪敏的夫人[①]最后讲了贝多芬的许多趣闻轶事。这样便慢慢到了晚上10点，而对于我来说，这个夜晚过得真叫极其愉快。

1823年10月19日，星期天
（歌德家的午餐）

今天中午第一次在歌德家用餐。席上除了他自己，只有小歌德夫人和她的妹妹乌尔莉克小姐以及歌德的小孙儿瓦尔特。这就是讲没有外人，歌德完全像个一家之长。他什么菜都取一些，切起烧鸡来更是特别敏捷，还不耽误时不时地给自己斟一点儿酒。咱们其他人则高谈阔论，谈剧院演出，谈年轻的英国人，谈当天发生的其他事情。席间数乌尔莉克小姐特别兴奋，也极为健谈。歌德则举止得体，只是时不时地插进来点评几句，然而每评必有要义。与此同时，他时断时续地翻阅着报纸，从中给我们念上几个段落，特别是念希腊人取得进步的消息。

话题转到了我还得学英语这件事。歌德强烈地建议我一定得学，特别是为了拜伦爵士的缘故，像拜伦这样卓越伟大的人格过去肯定没有，将来也难再有。他们把本地的英语教员滤了一遍，觉得没有一位发音完全过关的，因此认为我最好找那些年轻的英国人学。

饭后歌德让我看了几个有关颜色学的实验。然而对此我一窍不通，既看不懂那个现象，也不明白他的解说；不过仍表示希望将来有闲暇和机会多少了解一下这门学问。

---

① 德国浪漫派女作家贝蒂娜·封·阿尔尼姆的妹妹封·萨维尼夫人（Gunda von Savigny）。

1823年10月21日，星期二

（谈舒巴特、乌兰特和德国建筑艺术）

今晚和歌德在一起。我们谈到长诗《潘多拉》。我问他能不能把它看作一部完整的作品，或者说是否还存在其他下文。他说不存在任何的下文，他根本就没有再写，而没写的原因正在于第一部构思太宏大了，以至于不可能再写出第二部。加之把已成部分视为一个整体也蛮不错的，所以他就此停了笔。

我告诉歌德，这部作品太难理解，我是反复读了许多遍，直读到差不多能够背诵出来以后，才慢慢摸着了头脑。对此歌德笑了笑说："这我相信，一切就像纠缠在一起了嘛。"

我对他说，我不完全满意舒巴特[1]对这首诗的解说，他把《少年维特的烦恼》《威廉·迈斯特》《浮士德》《亲和力》等分别表现的思想，统统给扯到一起，叫人莫名其妙，难以把握。

"舒巴特常常走得远了点儿，"歌德说，"不过他挺不错的，一切他都讲得那样精辟。"

我们谈到乌兰特[2]。歌德道："每见到重大影响，我总以为必有重大前提；乌兰特既享盛名，那就必定有其杰出之处。可对他的《诗歌集》我却没什么好说。每次翻开它来都满怀希望，不想一开头总碰上那么许多又差劲儿又阴郁的抒情诗，就倒了往下读的胃口。后来我读了他那些民歌风叙事谣曲，这下自然便发现了一位杰

---

① 舒巴特（Ch. F. D. Schubart，1739—1781），与歌德同时代的革命民主主义诗人和批评家。

② 乌兰特（L. Uhland，1787—1862），德国浪漫派诗人，在研究发掘民歌、民间叙事诗方面有所建树。

出天才，眼前不禁豁然一亮，他享盛名并非没有缘由啊。”

我请教歌德对于德国悲剧所用诗体的意见。“在德国，”他回答，“很难对此形成统一的看法。谁都想怎么写怎么写，觉得什么合适一点儿就用什么。六音步的扬抑格自然是最庄重的诗体，但是对咱们德国人却太长了。咱们缺少形容词，通常都止于五个音步。英国人多的是单音节词，所以诗的音步还要少。”

随后歌德给我看几幅铜版画，接下来又谈到古代德国的建筑艺术，说他想分门别类地慢慢给我展示。

“在这些古德意志建筑艺术的作品里，”歌德说，“可以看见一个特殊状态中绽开的花蕾。谁有幸直面这个花蕾，谁就只能够惊叹；可谁要能让目光深入植物生命的内在秘密，窥见它生命力的搏动，搞清楚这花蕾如何渐渐地发育成长，那他观察起事物来才独具只眼，才明白他所见为何物。

“我想做出安排，让你今年冬天在这方面有些个长进，以便来年夏天你去莱茵河地区，面对着斯特拉斯堡大教堂和科隆大教堂真正有所收获。”

我很喜欢歌德的安排，觉得真的应该感谢他。

1823年10月25日，星期六

（评科泽布，兼论散文乃创作才能的试金石）

薄暮时分，我在歌德身边待了半个小时。只见他坐在工作台前的一张木靠椅里，神情是那样的恬静、祥和，在我眼里就好似一位整个身心都沐浴在天国宁静光辉里的圣徒，要不就是一个人在回忆曾经享有的甜蜜幸福，这幸福眼下又实实在在地浮现在他灵魂的视野中。施塔德曼奉命替我搬了一把椅子到歌德身边。随后我们谈论戏剧，戏剧成了今年冬季我主要的兴趣。劳帕赫[1]的《人间黑夜》是我看的最后一出戏。我评论它说，这部戏遵照作者的意思没有出版，戏里边观念多于生活，抒情意味超过了戏剧性，剧情生拉活扯地编成了五幕，我看两三幕演完会好得多。歌德补充道，整个构思都围绕着贵族特权和民主政治兜圈子，这可不是普通人感兴趣的啊。

反之，我称赞自己看过的科泽布[2]的戏，具体讲就是他的《亲缘》与《和解》。我称赞他观察现实生活目光敏锐，善于捕捉生活中有趣的方方面面，而且不少时候能做到真实而又有力的表现。歌德同意我的看法。他道："什么作品能够存在二十年并获得民众的喜爱，就必定有一些价值。只要科泽布留在自己的圈子里，不干超出自己能力的事，通常就能写出点儿好东西。他的情况一如科多夫斯基[3]，表现市民生活的场景，他的作品堪称完美，可一画古罗马或者古希腊的英雄，作品便毫无一点儿价值。"

歌德还给我提到科泽布几出戏，特别赞赏他的《两个克林贝格》。他补充说："不能否认他熟悉生活，目光敏锐。"

他继续讲："不能不承认，现在的一些悲剧作家既富有思想，也不乏诗情；可他们大多数缺少生动鲜活、游刃有余的表现才能，却又勉为其难，去追求超出了自己能力的东西。鉴于这种情况，我就忍不住要称他们为拔高了的天才。"

我说："这样的作家，我怀疑他们能写好散文作品。依我的想法，写散文乃是创作天才的试金石。"歌德同意我的想法，补充道，诗句的作用只在提升诗意，或者说诱导出诗意。

随后又聊了打算做的这件那件工作。谈到了他的《经法兰克福

---

① 劳帕赫（E. Raupach，1784—1852），德国剧作家。

② 科泽布（A. Ketzebue，1761—1819），歌德时代最受追捧的戏剧家，所作多为喜剧。

③ 科多夫斯基（D. Chodowieski，1726—1801），波兰油画家和铜版画家。

和斯图加特前往瑞士旅游》这篇文章；他想把连载此文的三期刊物寄给我，让一篇篇读过以后提出建议，看怎样能把它们变成一个整体。“你会发现全都是即兴之作，信笔写来，压根儿想不到什么谋篇布局，什么艺术圆熟，简直就像提起一桶水往外倾倒一样。”

我很欣赏这个比喻，觉得它非常适合形容毫无计划的信笔写作。

1823年10月27日，星期一

（关于《玛丽温泉哀歌》）

今天一早歌德就派人来邀请我晚上去他家喝茶和听音乐会。来人给我看邀请名单，我发现受邀请的人数众多，身份显赫。他说，城里来了一位年轻波兰女钢琴家[①]，今晚将为大家演奏。我高兴地接受了邀请。

随后却送来了戏票，将上演的剧目叫《象棋机器》[②]。这出戏我全然不了解，我的女房东却对它赞不绝口，害得我巴不得一睹为快。再说一整天我没有别的消遣，又一直着迷于喜剧，而不习惯参加那种达官贵人们的社交聚会。

傍晚时分，剧场开演前一小时，我来到歌德府中，这时宅子里已经忙开了。我经过一间大厅，听见里边钢琴正在试音，以提前做好演奏的准备。我遇见歌德独自在他的房间里，已经穿戴得像在过节，我的到来似乎正合他意。“你就待在这儿吧，”他说，“咱俩可以一直聊到其他人也到齐了。”我于是想你走不脱喽，这下子你怎

① 指著名的波兰女钢琴演奏家斯奇玛诺芙斯卡夫人（Mada，e Szymanowska）。

② 一出由曼海姆著名演员贝克（H. Beck，1760—1803）从英文编译成的喜剧。

么也得留下，尽管眼下和歌德单独待在一起你挺适意，可一当那许多陌生的老爷夫人驾到，你立马就会成为热锅上的蚂蚁。

与歌德在房里来回踱着，没过一会儿话题就转到了戏剧上，我呢马上抓住机会再次表白，告诉他剧院永远是我新的快乐源泉，加之过去几乎没有看过什么戏，所以现在差不多所有演出都让我感觉新鲜。“是啊，”我补充道，“我今儿个左右为难，坐立不安，尽管我知道今晚在您府上将参加一次多么重要的聚会。”

“你知道什么?”歌德随声应和，说时静静地站着，睁大眼睛友善地瞅着我，“那快去呗！别再忸忸怩怩啦！既然今晚那场演出没准儿更让你开心，更适合你的情况，那你就去好啦。听音乐嘛，你在我这里还经常有机会。”——“是，”我说，“那我就去了；也许能够笑一笑，对我会更好些。”——“喏，”歌德说，“你就陪我待到 6 点钟吧，这样咱俩还可以聊上几句。”

施塔德曼端来两支蜡烛，顿在了歌德的写字台上。歌德请我在烛光前落座，说要给我一点儿东西读。可他摆在我面前的是什么哟？是他最新的也最喜欢的诗！是他的《玛丽温泉哀歌》！

关于这组诗的内容，我在这儿必须做点儿补充。歌德最近这次去玛丽温泉修养归来不久，便流传开一个说法：他在那里结识了一位年轻姑娘，一位窈窕秀丽、活泼聪慧的少女，一下子对她动了感情。每当从温泉林荫道传来女孩儿的笑声，他便会脱掉帽子，急急忙忙赶到她身边去。他不放过任何与她待在一块儿的时机，在她身边度过了许多幸福的日子。后来，离别令歌德异常伤感，于是在激情澎湃的心境里完成了这首极其优美的诗。这首诗，他可是视为圣物，对人秘而不宣的呀！

我相信这个传说，因为它不只符合歌德精力旺盛的身体状况，也完全符合他精神焕发、朝气蓬勃的心理特性。对这首诗本身我早就巴不得见识一下，不过克制着不向歌德提出来，也有道理。因此一当它摆在我面前，我真个庆幸又惊喜。

歌德用拉丁印刷字体，亲手把诗一行行抄写在一叠厚厚的仿羊皮纸上，用红色的摩洛哥羊皮做封面，外边再拿一条丝带给拴得牢牢实实。也就是说单看外观，他珍爱这部诗稿的程度就超过自己的所有其他文稿。

我满怀喜悦地开始阅读，发现每一行诗都可以证明大家的传说。只不过开头的几行就暗示，这一次邂逅并非新交，而已经是重逢。诗始终围着它自身的轴心旋转，最后却总是转回到了它出发的地方。妙就妙在结尾突如其来，戛然而止，产生了超乎寻常、感人肺腑的效果。

我刚念完，歌德就回到我面前。“怎么样，”他说，“我给你读了首好诗。过几天你告诉我感想。”我很高兴，歌德这两句话免去了我即刻发表评论的尴尬，因为印象太新鲜，太仓促，不可能讲出什么中肯的意见来。

歌德答应等安静的时候再给我读读。这当口儿已快到剧场开演的时间，于是我与他亲切握手告别。

《象棋机器》剧本可能挺精彩，演出效果同样也不错，只可惜我心不在焉，脑子里一直还想着歌德。

散场后我经过他府第前面，但见整幢楼房灯火辉煌，楼内还飘送出乐声，真后悔自己没有留下来。

第二天，有人告诉我，年轻的波兰女钢琴家斯奇玛诺芙斯卡夫人——晚会就是为欢迎她而举行的——演奏得棒极了，与会嘉宾无不赞赏惊叹。我还听说，歌德就是今年夏天在玛丽温泉结识的女钢琴家，所以她现在才来魏玛拜访他。

此外歌德还差人给送来一篇曹佩尔①的《歌德研究》；在文中，我发现了一些很精辟的见解。我呢则寄给他几首夏天在耶那写的诗；关于这些诗，我已经对他提起过。

---

① 曹佩尔（J. S. Zauper，1784—1850），德国评论家，著有多种研究歌德的论著。

1823年10月29日，星期三

（艺术的生命在于表现个别和特殊）

今晚掌灯时分我去见歌德，发现他正兴致勃勃，两只眼睛在灯光的反射中炯炯有神，整个人都显得活泼、健壮而又年轻。

他立刻开始谈我昨天寄给他看的诗，同时领着我在他的房间里走来走去。

“现在我明白啦，”他开口道，“你为什么会在耶那对我讲，你想写一首描写一年四季的诗。现在我劝你动笔，并且以冬季开篇。对于自然事物和现象，看来你具有特殊的敏感和眼光。

“对你的诗我只想再说两句。你现在已经到了必须有所突破的转折点，必须进入艺术真正高、难的境界，也就是必须能够把握个别特定的事物。你必须奋力从观念中挣扎出来，你有天赋，功底也非常好，现在就必须突破。前几天你去了提弗特郊外[①]，我要你再去，并把这作为你的任务。你也许还可以去观察提弗特三四次，直至看出它本质的方面，并搜集好所需的全部母题（Motiv）。别惧怕艰苦，好好研究一切并将它们表现出来，题目本身值得你这样做。我自己早该做这样的尝试，只是我力不从心，经历了那些身边的重大事变，并且深深地卷进去了，以至许许多多的细节时刻萦绕涌动在我的心中。你呢却是个外来者，过去的事听主人家讲讲得了，自己可以只看眼前的、突出的和重大的。”

我答应试一试，尽管我不能不承认，这对我是一个很高的要

---

① 魏玛老公爵夫人安娜·阿玛丽亚在城市南边的夏宫所在地，其林苑中的自然风光十分优美。

求，很难达到的要求。

“这我清楚，”歌德说，“难是难喽；可是艺术真正的生命，也正在于把握和表现个别特殊的事物。

“还有哪，如果我们只限于表现一般，那么谁都可以来模仿；可个别特殊的东西却没人能模仿。为什么？因为其他人没有同样的简历体验。

“也不用担心具体特殊的东西引不起共鸣。任何个性，不管它多特别，任何事物，从石头到人，都具有共性；须知一切都会有重复，世界上不存在任何只出现一次的东西。

“到了表现个别特殊的阶段，”歌德接着说，“所谓的布局（Komposition）也就开始了。”

这话我没马上明白，但却忍住了没有提问。我想也许他是指观念与现实的艺术融合，是指外界事物与我们内心感受的结合吧。不过他也可能指别的什么。歌德拾起话头：“还有，你写成了每一首诗，都要在后面注上日期。”我不解地望着他，想知道这为什么如此重要。他于是补充道：“如此一来它便同时可以当你的日记。这并非无足道的小事啦。我多年坚持这样做，知道多么有意义。”

说话间，剧场开演的时间快到了，我于是离开歌德。“你这就动身去芬兰喽！”他提高嗓音，冲着我后背开玩笑道。原来要上演的剧名叫《芬兰的约翰》，作者为魏森图恩夫人①。

剧情不乏动人之处，然而失之于滥情，处处可见作者的用意，给人的整个印象不佳。不过最后一幕我又非常喜欢，也算过得去了。

由于这部戏，我写了以下的感想。剧作家塑造的哪怕平平庸庸的人物，通过演出也会增加色彩，因为演员是活生生的人，他们赋予角色生命，就必然给予他们某种个性。相反，一位大作家塑造得极为出色的人物，他们本身全都个性鲜明，通过演出就必然遭受损

① 魏森图恩夫人（Frau von Weissenthurn，1773－1849），德国剧作家。

失，因为演员通常不能绝对地适应角色，只有极少数情况下能够充分地否定自己的个性。如果演员的个性不正好跟角色吻合，或者不具备完全克制自身本性的才能，那就会出现混杂调和，人物于是失去了纯粹的个性。由此可见，一位真正的大师的剧作，在舞台上通常让人看见的只有个别角色是原汁原味的。

1823年11月3日，星期一

（谈题材的重要性和处理大题材的诀窍）

下午快到5点，我去歌德家里。在上楼的时候，我就听见大厅里有人在愉快而高声地谈笑。仆人告诉我，年轻的波兰女士在里边进餐，这会儿还没有散席。我打算离去，仆人却说他奉命得报告我的到来，时候已经不早，他主人也许正想我来哩。我因此让他报告去，没等一会儿，歌德果然就兴冲冲地走出来，令我进了他在对面的工作室。我的到访看来令他高兴，他立刻叫人送来一瓶葡萄酒，给我斟了一满杯，自己也时不时地来上一点儿。

"免得我忘记了，"他一边在桌子上寻找，一边说，"我这儿给你留了张音乐会的票。明晚斯奇玛诺芙斯卡夫人将在市府大礼堂公开举行一场演奏会，你可不能错失良机。"我对他讲，我决不会再做上次那样的蠢事。"听说她演奏得很棒哪，"我加了一句。"棒极啦！"歌德说。"难道赶得上胡默尔[①]？"我问。"你得想想，"歌德回答，"她不只是一位女演奏家，同时还是一位漂亮的女性，这样一来，我们的整个感觉自然会更加优雅；加之她高超的演奏技巧着实

① 胡默尔（J. N. Hmmel，1778－1837），莫扎特的弟子，作曲家兼钢琴家，时任魏玛宫廷乐队指挥。

令人惊异!”——“可力度也够吗?”我问。“够,也够力度,”歌德回答,“而这正是她最不同凡响的地方,因为一般女演奏家通常差就差在这点上。”我听后说,真高兴到底还是有机会听她演奏。

秘书克罗伊特进来报告了一些有关图书资料的事。他走后,歌德夸奖他办事很能干,很可靠。

随后我提起前几天歌德给了我三册手稿,记载的是他1797年途经法兰克福和斯图加特去瑞士做的旅游。我已认真地研读了手稿,于是便谈起他的那次旅游。我提到,他当时和迈耶尔一起反反复复地探讨了造型艺术的题材问题。

“是的,”歌德回答,“还有什么比题材更重要呢?离开题材,还谈得上什么艺术性呢?题材不行,天才通通白费。正是由于现代的艺术家缺少适当的题材,现代的艺术所以通通都很蹩脚。我们大家深受其害;不可否认,我也有我的现代病。

“对此心知肚明,因而处之泰然的,只有少数艺术家,”他接着说,“举个例吧,他们画我的《渔夫》,不考虑它全然不适合作画。须知,这首叙事诗仅仅表现对水的一种感觉,一种在夏日里引诱我们入水沐浴的快意;除此诗里什么也没有,又怎样画得出来呢!”

我进一步谈到,我很高兴他在旅途中对什么都感兴趣,对什么都有自己的看法:诸如山脉的形状和位置,岩石的种类;土壤,河流,云彩,空气,风和气象;还有一座座城市和它们的起源及发展;建筑艺术,绘画,戏剧;城市的设施和行政管理;手工业,经济,街道建设;人种,生活习俗,性格特征;然后还有政治和军事,如此等等,不一而足。

歌德接过话头:“可你找不到关于音乐的一个字,且原因无它:对音乐我不在行。每个人都必须了解,他出外要看的是什么,什么是他在行的事。”

缪勒首相走进房来,与歌德谈了几句话,然后很友善地对我讲,最近几天他读了我那篇小文章,接着便谈出了自己很有见地的看法。随后他立刻又回到夫人们那边，那里已经开始演奏钢琴。

首相走后，歌德对他做了很高的评价，说：“所有这些人都很杰出，你和他们保持着良好的关系，这就是我所谓令人依依不舍的精神家园。”

于是我告诉歌德，我已开始感受到来魏玛以后所受的良好影响，渐渐脱离了迄今偏重理念和理论的倾向，越来越重视现实的价值了。

“你要不这样结果一定很糟，”歌德说，“坚持下去吧，始终抓住现实。每一个情况，甚至每一瞬间，都有无穷的价值，因为它是无尽永恒的体现。”

停顿了片刻，然后我把话题转向提弗特，问应该以什么方式表现它。我说：“这个题材涉及方面很多，很难找到一种统一的形式。我感觉最方便的是用散文形式进行处理。”

“题材的意义尚不够重大，”歌德说，“整个说来，所谓带训导意味的叙事体或许可供选用，只是也不一直都适合。最好你用十至十二首短诗来表现这个题材，都押韵，但格律和形式可以多种多样，随方位和视角的变化而变化，结果整体便得到了全面的关照和描写。”

我告诉他，我认为这个建议可行。

“是啊，还不妨来点儿戏剧手法，与园丁对对话什么的？经过这样的分解，写起来就容易了，可以更好地把对象方方面面的本质特征表现出来。相反，笼而统之、一包在内的大作品总是难弄，很少能做到完美无缺。”

1823年11月10日，星期一

（病中说诗；器重吕克特）

最近几天，歌德身体一直不太好，似乎患了重感冒。他常咳嗽，虽然咳得又响亮又有劲儿，但却显然非常痛苦，因为总是用手扪着心口。

晚上去剧院之前，我陪他待了半个小时。他坐在一把靠椅中，背沉陷在垫子里，说话显得吃力。

我们谈了一会儿，他说希望请我念一首诗，说着翻开了新一期正在编辑中的《艺术与古代》。他仍坐在靠椅里，告诉我了诗在哪一页。我端来一盏灯，坐到离他不远的写字台前，准备念诗。

这诗味道挺特别，我读了几遍仍吃不透含义，但却特别震撼，异常感动。内容为对印度贱民的赞美，形式为三部曲；① 主要音调让我觉得来自异域，表现手法让我难以完成对内容的生动想象。加之歌德近在身边，也妨碍我专心致志；我一会儿听见他咳嗽，一会儿听见他叹气，便不时地走了神，分了心：我这一半在念诗，另一半则感受着他的存在。因此我得一遍又一遍地读，为了勉强能读进去。可我越是往里读，它便越是让我感到意义重大，艺术高超。

读完后，我对歌德谈了对题材和艺术手法的感想，经他略加点拨，有些个情景立马变得鲜活起来。

“诚然，”他接着说，“手法很是简练，要想真正把握就必须钻进去。我本人也感觉它像一把用钢丝锻打成的大马士革长剑。这个题材存于腹中走南闯北了四十年，结果自然便有时间清除了所有的

① 原诗题名为 *Paria－Trilogie*（《贱民三部曲》）。

杂质。”

“如果在观众面前朗诵，”我说，“肯定效果不错。”

“唉，观众！”歌德叹了一口气。

“难道不行么？”我说。“为了解释一幅画，使眼前的画面鲜活起来，便可以描述一些先前的情景，用同样的办法也能帮助诗的理解不是。”

“我不这么看，”歌德说，“画是另外一码事；诗呢原本由词语构成，一个词会取代另一个词。”

歌德这样讲我觉得点到了问题的要害，诗歌的阐释者通常都在这里触了礁。不过似乎还可以问有无可能绕过这个暗礁，在丝毫不损及诗歌柔弱的内在生命的前提下，仍能通过语言帮助对它的理解呢？

我走的时候，歌德希望我把《艺术与古代》的那些稿子一齐带回家，继续研究一下那首诗；此外还有吕克特的《东方的玫瑰》①。对吕克特这位诗人，他看样子很器重，并且寄予厚望。

1823年11月12日，星期三

（普鲁士国务部长洪堡来访）

傍晚我去看歌德，在楼下就听说普鲁士国务部长洪堡在他那儿。这让我高兴，坚信一位老友来访会使他精神振奋起来。

我随即去了剧院。《布拉格的姐妹》演员阵容强大，演得也异常精彩，让观众从头笑到了尾。

---

① 吕克特（F. Rückert，1788—1866），德国抒情诗人。《东方的玫瑰》为他成功编译的东方抒情诗，他也因此青史留名。

1823年11月13日，星期四

（观察自然，预言地震）

几天前的一个下午，天气晴好，我正走上通往艾尔福特的大道，这时来了一个上了年纪的男子，看外表是位富有的市民。我们还没聊上几句，话题便转到了歌德身上。我问他认不认识歌德本人。

“你问认不认识！”他应道，口气颇有几分得意，“我当他的贴身仆人快二十年喽。”接着便打开了话匣子，对他过去的东家赞不绝口。我请他给我讲点儿歌德青年时代的事，他乐于满足我的愿望。他讲：

“我刚去他那儿，他没准儿二十七岁光景，人挺精瘦，行动灵活敏捷，斯斯文文的样子，我要抱起他来不用费劲儿。”

我问歌德初到此地是不是也很快活。他回答，和快活的人们在一起他自然快活，但是从来不过分，在那样的情况下，他通常都会变得严肃。始终勤奋地工作和研究，心思全放在文艺和科学上面，一般说来，这就是他主人不懈的追求。晚上公爵常来拜访，往往一谈起学问来就谈到深夜，害得他这个仆人也跟着硬撑着，心里一遍又一遍念叨：公爵该走了吧，公爵该走了吧。“那个时候，”他补充说，“他就已经迷上研究自然啦。”

“一次，”他接着讲，“歌德半夜三更拉起铃来，我跑进他的卧室，见他已把带轮子的床铺从房间最下方推到了上边的窗前，他自己正躺在床上观察天空。‘你没在天上发现什么吗？’他问我，我答没有；他又说：‘那你快去守夜的那儿，问他有没有看见什么！’我去问了，守夜人也什么都没看见。我回去报告主人，他仍旧仰卧着，目不转睛地凝视天空。‘听好了，’他随即对我讲，‘咱们正处在紧急时刻，要么眼前就会遭遇一次地震，要么有一次地震即将爆发。’接着他命我坐在他的床边上，听他给我讲解他做此判断根据哪些征候。”

我问老先生那天夜里天气怎样。

“云很多，”他回答，“没有一丝丝风，空气凝定而闷热。”

我问他是否立刻相信了歌德的预言，连一个字也未怀疑。

“是的，”他说，“我一字一句全相信；因为他过去不管预言什么，通通都应验了。第二天，”老先生继续讲，“我的主人在宫里谈起自己夜里的观察，这时一位夫人对她的邻座咬耳朵：‘听！歌德又在说胡话啦！’可是公爵和大人们却相信歌德，事实也很快表明他的预言是正确的。因为没过几个礼拜便传来消息：就在那天夜里，墨西纳城①的一部分遭到了地震的破坏。”

1823年11月14日，星期五

（哲学思辨有碍席勒的文学创作，感伤的诗与质朴的诗）

傍晚歌德差人来邀请我，说洪堡到宫里去了，如果我能过去他会很高兴。我看见他跟几天前一样还是坐在他那张靠椅里；他亲切地跟我握手，说起话来语音语调优雅至极。他身旁立着一块很大的护炉板，它同时挡住从写字台射过来的烛光，使他处在了阴影里。这时缪勒首相也走进来，和我们待在一起。我们坐到歌德身边轻松地交谈起来，以便他只是坐着旁听。一会儿宫里的御医雷拜因也来了。他摸了摸歌德的脉搏，说跳得很欢快，逗得大家挺高兴，歌德

① 墨西纳（Messina），意大利西西里省的首府。

甚至开了几句玩笑。“只要心口这边不再疼痛就好啦!”随后他抱怨说。雷拜因建议在那里贴一片膏药；我们都说这样的治疗很有效，歌德看样子也倾向这个意见。雷拜因把话题引向玛丽温泉，这一来似乎唤起了歌德的幸福回忆。大伙儿计划明年夏天再去，并且讲大公爵也少不了参加，如此美好的前景令歌德的情绪一下子高涨起来。还谈到了斯奇玛诺芙斯卡夫人，大伙儿回忆着她逗留此间的那些日子，说男人们都争相获取她的青睐。

雷拜因走了，首相开始读那几首写印度的诗。这时歌德便和我谈他的《玛丽温泉哀歌》。

8点钟首相起身告辞，我也想走，歌德却请我再待一会儿。我重新坐下来。话题转向戏剧，谈到了第二天要公演《华伦斯泰》[①]，于是讨论起席勒的创作来。

“席勒让我觉得特别，”我说，“我是怀着真正的热爱和赞赏，读了他那些大剧本的有些个场次；可是接下来就遇到违反自然真实的情况，叫我读不下去了。就连《华伦斯泰》我也有同样的感觉。我没法不相信，是希腊的哲学倾向损害了他的文学创作；他的哲学倾向使他走得这么远，竟把观念看得高于整个自然，以至于消灭了自然。凡是他想得到的，就必须发生，也不管这符合自然或是违反自然。”

歌德说：“一个如此才华出众的人，从自己的哲学思维方式得不到丝毫好处，反而长期为其所苦，看着真是叫人痛心啊。他在受玄学思辨困扰的时期给洪堡写过几封信，洪堡把信给我捎来了。[②]从信里可以看出当时他如何伤透脑筋，想把感伤的诗和质朴的诗截然区别开来。可结果找不到感伤的诗根基何在，他自己因此也陷入了难

---

① 《华伦斯泰》是席勒的戏剧三部曲，主人公华伦斯泰是三十年战争（1618—1648）中的德方统帅。第二天要演的是第三部《华伦斯泰之死》。

② 亚历山大·洪堡和威廉·洪堡两兄弟都是歌德的朋友，此处指哲学家和教育家威廉·洪堡。

言的困惑。他这么干给人一个印象，”歌德微笑着补充了一句，“仿佛感伤的诗没有其所产生的质朴基础，单单本身也可以存在似的！[①]

“在一定程度上无意识地仅凭直觉行事不是席勒之所长，”歌德继续说，“相反，他做任何事情都要反复思考。不管原因何在，他总是没完没了地琢磨自己的写作计划，把它们谈过来谈过去，以至晚年的所有剧作都跟我一幕一幕的讨论过。

“我生性正好相反，从不和人谈自己打算写的东西，即使是和席勒。我把一切悄悄藏在心上，通常是不到大功告成，谁都什么也不知道。想当初，我把已经成书的《赫尔曼与多罗苔》[②] 放在席勒面前，令他着实吃了一惊，因为关于写这部叙事诗的打算，事先我未曾对他吐露一个字。

“不过我挺好奇，想知道明天你对《华伦斯泰》会讲些什么！你将看见一些个高大形象，剧本会叫你印象深刻，深刻得很可能出乎你的意料。”

1823 年 11 月 15 日，星期六

（看《华伦斯泰》演出）

晚上看戏，第一次观赏了《华伦斯泰》。歌德讲过的话不多；印象强烈，内心深受震撼。演员们大多数还是席勒与歌德时代成长起来的，曾受二人言传身教，所以也塑造成功了一群伟人。我在阅

① 感伤的诗（sentimentale Gedichte）和质朴的诗（naive Gedichte，朱光潜等先生都译为素朴的诗），是席勒用以区分近代浪漫主义诗歌和古典主义诗歌的术语；前者偏重感情抒发近乎多愁善感，后者强调自然、质朴有如现实主义。

② 《赫尔曼与多罗苔》是歌德的一部叙事长诗。艾克曼所记可能有误，歌德提到的应该是他另一部剧作《私生女》。

读剧本时却未能想象出如此富有个性的人物，所以演出对于我极富震撼力，以至当天夜里我做梦仍在看戏。

1823年11月16日，星期日

（《玛丽温泉哀歌》与歌德写诗的方法）

晚上去歌德家，见他还坐在靠椅里，身体显得有点儿虚弱。他问的第一个问题就是《华伦斯泰》的演出。我向他详细报告了这出戏在舞台上给我的印象，他看样子听得很高兴。

索雷先生由小歌德夫人领进来了，他待了差不多一小时，受大公爵的委托送来了金质奖章。展示和谈论这枚奖章，看样子令歌德挺开心。

小歌德夫人和索勒先生去了宫里，我又与歌德单独待在一起。

他想起曾经答应在适当的时候让我再读一次他的《玛丽温泉哀歌》①，便站起身来，摆了一支蜡烛在书桌上，把那首诗给了我。我幸福极了，能再一次读它。歌德重新坐下休息，让我不受打扰地独自品诗。

读了一会儿，我想对他谈谈感想，却发现他好像睡着了。于是我趁机反反复复地阅读，从中获得了少有的享受。我大体上感觉到了贯穿全诗的特点，那就是青春期似的最炽烈的爱情，因受睿智老年高尚德行的节制而趋于平和。此外我还觉得，此处所表达情感比歌德其他诗里曾出现过的都要强烈。我认为这乃是他受拜伦影响的

---

① 《玛丽温泉哀歌》是歌德晚年写的组诗《爱欲三部曲》的第二首。诗成于1823年9月5日至12日，也就是在与艾克曼谈话之前一个月多一点儿。记得是七十四岁的老诗人在温泉疗养时狂热地爱上了十九岁的少女乌尔莉克·莱维佐夫，因而承受了失恋的痛苦和断念的考验。

结果，歌德自己也不否认。

“你瞧，这就是极端的狂热状态的产物，”歌德补充说，“当我还沉迷其中，给我世间的任何珍宝我也不肯脱离它；可是现在，再崇高的奖赏也不能诱使我重新堕入那样的状态。

“一离开玛丽温泉我便写了这首诗，也就是说还完全处于新鲜的感受中。清晨8点在第一个驿站上写成功第一段，接着在车里继续写，一站一站地把记在脑子里的东西全写下来，到晚上整首诗已白纸黑字摆在面前。因此才如此直抒胸臆，如此一气呵成，所有这些，都有助于整部作品的成功。”

“同时，”我道，“整首诗在形式方面也有许多特点，读起来不让人产生它与你其他任何诗有所雷同之感。”

“之所以这样，”歌德说，“是因为我就像孤注一掷的赌徒，把所有一切全押在现实这张牌上，毫不夸张但却尽其可能地使它升了值。”

这一表述在我看来非常重要，它揭示了歌德的创作方法，说明了人们何以会一致赞扬他的创作多彩多姿，各式各样。

说话间已到9点，歌德请我替他叫仆人施塔德曼，我叫了。

他让仆人把御医给的膏药帮他贴到心口上。这时我走到了窗前，听见他在背后对施塔德曼抱怨，他的病看来根本好不了啦，已经成了痼疾。贴完了膏药，我又陪他坐了一会儿。现在他也对我诉苦，说一连几宿根本睡不着，吃饭也完全没有一点儿胃口。“眼看着冬季就这么过去了，”他说，“我任何事干不了，什么也做不成，完全打不起精神。”我极力安慰他，请他别老想他的工作，说但愿目前的状态很快会过去。“唉，”他接着道，“我也并非缺少耐心，类似的情况我已熬过了多次，已经学会了忍耐和忍受痛苦哦。”他穿着件白绒睡袍坐在那里，膝头和双脚盖着、裹着毛毯。“我压根儿不想上床，”他讲，“我要这样在靠椅里坐一通夜，因为我反正睡不着。”

该告辞了，他亲切地握了握我的手，我走出房间。

来到佣人的房里取我的大衣，发现施塔德曼满脸沮丧。他说，他很为主人担忧，他那么抱怨可不是好兆。还有两只脚突然变得瘦筋筋的，前些时还有点水肿不是！明儿一大早他就找大夫去，向他报告这些恶劣的征兆。我设法安慰施塔德曼，可他仍旧很担心。

1823年11月17日，星期一

（人们关心歌德的病体）

今晚我一到剧院就挤过来许多人，忧心忡忡地急于打听歌德的健康状况。他生病的事想必迅速在城里传开，而且造成的印象比实际情况严重。有几位告诉我他得了肺水肿。整个晚上我都心情郁闷。

1823年11月19日，星期三

（病中的歌德）

昨天我一直心神不定，坐立不安。除了他的家里人，谁也不准去见歌德。

今天傍晚我去他家，也受到了接待。我看见他仍旧坐在他的靠椅里，外表看上去跟我星期日告别他时完全一个样，然而精神要爽朗一些。

我们特别谈到了曹佩尔，谈到了研究古希腊罗马文学产生的大不相同的效果。

1823 年 11 月 21 日，星期五

（诗人普拉滕和加泽拉体）

歌德差人来叫我。我很高兴地发现他又下了地，在房间里走来走去。他递给我一本小书也就是普拉滕伯爵的《加泽拉集》[①]，并说："我打算在《艺术与古代》里谈一谈它，因为这些诗值得评论。可我这样子完全办不到。你看能不能钻研钻研，从这些诗里找出些有价值的东西来。"我答应他试一试。

"加泽拉这种诗挺特别，"歌德继续说，"它要求内容极其丰富，同样的韵脚反复出现，为此就得大量储备相似的思想为其所用。所以并非人人都能写好加泽拉这种诗体；不过你呢会喜欢它的。"

大夫来了，我于是告辞。

1823 年 11 月 24 日，星期一

（关心新锐德国作家和诗人）

星期六和星期天都读普拉滕的诗。今天早上写好我的评论，把它寄给了歌德，因为听说一些天来他谁都不让见，而且大夫完全禁止他讲话。

谁知今天傍晚他却差人来叫我。我一进屋，便发现他身边已经

---

① 普拉滕（A. Platen，1798—1835），德国诗人，擅长写格律严谨的抒情诗。加泽拉诗体源自阿拉伯，特点为两行一节，单节押韵，一韵到底。

摆好一张椅子，他向我伸出手来，态度友善慈蔼极了。他立刻开始谈我那篇小书评。“你写得很好，”他说，“我挺高兴。我想给你讲讲，”他继续说，“如果还有其他地方找你写东西，你最好拒绝，要么至少预先告诉我，因为你既然已与我走到一起，我就不喜欢你还跟其他人有同样的关系。”

我回答我只想跟着他，眼下也根本考虑不到建立别的关系的问题。

歌德挺满意，随后又说，这个冬天我们还可以一起做些个有意义的事。

接着谈到了《加泽拉集》本身，歌德很喜欢这些诗的圆熟，很满意咱们的当代文学到底也产生了一些出色的作品。

歌德继续说：“我想把咱们最新的天才推荐给你研究，引起你的关注。希望你了解咱们文学产生的所有重要作品，把有价值的东西摆到我眼前，以便《艺术与古代》对其做出评介，让善的、高尚的、有益的得到肯定。这些，以我的高龄，以我事情的千头万绪，没有别人的帮助是顾不上啦。”

我答应勉力为之，同时高兴地发现：比起我想象的来，歌德是更加关心我们新锐作家和诗人。

几天以后，歌德派人送来了最新的文学报刊，以便开始上面谈过的工作。接下来的几天我没上他那里去，他也没派人来叫我。听说他的朋友泽尔特[①]看他来了。

---

① 泽尔特（C. F. Zelter，1758－1832），歌德的挚友，德国作曲家。

1823年12月1日，星期一
（谈舒巴特和伊美尔曼）

今天应邀去歌德家进餐。一进门便发现泽尔特在座。他俩迎上来和我握手。“喏，”歌德说，“这位是我的朋友泽尔特。你认识他很有好处，我马上就要派你去一趟柏林，让他尽量好好照顾你。”“在柏林肯定很好，”我说。“是的，”泽尔特笑道，“在那儿可以学到许多，也会抛掉许多。”

我们坐下来，天南海北地聊开了。我问舒巴特的情况。“他至少一周来找我一次，”泽尔特说，“他已经结婚，却没有差事，怪他在柏林搞糟了跟语言学家们的关系。”

随后泽尔特问我认不认识伊美尔曼①。我答：“他的名字我常听人提起，只是作品至今完全没有读过。”“我是在明斯特认识的他，”泽尔特说，“是位很有希望的年轻人，但愿他的职位能给他多一点儿时间搞艺术。”歌德同样赞赏伊美尔曼是个天才，说：“让咱们瞧瞧他能发展得怎么样，看他能否下些功夫纯洁自己的艺术趣味，在表现形式方面从善如流，向得到公认的最佳榜样看齐。他原本的追求诚然有好的方面，但却极易引向歧途。”

小瓦尔特蹦蹦跳跳地跑进来，缠着泽尔特和他爷爷问这问那。“小淘气儿，你一来就搅得什么也别想谈啦，”歌德说。其实他很爱这个小孙子，对他总是百依百顺，不知疲倦。

小歌德夫人和乌尔莉克小姐走进来，同来的还有小歌德，他穿着制服，佩着宝剑，准备到宫里去。我们于是入席。席间乌尔莉克

① 伊美尔曼（K. L. Immermann，1786—1840），德国小说家。

小姐和泽尔特特别活跃，相互以极高雅的方式挑逗取笑。泽尔特其人和他的表现都合我心意。他健康而又幸福，所以总是兴致勃勃，谈笑风生，措辞得体，说什么都和和气气，悦耳中听，从不矫情从不忸怩，什么都痛痛快快地讲出来，有时甚至还会来上两句粗话。他自己这么豪放不羁，自然也感染他人，和他一起很快便会忘了任何的拘束顾忌。我不由得暗自希望能和他相处一段时间，相信这会对我有好处。

散席后泽尔特马上走了。大公爵夫人邀请他晚上去。

1823年12月4日，星期四

（作曲家泽尔特）

早上歌德的秘书克罗伊特送来请柬，邀我去他家赴宴。歌德还让他提醒我，我该送一册我的《诗学论稿》给泽尔特。我这么做了，把书给他送到了酒店里。泽尔特反过来给了我一本伊美尔曼的诗集。“原本我也很愿意把它送给你，”他说，“只是你看，作者给我题了词，变成了一份珍贵的纪念，我不得不自己留下啦。”

到赴宴还有时间，我和泽尔特便转进公园，漫步前往魏玛。旧地重游，泽尔特边走边回忆往昔光景，一路给我讲了许多席勒、维兰特和赫尔德[①]的事情，说他和他们都是好朋友，他视与他们结交为自己人生的一大宝贵收获。

接下来他谈了许多作曲问题，引用了不只一首替歌德谱写的歌曲。“每当要为一首诗谱曲，”他说，“我都首先力求吃透它的字面

① 赫尔德（J. G. Herder，1744—1803），德国杰出理论家和“狂飙突进”运动的纲领制定者，歌德的诤友和导师，经歌德引荐成了魏玛宫廷的教会总监。

意义，使诗中情景对我变得鲜活起来。然后再高声朗诵，直到背熟，如此在心里反复吟诵，曲调便自动出来了。”

风雨迫使我们提前往回走，虽然我们并不乐意。我送泽尔特到歌德府第门前，他上楼去小歌德夫人那儿，在开宴前再和她一起唱唱歌。

随后2点钟我去赴宴，发现泽尔特已经坐在歌德身边，在一块儿欣赏意大利铜版画。小歌德夫人走进房来，于是入席。今天乌尔莉克小姐不在，小歌德也一样，只是进来问了声好就上宫里去了。

今天席间的谈话特别丰富多彩。讲了很多趣闻轶事，泽尔特讲，歌德也讲，全都生动表现出他俩在柏林的共同友人沃尔夫①的个性。随后谈到《尼伯龙根之歌》②，谈到拜伦爵士，谈到他为人期待的、小歌德夫人特别关心的对魏玛的访问。对宾根举行的罗胡斯节③也谈得兴高采烈；泽尔特尤其忘不了两个漂亮姑娘，她们的绰约丰姿、殷勤可爱深深铭记他的心里，今天讲起来好像仍使他感到幸福。接着又热烈地讨论歌德的聚会歌曲《军人之福》。泽尔特讲起伤兵与美女的趣事来没完没了，不知疲倦，全都证明了歌德这首诗的真实性。歌德自己讲，那样真实的故事他无须去远处搜集，一切全是他在魏玛的亲身经历。小歌德夫人却总喜欢唱反调，她不愿承认，女人们会真是这“讨厌”的诗写的那个德行。

这样，今天的时光也过得很愉快。

过了些日子，和歌德单独在一起，他便向我问起泽尔特。“喏，”他说，“你对他印象如何？”我说他这人给我的印象极好。“初次见面，”歌德继续说，“他可能显得大大咧咧，是的，甚至有

① 沃尔夫（F. A. Wolf，1759－1824），德国古文字学家，古希腊罗马文学研究的奠基者之一。

② 《尼伯龙根之歌》，产生于12世纪的德国民间史诗。

③ 宾根是莱茵河畔的一座小城，富有民间传说和民间节庆，纪念一位圣者的罗胡斯节即其中之一。

点儿粗鲁。不过那只是表面。我几乎不认识任何人，会像泽尔特似的同时又那么温柔啦。想理解他就绝不能忘记，他在柏林度过了半个多世纪。可那个地方，我从一切事情上看出来，菌集着的是这样一帮子人，他们没多少美味佳肴享用，却个个伶牙俐齿，谁要不想沉沦到水下，谁就得时不时地粗鲁几下子。”

1824 年

1824 年 1 月 2 日，星期五

（莎士比亚的伟大有赖于时代；谈《少年维特的烦恼》和“维特热”）

在歌德家进餐，席间谈话轻松愉快。谈到了魏玛社交界一位年轻美人，这时在座的先生中便有一位讲：他差不多快爱上她啦，虽然她还并不是智慧超群。

“去吧！”歌德笑道，“爱不爱未必跟智慧还有什么关系！我们爱一个年轻女子的完全是另外一些品格，而不是她的智慧。我们爱她的美貌，她的年轻，她的调皮，她的温柔，她的个性，她的缺点，她的乖僻，上帝知道还有种种别的无法言说的什么东西；可是，我们不爱她的智慧。我们尊重智慧来着，它要是确实卓越超群，有了这样的优点，一个姑娘在我们眼里会平添无限的价值。倘使我们已经爱上了她，她的智慧也可能吸引我们。然而仅仅是智慧点不燃我们的爱火，激发不起我们的热情。”

大伙儿认为歌德的话很有道理，很具说服力，都准备以他的方式观察问题。

饭后其他人走了，我却留下来与歌德坐在一起，讨论了其他某些有意思的事。

我们谈到了英国文学，谈到了莎士比亚的伟大，认为在出了这位文学巨人之后，所有英国剧作家的处境真叫不利。

“一位戏剧天才，”歌德继续说，“如果他真正称得起天才的话，就不可能不注意莎士比亚，是啊，不可能不研究莎士比亚。可是研究的结果必然意识到，莎士比亚的作品已经穷尽整个人性的方方面面，已经做过最高、最深的发掘，对于后来者，从根本上讲已没剩下任何可写的东西啦。谁要在灵魂深处意识到已经存在那样一些无比精湛的、不可企及的杰作，并对其心悦诚服，谁还能从哪儿获得勇气提起笔来呢！

“至于我，五十年前在亲爱的德意志祖国情况就好多啦。我很快浏览了现有的作品，它们没能让我长时间佩服，没有怎么妨碍我走自己的路。我把德语文学和对德语文学的研究置之脑后，把注意力转向了自己的生活和创作。如此一步步前进，我的天赋便自然得到发展，便逐渐具备必需的创作能力，取得了一个阶段又一个阶段创作的成功。在我生活和发展的每一个阶段，我关于杰作的理念从来不超出我此一阶段的实际动手能力多少。可要是我生而为英国人，那便会年纪轻轻、刚一省事，就让所有那些丰富多彩的杰作和巨著压得喘不过气来，根本不会再知道自己该干什么。我不会再那么轻松快活地往前走，而必定长久地思索，长久地左顾右盼，以便寻找一条新的出路。”

我把话题引回莎士比亚，说：“如果我们把他从英国文学中抽出来，单独放到德国进行观察，那我们就不得不惊叹他那巨人一般的伟大真是一个奇迹。可如果我们去莎士比亚的故乡寻访他，置身于他的国度的大地和他所生活的时代的氛围，再研究研究他的同代人和直接继承者，呼吸呼吸自本·琼生、玛森格、马娄、博芒和弗勒乔等人那里吹刮来的雄风[1]，那么，莎士比亚伟大纵然伟大，可我们却会获得一个信念，那就是他创造的精神奇迹许多都并非不可企及，他的许多成就都得归因于他的时代和他生活那个世纪雄劲的创作风气。”

“你说得完全对，”歌德应道。“莎士比亚的情况如同瑞士的群山。如果将勃朗峰直接搬到一望平川的吕内堡大荒原[2]，对它的高度你会惊诧得说不出话来。可要是你去造访它连绵雄伟的故乡，先越过与它相邻的一座座高峰，诸如少女峰、芬斯特阿尔霍恩峰、艾格尔峰、维特霍恩峰、果特哈特峰、玫瑰峰等等，再看见勃朗峰时虽然仍觉得是个巨人，但它却不会令我们惊诧莫名啦。”

歌德继续说：“谁要不肯相信莎士比亚的伟大许多都要归功于他那伟大、雄劲的时代，那他最好问问自己：在时至 1824 年的今日英国，在报刊的批评争吵闹得文坛四分五裂的糟糕时日，还可能出现莎士比亚似的令人惊叹的天才吗？

“那样一种不受干扰的、天然纯净的、患梦游症的创作状态，唯一能产生伟大作品的创作状态，完全不可能再有了。我们现在的所有天才，全都置身于向公众展示的托盘里。那五十多种全国各地出版的批评刊物，那由它们在公众中引发的鼓噪喧闹，不容许产生任何健康的东西。当今之世，谁要不完全退避开，强行自我隔离，谁就完啦。各类报刊拙劣的、多半唱反调的文艺评论，尽管也把一种亚文化普及到了民众中，但对于一个创造的天才却无异于妖氛，无异于毒液；它不断滴落到他创造力之树上并将其摧毁，从葱茏的绿叶到树心最深处的纤维。

“还有啊，经过了窝窝囊囊的两百年，生活本身也变得何等驯

---

① 这里列举的都是于莎士比亚同时代的著名剧作家。

② 勃朗峰海拔 4807 公尺，是瑞士和欧洲第一高峰；吕内堡荒原在德国北部，海拔低而平坦。

顺和羸弱了啊！什么地方还能遇见一个富有个性的天才！什么地方还有谁能尽显本色，让人看见他本来怎么样就怎么样！这反过来又影响诗人和作家，他感到外界的一切已对他不再有吸引力，于是只好返回来求诸内心。”

谈话转到了《少年维特的烦恼》。歌德讲：

“它是这样一部作品，我可以说就像鹈鹕一样，用自己心中的血液哺育了它。它蕴涵着我内心那么多的情愫，那么多的感受和思想，足够写出十部同样长的小说哪。还有，我已一再说过，这本书出版以后我只重读了一次，时时小心别再去碰它。它纯粹是一堆火箭①啊！一读它我心里就不自在，生怕再一次经历自己早已逃离的重病状态。”

我提到他会见拿破仑的事。在他不曾刊印的文稿中，我知道有一则关于此事的速记，曾不止一次请他把它继续写完。我说：

“拿破仑当面对您提到《少年维特的烦恼》里边一处看来经不起严格审视的疏漏，您也向他承认了。我很想知道，他具体指的什么地方。”

“你猜猜！”歌德神秘地微笑着回答。

“喏，”我说，“我猜想多半是绿蒂给维特送去手枪，事先却对阿尔伯特只字不提，也没有把自己的预感和担忧告诉他吧。虽说您竭力想使她的沉默显得合乎情理，然而面对朋友命在旦夕的紧迫关头，您的所有努力仍旧于事无补。”

“你的意见自然是不错，”歌德回答，“只是拿破仑所指是这个地方或是另一处，我看还是不挑明为好。不过呢我已经讲了，你的看法和他的一样正确。”

我提出来，《少年维特的烦恼》一出版便引起极大的轰动，其

① 指由英国炮兵军官康格里夫（Congreve，1772－1828）发明的简易火箭，其后主要用作了照明弹和信号弹。

原因是否在时代呢？我道：

“人们普遍这么认为，我却不能苟同。《少年维特的烦恼》产生了划时代的影响，原因就在它出版了，而不在它出版于某个特定的时候。每个时代都有那么许多不曾说出的痛苦，那么许多隐秘的愤懑不满和厌世情绪，每一个人身上都存在那么许多与世界的矛盾，那么许多个性与市民社会的冲突，在此情况下《少年维特的烦恼》总是会引起轰动的，即使它直到今天才出版。”

“你说得很对呀，”歌德回答，“正因为如此，这本书今天和当初一个样，还影响着某一个年龄段的年轻人。我呢，当初也根本不必从时代的一般影响中，从我读过的这本那本英国小说中，去获得自己青春的苦闷。倒是个人切身的现实境况令我躁动不安，烦恼苦闷，把我置于自然会产生出《少年维特的烦恼》的心境。我曾经生活过，曾经爱过，曾经忍受过许多痛苦！——这，就是问题之所在。

“进一步观察，人们谈论很多的‘维特时代’自然与世界文化的进程无涉，相反倒与每个个人的生活阶段有关。人天生喜欢自由自在，却不得不勉强适应、屈从一个已然腐朽的世界的种种规范。幸福遭阻挠，活动受拘束，愿望得不到满足，这些并非某个特定时代的毛病，毛病在每个人自己身上。要不是人人生命中都有一个感觉《少年维特的烦恼》仿佛就是为他自己写的阶段，那才真叫糟糕哪。”

1824年1月4日，星期日

（对法国革命及现存社会制度的看法和态度）

今天饭后歌德和我一起翻阅了拉斐尔[①]的绘画册页。歌德经常观赏拉斐尔的作品，为的是接近这位最杰出的人物，体察一位高尚卓越的人的思想。能在这类事情上给我以入门的指导，使他感到高兴。

后来谈到了他的《西东合集》，特别是其中的《郁愤篇》，诗集的这个部分，抒发了歌德郁积在心的对自己敌人的愤懑。

“我是够克制自己的啦，”他补充说，“要是我把所有不快和烦恼通通讲出来，那薄薄的几页就会长成厚厚一卷。人们压根儿没对我满意过，总想把我变成与上帝喜欢造就的另外一个样子。我做什么他们同样很少满意。我一年到头尽心竭力，写出一部新作来想讨一点儿世人的欢心，他们却反过来要求我对他们感恩戴德，原因仅仅是承他们高抬贵手，说了我的作品马虎过得去。要是他们表扬了我，那我还不能兴冲冲地把它看作应有的奖赏，而是恨不得我能说一些谦虚、推辞的套话，并且低声下气地在光天化日之下，把我的人格和我的作品骂得一文不值。这可违反我的本性啊，如果我真这样虚伪，这样说假话，那我必定是个可怜的混蛋。我可是够强大的啦，自己感觉是什么样子就表现为什么样子，于是便被人视为傲慢，时至今日仍然如此。

“在宗教问题上，在科学和政治中，我到处遇见麻烦，就因为

---

① 拉斐尔（Raphael，1483—1520），意大利文艺复兴时期最伟大的画家，与达·芬奇、米开朗奇罗一起号称画坛三杰，代表作有《西斯廷圣母》《圣家庭》等。

我不阳奉阴违，就因为我有勇气说出自己真实的感受。

“我相信上帝和自然，相信高贵会战胜邪恶；但这在那些虔诚的灵魂看来还不够，我还得相信三位一体[①]。然而这有悖我心灵的真实感受；而且我也明白，即使如此对我未必会有多大好处。

“我还触了一个霉头，就是我发现牛顿关于光和颜色的学说是一个错误，并且有勇气驳斥了这一公认的信条。我认为光纯净而真实，并把捍卫这一真理当作自己的职责。可是另一帮人却郑重其事地想给光抹黑，说什么：阴影乃是光的一部分。这话听起来荒谬，但却的的确确是转述人家的原话。须知人家真是讲：颜色即为阴影和阴影遮掩的结果，那也就是光本身，或者说结论只有一个，颜色乃是光一会儿这样折射一会儿那样折射所形成的光线。”[②]

歌德沉默了，一丝带讥讽意味的笑意慢慢在庄严的脸上扩散开来。他接着讲：

“更别提政治方面啦！我曾经遭遇怎样的困厄，吃过多少苦头，简直没法讲。你知道《激动的人们》吧？”

“昨天才读过，为了编辑您的新版文集，”我回答，“它没有写完，我打心眼儿里感到遗憾。可不管怎么讲，任何存心善良的人都应该赞成您的观点。”

“它是我在法国革命时期写的，”歌德接着说，“所以在一定意义上，可以视为我当时的政治自白书。我把伯爵夫人塑造成了贵族的代表，通过她嘴里说出的那些话，表明了我认为贵族应该有的想法。伯爵夫人刚刚从巴黎回来，在那里目睹了法国革命的前后过程，从中吸收了不坏的教训，从而坚信民众是可以统治，但却不可以压迫；下层民众的革命起义乃是大人先生们多行不义的结果。

---

① 相信圣父、圣子、圣灵三位一体，是基督教的基本教义。

② 歌德长期反对牛顿的颜色学理论，虽然事实证明是他自己错了，但其坚持追求真理、不畏权威的科学精神却令人敬佩。

‘任何在我看来不义的行事，’她说，‘我将来都要严厉杜绝，即使对别人的这类行径，社会上的也好，宫廷中的也好，我也要大声说出我的意见。我发誓不再对任何不义之举默不作声，即使会因此被骂成一个民主分子。’

“我想，”歌德继续说，“这样的信念极为可敬。当初这是我本人的信念，现在仍然是。可为了奖励我，人家给我扣上了各式各样的帽子，我不想再提它们。”

“其实只要读一读《哀格蒙特》，”我接过话头，“就了解您怎么想。我不知道还有任何一个德语剧本，能为民众的自由发出比您这部戏更大声的呼吁。”

“人们就爱不以我的本来面目看我，”歌德回答，“总是对我所有的真实情形视而不见。相反席勒 —— 咱俩私下讲吧，他比我贵族得多，但说话也考虑的周到得多 ——，异常幸运，被当成了民众亲密的朋友。我打心眼儿里祝他好运，并聊以自慰，想想从前别的一些人遭遇还不如我啊。

“的确，我是不能成为法国革命的朋友，因为它的恐怖暴行离我太近，每日每时都激起我的愤怒，反之其良好结果当时还无法看出来。再者，当时德国有人自以为是，企图把法国因大势所迫所出现的场面人为地搬过来，对此我也不能无动于衷，漠然置之。

“不过，我同样也不是专制统治的朋友。我并且完全相信，发生任何一场大革命，责任都不在民众，而在政府。只要政府始终维护正义，始终头脑清醒，能够适时进行改良以满足民众的愿望，不是一直顽抗到非由下边来逼迫你干必须干的事情不可，这样子革命就完全不可能发生。

“可由于我仇视革命，人们便称我作现存制度之友。然而这是一个含义暧昧的称号，恕我不能受领。设若现存的一切都好，都合理，都优越，那我绝对没有意见。可是在有许多好的方面的同时，还存在许多坏的、不合理与不完善的地方，这样一来，现存制度之友往往差不多就等于坏的和腐朽的制度之友。

“时代呢却永远在前进；每隔五十年，人世间的事便会换一个样子，一种1800年还完美无缺的制度，到1850年也许就已残破不堪。

“对于一个民族来说，好的制度只可能从自己的本原，从广大民众的需要中产生，而不是对别人进行模仿。要知道，某种食物对于一个已发育到一定阶段的民族是高级营养品，对另一个民族也许反倒成了毒药。因此，只要不是出自植根于民族本原的需要，一切引进外来变革的尝试都是愚蠢的，这样子的革命企图都不会成功；因为它们没有上帝支持。对这类草率拙劣的举动，上帝避之唯恐不及。反之，如果在民众中存在大变革的真正需要，上帝便与之同在，革命便会成功。上帝显然曾与耶稣基督及其最初的门徒同在，因为宣示一种新的博爱教义正是各族民众的需要；上帝也显然与马丁·路德①同在，因为清除那种让教士阶层歪曲了的教义，同样是各族民众的需要。上述两大伟力可都不是现存制度之友啊；相反，它们面对现实，深感必须清除那发霉的陈面团，决不能让那不真实、不合理而且千疮百孔的旧制度再存在下去。”

1824年1月27日，星期二

（回顾一生，唯有辛劳和工作）

歌德跟我谈起他续写自传的事，眼下他正忙着完成这项工作。

① 马丁·路德（Martin Luthrt，1483—1546），16世纪德国宗教改革的发动者和领袖，基督教新教的创始人。他把原为拉丁文的基督教《圣经》翻译成德文，从而创立了统一的现代德语，为德国日后政治、经济和文化的统一和强大打下了基础，因此居功至伟。

他提到，写他晚年生活的部分不会像写青年时代的《诗与真》似的有非常详尽的细节。

“后边的这些年，我必须更多地当作编年史来处理，”歌德说，“里边出现得更多的是我的活动，而不是我的生活。一般而论，个人最重要的时期是他的发展阶段。这个阶段，对我来说，随着完成《诗与真》那细节详尽的几卷便完结了。接下来便开始了与世界的冲突，这方面如果还有什么令人感兴趣的话，那就仅仅是它产生的结果。

“再往后呢，一个德国学究的生涯，什么玩意儿？拿我来讲，也许有些好的经历却无从言说，而平平庸庸的呢又不值得花力气说。再有喽，那些能让我轻松从容地对他们讲述的听众，又在哪儿呢？

“回忆早年和中年的生活，在我现在这个年纪便会思考，那些曾与自己一起共度青春的朋友还剩几个呢？这时候我总是想起在温泉疗养地消夏的情形。刚一到便认识一些人，和他们结下了友谊，可这些人已经在此地住了一段时间，过不了几个礼拜就要走啦。失去他们令人难过。那就去结识下一拨人吧，和他们还可以过一段，于是又成了亲密朋友。但这拨人也要走，剩下我们孤零零的。还有就是第三拨在我们即将离去时才到的人，和这些人你就完全没什么交道好打啦。

“大家常称赞我是一个特别幸运的人；我自己呢，也不想抱怨，说对自己生涯不满的难听话。只是呢，归根结底只有辛劳和工作，别的什么都没有。大概可以讲吧，在我长达七十五个春秋的一生中，真正安逸快乐的日子不到四周。这就像一块永远要往下滚的大石头，你得没完没了地重新往山上推它。[①]我的编年史将把此处说的这些话，解释得明明白白。要我有所作为的呼声，外来的也罢，发

① 典出希腊神话中的西西胡斯传说。

自内心的也罢，真是太多了。

“我真正的幸运是我的文学思考和创作。然而我所处的环境，又多么严重地干扰、制约和妨碍我了哟！要是我能离社会活动和日常事务远一点儿，多一些离群索居的时间，那我会更加幸福，取得的文学成就也会多得多。是啊，我写完《葛慈·封·伯利欣根》和《少年维特的烦恼》不久，一位智者曾说过这样一句话：你对世界有了贡献，为报答你世界就会做出安排，让你别又一次这样做。现在看来，此话在我身上应验喽。

“闻名遐迩，位高权重，在生活里本是好事。只不过我靠自己的所有名和位没有得到任何好处，换来的只是对别人的意见保持沉默，否则便会得罪人。这样做的好处是我总知道别人怎么想，别人呢却不知道我怎么想，要不然啊，真就开了一个愚蠢透顶的玩笑。”

1824年2月15日，星期天

（歌德庆幸自己不再年轻）

今天歌德邀我午饭前一块儿去散步。我进屋时发现他正在进早餐，看上去兴致挺好。

“来了一位令我高兴的客人，”他愉快地对我说，“一位前途无量的青年，威斯特法伦的迈耶尔刚刚在我这里。他写了一些诗，一些很有希望的诗。他才十八岁，却成熟老到，真是难以置信。

“我很高兴，”随后歌德笑道，“现在我已不再是十八岁。我十八岁的时候，德国也只有十八岁，还可以有所作为；可现在要求太多啦，而且所有路都让人跑过了。

“在一切领域德国都高高在上，高得我们根本无法综观全貌，眼下呢我们还要师法古希腊人和古罗马人，又要仿效英国人和法兰西人！除此之外，是的，简直是疯了，还把眼睛盯着阿拉伯东方，这么一来一个年轻人不完全昏了头才怪。

“为了安慰他，我领他看了我巨大的天后朱诺头像，以这件雕塑作为象征，告诉他只要坚持学习希腊人，就会获得安宁。他是个好小伙子！只要注意别太分心，别东一榔头西一棒子，就定会有出息。

“不过，我说过了，谢天谢地，在这成熟透顶的时代自己不再年轻。如果年轻真不知道怎么活。是啊，即使想逃到美洲去也太迟了，那儿的人也太聪明。”

1824年2月22日，星期天

（观赏意大利风光铜版画）

跟歌德和他儿子一道进餐。席间小歌德讲了不少他学生时代的趣事。也就是他当年住在海德堡，假期里常和朋友们去莱茵河畔漫游。他曾和另外十个大学生在一家旅店过夜，店老板无偿招待他们喝葡萄酒，只要求朋友们有朝一日去参加他的一次“婚宴”。这位店主给他留下了很好的印象。

饭后歌德给我们看一些着了色的素描，题材为意大利风物，特别是邻近瑞士山区和玛爵湖（Lago Maggiore）的北意大利。波罗梅伊群岛（die Borromäischen Inseln）倒映在湖水里，湖岸边看得见渔船和渔具。歌德告诉我们，这就是《威廉·迈斯特的漫游时代》里的那个湖。在朝着玫瑰山（Monte Rosa）的西北方向上，耸立着将湖与其他地区隔离开的连绵群山，正值夕阳西下，山色幽深如岱。

我说，我出生在平原上，面对这样幽森高峻的群山心里感觉不踏实，绝不会有兴致去那些山谷里漫游。

“这样的感觉挺正常，”歌德说，“归根到底，人只适宜于待在他出生和生长的环境里。要是没有重大的追求，他待在家里会幸福得多。瑞士一开始给我留下了极强的印象，令我心神迷乱，坐卧不宁；直到去过多次，最后一些年纯粹用研究矿物学的眼光去看那些山，才开始平心静气地体验它们。”

随后又观赏了一批根据一家法国画廊所藏油画制作的铜刻画。这些画几乎都少有创意，所以五十幅中很难找出四五幅好的。好的几幅是：一位少女在请人代写情书；一个夫人待在表明出售（maison à vendre）但无人光顾的房子里；一幅打鱼图；一群站在圣母像前的音乐家，还有一幅普桑①风格的风景也不坏。对此歌德评论说：“这些艺术家掌握了普桑画风景的一般理念，就照此理念一个劲儿地画下去，结果画作就既说不上好，也不能说坏。不坏是因为随处都隐隐可见一个颇为可观的样板，但是又不能称它们就好，因为这些画家通常都缺少普桑似的伟大人格。诗人们的情况也如此，学习莎士比亚风格的不少，学得成功者却实在叫凤毛麟角。”

最后观赏了劳赫为法兰克福故居雕塑的歌德胸像模型，大伙儿边看边谈。

1824 年 2 月 24 日，星期二

（学习须符合实际需要；古典雕刻艺术的长处）

今天午后 1 点去见歌德。他让我看一篇由他口授而成的文稿，是准备给《艺术与古代》的第 5 卷第 1 期用的。我发现他给我的评

① 普桑（N. Poussin，1594—1665），法国古典主义风景画大师。

论文章《印度贱民》做了个附录，内容既涉及那部法国悲剧，也涉及他自己的抒情诗三部曲，如此一来，这个题目就在一定意义上做得完整全面了。

“很好，你借写评论的机会熟悉了印度的情况，”歌德说，“因为说到底，我们搞研究最终只是掌握了自己实际使用的东西。”

我承认他说得对，告诉他我在上大学时就有这样的经验，听了老师们许许多多报告，能记住的也只是自己本已倾向于实际使用的内容；相反，所有将来不可能用上的东西通通让我给忘记了。我讲：

“我听过赫恩①教授的古代史和现代史，可如今已记不起一个字。然而，倘使现在要我为写剧本而去研究某一个历史片断，那我肯定一辈子都会记住研究的东西。”

“总而言之，大学里学的太多太多，而且是太多毫无用处的东西，”歌德说，“还有一些个老师拼命延伸自己的专业，教授的知识远远超出了学生的需要。早年化学和植物学一起归入药物学讲授，学医的学生只听它就够了。现在倒好，化学和植物学都自成一门无边无涯的大学问，掌握其中任何一门都需要人穷其一生，可是医学院学生硬是两门全得念！结果呢什么也学不到，顾此失彼嘛，通通忘得精光。谁聪明谁就会拒绝一切叫人分散精力的要求，而专心致志于一个专业，把一个专业学精学通。”

随后歌德给我看一篇他关于拜伦的《该隐》的短评。我很感兴趣地读了起来。

“你瞧，”他说，“教会的信条不足以影响像拜伦这样的自由心灵，他正是通过此剧，极力摆脱一种强加给自己的教义的束缚。②英

① 赫恩（A. H. L. Heeren，1760－1842），哥廷根大学历史教授。

② 《该隐》是拜伦以《圣经・旧约》里的故事写成的悲剧，同名主人公是人类始祖亚当和夏娃的长子，他因妒忌而杀死了弟弟亚伯。拜伦诗剧反《圣经》之义用之，将恶人该隐塑造成了一位悲剧英雄。

国的教师们显然不会因此感谢他；我很好奇，不知他是否会进一步写《圣经》中与此相邻的题材，是否会将例如所多玛的毁灭和峨摩拉的毁灭放过。”[①]

在这些文学讨论之后，歌德把我的兴趣引到了造型艺术上，让我看一件昨天他已经兴致勃勃地谈起过的古代石雕。我观赏着，惊讶于它表现手法的质朴单纯。我看见一名男子从肩上往下放一只水桶，为的是让一个男孩儿喝水。可男孩儿还感觉不舒服，他的嘴还够不着，桶里的水还流不出来。于是只见他把自己的两只小手按在桶上，仰起脑袋望着男子，像是求他把桶再向自己倾一点儿。

“喏，喜欢吗？”歌德问。“我们现代人自然也体会得到一个如此纯粹自然，如此质朴天成的题材有多么美，”他接着说，“我们也知道也理解，这样的作品该如何创作；只不过我们创作不出来，理性至上嘛，因此总是缺少这样一点儿令人惊叹的魅力。”

随后我们观赏柏林的勃兰特[②]雕琢的一枚徽章，表现的是年轻的提苏斯[③]正从巨石下取出他父亲的武器。人物的姿态有许多可称赞之处，只是要搬动巨石四肢还显得用力不够。再有，年轻人既用一只手拽武器，还用另一只手搬石头，看来无论怎么讲都考虑欠妥；要知道，按道理他该先将沉重的石头撂到一边，然后再拾起武器。歌德随即说：

“作为对照给你看一件古代的宝石雕刻，它的题材完全相同，但出自一位古人之手。”

说着他让仆人施塔德曼搬来一口箱子，箱子里藏着数百件古代宝石雕刻的复制品，都是他旅游意大利时从罗马带回来的。于是我见到一位古希腊艺术家处理的同一题材，可那手法是何等的不一样

① 所多玛和峨摩拉是古代迦南的两座城市，其居民作恶多端，荒淫无度，因此耶和华神降天火与硫黄使全城覆灭。事见《圣经·旧约·创世纪》第18、19章。

② 勃兰特（H. F. Brandt，1789—1845），柏林著名的徽章。

③ 提苏斯是传说中的瑞典王子，力大无穷犹如希腊神话里的赫库勒斯。

啊！只见小伙子使尽全力推那巨石并也承受得起它的重量，因为这重量眼看就要被征服，石头已给推到了快要滚到一边的节骨眼儿上。年轻的英雄使出浑身的力气顶住沉重的巨石，只有目光向下瞅着压在面前石头底下的武器。

我俩都欣赏这再合乎实际不过的处理。

“迈耶尔经常喜欢讲，”歌德笑着插了一句，“最难莫过于构思啊！—— 可糟糕就糟糕在，”他接着说，“我们再怎么思考也无助于构思，你必须天生是这个材料，只有这样好的想法才会像上帝自由的孩子似的不请自到，并冲着你喊：瞧我们来啦。”

1824年2月25日，星期三

（诗的形式作用巨大；经历丰富是个“大便宜”）

歌德今天给我看了他两首极有意思的诗，两首诗总的倾向都高度伦理化，但一些个母题却自然、真实得毫无保留，以致世人很可能习以为常地称其为不道德的诗。也正因此吧，他把它们密藏起来，不打算公之于众。

“倘若智慧和高度的教养能转变成公众共同的财富，”他说，“那当诗人就太美了，他什么时候都可以彻底真实，不必害怕说出最精彩的话。可事实上他经常不得不有所节制，有所考虑，他的作品会落到各式各样的人手里；他因此有理由顾忌，别因为太坦率引起多数好好先生的反感。还有时间也是个古怪东西。它就像暴君似的喜怒无常，对同一个人的言语行为在不同时代会表现不同的脸色。古希腊人允许说的话，我们再说就不合适；莎士比亚强健的同时代人感觉美妙的事物，1820年英国人就不再受得了，所以新近就感到有出版一种莎士比亚家庭版的需要。”

“还有形式也影响很多，”我补充说，“两首中的一首音调、格律都合乎古代规范，引起反感的可能小得多。一些个母题本身诚然难以为人接受，但表现手法使整个作品变得如此大气如此高贵，让人仿佛在听一位雄健的古代诗人吟唱，我们也仿佛回到了希腊远古的英雄时代。另一首诗相反，音调、格律都是阿里俄斯托[①]的，就麻烦得多了。内容是一次现代历险，语言也现代，于是便无所遮掩地直通通进入咱们的现实，一些个大胆的细节便显得肆无忌惮多了。”

“你说得对，”歌德回答，“在不同的诗体格律里面，蕴藏着各种神秘而巨大的效果。比如我的《罗马哀歌》，如果有人将其改译成拜伦《唐璜》式的音调和格律，那它的内容必定也跟着变得十分粗俗。”[②]

这时送来了法国报纸。在昂顾勒姆公爵统率下完成的那场讨伐西班牙的战役，引起了歌德极大的关注。“对波旁王朝走的这步棋我不能不大加赞赏，”他说，“因为正是通过此役，他们才抓到军权，也赢得了王位。这下成功了。士兵们返国时怀着对自己国王的忠诚，因为他们从自己的胜利，也从人数众多的西班牙人的失败获得了一个信念：效忠于一个人抑或听命于许多人，没有什么区别。军队赢回了旧日的光荣，证明了自身的价值，它即使没了拿破仑，照样能打胜仗。”

接下来歌德回顾了历史，谈了许多普鲁士军队在七年战争中的情况，说在腓特烈大王的带领下这支军队所向无敌，因此变得娇纵自满起来，结果后来在许多大战役中吃了败仗。所有的细节他全历历在目，我称赞他记忆超凡，实在幸运。

---

① 阿里俄斯托（Ariosto），15世纪的意大利诗人。

② 《罗马哀歌》是歌德用古希腊庄严的哀歌体写的组诗，记叙诗人旅行意大利的经历，诗中不乏性爱描写；拜伦的《唐璜》是一部讽刺诗，同名主人公为好色之徒，诗体格律和语言活泼、流畅、讥讽但也显轻佻。

“我占了一个大便宜，”他接着说，“能出生在这么个世界风云济会，在我漫长的一生中重大事件层出不穷的时代：先是七年战争，然后美国脱离英国独立，接着又来了法国革命，最后才是整个拿破仑时代直至这位英雄覆灭，以及随之发生的种种事变，我成了亲身经历这一切的历史见证。这样一来，我的观察结果和看法就可能与人完全两样；现在才出生的人只能通过书本了解那些重大事件，也就弄不明白它们是怎么回事。

“往后的一些年将发生什么，完全无法预言；只是我担心咱们不会很快获得安宁。世人生性可不谦虚知足：大人老爷不会放弃滥用强权，民众也不满足于勉强过得去的状态，静待逐渐的改良。只有使人性变得完美，现实也才可能完美；实际是将无休止地动荡摇晃，一部分人受苦受难，另一部分人安乐享受；自私和妒忌这两个恶魔将永远作祟，党派之争将没了没完。最明智的办法是人人各司其职，生来适合干什么、学习过干什么就干什么，别去妨碍他人干自己的事。鞋匠就该守着他的楦头，农民就该扶着他的犁头，君主呢，就该懂得治理国家。要知道，治国也是一项需要学习的职业，任何不精于此道的人都不应潜妄介入。”

随后歌德又谈起法国的报纸，说道：

“可以让自由派人士发言嘛，因为如果他们讲得有道理，别人就乐意听。但是保皇党手中握有重权，就不宜讲话，而必须行动。他们不妨调遣军队，砍人脑袋，让人上绞架，这些都是他们的权利；可要是在公开发行的报纸上否定别人的意见，为自己的举措辩护，就有失体统啦。除非读者全都是君主，否则掌权者还是别发议论为好。

“至于我过去的所作所为，”歌德接着讲，“我总自认为是一个保皇派。让别人爱讲什么就讲什么吧，我呢，认为怎么好便怎么干。我了解自己事业的全貌，知道自己的目标所在。要是我独自犯了错误，能够重新将其挽回；可错误要是三个人和更多的人一块儿犯的，那改正就不可能了，因为人多不同的意见也多。”

接下来吃饭的时候，歌德情绪极为高涨。他给我看施彼格尔夫人的纪念册，他在册子里写了些很美的诗句。留给他题写的空白长达两年，他很高兴，终于兑现了一桩旧日的承诺。我向施彼格尔夫人朗诵完了诗，继续往后翻阅纪念册，遇见了许多显赫的姓氏。翻一页便是梯德格的一首诗，思想和音调完全跟他的《乌拉尼亚女神》一样。① 歌德说：“我一时心血来潮，想在他这诗的下面再和上几句，可一转念还是算了。我感到庆幸，因为口无遮拦会得罪好人，弄巧成拙，这在我可不是第一次啦。

“梯德格的《乌拉尼亚女神》我可是受够了，”歌德继续说。“有一段时间，唱的念的净是《乌拉尼亚女神》；不管去到哪儿，桌子上见到的都是《乌拉尼亚女神》，谈话的题目也全是《乌拉尼亚女神》和永生。我呢，当然也不愿失去相信未来继续存在的幸福；是啊，我甚至想附和着洛伦索·美第奇②讲，所有不盼望来世的人，对于此生就已经死了。只不过呢如此不可理喻的事情，远远不能成为日常观察的对象，不能充当绞尽脑汁的思辨题目。再说，谁相信永生，谁偷着乐得啦，他可是没有理由再驰骋幻想，肆意发挥。至于梯德格的《乌拉尼亚女神》嘛，我只想说那些虔诚的信徒就跟贵族一样，也是一个特权阶层。我发现有些蠢女人自以为了不起，了不起的理由就在她们与梯德格一起相信永生来着；她们有的想以极其傲慢的方式在这点上考验我，我没法子只能忍受。可我得罪了她们，因为我说：求之不得呀，如果咱们过完此生还有幸再活一次；只是呢，我恳求恩典我，别让我到了那边再碰见这世上任何一个曾经相信来生的人。否则啊，我才真会苦不堪言！虔诚的人们便会成

---

① 梯德格（Ch. A. Tiedge），德国作家，其作品《乌拉尼亚女神》中的乌拉尼亚即希腊神话里的美神阿芙洛狄忒。

② 洛伦索·美第奇（Lorenzo de Medici，1449－1492），意大利文艺复兴时期的诗人、政治家，以热心保护和赞助文艺家著称并留名史册。

天围着我转，说：你看，咱们不是对了吗？咱们不早说过吗？应验了是不是？如此一来，到了彼岸也休想获得安宁！

“考虑什么永生?”歌德继续说：“那是贵人们尤其是那些无所事事的贵妇们的事。一个想在今生就有所作为的人，他每天都得努力，都得奋斗，都得工作，就该让来世自己待在一边儿，在今世奋发有为。再者，那种对今世的幸福没多少指望的人，也适合琢磨永生问题。我愿打赌，善良的梯德格如果明白这一点，他的思想也会更好一些。”

1824年2月26日，星期四

（只表现与自己天赋相近的题材；天赋与预感）

陪歌德吃饭。饭后收拾好了，他让佣人施塔德曼搬来几只收藏铜版画的大夹子。夹子上集了一些灰尘，旁边又没有合适的帕子可以擦拭，歌德于是生气了，骂了他这个佣人。

“我再最后提醒一次，”他说，“你要不今天就去买回已多次叫买的抹布，那明天我就自己去买，你看着好啦，我说话算话。”

施塔德曼去了。

“有一次我对演员贝克尔发过同样的火，”歌德心绪颇好地对我继续说，“他当时拒绝扮演《华伦斯泰》中的一名骑士。我让人告诉他，如果他不演这个角色，那我就自己演。这一讲成了。因为剧院的人了解我，知道我在这类事情上不开玩笑，脾气犟得说了干啥一定干啥，甚至会干出最疯狂的举动来的。”

“您真的会去演那个角色?”我问。

“会!”歌德回答，“我会去演，而且演得比贝克尔先生更好，因为我比他更了解这个角色。”

随后我们打开画夹，开始观赏里边的铜刻画和素描。为了我歌德翻看得很慢，我感觉得到，他是有意帮助我提高艺术鉴赏力。他只让我看每一类画中的杰作，给我详细讲解作者的立意和成就，以使我能体会大师们的想法，重温大师们的感受。

“这样才能培养出我们所说的品位，”他讲。“须知品位不能用中等货色养成，只能用杰作上品。所以我只让你看最好的作品，等你这样打好了基础，便有了评价其他作品的尺度，不会估计过高，也不会过低。我让你看每种画中最成功的佳作，使你懂得没有哪个画种可以轻视；只要一位伟大的天才得到登峰造极的发挥，任何画种都会赏心悦目，令人欣喜。例如这幅法国画家的艳情画可谓无与伦比，因此堪称此一画种的典范杰作。”

歌德把画递给我，我兴致勃勃地观看起来。画面是夏季别墅里一间惬意的房间，透过敞开的门和窗看得见外面的花园，以及园中的一群俊男靓女。房间里坐着一位二十岁光景的美妇人，手捧一本乐谱，像是刚刚才展罢歌喉的样子。往下一点儿，在她的旁边，倚坐着一个十五岁左右的少女。在敞开着的窗前，脸朝外站着另一名年轻女子，怀里抱着一把琴，好像仍在弹奏。这当儿进房来一位年轻的先生，女士们的目光全给他吸引了过去。似乎是他打断了她们的娱乐弹唱，因此微微弓着身子，使人觉得他正在说抱歉，而他的话女士们都爱听。

“这幅画，我想其温情香艳足以媲美卡尔德隆①的一部杰作，”歌德说。“如此一来，这个画种里最精彩的一件作品，就让你看见啦。对此你可还有什么说的？”

说着他又递了著名动物画家卢斯②的一些蚀刻版画给我，画的全是绵羊，各种姿态、各种情状的全有。面孔长相之单一，皮毛之

① 卡尔德隆（P. Calderon，1600－1681），西班牙巴洛克戏剧大师。
② 卢斯（I. H. Roos，1631－1685），德国著名画家。

肮脏、蓬乱，一切一切都真实到了极点，简直就像是些真羊。

“每当注视这些牲畜我心里就会害怕，”歌德说，“它们那么呆板，那么蠢笨，那么懵懵懂懂，那么傻张着嘴，叫我看了不能不产生同情。我真害怕自己会变成这样一头动物，并差不多相信画家本人曾经就是一头羊。反正是极端令人惊讶哪，他怎么会钻进羊们的灵魂，深入体会它们的思想感情，以至能通过外表把它们的内在性格如此真实地展现在我们眼前。由此可见，如果坚持画与自己禀性相近的题材，一位伟大天才会取得怎样的成就。”

“这位画家难道没有同样真实地也画过狗、猫和猛兽吗？”我问。“是啊，他如此善于体察其他动物的内心状态，有没有也同样忠实地表现过人物的性格呢？”

“没有，”歌德回答，“这些全都超出了他的范围；反之，那类驯顺的吃草动物，如像绵羊、山羊、奶牛等等，他却永不疲倦地画了又画 —— 这本是他一生一世都不会离开的天才领地嘛。他这样做好极了！与羊一类动物的同感在他与生俱来，他自然而然地了解它们的心理情感，对它们的体态外表同样生就一双敏锐的眼睛。别的生物相反也许就不那么容易让他看透了，因此要画它们他既缺少天赋，也没有激情。”

歌德的一席话在我心里激起不少类似的联想。例如不久前他还对我说，真正的诗人生来了解世界，要表现它根本用不着许多的经验，用不着见多识广。记得他当时讲：

“我创作我那部《葛慈·封·伯利欣根》时还是个二十二岁的小青年，十年后真惊讶我写得竟那么真实。谁都知道我不曾有过类似的经历和见闻，所以我必定是通过预感认识了复杂纷繁的人事情景。

“一般说来，在认识外部世界之前，我先只喜欢表现自己的内心世界。后来，等我在现实中发现世界确实像我想象的样子，它就令我生厌，我再也提不起兴致去表现它了。是的，我想讲：如果我长期等待，直到认识了世界才去表现它，那我写出来的就只能是对现实的戏拟喽。”

还有一次，歌德说：“所有人的性格中都存在一定的必然性，一定的倾向，和这种那种基本性格特征同时并存的还有一定的次要特征。经验足以教人认识到这一点，但是也有少数的人这种认识与生俱来。在我身上天赋与经验是否得到了结合，我不想追究，只不过我知道：我和谁只要谈上一刻钟的话，就足以让他在作品里讲两个小时。”

谈到拜伦，歌德同样也说，世界对于他像是透明的，他通过预感就能表现世界。我表示有些怀疑，说拜伦例如未必能够表现低等动物本性，原因是他的人格太伟大，不会乐意关注这样一类题材。歌德承认我说得对，并且讲，联想的有效范围总是有限，只有当题材与作家的天赋相适应才起作用。在天赋与预感的关系这点上，我们看法一致，都认为联想之作用范围大小，随作家天赋高低的不同而变化。

随后我讲：“阁下认为诗人生来便了解世界，那我想您大概只是指内心世界说的，而非指现象和日常的经验世界吧；也就是说，诗人要想成功地表现经验世界，就必须再对现实进行研究。”

“当然是这样，”歌德回答。“爱与恨，希望与绝望，以及心灵其他种种称呼的状态和情感，天生属于诗人的领地，也能让他成功地表现。但是如何开庭断案，或者如何参加议会，如何给皇帝加冕，他便并非生来就了解；要想描写这些事情不违背真实，诗人就必须通过自身的阅历或者吸取前人的经验学习掌握它们。例如写《浮士德》我能通过预感，很好地把握主人公悲观厌世的阴郁心理，还有格莉琴热烈的爱情感受；但为了写例如：

天空中升起红色的残月，

那么悲凉，那么冷清黯淡 ……[①]

就需要亲自观察自然。”

“可是，”我接过话头，“整部《浮士德》里没有一行不带着悉心研究世界和人生的鲜明痕迹。读者怎么也不会想，您没有极其丰富的人生体验，一切全是上天所赐。”

“可能吧，”歌德回答，“不过如果我没有通过预感事先在心中装着世界，那将始终是个睁眼瞎子，一切的研究和体验都只会劳而无功，白费力气。光存在着，颜色包围着我们；可如果我们自己眼里没有光和颜色，那我们也就不会发觉身外的这类东西。”[②]

1824年2月28日，星期六

（创作最忌功利和草率）

“天性使然，”歌德说，“有些杰出人物每次写作都要先静心而深入地钻研题材，决不匆忙从事，即兴命笔。这样的天才常常叫我们不耐烦，因为你很少能从他们那儿得到你眼下希望得到的东西。然而也正是如此，才诞生出了登峰造极的作品。”

我把谈话引向了拉姆贝格[③]。歌德说：

“他当然是另一种类型的艺术家，一位极讨人喜爱的天才，一位无与伦比的即兴挥毫大师。一次在德累斯顿，他要我临时出个题目给他画。我就告诉他：阿伽门农远征特洛伊归来刚下马车，正要

---

① 引自《浮士德》第一部《瓦普几斯之夜》一场。

② 歌德这些谈话有夸大预感（Antizipation）作用之嫌，似与以前强调创作要以实践为本的提法矛盾。

③ 拉姆贝格（Ramberg，1763—1840），德国画家，擅长书籍插图画和铜版蚀刻画。

跨进家门突然心中感到不是滋味。你得承认，这个题材真是再难不过，换上别的画家必定要长时间深思熟虑。可他倒好，我话刚出口，他已经画起来，而且我还不得不佩服他，竟立刻准确地把握住了要表现的东西。我无法否认，我真想收藏几幅拉姆贝格亲手画的画。”

随后我们谈到了另一些画家，说他们画风浮躁轻率，结果落入俗套，自己毁了自己。

“这样的套路总是赶着完工，”歌德说，“不觉得创作本身有任何乐趣。货真价实的、真正伟大的天才，却能在创作过程中找到最大的幸福。卢斯孜孜不倦，一丝不苟，才画成了他那些山羊和绵羊的长毛和卷毛；从那无比的精准细腻，可以看出他工作时享受着最纯净恬美的幸福，根本想不到赶工来着。

“才能差一些的人不满足于艺术就是艺术，他们在创作中总是眼睛盯着钱，只看见他们希望用完成的作品去换取的报酬。可是，目的与路子如此世俗和功利，根本出不来任何大作品。”

1824年2月29日，星期天

（欧仁·拿破仑去世和多瑙—莱茵运河修建计划）

12点钟去见歌德，他邀请我中饭前一块儿乘车去兜兜风。我进屋时发现他正用早点，就坐到他对面，和他谈起我们为编辑他的新文集都还在考虑的那些作品。我劝他这个集子既要收《神·英雄和维兰特》，也要收《牧师的通信》。

歌德回答：“以我现在的立场，我对这些青年时代的作品原本没有任何想法。就由你们年轻一代做决定吧。我不想责骂那些最初的尝试，那会儿自然还懵懵懂懂，不自觉地往前闯，不过呢我具有正确的直觉，有一根指引我寻找到金子的‘幸运棒’。”

我指出，所有伟大的天才都是这样，否则在这良莠善恶混杂的世界上，他一朝醒来就找不着正确的方向，避免背道而驰。

说话间车已套好，我们便坐上出了城，向耶那方向驶去。天南地北地聊着，歌德提到了新送来的法国报纸。

“法国的宪政有完全不同于英国的基础，”他说，“这个民族身体内毛病太多。在法兰西干什么都得行贿，是的，整个法国革命都受到了行贿受贿者的左右。随后歌德提到早上刚到的消息：罗希滕贝格的公爵欧仁·拿破仑死了。这消息看样子挺使他难过。他说：“他是一位伟大人物，这样的人越来越少啦；世界又失去了一位杰出的人。我认识他，去年夏天还和他在玛丽温泉聚谈过。他一表人才，约莫四十二岁，但看上去要老一点儿，毫不奇怪呀，你只要想一想，他一生中经历了一个接一个的战役，一件又一件的大事。在玛丽温泉他向我透露了一个计划，跟我详细商谈了如何实施这个计划。原来啊他正四处奔走，要修建一条连接莱茵河与多瑙河的运河。可是一项艰巨工程喽，如果考虑到地方势力的拼命反对。然而一位曾经在拿破仑麾下效过力，跟他一起震撼过世界的男子汉，又会把什么看作不可能呢！卡尔大公就有过同样的计划，并且也动工了，可没过多久工程就停了下了：施工现场的土质经不住挖掘，一挖开两边的泥沙总是又合了拢去。”

1824年3月22日，星期一

（漫步歌德别墅所在的园林）

中饭前乘车去歌德园林别墅。

园林位于伊尔姆河彼岸，紧挨着城市的公园，在一片丘陵的西面斜坡上，环境很是惬意宜人。北风东风都给挡住了，南风西风却长驱直入，送来温暖吹来生气，特别在春天和秋天，住在园林中真是舒适至极。

坐落在西北方的魏玛城近在咫尺，走几分钟就到了；然而环顾四周却不见一幢楼宇或者一个塔尖，让人想到这是在城市身边：公园里林木参天，完全遮挡住了朝城市一边的视线。在左边的林木朝北方延伸，紧贴着林子便是直接通向城外园林别墅的车道。

朝西和西南方望去，可见一片开阔草地，越过了草地，在一箭之遥的远处，伊尔姆河静静地、蜿蜒曲折地流去。河的彼岸同样是起伏的丘陵，丘陵的斜坡上和丘顶上林木繁多，赤杨、白杨、岑树和白桦树干挺拔，枝叶茂密，浓荫隐映下扩展开来的公园满眼绿意，把南方和西方的天际线推得老远老远的。

越过草地极目远方，特别是在夏季里，公园给人的印象好似你处在一座方圆数里的大森林边上，你会觉得，随时可能有一头梅花鹿或者麋鹿出现在草地上。这时你便会体验到大自然的岑寂宁静，因为周围实在是太静了，静得常常一点儿声息没有，如果不是鸫雀时不时地啼叫两声，或者断断续续地从林中飘送来莺儿的啭鸣。

然而从这远离尘嚣的梦境中，我们也不断被惊醒：一会儿塔楼上当当当敲响了报时钟，一会儿公园的高处传来孔雀的鸣叫，一会儿军营里响起了鼓号声。不过并不叫人讨厌，因为让这些声音唤醒，都让人产生一种身在故园的宁帖感觉，而你原以为在云天之外。

在某些季节和某些日子，公园里的草地压根儿不冷清寂寞。一会儿看见乡人们去魏玛城中赶集，或者去上班来回从这里经过，一会儿又有形形色色的散步者沿着蜿蜒的伊尔姆河走去，尤其是走向在某些日子谁都爱去的魏玛上城。而一到收获干草的季节，这些地方更是热闹非凡。随后就看见羊群在草地上放牧，有时还夹杂着来自附近奶场的漂亮瑞士母牛。今天还丝毫见不着所有这些令人心旷神怡的景象。草地上找不到几块绿颜色，高大的树木全无绿叶，只有褐色的枝丫和蓓蕾；然而燕雀儿的啼叫和不时送来的鸫鸟的鸣啭，却预报了春天的临近。

空气如夏日般清爽宜人，还微微地吹拂着西南风。晴空里飘过一小块一小块的彤云，更高处的带状卷云正在消散。我们仔细观察这云象，发现从底下飘过的云朵也在散开，由此歌德得出结论说，气压表要升高啦。

接下来歌德谈了不少气压表升降的问题，他称这些现象为“水之肯定”和“水之否定”。他讲地球依照自身永恒的法则呼吸，讲到持续不断的“水之肯定”可能引发洪水。还说：每个地方都有自己的气压，不过欧洲范围的气压却大致差不多。大自然变幻莫测，本身很不规律，也就很难让你找出规则性来了。

我跟着歌德漫步在园中宽阔的砂石路上，同时聆听着他讲这类高深问题。不觉已来到别墅跟前，他吩咐佣人打开楼门，准备过一会儿领我进去参观内部。别墅外墙粉刷成了白色，墙面上布满由木条支撑着的蔷薇植物，藤蔓一直攀爬到了屋顶上。我围着别墅转了一圈，发现蔷薇丛中的枝杈间，留下来了大量去年夏天的鸟窝，形状各式各样，眼下蔷薇没了叶子便全都显露了出来，特别是那许多由金翅雀和形形色色的尖嘴小雀儿各按自己喜好高低错落地搭建的鸟巢，看上去煞是有趣。

歌德随后领我走进楼内，去年夏天我放过了参观的机会。在一楼我只发现有一间起居室，墙上挂着一些地图和铜版画，再就是还有歌德真人大小的一张彩色油画肖像，而且是迈耶尔画的，画的时间就在朋友俩刚刚从意大利归来不久。那时候的歌德正值中年，肤色褐黑，身强力壮，脸上神情颇为严肃，人一见便会想：这是一位胸存抱负的男子。

沿着楼梯走上二楼，我发现三个房间加一间斗室，然而全都窄小，谈不上什么舒服。歌德说，早年他跟朋友们在这里住过很长时间，工作起来安安心心。

室内温度偏凉，我们都渴望回到温和的露天里去。在正午阳光下的大道上来回踱着，话题又转到了当代文学，转到了谢林，时不时地也谈起普拉滕的几出新戏。

可没谈多久，我们的注意力又回到了身边围绕着的大自然。一丛丛百合和皇冠花已吐出茁壮的芽孢，道路两旁的锦葵也已开始返青。

在小丘的斜坡上，花园高起的部分是块草坪，上面零零星星地长着几株果树。有几条小路通向丘顶，在上边绕了绕又通下来，勾起了我想上去瞅一瞅的兴致。歌德快步向前给我带路，见他如此健硕我挺高兴。

在丘顶的篱笆边上，我们发现一只母孔雀，看样子是从公爵的林苑里溜过来的。这时歌德告诉我，夏日里他常常随便拿点儿饲料就把孔雀引过来，并且使它们习惯于待在这里。

从小丘另一边沿着蜿蜒的小径往下走，我发现灌木丛中包围着一块石头，石头上刻着那首谁都熟悉的诗里的一句：

在这寂静的所在，痴情的人儿曾思念他心爱的人。

我立马觉得自己正置身一处古典的场所。

就在离这里很近的地方，我们见到一片幼树林，林中有橡树、有枞树、有白桦和有榉树。在总数底下，我发现了一点儿猛禽吃剩的残骸，并指给歌德看。歌德回答，他在这里常看见类似的情况，由此断定有几只经常出没此地的猫头鹰在这些枞树上安了家。

我们绕过小树林，便又到了别墅近旁的大道上。刚才说那片橡树、枞树、白桦、榉树混生的林子，在这一面呈半圆形，树梢合拢成穹顶模样，林子内变得像座洞穴。我们踱进去，坐在一张圆桌周围的小椅子上。阳光很是强烈，尽管没有叶片的树木只投下些许树荫，我们已感觉再好不过。“在炎热的夏日，”歌德说，“我没有更好的避难所喽。四十年前，我亲手植下了这些树，随后看着它们一年年长高起来，心里真是快乐，而且能够享受它们的荫庇，也已有了相当长的时间。这些橡树和榉树的叶簇，连最强烈的日光也穿不过。温暖的夏天我喜欢饭后来这里坐坐，此时草地和整个公园常常静得就像古人们说的：‘连潘恩[①]也入睡啦。’”

这时城里传来打 2 点的钟声，我们于是登车返回。

1824 年 3 月 30 日，星期二

（德国人独特的文学批评观；谈蒂克和施勒格尔兄弟；歌德的朗诵才能）

傍晚在歌德家里，我单独与他在一起。我们谈得很多，喝了一瓶葡萄酒。话题涉及法国戏剧与德国戏剧的不同特点。

歌德说：“很难设想德国观众会形成纯粹的判断力，就像我们在意大利和法国看见的那样。而对我们特别有妨害的是，咱们的舞台上什么全混在一块儿演。同一个地方昨天演的是《哈姆雷特》，今天又演《斯塔波尔》[②]；明天刚沉醉在美妙的《魔笛》[③]声中，后天又得去欣赏《新幸运儿》[④]插科打诨。如此一来，观众的判断力就给搞糊涂了，不同的剧种混杂在一起，观众永远学不会对它们正确理解和评价。这样人人都有自己个人的要求，个人的期望，都带

① 潘恩（Pan），希腊神话里的森林与狩猎之神。

② 《斯塔波尔》全名《斯塔波尔的婚礼》，是奥地利喜剧作家博伊勒（A. Bäuerle，1784—1859）创作的一出闹剧，剧中主人公斯塔波尔后来成了奥地利剧坛的丑角典型。

③ 莫扎特作于 1791 年的著名歌剧。

④ 德国剧作家缪勒（W. Müller，1767—1835）创作的滑稽歌剧。

着这些期望重新去到曾经实现过它们的地方。这就像在一棵树上今天摘到了无花果，明天又去老地方摘，结果却发现那地方一夜之间长出来的竟是黑刺李，当然就会一脸的不乐意了。不过也自有喜欢黑刺李的人，这种人就该找有刺的树去。

“席勒想专门建一家悲剧院，而且是每周只为男人们演一场。这个想法好是好，只不过先得有座很大的场子，以咱们这样小的格局不可能实现。”

谈到伊夫兰和科泽布的剧作，他俩各具个性，都受到歌德的高度评价。他说：“正是上述毛病产生的恶果，谁都不认真区别不同的剧种，常常无理指责这两位的作品。可要再出现大众如此喜爱的天才，就得等很久很久喽。”

我称赞伊夫兰的《老光棍》[①]，说这戏演起来挺好看。“毫无疑问，它是伊夫兰最好的作品，”歌德说，“唯有这部戏，他从平庸进入了精神境界。”

随后他告诉我，他跟席勒一起替《老光棍》编了个续集，不过没有写下来，只是在口头上谈过。歌德一场一场地给我讲剧情，倒是有头有尾，诙谐有趣，听得我非常高兴。

接着歌德谈到普拉滕的几出新戏。他说：“这些戏可以看出卡尔德隆[②]的影响。它们都极富思想，在一定的意义上也很完美，只是缺少一点儿特别的分量，缺少某种内涵的厚重。它们不具备引起观众心灵深刻共鸣、长久回味的品质，而只是轻轻地、仓促地触动了一下我们的心弦。就像漂浮在水上的软木塞，不会造成任何影响，只是让水的表面托浮着。

“德国人要求表现出某种严肃性，某种思想的伟大，某种内心

---

① 伊夫兰（A. W. Iffland，1759—1814），德国剧作家，《老光棍》是他创作的五幕喜剧。

② 卡尔德隆（Calderon de la Barca，1600—1681），西班牙大戏剧家。

的充实，所以席勒才受到所有人的高度推崇。我一点儿不怀疑普拉滕的大才，不过多半是由于艺术观念有所偏颇，才能统统没表现为严肃、伟大、充实。他显示了博学、睿智、机敏、幽默，显示了艺术极其圆熟；但这还不算成功，特别是在咱们德国人看来。

"总而言之，对于公众来说意义更重大的是作家的人格，而不是他的文学天才。谈到高乃依时拿破仑说：'假如他还活着，我要封他为王！'（S'il vivait，je le ferais Prince！）——可他没有读过高乃依的作品。他读了拉辛，但并未对拉辛说同样的话。同样拉封丹也受到法国人高度推崇，不是由于他的文学贡献，而是由于他作品表现出来的伟大人格。"我们后来谈到了《亲和力》。这时歌德提起一位途经此地的英国人，说他自称一回到英国，就要和妻子离婚。歌德嘲笑他愚蠢，并一连举了几个离婚者做例子，说这些人离完婚以后仍旧纠缠不清。他说：

"德累斯顿已故的莱茵哈特常对我表示惊讶，说我对其他所有事情的想法都挺随便，对婚姻问题竟有如此严格的原则。"

歌德的这段话引起了我的注意，因为它十分清楚地表明，他通过这本常常遭到误解的小说到底想讲什么。

接着谈到了蒂克①，以及他与歌德的个人关系。

"我打心眼儿里对蒂克好，"歌德说，"他呢，总的说来对我也很有好感；不过，在他与我的关系里，还是有什么不该有的东西，而且过错不在我，他同样也没责任，原因是另外一种性质。

"就是当施勒格尔兄弟开始出人头地，他俩便感到我过分强大，为了与我保持平衡，就觉得必须寻找一位天才来跟我分庭抗礼。在蒂克身上他们找到了这样的天才，并且大肆吹捧他，使他在公众眼

① 蒂克（Ludwig Tieck，1773—1853）和后文提到的施勒格尔兄弟（A. W. v. Schlegel，1767—1845 und F. v. Schlegel，1772—1829）都是与歌德同时而稍后的德国作家。

中为跟我抗衡而显得更加重要。这损害了我与蒂克的关系，因为如此一来蒂克对我的态度便出了问题，虽然他本人压根儿没有意识到。

“蒂克是一位了不起的天才，能认识到他杰出贡献的并非别人，恰恰是我。不过，要是不切实际地抬高他，把他与我等量齐观，那就错了。这我可以照直说出来，因为对我没有关系，我又没有自我抬高。同样如果我自比莎士比亚，莎士比亚也没有自我抬高，他原本就是一个更高的存在，对他我只有仰望，只能崇敬。”

今晚歌德特别开朗、活跃和精力旺盛。他取来一卷未刊发过的诗稿，挑出一些为我朗读。听他朗读真是一大快事，不只诗中原滋原味的、新鲜而强烈的情感令我异常激动，还有朗诵本身也展现了歌德迄今不为我所知悉的一个极为重要的方面。他的嗓音多么有力，多么富于变化啊！他那张满是皱纹的大脸多么生气勃发，多么富有表现力啊！特别是那双眼睛！

1824年4月14日，星期三

（哲学思辨对创作的影响；不同作家的风格；
歌德的各类反对者）

午后1点陪歌德乘车出游，谈到了不同作家的风格。

“总的说来，哲学思辨妨碍了德国作家，常常给他们的风格注入了一种晦涩难解、宽泛散乱的性质。他们越沉迷于某些特定的哲学派别，写得也就越坏。而那种事业和生活型的德国作家，他们只看重实际，写得就再好不过。就说席勒吧，我正在研究他的书信，恰好今天从他一些极为重要的信中看出，他只要抛开哲学，他的风格就漂亮极了，有力极了。

“同样的道理，在德国女作家中有些个天才，她们的风格真叫棒，甚至可以讲超过了我们某些广受赞誉的男作家。

“英国人通常都写得很好，他们是天生的演说家和重现实的实践家。

“一般地讲法国人也文如其人。他们爱好交际，说起话来从不忘记自己的听众，写文章力求明白易懂、有说服力，而且还要优美动人。

“整个而言，风格乃是一个作家内心最真实的写照，谁想使作家的风格清清亮亮，他内心先就得清清亮亮；谁想写得超凡脱俗，他自己的品格就得超凡脱俗。”

歌德随后谈到了他的反对者，说这帮家伙总是死不绝。

“他们的人数足足一个军团，”他道，“可尽管如此也不是不可能大致分一分类。

“首先是我所谓愚蠢的反对者，这类人读不懂我，对我指指戳戳，却不知道我是怎么回事。他们数量可观，经常搞得我的生活挺无聊；不过应该原谅他们，因为他们自己并不知道在干什么。

“接着由我的嫉妒者组成了第二个大的群体。这种人不愿看见我幸福，不乐意我享有我凭才干赢得的崇高地位。他们拽住我的荣誉撕啊扯啊，真恨不得吃了我。只有我遭到不幸，可怜巴巴，他们才会罢休。

“再后面是另外一大批人，他们由于自身缺少成就而与我为敌。这类人中也有一些才智之士，他们不能原谅我只是因为我遮挡了他们的光辉。

“第四类我称为有缘由的反对者。因为嘛我是一个人，是人便有人的弱点和错误，我的作品也免不了有弱点和错误。只不过呢我认真提高自己的素养，不断努力完善自己的人格，不懈益进，自强不息，所以常常就会出现这样的情况：某个错误或缺点我老早就改正了，他们却还在那里指责我。这些好人哪对我的伤害微乎其微：

我已经跑出去十里八里远，他们才在我背后放炮开枪。已完成的作品我一般不怎么在乎，我不再理睬它们，而是立刻考虑写新的东西。

“还有一大群是我不同思想方法和观点的敌人。人说一棵树上几乎没有两片完全一样的叶子，那么一千人里同样也找不出两个思想观点和方法和谐一致的人。以此为前提，那我就不奇怪跟我作对的人数那么多，倒惊讶我竟有如此众多的朋友和拥戴者。我的整个时代与我分道扬镳，因为它完全朝向主观，我却努力朝客观奔去，所以就备受责难，孤独无助。

“在这一点上席勒可比我强多了。一位好心的将军曾经相当明显地暗示我，我不妨学一学席勒。我于是才对他细细分析席勒的贡献，因为我比他更了解它们。我在自己的道路上静静往前走，不再计较成败得失，并且尽可能少去理会我所有的反对者。”

我们驱车回家，在随后进餐时很是快活。小歌德夫人刚从柏林回来，讲了许多那里的情况。她特别热情地谈起坎伯兰特公爵夫人，说受到了她很友好的款待。歌德也亲切地回忆起这位贵夫人，说她还是位小公主时曾在他母亲那里住过一些时候。

晚上在歌德处听音乐，获得了一次特别有意义的艺术享受。听的是亨德尔的《弥撒曲》，由好几位出色的歌手在艾伯尔万指挥下共同演唱。卡罗琳·封·厄格罗施泰因伯爵夫人、封·弗洛里普小姐以及封·坡格维奇夫人和小歌德夫人，她们几位也参加了歌手们的合唱，从而满足了歌德长久以来的一个心愿。

歌德远远地坐着，完全沉醉在对音乐杰作的聆听和欣赏里，如此度过了一个幸福的夜晚。

1824年4月19日，星期一

（歌德跟语言学家沃尔夫“抬杠”）

时下最伟大的语言学家弗里德利希·奥古斯特·沃尔夫[①]从柏林来了，他途经此地前往法国南部。为了招待他，歌德在家专门设了午宴，出席宴会的有以下他在魏玛的好友：教区总牧师罗尔，缪勒首相，建筑事务总监库德莱，里默尔教授，宫廷顾问勒拜因以及在下我。席间谈笑风生：沃尔夫一些富有睿智的即兴发言令大伙儿受益匪浅，歌德神态优雅，却老出来跟他抬杠。“对付沃尔夫我只有这个法子，”他事后对我说，“我只能扮演他的对立面靡非斯托。否则，他才不会把他肚子里的那些宝藏给掏出来哩。”

席间机智风趣的说笑瞬息即逝，很难把握得住。在对答的机敏、准确、婉转含蓄方面，沃尔夫堪称大师；但是尽管如此，我仍觉得相比之下歌德还是胜他一筹。

几个小时一转眼就过去了，不知不觉已到了下午6点。我和小歌德上剧院去，今晚上演《魔笛》。一会儿，我看见沃尔夫也跟卡尔·奥古斯特大公爵出现在包厢里。

沃尔夫要住到25号，然后就从魏玛动身去法国南部。他健康状况不佳，对此歌德掩饰不住内心深处的忧虑。

---

① 沃尔夫（F. A. Wolf，1759－1824），德国古典语言学家，先后任哈勒大学和柏林大学教授。

1824年5月2日，星期日

（社交和锻炼性格；死与精神不朽）

歌德责备我没有去拜访此间一个有声望的家庭。他说：

“整整一个冬季，你本可以在那里度过许多快活的夜晚，结识一些个重要人物，现在你却把一切都错过了，天知道你这是什么怪脾气。”

我回答：“我生性容易激动，又兴趣广泛，喜欢掺和别人的事情，最害怕的就是头脑里一下子装进太多新的印象。我没有受过社交教育，一点儿经验没有。我过去生活状况特殊，直至前不久到了您的身边，仿佛才开始了真正的生活。眼下一切都让我觉得新鲜。每晚上剧场看戏，每次和您谈话，都在我内心中开创了新纪元。一些情况对受别样教育长大、习惯别样生活的人们完全无所谓，对我却意义极端重大；加之我求知欲强烈，心里拼命想要吸取尽可能多的知识营养。内心状态如此，去年冬天我于是感觉能有戏看，能与您交谈，就已经足够了，再花精力结识新的朋友，去和另外一些人交往，我怕很可能心烦意乱哪。”

“你这人真有意思，”歌德笑道。“随你的便吧，我不干涉你的自由。”

“还有，”我说，“与人交往我总执着于个人的好恶爱憎，怀有自己特定的爱和被爱的需要。我寻找的总是投合自己心性的人，往往和这个人乐意倾心相交，和另一个人却不愿有任何关系。”

“你这种秉性自然不合群，”歌德指出，“可是，如果我们不肯努力改变自己的脾气，那受的全部教育又有什么用！要求别人来将就自己是再愚蠢不过了。我从不这样做。我总是把每个人看作独立存在的个体，只希望能研究他，认识他的特殊个性，除此别无他求。这样做的结果是我可以和每一个人交往，也只有这样才能认识人千差万别的个性，并且获得必需的处世本领。尤其要注意跟那些脾气执拗别扭的人打交道，和他们相处会激励、发展和养成你各式各样的性格，结果是过不多久任何乖僻的家伙你都能够对付。你也应该这样办。这方面你比你自己认为的更有天赋；但这还不够，你必须投身广大的世界，愿意也罢不愿也罢。”

我记住了这些金玉良言，决心尽可能地照着做。

傍晚歌德邀我乘车兜风去。途经魏玛，翻过了那些小丘，向西就可眺望市里的公园。但见园内林木欣荣，白桦树已经枝叶扶疏；夕辉映照下，草地恰似一块绿茸茸的地毯。我们放眼四望，寻找绘画题材，无数的美景令人目不暇接。歌德指出，开白花的树不好画，因为画出来不中看；正返青的白桦则不宜画作前景，叶色浅淡，与白色树干不协调；没有大的局部能通过强烈的光影突出出来。“吕斯代尔[①]因此从来不把长叶子的白桦置于前景，”歌德说，“而是只在那里画上光秃无叶的白桦树干。这样的秃干非常宜于作前景，因为它明亮的形象极易凸现出来。”浮光掠影地聊了些别的事情，随后便谈到某些艺术家的错误倾向，他们本应把艺术当作宗教，却反过来想将宗教变成艺术。歌德说：“宗教与艺术的关系，跟其他任何较高的生活情趣与艺术的关系没有两样。它只能被看作素材，跟其他所有生活素材的权利相同。再说信仰与不信仰绝对不是理解艺术作品的器官，与其相关的是人完全不同的另外一些力量和本领。可是艺术呢，只诉诸我们用来把握理解它的那些器官；不如此它就达不到目的，就丧失了应有的作用，就会与我们擦身而过。一个宗教题材，自然同样可以成为很好的艺术表现对象，只不过有个条件，就是它必须反映普遍的人性。正因此，怀抱耶稣的圣

① 吕斯代尔（S. J. v. Ruysdael，1600—1670），17 世纪荷兰杰出的风景画家。

母就是个绝佳的题材，它不但得到千百次的表现，而且永远为人喜闻乐见，百看不厌。”

说话间我的车已转过小树林，在提弗特宫附近驶上了返回魏玛的大道，在那儿正赶上目睹落日的景色。有好一会儿，歌德堕入了沉思，随后对我念出一位古人的诗句：

纵然下沉，太阳依旧是那个太阳。

“一个人七十五岁了，”他继续兴致勃勃地说，“不可能不有时候想到死。我考虑这个问题时异常平静，因为我坚信我们的精神具有不朽的性质，会永永远远地存在和活跃下去。就像太阳，只在我们凡俗的眼睛里像是沉没了，实际上却永不沉没，一直继续在放着光辉。”

这时夕阳已隐没到埃特尔斯山的背后，我们在树林里感到了几分晚凉，边加快车速驶向魏玛，停在了他宅第的门前。歌德请我在上去坐一会儿，我照办了。他情绪极好，态度和蔼亲切。随后特别谈了他的颜色学，谈到那些暗中反对他的人。他讲，他意识到自己为这门学科做了一些个贡献。

“要想做出划时代的贡献，”歌德乘兴往下发挥，“众所周知需要两个条件：一是自身头脑杰出，二是继承伟大遗产。拿破仑继承了法国革命，腓特烈大王继承了西里西亚战争，路德继承了中级教会的黑暗，我则继承了牛顿学说的错误。现代人尽管对我颜色学的贡献懵然无知，后世却必将承认：我的这个遗产继承得不错。”

今天早上歌德曾差人给我送来一卷有关戏剧的文稿。我发现里边有些他在指导沃尔夫和格涅纳这两个演员时用过的笔记和批示，内容涉及表演法则和表演训练，虽零星琐碎却不乏价值，对培养年轻的演员极富教益，因此便决心汇集起来，编成一本教义问答式的演员手册。歌德同意我的打算，于是我们又就此问题往下谈。这样自然便回忆起一些经他培养成长起来的著名演员，我趁机打听了封·海根道夫夫人等的情况。“我确实影响了她，”歌德说，“可她并不算我真正的学生。她天生是块登台演戏的料，演啥像啥，沉稳灵活，自由自在，像鸭子浮游在水里。她根本不用我教，凭本能做她该做的事，也许做对了自己并不知道。”

接下来谈到他领导剧院的那些岁月，以及他为此失去了多少文学创作的时间。“诚然，我本来是可以写几部好作品的，”歌德说，“不过仔细想想，我也不后悔。我的所有作为，所有成就，我总是只看成象征性的东西，至于做出来的是罐子还是碗，归根结底我都无所谓。”

1824年5月6日（16日），星期四

（艾克曼替歌德做的工作；书信和遗稿）

去年夏天来魏玛的时候，我已经说过，我原本不准备留在这儿，而只是想结识一下歌德本人，然后就去莱茵河地区，找一个合适的地方长时间待下来。

结果我却让歌德特别的青睐给拴在了魏玛；还有就是我与他的关系也变得越来越有实际的意义，他把我越来越深地吸引进他的事业中，交给我了一些并非不重要的工作干，以便为将来出版他的全集作准备。

在魏玛期间，例如我就把原本杂乱无章的“温和的赠辞”搜集起来，整理成了若干个内容不同的组，还编辑成了一本新诗的集子，一个前边刚提到过的演员手册，以及一篇谈各艺术领域的半吊子习气的论文稿。

可与此同时，心中却始终藏着去看看莱茵河的打算。为了不让

我老是耿耿于怀，歌德自己便建议我这个夏天花几个月去莱茵河地区游览。

不过歌德坚决主张我再回到魏玛来。他讲的理由是，刚建立起来的关系就这样中断了很可惜，生活中的一切要见成效都必须坚持。他相当明确地暗示我，他在里默尔的参与下物色到了我，不只是希望我积极协助里默尔编辑出版他新的文集，而是一旦他这位已届高龄的老朋友让上帝召唤去了，我还得准备接他的班。今天早上他让我看了他一捆一捆的书信，指着解开来摊放在所谓胸像室里的信札对我说："这是公元1780年以来我收到的全部信函，写信者全是咱们国家最杰出的人士。其中掩藏着一座真正的思想宝藏啊，把它们公之于世的工作，我给你保留下来以后去完成。我这就请人做一个柜子，把这些书信连同我其他文学遗稿统统藏在里面。你在踏上旅途之前，得先看看一切是否都已在柜子里摆放规矩了、整齐了，这样我才会安心，才去掉了一桩心事。"

随后歌德向我透露，今年夏天他还想去玛丽温泉，只不过可能要7月底才动身，并悄悄地告诉了我所有原因。他希望我最好在他动身前回到魏玛来，以便先再跟我谈谈。这之后过了几个星期，我去汉诺威探了亲，然后5月6月都逗留在莱茵河地区，在那儿特别是在法兰克福、海德堡和波恩，我有幸认识了歌德的几位重要朋友。

1824年8月10日，星期二

（《诗与真》的续写与充实）

去莱茵河地区旅游归来已经八九天。歌德再见到我时异常兴奋；我呢同样感到幸福，又回到了他身旁。歌德有许多话要讲，要告诉我，所以头几天我很少离开他身边。他放弃了先前去玛丽温泉的打算，这个夏天他哪儿都不想去。“喏，你回来了，我还可以过一个痛快的 8 月，”他道。

几天前，他把《诗与真》[1] 续集的开头部分给了我，写在一叠四开纸上的，差不多有一指厚。有些部分写得详细，大多数却只蜻蜓点水，然而已经编辑成五卷，稿子也按此顺序排放在一起，稍作研究就能够通观全局。

在我看来已完成的部分异常精彩，系统化的编排也意义重大，因此面对这部可望给人许多教益和享受但却半途停笔的佳作，我真是遗憾得要命，因此便想方设法地劝诱催促歌德，希望他赶快续写和完成这《诗与真》的续集。

整体结构很像一部小说。温柔、优美、热烈的恋爱故事，开始时快快活活，随后的进展富于田园牧歌气息，临了以男女双方的默默放弃收场，犹如上演了一出悲剧。情节曲曲折折地贯穿于四卷中，融成了一个井然有序的整体。丽莉[2]天生的魅力刻画得细致入微，足以吸引住每一位读者，正如恋慕她的作者完全被迷住了，为求解脱只能一次次地逃跑。

稿本描写的那段生活极富浪漫性，或者说，如果主要特性得到发挥的话，将会极富浪漫性。可由于刚好又是歌德来魏玛之前的那个时段，所以对他整个一生都有十分特殊的意义和重要性。如果要问歌德一生中哪个阶段最有趣，最能唤起他去详细回忆的愿望的话，那肯定就是这个阶段了。

为了激发歌德对这部中断和停笔多年的作品的兴致和喜爱，我不仅立即和他讨论这件事，还抓紧在今天就给他送去下面的笔记，

---

① 《诗与真》(Dichtung und Wahrheit)，歌德青年时代的自传。

② 丽莉，歌德青年时代的恋人。1775 年他跟这位银行家的小姐订婚后又解除了婚约，歌德于矛盾痛苦之中写了一组著名的抒情诗《丽莉之歌》。

以使他一目了然：什么已经完成，哪些段落还需要充实和调整。

第 一 卷

按照最初的写作意图，这一卷可以视为已经完成；它带有引言性质，已经表明投身社会事业的愿望，而这个愿望的实现，就正好与全稿结束时奉召到魏玛对上了号。不过呢，与整体的内在联系还可以更紧密一点儿，因此我建议，把贯穿后四卷的跟丽莉的关系也写进这一卷，一直写到出逃去奥芬巴赫。这样一来，第一卷的篇幅和意义都有所增加，同时又避免了第二卷过分膨胀。

第 二 卷

第二卷一开始就写奥芬巴赫的田园牧歌式生活，让与丽莉恋爱的甜蜜幸福得到渲染申发，直到最后开始具有了可虑的、严重的，是啊，甚至悲剧的性质。喏，这时就该插入对严肃主题的思考，一如施蒂林回忆录的模式所预示的那样，也就是可以从仅以只言片语暗示的动机里，引申出富有教益和意义重大的结论来。

第 三 卷

第三卷包含一个续写《浮士德》的计划，可以视为一个片段；通过正待实现的与丽莉分手的尝试，这个片段跟后面两卷连在了一起。

续写《浮士德》的计划是讲出来还是保留住，这个疑问可以以后解决。先检视一下已经写成的片段，弄清楚是不管在哪里都得放弃续写《浮士德》的愿望，抑或不是。

第 四 卷

第三卷以试图跟丽莉分手结尾。因此这第四卷就很适合以施托贝格和豪格维曾的到访开头，如此一来，到瑞士旅行和第一次逃离丽莉身边就有了动机。这一卷已有的详细写作提纲已让人浮想联翩，真希望您尽可能写得生动，尽可能写得细腻。您对丽莉的情感时时处处洋溢出来，无法抑制，也让这一卷弥漫着炽烈的青春爱火。受此影响，旅行到瑞士后的心境就极为特别，极为奇妙。

第 五 卷

这一卷挺精彩，差不多也已完成。继续思考不可测知的命运并坚持到最后，是的，进而说出自己的结论，这些至少应该看作是已经完成了；需要的只是稍微加点儿引言，而这也已经有个很清晰的提纲。这个引言尤其必要和有价值，因为它可以先提一下魏玛，激发读者对你到魏玛后的情况的兴趣。

1824年8月16日，星期二

（慧语数则）

近几天与歌德交流很多，但因为忙着其他事情，便没能记录下他内容丰富的谈话的某些要点。

只在我的日记里发现了下面这些单个的句子，谈话的语境和契机通通都忘记了：

“人像浮在水面上的罐子，难免相互碰撞。”

“早晨我们最聪明，但也最焦虑；因为焦虑也是一种聪明，尽管只是消极的聪明。蠢人从来没有忧虑。”

“千万别把青年时代的任何缺点带入老年，因为老年已有不少自身的缺点。”

“宫廷生活像演奏音乐，每个人都必须严格把握自己的节奏与休止。”

“宫里的人如果不懂得用繁文缛节消磨光阴，那他们一定会闷死。”

“哪怕事情微不足道，劝国君放弃都不妥当。”

“谁想培养演员，谁就必须有无限耐心。”

1824年11月9日，星期二

（谈克洛普斯托克和赫尔德）

晚上在歌德家。我们谈论克洛普斯托克和赫尔德[①]，我很高兴听他给我分析这两个人物的伟大功绩。歌德说：

“要是没有这些杰出的先驱者，我们的文学就不会像现在这个样子。他们登上文坛时走在时代的前面，差不多是引领着时代前进；而今时代已经赶过了他们，曾经是那么不可缺少和重要的他们，已不再成其为有用的工具。青年人如果今天还从克洛普斯托克和赫尔德处获取教养，那就太落伍喽。”

我们谈起克洛普斯托克的组诗《救世主》和他的《颂歌》，论

① 克洛普斯托克（F. G. Klopstock，1724—1803）和赫尔德（J. G. v. Herder，1744—1803）都是与歌德同时代而略早于他的德国作家，前者重要建树为诗歌；后者是理论家，歌德年轻时受他影响很大。

及他的成就和缺点。我们一致认为，对于观察把握感性世界和刻画人物性格，他都缺乏方向和天赋，也就是说缺乏一位史诗诗人和戏剧诗人，是的，甚至可以讲一般诗人最本质的东西。

"说到这里我想起他那首颂歌体的诗，"歌德讲，"那首他写德国缪斯跟英国缪斯赛跑的诗。事实上你只需想想让两位姑娘那么争先恐后，撒开脚丫，蹬踏起一路的灰尘，将会是怎样一个景象，那你就已经能够判断，老好的克洛普斯托克在动笔前并没有好好想象一下自己要写的内容，要描绘的场面，不然他就不至于有如此严重的失误了。"

我问歌德年轻的时候与克洛普斯托克关系怎样，当时对他怎么看。

"我像一贯尊敬长者似的尊敬他，"歌德说，"我把他看作自己的前辈。我尊重他做的贡献，从来没想得研究它，指摘它。我接受他的长处的影响，除此以外便自己走自己的路。"

我们重又谈起赫尔德，我问歌德，他认为赫尔德什么作品最棒。

"他的《关于人类历史的思考》最杰出，无可争议，"歌德回答，"后来他却走向反面，变得令人不愉快了。"

"赫尔德尽管非常了不起，"我接过话头，"在有些问题上我却不敢与他苟同，发现他好像缺少判断力。举例说吧，我就不能原谅他，特别是德语文学还在当时的水平上，竟把《葛慈·封·伯利欣根》[①] 讥讽一通，然后不加任何肯定就把稿子退还给了你。对于某些个事情，他完全缺少感知，麻木不仁啊。"

"在这点上赫尔德情况确实很糟糕，"歌德应道，"是的，即使此刻他的灵魂站在跟前，"歌德兴致勃勃地补充了一句，"他也不会理解咱们。"

---

① 歌德早年创作的一部充满狂飙突进精神的历史悲剧。

“相反我要称赞梅尔克[①]，”我说，“他极力鼓励你出版《葛慈》。”

“他自然是一位古怪而非凡的人，”歌德回答。“‘把这玩意儿印出来吧！’他说，‘用处是一点儿没有，但印还是印！’他不赞成修改，他是对的；改了会变个样，但不会变好。”

1824年11月24日，星期三

（对比古代与现代；法国文学与德国文学）

今晚上剧院前去看歌德，发现他很健康，很快活。他问起那些眼下在魏玛的英国青年的情况，我告诉他我准备和杜兰先生一起读普鲁塔克的德译本。[②]话题由此便转到了罗马和希腊史，歌德发表了如下见解：

“罗马史原本对我们已经不再合时宜，”他说，“我们已变得太人道，对恺撒的一次次胜利不能不感到反感。同样，读希腊史也引不起多少快感。这个民族尽管面对外敌还伟大、豪迈，但城邦四分五裂，内战连年不断，同为希腊人却你杀我我杀你，更是叫人受不了。再说，我们当代的历史已极其伟大、非凡，莱比锡战役和滑铁卢战役如此气势磅礴，已经使马拉松战役和其他古希腊的战役失去了光彩。还有我们的一些个英雄人物也不逊色呀：法国的元帅们以及德国的布吕歇尔和威灵顿，都完全可以比肩古代的那些个统帅。”

谈话转到最近时期的法国文学，提到了法国人对德国的作品一

---

① 梅尔克（J. H. Merck，1741－1791），歌德成长时期的另一位作家朋友，其人才华横溢，玩世不恭，对歌德影响颇大。

② 杜兰是当时在魏玛的一位英国人。普鲁塔克（Plutarch，约46－约120），古希腊传记作家，《希腊罗马英雄传》的作者。

天天地更感兴趣。

“法国人开始研究和翻译我们的作家，”歌德说，“他们这样做很对，因为他们在形式和主题方面都有局限，没有别的法子，只能向往寻找借鉴。就算可以指责我们缺少完美的形式，我们在选材方面却胜过法国人。科策布伊夫兰的题材如此丰富，够他们采摘好一阵子的喽。特别是我们的哲学理想更受到他们欢迎，因为每一种理想都可以服务于革命的目的。

“法国人有理解力和智慧，却缺少实在和虔诚，”歌德继续说，“什么眼下有用，什么符合他们党派的利益，他们就认为好。因此，他们称赞我们从来不是出于承认我们的功绩，而只是可以用我们的观点去增强他们党派的势力。”

随后谈到我们自己的文学，谈到对我们新近出现的青年作家有害的现象。歌德说：

“我们多数青年作家的缺点仅仅在于，他们主观创造性既不强，又不知道去客观世界寻找材料。充其量他们能找到与他们自身相似的素材，适应他们主观胃口的素材；至于那种本身富有文学价值的材料，即使它们不合自己主观的胃口也一样采用，这在我们那些青年作家就根本没法想象。

“不过已经说了，只要青年们能够努力学习，深入生活，从而产生出几个出类拔萃的人物，那我们文学的前景还是看好，至少我们青年抒情诗人的情况是如此。”

1824年12月3日，星期五

（欲成就事业不能有旁骛；但丁何以难解）

前几天收到一份稿约，一家英国刊物开出很优厚的条件，邀我每月寄一篇有关德国文学最新成果的报道去。我很想接受约请，可转念一想也许还是先跟歌德谈一谈这事好些。

因此今晚掌灯时分便去到他那儿。他坐在放下来的窗帘旁边的一张大桌子前，桌上点着两盏灯，刚吃完饭的样子。灯光照在他脸上，同时也照着一尊立在他面前桌子上的大型半身塑像，他呢正专心观察这像。“喏，”他先亲切地与我打了招呼，然后指着塑像问，“他是谁？”我答：“一位诗人，而且看样子还是一位意大利人。”“这就是但丁，”歌德说，“塑得很好的，头颅很美，但却不令人愉快。他已经老了，背都躬了，闷闷不乐，面部松弛、下垂，就像刚从地狱出来似的。我有一枚他生前铸造的纪念章，上面一切都美得多。”说着歌德起身去取来了纪念章。“你瞧，这鼻子多么带劲儿，这上唇翘得多么有力，这下巴伸向前方，和两边的颧骨有多么协调，有多么美！眼睛局部和额头在这个雕塑上几乎原封未动，别的一切全都弱了些，老了些。不过我这样讲并非责备这件新作品，总体上看它还是挺成功，挺值得称赞。”

歌德问我近些天生活得怎么样，想了些什么，做了些什么。我告诉他我收到一份邀请，要我在很优厚的条件下为一家英国杂志每个月写一篇报道，综述德国文学一月来的最新动态；我呢，很想接受这一邀请。

听了这些话，原本和颜悦色的歌德完全沉下了脸，我看出他对我的打算一点儿没好气。

“我倒希望，”他说，“你那些朋友最好别来打扰你。那些事无助于你的发展，完全有违你的天性，你干吗要去做呢？我们有金币、银币和纸币，它们各有各的币值和汇率，然而要为每一种估价，就必须清楚汇率。文学也不两样。你也许知道怎么定金属币的价值，纸币额却不知道，这方面你不在行，于是你的评价就不正确，你就会把事情搞糟。可你想把事情搞好，给每一件作品应得的肯定和承认，那你事先就得权衡比较我们一般文学作品的水准，必须认真研究，省事偷懒是不行的。你必须回过头去看施勒格尔兄弟主张什么、完成了什么，然后还有所有新锐的作家：弗朗茨·荷恩、霍夫曼、克劳伦，等等等等，你全都得读。这还不够喽。还有所有的杂志，从《晨报》到《晚报》你通通必须订阅，以便你立刻掌握最新动态。如此一来，你便糟蹋了自己最美好的光阴。还有哪，所有的新书，你如果想稍微介绍得透彻一点儿，就决不能只是翻一翻，而必须研读。感觉怎么样？最后还有哪，如果你不愿意冒与整个世界为敌的风险，你还不能够是好说好，是坏说坏。

“不，依我说就写信去推掉这件事，它不适合你。归根结底，你得防止分心，得集中精力。三十年前我要这么聪明，做出的成绩就会大不一样。我和席勒一起出版《时序女神》和《诗神年鉴》两种刊物，真不知浪费了多少时间！这几天我正好在检阅我与他的通信，所有往事随之历历在目，回想起当年干那些事让世人利用了我们，我们自己却毫无所获，心里就不能不气闷。有天才的人看见别人干什么总相信自己也能干，其实才不是这么回事儿，最终将后悔浪费了精力。就像我们晚上把头发卷起来，那又有什么用？只在头上弄了些卷发纸，其他什么也没有，到第二天晚上头发照样又直了起来。

“你现在要做的是积累一笔用之不竭的资本，”歌德继续说，“你开始学习英语和英国文学，就为达到这个目的。坚持学下去，随时利用与英国年轻人交往的大好机会。古代语言大部分你在青少年时代都学不到，所以要努力到一种如英国人似的杰出民族的文学中寻找依靠。再说，我们自己的文学大部分也来自英国文学。我们的长篇小说，我们的戏剧，它们不是来自歌尔斯密、菲尔丁和莎士比亚又来自何处？即使今天，在德国你哪儿找得出三位文学大家，可以与拜伦爵士、穆尔和瓦尔特·斯科特平起平坐？一句话，巩固你的英语学习，集中精力干点儿正经事，丢开一切对你不适合、也不会有结果的事务。”

我很高兴使歌德讲了这些话，感到自己内心已经完全安定下来，决心今后干什么都遵照他的劝告。

佣人通报缪勒首相到访。他进来便与我们坐在一起，话题于是又回到了桌上立着的但丁半身像。谈到他的生平和作品，特别强调了他的作品晦涩难解，连他自己的同胞也从来读不懂，一个外国人就更不可能深入进去了。“至于你呢，”歌德和蔼地转过脸来对我说，“在此你的‘忏悔神父’要明确告诫你：别去研究这位诗人。”歌德进一步指出，但丁的诗歌之所以令人费解，主要怪他用的韵太难太险。除此而外，歌德在谈到但丁时却满怀敬畏。我特别注意到，Talent（天才）这个词在他已嫌不够分量，而是称但丁为eine Natur（自然，大自然），好像他想以此阐明某种更博大、更神秘、目光更深更远的品性禀赋。

1824年12月9日，星期四

（自然灾害；看似例外，实乃规律）

傍晚去见歌德。他亲切地握着我的手，以对我为纪念谢尔霍恩而作的诗的称赞，代替了见面的寒暄。我呢则向他报告，我已经写信谢绝了英国刊物的约稿。

“感谢上帝，”他说，“你又有了自由，得到了安宁。喏，我马上又想提醒你一件事。作曲家们会来要咱们写歌剧，你呢只能坚定地拒绝他们，因为这也是一件不会有结果的事情，只会糟蹋掉你的时间。”

随后歌德讲，他已通过尼斯·封·厄森贝克给波恩那位《贱民》的剧作家送去了喜剧演出节目单，让他看到他那出戏已在此间演出。“人生苦短哟，”他补充说，“有必要相互创造一点儿快乐。”

他面前摆着柏林的报纸。他向我谈起了彼得堡的大水灾。他给我那张报纸，要我读一读。他讲到彼得堡的糟糕形势，顺便取笑了卢梭的观点——卢梭说过，要防止地震，不能采取将城市建在一座火山附近的办法。歌德讲："自然自有其路线，我们看来是例外的现象，其实符合规律。"

随后我想到沿海各地的大风暴，以及报纸报道的其他自然灾害，便问歌德，人是否了解这些现象之间的相互联系。"谁也不了解，"歌德回答，"对这样的神秘事物，人的心中连一点儿预感也没有，更说不出什么道理来。"

建筑事务总监库德莱到访，与他结伴而来的还有里默尔教授。于是又谈到彼得堡的水灾，库德莱总监随手画了一张城市平面图，以便说明涅瓦河的影响和其余地区的情况。

1825 年

1825 年 1 月 10 日，星期一

（谈外语学习和《浮士德》《托夸托·塔索》等作品）

歌德对英国人民极感兴趣，所以请我把逗留在魏玛的英国青年一个个介绍给他。今天下午 5 点，他等我带 H 先生去见他。关于这位在英国军队供职的工程师，在此之前我可没对他少称赞。我们准时前往，让仆人领进了一间壁炉烧得暖融融的屋子里，通常下午和晚上歌德总待在这个地方。桌子上点着三支蜡烛，可是歌德不在房中，我们听见他在隔壁的大厅里讲话。

H 先生趁此机会环视房间，发现除了墙上挂着不少油画和一幅山区大地图，还有一个装着画夹的大橱子。我告诉他，这些夹子里

藏有许多著名画家的素描，以及各个流派的油画杰作的铜刻摹本，全是歌德一生中慢慢搜集起来的。反复观赏这些美术作品，给了他乐趣和消遣。

等了几分钟，歌德进屋来热情地招呼我们。

“请允许我对您讲德语，”他转向 H 先生道，“因为我听说您的德语已经很好。”

这位呢客气了几句，歌德便请我们入座。

H 先生的人品风度肯定很得歌德喜欢，他的殷勤好客和慈祥和蔼，今晚面对这位客人表现得既真诚又优美。

“您做得很对，”他说，“为了学德语，您来到了我们这儿。在这里您不只学起语言来快速而且容易，还可以把语言的各种基础知识，诸如我们的国土、气候、生活方式、民情风俗、社交礼仪、典章制度等等，作为精神财富带回英国去。”

“现在在英国对德语的兴趣挺大，”H 先生回答，“而且感兴趣的人一天天增多，几乎没有一个出身良好的英国青年不学德语的。”

“在这方面，”歌德和蔼地说，“我们德国人可比贵国民众先进了半个世纪喽。我学习和研究英语和英国文学已经整整五十年，所以熟悉你们的作家以及贵国的社会生活和政治制度。要是我去英国，不会有身处异国的感觉。

“不过我说了，你们的青年人现在也来我们这里学习德语，是很好的。这不仅因为我们的文学本身的确有价值，还因为不可否认，当今之世一个人只要精通德语，就可以省下学其他许多语言的精力啦。我指的不是法语，法语是一种社交语言，在旅途中尤其不可缺少，因为人人懂它，在任何国度都可以把它当作一个好翻译。至于希腊语、拉丁语、意大利语和西班牙语则两样，这些国家最优秀的作品我们都有很好的德文译本可供阅读，除非有十分特别的用途，否则根本犯不着花许多时间去费劲儿地学这些语言。德国民族天生尊重一切地道的外国事物，乐于适应他人不同于自身的特性。

这一点儿加上德语巨大的灵活性，就使德文译本大多极为忠实和完美。

“再说，不可否认，一种好译本通常会让人获益匪浅。例如腓特烈大王不懂拉丁文，却可以完全跟我们读原文一样有收获地读西赛罗[①]的法文译本。”

随后话题转到了戏剧，歌德问 H 先生是否常上剧院。H 先生回答：

“我每天晚上都去剧院，并且觉得对理解语言帮助很大。”

“值得注意的是，听力和整个理解力总是强于说的能力，”歌德应道，“所以一个人往往很快什么都听得懂，可要他表达出来却不行。”

“您说得很对，我每天都体会得到，”H 先生回答。“是啊，别人说什么我全懂，阅读时也一样，我甚至感觉得出来别人有时表达错了。但要我讲，就会结结巴巴，好似想讲就是讲不出来。我已经能够的是宫里的简单交谈，跟夫人们开开玩笑，与舞伴闲聊几句，如此等等。可如果我想就一个比较高深的话题发表发表自己的见解，说出一点儿自己独到而富有智慧的看法，那就会一下子卡住，没办法讲下去。”

“这你就别感到不安啦，”歌德接过话头，“你只要想想，即使用自己的母语，我们要表达这类不寻常的事物，也挺困难哩。”

接下来，歌德问 H 先生读过那些德国文学作品。H 先生回答：

“我读过《哀格蒙特》，非常喜欢这本书，因此翻来覆去读了三遍。还有《托夸托·塔索》也给了我许多快乐。现在我正在读《浮士德》，但感觉它是难了点儿。”听到最后这句歌德笑了。

“自然哪，”他说，“要我就还不会劝你读《浮士德》喽。这是部疯狂的作品，超出了所有正常人的情感。可您在未征询我的情况

① 西赛罗（Cicero），公元前 1 世纪的罗马政治家和演说家。

下已经开始读了，那就自个儿瞧瞧怎么读下去吧。浮士德是个怪人，只有很少的人能体会他的内心世界。靡非斯托作为玩世不恭、老于世故的生动典型，作为一种富有普遍意义的世界观的具体写照，他的个性同样也很难把握。不过您瞧好了，看那里边到底对您会闪现出怎样的智慧之光。《塔索》相反离普通人的感情就近得多，还有它形式的详尽细致也有利于理解。”

“不过在德国人家却认为《塔索》难读，”H先生接着说，“因此我讲我正在读《塔索》，他们都感到奇怪。”

“读《塔索》要想不难，”歌德应道，“主要条件就在于你已经不是个孩子，而且不缺少良好的社交。一个出身优越的青年，有足够的智慧和敏感，通过与上流社会的雅士高人交往而变得相当知书达理，温文尔雅，这样的人就不会觉得《塔索》难。”

谈话转到《哀格蒙特》，歌德说了下面的想法：

“我写《哀格蒙特》在1775年，也就是五十年前。我很注意忠实历史，力求写得尽量真实。十年后我旅居罗马，在读报时得知剧中描写的尼德兰革命的场景，于近日又彻头彻尾重演了一次。我由此看出，世界仍然是老样子，我在剧中的描写必定还有些生命力。”

如此谈着聊着，已到了上剧院的时间，我们起身告辞，歌德很殷勤地送走了我们。

在返家途中，我问H先生对歌德印象怎么样。他回答：

“我从来没见过一个人这么和蔼可亲，却不减天生的高贵。他永远伟大，不管他如何举止谦和，如何降尊纡贵。”

1825 年 1 月 18 日，星期二

（人类生活和情感具有共性；回忆席勒）

下午 5 点去歌德家，我已经好几天没见他了，今天和他一起度过了一个美好的夜晚。我发现他坐在光线朦胧的工作室里，正跟他的儿子和他的医生宫廷顾问勒拜因谈话。我在他们的桌旁就座。我们在晦暝中谈了一会儿，随后才端来了灯。看见歌德又精神健旺、兴致勃勃地坐在面前，我非常高兴。

跟通常一样，他关切地问起我最近这些天有没有碰上什么新问题，我告诉他，我结识了一位女诗人。我忍不住跟即称赞她非凡的才能，歌德同样读过她的一些作品，也赞成我对她的赞扬。他说："她有一首诗写自己故乡的某个地区，风格很是独特。对于外在事物她走的路子挺不错，她也不缺内在的优秀品质。诚然她也还有一些不足，不过我们不用去管她，免得反而干扰她正自然而然地走着的路。"

话题转到了一般的女诗人，宫廷顾问勒拜因就说，他觉得女性的诗才往往是性欲的一种精神表现。

"你听听，"歌德注视着我，笑道，"性欲的精神表现！请问大夫如何解释？"

"我不知道表达得正不正确，"宫廷御医勒拜因回答，"反正就是这么回事。通常女性得不到爱情幸福，就会在精神方面寻找补偿。如果她们及时结婚生子，那就想不到再写诗啦。"

"我不想考察您在这件事情上有多正确，"歌德说，"不过我发现，妇女们的其他某些天赋，倒确实是一结婚就完了。我认识一些女孩子素描画得很棒，可一当上贤妻良母就不行喽，她们要管孩

子，再也不拈画笔。

“不过让咱们的女诗人尽管写吧，爱写多少就写多少，”他兴致勃勃地继续说，“只是我们男人别写得像女人就好啦。不信请看咱们那些杂志和通俗图书，一切都那么柔弱，而且越来越柔弱！要是现在从切里尼①的自传中选一章出来登在《晨报》上，那将会是何等显眼夺目哦！”

他兴致很高地继续讲：“既然如此，咱们也就听其自然，为有咱们那位健壮有力的哈勒姑娘②感到高兴好了，她以男子汉的精神将我们领进了塞尔维亚民歌的世界。这些诗太杰出啦！其中有的足以媲美《颂歌》，这可不简单啊！我已写完评介这些诗的文章，并且付印了。”说着他递给我最新一期《艺术与古代》的头四张校样，我看见了刊载在上面的他那篇文章。“就每一首诗的主要内容，对它们做了简短的评述，主题都挺有意思，你会喜欢的。勒拜因对诗也不外行，至少在内容和题材方面是这样，因此你如果朗诵几首，他也许同样乐意聆听。”

我一首一首地慢慢朗诵。诗的语言精练含蓄，意境却极为生动，极为感人，我每念一句，眼前都生出一派盎然的诗意。下面的几句，我觉得特别优美：

1. 一位贞节的塞尔维亚少女，她美丽的睫毛从不扬起。

2. 被迫替他人当伴郎，新娘子的爱人痛断肝肠。

3. 心里牵挂着爱人，姑娘不肯歌唱，免得给人快活的印象。

4. 世风不古，老夫娶少妻，小伙儿讨寡妇。

---

① 切里尼（B. Cellini，1500－1571），意大利金匠、雕刻家、作家，其堪称杰作的自传由歌德译成德语后1796年刊登在席勒主编的《时序女神》杂志上。

② “健壮有力的哈勒姑娘”指特雷萨·雅可卜（Therese von Jakob，1797－1870），年前她寄了一些自己翻译的塞尔维亚民歌给歌德。

5. 小伙子发出抱怨，说她妈对女儿过于放任。

6. 姑娘和马快活而亲切地交谈，马向姑娘透露了它主人的选择和心愿。

7. 姑娘不要自己不爱的人。

8. 美丽的女招待，在客人中不见自己的所爱。

9. 寻找到自己的爱人，并温柔地将她唤醒。

10. 丈夫将如何谋生？

11. 道不尽的鱼水之乐。

12. 爱她的人来自异邦，白日里将她窥视，到晚来叫她惊喜。

我讲，仅仅这些母题就使我生出许多联想，就像已经读了诗作本身，因此心满意足了。

“你说得完全对，”歌德说，“确实如此。你从中看出了母题的极端重要，然而这种重要性却没谁愿意理解。咱们的女诗人更是完全摸不着头脑。这首诗很美，她们说，说时想到的只是情感，只是语言，只是格律。却不知道真正的力量和诗意在于意境，在于母题，这点谁都想不到。就由于这个原因，做出来了成千上万根本没有母题的诗，这些诗只用情感和悦耳的诗句反映某种存在。总而言之，业余爱好者特别是妇女对诗的理解很差。他们通常以为，只要学到了技巧，就掌握了本质，就已经是诗人，然而他们大错特错啦。”

仆人通报里默尔教授来了，宫廷顾问勒拜因随之告辞。里默尔在我们旁边落了座。关于塞尔维亚爱情诗母题的谈话继续进行。里默尔已经知道我们谈话的内容，于是就讲，依据上面列举的那些内容，不仅可以写诗，而且还可以发现，同样的母题已经有德国诗人写过了，并且是在不知道塞尔维亚那些诗的情况下。随后他甚至回忆起自己几首类似的诗，正如我在朗诵塞尔维亚爱情诗的时候，也想起并提到歌德的几首诗一样。

“世界永远是同一个模样嘛，”歌德说，“各种情景不断重复，一个民族生活、恋爱和感受如同另一个民族，为什么一位诗人就不能跟另一位诗人同样作诗呢？生活状态一个样，为什么诗的状态就该不一样呢？”

“正是生活和情感相同，才使我们能够理解其他民族的文学啊，”里默尔说，“否则，在读外国诗的时候，我们就将不知所云。”

“所以呀，”我接过话头，“总有一些学究让我感觉莫名其妙，他们好像认定作诗不是从生活到诗，而是从书本到诗。他们总是讲，这是这里抄来的，那是那里抄来的！例如莎士比亚作品里有些地方，因为在古希腊罗马的作家那儿也有过，他们就认为是他抄了古人的作品来着！例如莎士比亚的作品写过这样一个情景：人们看见一位姑娘漂亮，于是就夸养了这么个女儿的父母有福气，夸将娶她回家的小伙子有福气。现在因为荷马史诗里也出现过相同的情节，于是就说莎士比亚也是抄的荷马！——多有意思哟！好像这类事情真的需要千里迢迢地去寻找似的，好像人们不是每天都亲眼看见、都亲身感受、都亲口述说似的！”

“是啊，”歌德道，“真是可笑极了！”

“在这点上，”我接着说，“就连拜伦爵士也未能免俗。他把您的《浮士德》拆得支离破碎，认为您这是这儿拿来的，那是那儿拿来的。”

“拜伦爵士引证的那些杰作，”歌德说，“我大部分连读都没有读过，更别提在写《浮士德》的时候想起它们来啦。确实，拜伦爵士只在作诗的时候才伟大，一需要思考就变成了孩子。所以对那些来自他同胞的对他自己的无端攻击，他也一筹莫展，他本该更有力地予以反击才是。他应该说，作品里的一切全是我自己写的！不管取自生活还是书本，都一个样，问题只在于我用得恰当！沃尔特·

斯科特[1]用了我《哀格蒙特》的一幕，他有这个权利；他还应该受到称赞，因为他用得聪明。同样，他还在自己的一部小说里，仿照我的迷娘[2]塑造了一个人物，至于是否塑造得同样成功，那是另一个问题。拜伦爵士的魔鬼[3]换了一副嘴脸，却仍然是靡非斯托的后代，这也没有错！他要是异想天开，另起炉灶，没准儿弄得更糟。还有我的靡非斯托唱了莎士比亚的一支歌子，他又为什么不可以？如果莎士比亚的那支正好合适，说出了我正想说的话，我干吗要劳神费力自行编造一支？所以我《浮士德》的序幕就与《约伯记》有几分相像，这也完全正确，为此应该受到赞扬而不是指责。”

歌德兴致极佳。他吩咐取来一瓶葡萄酒，亲自给里默尔教授和我斟上了酒，自己却喝产自玛丽温泉的矿泉水。这个晚上像是预定和里默尔一起修改他自传续编的手稿，也许希望对其遣词造句做一些推敲和润色。

“艾克曼最好留下来一起听听，”歌德说。这我可求之不得。说着他把手稿放到里默尔面前，里默尔便从 1795 年开始读起。

整个夏天，我已享受了反复阅读和思考他所有这些年的未刊稿的快乐，只有最后的部分除外。可是眼下，在歌德本人面前聆听朗读它们，更给了我一种全新的享受。—— 里默尔字斟句酌，我有机会欣赏他词汇的丰富和表达的灵活。歌德呢，那些被描写的岁月历历如在目前，不禁沉湎在了往事的回忆中，当提到这个那个人或事时便以口述的方式做些细节的补充。—— 真是个幸福的夜晚！一再提到他同时代的那些个伟人，席勒与 1795 年至 1800 年这个时期关系最为密切，更不断反复讲起。戏剧是他俩共同的事业，歌德最出色的作品也产生在这个阶段。《威廉·迈斯特》完成了，随后

---

① 沃尔特·斯科特（Walter Scott，1771－1832），杰出的苏格兰小说家，长篇历史小说的奠基人，代表作为《艾凡赫》（亦译《萨克孙杰后英雄录》）。

② 迷娘是歌德长篇小说《威廉·迈斯特的学习时代》中的一位意大利少女。

③ 指拜伦未完成的剧作《残废人变形记》的主人公驼背丑八怪。

构思和写了《赫尔曼与多罗苔》，为《时序女神》翻译了切里尼的《自传》，和席勒联袂替他出版的《缪斯年鉴》写作《温和的赠词》，真是每天都不缺少接近的缘由契机。所有这一切，今天晚上全谈到了，歌德有的是机会做各种各样妙趣横生的发言。例如他讲：

"《赫尔曼与多罗苔》[①] 是我唯一还喜欢的长诗，每次重读，我内心都不能不有所触动。它的拉丁语译本特别令我满意，使我感觉更加高贵，仿佛这一诗体在此真正回到了自己的本源。"

也反复谈到了《威廉·迈斯特》。歌德说：

"席勒批评我编织进了悲剧性的内容，好像长篇小说就不能有这种东西似的。可是他错了，我们大家都知道。在他给我的信里，有他关于《威廉·迈斯特》最重要的意见和观点。这是我最难以捉摸的作品之一，几乎连我自己也没有开锁的钥匙。大家想寻找一个中心点，可这不仅困难，而且没一点儿好处。我应该讲，在我们眼前展开丰富多彩的生活，这本身便不无意义，并非一定要道出倾向，倾向只适用于理智。如果有人非要寻找这样的东西，那他就抓住弗里德利希在小说结尾时对主人公讲的话好啦：'你让我觉得就像基士的儿子扫罗；他出去寻找父亲走丢的驴子，结果却得到了一个王国。'[②] 就抓住这句话吧。因为归根结底，整部小说没说什么，只想讲一点，就是人尽管会干许多蠢事，犯许多错误，可在一个更高的存在指引下，最终会到达幸福的终点。"

随后谈到了近半个世纪以来席卷德国的资产阶级高雅文化。至于对这件事的贡献，歌德又更多地归功于赫尔德和维兰特，较少归功于莱辛。[③] "莱辛体现最崇高的理性，"他说，"只有一个同样伟大的天才才能真正向他学习，中等才情的人去学就很危险。"他指名

---

① 《赫尔曼与多罗苔》是田园牧歌风的叙事诗。

② 典出《圣经旧约·撒母耳记》第九章至第十章。

③ 莱辛（Gotthold Ephram Lessing，1729—1781），德国启蒙思想家，德国文学的奠基人。

道姓地提到一位记者，此人以莱辛为表率，在18世纪末也充当过一个角色，但却是个不光彩的角色，原因就在他离自己的表率相差何止千里。

“整个德国上层社会的风格都来自维兰特，”歌德说，“大家从他身上学到了许多东西，语言表达能力即其中之一，且并非无足轻重。”

提起《温和的赠词》，歌德特别称赞席勒写的部分，说它们尖刻犀利，鞭辟入里；相反，认为自己写得不痛不痒，小里小气。他说：

“席勒的那首《黄道带》，每次读它总令我叫绝。它们在当时对德语文学产生的良好影响，实在无法估计。”顺便谈到了许多被《温和的赠词》讥讽过的人物，只是他们的名字我却没有记住。

由于被歌德这类以及其他各式各样有趣的谈话和插曲所打断，《诗与真》的手稿好不容易朗读和讨论到了1800年的年底，这时他把稿纸放到一边，吩咐佣人在我们坐的大餐桌的一头摆上餐具，送来一份小小的晚餐。我们惬意地享用起来，歌德自己却一口都不尝，据我观察，他平素就从不进晚餐。他坐在一旁，只顾给我们斟酒，擦拭灯台，并以睿智、隽永的谈话愉悦我们的精神。他对席勒的忆念如此鲜活，这一晚后半段的谈话完全围绕着席勒。

里默尔回忆席勒的风采，说：

“他匀称的四肢，他走在街上的姿态，他的一举一动，都透露着高傲，只有他那双眼睛是柔和的。”

“是啊，”歌德接过话头，“他身上的一切都显得高傲、庄重，可他的眼睛却挺柔和。他的才能正如同他的体魄。他常常勇敢地抓住一个大题材，把它翻过来覆过去地进行观察，将它看啊看啊，直至完全将其把握才肯罢休。只不过呢，他似乎仅善于从外部观察事物，不擅长细细地剖析其内部。他的天才偏于散漫。他因此从来疏于决断，做事总难有结果。他常常是临到彩排才来换角色。

“他经常勇于采取行动，但不少时候没有明确的动机。我记得，我与他因为《威廉·退尔》发生了争执，他想让盖斯勒从树上摘下一个苹果，然后叫退尔从孩子头上把苹果射下来。这完全违反我的天性，我劝他为这样残忍的行径至少找一个动机，就是让退尔的儿子在此之前对总督夸口，说他爸爸百步穿杨，能从树上把苹果射下来。席勒先不以为然，可是最终还是接受了我的想法和请求，按照我的建议修改了剧本。

“我呢相反过分强调动机，结果剧本远离了舞台的要求。我的《欧仁尼》纯粹是一连串的动机，这样的作品在舞台上没法取得成功。

“席勒是天生的戏剧家。他每写一个剧本便前进一步，并且日臻完美。可是奇怪，从《强盗》开始他总没能摆脱对残忍行为的癖好，甚至在他极盛的时期也是如此。例如我还记忆犹新，在《哀歌蒙特》的监狱一场向主人公宣布对他的死刑判决，他硬让阿尔法[①]头戴面具、身裹斗篷出现在舞台背景上，为的是欣赏死刑判决在哀歌蒙特身上产生的效果。席勒想以此表现阿尔法的残酷复仇，幸灾乐祸。我却表示反对，这个形象便去掉了。他啊，真是个既伟大又奇怪的人。

“每过八天他便会是另一个人，一个更完美的人；每次再见面，我都觉得他在读书、博学和判断力方面有所进步。他的信件是我对他珍藏的最美好的纪念，也属于他写得最出色的文字之列。他写给我的最后一封信，我视为自己宝藏中的一件圣物。”歌德说着站起身，去取来了那封信。“瞧，你念念吧，”他把信递给我说。

信上的字迹优美、豪放。内容是对歌德评介《拉摩的侄儿》[②]

① 阿尔法公爵（F. A. Alba，1507－1582），西班牙统帅和驻尼德兰执政官，残酷镇压尼德兰人民起义的元凶和刽子手。

② 《拉摩的侄儿》是法国启蒙运动思想家狄德罗的小说，歌德在评介之前已把它翻译成德语。

一文的意见。歌德在文中谈及当时的整个法国文学，把手稿送给了席勒过目。我给里默尔朗读了信。

“你瞧，”歌德说，“他的判断多么准确，多么集中，字迹毫无一点儿病体衰弱的迹象。他真是个了不起的人物，然而正当盛年却离我们去了。这封信的日期为1805年4月24日——席勒逝世于5月9日。”

我们轮流观看书信，既玩味它清朗的措辞，也欣赏它秀美的书法。歌德还讲了些怀念亡友的话，直到深夜11点我们才离去。

1825年2月24日，星期四
（评说拜伦）

“如果我还负责领导剧院，”歌德今晚说，“我将把拜伦的《威尼斯执政官》搬上舞台。这部戏自然是太长了，必须缩短；但是不能删削任何内容，而只能紧缩每一幕的剧情，使其仅仅在演出时变得短一点儿。如此一来剧本会变得更精炼，但却不会由于修改而蒙受损失，反倒会增强演出的效果，基本上不削弱原有的美感。”

歌德的话给我一个新的启示，让我明白了在演出时遇到成百上千的类似情况应该怎么办。自然只有一位智者，一位对戏剧在行的诗人，才能提出这样的处理原则。我极为高兴，能了解这个原则。

我们继续谈拜伦，我提到他在跟麦德文[①]对话时说过，为剧院写作是一件极其困难又吃力不讨好的事。歌德讲：“这得看剧作家是否能对上观众口味和兴趣的路子。既有才能又对上了路子，那就

① 麦德文（Th. Medwin，1788—1869），英国作家，著有《与拜伦爵士谈话录》。

万事大吉。侯瓦德的《图画》[①]对上了路子，所以大获成功。拜伦爵士也许就没这么幸运，他的取向偏离了观众的路子。须知这儿的问题根本不是作者有多么伟大；相反，常常正是一个对于广大观众来说算不上什么人物的剧作者，能赢得普遍的青睐。”

继续进行有关拜伦的谈话，歌德很佩服他非凡的才能，说：

“我所谓的创造能力，在拜伦身上得到了充分表现；全世界找不到任何一个人，在这方面能超过他了。他解开戏剧死结的方式方法，常常完全出人意表，好得超乎人们的想象。”

“对莎士比亚我也有此感觉，”我应和说，“比如那个福尔斯塔夫[②]，他撒谎撒到了头，我于是问自己，换上我该怎么写，才能使他解脱出来，结果当然是莎士比亚的处理比我所有的想法都高明得多。可您说拜伦有同样的能力，那就可能是对他最高的奖赏啦。只不过呢，”我补充道，“比起受着局限的读者来，剧作家从头至尾纵观全剧，所站的位置有利得多。”

歌德承认我说得正确，然后取笑拜伦爵士，说他生来桀骜不驯，从不买什么法则规范的帐，临了却偏偏服膺于最最愚蠢不过的所谓三一律。

“对这个法则的本质，”歌德说“他跟世人一样不了解。本质就是可把握的，如果通过三个一致能够接触到这个本质，那它们就是好的。反之，如它们妨碍把握剧情，那视它们为法则并予以遵从，就莫名其妙了。就连发明这一法则的古希腊人，也不总是遵守它们。在欧里庇得斯的《菲通》和其他一些剧作中，地点也有所变换。显而易见，对于古希腊人来说，处理好剧情更加重要，而不是盲目遵从这一本身从来就没有多大意义的法则。莎士比亚的剧本常

---

① 侯瓦德（Houwald）的《图画》（*Bild*）是一出艾克曼很赞赏的五幕悲剧，歌德却不以为然。

② 莎士比亚塑造的著名丑角，先后出现在好几部历史剧里。

常尽可能地超越了时间的一致和地点的一致，但他的剧作却是可把握的，在可把握这点上无与伦比，因此，即使是古希腊人也会认为它们无懈可击。法国的剧作家们极力严格遵从三一律，然而却亵渎了可把握的这一根本，不是以戏剧手段解决戏剧法则，而是通过讲述。”

我想到了侯瓦德的《仇敌》，这个戏的作者为了保持地点一致，在第一幕便损害了剧情的可把握性，为一个不讨任何人喜欢的怪念头牺牲掉了原本可能更大的戏剧效果。反之我也想到了《葛慈·封·伯利欣根》，这出戏有可能就远远抛开了时间一致和地点一致，但剧情的开展仍切合现实，直接面对观众，结果便比世界上任何一部戏都真正富有戏剧性，都可以把握。我也想到，时间和地点的一致要显得自然，要符合古希腊人的本意，只有下述情况：就是剧情涉及面比较狭窄，在一定的时间里就能展开细节，时间和地点的一致才可行；反之，涉及面广，要在不同地方展开的剧情，就不应限制在一个地点，特别是在我们眼下的剧院里，对随意改变剧情已不存在任何障碍。

歌德继续谈论拜伦爵士，说道：

“他生性天马行空，好高骛远，能以遵守‘三一律’来约束自己真是一件好事。要是在道德伦理方面，他也懂得节制就好了！他办不到这点，便是他的致命伤，完全可以讲，他毁就毁在放纵不羁。

“他一点儿没有自知之明。他总是狂热、冲动、头脑发昏，既不清楚也不考虑，自己究竟在做什么事。他自己为所欲为，看别人却一无是处，这一来肯定自己也没好结果，把全世界都变成了自己的敌人。他那篇《英格兰诗人和苏格兰评论家》，一开始就得罪了那帮文学精英。随后哪怕只为了活下去，他也必须后退一步。可在接下来的作品里，他继续与人家对着干，这也看不顺眼那也看不顺眼，国家和教会也敢去碰。如此不顾一切地蛮干，使他在英国待不下去了，再过一段时间欧洲也可能把他赶走。他在哪儿都觉得空间狭窄，他享受着无边无际的个人自由仍感到憋闷，世界对于他是座监狱。他奔赴希腊并非心甘情愿的决定，是他与世界的别扭关系驱赶他去了那里。

“他与传统决裂，与爱国主义决裂，这不只毁了他这样一个优秀的人；他的革命理想和与此相联系的经常情绪激烈，也不容许他的天才得到充分发挥。还有他老是反对别人、挑剔别人，同样有损他自己的那些优秀作品。倒不仅仅是诗人的不满情绪会传给读者，而是一切的反对都会导致否定，而否定的结果只有虚无。我如果见坏就说坏，那又能得到多少好处？可如果我把好的也说成坏的，那害处可就大啦。谁真要想成就事业，千万不要咒骂，千万不要去忧心那些做颠倒了的事情，而应该永远只做正确的事。因为需要的不是摧毁，而是建设，建设将使人类感受纯粹的快乐。”

听了这连篇妙语我顿觉心旷神怡，它们在我如同铭语箴言一般值得细细玩味。

歌德继续说：“可以把拜伦爵士既看作一个人，看作一个英国人，也看作一个伟大的天才。他的好品质，主要都来自于他作为人的天性；他还有一些坏品质，则由于他是一个英国人，一位英国上议院的议员；至于他的天才嘛确实无人可比。

“所有英国人生来都不爱独自思考，精力分散于各种琐务并热衷党争，根本静不下心来提高自己的修养。但作为实践家，他们却很伟大。

“这样，拜伦爵士从来不能好好自我反省，因此他即使进行反思也从来不会成功，例如他那句‘钱要多但不要权威’就莫名其妙，好像钱一多权威便自然削弱了似的。

“然而他的创作却都成功了，真可以讲，他这个人是灵感取代了思索。他必须不停地写作，须知在创作中，一切来自于人的特别是心灵的东西，在他都很杰出。他写起诗来就像女人生孩子，她们不用思考，也不知道是怎样生出来的。

“他是一位伟大的天才，一位天生的诗人。在我看来，没有任何人身上有他与生俱来的那么多作诗的天分。还有在把握外在事物和洞悉历史情境方面，他也与莎士比亚一般伟大。不过作为纯粹的个人，莎士比亚更加杰出。对此拜伦心中有数，所以也不多谈论莎士比亚，尽管他把莎士比亚的作品大段大段地背得烂熟。他真恨不得将莎士比亚给否定掉，因为他的快活爽朗如同横在他前进路上一块巨石，他感觉自己无法越过。他不否定蒲伯[1]，因为不害怕蒲伯。只要一有机会，他就提起蒲伯，对蒲伯钦敬有加，因为他清楚，蒲伯于他只是一道背景而已。”

歌德谈起拜伦来似乎滔滔不绝，我呢，听他讲也不知疲倦。在几段小的插话之后，歌德接着讲：

“身居英国上议院议员的高位，对拜伦十分不利。因为任何天才都要受外界的影响，更何况出身又如此高贵，家资又如此豪富。中等的家庭环境，对于一位天才要有利得多。所以我们也发现，伟大的艺术家和诗人全都出自中层阶层。拜伦那样地不知节制，要是出身低一点儿，家产少一点儿，也就远远不会那么危险。可事实上呢，他有权利想干什么就干什么，结果便陷入了无数的纠葛麻烦。再说，他出身如此高贵，还有哪个等级能令他心生敬佩和顾忌呢？他心里想的什么就说什么，这便使他与世人的矛盾难分难解。

“看着真是令人惊讶，”歌德继续说，“这个高贵、富有的英国人，竟把生命的很大一部分耗费在了私奔与决斗中间。拜伦爵士自己就讲，他的父亲曾勾引跑了三个妇女。相比之下，他这个儿子还算理智的哩！

“他确实一直生活在原始状态。以其秉性，他必定时刻觉得有自卫的需要。因此他总是放枪。他不得不随时准备着有人去找他

---

① 蒲伯（Alexander Pope，1688—1744），英国新古典主义诗人。

决斗。

"他没法独自生活。所以他尽管有很多怪癖，对自己交际圈内的人却极其宽容。他可以整个晚上朗诵悼念穆尔将军的诗，让他那些高贵的朋友如堕五里雾中。他不管这个，朗诵完了就把诗稿放回口袋里。作为诗人，他表现温顺如同绵羊。换上另外一位，可能就会叫那班高朋见鬼去。"①

1825年3月22日，星期二

（剧院失火；歌德如何培养演员，管理剧院）

夜里12点刚过，我们突然让失火的喧闹声吵醒了。只听人们高呼：剧院着火啦！剧院着火啦！我胡乱披上衣服，赶到火灾现场。人们极其惊慌失措。几个小时以前，我们还在这里欣赏女演员拉罗西演康保兰的《犹太人》，男演员赛德尔快活诙谐的表演，更不时引起哄堂的笑声。在这刚刚还提供给我们精神享受的地方，眼下那最可怕的毁灭性元素正狂暴地发着淫威。

火像是由暖气引起，最初爆发在池座，很快窜上了舞台，引燃了布景的细木条，这样大量的易燃物跟着熊熊燃烧起来，不一会儿火焰便冲出房顶，烧得椽子纷纷折断、坠落。

消防人员纷纷赶来，整个建筑渐渐让水龙包围起来，大量的水倾泻到火焰中。然而完全白费力气，火焰仍往上蹿，把炽热的火星和燃烧着的纸屑、木片送入黑暗的夜空，随风飘向城市的另一边。消防人员有的爬上云梯，有的擎着灭火器，他们的喊叫声和群众的

---

① 在这篇谈话里歌德对拜伦细加评说，涉及的方面很多，观点却未必都正确；但作为诗人论诗人很是值得注意。

喧哗混成一片。能动员的人都动员起来了，也想尽了一切办法。在离火焰不远的边上，站着一个身穿斗篷、头戴军帽的男子，他神态镇定，口里含着一支雪茄。乍一看去，他活像是个事不关己的瞧热闹的人，可事实并非如此。大伙儿都听从他的指挥，他发出的简短指示立即得到了执行。此人就是卡尔·奥古斯特大公爵。不久，他看出剧院建筑本身已无法挽救，便命令任其自行倒塌，而把水龙腾出来去保卫临近受到大火威胁的房屋。此时大公爵似乎已经听天由命，他多半想起了下面的诗句：

就让这房子烧毁吧！
我们将建造更加壮观的。

他是对的。魏玛剧院的确已经破旧，也一点儿都不壮观，而且早就容不下日益增多的观众。可话虽如此，剧院遭焚毁仍旧令人痛惜，因为恰恰是这座剧院，让魏玛人回想起自己伟大而堪眷恋的过去。

我看见一双双美丽的眼睛里噙着泪水，为着自己的剧院灰飞烟灭。小乐队的一名乐师为自己被烧毁了的小提琴哭泣，同样令我感动。

黎明时分，只见人们一个个脸色苍白。我注意到了许多出身上层的小姐太太，也为等待火灾过去而通宵未眠，一个个在寒冷的晨风中冻得簌簌瑟瑟。我回家休息了一会儿，然后在上午去见歌德。

仆人告诉我，主人身体不舒服，正在床上休息。可是歌德却叫我进去，并主动伸过手来与我握。

“这对我们大家都是损失啊，”他说，“可有什么办法呢！我的小沃尔夫①一大早就来到我床边，抓着我的手，睁大眼睛望着我说：

① 小沃尔夫是诗人第二个孙子沃尔夫冈的爱称。

‘人的命运就是这样喽！’除了我亲爱的沃尔夫用来安慰我的这句话，还有什么好说的呢？一个见证我三十年心血的场所，而今变成了废墟瓦砾。然而如同沃尔夫说的，这就是人的命运。一整夜我极少合眼，从前边的窗户看着火苗不断地往天上冲。你可以想象，此刻我浮想联翩，回忆起了过去的岁月，回忆起了我与席勒的多年合作，回忆起了我这宝贝孩子的诞生和成长，在内心中免不了有些个激动。因此我考虑，今天最好还是就待在床上吧。”

我称赞他小心谨慎。不过我看他一点儿也不虚弱、疲乏，相反到挺舒适、惬意的样子。我猜想，这样卧床不起更多的是一种战争策略，这种策略歌德每遇非常事件总爱采用，怕的是会有蜂拥而至的探访者。

歌德请我在床面前的一张椅子里坐下来，和他待上一会儿。

“我想到了你，并且深深为你惋惜，”他说，“如此一来，你夜晚可怎么过哟！”

“您知道，”我回答，“我爱剧院得要命。两年前我来到魏玛的时候，除了在汉诺威看过的两三出戏，可以讲对戏剧一无所知。初到时一切对我都是新的，演员也罢，剧本也罢。遵从您的建议，我用整个身心获取直观印象，不愿多加考虑和反思。这样一来，实话实说，在剧院里度过的这两个冬天，就成了我一生所经历的最纯洁无邪、最珍贵可爱的时光。我对戏剧变得如此痴迷，不但看演出一场不漏，还获得了准许看彩排。是啊，就这样还不满足，白天经过剧院只要偶然发现大门开着，我就会进去在池座的空座位上一坐半小时，想象舞台上可能出现的演出场面。”

“你真是个疯子，”歌德笑道，“不过我喜欢你这样。要是上帝让所有观众都变得这么孩子气，那有多好！——归根结底你是对的，剧院值得留恋。谁要是没被惯坏又足够年轻，那他就不容易找到一个比剧院更令人感到惬意的地方。在剧院里人家对你完全无所求，你不想开口就不必开口；相反你可以像个国王似的舒舒服服坐在那里，让大千世界在你眼前展开，愉悦你的精神和感官，使你心满意足。那里有诗，那里有画，那里有歌唱和音乐，那里有演技，那里什么没有啊！当所有这些艺术，当所有这些青春和美的魅力汇聚于一个晚上，而且在一个高水平上得到展现发挥，那就将成为一个节日，一个无与伦比的盛大节日啊！即便还有些不尽人意之处，即便好的只是一部分，那也总比伏在窗前傻望街景，或者关在烟气刺鼻的屋子里玩一局威斯特强得多喽。你已感觉到了，魏玛剧院绝对不容轻视，这里仍然扎着我们黄金时代的老根，随后又补充进了许多天才的新鲜血液，这样，我们还能进行一些富有魅力的、讨人喜欢的演出，一些至少能给人以整体印象的演出。”

“我要是能目睹二三十年前的盛况就好啦!”我接过话头。

“那确实是个给了我们许多大便宜的好时光，”歌德应道。“你想象一下吧，令人乏味的法国时尚刚刚过去不久，观众的神经还没有因过度刺激而变得迟钝，莎士比亚有如旭日东升，莫扎特的歌剧一样朝气勃勃，最后，年复一年，席勒的剧本在这里诞生了，然后经他亲自排练，在魏玛剧院的舞台上初放光彩——你可以想象，我们以这样的美味佳肴款待老少观众，他们也就始终对我们的剧院心存感激。”

“一些曾躬逢盛世的老一辈观众，”我插话道，“对当时高水平的魏玛剧院确实是赞不绝口。”

“我不否认，”歌德回答，“这挺重要。不过，更重要的是，公爵给了我绝对的行动自由，让我想怎么干怎么干，想怎么管理怎么管理。我不看重华美的布景，靓丽的服装，而非常重视好的剧本。从悲剧到闹剧，任何形式我都认可，只是剧本必须像样，否则别想我开恩批准。它必须大气、感人、爽朗、优雅，无论如何也得是健康的，并有某种坚实的内核。反之，一切病态的、羸弱的、哭哭啼啼的、多愁善感的，以及一切恐怖的、残忍的、伤风败俗的，都被我永远排除在外，我担心这些玩意儿会毁了演员和观众。

“我用好的剧本提高演员嘛。因为老是排高尚的东西，演高尚的东西，必然会使一个人出息起来，只要这个人没有被老天抛弃。再有，我与演员经常保持个人接触。我知道他们对台词，给每一个人分析他的角色；我出席彩排，和他们讨论某个环节如何改进；公演时我从来不缺席，发现有什么不足之处，第二天全部一一指出。

“就这样，我使他们的技艺得到了长进。—— 还有，我还努力提高演员在社会上的地位，办法是让他们中最优秀的和最有前途的进入我的交际圈，以此向世人显示我尊重他们，认为他们值得我亲密交往。这样一来，魏玛上流社会的其他人也不甘落后，男女演员们于是很快体体面面地进入了高尚的社交圈子。所有这一切努力，必然使他们获得里里外外的良好修养。我在柏林的学生沃尔夫，还有咱们的杜兰特，都成了举止优雅得体的人。欧勒斯和格拉夫先生更是富有修养，足以给最最上流的交际场合增光添彩。

“席勒本着与我同样的准则行事。他跟男女演员们交往也很多。他跟我一样排练也总是到场，每次演出后也习惯于邀请他们去他家，和他们一块儿度过有意义的一天。大伙儿一起享受成功，一起讨论下一次演出可有什么需要改进。只不过，席勒一来到魏玛，就发现咱们的演员和观众修养水平已经相当高。这一点，不可否认，帮助了他的剧本迅速取得成功。”

歌德如此详细地谈一个我一贯感兴趣的题目，一个由于昨晚的火灾对我变得尤为重要的题目，真令我喜出望外。

“您和席勒许多年来苦心经营的剧院，”我说，“昨天夜里一下子给烧掉了，这在一定意义上也结束了一个极其伟大的时代，这样的时代，对于魏玛不会很快再现啦。当时剧院在您督导下取得了异常卓越的成就，您从中想必也体验到不少乐趣吧！”

“还有不少艰难和困苦！”歌德叹口气回答。

“要使一个人数众多的团体始终秩序井然，”我说，“可能很困难吧。”

“许多事都需要严厉才办得到，”歌德回答，“更多地则通过友爱；但是，最有效的还是通达世事，公正无私，不管对谁都一个样。

“在此我必须警惕两个危险的敌人。一个敌人是我太爱才，它容易使我掉进偏袒的陷阱。另外一个我不想说，但你一定猜得到。在我们剧院里有不少既年轻貌美，又极富内在魅力的女性。我感到她们中的一些深深吸引着我，也不乏乐意走一半路来迎合我的人。只不过我克制住自己，对自己说：别再往前去了！我清楚自己的地位，知道自己在这个位子上担负的职责。我在这里不是个普通人，而是一家机构的首脑。对我来说，这个机构的发达兴旺，比我个人一时半会儿的幸福更加重要。我要是堕入了情网，那就会像一只旁边摆着块磁铁的指南针，指起方向来便不可能正确啦。

“反之，我绝对洁身自好，始终能够自持，也就始终能够主宰剧院。因此我从不缺少大伙儿对我的必要尊重，没有这样的尊重，任何权威都会立马化为乌有。”

歌德的这段自白很为我重视。从别人嘴里我已经听见过对他的类似议论，挺高兴现在得到他的亲口证实。我比任何时候都更敬爱他了，在告辞时亲热地握了他的手。

回到火灾现场，但见巨大的废墟堆里还有火焰和烟柱冲向天空。人们继续忙着灭火和拆除破烂房屋。我在旁边拣到几页烧焦了的台词残片，是歌德《塔索》中的一些段落。

1825 年 3 月 27 日，星期日

（谈剧院重建及管理）

在歌德家进餐。席间客人较多，歌德拿出新剧院的设计图来给

大伙儿看。和前几天他对我们讲过的情况一样，设计图表明剧院的里里外外都将非常漂亮。

也提到了，剧院既然这么漂亮，演出的布景和服装也该比过去更好才是。大伙儿还认为，剧院的人力已开始渐渐吃紧，不管是排正剧还是歌剧，都必须补充一些优秀的年轻演员。可同时大家也不讳言，所有这一切都需要大量花费，仅靠过去的票房收入是无法维持的。

“我很清楚，”歌德插进来说，“借口节省开支，人们会聘用一些花钱不多的孬人儿。可就是不想想，这样干是否对票房真有好处。在这类基本措施上抠门，对票房的损害再大不过啦。必须考虑的是使剧院每天晚上都满座。一个年轻的男歌手或女歌手，一位出色的男主角或女主角，他们天赋超群，色艺俱佳，所起的作用很大很多。是的，只要我还领导剧院，我一定进一步改善它的票房状况，诸位肯定能看见，我是不会缺少必要的经费的。”

我们问歌德，他打算怎样着手。

“我将使用一个极其简单的办法，”他回答。“我将安排礼拜天也演出。这样一来，我将增加至少四十个晚场的收入，只要情况不是太糟糕，这样一年就会多挣一万至一万五千塔勒喽。”

大伙儿觉得这办法切实可行。还有人提到，广大的劳动阶级通常周一到周六都整天干活儿直至深夜，只有礼拜日唯一的一天休息，肯定宁愿享受一下看戏这更高尚的娱乐，而不总是去跳舞和蹲在乡村酒馆里喝啤酒。还有人认为，所有的佃农和地主，以及附近小城镇的公务员和富有的居民，也会把礼拜天看作一个上魏玛剧院的适当日子。即使魏玛城里吧，凡是既不能上宫里应酬，又没有幸福的家庭团聚和社交聚会可以参加的人，也感觉礼拜天晚上寂寞无聊得要命，因为有的人就是不知道该去哪里。于是人们要求每礼拜天晚上有个地方可以待着感到舒服，可以在那儿忘记掉一周的烦恼。

歌德让魏玛礼拜天像其他德国城市一样也演出的想法，获得了无保留的赞同，被认为是一个极好的主意。只不过还提出了一点儿疑虑，就是这也合魏玛宫廷的胃口吗？

“魏玛宫廷够仁慈、英明的，”歌德回答，“不会阻挠我们办一件对城市及其一家重要机构都有好处的事。宫里肯定乐于做出一点儿小小的牺牲，把他们每个礼拜日的晚会改到另外一天。这要是行不通，那还有许多宫里人本来就不爱看的剧本可以放在礼拜天上演，它们相反绝对适合普通百姓的口味，将会让票房赚足赚欢。”

话题转到了演员，就他们才能的发挥以及被滥用的问题，翻来覆去谈了很多。

“在长期的实践中，”歌德说，“我发现事情的关键在于，你永远别着手排演一出话剧或者歌剧，除非你已经预见到，它肯定能一连成功地演上几年。没有谁能充分估计，排演一部五幕话剧甚或同样长度的歌剧，需要花多大的力气。是啊，朋友们，一位歌剧演员要每一场每一幕都表演精到，须付出的很多，合唱队要恪尽职守，需付出的更多。每当有人仅仅读了几则不负责任的报纸消息，听到某部歌剧上演的情形，对其演出前景根本一点儿不了解，就轻率地发出排演这部歌剧的指示，叫我听见了总会不寒而栗。咱们德国已经有过得去的驿车，甚至开始出现了快驿交通，所以一听见外面上演了某出新的歌剧并受到赞扬，我便立刻派导演或是剧院另一位可靠的成员赶赴当地，让他亲自了解演出实况，看这出受赞誉的歌剧究竟有多好有多棒，我们的实力是不是能够对付。与如此得来的巨大好处相比，与由此避免了的可怕失误相比，旅行的花销真是不值一提。

“还有，一出好话剧或者好歌剧，一经排演就得间隙很短地接二连三演下去，只要它还能吸引观众，只要还能满座。同样的要求也适用于优秀的陈年话剧或歌剧，只是它们也许已多年停演，需要相当认真地重新排练一下，重演才能同样成功。这样的演出一样也要间隙很短地不断重复，只要观众还表现出某些兴趣。那种总是排演新戏，一出费尽力气才排成的话剧或歌剧只演一场、充其量两场的癖好，还有在两次演出之间停演长达六至八周以至老需要重排的做法，都是对剧院真正的伤害，都是糟蹋演职员的辛劳，实在不可原谅。”

歌德看样子很重视这件事，看样子对它很是上心，以至谈起来异常激动。这在平素极为稳重宁静的他，是十分少见的。

“在意大利，”他继续说，“一出好的话剧或者歌剧，往往每晚上演要持续四至六周，伟大的意大利儿女们不要求有任何变动。有教养的巴黎观众反复欣赏自己大师们的经典之作，直至能把台词背诵出来，直至能用训练有素的耳朵辨别每一个音节的重音。在这儿魏玛，为对我表示敬意，也上演我的《伊菲根尼》和《塔索》，可有多经常呢？难得每三四年演一次！观众觉得没有意思。完全可以理解。演员演这些戏没有经过训练，观众也缺少欣赏它们的素质。只要演员经常反复排演到能进入角色，使演出获得了生命，台词念起来不再是背诵，而是从自己心中涌溢出来，这样观众肯定就不再会没有兴趣，不再会无动于衷。

“我确实一度心存过妄想，以为有可能创建一家德国的剧院。是啊，我曾妄想能亲自出一些力气，能给这宏伟的建筑奠上几块基石。我写了《伊菲根尼》和《塔索》，怀着孩子般的幻想，以为这样就行了。然而没有一点儿动静，没有一点儿影响，一切还是老样子。要是我取得了成效，得到了喝彩，那我会为你们再写十几部《伊菲格尼》和《塔索》一样的戏。题材不缺喽。只是如已经说过的，缺少能有血有肉地演出它们的演员，缺少能感受和欣赏它们的观众。”

1825年4月14日，星期四

（谈演员培养和角色分配）

晚上在歌德家里。由于不久前谈过剧院和剧院管理，我便问他以什么标准挑选新的演员。

“这个问题我几乎没法回答，”歌德说，“我有各式各样的标准。如果一个新演员先前已经挺有名，那我就让他登台，看他能不能适应其他人，看他的表演风格干不干扰咱们剧院的风格，或是通过他恰好能弥补剧院的不足。要是来的是个从未登过台的年轻人，那我首先就观察他本人，看他身上是不是有什么讨人喜欢和吸引人的品质，特别是有没有自制力。因为一个演员缺少自制力，不能随心所欲地向一个陌生人做自以为最好的表演，一般说来就是个庸才。须知演员这个行当就要求他不断否定自我，不断进入角色，带着别人的面具生活！—— 如果来人的外表和举止讨我喜欢，那我就叫他朗诵，既了解他发音器官的力度和音域，也考察他心灵的各种能力。我给他一位大诗人崇高的诗句，看他能不能真正感受和表现崇高。然后再给他激情澎湃的、狂野粗鲁的东西，以测试他的表现力度。再往后换成为理性清醒的、富于睿智的、含讥带讽的、滑稽调侃的，看他面对这样的情形如何表现，是不是有应付自如的足够脑子。最后再让他表现一颗受伤的心灵的痛苦，一个伟大的灵魂的苦难，以确定他有没有能力完成表现动人心魄的表演。

“我这各式各样的要求他要是都能满足，那我就有理由希望把他培养成一位非常出色的演员。要是他在某几个方面明显地比其他方面突出，那我就记下他特别适合什么行当。他的弱点现在我也清楚了，因此就首先努力使他增强和锻炼这些方面。如果我发现他发音有方言即土话的毛病，那我就坚持要他改掉，并建议他与在舞台上发音完全纯正的演员交朋友，以此得到练习。然后我问他会不会跳舞和击剑，要是不会，就派他去跟舞蹈和击剑教练学一段时间。

“如今他终于可以登台了，我便让他演那些符合他本性的角色，并且暂时不要求他别的，只要他演出他的本色。这时如果他表现得火气过于旺盛，我就让他演生性冷漠的人物；如果他表现过于安静和迟钝，我就让他演火爆脾气和急性子，以便他学会摈弃自我，进入另一个人的内心世界。”

谈话转到剧本的角色分配，歌德讲的话里有如下一段，我看值得特别注意。他说：

“如果以为一出中不溜的戏可以安排一些中不溜的演员来演，那就大错特错啦。一部二三流的剧本，由于参加演出的是一流的演员，将会得到难以想象的提升，真正变成为一部好戏。相反，二三流的剧本也让二三流的演员来演，那一点儿也不用奇怪，如果演出的效果等于零。

“二流演员演伟大的剧本可以表现得非常出色。他们正像油画上处于阴影里的人物，可以很好衬托出强光中的人物，作用是挺大的。”

1825年4月20日，星期三

（批评文坛浮躁之风和文艺家不守本分）

今天晚上歌德给我看了一个年轻大学生的来信。在信中，年轻人请歌德把《浮士德》第二部的写作提纲给他，说他打算自己来完成这个作品。他直率、愉快和真诚地说出了自己的愿望和意图，临了还全然不加掩饰地表示，尽管时下所有人的文学创作都劳而无功，一钱不值，可是在他身上，一种新的文学即将开花结果。

这位文学青年真够异想天开啊，以为仅仅爱好便能写成功《浮士德》的第二部。领教了他，即使在现实生活中再碰见一个立志继承拿破仑征服世界事业的年轻人，或是一个决心完成科隆大教堂建设的半吊子建筑师，我也不会更感到惊讶，不会认为他们更加疯狂、更加可笑啦。

是的，我认为续建科隆大教堂的可能性，比按歌德的要求续写《浮士德》要大。因为科隆大教堂必要时可以用数学的方法算出来，它毕竟耸立在我们眼前，用手摸得着。而一件完全依托着主观意识的、不可见的精神产品，你又用什么样的绳子和尺子去丈量它呢？这样的精神产品完全以主体为依归，要求把伟大的、亲身经历的生活变成素材，并用经年累月练就的、臻于完美的熟巧将其表现出来。

这样一件工作，谁要认为轻而易举，是的，哪怕仅仅自以为做得到，那他肯定就只是个草包，因为他连什么叫高深、什么叫艰难都懵然不知嘛。可以很肯定地讲：设若歌德故意把《浮士德》空上几行又不肯亲笔完成，那上面这小伙子也没能力将这短短几行像样地补上。

我不想深究当今的年轻人哪儿来这种自负，他们竟然把迄今只能经过多年学习和历练才获得的能力，视为自己与生俱来的东西。可我呢却相信可以断言，眼下经常出现的这类无视循序渐进发展的高论，使人对未来德国还能产生杰作已不抱多少希望。

“国家的不幸就在于，”歌德说，“没有谁愿意老老实实干好自己的事，人人都想施政掌权。文艺界也是，谁都不肯欣赏已经成功的作品，而非要自己动手重新创作。

“还有，没人想到可以通过学习别人的作品提高自己，而是谁都希望马上创作一部同样的作品。

“再就是没有顾全大局、以大局为重的认真负责精神，而是只想个人出风头，在世人面前尽可能地表现自己。这种错误倾向无处不见，而始作俑者就是新近受到追捧的音乐大师，他们不选那类听众能获得纯净音乐享受的曲目来演奏，而偏偏选一些演奏者能够炫耀技巧、博取喝彩的曲子。到处看见的都是突出个人，哪儿也找不到个人服从全局、为事业真诚奉献的努力。

“结果就是，人们在创作中养成了粗制滥造恶习而不自知。还是小孩已经在写诗啦，一个劲儿写下去，到了青年就以为真能干出些名堂，直至成年后才恍然大悟，知道了现存的杰作是什么样子，再回头看看自己走冤枉路所浪费的光阴，便禁不住心悸心惊。

“是啊，许多人永远认识不到杰作之完美和自身之不足，直至终老都在制造一些半吊子的东西。

“设若每个人都能及早意识到世界已经充满杰作，要创作出足以与之媲美的作品需要满足怎样的条件，那可以肯定，在现有的一百位文学青年中，很难有一位还会觉得自己具备足够的毅力、天才和勇气，能够心情平静地继续去争当同样的大师。

“许多青年画家如果及早了解了一位像拉斐尔那样的大师究竟创作了些什么，他们就会永远不会再拿起画笔。”

谈话转到了一般的错误倾向，歌德继续说：

“比如我实际从事造型艺术的志向就是错误的，因为我不具备这样的天赋，也没法发展出这样的天赋来。对于周围的自然我是具有一定的敏感，因此最初的绘画尝试也挺有希望。到意大利的旅行破坏了这一实践的乐趣，眼界扩大了，备受珍爱的绘画技能却丢失殆尽，由于艺术天才不是靠提高技术和审美修养所能发展起来的，结果我的努力便化为了乌有。

“人们说得对，要全面培养人的能力，包括最优秀的品质，”歌德接着说，“可是，人生来并非如此，人人只能发挥其特长，只不过应该努力理解人类的含义。”

谈到这里我想起了《威廉·麦斯特》，在这部小说里同样讲过，只有所有人的总和才能构成人类，我们要想受到尊重，必须懂得珍爱他人的所作所为。

我也想起《漫游时代》中雅诺总是劝人只学一门手艺，说什么现在是片面性的时代，并称赞那位懂得这个道理，并努力让自己和别人照着实践的人，是幸福的人。

可这下问题又来了，一个人需要从事怎样一门手艺，才能既避免越出界线，又不使之少有作为呢？

谁负有监察、评判、领导多个领域之责，谁就应该努力获得对多个领域尽可能深的洞察力。因此一位君主，一位未来的国家管理者，他就唯恐所受的教育不够多方面，因为他未来的职责就是照顾好方方面面。

同样，诗人也应该努力获得多方面的知识，因为他必须把握和表现的对象是整个世界。

不过诗人不应该企图成为画家，正如他也应该让演员登台给我们表演，自己则只是满足于用语言再现世界。

须知洞悉某一艺术和从事某一艺术是两码事，应该区分开来。应该考虑到，一当要从事任何一种艺术，事情就会变得极其艰难，极其伟大，就要求你精益求精，要求你献出自己的一生。

拿歌德来说，他努力具有多方面的洞察力，做到见多识广，但终生却只限于做一件事，只从事一门艺术，那就是：用德语写作。至于他作品的内涵丰富多彩，则又是另一回事。

同样的道理，应该把人的修养和他的职业很好地区分开来。

例如诗人，他的修养要求千方百计地训练眼睛，以便把握外在世界的诸多事物。在此前提下，歌德尽管称自己把对造型艺术的爱好变成职业的想法是错误的，但作为一个诗人的修养，他这爱好却又完全适得其所。

“我的诗歌具象生动，”歌德说，“归功于我十分注意训练眼睛，并对我观察所得的高度重视。”

不过需要防止修养的范围超过限度。歌德说：

“自然科学家最容易受到越界的诱惑，因为观察自然的确需要有广泛而协调的知识修养。”

反之，对于一个专业所必需的知识，又应力避狭隘和片面。

就说一个剧作家吧，他应该掌握舞台知识，以便能够掂量供他使用的表现手段，知道究竟什么可行，什么不可行。同样，一位歌剧作曲家想要分辨好坏，不为不成气候的东西浪费艺术才能，就不可没有对于诗歌的了解。

“韦伯不该为《欧里扬特》谱曲，”[①]歌德说，“他应该以眼看出，这是部很坏的素材，用它写不出任何好东西。这样的见识作曲家必不可少，是他从事自己艺术的前提。”

同样，画家应当有分辨各种事物的眼光，因为他的专业就要求他知道什么可以画，什么不可以画。

“说到底，”歌德讲，“最大的本领还在于严格限定自己的活动范围。”

就这样，我待在歌德身边的整个晚上，他都努力告诫我永远要专心致志于一件事，不能有任何的分心和旁骛。例如一当我流露出要搞搞自然科学的想法，他总是劝我放弃，在眼下坚持只搞文学。还有每当我想读一本书，他知道这本书对我现在的进步没有帮助，便总是会反对，说读这样的书对我没有实际用处。

“在一些不属于我本行的事情上，”有一天歌德对我讲，“我浪费了太多的时间。想想维迦[②]的成就，便感到我自己作品的数量太小啦。我本该把精力更多地用在自己的专业。”

“要是我没有花那么多时间弄那些石头，”他另外一次说，“而

---

① 韦伯（Carl Maria von Weber，1786—1826），奥地利著名作曲家，所谱曲的歌剧《欧里扬特》1823 年在维也纳公演，一如歌德所说很不成功。

② 维迦（Lopez de Vega，1562—1635），西班牙剧作家，以多产著称，据说有作品近一千五百部。

是干正经一些的事，我很可能已拿到最美丽的金刚钻啦。”

出于同样的原因，他很器重和赞赏他的朋友迈耶尔，说迈耶尔毕生致力于研究艺术理论，在这一领域里的远见卓识便得到了公认。

“我自己也很早走上与他同样的路，”歌德说，“也用了半生的时光观察和研究美术作品，但在某些方面却没法跟迈耶尔相提并论。因此每有一幅新油画我都当心别马上给我这朋友看，而是先要弄清楚，我的见识离他还有多少距离。直到我相信自己对那画的得失已经成竹在胸，我才把它拿给迈耶尔看；他呢，自然眼光更敏锐，看着看着还会有完全新的发现。于是我一次次重新认识，精通一件事意味着什么，为此需要付出怎样的代价。在迈耶尔身上，集中了人类数千年对艺术的真知灼见。

可又有人会问，歌德如此坚信一个人只应该从事一件事，那为什么偏偏他自己一生中又那么多旁骛，又多才多艺呢。

对这个问题我回答，如果歌德现在才出世，如果看见他自己的民族在文艺和科学领域已经处于现在的高水平——而且这在很大程度上归功于他，那他肯定没理由再做那么多不同性质的工作，而会专心致志于唯一的事业。

所以，做全方位研究探索，弄清世间所有事物，不只是歌德的天性使然，而且也是时代的需要：要求他把感知的一切表现出来。

他诞生时继承了两个伟大遗产：谬误和不足。为了消除它们，他必须终生全方位努力探索。

如果牛顿的理论在歌德看来不是大错特错，不是个对全人类极其有害的谬误，那谁相信他会心血来潮写一部《颜色学》，并为这个旁骛耗费了许多年的心血呢？决不会哟！而是心中对真理的执着与谬误激烈冲突，促使他也要用自认为的真理之光去照亮这一黑暗领域。

对于他的形变学研究同样可以这样讲。多亏歌德，在这门学科我们有了一个做科学研究的样板；可是如果他当初看见同时代人已经走上正确的道路，那他也永远不会再想到写一部形变理论著作。

是的，对他文学创作的多方面努力，同样可以作此理解。因为很值得问一问，如果当初德国人已经有一部《威廉·迈斯特》似的作品，歌德他还会写这样一部长篇小说吗？很值得问一问，在这种情况下，他会不会仅仅集中精力于创作戏剧作品呢？在如此专一于一种创作的情况下，歌德能完成些什么，产生怎样的影响，完完全全不可测知。然而大致可以肯定，没有一个头脑正常的人会希望歌德最好别创作他正好创作了的那些作品，那些正好是造化促使他已经创作成功的作品。

1825年4月27日，星期三
（反感革命暴力，赞扬开明君主）

傍晚去看歌德，他曾派人来邀我和他一起乘车去游览他园林的下区。

“在我们动身之前，”他说，“我想先给你看一封策尔特的信，我昨天收到的，他在信里也谈到了咱们剧院的事情。”

除了其他内容，策尔特还写道：

“你不是那个适合在魏玛给民众建剧院的人，这我早已看出来了。谁把自己变成绿色，山羊们便会将他吃掉。其他大人先生也该好好想想这点，要是酒还在发酵他们就想塞上塞子。‘朋友们，我们已经见识过这种事，’是的，还会见识。”

歌德望着我，我俩笑了起来。他说：

“策尔特人不坏，也挺能干，只是有些时候并不完全理解我，曲解我所说的话。

"我把自己的一生献给了人民，一生致力于民众的教育，为什么又不可以为他们建立一座剧院呢？只不过在魏玛这么座小小的都城，如大家开玩笑说的连居民也没几个，可诗人却有成千上万，哪儿谈得上什么民众喽 —— 更别提一座什么民众剧院！魏玛有朝一日无疑也会变成一座大都市，但咱们无论如何还得等上几个世纪，魏玛市民的数量才会多到足以把剧场坐满，才能建设和维持一家剧院。"

说话间马已经套好，我们便登车向花园驶去。傍晚静谧、温暖而近乎溽热，天空中浓云汹涌聚集，像是快来暴风雨了。我们在干燥的沙石路上来回漫步，歌德静静地走在我身边，看样子正思绪万千，心潮澎湃。我呢趁机聆听从伊尔姆河对岸传来的山雀和画眉的啼叫，为迎接正在形成的暴风雨，鸟儿们蹲在还未长叶子的梣树梢头放声歌唱。

歌德纵目环顾四周，一会儿仰望空中的乌云，一会儿扫视路旁和草地上的灌木和树篱，但见无处不弥漫着绿意。

"这样的黄昏预示着会有一场温暖的暴雨，"歌德说，"万木复苏、繁花似锦的春天再次降临啦。"

这时候已经乌云密布，并听见了隆隆的雷声，也开始打起雨点来了，歌德觉得还是回城里去好些。在他府第前下车的时候，他讲：

"今晚上你要是没有别的安排，那就请一块儿进去再待上个把小时。"我很高兴地接受了他的邀请。

策尔特的信还躺在桌子上。歌德说：

"奇怪，真叫奇怪，对于公众舆论人们太容易盲从啦！我不知道自己啥时候对民众犯下过什么样的罪孽，可人家称我不是民众的朋友，而且永远也变不了啦。我当然不是那些革命的暴民的朋友，他们四出抢掠烧杀，打着为公众谋福利的幌子只顾追逐最卑劣的私利。我不是这种人的朋友，正如我也不是路易十五的朋友一样。我憎恨任何的暴力颠覆，因为破坏的和赢得的一样多。我既恨那些这么干的人，也恨那些造成这么干的根源的人。可是，我因此就不是民众的朋友了吗？任何一个有正义感的人，难道不都跟我想法一样吗？

“你知道，任何前景光明的改良，都令我欢欣鼓舞。相反，如我已经说过，任何的暴力，任何的冒进，都让我在灵魂深处产生反感，原因是不符合自然规律。

“我是植物的朋友，我爱玫瑰花，认为它是咱们德国自然界所能生长的最完美的花卉；可是我也不会因此变得痴傻，竟要求我的花园现在，还在 4 月末，就开放出玫瑰花来。我已经满意，只要现在能发现头几片绿叶，能看见枝条上的叶片一周一周地多起来；我感到高兴，在 5 月里能看见了花蕾；我深感幸福，玫瑰花终于在 6 月盛开，向我充分展示出它的鲜艳，送来了它扑鼻的香味。可要是有谁不能等待时令的到来，那他只好去温室喽。

“还有人说什么，我是公侯的仆从，我是君王的奴隶。好像这么讲有什么意义似的！—— 难道我效力的是一位暴君？是一位独裁者？难道我服务的是一个只知道搜刮民财来供自己荒淫享乐的统治者？这样的君主和这样的时代，赞美上帝，早已经成为过去。半个世纪以来，我和大公爵同心同德，我与他一起努力奋斗了整整半个世纪；可是，如果我准备讲，我知道有那么一天公爵不曾考虑做点儿什么为他的领地造福的事，或者对改善每一个臣民的处境有益的事，那我必定是在撒谎。身为一个邦国的国君，他为自己谋取到的除了重负和辛劳，还有什么哟！他的住宅，他的衣着，他比一位殷实市民略微丰盛的餐桌吗？咱们只需去到我国的一些滨海城市，就会在一位体面的商人家里，发现人家的厨房和酒窖要比他府中的更好。

“今年秋天，”歌德继续说，“我们要庆祝公爵执政五十周年。可我仔细想想，他的所谓执政，除了坚持不懈地为国效力，还有什么啊？完全是为实现伟大的目标效力，为民众谋福利效力！——

设若我不得不当一名国君的奴仆，那至少我仍感到欣慰，因为我为他当奴仆的那位国君，他本身也不过是大众利益的一名奴仆。”

1825年5月1日，星期一

（票房收入与演出质量；希腊悲剧何以衰落）

在歌德家吃饭。可以设想，修改剧院建设规划，将是我们之间的第一个话题。我担心这极其出乎意料的举措，会深深伤害歌德。谁知一点儿影子也没有！我发现他和颜悦色，兴致好得不能再好，绝对没有任何小心眼的痕迹。他道：

“人们极力从经费预算和改变规划可以大大节省开支入手说服公爵，他们成功了。这我完全无所谓。一座新剧院归根到底永远不过一堆新木柴，或迟或早一不留神又将付之一炬。我以此自慰。至于多一点儿，少一点儿，高一点儿，低一点儿，根本不值一谈。你们无论如何会有一座过得去的剧院，即使它不正好符合我的愿望和想象。你们会去看戏，我也会去看戏，临了将会万事大吉。

“公爵对我发表了他的意见，”歌德继续讲，“认为一座剧院根本无须是一件建筑艺术的杰作。整个而言，他这意见自然没啥可反对的。他还讲，始终不过是一幢以挣钱为目的的房子嘛。乍听起来，这话有点儿金钱第一，但仔细想想，却也不缺少高尚的一面。须知一家剧院不只是要他掏钱，也可以替他省钱、赚钱，这一来所有事情都非做得极其出色不可。上边必须有最好的领导，演员必须绝对的一流，始终必须上演优秀的剧目，以保持对观众的吸引力，达到使剧院每晚都满座的目的。这可真是言简意赅，几句话说清楚了几乎说不清楚的问题。”

“大公爵靠剧院赚钱的意见看来非常实际啊，”我接过话头，

“它逼着大家始终保持最佳状态。”

“莎士比亚和莫里哀想法也如此，”歌德接着说，“他俩也首先用他们的剧院赚钱。为了达到这个主要目的，他们孜孜以求的是使一切始终保持最佳水准，并且还与时俱进，给传统的好东西不断加进一些精彩的、有吸引力的新东西。《伪君子》遭禁演，对莫里哀是个沉重打击 —— 但不仅是对于剧作家莫里哀，对于剧院经理莫里哀也一样，他必须考虑一个大剧团的出路，必须看看上哪儿去为自己以及自己领导的演职员弄面包吃。

“对于一座剧院的兴衰，”歌德继续说，“最危险的莫过于它的领导层生活无忧无虑，票房收入是多是少对他们个人毫无影响，一年中他们因票房减少的收入到年终反正有其他来源补偿。人生性如此，只要不受利害驱使，就容易松懈下来。现在尽管还不能要求像魏玛这样一座小城的剧院自给自足，不需要每年再从公爵的国库领取补贴。但是一切都得有自己的目标，自己的限度，每年多赚或者少赚几千塔勒尔，决非等闲小事，特别是因为收入减少和经营变差自然相伴而行，也就是说失去的不光是钱，同时还有声誉。

“我要是大公爵，等将来调整监管人的时候，就会一劳永逸地给每年的补贴规定一个数目。我会从最近十年的补贴算出一个平均数，然后再略略加以减少，得出一个足以像样地维持运转的钱数。剧院经理必须用这笔钱进行经营。然后我再前进一步，说：经理和他的导演们如果领导得力，经营有术，到年终票房有了盈余，那这多出来的银子就用于给经理、导演和工作表现最优异的台柱子们发奖金。到那时你看看，人们将怎样干劲儿十足，剧院将怎样摆脱已逐渐陷入的瞌睡状态。”

“我们的剧院管理条例尽管有各式各样的惩罚规定，”歌德继续说，“却缺少了一条，就是没有对成绩优异者的鼓励和奖赏。这是一个大缺陷。因为既然我每出一点儿错都担心可能扣工资，那么如果我干得超过了对我的预期，就必定也希望获得奖励。要是人人都做得比要求和希望的更多，那剧院自然会兴旺。”

…………

天气晴好，我们在花园里来回漫步；随后我俩坐在一条长凳上，背冲着一道新叶繁密的宽厚树篱。我们谈尤利西斯的弓弩，谈荷马史诗的英雄们，谈古希腊的悲剧作家，最后谈起了那个广泛流传的说法：古希腊戏剧的衰亡，都怪欧里庇得斯。歌德压根儿不赞成这种观点。

“一般地讲，”歌德说，“我不认为一种艺术可能因为某一个人而走向衰败。必定是有许许多多因素在一起起了作用，而这些因素却不是容易说清楚的。古希腊的悲剧艺术不可能因为欧里庇得斯而衰落，就像古希腊雕塑艺术的衰落，不可能归咎于某个与菲底阿斯同时、但却逊色一些的大雕塑家。因为真正伟大的时代，总是从善如流，不懈进益，相形见绌的东西产生不了影响。

“欧里庇得斯的时代，是何等伟大的时代啊！那时的文艺趣味，不是倒退而是前进的。雕塑艺术尚未达到它的顶峰，绘画艺术才刚刚萌芽。

“与索福克勒斯的作品相比，欧里庇得斯的悲剧即使有很大缺点，但这并不等于说，后来的作家们都必定模仿这些缺点，并因此而完蛋了。反之，它们要是有很大的优点，某些优点甚至超过了索福克勒斯，那么，后来的剧作家为什么不学习这些优点，或者为什么不至少变得跟欧里庇得斯本人一样伟大呢！

“事实是在著名的三大悲剧家之后，的确没有出现同样伟大的第四位、第五位、第六位悲剧家。这，自然是一个问题，一个不那么容易回答的问题。对这个问题，人们却不妨做出自己的种种揣测，这样也可以得到近乎实际的解答。

“人哪，是一种简单的存在。不管他看上去多么形形色色，丰富多彩，深不可测，他生存状态的圆环却很快都会跑完。

“如果当时的情况像我们今天可怜的德国人这样，莱辛写了两三部过得去的剧本，我写了三四部，席勒写了五六部，那么，给第四、第五和第六位悲剧作家也许还留下了用武之地。

“希腊人呢情况两样，三大悲剧家那么高产，每一位都写了一百或将近一百部作品，荷马史诗和希腊英雄传说里的悲剧题材已被处理过三四次了。面对着如此丰富的遗产，我说不难揣想，素材和情节已经渐渐用完用尽，一个紧接在三大悲剧家之后出世的剧作家，真会走投无路哩。

“再说，归根到底，还写做什么！难道一段时间不是已经足够了嘛！难道埃斯库罗斯、索福克勒斯和欧里庇得斯的剧本，不都是意蕴深刻、艺术精湛的杰作，可以让人看了又看，而不容将其庸俗化从而夺取其艺术生命吗？—— 是啊，就连传承给我们的这少量残篇断简，气势也如此宏伟，意义也如此巨大，我们可怜的欧洲人已钻研、利用它们几个世纪，并将在今后的几个世纪里继续钻研，从其获取养料。”

1825年5月12日，星期四

（谈莫里哀等先驱和席勒等同辈对他的影响）

歌德极为兴奋地谈起了米南德①。

“继索福克勒斯之后，”他说，“我不知道还有哪个剧作家像他那样为我所热爱了。他极其纯粹、高尚、伟大和欢快，他的幼芽不可企及。他留给我们的如此之少，实在令人遗憾；不过即使这很少的一点儿东西，也是无价之宝，可以让有才能的人们从中学到很多很多。

① 米南德（Minander，前342—前292年），古希腊剧作家。

“关键总在于我们学习的人必须符合我们的资质天性，”歌德继续说，“例如卡尔德隆吧，尽管他非常伟大，尽管我极为赞赏他，他却对我毫无影响，不管好的影响，还是坏的影响。对于席勒，卡尔德隆却挺危险，他会把席勒领上歧途，因此非常幸运，他是在席勒逝世以后才在德国得到普遍认可。卡尔德隆在技巧和戏剧效果方面无比伟大，席勒却立意更加雄健、庄严、宏大，因此，席勒如果削弱了这些个优点却又达不到卡尔德隆在另一方面的高度，那就十分可惜了。”

我们谈到莫里哀。歌德说：

“莫里哀实在伟大，你每读他一次都会重新感到惊讶。他独具风格，喜剧作品近乎悲剧，写得机智圆熟，没谁有勇气步其后尘。他的《悭吝人》让贪欲彻底排挤掉了父子之情，尤其杰出而具有高度的悲剧性。倘使该剧的德文改编本把亲儿子变成了一位亲戚，那就弄巧成拙，不会有更多的价值。人们害怕直视罪孽的本来面目，可改了结果怎样，难道有什么比不可容忍的罪孽更富于悲剧效果吗？

“我每年都要重温几部莫里哀的剧作，就像我不时地取出以意大利大师为蓝本的铜刻版画来观赏一样。要知道我们是些小人物，没有能耐把这些作品的伟大精神铭刻于心，必须时不时地回过头去更新自己心中的印象。

“人们总在讲原创性，可这到底有什么意义呢！我们一生下来，世界就开始影响我们，而且不断影响，直至生命结束。说到底吧，除了精力、体力和意愿，究竟有什么我们能称作是自己的东西呢！要是我能一一道出我从伟大的先行者和同代人身上得到的一切，那剩下的真就不多了。

“当然，在我们生活的时代正好是怎样一位伟人产生影响，就绝非无关紧要的啦。

“莱辛、温克尔曼和康德比我年长，前两位影响了我的青年时代，后一位影响了我的老年，这对我说来至关重要。

“再有，席勒比我年轻许多，当我已开始厌倦尘世他正好意气风发；同样，洪堡兄弟和施勒格尔兄弟①都是在我目睹下登上了文坛，这些对我也重要的不能再重要。由此我获得了说不完的好处。”

说完伟大人物对他自己的影响，又谈他对别人产生的影响。我提到比尔格尔②，说他让我感到奇怪，好似一位纯粹的天才，全然没有一点儿受过歌德影响的迹象。

“作为天才，”歌德说，“比尔格尔显然与我有着亲缘关系，不过他的伦理修养之树却扎根于别样的土壤，与我有着完全不同的发展方向。每个人怎样开始自己的修养，就会怎样继续向上发展。一个在三十岁时写出《施尼普斯夫人》这样一首诗的男子，必然走一条与我不一样的路。他也以他的大才赢得了读者，满足了读者，因此也没有理由改弦易辙，去借鉴一位原本跟自己关系不大的同道的长处。

“一般讲，”歌德继续说，“人们只学习自己喜欢的人。例如向我学习的想法，我发现眼下正成长起来的青年才俊都有，然而在我的同时代人那里却很稀少。是的，我几乎不知道有哪一个重要人物，他看我完全顺眼。甚至对我的《少年维特的烦恼》，他们也百般挑剔，我如果把他们批评的每一处都删去，整本小说便一行不剩啦。不过所有吹毛求疵都丝毫无损于我，因为个别尽管也属权威人士的主观判决，自然会受到群众的纠正。可不是吗，不存赢得一百万读者的希望，就该一行都别写。

“到今天公众已经争论了二十年：席勒与我谁更伟大？其实他们真该高兴啊，毕竟有两个家伙可以供他们争论。”

---

① 哥哥威廉·洪堡（Wilhelm von Humboldt，1767－1835），德国语言哲学家和教育家；弟弟亚历山大·洪堡（Alexander von Humboldt，1769－1859），地理学家和天体物理学家，著有《宇宙论》。兄弟二人都是歌德要好的朋友。

② 比尔格尔（G. A. Bürger，1747－1794），德国狂飙突进时期的重要诗人。

1825年6月11日，星期六
（时代与文学；特殊与一般）

今天进餐时歌德就帕里少校写拜伦的书谈了许多。他极力称赞此书，说它描绘的拜伦形象比在迄今写他的所有书里都丰满得多，拜伦对他自己以及自己种种意图也有清楚得多的认识。

“帕里少校本身必定同样是一位非凡的、甚至高尚的人，”歌德继续说，“所以才能这么纯粹地把握他的朋友的本质，这么丰满地描绘他的形象。他书里的一个提法特别令我喜欢，可谓正中我的下怀，配称是古希腊史家的手笔，普鲁塔克的手笔。帕里少校写道：‘高贵的爵士缺少所有那些装点中产阶级的品格，他的出身、教养和生活方式，都妨碍他获得这些品格。可不是嘛，他的批评者全都来自中产阶级，自然会对他吹毛求疵，表示遗憾：在拜伦身上竟找不到他们本身具备并因此沾沾自喜的那些品质。这些个好人不想想，拜伦位高爵显，所具有的优秀品质非他们所能想象。’喏，怎么样，”歌德说，“这样的见解不是每天都能听见吧？”

“很高兴帕里少校公开发表这样的见解，”我回答，“它对所有责难和贬低伟大天才的小人是个沉重打击，将使他们永远闭住嘴巴。”

随后我们谈到世界历史题材与文学的关系，具体讲，谈到了一个民族的历史可能比另一个民族的历史对作家的发展更加有利。歌德说：

“作家应该把握特殊，只要这个特殊是健康的东西，他就可以在特殊中表现一般。英国的历史非常适合用文学来表现，因为它是有为的、健康的，从而也是一般的和重复出现的。法国的历史则不然，它不适于文学表现，因为仅仅是一个不会再出现的生活阶段。这个民族的文学既已扎根在那个时代，就只能作为随着时间的推移而老化过时的特殊而存在。

“现阶段的法国文学，”歌德接着又讲，“眼下还完全没法评判。渗入其中的德国影响正在发酵，要在二十年后方可看出结果如何。”

随后我们谈到了某些美学理论家，说他们拼命用一些抽象的定义阐明文学和文学家的本质，肯定得不出明确的结果。“有多少定义好下啊！”歌德说，“对现实情景有鲜活感受又能将它表现出来，就能成为作家。”

1825年10月15日，星期三

（文学界所有弊病的根源全在缺少人格）

我发现今晚上歌德兴致特别高，并有幸从他嘴里又听到了一些重要谈话。我们谈到了德国文学的最新发展动态，歌德于是说：

“咱们当代文学所有毛病的根源，都在一些个理论家和作家缺少人格。这种情况特别是在文学批评方面危害极大，它要么颠倒是非，要么用鸡毛蒜皮的真理，取代意义重大因而对于我们也更有益的东西。

“从前是人都相信路克里提亚和斯克夫拉的英雄气概，[①]并从中得到鼓舞。现在可好，跑出来一帮历史批评家，说什么这样的人从来不存在，而只是罗马人伟大的精神所杜撰，只可看成为寓言和臆

① 路克里提亚（Lucretia），一位古罗马贵妇人，被国王塞克斯特奸污后为激励丈夫和族人报仇雪耻而当众自刎，结果引发内战；斯克夫拉（Scävola），古罗马英雄，单身潜入敌营行刺敌方国王被擒，遭受酷刑宁死不屈，敌人不但没有杀他，反而退兵求和。

造。我们拿如此鸡毛蒜皮的真理做什么用啊！既然罗马人伟大到足以杜撰出这样的英雄，那我们至少也应该大气到足以相信他们才是。

“同样，13 世纪时弗里德利希二世皇帝得与教皇周旋，地处北方的德国得面对所有敌人的进犯，这时候的每一个壮举总令我欢欣鼓舞。亚洲的游牧民族也真打进来了，铁骑一直冲到了西里西亚，可是里格尼兹大公打败了他们，吓跑了他们。他们于是掉头去占莫拉维亚，可在那儿又遭施特恩伯爵痛击。这些英勇的统帅因此迄今一直活在我的心中，被我视为德意志民族的伟大救星。①现在可好，跑出来一些历史批评家，说什么那些英雄的自我牺牲毫无意义，因为亚洲人的部队原本已经接到命令，即将不战自退。如此一说，一桩伟大的爱国壮举就一笔勾销，就意义全无，叫人心里实在不是滋味。”

发表了对历史学家的看法，歌德又谈起另一类文学理论家和作家。

“我终于认识了这类人的渺小可怜，胸无大志，”歌德说，“我之所以能如此，完全是因为我在从事自然科学研究时对他们有所领教。我发现，搞科学对于多数人来说仅仅为的是谋生，因此只要能保住饭碗，他们不惜把谬误奉为神圣。

“文学的情况并不妙一点儿，同样少见远大的目标，少见对于真与善的纯洁追求和张扬传播。你吹捧抬高他，因为他也抬高吹捧你，真正伟大的作品却为他们所反感，真恨不得把它从地球上除掉，以便他们自己能稍微出人头地。多数人都是这样，个别的精英也未必就能够免俗。

---

① 这一段涉及德国 13 世纪的众多史实。当时德国为所谓德意志民族的神圣罗马帝国的盟主，弗里德利希二世为包括意大利在内的帝国的皇帝，常与罗马教廷当时的首领即教皇格利高里争权夺利。其时也恰逢蒙古人西侵。西里西亚现属波兰，莫拉维亚在捷克中部，当时都在德意志民族的神圣罗马帝国境内。

“波提格尔才高八斗，学识渊博，原本可以对民族大有贡献。可是同样由于缺少人格，他不但没有对民族做出理当做出的卓越贡献，也使自己失去了民族对他的尊敬。[①]

“我们缺少像莱辛那样的人！因为这个人之所以如此伟大，正是由于他的人格，由于他的坚持精神！非常聪明、非常有学问的人很多很多，可哪儿还有这样一位人格高尚的人呢！

“许多人聪明绝顶，博学多才，可同时也满脑子的虚荣。为了博得一斑浅见的庸众的赞赏，让他们视自己为智者，这种人会不知羞耻，无所忌惮，对于他们任何东西都不再神圣。

“根里斯夫人批评伏尔泰自由放纵，因此完全有道理。[②]因为归根到底，一切不管多么富有睿智，却对世界毫无裨益，以此为基础只能毫无建树。是啊，相反甚至有害至极，因为会使人思维混乱，失去必需的支撑。

“还有哪！我们知道什么，凭我们所有的智慧我们到底能走多远！

“人生来不为解决世间的问题，可也要发现问题之所在，并且随后在可知解的边界上坚持不懈地努力。

“人的能力不足以测知宇宙的所有运动，站在他渺小的立足点上，想给宇宙以理性的解释绝对是徒劳。人的理性和上帝的理性完全是两码事。

“一当我们给人以行动自由，那上帝的全知全能就完了；因为一当上帝知道我将干啥，那我就会被迫如上帝已知的那样行动。

“我说这些只为表明，我们知道的多么少，对于种种神秘的事

---

① 波提格尔（Karl August Böttiger），考古学家，曾任魏玛人文中学的校长和德累斯顿古代博物馆总监，因旁骛太多而为歌德不屑。有的原文版本没点名，故被疑指为威廉·施勒格尔。

② 根里斯夫人（Frau von Genlis，1764－1830），法国女作家，她在刚问世的《回忆录》中对伏尔泰多有批评。

物，还是不碰为好。

“只有那些有益于世界的崇高法则，我们可以直言不讳，别的应该自己保留着，可它们像隐藏着的太阳仍将散发出温柔的亮光一样，照样指引着我们的行动。”

1825年12月25日，星期日

（谈莎士比亚与拜伦）

晚上6点我去看歌德，发现他一个人在，便和他一起度过了几个美好的钟头。

“一段时间以来，”歌德说，“有许多事情叫我烦心。从各个方面对我表现出那么多的善意，仅仅表达谢意就令我没法再过真正的生活。要求获得出版我作品特别授权的请求一个接一个从各处的宫廷送来，因为每一个情况又不一样，就要求单独予以特别的回复。现在又到了无数书商的申请，也需要考虑、处理和回答。还有，我在魏玛任职五十周年，也引来成百上千的祝颂，到现在我感谢信都还没写完。我可不愿空空洞洞、千篇一律地凑合了事，而想给每一位都写点儿适当而得体的内容。而今我算已渐渐解脱，又感觉有了心情来闲聊啦。

“这些日子我有个发现，想这会儿告诉你。

“我们所做的一切，都会产生后果。可是聪明而正当的举动，不总是带来有益的结果；相反的情况也不总是结果不妙，而到常常完全相反。

“不久以前，正是在和书商谈判的时候，我犯了一个错误，我感到很遗憾，因为失算了嘛。可如今情况变啦，我当初要不犯那个错误，今天就会犯大的错误。类似的情形在生活中会屡见不鲜，因此你会发现，处世老到的人明白这个道理，干起事来大刀阔斧，无所顾忌。”

我记住了这个对我新鲜的认识。随后我把话题引到了他的几部作品，其中也谈到了他的哀歌《阿勒西斯和朵拉》。

“对这首哀歌，”歌德说，“人们指责它结尾部分感情太激烈，要求它结束得温和、平静，不出现那样妒火炽烈的冲动场面，可是我看不出来，这些人是有道理的。嫉妒在这里顺理成章，不产生嫉妒反倒会造成作品的欠缺。我自己就认识一个年轻人，他狂热地爱上了一位姑娘，在很快便赢得了她的芳心后不禁自问：可她不会对另一个人也像对我这样吗？”

我完全同意歌德的看法，接下来又提到了这首哀歌的特别之处，说它篇幅那么小，却寥寥几笔就描绘出了一切，使人物的家庭环境和整个生活情况历历如在目前。我道：

“一切显得那么真实，就像您写的是亲身的经历啊。”

“我很高兴你这么感觉，”歌德回答，“可实际上很少有人对真正的现实富于想象，倒是喜欢就一些自己全然无知的奇异国度和稀罕境况大发议论，想入非非，真够让人惊讶。

“反过来又有另外一些极端拘泥于现实生活的人，他们缺少任何一点儿诗情，所以就会提出极其狭隘的要求。例如有几个人要求给哀歌里的阿勒希斯安排一名仆人，为的是替他背他的小包袱，这些人可不考虑，如此一来整个的诗情画意和田园牧歌气氛都给毁了。”

话题从《阿勒希斯与朵拉》转到了《威廉·迈斯特》。歌德说：

“有一些批评家真叫奇怪。他们指责这部小说，认为它让主人公在鄙俗的圈子里待得时间太久了。殊不知我正好视所谓鄙俗的圈子为一个容器，以便把我要表现的高尚内容置于其中，这样一来我便获得了一个既富有诗意又多姿多彩的载体。可反过来，假使我通过所谓高尚的圈子表现高尚的内容，那就没有谁再愿意读我这本书喽。

“《威廉・迈斯特》中那些看上去渺小猥琐的描写，实际上总是蕴含着深义，问题在于得有足够的眼光、阅历和胸怀，才能从渺小中看出伟大来。至于其他的人，能发现如实描绘的生活就够了。”

随后歌德给我看一部极有意思的英文书，一个莎士比亚全部作品的铜版插图本。书里每一页用六幅小图概括一部喜剧的内容，每一幅图下面印有几行诗，如此一来，每部作品最重要场景的主旨就栩栩如生地展现在眼前。莎士比亚所有不朽的悲剧和喜剧，就这样像举行假面游行似的从我们心里走过。

“浏览这些小插图真叫人震惊，”歌德说，“现在我才发现，莎士比亚真是无限的丰富和伟大！人生的几乎没有哪个题材他不曾表现过，探讨过。而且一切都那么轻轻松松，挥洒自如！

“对莎士比亚真是没得说的，说什么都不足以表现其伟大。我在《威廉・麦斯特》里曾探讨过他，但那没多少意思。[①]他不是戏剧家，从不考虑舞台的要求，舞台对他博大的心胸过于狭窄，是啊，甚至整个可见的世界对他都太狭窄啦。

“他过于宏富，过于有力。一个作家每年只能读他一部作品，不然就会让他给毁掉。我做得挺聪明，写完《葛慈・封・伯利欣根》和《哀格蒙特》就摆脱了莎士比亚；拜伦也很聪明，没有对他过分崇拜，而是自己走自己的路。有多少杰出的德国作家毁在了莎士比亚，毁在了卡尔德隆！

“莎士比亚给我们送来一银盘子的金苹果，”歌德继续说，“我们呢通过学习他的剧本接过这只银盘子，然而只用它来装了些土豆，真是糟糕透顶！”

歌德这个绝妙的比喻叫我高兴得笑起来。

---

① 在长篇小说《威廉・迈斯特的学习时代》及其早期试作《威廉・迈斯特的戏剧使命》中，都有主人公参加演出《哈姆雷特》和思考这部莎剧的情节。

随后歌德个给我念了一封策尔特谈柏林上演《麦克白》的信。策尔特在信里批评演出时的音乐跟不上剧本的伟大精神和气魄，对此以各种各样的方式肆意进行旁敲侧击。经歌德朗诵出来，策尔特信中的口气显得很生动；他还不时终止朗诵，和我一起欣赏一处处击中要害的地方。

“我认为《麦克白》是莎士比亚最出色的剧本，”歌德趁机指出，“它体现了莎士比亚对舞台艺术最深刻的理解。你要想认识他的自由精神，就去读《科洛伊卢斯和克里希达》好啦，在这部戏里他对《伊利亚特》的素材做了独具特色的处理。”

谈话转到了拜伦，具体说到他与莎士比亚的纯真欢快相比确实逊色，还有就是他作品中多有表现的否定倾向经常招来多半是不公正的批评。歌德讲：

“拜伦要是能够在议会中放言无忌，把郁积在胸中的反抗情绪通通发泄出来，那他就会成为一个纯粹得多的诗人。然而在议会上他几乎发不了言，所以就把所有对自己国家的愤懑憋在心中，想要摆脱没有别的法子，只能写诗。因此，大部分拜伦富于否定精神的作品，我都想称作被压抑的议会发言；我相信，这样称呼它们没啥不妥。”

最后我们谈到普拉滕，同样批评了他的否定精神。歌德说：

“不能否定他有许多光辉品质，但是他缺少——爱！他不爱他的读者，不爱别的诗人，他只爱他自己；这样，他就落入了可以用那位使徒的名言来评判他的境地：‘尽管我用的是人和天使的舌头在讲话，可由于缺少爱，听起来也只像发出声音的铜铁和叮当作响的铃铛而已。’最近几天我还读过普拉滕的诗，也发现了他的大才。不过我说过了，他缺少爱，所以也就永远发挥不了他本该发挥的作用。他令人畏惧，只能成为和他一样喜欢否定，却没有他同样才能的人的偶像。”

1826 年

1826 年 1 月 29 日，星期日晚上

（谈不同时代文艺的主观倾向和客观倾向）

德国首屈一指的即兴表演家、汉堡的沃尔夫博士来魏玛好几天了，并已经公开展示他那罕有的天才。星期五晚上，当着无数的观众和魏玛宫廷的达官显贵，他举办了一场精彩纷呈的即兴演出。当晚他便收到一封邀他去歌德府第的请柬。

沃尔夫博士昨天中午给歌德作了表演，晚上我便与他交谈。他兴高采烈，说他一生中的这一个小时有着划时代的意义，原因是歌德三言两语就把他领上了一条全新的道路，指出他的缺点毛病可谓一语中的。

今天晚上我在歌德那里立刻谈起了沃尔夫。我说：

“沃尔夫博士觉得很幸运，说阁下您给了他有益的指点。”

“我对他很坦率，”歌德回答。“我的话要是对他起了作用，鼓舞了他，那就是一个好的迹象。他是一个了不起的天才，这点没有疑问，只不过也患有当今时代的通病，即主观这个毛病，我希望能够治好他。为了试验他，我给他出了一个题目。我说，‘您给我描绘一下返回汉堡的旅程吧’。他转眼就准备好了，开始给我即兴朗诵起一篇悦耳动人的诗歌来。我不得不佩服他的才能，但却不能对他表示赞赏。他没有给我描绘回汉堡的旅途景象，而只是抒发了一个游子回到父母和亲友身边的种种感受，他的诗不只适用于回汉

堡，同样适用于回梅尔斯堡或耶那。可汉堡是一座何等非凡的、独具魅力的城市啊。他要是正确地抓住主题，有勇气表现它，可以大写特写的地方真是多得很哩！”

我提出，对这种主观倾向观众负有责任，因为他们对所有滥情的表演一律给予喝彩。

“可能吧，”歌德回答。“不过，你要是给观众较好的东西，他们会更加满意。我确信，像沃尔夫这样一位即兴表演的天才，只要能够把罗马、那不勒斯、维也纳、汉堡和伦敦等大都会的生活描绘出来，而且描绘得真实准确，有声有色，观众感觉如身临其境，他就会使所有的人欣喜和着迷的。只要沃尔夫能突破主观转向客观，他就保险啦。问题现在全在他自己，因为他这人并不缺少想象力。只是他必须尽快决断，并有勇气采取行动。”

“我担心比想象的要困难，”我说，“因为这要求转变整个思维方式。就算转变成功了吧，创作活动也无论如何会出现暂时的停顿。他必须经过长时间的练习，才会熟练客观的表演风格，并使之成为自己的第二天性。”

“这种转变诚然非同小可，”歌德回答，“但他必须有这个勇气，并且很快下决心。这就像学游泳的人怕水，只要你赶紧跳下去，水就与你亲密无间啦。

“一个人想要学唱歌，”歌德继续说，“在他自然音域里的那些个音唱起来当然挺容易；在他音域外的其他音呢，一开始可就困难极啦。但谁想当歌唱家，就必须唱好这些难唱的音，因为他必须全部驾驭它们。诗人的情况也是如此。只要什么时候他仅仅能够表达自身的一点点感受，那他就还不能称为一位诗人；可一当他学会了把握世界，表现世界，他就是个诗人啦。从此他永不枯竭，常写常新；反之，一个主观的天才很快就会表述完自己内心的一点点东西，最后以落入俗套而告终结。

“大家常常讲向古人学习，那意思不外乎：面向现实世界，努力表现现实世界，因为古人当时也这么做，也表现他们生活的现实。”

歌德站起来在房里走来走去，我则如他希望的仍坐在桌子旁边的椅子上。他在壁炉前站了一会儿，然后若有所思地向我走来，把食指靠在嘴唇上，对我讲了下面的话：

“我愿意向你解释一条规律，你将在生活中反复得到验证。就是所有倒退的、行将就木的时代都是主观的，反之一切前进的时代都有着客观的倾向。我们当今时代整个处于倒退之中，因为它是主观的。这种情况你不只在文学中见得到，在绘画和其他许多艺术门类中也一样。相反，任何富有成效的努力都发自内心而面向外在的世界，如你在所有伟大的、真正积极进取的时代所观察到的那样；所有这些时代，都具有客观的性质。”

以这些话作为引子，接着进行了特别是关于 15、16 世纪这个伟大时代的有趣交谈。

随后话题转向了戏剧，以及现代文学中的软弱无力和多愁善感倾向。我讲：

“现在我从莫里哀那里获取安慰和力量。我翻译了他的《悭吝人》，并正在译他的《屈打成医》。莫里哀是怎样一位伟大而纯粹的人啊！”

“对了，”歌德接过话头，“纯粹的人，这个提法对他再恰当不过，他身上没有任何被扭曲、被败坏的地方。所以如此的伟大！他统驭着自己时代的风尚，相反，我们的伊夫兰和科策布却甘受时代风尚统驭，故而被其限制和禁锢。莫里哀如实刻画出人们的本来面目，以此教训惩戒他们。”

“要是能在咱们的舞台上欣赏到真正纯粹的莫里哀剧作就好喽，”我说，“为此我宁愿付出一些代价；然而对于观众来说，那样演就太强烈，太自然了。眼下这精雕细琢，是不是源自某些作家所谓理想的文学呢？”

“不，”歌德回答，“它源自社会本身。还有哪，咱们年轻的姑娘上剧场干什么？她们根本不属于剧场，她们属于修女院，剧院呢只为熟谙人情世故的男男女女而存在。当莫里哀写作的时候，姑娘们都在修女院里，他就根本用不着顾忌她们。

“可是我们很难把年轻的姑娘们赶出剧场去，剧作家又不停地炮制那种软绵绵的东西，那种正因此而符合她们口味的剧本，在这样的情况下，聪明的办法就是跟我一样不进剧场。

“在我还能对剧院发挥实际影响的时候，我可是一直真正地关心剧院哦。能帮助这个机构提高水准，是我的快乐；而在演出中，我较少关注剧本的情况，更加留意演员的表演是到位或是不到位。要提出什么批评，第二天早上我就派人送一张字条给导演，我有把握，下一场演出再看不见同一些毛病。而今我可不再能实际影响剧院啦，也就没有义务再上剧场。既然没法子帮它改，毛病只能让它仍是毛病，这不关我的事啊。

“阅读剧本对我而言情况也不好一些。年轻的德国剧作家老是寄些悲剧给我，可拿着它们，我做什么好呢？我读德国剧本的目的，只是想看看能否使它们公演，除此而外，我对它们完全无所谓。以我现在的处境，我拿这些年轻人的剧本怎么办呢？一方面我不该读却去读它们，对我自己毫无好处；另一方面东西已经摆在那里，我也没法对年轻的剧作家们有所助益。他们要是不寄给我业已印成书的剧作，而是给我创作提纲，那我至少还可以讲：写这个吧，或者别写这个；这样写，或者换个写法吧。如此这般，才多少有些个意义和用处。

“归根结底，一切全怪在德国文学艺术太普及了，以致没有谁会写出一句蹩脚的诗。寄作品给我的年轻诗人，他们并不比自己的前辈逊色，因此看见前辈们备受推崇赞誉，就不理解公众为什么不同样称赞他们。然而事实是已不允许为鼓励他们而干任何事情，因为他们那样的天才而今成百上千，在还有许多别的当务之急的情况下，就不该再去提倡原本就嫌多余的东西。可其中设若有那么一个鹤立鸡群，出类拔萃，那就很好，因为世界只能从杰出非凡获得益处。”

1826年2月16日，星期四

（缺少民族意识对文艺创作不利）

今晚7点光景去歌德家，发现他一个人坐在自己房间里。我走过去坐到他的桌子旁，告诉他一个消息：昨天我在宾馆里看见了惠灵顿公爵①，他正途经此地到彼得堡去。

“是吗？”歌德兴奋起来，问：“他怎么样？快给我讲，看上去像画上一样吗？”

“像，”我回答，“不过更神气，更富有个性！你只要见过他那张脸，他所有的肖像画都没有了价值。你只需见他一次，就再也不会忘记，他给你的印象太深啦。褐色的眼睛闪烁着快活的光芒，目光极富魅力。即使他闭着嘴巴，也好像在对你说话。仅看外表，就知道此人思考过很多问题，经历过翻天覆地的大事变，眼下呢正快活而从容地处理着世界大事。像这样的人，什么事情也不能使他动摇。他严厉而坚韧，在我眼里就像一把大马士革弯刀。

“看样子他已经五十好几，但身板挺直，修长，个子不很大，有点儿瘦，却不见得结实。我看见他正准备登车离开。在穿过送行的行列时，他微微弓着身子，一根指头靠在帽檐上，跟人道别的神态真是和蔼极了。”

歌德饶有兴致地听着我的描述。“你又见了一位英雄，”他说，

① 惠灵顿公爵（Duke of Wellington，1769－1852），拿破仑时期的著名英国统帅兼政治家。

“这样的经历永远有它的意义。”

话题转到了拿破仑，我表示遗憾，我没有见过这位伟人。“可是，见他也挺难，”歌德接过话头，“要看造化呀!”——“他像什么样呢?”——“他呀，”歌德回答，“他就是他那个样子，没什么别的好说。”

我给歌德送来一首几天前就提起过的很有意思的诗，这诗是他自己写的，但却一点儿都想不起来了，年代已经如此久远。1766年初发表在当时法兰克福出版的《视野》杂志上，被歌德的一位老仆人带到魏玛，再通过此人的后裔落进了我手里。无疑是歌德自己所知道的最古老的诗，以基督的地狱之行为题材。令我惊讶的是，一个如此年轻的作者怎么会熟谙那样一些宗教观念。看思想倾向，这首诗可能受了克洛普斯托克的启发，只不过表现手法完全是另一码事，它更强健，更自由，更轻松，更有力度，也更具吸引力。如火的激情叫人想起血气方刚的青年。缺少素材导致沉湎于内心，诗也就超出了长度。

我把整张已经泛黄、几乎不再连成整体的报纸放到歌德面前，由于亲眼见到实物，他又回忆起了这首诗。他讲：

“可能是克勒滕贝格小姐促使我写的，标题中还有‘应××要求草拟’几个字，我的其他朋友显然谁也不会提出这样的要求。当时我缺少题材来着，只要抓住什么可以吟唱，就高兴得要命。就在最近还有一首当时的诗落进了我手里，用英语写的，在诗里我抱怨缺乏作诗的素材。我们德国人在这方面也确实不幸：我们的古代历史模糊不清，近代史呢，由于不存在一个大一统的王朝，也缺少普遍的民族国家意识。克洛普斯托克尝试以赫尔曼[1]来弥补这个缺

---

[1] 赫尔曼（Hermann），即公元9年率部队在条顿森林中战胜了罗马人的日耳曼首领阿米纽斯（Arminius，前17年—19年）。后世以他为德意志民族的骄傲和民族精神的象征，在文艺作品中多有表现，克洛普斯托克也写过以他为主人公的剧本。

陷，只可惜这个题材离得太远了，谁也不清楚与自己有何关系，谁也不知道该拿它怎么办，所以剧本写出来没有效果，也未能流传开。我写《葛慈·封·伯利欣根》却成功了，它可是我骨中之骨，肉中之肉啊，用它是可以干成些什么的。

“《少年维特的烦恼》和《浮士德》不同，我必须回到内心去寻找，流传下来的素材远远不够。魔鬼和女巫的把戏我只玩了一次，我很高兴吃光了自己的北方遗产，还能去赴希腊人的盛宴。可要是我当初也像现在一样清楚千百年来那里已有多少杰作佳构，我恐怕一行字都不会写了，而会改行干别的什么去。”

1826年3月26日，复活节
（谈拜伦）

歌德今天进餐时兴致好极了，态度亲切极了。今天他收到了一部极为珍贵的稿子，就是拜伦爵士为自己的剧本《萨丹纳帕尔》题词的手稿。在用餐后甜品时，他把手稿拿给我们看，同时一再恳求他的儿媳妇，要她把拜伦从热那亚来的信还给他。他说：

“你瞧，亲爱的孩子，我已把一切说明我跟拜伦关系的材料集中在一起，今天又来了这张值得注意的字条，你说妙不妙。要是你再把那封信还给我，我就真的什么都不缺啦。”

可爱的拜伦女崇拜者呢却怎么也不肯归还那封信。她说：

“亲爱的父亲，既然你已经把信送给我，我就决不会再还给你。如果你希望把同样的资料归总到一起，那好啊，你不如把今天这封宝贵的信也给我，让我全部一起保管起来吧。”歌德可是更加不乐意，于是父女俩说说笑笑地争个没完，过了好久歌德才兴致不减地转入了一般的话题。

散席后女士们上楼去了，我单独跟歌德待在一起。他回书房取来了一个皮夹子，拿着它和我一同走到窗前，然后打开了皮夹。他说：

“你瞧，有关我跟拜伦爵士关系的所有资料全在这里了。这是他从里沃纳的来信，这是他的题词的副本，这是我的诗，这是我为麦德文的《与拜伦谈话录》写的稿子。喏，缺的就只是他那封热那亚来信，可她却不肯还给我。”

歌德随后告诉我，今天他收到一个来自英国的友好约稿，因与拜伦有关而令他欣慰和感动。他的心思这时全集中在了拜伦爵士身上，一直不停地谈论着他、他的作品和他的天才，讲了许许多多有趣的事情。

“英国人愿怎么看待拜伦都随他们的便，”歌德当时也说了，“不过有一点可以肯定，他们找不出另外任何一个堪与拜伦比肩的诗人来。他卓尔不群，比绝大多数人都更伟大。”

1826 年 5 月 15 日，星期一

（关于圣·舒泽 ①）

我与歌德谈论圣·舒泽，对这个人他评价挺不错。

“上个星期在我生病那几天，”他说，“我读了他的《快活时光》。舒泽他要是生长在英国，可能会成为划时代的人物哩，因为他既富有洞察力和又长于表现，所缺的仅仅是见识伟大生命的缘分而已。”

① 圣·舒泽（St. Schütze，1771－1834），魏玛的宫廷顾问，也是一位美学家和诗人。

1826年6月1日，星期四

（关于《地球》[1]杂志）

谈到《地球》杂志，歌德说：

“它的编辑都是些见过世面的人，极度地乐观、开朗和勇敢。人家指责他们附庸风雅，彬彬有礼；反之，德国的学究们却永远相信谁跟他们的想法不一样，他们就必须马上恨谁。我视《地球》为最有意思的杂志之一，自己再也少不了它啦。”

1826年7月26日，星期三

（好看的剧本未必好演；剧院必须演保留剧目）

今天晚上，我有幸听歌德对戏剧发表了一些看法。

我告诉他，我的一个朋友有意把拜伦的《俘斯卡里父子》搬上舞台。歌德怀疑他能够取得成功。

“这的确是一件诱人的事，”歌德说，“一个剧本读起来给我们留下深刻印象，我们就以为它在舞台上也会产生同样的效果，于是幻想不花多少力气便能够成功。然而事实并非如此。一出戏如果原本不是作家特意用适合于舞台的技巧为上演写的，那它也就上不了舞台，不管你采取什么办法，总会有一些不适应的、别别扭扭的东西。我为我的《葛慈·封·伯利欣根》费了多少劲儿啊，然而公演

① 1824年创办于法国巴黎的文学杂志。

仍旧不成功。[①]太冗长啦，我不得不把它分成两部，这样虽然第二部产生了戏剧效果，第一部看上去却仅仅像是情节的交代。如果为交代情节而仅仅演一次第一部，然后只反复公演第二部，这也许才行得通。《华伦斯泰》的情况也类似，第一部《皮科罗米尼父子》不宜反复演，第三部《华伦斯泰之死》观众却一直喜欢看。”[②]

我问，一个剧本要怎样写才会有戏剧效果。

“必须使其具有象征性，”歌德回答。“这就是说，一个情节不只得本身有意义，还必须引入一个更加重要的情节。莫里哀的《伪君子》堪称这方面的一个伟大典范。你只想想第一场好啦，那是何等出色的情节交代啊！一开场一切都显得异常重要，而且还预示着一个更加重要的结尾即将到来。莱辛的《明娜·封·巴尔恩海姆》情节交代也挺出色，不过《伪君子》在这方面乃全世界独一无二，是同一样式的现存作品中最伟大、最杰出的。”

我们谈到了卡尔德隆。

“你会发现，”歌德说，“卡尔德隆的戏剧效果也同样完美。他的剧本绝对适合上演，没有一丝一毫不是为达到特定的效果算计好了的。卡尔德隆既是一位天才，同时又极富理解力。”

“很奇怪，”我说，“莎士比亚是特意为他的剧院写作的，可他的剧本却不是真正意义的剧本。”

“莎士比亚随自己的性情写作剧本，”歌德回答，“再说，他的时代和当时的剧场设施，也没向他提出任何要求；不管他怎么写，观众都喜欢。可如果莎士比亚是为马德里的王宫或者路易十四的剧院写作，那他多半也会遵循更加严格的戏剧规范。不过此事完全没啥好抱怨，要知道，莎士比亚作为戏剧家亏欠我们的，他作为诗人

---

① 《葛慈·封·伯利欣根》是歌德早年反映德国农民战争的一部剧作，为突破古典主义戏剧的“三一律”窠臼而使得场面纷乱、宏大，人物异常繁多，情节十分复杂，故不宜上演。

② 《华伦斯泰》是席勒的戏剧三部曲，其中的第二部叫《华伦斯泰的营帐》。

已做了弥补。莎士比亚是一位心理描写大师，从他的剧本中我们将窥见，人的心灵是怎么回事。”

我们谈到管埋好剧院的艰难。

“难的是既满足一些偶然需要又不违背更高的准则，”歌德说，“这更高的准则是：坚持演一些可视为固定的保留剧目，一些个出色的悲剧、歌剧和喜剧。所谓偶然需要有观众想看的新戏，有特为外来角色客串而排演的戏，诸如此类吧。但绝对不能因此而偏离正道，也就是必须经常回过头去演自己的保留剧目。咱们这个时代优秀剧目真的多得很，选编一个保留剧目对于一位行家再容易不过。然而最难则莫过于坚持演保留剧目。

“在我和席勒一起领导剧院的时候，我们有一个便利条件，就是整个夏天都在劳赫施塔特[①]演出。那儿有一批非好戏不看的出色观众，这样我们每次回来都排练好了一批最棒的剧本，整个冬天都可以重复上演夏季演出过的东西。再说魏玛的观众也信赖我们的领导，即使演的是没啥看头的剧目，也仍然相信我们的所作所为自有深一层的考虑。

“到了 18 世纪 90 年代，”歌德继续说，“我对戏剧真正感兴趣的时期已经过去，再没有为演出写任何东西，而想把精力全部投入叙事作品的创作。是席勒重新唤起了我对戏剧的兴趣；为了帮助他和他的作品上演，我又介入了剧院管理。在我创作《克拉维歌》[②]的时期，写十个八个剧本简直是小事一桩，因为题材多得是嘛，创作对于我也挺容易。我几乎总能一周完成一个剧本，可我却没有这样做，现在想起来仍感到惋惜”。

---

① 劳赫施塔特（Lauchstadt）是哈勒市郊的一个温泉城，在那里魏玛剧院有一个分院。

② 《克拉维歌》写成于 1774 年，是歌德早期的剧作。

1826年11月8日，星期三
（比较拜伦与莎士比亚剧作的得失）

歌德今天又一次称赞拜伦爵士，他说：

“我再一次读了他的《畸形人变形记》，读完后不能不讲，他的天才叫我感觉越来越伟大。他那魔鬼脱胎于我的靡非斯托，但却并非模仿，而是地道完全的新的创造，一切都那么精炼、得体、富有智慧。没有一个地方显出笔力软弱，没有多少可以吹毛求疵的地方，却不乏闪现着创意与睿智之光的段落。仅仅是忧郁、多疑挡了他的路，不然他真会跟莎士比亚和古希腊剧作家一般伟大呀。”

见我感到惊讶，歌德又说：“是的，你可以相信我，我重新研读了他，不能不对他越来越佩服。”

在先前的一次谈话中，歌德说过：拜伦爵士失之太有经验。我不怎么明白他这话的意思，却又忍住没问，而是私下里想了很久。然而想来想去也没个结果，于是只得等待我自己有所长进，抑或来了运气，能帮我揭开这个秘密。也真出现了这么一个幸运的情况，晚上在剧院里看了一场精彩的《麦克白》演出，受其影响我第二天便翻开拜伦爵士的作品，准备读一读他的《贝波》。可这首诗总让我觉得跟《麦克白》不对劲儿，越往下读越更明白过来，当时歌德那样讲到底是什么意思。

在《麦克白》一剧中，有种精神使我印象强烈，它那么伟大、威严、崇高，似这样的品格不可能来自任何人，而只能来自莎士比亚自己。这是一位更卓越、更深沉的天才与生俱来的品性，是他据以鹤立鸡群、成为伟大作家的独特人格。世界和人生经验提供给这出戏的东西，都已臣服于诗人自己的精神，作用只在替诗人代言，任诗人驱使。伟大的诗人统治着舞台，把我们提升到他的身边，让我们分享他见识的高度。

可在读《贝波》时，我却感到发挥主宰作用的是一个猥琐肮脏的经验世界，把这个世界置于我们感官之前的精神，在相当程度上已跟它同流合污了。我没能再发现一位才华卓越的诗人伟大而纯粹的精神，相反，频频着笔于平庸的生活，诗人的思维方式似乎也降格到了世人的水准。他跟那班头脑聪明的达官贵人的区别，仅在于他具有写作的才气，如此一来，也就可以把他视为替这些人代言的工具了。

这就是我读《贝波》的结论：拜伦爵士太重于世俗经验啦，而且这不是因为他让我们目睹了太多的现实生活，而是因为他崇高的诗人天性似乎已经沉默无语，是啊，似乎让一种唯经验论的思维方式给驱赶跑了。

1826 年 11 月 29 日，星期三

（德拉克洛瓦作的《浮士德》插图）

我也读了拜伦爵士的《畸形人变形记》，进餐后谈起了这部作品。歌德说：

“不是吗，开头的几场真叫出色，真富有诗意。可其余部分，当线索分散开来，转入对罗马进行包围的时候，我就不愿再称赞它的诗意了，只不过呢还必须承认富有睿智。”

“极为富有睿智，”我说。“不过，如果目空一切，光富有睿智也成不了艺术啊。”

歌德笑了。他说：

“你的话并非完全没有道理，自然必须承认，诗人所言超出了

人们的愿望，他道出了真相，这可就叫人不舒服啦，人们宁肯看见他闭住嘴巴。世界上有许多东西，诗人与其揭开它们的真相，不如让其真相藏着更好；然而拜伦生性如此，想要他改变就会毁了他。”

“是啊，”我说，“他极度富于睿智。例如这一段有多么精彩：

> 魔鬼所言一多半都是真理，
> 只可惜听众总不在意。”①

“这自然同样精彩，同样豪放，就跟我的靡非斯托斐勒斯说过的差不多，”歌德接过话头。

“既然已经谈到靡非斯托斐勒斯，”他继续说，“我就给你看点儿库德莱从巴黎捎来的东西。你觉得怎么样？”

他在我面前摊开一张石版画，画的是浮士德和靡非斯托斐勒斯为了从狱中解救格利琴，深夜骑着两匹快马从刑场前驰过的情景。浮士德骑的黑马撒开四蹄狂奔，骑手和坐骑似乎都叫绞架下的幽灵给吓坏了。他们奔驰得那么快，浮士德费了大劲儿才能坐稳，迎面刮来的劲风吹掉了他的帽子，被挂在颈项上的带子系着远远地飞在身后。浮士德面带惊疑地望着靡非斯托斐勒斯，倾听着他的回答。这家伙呢却泰然自若，一副神圣不可侵犯的模样。他骑的可不是一匹活马，因为他不喜欢有生命的东西。再说他也不需要活马，因为他的意念可以让他想跑多快就跑多快。他之仍有一匹马，仅仅因为他必须想象是在骑马来着，所以嘛，随便从哪块地里拣匹死马的骨架来用皮拢在一起，对魔鬼靡非斯托斐勒斯就够啦。它的皮毛是浅颜色的，在暗夜里好似闪着磷光。它既没缰绳，也没鞍子，可照样能骑。那超越凡尘的骑手轻松随意地坐在马背上，正扭过头和浮士

---

① 原文为英语：The Devil speaks truth much oftener than he' s deemid, He hath an ignorant audience.

德谈话，迎面刮来的顶头风对他似乎不存在，他和他的坐骑都毫无感觉似的，连一根毛发也不见飘动。

我们十分欣赏这一聪明的布局构思。

“必须承认喽，”歌德说，“连我本人都没有想得这么周到。这儿还有另一幅，对这幅你有什么说的?”

画的是奥厄尔巴赫地窖酒馆中狂喝滥饮的场面，而且是那一场最精彩之处，即洒在地上的酒浆燃起火苗，酒徒们丑态百出地撒起野来那最紧张的一瞬。所有人都激动得又跳又闹，只有靡非斯托斐勒斯一如既往地快活、安详。粗野的诅咒和叫喊，还有身边的人挥动着匕首，他全不当一回事。他坐在酒台的一个角上，两条腿晃来晃去，他举起一根指头，就足以扑灭火焰和激情。

我们越是观赏这幅精妙的图画，越是觉得画家才智非凡，他画的人物没有任何两个相互雷同，每一个都表现情节发展的一个阶段。

“德拉克洛瓦先生[①]是个大天才，”歌德说，“他从《浮士德》找到了合适的养料。法国人指责他狂野，可在这些画里狂野正好符合需要。但愿他能把整部《浮士德》画完，我特别盼望他女巫的厨房和布罗肯峰的魔女狂欢场面。可以看得出来，他人生阅历丰富，为此，像巴黎这样一座城市，给他提供了再好不过的机会。”

我指出，这样的插图对更好地理解诗剧非常有帮助。

“毫无疑问，”歌德接过话头，“因为这样一位艺术家完美的想象力，将迫使我们像他那样很好地想象剧中的情景。它们尽管是我自己的创造，我却不得不承认，德拉克洛瓦先生的理解超过了我，因此看着他的插图，读者会感觉一切都更加生动，都出乎他们的想象。”

---

① 德拉克洛瓦（Eugne Delacroix，1798－1863），法国浪漫主义油画家和版画家，代表作为反映1848年革命的《自由引导人们走上街垒》以及为《浮士德》绘制的油画插图。

1826年12月11日，星期一

（盛赞亚历山大·洪堡）

我发现歌德处于一种少见的兴奋状态。

“亚历山大·封·洪堡今天上午在我这儿待了好几个钟头，”他兴致勃勃地对我说。“一位多么了不起的人啊！我认识他已经很久，却仍然再一次对他感到惊讶。可以说，在学识渊博和阅历丰富方面，没有人能与他相比。[1]我还没有见过谁像他似的多才多艺，知识广博！不管你往哪儿摸索，他都在行，都可以慷慨赠予我们精神的财宝。他就像一眼有多条出水管的水井，不管我们把桶蹲到哪里，都有源源不断的清泉流到我们的桶里来。他将在魏玛住上几天，我已感到，那会大大增加我的知识阅历，如同和常人一起度过许多年。”

1826年12月13日，星期三

（绘画不能仅凭天赋和自学，需要名师指点）

一次女士们在席间称赞一位年轻画家画的一幅肖像，说什么：“真是不简单哩，他全都是自学的。”的确，特别从那画得不合规矩的、生硬的双手上，能看出是自学的。

---

① 亚历山大·洪堡不仅是杰出的地理学家、生态理论家和天体物理学家，还是科学旅行家和探险家，曾率先对南美洲和乌拉尔等地区进行科学考察。

“看得出来，”歌德讲，“这小伙子是有才能；不过呢，他完全自学不该受称赞，而该挨责骂。天才不能自生自长，自我隔离，而应该拜在大师门下学艺，在大师调教下真正有所出息。最近几天我读了一封莫扎特的信，信中对一位寄乐谱给他的男爵说了如下的话：‘我不得不骂你们这些半吊子作曲家，因为通常你们都有两个问题：要么你们没有自己的思想，于是就抄别人的来用；要么你们有自己的思想，却不知道如何表现。’不是一语道破了么？莫扎特有关音乐的至理名言，不适用于所有艺术门类么？”

歌德继续讲：

“达·芬奇说过：‘如果你的儿子不能有意识地用浓重的阴影去烘托他画的主体，让人禁不住想伸过手去摸，那么，这孩子便没有绘画天赋。’

“达·芬奇还讲：‘如果你的儿子完全掌握了透视和解剖学，那就送他去拜一位好师傅。’

“现在可好，”歌德说，“我们的年轻艺术家两样都几乎一点儿不会，就已经出了师。时代真是大变样了哟。

“我们的年轻画家既缺少情感，又缺少精神，”歌德继续说，“他们的凭空臆造言之无物，毫无作用，他们画的刀砍不得，他们画的箭射不中。我时常禁不住想，世间的精神是不是全都消失了啊？”

“可是，”我接着说，“我们应该相信，近年来的伟大战事，也使人提起了精神啊。”

“提起的与其说是精神不如说是欲望，与其说是艺术精神不如说是政治精神；相反，艺术的所有纯真和感性全部丧失殆尽。而满足不了这两大要求，一个画家又怎能创作出什么令人赏心悦目的作品来呢？”

我讲，最近的几天我在他的《意大利游记里》读到了有关柯勒乔[1]的一幅画的记述，画的主题是断奶，画面上可以看见圣婴基督坐在圣母玛丽亚怀里，在母亲的乳房和一只递过去的梨子之间犹豫不决，不知该如何选择才好。

“是啊，”歌德说，“这是幅成功的画！精神、纯真、感性，全都寓于其中。神圣的题材变得富有人情味了，可以视为我们谁都要经历的一个人生阶段的象征。这样一幅画有着永恒的意义，因为它前可回眸人类刚产生的远古，后可展望人类最遥远的未来。相反，如果画一幅基督让小孩子们亲近自己的画，那就毫无意义，至少是没有什么价值。

“德国的绘画艺术我已观察五十多年，”歌德继续说，“不只观察喽，还力图发挥自己的作用和影响，到现在我能说的只是：整个现实情况表明，目前很少可以指望。必须产生一位伟大的天才，一位能够立即继承时代的全部长处并进而将其超过的天才。手段全都具备，道路也已指明并且开辟出来。还有斐底阿斯[2]的作品也展示在我们眼前，这在我们青年时代是想都不敢想的啊。现在万事俱备，缺少的如刚才说过仅仅是一位伟大天才，我希望他很快出现，也许眼下他已经躺在摇篮中，而你，还可能受到他光辉的照耀。”

---

① 克勒乔（Correggios，1489－1534），意大利画家，其壁画、圣坛画等对后世的巴洛克绘画影响很大。

② 斐底阿斯（Phidias），公元前 5 世纪的希腊雕塑大师，代表作为雅典帕德农神庙的雅典娜像和奥林帕斯神庙的宙斯像。

1826年12月20日，星期三

（谈《颜色学》；聘用外来名演员的好处）

饭后我告诉歌德，我有了一个发现，因此得到许多快乐。也就是我从一支燃着的蜡烛观察到，烛焰透明的底下部分呈现出的一种奇异景象，跟透过阳光照亮的浊气见到了黑暗便形成蓝天一个样。

我问歌德知不知道蜡烛的这一现象，有没有把它写进他的《颜色学》。

“毫无疑问哦，”他回答，说着便从书架上取下一卷《颜色学》，翻开来念了几节。“我很高兴，”他说，“你自己发现了这个现象，而不是从我的《颜色学》里了解到它，这样你自己就理解了，可以讲真正掌握了这点知识。同时你也站上了正确的出发点，可以由此去进一步观察了解其他现象了。我想马上就给你看一个新的。”

当时可能4点钟光景，天空乌云密布，天色开始变得朦朦胧胧。歌德点燃一支蜡烛，端着它走到窗户附近的一张桌子旁。他把蜡烛顿在一大张白纸上，在上边再立一根小木棒，这样一来，烛光就向日光投去了一条来自小棒的影子。

“喏，”歌德问，“对这影子你怎么讲？”

“影子是蓝色的，”我回答。

“这样你又有了蓝色，”歌德说，“可是在小棒对着蜡烛这另一面，你看见了什么……”

“也有一个影子。”

“可是什么颜色呢？”

“这个影子是橙红色，”我回答，“可怎么解释这种双色现象呢？”

"这就是你的事啦,"歌德说,"你自己去弄清楚吧。答案是有的,可要找到也难。除非你绝望了,否则先别到我的《颜色学》里找去。"

我高高兴兴地答应了歌德。歌德继续说:

"蜡烛下端的那个现象,也就是黑影前出现一些透明,造成了一片蓝色,我现在想给你做一个更大的演示。"他取来一把勺子,往勺里倒了点儿酒精,并将酒精点燃。于是又出现一片透明的光焰,而黑暗也随之呈现出蓝色。我把燃着的酒精对着黑沉沉的夜色,蓝色就变得更深;我把它对着明亮的房里,蓝色就淡了下来,甚或完全消失。

我看得非常高兴。

"是啊,"歌德说,"这就是大自然的伟大,它那么单纯,总是叫人不断地小中见大。使天空呈现蔚蓝色的同一规律,你也能在明亮的烛焰下端看见,在燃烧的酒精光艳中看见,在以深色群山为背景的村落的袅袅炊烟中看见。"

"可是,牛顿的弟子们又怎样解释这一极为简单的现象呢?"我问。

"这你完全不用知道,"歌德回答,"否则就太愚蠢。一个跟愚蠢的东西打交道的人,简直想不到这对增进聪慧的头脑多么有害。根本别管那些牛顿的门徒,满足于纯粹的学术吧,这样你会受益匪浅。"

"折腾原本荒谬的理论既不愉快又有害处,"我说,"这也许就跟研读一部糟糕的悲剧而力图搞清它的方方面面,还它以本来面目一样吧?"

"完全是一码事,"歌德回答,"非必要不要去干。我重视数学,视它为最崇高、最有用的科学,只要它得到运用并用对了地方;然而,我却不赞成在完全与它不搭界的事情上滥用数学,一下子把这门高贵的科学变成了胡闹,好像一切都得先通过数学证明,不然便不存在似的。一个人不相信他的姑娘爱他，就因为这爱不能用数学证明，这有多愚蠢！可以用数学证明的是她的陪嫁，而不是她的爱情本身来着。植物的形变理论课也不是数学家们发明出来的呀！我创立这门学说没有用数学，数学家们不照样得承认它吗？要理解颜色学的种种现象，只需要专心致志的观察和头脑健全，只不过同时具备两个条件的情况，自然比人们相信的少些。”

“现在的法国人和英国人，对颜色学持什么立场？”我问。

“这两个民族既有他们的长处，也有他们的短处。英国人事事讲实际，这很好，但是却一板一眼。法国人脑袋好使，却喜欢一切都是正的，要不是正的就把它变成正的。不过在颜色学这件事上，他们的路却走对了，他们的精英之一已离我很近。他说：颜色乃物体天生的，正如自然界存在一种酸化物，同样便存在一种色化物。他这样讲自然没能说清楚颜色现象，但却把观察对象归还给了大自然，将其从数学的桎梏中解脱了出来。”

柏林的报纸到了，歌德坐下去阅读。他也递一份给我，我在戏剧新闻中发现，那儿歌剧院和皇家剧院的演出剧目跟此地一样糟。

“怎么有可能不一样呢？”歌德说。“自然不成问题，他们应该引进优秀的英国、法国和西班牙的剧作，借以编制出一个像模像样的保留节目单，以使每天晚上都有一个好的剧目上演。然而这个民族哪儿又有总是欣赏好剧目的需求呢？埃斯库罗斯、索福克勒斯和欧里庇得斯们写剧本的时代，无疑是另外一个样子：它背后有精神支柱，总是只要求写出真正最伟大的和最优秀的作品。可在我们这个糟糕的时代呢，到底哪儿有对最优秀的作品的需要？哪儿有能吸收它们的耳朵和眼睛？

“再者，”歌德继续说，“人们总想看新的东西！柏林和巴黎一样，到处观众都一样。在巴黎每周都要写出和上演无数的新剧本，总是得先坚持忍受五六部糟糕透顶的东西，才能从一部好戏获得补偿。

“现在只有唯一一个办法，就是引进外来演员。要是我现在还管剧院，那整个冬天登台的都将是优秀的客籍演员。如此一来不只总是有好剧作上演，而且注意力也将更多地从剧本转移到表演上；人们也才可能比较和评判，观众则会习惯于深究详察。咱们自己的演员呢，也将受到一位客籍同行的精湛表演激励，时刻打起精神去学习和追赶。我反复说过：要用外来名角，永远用外来名角！你们一定会惊讶莫名，剧院和观众将从中得到多大好处。

“我认为是时候了，应该由一位能干、懂行又有头脑的人来接管此间的四个剧场，并时不时地聘用一些外来名角。我确信，他领导着四个剧院，比只领导单独一个更好。”

1826年12月27日，星期三

（再谈颜色学）

思考蓝色光影和黄色光影的现象，眼下成了我在家里的功课，尽管它长时间对我仍是个谜，坚持不懈的观察还是让我有所领悟，渐渐地也便确信，我已经理解这一现象。

今天进餐的时候我告诉歌德，谜底已被我揭开。

“这可不简单喽，”歌德说，“吃完饭你给我演示演示吧。”——“我更愿意把它写下来，”我回答，“因为口头阐述很容易词不达意。”——“你可以以后再写，”歌德说，“今天你可得先让我亲眼见到，并口头给我解释清楚，这样我才知道你是不是做对了。”

吃完饭还大天白亮，歌德便问我：“你现在能做实验了吗？”“不能，”我回答。“为什么不能？”歌德问。——“天还太亮，”我回答，“先得等到天色朦胧一点儿，让烛光投下的影子棱角清晰，可也必须足够亮，这样日光才能照亮烛光的影子。”——“噢！”歌德道，“有道理。”

薄暮终于来临，我告诉歌德可以开始了。他点燃蜡烛，给了我一张白纸和一根小棒。“喏，”他道，“边实验边宣讲吧！”

我把蜡烛顿在靠近窗户的桌子上，摊了一张纸在亮光附近。当我将小木棒立在日光和烛光之间，那个现象便完美地显现了出来。朝向烛光的影子清清楚楚地呈黄颜色，朝向窗户的影子则完全是蓝色的。

“喏，”歌德说，“先讲怎么会是蓝色的影子呢？”

“在解释这个问题之前，”我回答，“我想先讲讲产生这两种现象的同一个基本法则。”

“光明和黑暗，”我道，“不是颜色，而是颜色产生和存在于其间的两个极端，而且正是通过两者的修正，才有了颜色的产生和存在。

“从光明和黑暗这两个极端首先产生出黄和蓝这两种颜色：黄色在亮光的边沿上，我通过一条晦暗的透明带观察到它；蓝色在黑暗的边沿上，我通过一条明亮的透明带对它进行观察。

“现在来说咱们观察到的现象，”我接着讲，“我们看见，小木棒借助烛光的作用，投下了一片清晰的影子。如果我关严百叶窗，阻止住阳光射入，这影子就会一片漆黑；可要是打开窗户让阳光进来，那就会形成一片明亮的介质，透过这介质再看先前的黑影，那根据法则就会出现蓝颜色。”

歌德笑了。“就算蓝色是这样，”他问，“那你又怎么解释黄色的影子呢？”

“依据烛光法则解释，”我回答；“燃烧着的蜡烛投了亮光在白纸上，这亮光已经微微呈淡黄色。而日光的威力如此强，朝烛光方向投去了小木棒的一条淡淡的影子，在这影子所够得着的范围内烛光便昏暗了，于是呈现出黄的颜色。要减少昏暗程度，我就得让影子尽量靠近烛光；要增加昏暗程度，就让影子尽量远离烛光，于是黄色便加深起来，直至变成淡红色甚至红色。”

歌德又笑了，而且笑得很神秘。

“喏，”我说，“我讲得对吗?”“你对现象的观察挺不错，讲得也蛮动听，”歌德回答，“可你没有说清楚问题。你的解释很聪明，是的，甚至富于智慧，但却没讲到点子上。”

“那就请您帮帮忙，”我说，“给我揭开谜底，我真是太急于知道啦。”

“会让你知道，”歌德说，“可是今天，也不通过这样的途径。不久我将让你看另外一个现象，通过它，你就会明了真正的法则。你已经近在跟前，但继续沿着现在的路径走下去，却达不到目的。但只要你理解了新的法则，你就会进入一个完全不同的境界，就会对许多事情豁然开朗。选个阳光明媚的中午来我这儿吃饭，早来个一小时光景，届时我将让你看一个清楚明白的现象，通过它，你会理解眼前这个现象所遵循的那个法则。

“我很欣慰，你对颜色学这么感兴趣，”他继续说，“对你来讲，它将成为一个无法形容的欢乐之源。”

傍晚离开了歌德，脑子里却一直想着那个现象，结果甚至梦里也不得安宁。可尽管如此仍旧糊里糊涂，朝揭开谜底的方向未能前进半步。

前不久歌德对我讲：“有关自然科学的几卷，我也在慢慢往前写。并非因为我相信现在还有能力促进科学进步，而是因为由此才得以保持那些联系。研究自然是最纯洁无邪的事了。在文艺圈子里，现在几乎不能设想再建立任何联系和通信关系了。他们来不来就打听，我在《赫尔曼与多罗苔》里写的是哪座城市！——仿佛不是随便把它想象成哪座更好些！——老是刨根问底，老是真实、真实，结果便毁了文学。”

1827 年

1827 年 1 月 3 日，星期三

（肯宁关于葡萄牙的演说）

今天进餐时我们谈起肯宁[①]关于葡萄牙的精彩演说。

“有些人称这个演说粗鲁，”歌德说，“可这些人不知道他们到底想干什么。他们心里藏着一种本能的渴望，就是诋毁一切伟大的人和事。这不是反对，而是纯粹为作对而作对。他们必须有伟大的人和事作为仇恨的靶子。拿破仑还在世，他们仇恨拿破仑，在他身上找到了一个很好的出气筒。拿破仑完了，他们又跟神圣同盟作对；可对于人类来说，再没什么更伟大和更有益的发明啦。现在轮到肯宁喽。他关于葡萄牙的演说是伟大觉悟的反映。他清醒地感觉出了自身权威的分量和地位的显赫，他怎么感觉怎么讲，他做得对。可那些无裤汉不懂这个道理，我们其他人觉得伟大的东西他们觉得粗鲁。伟大的东西令他们不舒服，他们缺少尊重它的气量胸怀，他们受不了它。”

① 肯宁（George Canning，1770－1827），英国政治家，脱利党人。

1827年1月4日，星期四

（谈雨果和法国大革命前后的文学）

歌德很赞赏雨果的诗。他说：

“雨果实在是个天才，他曾受过德国文学的影响。遗憾的是他青年时代的诗风让古典派的学究气给败坏了；[1]可现在他已和《地球》[2]站在一起，因而有了收获。我想拿他与曼佐尼[3]相提并论。他富有客观精神，在我看来，他的重要性完全不亚于拉马丁和德拉维尼等先生[4]。我对他的观察要是不错，那就算是看清楚了他和一些与其类似的青年天才源自何处。他们都承袭了夏多布里昂[5]，承袭了这位无疑极其重要的兼为诗人与演说家的天才。可你想认识维克多·雨果的诗风，那只需读读他写拿破仑的《两座岛屿》就行了。”

歌德把诗集放在我面前，自己站到了壁炉旁边。我开始念诗。

“他描绘得精彩吧？”歌德说，“他处理起题材来是不是十分地豪放？”他回到我身旁。“你只瞧瞧这一段，有多么美啊！”他吟诵闪电从下方穿透云层，照射到主人公身上的那段。“实在是美！因为场景是真实的，在山区可以目击到的。当山脚下风暴大作，闪电

① 雨果（Victor Hugo，1802－1885），法国著名诗人和小说家，早年深受古典主义影响，1826年以后逐渐转向浪漫主义，并成为其杰出代表。

② 《地球》（*Globe*）是当时法国一家很有名刊物，歌德在谈话中一再提起它。

③ 曼佐尼（Alessandro Manzoni，1785－1873），歌德时代最杰出的意大利浪漫主义诗人、小说家和戏剧家。

④ 拉马丁（Alphonse de Lamartine，1790－1869）和德拉维尼（Casimir Delavigne，1793－1843）都是稍早于雨果的法国作家和诗人。

⑤ 夏多布里昂（F. R. V. de Chateaubriand，1768－1848），法国浪漫主义和年轻一代诗人的领袖。

由下而上扯动，人看见的常常就是这个样子。”

“我赞赏法国人，”我接着说，“赞赏他们的诗歌从来不离开现实的坚固大地。他们的诗即使译成了散文，也不会丧失其诗的本质。”

“这是因为法国诗人富有学识，”歌德道，“德国的傻瓜们却想法相反，认为努力获取知识就会失去他们的天才，殊不知任何天才都得从知识吸收营养，只有这样他们的才能才可得到施展。不过随他们去吧，这些人无可救药，要真是天才肯定会走上正路。眼下在那里闹腾的年轻诗人多数根本不是真正的天才，他们写出来的东西仅仅证明他们无能。这些无能之辈热衷写作，是受了高度繁荣的德国文学的刺激。

“法国人的诗歌创作已经摆脱陈腐之气，转向较为自由的风格，这毫不奇怪，”歌德继续说。“还在大革命前，狄德罗及其同道就试图开辟这样一条道路。随后的革命本身和拿破仑当政时期，对文学事业固然不利。还有战争年代，如果说也一样不容产生真正的文学兴趣，也暂时令缪斯们心存芥蒂，那么，在这一时期却培养了一批具有自由精神的人士，一等到和平年代，他们便觉醒过来，脱颖而出，成为了不起的天才。”

我问歌德，那一帮古典主义者是不是也跟杰出的贝朗瑞对着干呢？歌德回答：

“贝朗瑞用的是一种较古老和传统的诗体，人们都习惯了，不过在有些事情上，他还是比他的前辈更为自由，因此也遭到了那帮守旧派的反对。”

话题转向绘画，谈到了守旧派造成的危害。歌德说：

“你自谦不是行家，可我还是想让你看一幅画，一幅咱们目前尚健在的最优秀画家之一的作品，可尽管如此，你却一眼便会发现它那些严重违反基本艺术规则的败笔。你会看见，一些个细节画得很漂亮，可是整体却叫你感觉不舒服，叫你不知道如何给予评价。

之所以如此，原因并非画家本人不够有才气，而是原本应指引这才气的头脑就跟其余的守旧派画家一样昏昏沉沉，结果他便忽视了真正的大师，反倒回过头去师承了那些个半吊子。

“拉斐尔及其同时代的大师们突破狭隘的风范戒条，奔向了自然和自由。现在的艺术家不是感谢上帝以这些先知先觉为榜样，追随着他们继续前进，而是转过身去捡起了那些狭隘的风范戒条。真是糟糕透顶，简直不明白他们的头脑何以如此昏聩。由于他们在这条艺术道路上无所凭借，便只好到宗教信仰和拉帮结派中去寻找依靠，因为不如此他们便虚弱得根本没法存在。

“绘画艺术贯穿着一种血统传承，”歌德继续说。“每出现一位大画家，你就发现他继承了自己前辈们的优点，也正因此他才变得伟大。拉斐尔等大师不是从地里长出来的。他们都立足于古希腊罗马绘画之上，立足于在他们之前完成的杰作之上。设若他们不曾效法当时的艺术先行者，今天关于他们就没多少好讲啦。”

话题转到古德意志诗歌，我提起了弗勒明[①]。

“弗勒明颇具才分，”歌德说，“只是有些乏味，市民气重了点儿；现在他一点儿帮不上忙。本来嘛，”他继续说，“我可是已经有些建树，但并非我所有那些诗歌，它们中没有一首可以收进路德的祈祷书里去。”

我笑起来，承认他说得对，心里却想，他这听起来挺奇怪的话并非看上去那样简单啊。

① 弗勒明（P. Fleming，1609－1640），德国诗人。

1827年1月12日，星期六晚上

（埃伯尔万夫人演唱《西东合集》）

晚上到歌德家欣赏音乐。出场演奏的是埃伯尔万一家和乐队的几位成员。听众不多，其中有教区总牧师罗尔、宫廷顾问佛格尔和几位夫人。歌德想听一位著名年轻作曲家的四重奏，于是先演奏这支曲子。年仅十二岁的小埃伯尔万的钢琴独奏最令歌德满意，事实上也非常精彩，致使原本无可挑剔的四重奏很快成了过去。

“令人惊讶，”歌德说，“高度发达的演奏技巧和乐器性能把时髦的作曲家领向了何处。他们的作品不再是音乐，已经超越人的感知水平，叫你根本没法靠自身的心智对它们做任何解释。你的情况怎样？我呢一切都仅仅挂在耳朵里。”

我说我的情况一样糟。歌德继续讲：“不过快板很有特点。一个劲儿地上下飞旋、窜来窜去，让我眼前出现了布罗肯山的魔女狂舞场面。如此说来，我到底还是给了那奇怪的乐曲一个解释。”

休息时大伙儿边谈边喝饮料。休息过后歌德请埃伯尔万夫人演唱了几支歌曲。她首先唱的是泽尔特谱写的《在夜半》，这支美妙的歌曲给人留下了极其深刻的印象。“不管听多少遍，”歌德说，“这支歌总是那么美。曲调有着永恒的魅力。”

随后唱了《渔家女》中的几支歌，谱曲的是马克斯·埃伯尔万。《魔王》的演唱获得了热烈的掌声，接下来的咏叹调《我已告诉好心的妈妈》则引起普遍赞扬：曲子看来配得恰到好处，没有谁再可能别出心裁。歌德本人更满意极了。

成功的晚会收尾，埃伯尔万夫人应歌德的请求唱了《西东合集》里的几首歌，由她丈夫谱的曲子很有名。特别是“我愿借助优素福的魅力”的那一小节，歌德更是喜欢。他对我说：“埃伯尔万有时真是超水平发挥。”最后，他还要求唱了《唉，围着你湿润的翅膀》，这同样是一首令人十分感动的歌。

晚会散了，我还单独留下来和歌德待了一会儿。他说：

“今晚我发现，《西东合集》里的这些歌子已完全不再跟我有关系。不管是其中的东方情调还是激烈情感，都终止了活在我的身心里边，它遗留在大路旁，像一条蜕掉了的蛇皮。相反，《在夜半》这首歌没有失掉跟我的关系，它仍然是我活着的一部分，仍然继续活在我的心中。

“不只这次，平时也常出现我对自己的作品完全陌生的情况。前几天读一点儿法文的东西，边读边想：这人讲得挺聪明，要是我自己也会这样讲。可等到仔细一看，原来是翻译的我自己的一段文章。”

1827年1月15日，星期一晚上

（谈中篇小说 *Novelle* 以及《浮士德》第二部的创作）

去年，在完成《浮士德》第二部第三幕《海伦》一场之后，歌德转而继续写作《威廉·迈斯特的漫游时代》。他常常给我讲他这件工作的进展。一天他告诉我：

“为了更好利用现有的素材，我彻底打散了第一卷，现在将把新老素材糅合在一起，使其变成为两卷。我已安排要誊抄和印出来的部分，并在准备补充新内容的地方做了记号，誊写时碰到记号我就继续口授，这样我就必须保证工作不陷于停顿。”

另一天他对我说：“《漫游时代》已印出的部分现在全抄完了。那些我要新写的地方夹上了蓝色纸条，这样还需做什么便一目了然。随着工作的进展蓝纸条越来越少，我呢因此也满心喜悦。”

几周以前，我听歌德的秘书说他正在写一篇新的 Novelle[①]，于是避免晚上去打扰他，只满足于每周去他家吃一餐饭。

而今这篇 Novelle 已经完成一些时候了，这天晚上他便拿了头几页出来给我看。

我深感荣幸，一读就读到了那个至关重要的地方：众人围着那只死老虎站在那里，这时管理员跑来报告，狮子找到啦，正在山上的废墟中躺着晒太阳哩。

我赞叹歌德的描写鲜明生动，一切景物就连最细微的地域色彩仿佛全历历在目。出猎的队伍，古堡的废墟，途经的年市，通往废墟的田间小道，都一一展现在眼前，叫你只能完全照作者的希望去想象所要发生的事情。同时运笔又始终如此从容，如此严谨，如此有节制，让人不好对未来做任何预测，眼睛只能盯住正读着的一行。

“阁下创作这篇小说想必有个固定的情节模式吧?”我问。

“那是当然喽，”歌德回答。“早在三十年前，我已打算写这个题材，从此就一直把它藏在心里。所以现在写起来得心应手。当时我刚完成《赫尔曼和多罗苔》，马上就想用这个题材写一篇六音步的长诗，并已为此拟好了详细的写作提纲。可当我最近决定重新拣起这个题材来时，原来那份提纲却找不着了，不得不再拟一份新的，而且还随体裁样式的改变而做了改动。眼下小说已经写成，却又偏偏找到了那份旧提纲，我呢倒庆幸它没有早一些落进我手里，否则只会叫我头脑混乱，无所适从。故事和情节进展没有改动，但细节却完全成了另一个样子，原来的提纲设想的是创作一篇六步格

① Novelle 是德语作家普遍擅长的一种叙事体裁，以故事情节的新、奇、异著称，富于传奇性和戏剧性，篇幅一般不太长，大致可以翻译成中短篇小说。歌德自认为所谈论的是一篇典型的 Novelle，所以直接将这篇堪称德语中短篇小说经典的作品命名为 *Novelle*。

长诗，拿来写小说自然根本要不得。”

谈话转向故事内容。我说：

“有一个场面很不错，就是霍诺里奥与侯爵夫人面对面地站在已经死去的老虎跟前，这时哭喊着的妇人带着男孩儿赶来了，出猎的侯爵在随从们簇拥下也赶来了。这么一个稀罕的群体，画出来必定挺精彩，我真希望看见这样一幅画啊。”

“肯定，”歌德应道，“准是一幅美妙的图画，不过呢，”他沉吟片刻之后继续说，“题材的内容太丰富了，人物太繁多了，画家很难合理布局并且恰当分配光影明暗。但是稍微早一点儿，就是霍诺里奥还跪在老虎身上，靠在马旁的侯爵夫人还站在他面前，这一刻我曾设想成一幅画，它倒真是可以画出来啦。”

我感到歌德说得有道理，便补充说，这一瞬原本也是随后出现的整个场面的核心。

我还谈道，我发现跟《威廉·迈斯特的漫游时代》里的其他所有小说相比较，这篇 *Novelle* 的性质都完全不一样，写的完全是外在的事物，现实的事物。

“你说得对，”歌德回答，“在这篇作品里你几乎找不到内心的东西，而在其他作品里，这样的东西差不多可以说太多啦。”

“这会儿我已非常好奇，”我说，“急欲知道将怎样制服那头狮子来着，我预料定会采用一种很特别的方式，但究竟怎样却全然心中无数。”

“要是你都预料得到，那就不妙喽，”歌德接过话头。“我呢，今天也不打算向你透露。礼拜四晚上我给你结尾，在此之前，就让那头雄狮继续躺着晒它的太阳吧。”

我把话题引向《浮士德》第二部特别是其中的《古典的瓦普几斯之夜》一场，这一场歌德还仅仅只完成了一个草稿。前些时候，歌德告诉我，他打算把这个草稿将就着拿去发表。现在我下定决心要劝他放弃这件事，因为我担心草稿一旦付印，就永远没希望再完成了。歌德想必在此期间也思考过这件事，所以马上迎合我的意见，告诉我他也决定不印这份草稿了。

“这使我很高兴，”我说，“因为有了看见您完稿的希望。”

“完稿需要三个月时间，”歌德说，“可我从哪儿去找这样的清闲呢！要求我完成的日常事务太多，想离群索居谈何容易。今天早上大公爵来啦，明天中午大公爵夫人又说要来。我把这样的眷顾看作是崇高的恩典，它们美化了我的生活；但是另一方面却使得我分心，我必须考虑在招待这些贵客时花样翻新，希望让他们获得符合身份的娱乐消遣。”

“不过呢，”我应道，“去年您完成了《海伦》一幕，当时您可也没少受打扰啊。”

“不错，”歌德回答，“可以完成，也必须完成，只是很困难罢了。”

“好就好在您已经有了这样一份非常详细的提纲哦，”我说。

“提纲是有了，”歌德说，“不过最难的还在后面，在实际创作时一切全靠当时的运气。《古典的瓦普吉斯之夜》必须写成韵文，可同时一切又得带有古典的味道。要找到这样一种诗体可不容易，再说还有对话呀！”

“未必在提纲里没有考虑到对话？”我问。

“考虑到了讲什么，”歌德回答，“但没考虑怎么讲。然后你再想一想，在那样一个疯狂的夜晚，有什么不会成为话题！浮士德要说服暝后普罗瑟皮娜，求她放海伦回返人世，连普罗瑟皮娜都要感动得流下泪来，她该讲怎样的一席话哦！—— 这一切一切真是谈何容易，许多时候只好全靠运气，全得力于一瞬间的心绪和灵感啦。”

1827年1月17日，星期三

（谈席勒早年的剧作和青年的文学兴趣）

最近歌德时不时地感觉不完全舒服，我们便常去坐在他朝向后花园的工作室里。今天又重新在所谓乌尔宾诺室里摆好了餐桌，这看来是一个好兆头。我走进屋时看见了歌德和他的公子，两人都以其惯有的自然、亲切对我表示欢迎。歌德本人显得情绪极好，已届高龄的老脸仍富有生气，可谓喜形于色。透过敞开的房门，我看见在紧邻着的所谓顶棚室里，缪勒首相正弯腰低头地欣赏一幅大铜版画。他很快就走过来，我招呼他，说很荣幸能与他一道进餐。小歌德夫人还没有到，我们先入了席，谈话中对那幅铜版画十分赞赏。歌德告诉我，这是巴黎著名画家杰拉德尔德[①]的作品，前几天他送给他了这件礼物。

“抓紧过去瞧几眼吧，”他补充说，“趁现在汤还没有上来。”

我既满足他的愿望也遂了自己的心意，高高兴兴地欣赏起那件值得一看的作品来，特别令我高兴的是他那向歌德表示敬意的签名和题词。我没能欣赏多久，小歌德夫人就进来了，我赶紧回到了自己的座位上。

“怎么样？”歌德说，“很了不起吧？想看出它丰富的内涵和完美技巧，得研究上好几天甚至几个礼拜。这你就改天再做吧。”

席间很是活跃。缪勒首相谈到一位巴黎大人物的来信，说此人在法国占领时期担任过驻魏玛公使的要职，自那以后便与魏玛保持

① 杰拉尔德（F. Gérard，1770—1837），法国著名油画家。画的内容为亨利四世进入巴黎。

着友好关系。他在信里提到了大公爵和歌德，称赞魏玛是一个天才能与最高权威亲密相处的幸福国度。

小歌德夫人在场使交谈平添了许多优雅。她说起自己新添置的几件东西，便趁机挑逗自己的丈夫，可他呢却装着不懂。

“在这方面对漂亮女士可不能太迁就，”歌德说，“不然很容易没完没了。拿破仑囚禁在厄尔巴岛还收到许多账单，催他归还欠女帽商的债。不过在这类事情上他倒不是太积极而是太不积极。从前住在丢勒里宫，一次一位时装商人当着他的面向他妻子展示一大堆昂贵衣物。可是拿破仑毫无一点儿要买的样子，那商人就告诉他，他在这方面为自己的妻子做得太少啦。对此拿破仑一声不吭，而只是瞪了商人一眼，结果这老兄马上收拾起自己的东西，从此再没有露过面。”

“是他当执政那会儿？”小歌德夫人问。

“大概已经当上皇帝，”歌德回答，“否则他的目光不会这么可怕。不过对那人我忍不住要笑：拿破仑一瞪眼他便手脚颤抖，多半已经看见自己被砍了头或者枪毙了。”

大伙儿兴致再好不过，继续谈着拿破仑。小歌德讲：

“我想搜集所有表现他丰功伟绩的优秀油画，或者还有铜版画，用它们装饰一间大房间。”

“这房间肯定很大啊，”歌德应道，“尽管如此也装不完那些画，他的事迹太伟大啦。”

缪勒首相提到了鲁登[①]写的《德意志人史》。对这本书多家报纸有过种种责难，小歌德则从它写作的时代、从民族的感情以及作者写作时心里的顾忌，为其进行了出色的辩解。我称赞他思维敏捷而富有洞察力。由此又得出结论：拿破仑战争才使人们最终认识了恺撒战争。

---

① 鲁登（H. Luden，1780－1847），耶那大学教授，历史学家。

“从前，”歌德说，“写恺撒的书充其量不过是某些历史学派的家庭作业而已。”

话题从古德意志时期转到了哥特时期。谈话由一只哥特式风格的书柜引起，然后转到了当前的艺术口味，就是人们喜欢把屋子完全按古德意志风格和哥特式风格装修布置起来，然后住在这样一个古色古香的环境里。

“如果家里房间多得可以空置几间，一整年也许只进去三四次，”歌德说，“那么这样的爱好可能行得通；你也可以布置一个哥特式房间，正如我挺欣赏巴黎的潘珂克夫人家有一间中国屋子。然而你经常待的起居室，我完全不赞成把它的环境布置得怪里怪气，形同异域。这终归有如一次化装舞会，时间拖长了没有任何味道，特别对参与者肯定会有负面影响。因为这样子跟我们置身其间的日常生活不协调，老处于这种状态，脑子会变得越发空虚。一个快活的冬夜，你不妨装扮成土耳其人去参加狂欢，可是如果一整年你都这个德行，我们会怎么想你呢？我们会想，这家伙要么已经疯了，要么离发疯已经不远。”

对这个与生活密切相关的话题，我们觉得歌德的说法极有说服力，在座者没有谁感觉歌德的话有一点点批评自己的意思，所以都热烈地表示赞成。

话题转到戏剧，歌德把我变成了话柄，说上个星期一晚上我为他做出了牺牲。他对其他人讲：

“他到魏玛已经三年，那晚上是他第一次为我的缘故没有上剧院，我必须予以高度评价。我邀请了他，他也答应来，但我仍旧怀疑他会践约，特别是打了6点半还没见他露面。是的，我甚至高兴起来，心想他不会来了，要这样我就可以讲：这家伙完全入迷了，对他来说看戏比自己最亲密的朋友还重要，真叫不可救药。不过呢你还是没有吃亏！对吗？我给了你精彩的东西看，对不对？”歌德指让我读了他新的中篇小说 *Novelle*。

随后我们谈起上个星期六上演的席勒悲剧《斐哀斯科》。“我第一次看这出戏，”我说，“过后老考虑有些场次太粗犷，是否可以改得缓和一点儿呢？可终究还是觉得效果不大，除非牺牲全剧格调的统一。”

“你说得完全对，确实不行，”歌德应道。“席勒曾经常常和我谈这个问题，他自己也烦那几部处女作，我们管剧院时从来不让它们上演。可现在我们缺少剧本，很想把他那三个粗鲁的处女作收进保留剧目。然而不行啊，一切都紧紧地纠结在一块儿，即使席勒本人也会怀疑事情会成功，不得不放弃自己的打算，让那几个剧本原来怎么样还怎么样。”

“真是可惜，”我说，“要知道不管它们多么粗鲁，在我看来仍比时下咱们那几位剧作家软弱虚夸、矫揉造作的本子好一千倍。席勒的作品可是永远洋溢着崇高的精神，宏大的气魄。”

“我也想这么讲，”歌德说。“席勒愿怎么干怎么干好了，他写出来的任何剧作，都永远不会不比这些新锐们最好的东西伟大得多。是啊，席勒就算只剪下一点儿指甲来，也比这些先生们伟大。”

我们笑了起来，都欣赏歌德这夸张有力的比喻。

“可我也认识一些人，”歌德继续说，“他们对席勒早年的剧作极不满意。有一年夏天在温泉疗养地，我正走在一条通向磨坊的林荫小道上，遇见了普加廷侯爵，谁知这时又朝我们走来几头驮着面粉口袋的驴子，我俩不得不避让它们，退进了路旁的一所小房子里。那儿，在一间小斗室里，我和侯爵搭上了话，很快便天上地下地聊起来——不经意也谈到了席勒的《强盗》，侯爵便说了下面一席话：‘我要是上帝，’他说，‘正准备创造世界，如果这时我突然预见到世界上将会写成一部席勒的《强盗》，那我就不再创造世界。’”

我们忍俊不禁。歌德问我：

“对此你能说什么？这可就是反感喽，一种过度的反感，一种几乎不可理喻的反感。”

“可我们的年轻人特别是大学生刚好相反，”我回答，“他们全然不存在这种反感。如果上演席勒和其他剧作家最精致、最成熟的剧本，但在剧场里你很少看见年轻人，甚或完全不见年轻人；然而要是上演席勒的《强盗》或者席勒的《斐哀斯科》，那剧场坐得满满的几乎全是大学生。”

“是这样，”歌德接过话头，“五十年前跟现在一样，五十年后也很可能不会两样。一个年轻人写的东西，也最为年轻人欣赏喜爱。可别想什么世界文明已经进步啦，欣赏水平已经提高啦，甚至年轻人也已超越那样野蛮的时代！就算是整个世界已经进步，年轻人却总是必须从头开始完成自己对世界文化各个时期的个体体验。我不再会为这类事激动，我很早就写了下面这样一首诗[①]：

让夏至的篝火烈焰熊熊，
让人间的欢乐无尽无穷！
是扫帚总归扫到被废弃，
小年轻总归一茬茬出世。

只需瞅一瞅窗外，我眼前便会出现正在扫街的扫帚和跑来跑去的孩子，前者是总归会用得被废弃掉的象征，后者是世界永远不断更新的象征。儿童需要游戏，年轻人需要找乐子，这是代代相传，亘古不易的铁则。不管他们在上了年纪的人看来有多么荒谬，孩子却永远是孩子，在所有的时代都很相似。因此不能禁止过约翰尼斯篝火节，毁掉可爱的孩子们的欢乐。”

如此愉快地交谈着，进餐的时辰很快便过去了。随后我们年轻一点儿的去到了楼上吊房间里，缪勒首相则单独跟歌德待在老地方。

---

① 这首题名为《约翰尼斯节的篝火》的诗作于 1804 年。约翰尼斯节时逢夏至，纪念的是施洗约翰，故联系到了婴儿的出生。

1827年1月18日，星期四

（再谈*Novelle*；观察自然与文艺创作；席勒的弱点）

歌德答应今晚给我看*Novelle*的结尾部分。我6点半去到他那儿，发现他独自待在他安静的工作室里。我坐到桌旁他的身边，先谈了最近的一些新闻，随后他就站起来，把我想读的手稿递给我，说：

“这儿是结尾，你读吧。”

我读起来，这时候歌德一会儿在房里踱来踱去，一会儿在壁炉旁边站一站。我无声地默念着，跟往常一样。

手稿前一部分结束时的场面是：在一座古城堡废墟的围墙外边，在一棵百年老山毛榉下面，那头雄狮正躺着晒太阳，人们已开始做以暴力制服它的准备。侯爵正打算派猎手们去对付它，外乡人却恳求别伤害他的狮子，说他有把握用温和的办法把狮子引诱回笼子里去。他讲，这个孩子可以用悦耳的歌声和甜美的笛音，把事情办成。侯爵恩准了他，在布置了必要的安全措施之后，便带着随从驱马回城里去了。霍诺里奥率领着一群猎手把守住路口，准备万一狮子下山来时用火把将它吓回去。由城堡的看守领着，母亲和孩子攀登山上的废墟，在废墟背面的围墙下，躺着那头雄狮。

他们的打算是逗引那头猛兽，使它进入城堡宽阔的院坝。这时母亲和看守已藏在楼上坍塌了一半的骑士厅中，孩子则穿过院坝边上幽暗的院门，朝躺在外边的狮子走去。接着是充满紧张期待的寂静，孩子的笛声止住了，谁也不知道他出了什么事。城堡看守责怪自己不曾一块儿去，孩子的母亲却镇定自若。

终于笛声又响了起来，人们听见它越来越近，越来越近，接着男孩儿也穿过围墙的幽深的门洞回到院坝里，那头雄狮则拖着沉重的步子，驯顺地跟在他的身后。他俩围着院坝转了一圈，孩子随后选块太阳地坐了下来，狮子也安详地躺在他身旁，还将自己的一只大脚爪搭在男孩儿怀里。它的脚掌扎进了一根刺，孩子替它拔了出来，然后解下自己脖子上的小绸巾，把雄狮的脚爪包扎起来。

母亲和看守从楼上的骑士厅目睹着这一切，心中感到极大的快慰。眼下有了安全感的雄狮变得十分驯顺。为了安抚这头猛兽，男孩儿一会儿吹笛一会儿唱歌，就在他悦耳动人的虔诚歌声中，结束了 *Novelle* 讲的故事：

天使喜欢好孩子们，
不让他们产生恶念，
帮助他们完成善行。
虔诚的意念和乐曲，
打动了林中的暴君，
它偎在主的爱子膝前，
永不离开这幼弱的人。

读到这样一个结尾我不能不感动，但却不知道该讲什么好，它让我喜出望外，却又并不满足。我觉得它太平静，太理想，太诗意，至少该让其他人物再亮亮相，把结尾的内容展开展开。

歌德发现我心存疑惑，便企图帮我打消。他说：

“如果结束时再让其他人物出场，那小说结尾就变得平淡无奇啦。一切都已了结，他们还能做什么，说什么？侯爵带着随从们骑马回到了城里，那儿需要他的帮助；霍诺里奥一听上边的狮子已经没危险，就会率领猎手们跟来；外乡人呢也将马上搬来铁笼子，用它把雄狮运回城里去。这些事情通通在预料之中，因此没必要说，没必要铺陈。否则就平平淡淡喽。

“一个理想的，甚至诗意的结尾，却有必要，却很必须。要知道，外乡人满怀激情的一席话已经近乎一篇散文诗，我必须将它提高，必须进一步采用抒情诗，是的，甚至过渡到歌唱本身。

“为了用一个比喻说明这篇小说的情节发展，”歌德继续说，“你不妨想象从地里的树根长出一棵绿色枝干，不久又从这强壮的干茎向四周发出肥大的绿叶，到最后便开出来一朵花。这花开得出乎人的意料，开得令人喜出望外，但是一定得开，既然生根发芽、枝繁叶茂都为的是开花，没了花一切全都白费。”

听到这里我舒了口气，心中顿觉豁然开朗，并开始预感到这篇小说的奇妙布局多么出色。

“这篇小说的主旨，”歌德继续说，“就在于揭示用爱和虔诚，常常更容易制服狂野的、桀骜不驯的东西，而不是用暴力。由男孩儿与雄狮的关系体现的这一美好追求，激励我写完了小说。这就是理想，这就是那朵花。而绝对现实的情节的展开就好似一簇簇绿叶，它们只为花而存在，只因为花而有些个意义。仅仅现实本身算得了什么呢？我们欣赏真实的描写，是的，真实的描写可以使我们对某些事物认识更加清楚，但是，对于更高级的生命，真正的收获仅仅存在于由诗人心里产生的理想。”

小说结尾的一幕仍萦绕在我的脑海，一股久已不曾如此强烈的虔诚情绪在我心里油然而生，这时我才真切地感到，歌德他讲得太对了。我不禁暗自思忖，他以如此高龄写出了这等美妙的作品，作为诗人的他感情该是多么纯洁，多么真挚哦！我忍不住对歌德发出了自己的感慨，并对这独一无二的作品终于问世表示欢欣鼓舞。

“我很高兴你满意了，”歌德说，“同时我自己也挺开心，终于摆脱了一个三十年来牵肠挂肚的题材。当时我曾把自己的打算告诉席勒和洪堡，他俩都劝过我放弃，因为他们不可能了解这个题材意义何在，因为唯有诗人自己才知道，他能赋予它怎样的魅力。因此你如果想些什么东西，就别去问任何人。例如席勒要是在写《华伦斯泰》之前来问我该不该写，我肯定劝他别写，因为我做梦也没法想象，用这样一个题材竟能写出如此出色的剧本来。在完成《赫尔曼与多罗苔》后不久，我曾想把小说的故事同样写成一部六步体的叙事诗，席勒知道了表示反对，建议我写成八行一节的有韵诗。可你看见了不是，我写成散文最成功。因为极其需要对地方风物的精确描写，换成韵文必定显得矫揉造作。还有哪，这篇小说一开头完全地现实、但到结尾又极富理想色彩，用散文都得到了绝佳的表现；同样，那些个诗歌也极为美妙动人，但用六步体和八行一节的韵文都很难有这样的效果。”

谈到《威廉·迈斯特的漫游时代》里另外一些中、短篇小说，我指出它们每一篇都有独特的性质和格调，没有一篇雷同于另一篇。

“为什么出现这样的情况，”歌德说，“我愿意给你解释。我着手写作时就像个画家，在画某些题材时他避免用某些颜色，反过来却多用另一些颜色。例如画晨景吧，就多挑些蓝色颜料在画板上，黄色却很少；反之，画傍晚取的黄色就多，蓝色差不多完全不要。我搞文学创作也采取类似的办法，如果承认我的作品有各种不同的性质，那原因可能就在这里。”

我暗想，这可是一条极聪明的法则啊，非常高兴歌德能将它一语道破。

接下来，我还赞赏了特别是在最后这篇小说里的细节描写，尤其是自然风景的描绘。

“我从来不曾为了写作而观察自然，”歌德说，“只不过我早年画过风景画，后来又从事自然科学研究，这些都要求我不懈地认真仔细观察自然现象，以至于渐渐将自然界最细小微妙之处都烂熟于心，一当写作需要了便可随手拈来，难得犯违反自然真实的错误。席勒却缺少对自然的观察。他在《威廉·退尔》一剧中描绘的瑞士地方风光，全是我给他讲的。然而席勒才情过人，真是令人佩服，仅仅靠听我讲就能写出一些活像真实的东西。”

现在话题完全集中到了席勒，歌德继续发表了如下的看法：

“席勒的创作才能体现在富于理想，可以讲，不管是德国文学还是其他哪国文学，都很少有作家像他的。拜伦爵士与他算是最像的了，不过比起席勒来，拜伦更加了解世界。我真希望看见他与拜伦生活在同一时代，他对这位精神上如此亲近自己的天才可能下的评语，准会叫我大吃一惊。在席勒生前，拜伦有没有已经发表什么东西?”

我怀疑有，但却不能肯定。歌德因此便取来百科辞典，开始念拜伦的条目，同时也没少顺便插进自己的一些个评论。结果表明，1807 年之前拜伦未发表过任何东西，也就是说席勒没有见过他的任何作品。①

“席勒的所有作品，”歌德继续说，“都贯穿着自由理想。随着他文化修养的提高和自己也成为另一个人，这一理想同样发生了形态的变化。青年时期他想要人身自由，因此而招来的麻烦不少，也在当时的创作中得到了反映；晚年他则向往思想自由。

“这所谓自由啊真是一个怪东西，谁都容易获得足够的自由，只要他知足并且懂得寻找。多余的自由不能派任何用场，对我们又有何好处！瞧瞧这个房间和相邻的小屋子，透过敞开的门你可看见小屋里有一张小床，两个房间都不大，还塞满了家具、书籍、手稿、艺术品等杂七杂八的东西，因此变得更加局促，不过却仍然令我满足，我整个冬天都待在这儿，前面的其他房间几乎完全不去。既然我没有使用它的需要，我拿自己宽敞的府第来做什么，拿可以从这个房间走进那个房间的自由来做什么！

“一个人只要有健康的生活和从事自己职业的自由，就该满足啦。这么一点儿自由，是谁都容易获得的。再说，我们所有人的自

① 席勒逝世于 1805 年，两年后拜伦才出版诗集《处女作》。

由都得满足一定的条件。市民和贵族一样地自由，只要他坚守自己出身的等级限制，也就是听天由命；贵族和君主一样地自由，只要他到了宫里遵守那一点点礼仪，就不会感觉自己是异类。自由不能靠目无尊长获得，相反得通过尊重凌驾于我们的势力。因为尊重和承认它，我们也就得到了自我提升，并且表现我们心怀高远，不愧成为其同类。我在旅途中常常邂逅一些德国北方的商贾，他们往往粗鲁地与我同桌而坐，以为这样就成了和我一样的人。才不是喽，相反他们要是知道尊重我，对我表现出应有的礼貌，才算真正与我平起平坐。

“在青年时代，席勒为求人身自由招来了不少麻烦，原因虽然部分在他本人的精神气质，不过最主要还是他在军事学校遭受压迫的结果。

“可是成年以后，有足够的人身自由了，他却转而追求思想自由。我差不多想讲，正是这样的理想要了他的命。因为这样一来，他对自己的身体提出了一些要求，一些为他的健康所不能承受的要求。

“记得刚到魏玛，大公爵给席勒定的薪俸是每年一千银塔勒，还答应在他生病不能写作时，将他的薪酬翻一番。席勒拒绝了后面这个恩典，从来不曾享用这一照顾。‘我有的是才能，’他说，‘一定能够自力更生。’可是现在，家庭人口增加了，最近几年为了维持生计，他每年就得写两个剧本，而要做到这点，即使在身体不适的时候，他仍驱赶着自己没日没夜地工作，他的才能被迫随时听从调遣和使唤。

“席勒从不酗酒，他很有节制，但是在那些身体虚弱的时刻，他却企图以饮一点儿利口酒或者其他酒类增强力量。这可就损害了他的健康，对他的写作也一样有妨碍。

“要知道，一些个聪明脑袋在他的作品里挑出的漏眼儿，我都归之于这个根源。他们列举的所有不妥，我想通通称之为病态的表现，也即全都写成于他体力不支的日子。在这样的日子，他连恰当而真实的母题也没法找到。对绝对命令我佩服之至，知道由此可以引出许多好的东西，但是也决不能搞得太过分，否则这一思想自由的理想肯定不会有任何好结果。① 就这样谈着聊着，晚上的几个钟头便很快过去了。话题主要涉及拜伦爵士和一些著名的德国文学家，关于后者，席勒曾表示他更喜欢科采布，因为他毕竟有所创造。最后歌德把他的 *Novelle* 手稿给了我，让我在家里静下心来再仔细读一读。

1827 年 1 月 21 日，星期六晚上

（索尔格评《亲和力》；再谈 *Novelle*）

今晚 7 点半去见歌德，在他那里待了差不多一小时。他让我看一卷盖伊小姐②的新法语诗歌，对这些诗大加赞赏。他说：

“法国诗人开始冒尖了，值得花点儿工夫关注他们。我正努力了解当今法国文学的水准，要是成功了，将会发表自己的评论。看见一些在我们这里早已过时的因素在法国才开始起作用，对我极为有趣。中等才能的作家自然总是为其所处的时代束缚着，总必须从那些时代现有的因素汲取养料。直至出现最新的虔诚，他们那里的一切都雷同于我们这里，差别仅在他们那里出现的形式要更有风度一点儿，也更加聪明机智。”

① 绝对命令（kategorischer Imperativ）亦译“无上命令”，是康德在《实践理性批判》（即伦理学）里用的一个术语，指根据最高原则或理想做出的必须遵循的判断。席勒坚持思想自由的彻底精神，在歌德看来是受康德“绝对命令”影响的结果。

② 盖伊小姐（Demoisille Gay，1804—1855），法国女诗人。

“可对于贝朗瑞和《克拉拉·加苏尔》戏剧集的作者[1]，阁下您有何看法?”

“这两位我认为都例外，”歌德说，“他们是大天才，有着自身的基础，可以独立不羁，不受时代思想方法的影响。”

“听您这么讲我很高兴，”我道，“因为我对这两位的感觉也差不多。”

谈话从法国文学转到了德国文学。歌德说：

“现在我想给你看点儿对你有趣的东西。劳驾，把摆在你面前那两本书中的一本递给我吧。索尔格[2]你知道?”

“当然知道，”我回答，“我甚至挺喜欢他。我有他翻译的索福克勒斯戏剧集。不管是翻译本身，还是他写的译者序言，都早已使我给予他高度评价。”

“你知道，他几年前死了，”歌德说，“现在出版了一个他遗作和书信的集子。他以柏拉图对话的形式撰写的哲学研究不怎么成功，但他的书信很精彩。他在一封致蒂克的信里谈到《亲和力》，我不能不念给你听，要知道不容易再有对这部小说更中肯的评论了。”

歌德给我朗读那篇精彩的论文，我们讨论了一些要点。对唯有一位伟人才能提出的看法和结论，我们很是钦佩。尽管索尔格承认《亲和力》的情节发展符合所有人物的自然天性，却对男主人公爱德华的个性有所批评。

“我对索尔格没意见，”歌德说，“他不喜欢爱德华，我自己也不喜欢他，但却不能不把他写成这个德行，以便发展出现有的故事情节。再说这个人物非常真实，须知在上流社会里，有足够多像爱德华一样以固执代替个性的人。”

---

① 这所谓西班牙戏剧集的作者实为法国小说家梅里美（P. Merimee，1803－1870）。

② 索尔格（W. F. Solger，1780－1819），德国美学家，柏林大学哲学教授。

索尔格评价最高的是建筑师这个人物，因为小说的其他所有人物都沉溺爱河，表现软弱，唯有他一个人能始终坚强而自由。正是他天性中的这种美德，即使他免于陷进其他人物的情感漩涡，也促成作者把他的形象塑造得如此高大，以至不可能陷进漩涡里去。

我们很喜欢索尔格这个评语。歌德说："这话很中听。"

我说："我也一直觉得建筑师这个人物挺重要，挺讨人喜欢，只不过讲他因此就那样杰出，以至凭着这一天性就不可能陷进爱情漩涡，我倒真没有想到。"

"你不用感到惊讶，"歌德说，"须知我在塑造他的时候，我自己也没想到。可是索尔格说得对，原因确实在他自己的天性。

"早在 1809 年，"歌德继续说，"索尔格就写了这篇文章，要是当时我就听见对《亲和力》有这么好的评价，那我可高兴啦。当初以及随后的一段时间，就这篇小说做出令我感觉舒服的评论，真是不多哟。

"从这些信里看出，索尔格对我怀有厚爱。他在一封信里抱怨，他寄给我他的《索福克勒斯》，我却连信都没有回他。上帝啊——可怎么会出这种事！也不奇怪。我认识一些大人物，他们同样收到许多仰慕者的来信。他们替自己准备了一些模式和尺牍，故而有信必复，写了成百上千封信，然而全都是大同小异的套话和废话。我可永远办不到。如果我对谁没有什么特别的和有意义的话可讲，就事论事，那我宁可干脆什么都别写。作废话连篇的表面文章，我觉得有失诚恳。于是乎便发生了对某些很不错的人我本来乐意回信，却没能够回信的情况。你目睹了我的情况，每天从世界各地有多少邮件投递到我这里来，不能不承认哪怕只是敷敷衍衍地给所有人写回信，也不是仅仅一个专人所干得了的。可尽管如此索尔格的事还是叫我遗憾，他太杰出了，理应比许许多多其他人更优先得到友善的对待。"

我把话题引到他的 *Novelle*。这篇小说我带回家去又读了一遍，仔细地研究过一下。我说：

“全篇开头不过是个引子，毫无闲笔废墨，只做了必要的交代，可却又引人入胜，简直叫人不信只是另一情节的铺垫，还以为它本身就是个独立的故事哩。”

“很高兴你这么看，”歌德说，“不过我还必须补充点儿什么。也就是说一段好的引子，按规矩一开始就该安排野兽们的主人出场。还有当侯爵夫人和叔叔在小屋前作准备的时候，里边的人该出来请侯爵夫人赏光他们的小店才是。”

“肯定，”我道，“您说得有道理，因为在引子里已经暗示出余下的一切，这些人就不能不如此。事情明摆着，他们不会对侯爵夫人置之不理，让她自己在那里作准备，因为他们通常就靠她的花费维持生计嘛。”

“你瞧，”歌德说，“这样一件作品即使整体上已经完成，还有多少细节需要加工啊。”

随后歌德对我讲起一个外国人，说此人最近时不时地来拜访他，声称希望翻译他的这部作品那部作品。歌德说：

“他人倒不错，可就是在文学方面看来完全是个外行。他还连德语都不会就谈到他要做的翻译，就谈到在译本前准备印上我的哪些肖像。可这正是外行的德行啊，他们全然不了解事情有多么困难，总打算干自己完全没能力干的工作。”

1827年1月29（25）日，星期四晚上

（赞贝朗瑞的诗歌；谈《海伦》的演出和 *Novelle* 的题名）

带着他的 *Novelle* 手稿和一册贝朗瑞诗集，快7点钟时去见歌德。我发现索勒先生在他那儿，正和他讨论当代法国文学。我怀着

浓厚的兴趣在一旁听着，正谈到的是那些诗写得很棒的天才，说他们都没少向德里勒[①]学习。索勒先生出生在瑞士，德语不特别流利，相反歌德的法语却流畅自如，所以谈话就用的是法语，只有在我参加讨论的地方，才改成说德语。我从口袋里掏出贝朗瑞诗集来递给歌德，他想要再读一读这些优秀诗作。索勒先生认为，置于诗作之前的肖像不像诗作者本人。歌德却双手捧着这精美的版本，样子挺高兴。他说：

"这些诗歌完美无缺，可以视作同一体裁中的巅峰之作，特别是当你把反复部分的哼唱部分也考虑进去，因为没有这样民歌似的哼唱，这些诗就太严肃，太深沉，太像警句格言啦。读贝朗瑞我经常想到贺拉斯和哈菲兹，这两人也凌驾于各自的时代之上，以调侃和戏弄的调子写道德沦丧。贝朗瑞与自己周围的环境也保持着同样的贡献。可由于来自下层，他对放荡跟粗鄙就不过分反感，他甚至还有些喜欢写这样的东西。"

关于贝朗瑞和另外几位法国新诗人，还你一言我一语地讲了许多同类的话，直至索勒先生上宫里去了，我留下单独与歌德待在一起。

桌上摆着一个打了漆封的包裹。歌德把手抚在包裹上。他问：

"你可知这是什么？是准备给科塔寄去让他付印的《海伦》。"

听见歌德这么讲我立即无限感慨，觉着眼下真是个非常时刻。正如一艘新造的船即将下海，造船人不知道它将经历怎样的命运，一位大师的精神产品也先要进入广大的世界，然后才能一代代产生影响，造就和经历各式各样的命运。

"在此之前，"歌德说，"我一直还在尽量做细微的打磨和润色，但终归得有个够。喏，这下高兴了，寄出去后心里就没了负担，可以着手干另外的工作。它自己去承受它的命运吧！我感到欣慰的

---

① 德里勒（J. Delille，1738—1813），名噪一时的法国诗人。

是，当前德国的文化水准已高得出乎预料，也就是说不用担心这样一部作品会长期不被理解，长期没有效果。”

“剧中反映了整个古希腊时期，”我说。

“是的，”歌德应道，“语言学家们有的是事干了。”

“对古典部分我不担心，”我说，“因为重大的细节都分别得到充分的展开，该说的全都说到了。倒是现代的、浪漫的部分很难讲，背后隐藏着半部世界历史喽。如此宏大的题材处理时又只是点一点了事，对读者的要求可是很高很高啊!”

“确实是，”歌德说，“一切都诉诸感官，设想的是在剧场演出让每个观众一目了然。除此我别无所求。只要能这样，观众就会看得高兴，同时内行也不会觉得缺少深义，就像上演《魔笛》和其他优秀剧目一样。”

“以悲剧开头再以歌剧结尾，”我说，“肯定会有不同凡响的舞台效果。不过要表现出这些人物的高大，要吟诵这些崇高的诗句和台词，可不是轻而易举的啊。”

“第一部分得有一流的悲剧演员来演，”歌德说，“正如随后的歌剧部分，角色都得由一流的男女歌剧演员来担当。所以海伦不能只由一个演员扮演，而先后必须由两位伟大的艺术家来演出。要知道，一位女歌唱家同时又是够分量的悲剧演员的情况，实在很少见。”

“总的剧情会使布景和服装色彩鲜艳，富有变化。我不能否认，我已盼着在舞台上先睹为快。要是再有位大作曲家给它配乐，就太好啦!”

“应该是像梅耶贝尔[1]那样在意大利长期生活过的，”歌德回答，“这样他就可以把德意志的本性跟意大利的艺术风格结合起来。不过一定能找到这样一位作曲家，我毫不怀疑，我只感到高兴，负担

---

① 梅耶贝尔（G. Meyerbeer，1791－1864），德国作曲家。

解除了。一想到合唱队不愿意再去下界，而想留在光明的地球上某个元素里，我心里真感觉有些舒坦。”

“这是一种新的不朽啊，”我说。

“喏，”歌德接下去说，“*Novelle* 怎么样？”

“我把它带来了，”我回答，“在重新读过以后，我发觉阁下您准备做的改动可以不做。让读者在被打死了的野兽旁边先看见一伙装束跟举止都稀罕怪异的人，这些人再声称自己是野兽的主人，效果可能很好。反之，如果您把交代提前到引子中，效果就会大大削弱，甚至完全会失去效果。”

“你说得对，”歌德回答，“我得让它原封不动。你完全对，毫无问题。我第一稿省掉了这些人，也想的是先不让他们出场。议拟中的改动只是满足理性的要求，差一点儿就导致一个失误。可从审美的角度看挺奇怪的：为了不犯任何错误，有时就不得不偏离规律。”

随后谈到了给这篇 *Novelle* 的题名问题。我们试着拟了不少标题，结果有些适合于开篇，有些适合于结尾，适合于全篇因而也可以采纳的却一个也没找到。这时候歌德说：

“你看怎样，我们干脆就叫它 *Novelle* 好啦。要知道，一篇 Novelle 不过就是一个曾经发生的、闻所未闻的事件罢了。以此为标准，目前德国以 Novelle 相标榜的东西根本不算 Novelle，而只是一般的故事或者你想称呼的其他玩意儿。在《亲和力》里面，也嵌进了一篇符合‘闻所未闻的事件’这个原意的 Novelle。”

“仔细想来，”我应道，“诗歌产生时都总是没有标题，写成什么样就是什么样，以至人们相信根本用不着标题。”

“也确实用不着，”歌德说。“古代的诗歌根本没有标题，命题乃是近代人的习惯，也是在后来，古代诗歌才从近代人那里获得了命名。不过呢，命题的习惯产生自必需：文学作品数量众多，流传广泛，有题名才好称呼和区分。

“这里有点儿新东西，你读读吧。”说着，歌德递了一首斯拉夫诗歌的译文给我，诗作者是盖哈特先生。我读得津津有味，因为诗写得很美，译文也简洁、明晰，理解毫无滞碍。诗歌题名为《牢狱的钥匙》。我这里一点儿不谈情节，可结尾却让我感觉戛然而止，意犹未尽。

“这正是它成功之处，”歌德说，“这样一来就在读者心里留下了一颗刺，激发了读者的想象力，让他自己去后边可能出现的所有结果。留下来的是写整整一部悲剧的素材，不过这样的结尾司空见惯。相反，这首诗本身表现的内容却新鲜而又优美，诗人的艺术手腕很是聪明，他就只写这些，其余则留给读者去完成。我乐意在《艺术与古代》里评介此诗，只可惜它太长了，勉强从中选评了三节，准备刊登在下一期上。你看怎么样？请听——”

歌德首先朗诵那个钟情于一位年轻女郎的老人唱的歌，接着朗诵妇女们的饮酒歌，最后才轮到激情澎湃的《为我们跳舞吧，特奥多尔》。每一节诗他都用一种不同的音调和节奏，真是精彩极了，很难再听到更加完美的朗诵。

我们不能不称赞盖哈特，说他为每一节选定的格律和反复都非常得体，非常成功，一切在他都轻而易举，都完美得不可能再完美。

“这下你看见了，”歌德说，“对于盖哈特这样一位天才，大量的技巧训练有什么好处。同时，写诗在他并非从事一种学来的职业，而是满足现实生活的日常需要，这也使他受益。他还常到英国和其他一些国家游历，旅途中凭着对社会现实的敏感增长阅历，见识超过了我们那些靠学习才成功的年轻诗人。一个诗人始终坚守优秀传统，只继承发扬传统，的确不容易写出什么糟糕的东西。可另一方面，所有自己的创造，都必须满足很多要求，都非常艰难。”

紧接着，我们观察了我们几位最近才崭露头角的年轻诗人的创作，发现他们几乎没有一个写散文过得了关。

“道理很简单，”歌德说，“写散文必须言之有物，谁要没有什么说的，他就可以作作诗，押押韵，让一个词引出另一个词，最后就搞出来了一篇东西。这东西尽管毫无意义，可看上去却好像有意义。”

1827年1月31日，星期三

（谈中国小说；“世界文学”；文学的真实与历史的真实）

同歌德一起进餐，他说：

“在没与你见面的这些日子，我读了不少书，特别是也有一部中国小说，我眼下还在读它，觉得这部小说极为值得注意。”

“一部中国小说？”我接过话头，“那肯定挺怪的吧。”

“不像你想象的那么怪，”歌德回答。“人们的思想、行为和情感几乎跟我们一个样，我们很快会觉得自己跟他们是同类，只不过在他们那里一切都更加明朗，更加纯净，更加符合道德。在他们那里一切都富于理智，都中正平和，没有强烈的情欲和激扬澎湃的诗兴，因此和我的《赫尔曼与多罗苔》以及英国理查生①的小说，颇多相似之处。可不同之点还是在于，在他们那里，外在的自然界总是与书中人物共同生活在一起。人们总是听见池子里的金鱼在泼刺刺地跳跃，枝头的小鸟在一个劲儿地鸣啭，白天总是那么阳光明媚，夜晚总是那么清朗宁静。写月亮的时候很多，可自然景物并不因其改变，朗朗月华在他们的想象中明如白昼。还有房屋内部也精致、宜人得一如他们的绘画。例如，‘我听见可爱的姑娘们的笑声，

① 理查生（Samuel Richardson，1689－1761），英国小说家，感伤家庭书信体小说的创始人。

随即看见她们坐在纤巧的藤椅里。'这情景立刻让人觉得美不胜收，因为藤椅必然使你联想到极为轻巧，极为纤细。而且故事里随时穿插着无数典故，援用起来恰似一些个格言。例如讲到一位姑娘的双脚是如此轻盈、纤小，她就是站在花上，花也不会折掉。又讲一个青年男子，德行和才学都很出众，所以三十岁时便获得了和皇帝谈话的恩宠。还讲到一对情侣，双方长期交往却洁身自好，一次不得已在同一间房里过夜，仍旧只是以交谈打发时光，谁也不曾碰一碰谁。类似的无数典故，全都着眼于伦常与德行。然而正是这凡事都严格节制，使中华民族得以历数千年而不衰，而且还会这样继续维持下去。①

"与这部中国小说形成极有趣对比的，我看是贝朗瑞的诗歌，"歌德继续说，"他的那些诗全以不道德的、淫秽的素材为基础，如果不是出自贝朗瑞这样一位大天才笔下因而尚可忍受，不，甚至显得优雅的话，那将令我极度地反感。你可自己说说看，中国诗人写的内容如此绝对符合道德，法兰西当代诗坛首领却正好相反，这难道不有意思极了吗？"

"一位像贝朗瑞似的天才，"我应道，"也许根本写不了符合道德的题材哪。"

"你说的有道理，"歌德回答，"正是通过揭示这个时代的反常现象，贝朗瑞显示和发挥了自己天性之所长。"

"不过这部中国小说，"我讲，"也许是他们最杰出的小说之一吧？"

"才不哩，"歌德回答，"他们有成千上万这样的小说，而且早在我们的祖先还生活在莽莽森林里，就已经有了。

① 歌德在阅读我国明代小说《好逑传》时发了这样一番感慨，其对中国的描绘自然不可能全面、准确，但对异国文化的谦逊态度和视不同民族为同类的人类意识，十分可贵。

“我越来越认为，”歌德继续说，“诗是人类的共同财富，而且正成百上千地，由人在不同的地方和不同的时间创造出来。一个诗人可能比另一个诗人写得好一点儿，浮在水面上的时间也长一点儿，如此而已。马提森先生[①]因此千万不要以为，只有他是诗人，我也不得以为，只有我是诗人，而是每个人都该告诉自己，写诗的天赋并非什么稀罕物，没谁因为写了一首好诗，就有特别的理由感到自负。显而易见喽，我们德国人如果不跳出自身狭隘的圈子，张望张望外面的世界，那就太容易陷入故步自封，盲目自满了哦。因此我经常喜欢环视其他民族的情况，并建议每个人都这样做。一国一民的文学而今已没有多少意义，世界文学的时代即将来临，我们每个人现在就该为加速它的到来贡献力量。但是，我们对外国文学的重视还不应止于某一特定的文学，唯视其为杰出典范。我们不应该想，只有中国文学杰出，或者只有塞尔维亚文学，或者只有卡尔德隆，或者只有《尼伯龙根之歌》[②] 杰出，而总是应该回到古希腊人那儿去寻找我们需要的典范，因为在他们的作品里，始终塑造的是美好的人。其他文学都只能以历史的眼光看待，好的东西只要有用，就必须借鉴。”

我很高兴，听歌德就一个重要话题一口气谈了这么多。几辆雪橇驶过楼前，叮叮当当的铃声把我们吸引到了窗户边上，因为我们正等待早上驶往美景宫的橇车队原路返回。歌德继续做他富有教益的发言，话题涉及亚历山大·曼佐尼。他告诉我，不久前莱因哈特伯爵在巴黎见到了曼佐尼先生，作为一位有名的年轻作家，曼佐尼受到当地社交界的盛情款待，而眼下却又住在了米兰附近他的庄园里，带着一个年轻家庭以及他的母亲过着幸福的光景。

---

① 马提森（Mathisson，1761—1851），与歌德同时代的德国诗人。

② 《尼伯龙根之歌》是日耳曼民族古代的民间史诗，被后世视为德国文学的重要源头之一。

“曼佐尼什么都不缺，”歌德继续说，“缺的只是自我认识，竟不知自己是一位多么杰出的诗人，以及他作为诗人所应有的权利。他过分尊重历史，因此在剧本中总喜欢加进一些议论，以证明他是何等忠于历史的细节。他写的事件尽可以符合历史，可人物却不是这样，正如我的陶阿斯和伊菲根尼也不是这样。没有一位剧作家啥时候见过自己塑造的人物，即使真见过吧，也很难照样拿来就用。剧作家必须知道想要达到的效果，并照此调整人物的性格。如果我照历史的记载塑造哀格蒙特，把他写成一大群孩子的父亲，那他在剧中的轻浮之举就显得很荒唐啦。也就是说我必须塑造另外一个哀格蒙特，让他与自己的行径和我的创作意图更加和谐，这正如克蕾尔欣[①]所说，是我的哀格蒙特来着。

“如果只想复述历史学家的历史，那剧作家又有什么用？作家必须往前走，为我们创造出一些尽可能更崇高、更完美的东西。索福克勒斯的人物全都体现一点儿伟大诗人的高尚心灵，莎士比亚的人物也一个样。这是对的，就应该这样写。是啊，莎士比亚甚至走得更远，把他的罗马人都变成了英国人，而且也有道理，否则他的同胞们如何能理解他。

“在这一点上古希腊剧作家又显得如此伟大，”歌德继续说，“他们不大在乎史实多么真实，而更在乎剧作家如何处理史实。很幸运，我们现在还有《菲罗克忒忒斯》这么个光辉的例子，古希腊三大悲剧作家全都写过这个题材，而索福克勒斯却后来居上。他的杰作很幸运完整地为我们保留下来了；相反，埃斯库罗斯和欧里庇得斯的《菲罗克忒忒斯》，却只发掘到一些片断，但也足以看出他们如何处理自己的题材。要是我的时间允许，我想把他们残损的剧本修复还原，就像我曾修复欧里庇得斯的《法厄同》一样，这对我不会是一件不愉快的和无益的工作。

① 克蕾尔欣是悲剧《哀歌蒙特》的女主人公，哀格蒙特的情人。

"处理《菲罗克忒忒斯》这个素材，任务很简单：就是要把菲罗克忒忒斯连同他的弓，从列姆诺斯岛接回来。至于如何个接法，可就成了剧作家的任务了，在这点上每个人都可以发挥自己的创造力，都可以超越其他人。尤利西斯负责去接，可他该让菲罗克忒忒斯认出来呢或是不认出来呢？如果认出来了又凭的是什么？让尤利西斯独自去接呢，还是让他有一个同伴，又让谁来作这个伴呢？在埃斯库罗斯的剧本里，这个伴不为人认识；在欧里庇得斯那儿，他是狄俄墨得斯；在索福克勒斯那儿则是阿喀琉斯的儿子。还有，菲罗克忒忒斯被找到时是个什么状况？那座小岛是有人居住，还是荒无人迹？如果有人居住，是由某个好心的人收留了他，还是没人收留他？诸如此类的成百个问题，都要由剧作家来决断，来选择或是不选择，并以此检验他们智慧的高低，分出彼此的胜负。症结就在这里，当代的剧作家们也面对着同样的问题，而不是老在问一个素材已经被写过了或是没写过，老在南方和北方寻找闻所未闻的事件，结果常常又觉得这些事件太原始，到头来仅仅也只能是事件罢了。当然喽，要用高超的艺术手腕把简单的题材变成一部差强人意的剧作，可需要聪明才智了，而眼下缺少的正是这些东西。"

楼外驶过的雪橇又把我们吸引到窗前，仍然不是我们期待从美景宫回来的一行人。我们东拉西扯地聊了一些无所谓的事情，然后我问歌德，*Novelle* 改得怎样了。

"这几天我没有碰它，"歌德回答，"只是引子还是得动一动。当侯爵夫人骑马从小屋前经过，雄狮必须发出咆哮，此时我就可以对这头猛兽的可怕，插进几点很好的思考。"

"你这想法很英明，"我说，"如此一来，引子就不只很好发挥了本身的作用，就有存在的必要，还增强了后面发生的整个故事的感染力。在此之前，那头雄狮几乎都显得太温驯，根本没表现出一丁点儿野性。可你让它一咆哮，至少让我们隐隐感到了它的可怕；随后它温驯地尾随在吹笛的男孩儿后边，这就有了更大的震撼作用。”

“这样的改动和润色方式是正确的，”歌德说，“可以通过不断的创造，使一件尚欠完美的作品得以提高，变得完美。可另一种不断重写、翻新一件已经完成的作品，例如斯科特不断重新塑造我的迷娘，在她的所有其他特征之外又加上又聋又哑：这样个改法我可没法给以称赞。”

1827年2月1日，星期四

（求变是自然界与文艺的共同规律；歌德的自然科学研究）

歌德对我讲起普鲁士王储在卡尔·奥古斯特公爵陪同下的一次来访。他说：

“还有普鲁士的卡尔王子和威廉王子，今天早上也在我这里。王储和大公爵逗留了将近三个钟头，谈了各式各样的事情，让我对年轻王储的智力、品味、学识和思维方式有了很高的评价。”

歌德面前摆着一本《颜色学》。他说：

“我还一直欠着你的债，不曾回答那个有关彩色阴影现象的问题哩。可要回答得满足许多前提，而且牵涉到别的许多东西，所以今晚我还不想对整个现象做出解释，而是认为咱们利用几个待在一起的晚上，把《颜色学》整个通读一遍更好些。这样我们总算有了讨论的坚实基础，你自己呢不知不觉就掌握了整个颜色学。学到的知识开始在你那里显示出生命力和生产力，由此我预见到，这门学问很快将为你所有。喏，念第一章吧。”

说着，歌德已把翻开了的书摊在我面前。他对我的好意令我深感幸福。我读了讲述生理颜色的头几段。

“你瞧，”歌德说，“除了同时存在于我们体内的东西，就没有任何别的东西存在；外在世界有的所有颜色，我们的眼睛也都有。由于研究这门学问最最重要的是分清主观和客观，那么我一开始先讲属于眼睛的颜色，就是有道理的。这样，在后来的所有观察中，你总能分清楚颜色是真的存在于我们之外呢，或者仅只是由我们的眼睛自己制造出来的一种虚幻色。既然一切的感知和观察都必须通过这个器官，那我就先来矫正它。我想，我这么做算是抓到点子上啦。”

我继续往后读，读到了人眼对颜色有所要求的有趣段落：就是讲人眼总要求有所变化，永远不喜欢老盯着同一种颜色，而要求变换成其他色彩。这要求是如此活跃，人眼甚至会自行创造出实际上看不见的颜色。

由此谈到了一条重要法则。这条法则贯穿整个自然界，构成了人生以及人生一切乐趣的基础。

“它不仅适用于我们的其他感官，也适用于我们的高级精神活动，”歌德说，“只不过因为眼睛这种器官异常发达，要求变化这条法则在色彩方面就表现得特别显著，也最先为我们所清楚地意识到。有些舞蹈极为我们喜欢，就因为长调短调交替，相反，如果光是长调或者光是短调，立刻就叫人厌倦啦。”

“这同一法则，”我道，“似乎也是好的文笔的基础，也就是我们总喜欢避免老调重弹。在戏剧里，这个法则如果运用得好，将会取得很多效果。剧本特别是悲剧，如果总是毫无变化的一个调调，就令人反感、厌倦，而要是乐队在一出悲剧的幕间还演奏忧郁、低沉的乐曲，那观众更会感到难以忍受，便恨不得想方设法逃走。”

“也许就基于这条要求变化的法则，”歌德接过话头，“莎士比亚的悲剧也编织进了一些欢快场面；不过对希腊人更高级的悲剧，它却似乎不适用了：古希腊的悲剧多数都是一个基调贯穿始终。”

“古希腊悲剧也不怎么长啊，”我说，“所以同一个调子才不致叫人厌倦，再加上还有合唱与对白交替，而且立意又那样崇高，还总是以鲜活、强劲的现实为基础，观众就不可能感觉厌倦了。”

“你可能是对的，”歌德道，“希腊悲剧究竟在多大程度上受制于要求变化的普遍法则，也值得花些力气进行研究。不过你看见了，一切事物都相互联系。一条颜色学的法则，甚至也可以用来进行希腊悲剧的研究。只不过得谨防滥用这样的法则，拿它做基础去套其他许许多多的事物和现象，保险一些的做法是始终仅用它做类比，仅以它当例证。”

我们讨论歌德讲述他的颜色学的方法，也就是他总爱从原始的大法则推导出所有的一切，反过来又把许多的个别现象都归结到大法则上，由此便产生出可把握的并使我们的心智获益良多。

“这话不错，”歌德说，“你呢请别因此称赞我。可是这种方法也要求有学生来掌握，但不是一些生活散漫的学生，而是有能力重新把握住根本的学生。在我的颜色学圈子里也出现了一些个挺像样的人，但不幸没能坚持走正道，我一不留神他们就偏离出去，不再是眼睛一直盯住要观察的客体，而去追逐某种思想去了。不过只要头脑管用，同时又重在真理的追求，那总还是会干出点儿名堂来的。”

我们谈到一些教授仍然坚持讲牛顿的颜色理论，不顾已经发现了更好的东西。歌德说：

“这不奇怪，这样的人坚持沿着错误的道路走下去，因为他们靠它生存。他们必须改弦易辙，可这是一件很不舒服的事啊。”

“可是，”我说，“既然他们的学说基础是错误的，他们的实验又怎么能够证明出真理呢?”

“他们也不证明真理，”歌德说，“他们也绝对无意于此，而想证明的只是自己的想法。因此，他们也就隐瞒所有能揭示出真理和表明他们站不住脚的实验结果。

“再说那些学生，他们当中是否有谁为的是探寻真理呢？他们也跟其他人一样，只要在讨论时能就事论事地插得上嘴，就心满意足啦。全部就这些。人哪原本这德行，一当湖面结冰了，立刻就成百上千地涌过去，在那光滑的表面上嘻嘻哈哈寻找乐子。可有谁想得到考察一下湖有多深，冰面下边游来游去的是些什么鱼？尼布尔①最近发现了罗马与迦太基之间很早以前签订的一份通商条约，从中发现李维斯②写的罗马民族早期历史纯属臆造。那份条约表明，罗马很早就处于一种要比李维斯写的发达得多的文明状态。可是，如果你以为这新发现的条约会引起传统罗马史教学的大变革，那你就大错特错了。你只要想想那结了冰的湖面就明白了。人啊就这德行，我算是领教了，就这个样子，不会变的哦。”

“不过，”我道，“您不会后悔写了这部《颜色学》。要知道通过它您不只为这门精妙的学问奠定了坚实的基础，而且还树立了一个科学研究的样板，别的人在研究类似学科时永远可以遵循的样板。”

“尽管为写《颜色学》我投入了半生的精力，”歌德说，“我也一点儿都不后悔。也许我因此少写了五六部剧本，如此而已，在我之后能写剧本的人还多的是。

“不过你说得对，我也认为我是干得不错，方法适当嘛。用同样的方法，我还写过《声学》，还有我的《植物形变论》，也是建立在同一的观察和推导方法的基础上。

“我写《植物形变论》的情形颇特别，就像海歇尔③完成他的那些发现一样。海歇尔当初是穷得连望远镜都买不起，不得不自己动手造一台。可这却成了他的幸运，因为他自制的这台比别的所有望远镜都好，他用它完成了自己伟大的发现。我只是凭经验闯进了植

① 尼布尔（Niebuhr，1776—1831），荷兰历史学家，批评历史学的奠基人，主要著作为《罗马史》。

② 李维斯（Titus Livius，前 59—前 17 年），古罗马历史学家，著有多达 142 卷的罗马史。

③ 海歇尔（William Hershel，1738—1822），英籍德国天文学家，天王星和许多卫星及其运行规律的发现者。

物学。我现在还记得，当初学到植物的性别区分我已感觉漫无边际，没有掌握它的勇气。这促使我在自己的路上摸索前进，寻找所有植物毫无区别地共有的东西，结果就发现了植物形变的规律。

“进一步探寻植物学的奥秘，就根本不是我的事喽，我留给其他高明得多的人去完成。我的任务仅仅是，把许多个别的现象归纳为一条普遍适用的法则。

“矿物学也一样令我感兴趣，只不过是在两个方面：首先在于它巨大的使用价值；其次，我想在其中寻找到原初世界形成的论据，魏尔纳①的学说使人产生了这样的希望。可自从这位杰出人物逝世以后，该学科领域内就闹得天翻地覆，我于是不再公开跟着往前走，只是私下里仍坚持着自己的信念。

“在《颜色学》的范畴里，我而今还面临着研究虹的形成的任务，这是我首先要进行的课题。它可是困难极了，不过我仍希望能够完成。正因为如此，我很高兴今天能与你一块儿重温我的《颜色学》，并且借助你对此事的关注，唤回我对它的新鲜感觉。

“对自然科学我做过相当广泛的尝试，”歌德继续说，“只不过研究的方向始终仅限于我所在地域的周围，并且能够用感官直接把握的那类事物，因此我就从来不搞天文学。搞天文学仅靠感官已经不够，而必须使用仪器、运算和力学，这些都要求人一生从事，已非我所能办到。

“我在力所能及的研究中却也取得了一些成绩，这得归功于我正好生活的时代。这个时代自然科学所完成的伟大发明发现，比其他任何时代都更加丰富。我还是小孩子，就接触到了富兰克林当时刚刚发现的电学原理。接下来是我直至目前的整个一生，都见证着一个发现接着一个发现。这不仅使我早早地倾心于自然界，而且令

① 魏尔纳（A. G. Werner，1750－1817），德国物理学家，在地球的成因问题上，他主张为歌德所赞成的“水成论”。

我始终保持着探索自然的激情冲动。

“在我所开辟的一条条道路上，眼下也取得了连我本人都预料不到的进步。我感觉自己就像一个迎着朝霞走去的人，会惊讶突然面对初升旭日的万道金光。”

就这个话题，歌德满怀敬仰地提到的德国人有卡鲁斯、达尔顿和科尼斯堡的莱辛[①]。

“只要在有了正确发现之后，”歌德继续说，“人不再颠倒黑白，混淆是非，我就满意了。要知道人类需要有正面的东西代代相传，如果正面的东西同时又是正确的和真实的，那就太好啦。因此希望搞自然科学的人首先动机纯洁，然后坚持正确的东西，在可实际把握的范围内做完一切之后别再玩什么超验。然而人哪，就是不能安静安静，一不留神，又已经搞得乱七八糟。

“现在不又在挑摩西五经的刺了吗？如果说那种否定一切的批评有害，那么危害最严重的莫过于对宗教，因为这一切全建立在信仰上面，一旦信仰失去了，就不可能再找回来。

“在文学范畴否定一切的批评不那么有害。沃尔夫把荷马说得一无是处，可对荷马史诗却未伤毫毛。须知此诗有着北欧神话的英烈堂里的英雄似的神力，早上才被碎尸万段，中午又会四肢健全地坐在餐桌旁。”

歌德谈兴极高，我真幸运，又听他讲了这么多重要问题。他说：

“咱们只需在正确的道路上静静往前走，别的人则让他们走自己的路，这就再好不过。”

---

① 卡鲁斯（K. G.. Carus，1789－1869），德国医学家、美学家和艺术家，歌德的朋友；达尔顿（E. J. d’ Alton，1772－1840），波恩的考古学和艺术史教授；莱辛（E. F. H. Mayer，1791－1858），德国植物学教授。

1827年2月7日，星期三

（莱辛的不幸与伟大）

歌德今天骂了某些对莱辛不满的批评家，说他们对他提出的要求莫名其妙。

“他们把莱辛的剧作跟古希腊悲剧作比较，因此认为它们很差劲，很蹩脚，这叫我说什么好呢！这位杰出人物不幸只能生活在一个可悲的时代，这个时代没有更好的素材提供给他，他只能写他剧本里处理的那些东西！他不幸在他的《明娜·封·巴尔恩海姆》里只能插手萨克森与普鲁士之间的争斗，因为除此找不到更有意义的题材！还有他不停地与人论战，不得不论战，也是因为他的时代实在卑劣。他在《爱米利亚·迦洛蒂》里将矛头指向君王，在《智者纳坦》里将矛头指向僧侣。”①

1827年2月7日，星期三

（关于开凿巴拿马运河）

在歌德家进餐。他谈了许多关于亚历山大·洪堡的话，对他大加赞赏。他刚开始读洪堡的古巴和哥伦比亚旅行记，洪堡关于开凿巴拿马地岬工程的观点似乎令他特别感兴趣。他说：

“洪堡作为富有专业知识的行家里手，还提出了另外一些开凿

① 歌德提到的三部作品为莱辛戏剧代表作，除此还有论著和寓言也很重要。

点，在这些地方可以利用注入墨西哥湾的河流，也许比在巴拿马地岬更便于达到同样的目的。这一切都是未来的事情喽，就留给有雄心抱负的后来人去完成吧。不过有一点可以肯定，这样一条运河一旦开凿成功，任何吨位的客轮货轮都可以从墨西哥湾通过运河直接驶入太平洋，由此而对于整个人类文明产生的好处将不可估量。要是美利坚合众国从手边白白放过了这样一个工程，我可就太惊讶啦。可以预见，这个急欲西进的年轻国家，在三四十年间还会在落基山脉以西占据大片土地进行殖民。还可以预见，太平洋沿岸原本已拥有许多宽阔而安全的天然良港，将来还会逐渐崛起一个又一个大商埠，成为沟通合众国与中国包括东印度之间贸易的中介。到了那时，美国的商船和军舰在东西海岸之间迅速往返，而不像迄今为止那样既费时、无聊又花钱地绕道好望角，就不单是人们的希望，而已经成为必需。我重申一遍：对于美利坚合众国来说，为自己开凿一条从墨西哥湾直达太平洋的通道，绝对势在必行，我并且深信，它能够成功。

“我希望活着见到这一天，但我办不到。我还想经历和见到的是，在多瑙河与莱茵河之间，建成一条运河。不过这一工程同样浩大，我怀疑能完成，特别是考虑到德国的资金情况。最后也是第三，我希望看见英国人有一条苏伊士运河。这三大工程我都想经历，为此而再活个五六十年，我想即使苦撑苦挨也是值得的。”①

① 这篇谈话说明已届高龄的歌德对世界范围内的科技进步极其关心，深为向往，并颇有预见性，所谈及的三大工程除了多瑙—莱茵运河受阻、迁延，苏伊士运河和巴拿马运河分别于1859—1869年和1879—1914年完成了。

1827年2月16日，星期五
（温克尔曼好比哥伦布）

我告诉歌德，近些日子我读了温克尔曼的《论对希腊艺术品的模仿》一文，并且承认在读的过程中常有一种感觉，仿佛温克尔曼当初还没有完全弄明白他所谈的东西似的。

“你说得正确，”歌德回答道，“我们发现他有时像在摸索。不过呢，他的伟大在于他的摸索总有一个指向。他就像哥伦布，尽管还没有发现新大陆，可意识中已经朦朦胧胧地呈现出了一个新大陆。你读他的书学不着什么，但将变为什么。

“迈耶尔现在又进步了，对艺术的见解已经登峰造极。他的《艺术史》堪称不朽之作。然而他不会有今天，如果他青年时代没有师承温克尔曼，在温克尔曼的道路上继续前进。这里又一次看出，一位伟大的先行者作用多么大，好好地继承先行者的遗产，意味着什么。”

1827年3月21日，星期三
（亨利克斯论希腊悲剧）

歌德给我看亨利克斯写的一本论希腊悲剧本质的小册子。

“我怀着极大的兴趣读完了这本书，”他说，“为了阐明自己的观点，亨利克斯特别仰赖的是《俄狄浦斯王》和《安提戈涅》这两出戏。这本书很值得注意，因此想让你也读一读，然后我们可以讨论讨论。我呢根本不同意他的观点，可尽管如此，了解一位受过彻底哲学训练的人从自己学派的特定立场出发如何评价一部文学作品，对我们却极富教益。今天我不再讲什么了，免得影响你的思考。拿去读吧，你会发现，在读的过程中会产生各式各样的想法。”

1827年3月28日，星期三

（德国哲学家晦涩难解的语言；希腊悲剧的基本要素）

我抓紧读完了辛利希思[①]的书，今天把它送还给歌德。为了充分把握讨论的题目，我还把索福克勒斯全集重读了一遍。

“喏，你觉得他怎么样？”歌德问。“他击中了要害，不是吗？”

“读这本书我感觉特奇怪，”我说，“还没有哪本书激起过我如此多的思考，同时也没有哪本书像它似的让我经常产生反感。”

“正是这样啊！”歌德说，“相同使我们宁静平和，而矛盾却使我们富有创造性。”

“他的意图在我看是极其可敬的，”我道，“再说，他绝不停留在事物的表面。不过呢，他经常完全沉迷在了细微的和内在的方面，而且是以一种如此主观的方式，结果便不但失去了对个别事物的正确认识，也失去了对全局的观照，进而也使读者陷入不得不对自己和题材施以强制的境地，否则就没法和他想法一致。我还经常出现这样的感觉，仿佛自己感觉器官太迟钝，所以没法理解他那些异常敏锐微妙的区分。”

“设若你也受过跟他一样的哲学熏陶，”歌德讲，“那情况就会

① 辛利希思（H. F. W. Hinrichs，1794—1861），德国文学批评家。

好一点儿。可是恕我直言，我真感到遗憾，辛利希思这样一位北德海滨无疑是生来强壮的人，竟让黑格尔的哲学调教成了这副德行，不但磨掉了天生的无拘无束的观察和思考的能力，还养成了一种笨拙而矫揉造作的思维和表达方式，以致他书里常常有些叫人完全莫名其妙的地方，搞得你不再知道读的什么东西。”

“我的情况也一样，”我接过话头，“不过我高兴有时也碰见一些极有人情味和清晰明朗的地方，例如他对《俄底修斯》的剧情转述。”

“这里他自然必须严格地就事论事，”歌德指出，“可在他书里还有不少地方，他的思维不再移动不再前进，而是任其晦涩的语言要么原地踏步，要么老是在同一个圈子里打转转，完全跟我《浮士德》里的女巫九九表一样叫人摸不着头脑。①请把书再给我看看。他谈合唱队的第六讲，我几乎完全没读懂，例如……

“我想够啦！叫英国人和法国人对咱们哲学家的语言怎么想呢，如果连我们德国人自己都读不懂它们？”

“不过无论如何，”我说，“对有一点咱们意见一致，就是这部书的根本立意还是高尚的，也有着启迪思维的性质。”

“他关于家庭与国家的思想以及在两者间可能产生悲剧冲突的思想，”歌德说，“毕竟还是可取和有益的。只是我不能承认，它是理解悲剧艺术最好的思想，更别提唯一正确的思想。

“诚然我们大家都生活在家庭里和国家里，难得有一种悲剧命运落到我们头上，不因为我们是这两者的成员。但是，即使我们仅仅作为家庭的一分子，或者国家的一分子，我们仍然能够一定得看看。因为归根到底，是否悲剧关键只在于冲突无法解决。不管是什么性质的矛盾，只要它具有真正的自然基础和悲剧的潜质，就会产生出无法解决的冲突。例如阿雅斯毁在受伤的自尊心这个魔鬼手

① 参见《浮士德》第一部《巫厨》一场。

里，赫库勒斯毁在嫉妒这个魔鬼手里。[①]这两个例子丝毫不存在家庭伦理和国民道德之间的冲突，可按辛利希思的说法，这样的冲突却是希腊悲剧的基本要素。”

1827 年 3 月 28 日，星期三

（演员应学习造型艺术家；戏剧对民族精神的影响）

晚上在歌德家，与他谈起昨晚演出的《伊菲根尼》，提到柏林皇家剧院的克吕格尔先生所客串的俄瑞斯特一角，博得了许多的喝彩。

“这出戏很难演啊，”歌德说，“它有丰富的内心生活，却缺少外在表现。难就难在要把内心的生活表现出来。强有力的手段倒是不少，全都产生于作为悲剧基础的各式各样的恐惧。印出来的文字只是生活暗淡的反光，在我创作的时候，生活却在我心里汹涌激荡。演员可就得带领我们，让我们寻找到诗人面对题材时胸中燃起的激情之火。我们希望感受清新的海风吹刮，希望目睹魁梧强壮的希腊英雄，目睹他们遭受千百种困厄和危险的惊吓、压迫，激昂慷慨地说出自己心里的话。我们才不要一些感觉迟钝的戏子喽，这种人只能背诵角色的台词而已，更不要那些连角色也不能胜任的家伙。”

…………

“演员就该向雕塑家和画家学习，”歌德继续说。“例如要他扮

① 阿雅斯是荷马史诗中的一个人物，在讨伐特洛伊的希腊远征军中仅次于阿喀琉斯的猛将。在阿喀琉斯战死后，他与俄底修斯争着要死者留下的铠甲，结果主帅把铠甲判给了对方，令他觉得荣誉受到了损伤，以致发疯而自杀；希腊神话里的大力神赫库勒斯用毒箭射杀了奸污他妻子的人马怪，人马怪临死时把染了毒血的衣衫脱给他的妻子，诡称用这衣服能治丈夫对她的不忠，后来赫库勒斯移情别恋，妻子便给他血衣穿，使他中毒而死。

演一位希腊英雄吧，他就必须好好研究一下那些传承给我们的古希腊雕塑，好好记住这些雕像的坐姿、站姿和行走姿态，并领会其魅力究竟在何处。

“光研究雕塑的体态还不行，他也必须勤奋研读古代和现代最杰出的作家，以大大提高自己的精神境界。这不只能帮助他更好地理解角色，还将使他的整个气质、整个风度变得高雅……”

谈话转到一般的戏剧作家，谈到了他们对广大民众产生的和可能产生的巨大影响。

“一位伟大的剧作家，”歌德说，“他如果既富有创造力，又思想高尚、博大，并能使自己的思想贯穿所有的作品，那他就可能把剧作的灵魂变成民族的灵魂。我以为，这是一个值得付出辛劳的事业。高乃伊就产生过足以造就英雄心灵的影响。这对正好需要一个英雄民族的拿破仑非常重要，所以他说，要是高乃伊还活着，他就要封这位剧作家当国王。因此，一位了解自身使命的剧作家就应该不断提高人格修养，以使自己对民众产生的是良好而高尚的影响。

“我们应该学习的不是同时代的作家和竞争者，而是以往时代的伟大人物，他们的作品历经数百年而价值不减，光彩依旧。一个真正资质非凡的人自发地就会感到学习古人的需要，而这种与伟大先辈交流的需要本身，反过来又是一个人禀赋超群的表现。要学习莫里哀，要学习莎士比亚，但首先要学的是古希腊人，永远是古希腊人。”

1827年4月11日，星期三

（歌德的同时代作家；地球的呼与吸；鲁本斯的风景画；莱辛、席勒与康德）

中午1点左右去歌德家，他邀我午饭前乘车出去转一转。我们驶上通往艾尔福特的大路。天气晴好，大路两旁绿油油的麦地悦人眼目。歌德似乎感觉如同早春的季节一样欢快、年轻，只是谈吐仍富有老年的智慧。

"我经常说，反复地说，"他开口道，"世界如果不是这么单纯，它就不可能存在。可怜的大地已经让人耕种了上千年，它的肥力仍旧和从前一样。只要有一点儿雨水，只要有一点儿阳光，每到开春照样又一片青绿，如此一年又一年。"

对他这些话我无可辩驳，也没啥好补充。歌德纵目越过绿色的田畴，然后转过脸来望着我，谈起了另外一些事情：

"近些天我读了一本极有趣的书，就是《雅可比与友人通信录》[①]。这本书有意思极了，你一定得看看，不为了从中学到什么，但可以窥见当时文化和文学的状况，而它通常是人们不甚了了的。人们只看见一些相当重要的人，却没发现丝毫共同的兴趣，共同的目标，而是每个人都自我封闭，都埋头走自己的路，全然不关心其他人的努力奋斗。他们在我看就像一个个桌球弹子，在绿呢的台面上盲目奔来串去，彼此不相闻问，即使偶尔碰在一起，也只会马上离得更远。"

我让这准确的比喻逗得笑了起来。我打听通信的是些什么人，歌德叫出了他们的名字，同时对每一个人特别点评了几句。

"雅可比原本是个天生的外交官，身材修长，相貌英俊，气质高雅，派出国当个使节再合适不过。要成为诗人和哲学家，他都缺乏点儿什么。

"他跟我的关系挺特别。他喜欢我这个人，却不同情或者说甚至不赞成我的追求，因此就需要友谊来将我俩聚合在一起。相反，我跟席勒的关系就简单，志同道合成了我们之间的纽带，除此不再需要所谓的什么友谊。"

---

① 雅可比（F. H. Jacobi，1743－1819），德国哲学家，歌德的友人。

我问通信中是否也出现了莱辛。

“没有，”歌德回答，“但有赫尔德和维兰特[1]，但赫尔德不喜欢这种关系。他高高在上，日子一长对这种空虚的友谊不能不产生反感，哈曼[2]也如此，对这些人也总是居高临下。

“在这些信中，维兰特也一如既往地自在轻松，如鱼得水，不拘于任何的定见，却又灵活得能听取任何意见。他就好比随风倒的绿苇，只不过自己的小根却永远扎得很牢。

“我跟维兰特的私交一直很好，特别是早年，他只属于我一个人。他的那些短篇小说，都是在我的推动下写成的。可等到赫尔德一来魏玛，他就背弃了我，赫尔德从我身边夺走了他，这位老哥的个人魅力实在太大啦。”

马车掉过头往回走。我们看见东边有许多雨云在聚集。

“看这些云的样子，”我说，“随时都有可能下雨啦。要是气压表在往上升，它们还有可能再散去吗？”

“会的，”歌德回答，“这些云马上会从上边给扯碎，就像捻纱杆上的棉条一样。你瞧，我多么相信气压表。是的，我经常讲，一直认为：在彼得堡发大水的那天夜里，要是气压表上升了，就不会有波涛汹涌而至啦。

“我儿子相信月亮对天气有影响，你可能也相信，我呢不以此为怪。月亮看上去是多么大的一个星球啊，怎么能讲它不会对我们地球产生剧烈的影响呢？可是天气的变化，气压表的上升或下降，都与月圆月缺无关，而纯粹是地球本身的事。

“我想象大气环绕着的地球犹如一个大的生命体，它永远在不停地吸气和呼气。地球一吸气，就会把大气层引向自身，使其贴近

---

① 维兰特（Ch. M. Wieland，1733—1813），德国诗人兼小说家，并以成功译介莎士比亚留名史册。他先于歌德成为魏玛公爵的太傅，对后进的歌德关怀备至。代表作为长篇小说《阿伽通》、《金镜》。

② 哈曼（J. G. Hamm，1730—1788），德国有神秘主义倾向的哲学家。

地球表面，汇集成云和雨。这样的状态我称之为‘迎水现象’，它要是维持太久，就会把地球淹死。地球当然不允许这事发生，于是又呼气，让水蒸气向上逃逸，在广袤的太空中分散开来，变得稀薄到不只能透过灿烂的阳光，甚至使永远黑沉沉的无边宇宙也露出了鲜亮的蔚蓝。大气层的这种状态我称之为‘拒水现象’。要知道，正如情况相反时不只天上会大量降雨，地面的湿气也不肯蒸发和干掉，那么，在出现‘拒水现象’的情况下，不只天上不会降水，地上的湿气本身也将飞上天空，结果即使没有日照，时间一超过限度，大地也面临干旱成灾的威胁。”

歌德就如此这般地阐明这个重大问题，我则十分专注地聆听着他。

“事情非常简单，”他继续说，“我紧紧抓住那个单纯而贯穿始终的现象，不受个别偏离正常的特殊情况迷惑。气压高：无雨，东风；气压低：有雨，西风，这是我坚信的主要规律。即使偶尔在高气压和刮东风时却水雾弥漫，或者刮西风时却气爽天蓝，也不会使我心烦意乱，动摇我对主要规律的信念，而只是让我看出，有一些我们还不能立刻搞清楚的其他影响存在。

“我想告诉你一个你最好毕生坚守的道理。在自然界存在着可知的和不可知的。搞清这个区别，好好记住它，并且尊重它。仅仅知道这一点，对我们就已经有好处，尽管要看清可知何处终止，不可知始于何处，是非常艰难的事。一个对此无知的人，也许会终生去苦苦追求不可知，结果却永远没法接近真理。相反，一个懂得这个区分的聪明人，会坚持追寻可知的事物，在可知的领域里全面探索，巩固扩展其已知，沿着这条路往前走甚至可能在不可知的领域里也收获点儿什么。尽管如此他最终还是得承认，对某些事物只能了解到一定的程度，大自然总在自己背后藏着些疑问，要探究它们已非人力所及。”

说话间马车已经驶回城里。谈话转到一些不关紧要的事情，只是我心里还久久回味着那些高深的道理。

我们回来得早了些，还不能马上上桌子吃饭，于是歌德先给我看一幅鲁本斯的风景画，一幅夏日的黄昏。前景的左方看得见一些农夫干完了活儿正回家去；画的中央有一群绵羊跟在牧人身后走向村子；右方靠后一点儿停着辆运草的大车，一些农民正往车上装干草；旁边有几匹卸了套的马在啃草吃；再旁边一些的草地上和小树林中，三三两两地放牧着一些带着自己小马驹的牡马，看来夜里仍然会待在野地里。不同形状的村落和一座城市组成背景中明亮的地平线，在画面上，动和静都得到了极为优美的表现。

这幅画整体布局彼此照应，显得如此真实，一个个细节更描绘得惟妙惟肖，叫我不禁表示：鲁本斯的这幅画简直就是照着自然抄下来的。

“才不哪，”歌德说，“这样完美的一幅图画，在自然界永远看不见。这样的构图只能出自画家富有诗人灵气的胸臆。不过伟大的鲁本斯的确记忆力非凡，整个自然都装在他的脑子里，一个个细节随时听候他的调遣，所以我们相信一切都是自然纯粹的复制。而今再也没人画这样的风景画啦，这样体验和观察自然的方式已完全消失，我们的画家都缺少诗意。

“再说我们年轻的天才都自生自灭，没有健在的大师来领他们走进艺术奥秘之门。尽管他们也可以从故去的大师那里学到一点儿东西，但事实表明，那只能观摩到一些细枝末节，而不能深入到大师的思维方式和创作丰收。”

小歌德先生和夫人走进屋来，大伙儿于是入席。话题转到了轻松愉快的日常娱乐，诸如上剧院、赶舞会和去宫里应酬什么的，东拉西扯了一阵。可没过一会儿我们又回到比较严肃的题目上，特别是一谈起英国的信仰问题就停不下来。

“你们知道，”歌德说，“五十年来我一直在研究宗教史，为的是弄清楚万事万物如何相互联系。相比之下穆斯林们进行宗教启蒙教育的学说，我不想探究这一学说有什么对或是不对，有益或是有害。不过归根到底，这种信仰也有一点儿东西，是我们每个人头脑里都存在的，虽说并没有谁教给我们。士兵在战场上说，那颗没有写上我名字的子弹怎么也打不着我，没有这个信念，他哪儿还会有勇气和好心情去冒生命危险！基督教的教义也是：没有上帝的旨意，便不会有麻雀从屋顶上掉下来。这与穆斯林的教义如出一辙，都意味着神事前决定一切，如果没有神的意愿和允许，再细微的事情也不可能发生。

“接下来穆斯林们就开始他们的哲学教育，讲世间万物都必然有一个对立物。他们训练青年思维的办法是，让学生们对每一种说法都找到并讲出自己的反证，在此过程中必须表现个人思维和言谈的敏捷。

“在对每一种提法都发表相反的看法以后，可疑问就产生了：两者中间到底是哪一个正确呢？不过不能停留在怀疑，而要驱赶精神去做进一步的探究和检验。如果探究和检验进行得充分完美，从中就会产生确信无疑的结论，这样便达到了使人获得完全的安宁的目的。

“你瞧，穆斯林的这种学说完美无缺，我们的所有哲学体系都不过如此，说到底，也没有谁可能更加高明。”

“您的话让我想起了古希腊人，”我说，“他们的哲学教育方法必定与此类似。他们的悲剧已可证明这点：剧情的发展完完全全以矛盾为基础，其本质特征表现为没有一个人物能提出一种说法，叫对方无法进行同样机智聪明的反驳。”

“你完全正确，”歌德说，“同样也不缺少在观众和读者心里唤起的疑惑，而且跟我们一样，结尾也通过命运安排达到确信无疑，并且与伦理说教携起手来。”

吃完晚饭，歌德领我到下边的花园里，继续我们的谈话。

“莱辛有个特点值得注意，”我说，“就是他在他的理论著作，比如说《拉奥孔》里边，从来都不直奔结论，而先总是要领着我们绕来绕去地走完那条论证、反论证和怀疑的哲学长路，最后才让我们得到一种明确的认识。我们与其说获得了能启迪我们思维、激发我们创造的卓越见解和伟大真理，不如说看见了那个思考和寻觅的过程。”

“你讲得很对，”歌德应道，“据说莱辛也曾说过，就算上帝把真理交到他手里，他也会拒收这份礼物，而宁可自己去寻找真理。

“那个穆斯林们的哲学体系就是一个很好的标尺，可以拿来衡量自己和别人，看各人的智力究竟达到了哪一个等级。①

“莱辛秉着自己好论战的天性，最喜欢待在矛盾和怀疑的领域内。辨别事理乃他之所长，为此他天生着一个聪明绝顶的好脑子。至于我自己，你的看法会截然不同。我从不探讨矛盾，怀疑也总在自己内心消解掉，说出来的都只是已经获得的结论。”

我问歌德，新近的哲学家他认为哪一个最杰出。

“康德呗，毫无疑问，”他回答，“他也是那位事实证明其学说能传之久远的哲学家，其影响已经深深渗透到我们的德国文化里。他也影响了你，尽管你不曾读过他。现在你不再需要他了，因为你已拥有他能够给你的东西。将来你如果还想读点儿他的著作，那我就建议你读他的《判断力批判》，这部书谈论辩的部分很精彩，谈文学马马虎虎，谈造型艺术欠缺明显。”

“阁下您跟康德有过私交吗？”我问。

“没有，”歌德回答。“康德从来不曾注意我，尽管生性使然，我走的是一条类似于他的路。在完全不知道康德的情况下，我写成了《植物形变论》，它完全符合他的学说。例如区分主体与客体，还有视任何造物都因自身而存在的观点；例如软木之生长并不因为我们要用它做瓶塞：在这点上康德与我一致，我很高兴与他殊途同

① 前文讲到过穆斯林上哲学课训练思维的方法，就是进行反与正之间的思辨。

归。后来我写了《实验论》[1]，它可视为是对主体与客体的评说，是两者之间的中介。

“席勒总是叫我别研究康德哲学，总讲康德不会给我任何东西。他自己呢却研究得很起劲儿。我也研究康德，而且不无收获。”

我们边谈边在花园里踱来踱去。这期间天空中乌云聚集起来，已开始打雨点，我们被迫回到家里，继续交谈了一会儿。

1827年4月18日，星期三

（美与自然以及艺术家与自然的双重关系）

晚饭前陪歌德乘车在通往艾尔福特的大道上跑了一段。途中遇见各式各样载货去莱比锡博览会的车辆，还有成队的马匹，其中颇有几匹漂亮驹子。

“我忍不住要笑那些美学家，”歌德说，“他们自讨苦吃，硬想用几个抽象的词来定义我们所谓的‘美’，定义这个无以言表的概念。美是一种本原现象，尽管本身从不现形，却可见地反映在创造精神的千万种表现中，那么形形色色，那么千姿百态，就像自然本身一样。”

“我常听人讲，”我接过话头，“大自然总是美的，它令艺术家绝望，因为他们很难创造同样的美。”

“我很清楚，”歌德回答，“自然常常展现出一种非人所能及的魅力，不过我根本不以为，自然的所有表现形态都是美的。自然的本性固然总是好的，但能让其得到充分显现的相关条件却不尽然。

“例如橡树是可以长得很美的，可是需要多少有利的情况遇合

① 原题名为《实验作为客体与主体的中介》，1793年出版。

在一起，自然才可能让一株橡树茁壮成长啊。一株橡树要是长在密林中间，四周让一些高大的树包围着，那它势必将一个劲儿向上生长，去自由地汲取空气和阳光，向周围只会长出少许细弱的枝丫，年深月久，连这些旁枝也会枯萎和断掉。可是当橡树终于长到树梢在上边感到自由的高度，它便会静静地开始向四周伸展，形成一个树冠。然而到这个阶段树龄的中年已过，多年的往上生长已耗去它最旺盛的精力，眼下拼命想往横里长将不会再取得成功。长到最后，立在那里的只是一株主干细瘦的树，高大固然高大，树干和树冠之间却不成比例，这株橡树事实上也就不美啦。

“反之，橡树要是长在潮湿的沼泽地里，土壤极其肥沃，那它只要有适当的空间，又会早早地向周围长出繁密的枝枝丫丫。可是由于缺少抗衡和限制其生长的力量，就长不出疖疤嶙峋、执傲挺拔的树形来，远看像一棵柔弱的菩提树，还是不美，至少没有橡树的美。

“最后，如果橡树长在山坡上，含石质的土壤十分贫瘠，那它会长出太多的疖疤和枝杈，却缺少充分发育生长的能力，会早早地枯萎、凋零，也就永远不能让人面对它发出感慨：这橡树体内蕴藏着一股令人惊讶的力量。”

听到这样的高论我很高兴，便说：

“我曾经见过一些很美的橡树。那是多年以前，我几次从哥廷根出发，去威悉河河谷地区的短暂旅途中。在霍克斯特地区的索林山区，我发现它们特别挺拔粗壮。”

“沙质的或者含沙的土壤，”歌德继续说，“可以让它往四面八方伸展粗壮的根须，看来最宜于橡树生长。然后还要一个有足够空间的生长点，让它能从四面八方受到光线、日照以及雨和风的影响。舒舒服服地避开了风和雨，对它的生长一点儿没好处；要与风霜雨雪作百年抗争，才能长得挺拔、健壮。我们面对着一棵发育成熟的橡树，不由得会发出惊叹和赞美。”

"从您以上的描述，"我接过话头，"可不可以得出结论，说：一个造物只有达到其自然发育的顶峰，它才是美的？"

"没错，"歌德回答，"只不过先必须说清楚，你怎么理解这自然发育的顶峰。"

"我想说的是生长发育得这样一个阶段，"我回答，"在这个阶段，这种或那种造物所特有的品质已得到了充分完满的展现。"

"你这么讲我毫无异议，"歌德应道，"特别是如果再补充一下：所谓特性的充分完满展现同时包含这么一层意思，即它不同肢体的构造都符合它们的自然定性，也就是说切实有用。

"例如一个已到结婚年龄的姑娘，其自然定性就是生养孩子和哺乳婴儿，骨盆不够宽大、乳房不够丰满就不美；然而过分宽大、丰满也不美，因为超出了有用的范围。

"刚才遇见的有几匹马，我们之所以称它们美，难道不仅仅是因为它们的体型符合赛马的要求么？不只是它们步态的轻快、灵活、优雅，必定还有某些一位优秀的骑师或相马者才能说清楚的其他品质，对此我们旁人只会感到个一般的印象罢了。"

"刚才我们还遇见几匹替布拉邦特的车夫拉货车的马，体格十分健壮，"我问，"这样的一匹辕马我们可不可以也称它美呢？"

"当然，"歌德回答，"为什么不可以？从这样一头牲畜鲜明的个性，暴突的骨骼、筋腱和肌肉，一位画家很可能会比在一匹个性平和、体态优雅的赛马身上，发现更加多姿多彩的美的表现哩。

"问题的关键总在于种要纯，"歌德继续说，"不能遭受人为的戕害。一匹剪短了尾巴和鬃毛的马，一只削平了耳朵的狗，一棵锯掉最强壮的枝干后修剪成了球形的树，尤其是一个从小就受束胸带摧残以致身体变了形的少女，所有这些都为有品位的人士所不屑，仅只在俗人的美学教程里能占据一席之地。"

如此聊着谈着已经回到家，饭前我们在邸宅的花园里还转了转。天气非常美，春天的太阳已经开始发威，并在小树丛和篱笆上催生出各式各样的新叶和花蕾。歌德若有所思，似乎满心希望能享受一个欢乐的夏季。

随后的晚餐桌上气氛热烈。小歌德读了父亲写的《海伦》一幕，谈起它来颇显示出一个天资聪敏者的卓见。对以古典精神写成的这个部分他显然非常喜欢，相反可以看出，对富有浪漫情调和歌剧风格的另外一半，他读起来却感觉没有生气。

“你基本上是对的，这篇作品是挺特别，”歌德说。“尽管不能讲，合理的都是美的，但美的总是合理的，或者至少应该是合理的。你之所以欣赏古典的部分，是因为它可以把握，是因为一个个片断你一目了然，你用你的理智能跟上我的理智。写第二部分尽管也用了和耗费了许许多多的脑力和智慧，但却难懂，要想理解它，要想以自己的智慧发现作者的智慧，就非好好研读不可。”

随后，歌德说了许多赞许塔斯悌夫人诗作的话，这些天他正在读她的诗。

其他人走了，我也准备告辞，歌德却请我再待一会儿。他叫人取来一个画夹，里边装的是一些尼德兰大师的铜版画和蚀刻版画。他说：

“我想再给你品尝一点儿好东西，权当饭后的甜品，”说着便把一幅鲁本斯的风景画，摊在我的面前。“这幅画尽管你已经看过了，”他说，“但杰作你看多少遍也看不够，何况这里又是一件很特别的作品。告诉我吧，你看见了什么?”

“喏，”我回答，“如果从背景开始，我们看见最遥远的远方是一抹明亮的天空，就像太阳刚刚落山了似的；然后是远处夕照中的一个村落和一座城市；接着是画中央的一条路，路上有一群羊正急匆匆地回家去。画的右边，有大大小小的草垛和一辆大车，车上刚装满了干草；几匹已上了套的马在吃草。旁边远一点儿的树丛里，放牧着一些带着幼驹的牡马，看样子将留在野地里过夜。然后在靠前一些的近景中，耸立着几株大树。最后在左边的前景里，男男女女的农民正走回家去。”

“不错，”歌德说，“似乎就这些，不过还少了主要之点。我们在画上看见的所有这些东西：那一群绵羊，那装满草的大车，那几匹马，那些回家去的农民，他们全体是被哪个方向来的光线照着的呢？”

“照着他们的光线来自我们的对面，”我回答，“因此投了阴影在画中央。特别是前景中那些回家去的农民正好处在明亮的光线里，效果好极啦。”

“可是鲁本斯通过什么办法，取得这样好的效果呢？”

“他的办法是，”我回答，“让明亮的人物显现在暗黑的地面上。”

“可这暗黑的地面，”歌德继续追问，“它又是怎么来的呢？”

“那是人物对面的一棵棵树投下的阴影，”我回答。“可怎么搞的，”我惊讶地继续说，“人物的影子投向画的后方，树木的影子相反投向观赏画的人！这一下不就有相反的两个光源了吗？这可是完全违反自然的啊！”

“问题恰恰在这里，”歌德回答。“正是在这一点上，鲁本斯证明了自己的伟大，显示出他凭借自由的精神凌驾于自然之上，能够为实现更高的目的驾驭自然。双重的光源确实是勉强，你尽可以讲它违反自然法则。不过即使如此，我还是要说，它高于自然，我还是要说，此乃大师的大胆手笔，他以此天才地揭示出：艺术并非总得屈从自然的必然规律，而是有其自身的法则。

“在细节方面，”歌德继续说，“艺术家当然必须忠实而虔诚地模仿自然，不得对一头动物的骨骼结构、经络和肌腱位置，做任何随意的改动，损害该动物固有的特性，因为这意味着消灭自然。但是在艺术创作的更高境界，也即在一幅画真正能成为画的境界，艺术家便有了发挥的自由。在这里他甚至可以进入幻想的王国，就跟鲁本斯在这幅风景画上用了双重光源一样。

“艺术家与自然有着双重关系：他既是自然的主人，又是自然的奴隶。他是自然的奴隶，因为要让别人理解他的作品，他必须以人世间的材料进行创作；但他又是自然的主宰，因为他让人世间的材料屈服于他更高的意图，服务于他的这些意图。

“艺术家通过完整的东西向世界讲话，可这完整的东西在自然界找不到，而只是艺术家自身精神的产物。或者，你要是愿意，也可称其为由造物主哈口气哈出来的神奇结果。

“粗粗一看鲁本斯的这幅风景画，我们会觉得一切都如此自然，仿佛真是直接照着自然摹写下来的一样。其实不然，这样一幅美景在自然界是永远见不到的……”

1827年5月3日，星期四

（批评难于创作；民族文化环境影响文学发展；德国诗人处境不利）

歌德剧作最成功的翻译出自施塔普费尔，巴黎去年出版的《地球》杂志对此发表了一篇安培先生[①]同样出色的评论。歌德十分喜欢这篇评论，所以反反复复地谈起它，一谈起来就赞不绝口。

“安培先生站得很高，”他说，“德国的评论家遇上类似情况总是从哲学入手，评论一部文学作品所用的方法使他们的评论只有自己那一派的哲学家读得进去，其他读者会觉得甚至比被评论的作品更加晦涩难懂。安培先生不同，完全是实事求是的，平易近人的。他是一位文学评论的行家，善于揭示作品与作家的血缘关系，懂得把不同作品当作作家不同生活时期的不同成果加以评介。

① 安培（Jean－Jacques Ampere，1800－1864），法国文学史家和语言学家，著名物理学家和安培定律发现者 A. M. 安培的儿子。

“他深入研究了我曲折多变的尘世经历和内心状态，甚至能够窥见我不曾说出的东西，也即所谓只是隐藏在字里行间的东西。他说得太对啦，初到魏玛为宫廷效力的十年，我可以讲无所作为，以致绝望得逃到意大利，在意大利从新获得创作的乐趣，抓住了塔索的故事这个适当的题材，并以写这个题材帮助自己获得解脱，忘掉了我对魏玛仍然挥之不去的讨厌印象和痛苦回忆。他因此很有见地地称《塔索》为提高了的《少年维特的烦恼》。

“随后谈到《浮士德》，他的见解同样很精辟。他指出不仅主人公阴郁而无厌的追求是我本人生性的一部分，还有靡非斯托的讥诮和尖酸刻薄也是。”

就以这样的或类似的赞许口气，歌德经常谈起安培先生。我们十分关注这个人，企图弄清楚他的身份和经历。我们尽管没有成功，却有了一致的看法，认为他必定是位中年人，所以对生活与创作的相互影响才理解如此透彻。

几天前安培先生来到了魏玛，一看站在面前的竟是一个活泼愉快的年轻人，我们不禁又惊又喜。然而令我们同样惊喜的是，在进一步的交往中他告诉我们，那份经常以其智慧、节制和高水准而备受我们称赞的《地球》杂志，它的所有同仁全是跟他一样的青年人。

“我很理解，”我说，“如果一个人年纪轻轻就创作出重要的作品，就像梅里美二十岁就写成了不止一部杰作。可是一个同样年纪的小伙子就如此高瞻远瞩，富有洞察力，能够像《地球》杂志的撰稿人一般见解高深，那我就感觉有点儿新鲜啦。”

“这对生长在北德荒野地区的你，自然很不容易，”歌德回答，“就连我们这些德国中部地区的人，想变得聪明一点儿也够难的。要知道归根到底，我们全都过的是一种孤立而又可怜的生活！我们自己的民族很少给我们文化滋养，我们的天才人物和智慧头脑全都散居全国各地：一个在维也纳，另一个在柏林，又一个在科尼斯堡，还有一个在波恩或者杜塞尔多夫，总之，相互之间都相隔 50

到100英里，以至个人之间的接触和思想交流都属于稀罕事。结果怎么样呢？结果是我感到，亚历山大·洪堡在途经魏玛时单单一天帮我在研究和求知途中取得的进步，比我在孤独的道路上追寻许多年的收获还要多。

“你想象一下巴黎这座城市吧，那儿的一小块地面上汇聚着一个大帝国最杰出的头脑，它们日复一日地相互交往、争斗和竞赛，彼此启迪，共同提高，眼前每天展现着来自全世界的最佳成果，自然科学和文学艺术的一切领域无所不包。想想这座世界大都会吧，你每走过一座桥或者一片广场都会回忆起它们伟大的往昔，你站在每一个街角都会重温一个历史片断。而此时此刻，你想到的巴黎不处于一个迟钝麻木、死气沉沉的时代，而是处于19世纪。在这个世纪，通过自三代以来的精英人士如莫里哀、伏尔泰、狄德罗等等的努力，已造成一个思想文化空前繁荣富足的局面，在全世界的任何一块有限的地面上，都不曾出现过类似的局面。现在你就会理解，像安培这样一个成长于上述有利环境中的聪明人，才二十四岁就有所作为了。

“你刚才讲过，”歌德接着说，“你能够想象，一个人在二十岁时就能像梅里美似的写出一些好作品。对此我一点儿没有异议，并且也完全赞成你的意见：对于一个年轻人来说，写一篇出色的小说要比写一篇出色的评论容易。只是在咱们德国，一个人最好别年纪轻轻就试图写像梅里美的《克拉拉·加祖儿戏剧集》[①]似的成熟作品。不错，席勒写《强盗》、《阴谋与爱情》和《斐埃斯科》时也相当年轻，不过呢实话实说，所有这些作品都只表现了他非凡的天赋，而不足以成为作者有很高文化修养的证明。这当然不能怪席勒本人，而应归咎于他的民族的文化状况，归咎于我们在踽踽独行的

① 指梅里美1825年假托西班牙女演员克拉拉·加祖儿名义出版的《克拉拉·加祖儿戏剧集》。

道路上所遭遇的巨大困难。

“相反，你不妨以贝朗瑞[1]为例。他出身贫寒，是一个穷裁缝的儿子，长大后成了一个可怜的钉书匠学徒，再往后当一名薪水微薄的写字间小职员，从未上过中学，从未念过大学，然而他的诗歌却充分显示出成熟的修养，极其优雅，极其富有智慧和极其细腻的幽默感，艺术是如此圆熟，语言是如此凝练，因而受到的赞誉就不只来自法兰西，而来自整个文明的欧洲。

“可你想象一下，这同一个贝朗瑞如果不是生长在巴黎这样的大都会，而是出生在耶那或者魏玛的一个穷裁缝家里，并且在这些小地方继续他同样可怜的营生，那么试问，在如此的土壤和环境中生长起来的这同一棵树，又将会结出怎样的果实呢？

“所以说，朋友，我重复一下：一位天才要得到迅速、健康的成长，关键在于一个民族要正好处在精神、文化的繁荣昌盛时期。

“我们赞赏古希腊的悲剧，不过仔细考察一下，我们更应该称赞能够产生它们的时代和民族，而不是称赞某些个诗人。要知道，尽管这些剧作之间可能有一点儿差别，尽管这些剧作家中的某一个可能显得比另一个伟大一点儿、成熟一点儿，但他们统统都只有唯一一个共同的特性。那就是他们都一样地大气、雄伟、健康，都表现了完美的人性、卓越的生活智慧、高尚的思维方式和纯粹而有力的人生观，以及诸如此类的优秀品质。所有这些品质，不仅显现在由我们承继下来的希腊悲剧中，也存在于他们的诗歌和叙事作品里；除此以外，在古希腊的哲学家、演说家和历史学家的著述中，在给我们遗留下来的造型艺术作品中，同样可以发现这些品质。如此一来，就不能不相信，这些品质不仅为某些个别的人所拥有，而是属于整个的民族和整个的时代，并在这个时代蔚为风尚。

---

① 贝朗瑞（Pierre Jean de Beranger，1780—1857），法国诗人，曾写了许多歌颂拿破仑的诗歌。

“你再看彭斯[①]。他之所以伟大全由于：他先辈们的古老歌谣仍然活在民众口中，他还在摇篮里就听见吟唱这些歌谣，他是在这歌声的熏陶下长大，并把这些典范的精髓融进自己的血肉，他由此而获得了一个可以踩着继续前行的鲜活基础。再说，他之所以伟大还在于：他自己写的诗歌在民众中立刻找到了知音，他很快便听见田野里割麦子的农夫和捆麦秸的农妇与自己应和，还有一跨进小酒馆，快活的伙计们也唱起他的歌迎接他。在这样的气氛下，自然会有所成就！

“相反，我们德国人的情况是何等可悲啊！我们的古老歌谣同样出色，可是在我的青年时代，有哪些还活在民众中呢？赫尔德及其后继者不得不从头开始收集它们，以免它们被遗忘，随后它们被印了出来，让人至少在图书馆里还能找着。再往后，比尔格尔和弗斯写出了多么棒的歌啊！[②]谁能说，他们一定比杰出的彭斯逊色，他们的作品一定不如彭斯的富有民歌风呢？然而其中流传的有多少，由流传而得到民众应和的有多少？它们被写出来了，印出来了，藏在了图书馆里，这就是德国诗人通常都有的命运。我自己的诗中又到底有多少活着呢？不错，也有这首那首不时地让一位漂亮姑娘站在钢琴旁边唱一唱，但在广大民众中却无声无息。回想起旅行意大利期间聆听威尼斯船夫唱我《塔索》中的片断，我真是说不出有多感慨！

“咱们德国人还生活在昨天。尽管一个世纪以来我们已努力提高文明程度。但是还可能要过去几个世纪，我们的同胞才会有足够的修养和较高的文化，才会实现修养和文化的普及，以至于广大民众都能像希腊人似的崇拜美，都会为一首动人的诗歌欢欣鼓舞，到那时人家才会讲我们：他们早已经不是野蛮人。”

---

① 彭斯（Robert Burns，1759－1796），苏格兰杰出的农民诗人。

② 比尔格尔（Gottfried August Bürger，1747－1794），德国诗人，以写爱情诗和叙事谣曲著称；弗斯（Johann Heinrich Voß，1751－1826），德国诗人，对后世影响更大的是其荷马史诗的翻译。

1827年5月6日，星期天

（《威廉·退尔》成书缘起；歌德重申自己作诗不从观念出发）

再次在歌德家聚餐，出席的仍为前天晚上的那些客人。谈话多与《海伦》和《塔索》有关。随后歌德告诉我们，他在1797年曾计划将威廉·退尔的传说写成一篇六音步的叙事长诗。

“在那一年，”歌德说，“我又去那几个小州和四林湖游历了一次，那儿美丽迷人、气势雄浑的自然风光再次给我留下深刻印象，使我受到诱惑，动了要把那变化无穷、无与伦比的美丽景致写进一首诗里的念头。而为了写得更生动、有趣和吸引读者，我觉得最好能给这极不平凡的场景和土地配上一些同样非凡的人物，于是想到了威廉·退尔的故事，感觉它再合适不过啦。

“退尔在我的想象中是一位魁梧有力的壮士，一个自得自满、懵懂纯朴的汉子。他作为搬运工往来于各州之间，到哪儿都有认识的人，都受到人们喜爱，与此同时也乐于助人，一直不声不响地干自己的营生，只知道养活自己的老婆孩子，从不关心谁当主子，谁做奴隶。

“作为对立面，盖斯勒在我想象中虽说是个暴君，但却属于较随和的那一类，有时一高兴做点儿好事，有时一高兴又做点儿坏事，平常对老百姓及其福利和疾苦漠不关心，好像他们压根儿不存在似的。

“然而人性中更高尚和更美好的表现，诸如对故土的热爱、对自由的向往和在国家法律保护下获得的安全感，以及身受异族奴役和虐待所感到的耻辱，最后还有终于奋起摆脱异族统治的意志和决心，所有这些高尚而优秀的品质，我都打算赋予那几位高贵的男子，即著名的沃尔特·富斯特、施陶法赫、梅尔西塔尔等等，这些人才是我真正的英雄，才是我心目中行动自觉的崇高力量；相反退尔和盖斯勒尽管也不时地出现在台上，整个而言却主要是被动的人物。

“我已满脑袋充塞着这美妙的题材，时常会情不自禁地哼唱出为它写的六步体诗句。我常看见清朗月夜里的静谧湖面，高山深谷中的月华雾霭；我常看见旭日照耀下的满湖波光粼粼，常听见树林中和草地上生命的欢呼雀跃。然后我想象有一场暴风雨，一场生成于峡谷然后向湖上袭来的风雨雷电。当然也少不了悄无声息的夜晚，以及为参加秘密集会而行经道道危桥、条条小径。

“我把这一切都对席勒讲了，在席勒心里，我的这些风景和我的这些人物便汇成了一部戏剧。由于我自己有其他事情，写作叙事长诗的计划一推再推，最后便把我这个题材完全让给了席勒，他呢跟着便完成了那部很值得赞赏的戏。”

大伙儿很有兴趣地听着，都为从歌德口里知道了内情而感到高兴。

…………

谈话转到了《塔索》，有人问歌德想在剧中表现的是什么观念。

“观念？”歌德应道，“我可不知什么观念！我了解塔索的生平，我有我自己的生活，我把这两个很独特的人物及其品性糅合在一起，就产生了剧中的塔索形象。我还给了他一个平庸的对立面安东尼奥，对于后者我同样也不缺少原型。除此而外，菲拉拉宫廷中的礼仪应酬和谈情说爱，跟魏玛这儿没有什么两样，因此我有理由讲我的这部剧作：它是我骨中之骨，肉中之肉。

“顺便说说，德国人啊真是些怪人！他们到处寻找深刻的思想和观念，给什么都塞进深刻的思想和观念，因而把生活搞得难上加难。唉，你们终于该鼓起一点儿勇气啦，要大胆相信自己的直觉，想快乐就快乐，该感动就感动，让自己受到振奋甚至获得教益，让自己胸中燃起熊熊火焰，勇敢地投身到伟大的事业中去，只是别老想如果不存在抽象的思想和观念，这一切都是空的。

“你来问我，我想要在《浮士德》中体现什么观念。好像我自己对此真的心中有数，并且讲得出来似的！从天庭到尘世再到地狱，这必定意味着什么，然而却并非任何的观念，而是剧情的发展过程。再说，魔鬼打赌打输了，一个努力摆脱迷误、永远自强不息的人有望得救，这固然也是一个切合实际、能给大家某些启迪的好想法，但却不是一个可以成为全剧特别是每一场的基础的什么观念。我在《浮士德》中表现的生活是那么丰富多彩，那么光怪陆离，要是我真能用唯一一根贯穿始终的细线把它们串在一起，那确实一定会成为一个绝妙的玩意儿！

“总而言之，”歌德继续说，“我作为诗人的特点，不是力求去体现什么抽象的东西。我只是在内心中吸取印象，而且是感性的、鲜活的、可喜的、形形色色的、多姿多彩的印象，一如我活跃的想象力所能提供的一切一切。我作为诗人要做的仅仅是，在心里对这些观感和印象进行艺术的整理加工，然后再生动地将其表现出来，以使其他人在听到或读到时也获得完全一样的观感和印象。

“即或我作为诗人有时也想表现某个观念，那我所写的也只是一些小诗，一些内容极为单一和一目了然的作品，例如《动物形变论》《植物形变论》《遗嘱》等等。至于篇幅较大的作品，我有意识按一个贯穿始终的观念写成的大概仅有一部，那就是我的《亲和力》。这部长篇小说的主题因此好理解和把握一点，不过我并不想讲，它也因此更成功一些。我的想法倒是：一部作品越是难理解和把握、曲高和寡，才越成其为杰作。”

1827年6月20日，星期三

（拜伦的《该隐》；泽尔特的建筑和音乐才能）

已经摆好供五个人用餐的餐桌，凉爽的房间里却空无一人，在炎热的夏天让我感觉很舒服。我走进餐厅旁边那间铺着地毯，立着一尊巨型朱诺胸像的屋子。我在屋里独自踱了一会儿步，歌德就从他的工作室里走了过来。他亲切热情地招呼我，对我表示欢迎。他坐到窗户旁边的一张椅子上，对我说：

“请你也去搬把椅子来，咱们坐在一起说会儿话，等着其他人到来。我很高兴，你到底还是在我家认识了施特恩贝格伯爵。他又走了，我呢又恢复了习以为常的活动和平静。”

“在我看来伯爵是个很了不起的人物，”我说，“学识同样也非常渊博，不管我谈哪方面的问题，他都总是在行，谈什么都透彻周到，轻松自如。”

“是的，”歌德应道，“他是非常了不起，在德国交友广泛，影响巨大。作为植物学家，他以自己的《史前时代的植物》这部著作享誉全欧，同时又是一位不同凡响的矿物学家。你了解他的生平吗？”

“不了解，”我回答，“可我很乐意知道他一些情况。在我眼里他既是位伯爵和社交名人，又是知识渊博、有多方面建树的学者，如何能身兼二者在我是个问题，很希望得到您的解答。”

随后歌德就告诉我，伯爵年少时怎么给送去当修道士，在罗马开始了修行，可后来奥地利赢回了某些特权，他便也去了那不勒斯。歌德就这么往下讲，讲得生动有趣而又重点突出，不啻一部人生传奇，完全可以媲美《漫游时代》，而要在这里复述出来，我则感觉无此能耐。聆听着歌德，一种幸福之感油然而生，心里充满了对他由衷的感激。话题转到波西米亚地区的学校教育及其突出的优点，特别强调了它们十分重视审美教育。

小歌德夫妇和乌尔莉克小姐也进来了，我们于是坐到餐桌边。谈话变得热烈而富于变化起来，不过活跃在北德某几座城市的虔信派教徒，总是一个反复提起的话题。谈到这些小教派如何造成了一个个家庭的不和和分裂，我讲了一个类似的情况：我曾经有一个很不错的朋友，他因为没能使我相信他的教义，就几乎跟我绝了交。我讲：

“这人深信不疑，人在世上的所有善行、贡献、功业都毫无意义，唯有基督的恩典，能帮助人赢得神的眷顾。”

“有位女友也对我灌输过类似的思想，”小歌德夫人接过话头，“可我总不明白，这所谓善行，所谓恩典，究竟是怎么回事。”

“所有这些东西，”歌德说，“所有这些畅行当今之世，这些为人津津乐道的说教，纯粹是个大杂烩；而你们呢，也许谁都不知道它的来历。我告诉你们吧，关于所谓善行的说教，就是要人通过行善积德，施舍捐赠，把遗产留给教会等等，达到赎补罪孽进而获得上帝恩典的目的，这是天主教的说法。可路德派的新教徒呢，出于反对派的立场则唾弃这一说教，而代之以宣扬人必须全心全意地认识基督的功绩并分享他的恩典，如此一来自然也就会行善了。事情就这样清清楚楚，可今日之下全都混为一谈，张冠李戴，谁也不清楚事情的来龙去脉。”

我没有说出来，而只暗自想道：自古以来宗教观念的分歧就离间了人类，使其相互变成仇敌，是的，甚至人类的第一次杀戮，就是由敬神方式的偏差引起的。我讲，近几天我读了拜伦的《该隐》，特别欣赏这戏的第三幕和这一幕对主人公杀死弟弟的动机的交代。

“可不是嘛，”歌德说，“交代得太棒啦！实在是美丽动人，举世无双！”

我接过话头："《该隐》一开始在英国却遭到了禁演，可现在呢又人人都在读它，尤其是年轻的英国人，他们外出旅游通常都带着拜伦全集。"

"这也挺愚蠢，"歌德说，"因为归根到底，《该隐》从头到尾都没有什么新意，有的不过就是英国的主教们本身宣讲的那些东西。"

佣人通报缪勒首相驾到。他跨进屋来，坐在我们桌旁。随后歌德的孙子沃尔特和沃尔夫冈也先后蹦蹦跳跳地进来了。沃尔夫冈缠着缪勒首相。歌德道：

"去把你的留言簿拿来给首相先生看，请他看你的公主，看施特恩伯爵为你题的词。"

沃尔夫冈跑上楼去很快取来留言簿。首相细细看了附有歌德题诗的公主肖像。他继续往后翻阅，发现了泽尔特的题词并大声念了出来：要学习听从！歌德听了笑道：

"在整个留言簿里，这可是唯一一句理性的题词。是啊，泽尔特总是那么了不起，那么不同凡响！眼下我正和里默尔一起整理他的信函，发现里边有不少宝藏。特别是他在旅途中写给我的那些信，更具有非同一般的价值，因为他作为杰出的建筑师和音乐家，优越之处就在于从来不会失去对那些重要事物的正确判断。一当他来到一座城市，站在一些建筑面前，这些建筑仿佛自己就会告诉他，它们身上的价值在哪里，缺点又在哪里。城里的音乐协会也马上邀请他去到他们中间，在大师面前袒露出自身的优点和不足。如果有速记员把他跟自己这些音乐门徒的谈话笔录下来，那我们就又有了一篇独一无二的文字。要知道在这些领域中泽尔特是天才而又伟大，说出话来常常一语中的。"

1827年7月5日，星期天

（拜伦的天才和癖好；《海伦》的结尾和艺术虚构）

今天傍晚在公园里遇见歌德，他刚乘车兜风回来。车从我身旁驶过时他招手示意，要我上他家里去。我于是立刻转身走向他的府第，在门前看见了建筑事务总监库德莱。歌德下了马车，我们跟随他登上楼梯，到所谓的朱诺厅里围着一张圆桌坐下来。我们刚谈一会儿，缪勒首相也来了，立刻参加我们的谈话。话题围绕着一些政治问题：惠灵顿公爵出使圣彼得堡及其可能的结果，卡波迪斯特里亚斯[①]，希腊迟迟未能获得解放，把土耳其人限制在君士坦丁堡，等等等等。还谈到了早先拿破仑统治下的年代，特别是关于昂贤公爵[②]和他冒冒失失的革命行动，更谈得很多很多。

随后转到了一些较为平和的话题，特别是维兰特在欧斯曼施德特的墓地怎么也谈不厌。建筑事务总监库德莱讲，他正着手给墓地围上一圈铁栅栏。他当着我们的面在一张纸上绘出草图，帮助我们对他的设计意图有一个直观的了解。

缪勒首相和库德莱总监告辞了，歌德请我跟他再待一会儿。

“由于我的生活跨了世纪，”他说，“每当想起纪念碑和塑像什么的就难免产生奇怪的感觉。想到一根纪念某位杰出人物的铸铁像柱，就难免心中不出现它被未来的军人推倒和砸碎的联想。库德莱替维兰特墓建造的铁围栏，它们在我脑海里已变成未来骑兵们马蹄

① 卡波迪斯特里亚斯（J. A. Kapodistrias，1776—1831），希腊政治家，1827年当选希腊共和国总统，四年后即遭谋杀。

② 昂贤公爵（A. H. de Bourbon，Herzog von Eugxien，1772—1804），法国波旁王室成员，大革命后遭拿破仑处决。

下闪亮的马蹄铁。我呢，还可以讲，类似的情形我已经在法兰克福经历过一次。再说，维拉特的墓地也离伊尔姆河太近啦，河水流经时转了一个急弯，如此下去恐怕要不了一百年，就冲到了死者的遗骨。”

就世事无常这个话题，我们心绪挺好地说笑了几句，随后又拿起库德莱的草图，欣赏他用英国铅笔画下的细腻而有力的线条。它们像是对主人百般顺从，把他的想法不差分毫地在纸上表现出来了。

由此又把话题引向了素描。歌德给我看一位意大利大师的杰作，题材是小耶稣在神庙里被一群学者围在中间。他在旁边摆了一幅按照这素描完成的铜版画，结果一对照观察便发现许多差异，而且无不说明原来的素描更加高明。

“最一段时间我挺走运，”歌德说，“很便宜地买到了许多著名大师的素描。这样的画作价值难以估量，不只因为它们表现出了艺术家纯粹的精神追求，还因为它们把我们直接带进了艺术家进行创作那一时刻的氛围情绪。神庙里的小耶稣这幅素描，它所有的线条都表现出艺术家心灵的极端宁静、坚定、欢快、明朗，我观赏着这幅画，同样健康有益的情绪便会潜入我心中。再者，造型艺术有一个大优点，乃是纯客观性的，既能够吸引我们，又不使我们的感情过分激动。这样一幅作品在我们眼前，它要么一声不响，要么发出坚定鲜明的声音。一首诗则相反，它给人的印象要模糊得多，激起的情感因人而异，随听者气质和禀赋的变化而变化。”

“最近几天我读了一本不错的英国小说，”我接过话头，“斯莫莱特[①]的《罗德里克·兰登》给人的印象近乎一幅出色的素描画。直截了当的描述，毫无一点儿多愁善感的痕迹，真实生活原原本本地显现在你面前，常常令人十分反感和厌恶，但整体始终给人明朗

① 斯莫莱特（T. Smollet，1721—1771），苏格兰长篇小说家。

的感觉，因为是彻头彻尾的现实。”

“我常听见人夸奖《罗德里克·兰登》，”歌德说，“也相信你对它的评价，不过我从来没读过这本小说。你知道约翰逊[①]的《拉塞拉斯王子传》吗？你不妨也读一读，然后告诉我你对它的看法。”

我答应照办。然后告诉歌德：

“读拜伦爵士的作品，我也经常发现有这种直截了当的描述，让我们面对事物本身而不挑动我们内心的情感，就像一位大师画的素描。特别是《唐璜》，这样的地方很多。”

“是的，”歌德说，“在这点上拜伦爵士很伟大，他描述事物犹如信手拈来，却又真实到极点。《唐璜》我知道不多，可记住了他别的一些诗里有许多这样的地方，特别是描写大海的片断，蔚蓝色的茫茫远方一叶帆影时隐时现，实在是太美了，叫读者仿佛自己也漂浮在海上。”

“在他的《唐璜》里边，”我说，“我特别欣赏他对伦敦的描写，笔调轻松的不多几行诗，伦敦城恍然间便活现在我眼前。他压根儿没有为什么有诗意什么没诗意伤透脑筋，而是遇见什么就抓住什么，就描写什么，不怕是理发铺窗口边上卷曲蓬松的假发套，不怕是正在给路灯上油的工人，见到啥就写啥。”

“我们德国的美学家经常谈论题材有诗意和没诗意，”歌德说，“他们在一定意义上尽管也并非完全没有道理，但是归根到底，只要诗人自己能正确处理，就没有任何现实的题材不富有诗意。”

“完全正确！”我应道。“我希望，这一观点能成为大家的座右铭。”

随后谈到拜伦的诗剧《福斯卡里父子》，我认为，拜伦塑造了一些十分杰出的女性。

---

① 约翰逊（S. Johson，1709—1784），英国散文家和小说家，他的代表作《阿比西尼亚拉塞拉斯王子传》是一部带有浪漫派特点的政治教育小说。

“他塑造的女性确实不错，”歌德说，“可对于我们现代人来说，她们也是唯一剩下来供我们灌注自己理想的容器。对男人已经一筹莫展；在阿喀琉斯这位最勇敢的战士和尤利西斯这位最聪明的智者身上，荷马已经穷尽男人的所有优秀品格。”

“另外，”我接着说，“《福斯卡里父子》自始至终都有酷刑的描写，颇有些令人恐怖，真难理解为了写这部诗剧，拜伦的内心竟能长时间忍受这样的折磨。”

“这完全是拜伦的气质使然，”歌德道，“他一直有自虐倾向，因此特别爱写这类题材。你看看他所有的作品吧，几乎没有一部内容是轻松愉快的。不过《福斯卡里》的艺术手法同样值得称赞，是不是？”

“非常出色喽，”我回答，“一字一句都铿锵有力，都意味深长，都直奔主题，正如迄今为止，我在拜伦的诗里还未发现过一行败笔。我总是仿佛觉得看见他正从海浪中冲出来，那么神清气爽，那么充满原始的创造力。”

“你说得完全对，”歌德说，“情况正是如此。”

“读他越多，我越钦佩他的伟大天才，”我继续说。“您做得很对，在《海伦》那一幕为他竖立了一座不朽的纪念碑。”

“除了拜伦，”歌德说，“我再找不到其他任何人来做近代文学的代表啦，他毫无疑问应被视为本世纪最伟大的天才。再说哩，拜伦既非古典，也非浪漫，而就像是眼前的今日本身。我必需的正是这样一个诗人，还有他永不满足的天性和导致他在密梭隆基毁灭的好斗倾向，①也完全符合我的需要。写一篇论文来纪念拜伦既不可取也不痛快，相反，时不时地对他表示一下敬意，在这里那里顺便提一提他，这样的做法我今后也不会放弃。”

既然已经提到《海伦》，歌德索性就继续谈下去。他说：

---

① 密梭隆基，希腊地名。拜伦 1823 年参加希腊的民族解放战争，第二年病死于此。

“我原本设想的结尾完全是另一个样子，我曾有过各式各样的设计，其中有一个已经很不错，只是现在我不想再泄露给你。随着时间的推移，后来便有了拜伦爵士和密梭隆基，[①]于是其他所有设想都放弃了。你肯定发觉了吧，合唱队在唱挽歌时完全变了调，在此以前是彻底的古典风格，或者说从不隐讳自己的女性气质，一到挽歌却突然严肃、深沉起来了，所唱的内容更是她们从来没想到，也不可能想到。”

“不错，”我回答，“我是发觉了。不过，自从我观赏了鲁本斯有双重阴影的风景画，自从我脑子里形成了虚构这个概念，对这类的手法就不再感到困惑了。这样的小矛盾既然能提高审美效果，就没什么好挑剔的。挽歌照样得唱，既然没有别的合唱队，就只好由姑娘们唱啦。”

“任随德国的评论家们发些什么令我惊讶的高论吧，”歌德笑道，“我怀疑他们有足够的自由精神和勇气，能对此忽略不计。理性之于法国人犹如路上的绊脚石，他们想不到幻想自有其规律，这些规律不可能也不应该受到理性的干预。即使通过幻想产生的事物在理性眼里永远都成问题，幻想也不必太当回事。这就是诗歌有别于散文的地方，散文总是由理性当家，也乐意和应该让理性当家。”

我庆幸能聆听这至理之言，并把它铭记在心。随后我起身告辞，因为已快晚上 10 点。我们促膝交谈一直没点蜡烛，夏夜的明月越过北边的埃特尔斯山，给我们送来了亮光。

① 指《浮士德》的《海伦》一场的结尾以欧福良夭亡悼念拜伦之死。

1827年7月9日，星期一晚上

（法国人的婉转优雅和歌德的自由观）

我去歌德家，发现他正一个人在观赏以施托士[①]收藏室的藏品做母本的石膏复制品。他告诉我：

“柏林的人很友好，把他们的全部收藏寄来给我观赏。这些漂亮东西我大部分都见过，不过这儿的却按照温克尔曼确定的顺序编排得有条不紊，很便于观察和学习。同时我还使用他写的说明，一当最近没有把握，就参考他的意见。”

我俩没谈多久，缪勒首相就走进来和我们坐在一起。他给我们讲了一些报纸新闻，提到动物园有一个看守，这老兄想吃狮子肉就把一头狮子杀了，然后给自己煮了一大块精肉。

“我真奇怪，”歌德听了说，“他怎么不杀一只猴子，猴子肉看上去可要细嫩可口得多。”

我们谈论野兽形象的丑陋，认为越是像人的动物，样子看上去越令人心里不舒服。

“我不理解，”缪勒首相说，“国君们怎么能容忍这样的动物在他们身边，不，也许甚至喜欢它们哪。”

“国君们叫那些讨厌的人折腾够了，”歌德说，“所以拿那些讨厌的动物来调剂一下心情，以毒攻毒呗。我们其他人理所当然地讨厌猴子和鹦鹉的叫声，因为我们看见它们待在了原本不该它们待的地方。设若我们骑着大象走在棕榈树下，在那样的情境中，我们就

---

① 施托士男爵（P. Baron von Stosch，1691—1757），柏林收藏家，他收藏的一部分石雕作品曾为普鲁士国王腓特烈二世拥有。

会觉得猴子和鹦鹉的存在理所当然，是的，也许甚至还会觉得它们模样逗人喜爱哩。可我已经说过了，国君们有理由以毒攻毒，用更讨厌的东西驱逐讨厌的东西。”

“说到这里我想起了一首诗，”我接过话头，“您本人也可能已经不记得了：

人们要是愿意变成野兽，
那就尽管把畜生领进门，
野兽慢慢不再令人讨厌，
咱们毕竟都是亚当子孙。

歌德听得笑了，说：

“是的，确实是这样。一种粗鄙只能用另一种更加厉害的粗鄙驱赶走。我回忆起了早年的一段往事，那时候在贵族中确实还不时能碰见几个粗野得够呛的人。记得在一次优雅的聚会上，一位富有的贵族竟当着女士们的面满嘴脏话，搞得不能不听他大放厥词的同席宾客很不舒服，很是恼火。对他这种人好言相劝不起任何作用。于是坐在对面的一位先生采取了相反的手段，也放开嗓门儿吼了他一声粗话，把大家包括那个粗鲁家伙全都吓了一跳，他感觉给憋了气，从此没再开口。席间的谈话转而为优雅愉快，令在座诸君无不高兴。大伙儿心里明白，全靠那位行事果断的先生勇敢地扭转了局面，因此暗暗对他感激不尽。”

大伙儿拿这好笑的逸事开心了一阵子，然后缪勒首相就谈起巴黎的反对派和政府之间的争斗来。他几乎是逐字逐句地背诵出了一篇强有力的演说——一位勇敢无畏的民主党人在法庭上面对政府部长们为自己作的辩护。我们抓住机会，再一次对首相惊人的记忆力表示钦佩。歌德和缪勒首相就上述事件，特别是对限制新闻自由的立法问题，交谈和争论了很久。这是一个内涵丰富的话题。在争论过程中，歌德始终表现得像一位温文尔雅的贵族，他的朋友则一如既往地坚定站在民众一边。

“我压根儿不替法国人担心，”歌德说，“他们站在世界历史的高度上，精神绝不可能再被压制。带限制性的法律只会起好作用，何况限制又不涉及任何根本性的东西，而只针对某些个人。不着边际地反对一切，将乏味而无意义。限制却会迫使反对派变得聪明起来，这可太好啦。要是谁绝对正确，那他直率而粗鲁地发表意见尚可原谅。然而一派并非绝对正确，因为只是一派嘛，那么采用法国人历来擅长的婉转方式便更好些。我对自己的佣人直截了当地讲：‘汉斯，帮我把靴子脱了！’他想得通。可要是面对一位朋友，我希望他帮我办这件事，我就不能这么直通通地讲出来，而必须以婉转而友善的方式打动他，使他心甘情愿替我效这个劳。强制能振奋精神，归根到底，我已说过了，对自由的限制我看甚至还可取哩。法国民族一直享有聪明机智的美誉，也配继续被视为这样一个民族。咱们德国人却有意见都喜欢直通通地讲出来，在婉转优雅方面还欠火候喽。

“巴黎的那些党派也许会比现在更伟大，”歌德继续说，“如果他们更加自由和自由主义一些，彼此之间更加尊重一些。他们有比英国人更高的世界历史眼光，英国人的议会只为对立的党派提供角力场，结果他们相互削弱，个别人纵有真知灼见也难成气候，肯宁这位伟大政治家所遭遇的刁难掣肘就是显著的例子。”

我们起身告辞，歌德却精神抖擞，谈兴不减，于是站着继续聊了一会儿。然后他才亲切地送别我们，我呢则陪着首相返回他的府第。那天晚上夜色很美，我们边走边聊，谈了许多歌德的事情。我们特别津津乐道他那句“不着边际地反对一切，将乏味而无意义”。

1827年7月15日，星期日

（曼佐尼、卡莱尔、福凯和世界文学）

今晚8点去见歌德，发现他刚从花园别墅回来。他一见我就嚷道：

“你快瞧瞧，那儿摆着什么！一部三卷本的小说，而且是谁写的？曼佐尼！”

我翻阅这些装帧精美的书，读了里边给歌德题的词。我说：

“曼佐尼很勤奋啊。”

“是的，是挺勤奋，”歌德应道。

“对曼佐尼我一无所知，”我说，“只是最近再读了一次他写给拿破仑的颂歌的翻译，对它高度赞赏。每一节都是一幅画！”

“你说得对，”歌德接过话头，“颂歌真是精彩。可你发现德国有谁评介过它吗？简直就像根本不存在一样，然而它却是同类题材的诗歌中最好的一首。”

歌德继续读英国报纸，我刚才进屋时把他给打断了。我拿起一卷卡莱尔翻译的德国小说集，而且刚好是选收有穆塞乌斯和福凯[①]作品的那卷。这位通晓德国文学的英国人，他总是亲笔替自己的译作撰写序言，介绍作家的生平，批评作家的创作。我读他替福凯写的译序，很高兴地发现他写的福凯生平既富有见地又相当深刻，批评的立足点则表现出对这位广受爱戴的作家高度理解，以及对其文

---

① 穆塞乌斯（J. K. A. Mus? us，1735—1787），德国作家，代表作为五卷《德国民间童话集》；福凯（F. Fouque，1777—1843），德国小说家，最有名的作品为童话小说《温婷娜》。

学贡献细致而冷静的洞察。这位聪明的英国人一会儿把咱们的福凯比作一位歌手的嗓音，说他尽管音域不宽只能唱几个音，但这不多的几个音却至纯至美；随后为了继续发挥自己的思想，卡莱尔又从教会找来比喻，说福凯在文学教会中尽管不占有大主教或其他高级教士的位置，只满足于当一名乡村神父，但是虽说职位不高，他却表现优异。

在我读卡莱尔的这篇译序的时候，歌德自己退进他在后面的房间去了。他派佣人来邀请我跟着也过去一下，我照办了。

“来我这儿坐一会儿，”他说，“咱们再谈一谈。这里也刚送到一部索福克勒斯的翻译，读起来挺好，看样子是很不错的，我想拿它跟索尔格的译文对照一下。喏，你对卡莱尔有什么说的？”

我告诉他我读了卡莱尔写福凯的那篇文章。

“是不是非常棒？”歌德问。

“是的，海峡那边也有一些了解和重视咱们的聪明人。”

“还有，”歌德继续说，“在其他专业里咱们德国人也有不少大家。我在《柏林年鉴》读到一篇某位历史学家关于施罗塞[①]的评论，写得好极了。作者署名亨利希·勒奥[②]，对他我一点儿没听说过，咱们必须打听出来。他站得比法国人还高，以历史的眼光看这就了不起。法国人过分执着于现实，有碍脑子进行思维，这位德国人呢在驰骋思想方面却全然无所拘束。对于印度的种姓制度，他提出了一些精辟的观点。人们总是对贵族制和民主制喋喋不休，其实是蛮简单：年轻的时候，我们一无所有，或者不懂得珍惜自己所拥有的东西，就是民主主义者；可当我们在漫长的一生中获得了财富，那我们就不只希望确保这财产的安全，而且还希望我们的儿子孙子同样能安享我们这奋斗的成果。因此到了晚年，我们毫无例外都变成

① 施罗塞（F. Ch. Schlosser，1776－1861），德国历史学家，著有《古代世界通史》。

② 亨利希·勒奥（1799－1878），柏林历史学家。

了贵族世袭制度的拥护者，尽管年轻的时候我们曾倾心于别的制度。勒奥的这一说法可谓真知灼见。

“在美学领域，我们的情形无疑最差劲不过。我们可以长久地等待，总会等到一个像卡莱尔那样的人。不过好在眼下法国人、英国人和德国人之间交往密切，可以相互取长补短。这就是世界文学带来的一大好处，这样的好处将越来越明显。卡莱尔写过一本《席勒传》，从总体上高度评价了席勒，相反却很难有一个德国人会给席勒这样的评价。另一方面，我们则对莎士比亚和拜伦了如指掌，也许比英国人自己更懂得珍视他们的功绩。”

1827年7月18日，星期三

（评曼佐尼小说）

今天在餐桌上歌德对我讲的一句话就是：

“我要对你宣布，曼佐尼的小说超越了我们知道的所有同类作品。对你我用不着多解释，只需讲内容极其完美，全都发自诗人的心灵深处，而外在表现，如地方风情的描绘等等，与内容的巨大优点相比也毫不逊色。这可不简单啊。”

听歌德这么讲，我真是又惊又喜。他继续说：

“阅读过程中一直有这样的印象：你好像总是由感动而钦佩，由钦佩而感动，以至从这两种交替缠绕的情感中没法摆脱出来。我想啊，要写得再高明真是不可能了。在这部小说中才真正看清楚，曼佐尼是怎样一位作家。这儿才显现了他完美的内在本质，而在他的戏剧作品里，却没有充分展示的机会。我现在打算接着读一本沃尔特·斯科特最成功的小说，比如就是我还没读过的《威弗利》这部历史小说吧。我呢想看看，跟这位伟大的英国作家相比，曼佐尼会是什么样子。在我们读这部小说中，曼佐尼的内在素养已达到了很难有人与之匹敌的高度，作为一颗完全成熟的果实，它令我们无限欣悦。一些细节的处理和描写也那样明澈，明澈得一如意大利本身的天空。”

“里边是否也带有多愁善感的痕迹呢?”我问。

“绝对没有，”歌德回答，“他富有感情，但绝无多愁善感，格调气质让人感觉得纯朴和阳刚。今天我不想再说什么，我才在读第一卷，可很快你会听到更多。”

1827年7月21日，星期六

（再评曼佐尼小说）

今晚去歌德家，进屋时发现他正在读曼佐尼的小说。

“我已经读第三卷，”他说，同时把书放到了旁边，“而且又有了许多新想法。你知道亚里士多德在论悲剧时说过，一部好的悲剧作品必须引起恐惧。然而这个说法却不只适用于悲剧，也应该适用于一些其他体裁的文学。你在我的《神与舞妓》中可以得到证明，你在每一出成功的喜剧中可以得到证明，而且就在剧情的纠缠不清中。是的，甚至在《七个穿军装的少女》[①] 里，我们就因为始终不知道这几个小家伙的胡闹将如何收场而感到忧惧。恐惧可以有两种性质：要么表现为惧怕，要么表现为担忧。当我们看见一种道德灾难向书中人物袭来，并在他们头顶上扩散开的时候，我们胸中就会涌起后一种情感，例如在我的小说《亲和力》里就会为主人公担

① 《七个穿军装的少女》，作者安格利（L. Angely，1787－1835）是当时一位观众喜爱的剧作家。

忧。而当剧中人物面临着身体的威胁时，读者或者观众就会感到害怕，例如在《苦役船上的奴隶》和《自由射手》[①] 里就是这样，是的，在《狼谷》一场甚至已不止于惧怕，演到后来简直叫目睹那场面的观众无不魂飞魄散。

“现在曼佐尼也利用这种惧怕，而且用得很成功，他的办法是将其消解稀释为感动，通过感动把我们引向钦佩。惧怕是物质性的，每个读者心里都会产生；钦佩却源于认识，即认识到作者在任何情况下都精于应对，无懈可击，也只有行家，才会因有了这种感觉而无比欣悦。你怎么评价这样的美学观？要是我年轻一点儿，我就会照此理论写一点儿东西，即使不是像曼佐尼这样的巨著。

“我真的盼望《地球》的编辑先生们会对这部小说发表点儿高见，他们足够机灵，看得出它的不同凡响。还有，这部作品总的倾向也正中自由主义者们的下怀，尽管曼佐尼表现得非常克制含蓄。不过呢，法国人看一部作品很少像我们似的倾向鲜明，爱就是爱；他们懒于设身处地体察作者的情感，而总是鸡蛋里面挑骨头，不合他们意的就通通是作者的败笔。”

随后歌德给我复述了小说的几个段落，以便我尝试一下它所体现的创作精神。他继续说：

“曼佐尼的成功归功于四件事。首先他是一位杰出的历史学者，因此他的创作风格极为端庄和坚实，这就使他这部作品的价值远远超出了所有通常所理解的小说。二是信奉基督教使他获益匪浅，由此产生出了许多富有诗意的场景，可他要是个新教徒就不会有此收获了。三是作者在充满斗争摩擦的革命年代吃过许多苦，即使他本人未曾卷入斗争摩擦的漩涡，他的一些朋友却成了斗争的靶子，部

① 《苦役船上的奴隶》是一出闹剧，作者为以黑尔（Theodor Hell）作笔名的宫廷顾问温克勒（Th. Winkler，1775—1856）。《自由射手》是德国杰出的作曲家、钢琴家、指挥家韦伯（C. M. von Weber，1786—1826）的著名歌剧，《狼谷》系该剧第二幕中的一场。

分人甚至遭到了毁灭。最后对这部小说有利的是，故事情节发生在风光迷人的科莫湖湖滨，诗人的脑子里从小就铭刻着对这个地区的印象，也就是说对它已经烂熟于心。因此也就有了小说的主要成功之处，就是富有地方风情的描写明晰细腻，令人叫绝。

1827年7月21日，星期六

（钟情历史研究有碍曼佐尼和席勒的创作）

今晚快8点的时候去歌德府上打听他在不在，回答是他还没有从花园别墅回来。我于是去迎接他，发现他正坐在公园中菩提树荫下的一张长椅上，身边坐着他的孙儿沃尔夫冈。

歌德看样子挺高兴我来了，招手示意我在他身旁坐下。我俩没有寒暄两句，谈话马上转到了曼佐尼。歌德说：

"我最近不是告诉你，身为历史学家对咱们的诗人写这部小说很有帮助，可现在读到第三卷，却发现历史学家坏了诗人的事，因为曼佐尼先生突然脱掉诗人的袍子，有好一阵成了一个赤裸裸的历史学家啦。具体讲是在描写战争、饥荒和瘟疫的时候，这些东西本来已经令人讨厌，现在再经干巴巴的编年史似的烦琐细节描写，就更叫人受不了哦。德语译者有必要设法去除这个错误，有必要缩减战争描写的一大部分，瘟疫描写的三分之二，只留下为交代清楚人物关系所必需的那么多。曼佐尼身边要是有个朋友给他提建议，这样的错误原本很容易避免。可身为历史学家，他太敬畏现实。这对他的戏剧创作已带来麻烦，可他想办法解决了，用注释交代多余的历史素材。可在眼下这部小说里他却无计可施，没法割舍掉丰富的历史材料。这可就怪了。然而一当人物重新登场，诗人又开始大放异彩，迫使我们又不得不一如既往地对他表示叹服。"

我们站起身，漫步向回家的方向走去。

“叫人简直没法理解，”歌德继续说，“像曼佐尼这样一位诗人，能够做出如此令人惊叹的完美布局，怎么可能违反文学创作的规律，哪怕只有一秒钟。然而事情就这么简单，事实就是事实。

“曼佐尼天生是个诗人，就跟席勒一样。然而我们的时代太糟糕了，诗人不再有其他有用的天赋，足以适应他们生存的社会环境。为了奋发有为，席勒采取了两个辅助手段：哲学和历史；曼佐尼仅有历史。席勒的《华伦斯泰》如此伟大，不可能再有堪与比肩的作品，但是你会发现，正是那两大辅助手段，在剧中的不少地方挡了道，妨碍了纯粹的诗意发挥；曼佐尼呢吃亏就在历史的比重太大。”

“阁下的意见太重要了，”我接过话头，“真是荣幸，能聆听您这一席话。”

“曼佐尼启发我们产生了这些有益的想法，”歌德说。

他原想继续发表自己的见解，这时缪勒首相已从歌德府第花园的门边上迎过来，谈话遂告终止。我们见到他挺高兴，他便参加进来，和我一起陪歌德登上狭窄的楼梯，穿过朱诺胸像陈列室，走进狭长的客厅。室内已经放下窗帘，靠窗的桌子上有两支蜡烛吐放光明。我们围着桌子坐下，随后歌德跟首相谈起了其他事情。

1827 年 9 月 24 日，星期三

（批评德国诗人无病呻吟；郊游观感）

陪歌德去贝卡温泉，8 点刚过登车启程。早晨非常美。大路一开始向山上走去，没有什么自然景物好观赏，于是歌德谈起文学问题来。一位知名德国诗人近几天途径魏玛，曾把他的留言簿给歌德

提意见。

“那里边是些什么玩意儿哦，你不会相信的，”歌德说，“全都那么哼哼唧唧，活像诗人们一个个都是病人，整个世界是座医院。谁都在诉说人世的烦恼和苦难以及彼岸世界的欢乐，谁都不满自己现实的境况，还相互助长着心里的不满。这是真正的滥用诗歌，因为诗的作用原本就在平复我们生活中的小小怨恨，使人对世界和自身的处境感到满足。然而眼下这一代人惧怕任何真实有力的东西，只对软弱感觉称心，只有无病呻吟让他们觉得有诗意。为了激怒这些先生，”歌德说，“我想出来一个很好的词。我想称他们的诗为‘伤兵医院的诗’，相反称真正的诗为‘提尔托斯风的诗’[①]。后者不光像战歌似的雄壮嘹亮，还要鼓起人们生活斗争的勇气。”我完全同意歌德的话。

在马车里，我们脚下摆着一只用蒲草编结成的有两个提手的篮子，引起了我的注意，歌德告诉我说：

“它是我从玛丽温泉带回来的，那儿有各种大小的同样的篮子。我已经用惯了，旅行都不能不带上它。你瞧，它空的时候可以折在一起，只占很少的位置；装满了则向四面伸开，能盛的东西比想象的多。它柔软易叠，同时又坚韧结实，可以装运很沉很沉的东西。”

“看上去还很有画意，甚至带着古典味道哩，”我说。

“你说得对，”歌德道，“它近乎古典，因为它不只如此理性，如此实用至极，而且形状还简单得不能再简单，可爱得不能再可爱，以至于能够说：这就是完美的最高境界。在我去波希米亚山区考察和采集矿石的时候，它特别管用。现在它装的是咱们的早餐。如果我带了把榔头，今天也绝不放过机会这里那里敲下一块石头，装它满满一篮子带回家去。”

---

① 提尔托斯风的诗（tyrt? ische Poesie），意即雄浑而富有战斗精神的诗，因古希腊的战争抒情诗人提尔托斯而得名。

我们上了山顶，视野开阔起来，只见山下一座座的丘陵，贝卡温泉就躺在丘陵后面。往左一点儿便看见通往赫池堡的峡谷，在那儿的伊尔姆河对岸耸立着一座山峰，这时候朝向我们的是它的阴面，让伊尔姆河上腾起的雾霭缥缥缈缈笼罩着，在我们眼中便呈现一片青色。我透过望远镜看过去，青色立刻显著减弱。我向歌德报告了这个发现。

“由此可见啊，”歌德说，“即使观察纯粹客观的颜色，主体仍旧起很大的作用。视力弱就会增加灰暗程度，反之，视力增强了会驱赶走昏暗，或者至少使其减弱。

“你说得完全对，”歌德讲，“一只好望远镜甚至可以让最远处的群山的青色消失掉。是的，观察任何现象，主体的重要性都超出了想象。甚至维兰特对此也早已心知肚明，所以总爱说：只有那种会开心的人，你才能使他真正开心。”对于这句妙语，我们都不禁莞尔。

说话间已经进入一道小峡谷，车路在这里越过一座带顶的木质廊桥，桥下便是流向赫池堡的小河，眼下它由雨水冲刷而成的河床已经干涸。一群护路工人正忙着在廊桥两边砌石墙，从淡红色砂岩中开采来的石材，引起了歌德的注意。过桥以后，车路大约在一个投掷距离之外开始缓缓向丘陵上延伸，丘陵背后便是此行的目的地贝卡温泉了，这时歌德叫停车。他说：

“咱们在这里下去一会儿，看在空气新鲜的野外用点儿早餐胃口如何。”

我们下车东张西望。佣人便在公路边通常都有的四方形石礅上铺开一块桌布，然后从车里提来蒲草编的篮子，从篮子里取出新鲜的小面包、烤鹧鸪和酸黄瓜来摆在桌布上。歌德切开一只鹧鸪，给了我半只。我一边吃，一边走来走去，歌德则坐在石礅的一个角上。石块冰凉，上面还挂着露水，很可能对他身体不好，我想，就说出了我的担忧。歌德却保证他一点儿没事，我因此也放了心，并视其为他心理健康的一个新征兆。这时佣人又从车里取来一瓶酒，给我们斟上了。这时歌德开了腔：

“咱们的射手朋友真不错，每个礼拜都溜到乡下来，咱们要拿他当榜样。只要天气不变得太坏，今天就不该是最后一次郊游。”我很高兴他这个承诺。接下来陪歌德到了贝卡温泉，到了通多福村，度过了极有意义的一天。一路上他文思泉涌，妙语连珠，也谈到他当时刚认真着手创作的《浮士德》第二部，讲了许多想法，因此我也更加惋惜，在我的日记里仅留下这个开场白，而未作更多详细的记录。

1827 年 9 月 26 日，星期三

（郊游忆旧；谈自己晋封贵族的感想）

今天早上，歌德邀请我陪他乘车出游，前往厄特尔斯贝格山最西边的霍特斯德特角峰，然后再去厄特尔斯堡的猎庄看看。天气好极了，我们早早地穿过雅科卜门出了城。过了吕岑多夫村开始爬山，车只能缓缓上行，我们有了机会做各式各样的观察。在右手边公爵田产背后的篱笆上，歌德发现了大群的鸟儿，便问我是不是百灵。—— 你这位伟大而受爱戴的人啊，你对整个自然的研究很少有人可比，对鸟类学的了解却幼稚得像个孩子！

我们继续吃力地往上爬，过了一会儿终于爬上山顶，到了一片松林的边上。我们经过一个采石坑，看见一堆碎石。歌德让停车，请我下车去看看能否发现一点儿化石。我找到了一些贝壳和菊石化石的碎片，把它们递给歌德，重新上车坐好。车继续前行。

“总是这个样子！”歌德说，“总是古老的海床！从这高峰顶上回首俯瞰魏玛，俯瞰周围的一座座村落，你就会感觉世界真是奇

妙：你对自己说，曾几何时，曾有过鲸鱼们在那边山下宽阔的谷地里嬉戏。确实是这样啊，至少也极有可能。可是那些当时掠过淹没了这座高山的海洋的海鸥，它们万万想不到今天我俩会驱车经过这里。在许多万年以后，谁知道又会不会有海鸥在这山上盘旋来着。”

眼下已经到达山顶，我们的车迅速前行。在我们的右手边，生长着许多橡树、榉树和其他的阔叶树。回头已经看不见魏玛。我们已抵达西边的最高峰，极目望去，但见明媚晨光中开阔的温斯特鲁特谷地里，静静地躺卧着点点村落，座座城镇。

“待在这儿真不错!”歌德说，同时吩咐停车。“我考虑，这儿空气如此新鲜，咱们不妨来吃一点儿早餐吧。”

我们下了车，在一片干燥的平地上，在一些累遭风暴摧残的半大橡树下踱了几分钟步。这时车夫弗里德利希打开带来的早餐，摆放在了一个小草坡上。从那儿远眺，晨光朗照、秋高气爽的山谷景色美不胜收。朝南和西南方向望去，图林根森林的群山尽收眼底；朝西望去，越过艾尔福特城，能看见高高的哥达宫堡和茵瑟尔贝格山；往北一点儿，看到了朗根萨扎和缪尔豪森后面的座座山峰；继续往北，穿过黛青色的哈尔茨群山，目力才到达了极限。

我们背朝橡树坐在地上，一边用早餐，一边远眺始终在面前的半个图林根的美景。就着新鲜的白面包，我们嚼着一只又一只烤松鸡，喝完了一瓶上好的葡萄酒，而且喝酒用的是能弯折的金碗，通常歌德总用一个黄色的皮匣子装上这只碗出来郊游。

“我常上这个地方来，”歌德说，“而且在最近几年经常想，这大概就是最后一次来了吧，最后一次从这里饱览美景如画的大千世界，然而总是再一次鼓起了勇气。我并且希望，今儿个也不是咱俩最后一次来这里度过美好的一天。我想今后要经常来，老蹲在家里人会萎缩的。在这儿，人感觉自身本性得以恢复，已变得像眼前的大自然一般伟大而自由。

“在这个地方，”歌德继续说，“有许多事物让我回忆起自己漫长而多彩的一生。在那边伊尔美瑙的群山背后，青年时代的我什么没有干过哦！随后在下边可爱的艾尔福特，又经历了怎样的奇遇啊！还有很早以前也经常喜欢去哥达，只是后来已经多年几乎不再去了。”

“从我到魏玛以来，”我指出，“就想不起你什么时候去过。”

“这有它的原因喽，”歌德笑着回答。“我在那里不怎么自在。就此我愿意给你讲个故事。当最后执政这位公爵的母亲还风华正茂，我时常到哥达那边看她去。一天晚上我独自与她坐在客厅里的茶桌旁，突然蹦蹦跳跳地跑进来两个金色卷发的漂亮男孩儿，原来是一个十岁、一个十二岁的两位小公爵。他俩跑到了茶桌边上，一贯胆大妄为的我便伸出双手去拢两位小爵爷的金色卷毛，同时说：‘喏，你俩黄松糕脑袋想干啥?’两个小家伙睁大了眼睛瞪着我，对我的大胆无礼惊讶到极点 —— 这一幕我再也不能忘记。

“现在我不是想自夸，而是事实确乎如此，在我乃本性使然：就是对于纯粹的王公贵族，如果他们不同时具有人的优秀品性和价值，我从来不存多少敬意。是啊，我对自己的身份处境挺满足，感觉自己很是高贵，因此如果人家要把我变成王侯，我一点儿不会受宠若惊。在发给我贵族证书的时候，许多人以为我因此会飘飘然。才不喽，咱们私下说吧，我真是无所谓，一点儿无所谓！身为法兰克福的富有市民，我们一直视自己如同贵族，手里多了一纸证明文书，并不意味着我在思想品德方面比过去有丝毫长进。”

我们又用金碗喝了好些酒，然后便绕过厄特尔斯贝格山的北侧，来到了厄特尔斯堡猎宫。歌德吩咐打开所有的房间，但见房里都挂着色调明快的壁毯和油画。在二楼西头角上的那间房里，歌德告诉我，席勒曾经在这里住了相当长一段时间。

“很久很久以前，”他继续说，“我们曾经在这里度过好些美好的时光，消磨了许多宝贵的光阴。我们当时全都年少气盛，夏日里没少演各式各样的即兴喜剧，冬季则要么变着花样举办舞会，要么打着火把乘雪橇夜游。”

我们回到了野外，歌德领着我往西步行，经过一条小径进了树林。

“我还想让你看看那株山毛榉，”他说，“五十年前，我们把自己的名字刻在了树干上。然而变得多么厉害呀，所有的树全长大了！—— 就是这棵树！你瞧，它仍然枝繁叶茂，生机盎然。还有我们的名字也依稀可辨，只是树皮鼓胀得变了形，一笔一画已很难看分明啦。当年这棵山毛榉立在一片开阔、干燥的平地上，阳光异常充足，四周风景优美，我们在美丽的夏日常随兴之所至，一道来这里嬉闹玩耍，而今这里却又潮湿又郁闷。过去的小树丛已长成浓荫匝地的大树，已很难从密林里寻找出我们青年时代的那株漂亮山毛榉啦。”

我们又回到猎宫，参观了宫中颇为丰富的武器收藏，然后才驱车返回魏玛。

1827 年 10 月 7 日，星期日

（回忆弗斯和席勒；迷信所谓心灵感应）

今天早上天气晴好，还不到 8 点我已陪歌德登车上路，前往耶那。在耶那，他准备一直盘桓逗留到明天晚上。

准时到达了耶那，我们首先驱车去植物园，在那儿歌德观看了所有的树木花草，发现一切都生气勃勃，井然有序。我们还参观了矿物馆和其他一些自然科学收藏，然后才登车去说好等我们吃饭的克涅伯尔先生[①]的府上。

---

① 克涅伯尔（K. L. v. Knebel，1744—1834），德国诗人，歌德的密友。

克涅伯尔先生已届高龄，有些个踉踉跄跄地赶来大门口迎接歌德，一见面两人就紧紧拥抱。接着在饭桌上气氛也始终亲切、愉快，然而并未谈什么重要事情。两位老朋友能够无拘无束地聚在一起，已经够满足啦。

饭后我们乘车出游，朝南沿着沙雷河向上游走去。我早年已来过这个风光迷人的地区，可眼下一切又让我觉得像从未见过似的新鲜。

当我们重新行驶在耶那的街上，歌德吩咐车沿着一条小溪上行，最后在一幢外表看上去一点儿不起眼的房屋前停了下来。

“弗斯曾经住在这儿，”歌德说，“我想让你感受一下这地方的古典气息。”说着我们穿过房子，进了花园。园中很少花卉之类纤细的植物，我们漫步在果树下的草坪上。歌德说：

“这可是艾涅斯提娜心爱的树木，到了此地她仍忘不了自己家乡欧廷出产的苹果，对我夸它味美无比。其实只是她小时候吃惯了罢啦——如此而已！我与弗斯和他出色的艾涅斯提娜在此度过了许多美好时光，而今还念念不忘这美好的往昔。不会很快再出现弗斯似的杰出人物啦。对于高品位的德国文化，很少有人还能产生像他那样的影响。他的一切都健康而坚实，因此与古希腊传统的关系就毫不矫揉造作，而是纯净又自然。在这样的关系中，为我们其他人生长出来的，乃是最鲜美的果实。一个人只要像我似的深谙他的可贵价值，就简直不知道该怎样怀念他才好。”

说话间已快到6点，歌德觉得是找住宿的时候了，于是去到他请人定了房间的大熊旅社。

给我们安排了一个宽敞的套间，里间摆着两张床。太阳刚刚下山，夕晖映照在窗户上，我们没点灯继续坐了一会儿，觉得十分惬意。

歌德把话题引回弗斯，说：

“他对我太珍贵啦，我恨不能把他留在耶那的研究院和我自己身边。只是海德堡大学给他提供的待遇太优厚，我们资金短缺，跟人家没法比。我只好听天由命，忍痛让他走了。

“这期间，”歌德继续说，“幸运的是我得到了席勒。要知道，尽管我俩生性差异极大，但是完全志同道合，因此关系亲密无间，简直到了谁没有谁都活不下去的程度。”

接着歌德给我讲了他朋友的几则轶事。在我看来，它们颇能表现席勒的特殊个性。

“像席勒这样一位杰出人物，”歌德说，“你可以想象，他坚决反对一切虚伪的捧场，反对一切对他搞的或企图对他搞的偶像崇拜。科策布曾经打算为他公开举行一个庆祝会，席勒对此反感至极，内心厌恶得差点儿就病倒。他同样反感陌生人登门拜访。如果他刚好不能接见，因此把会面推迟到下午 4 点，那么通常都可以预料，在约定时刻到来之前，他一定会烦躁得要命。在这种情况下，他也很可能不耐烦，甚至态度粗鲁。我亲身经历过一次，一位外科大夫未经预约就上门访问他，让他狠狠凶了一顿，搞得可怜的家伙惊慌失措，连出去的门也不再找得着。

“刚才说过了，我们大家也了解，”歌德继续说，“我俩尽管志同道合，生性却很不一样，而且不只在精神方面，生理方面也如此。例如一种气息，席勒觉得很好闻，我却感觉像毒药。一天我去看他，他不在家里，他的妻子告诉我他很快会回来，于是我便坐在他的书桌旁，记录这样那样的事情。谁知还没坐一会儿，我便开始感觉到一种异样的不适，而且越来越厉害，最后几乎快要晕倒。起初我一直不明白这可悲的、极不寻常的状态原因何在，直到终于发现，从我旁边的抽屉里漫溢出来一股股腐臭熏鼻的气味。我拉开抽屉，惊讶地发现满满的一抽屉烂苹果。我立刻逃到窗边去吸新鲜空气，过了一会儿才感觉恢复过来。这当儿席勒夫人又进房来了，她告诉我，抽屉里就是必须经常装满烂苹果，席勒觉得那气味好闻，没这气味他简直不能生活和写作。

“明天早上我也指给你看，席勒在耶那住在什么地方，”歌德继续说。

这时候灯已送来了，我们进了简单的晚餐，然后又坐着聊了一会儿，回忆起这样那样的往事。

我给歌德讲了自己儿时做的一个怪梦，告诉他梦中的情景第二天清晨竟完完全全成了现实。我说：

“我曾经养过三只小红雀，把它们当心肝宝贝似的喜欢得不得了。他们在我的小屋里自由自在地飞来飞去，我一跨进门就朝我飞来，降落在我的手上。可一天中午出事了，在我进门时，三只鸟儿中的一只越过我头顶飞出房子，不知去向。我在所有的屋顶上找了整整一个下午，直至暮色降临仍旧踪影全无，因此伤心极了。我怀着无比的忧伤睡去，在天快亮时堕入了梦乡：我看见自己在邻家的房子四周转来转去，寻找丢失了的小鸟。突然，我听见了它的鸣叫声，看见它蹲在我家茅舍小花园背后的邻家房顶上。我看见我在逗它，它也一点儿一点儿靠近我，冲我拍打着翅膀盼我喂它饲饵，但就是下不了决心降落到我的手上来。后来我看见自己穿过花园，跑进自己的小屋，取来了一袋泡胀了的甜菜籽；我看见自己把它喜爱的饲饵递过去，小红雀就落在我的手心上，让我满心欢喜地捧回房间，和另外两只鸟儿放到了一起。

“梦到此处我就醒了。一睁眼天已大亮，急急忙忙穿上衣服，不顾一切地冲过小花园，朝我在梦中看见小红雀的邻舍奔去。我是多么惊讶啊，那鸟儿它真在那里！接着发生的事情完全和梦里一样。我引诱它，它慢慢靠近，可却犹犹豫豫，不肯飞到我手上来。我跑回家取来饲饵，它这才到了我手里，让我带回去与其他两只聚在一起。”

“你这儿时的梦确实挺奇怪，”歌德过话头，“不过自然界有的是这类事情，尽管我们还找不到合理的解释。我们大家都徘徊在奥秘的森林中，被一种氛围包裹着，完全不知其中活跃着几多什么样的成分，以及它与我们的精神有着怎样的联系。可以肯定的只是，在某些特殊的情况下，我们心灵的触须可以伸出身体的范围，产生一种预感，也即一种对最近的将来的真实预见。”

“前不久我又经历了一次类似的情形，”我应道。“当时我散完步沿着通艾尔福特的大道往回走，在离魏玛差不多十分钟的地方突然心血来潮，觉得自己在城里的剧院转角处碰见了一个人，一个自己已有许多日子不曾见面，甚至想都不曾想到的熟人。一想到可能碰见此人，我已感觉不安。当我转过剧院拐角的一刹那，就真的看见他正好在十分钟前我想到他出现的那个地方朝我走来，我因此惊讶得要死。”

“这同样很奇怪，而且也不只是偶然，”歌德接着说。“我说过了，咱们大家全都只是在奥秘和奇迹的森林里摸索。还有，仅仅通过默默相对，一个心灵也可对另一个心灵产生决定性的影响，我能举许多例子证明此言不虚。我自己经常发生这样的事：和一个老熟人一块儿散步，脑子里萦绕着某件事情，他竟会立刻讲起我正好想的事情来。例如我认识一位先生，他就有本事一言不发，仅仅凭精神的力量，叫正在高谈阔论的聚会突然安静下来。是的，他甚至可以引发不安情绪，令所有人感到惴惴不安。

“我们人人身上都带着一些电力和磁力，都跟磁铁一样按照自己接触的相异或相同的物质，产生着吸引力或排斥力。一个年轻姑娘待在一间黑屋里，尽管不知道屋里有一个蓄谋杀害她的男人，但却因他的秘密存在而产生不祥之感，以至于害怕得逃出屋子去寻求家里人庇护 —— 这样的情况有可能，甚至非常有可能。”

“我知道有这样一个歌剧场面，”我接过话头，“一对长期离别的恋人待在同一间黑屋子里却互不知情。可是过了没有多久，磁力就开始起作用了，都感到对方就在身边，于是情不自禁地相互走近，不一会儿姑娘就躺在了小伙子怀里。”

“在恋人之间磁力特别强，”歌德应道，“甚至能传递得很远很远。我年轻的时候经历过许多次，一个人孤独地散着步，突然对心爱的姑娘想得要命，想啊想啊，直想到她真的冲着我走来。她讲：'我在自己的小屋里心神不定，没法子，只好跑这儿来啦。'

"我想起了在魏玛头几年的一件事，我一到这里很快又坠入了情网。我做过一次远游，回到魏玛已经有些日子了，可是公爵府里的事物总把我耽误到很晚，叫我没法去看我的爱人。再说我俩相好已引起人们的注意，我因此害怕大白天去她家会招来更多非议。然而到了第四或者第五天的晚上，我实在忍耐不了啦，没多考虑就走向她家，站在她的门外。我悄悄爬上楼梯，正想跨进她的房间，却听见人声杂沓，房里不只她一个人。我神不知鬼不觉地又下了楼，迅速回到当时还没街灯的漆黑的街上。心里既恼火又激动，不分东南西北地在城里胡乱跑了约莫一个小时，一次次地打自己心上人的房前经过，满怀着对她的渴慕相思。终于准备回自己孤寂的小屋里去了，却忍不住再一次走到她的房前，发现她的灯已经熄了。她兴许出门了吧，我对自己说，可在这黑沉沉的夜里能去哪儿呢？叫我上哪里去碰她？我又穿街过巷，在途中碰见了许多人，常常产生瞅见了她身材和倩影的错觉，结果走近一看总发现并不是她。那会儿我已坚信存在心灵感应，相信自己能以热烈的渴慕把她吸引到身边来。我还相信有无形的神灵环绕在我四周，我祈求他们，他们就会把我恋人的脚步引向我，把我的脚步引向她。'瞧你这个大傻瓜啊！'随后我又对自己说，'你干吗不再试一试，不再去她家，却在这里祈求什么奇迹！'

"这时我已沿着广场往下走，来到了席勒晚年住的那幢小房子前边，突然却想起转身往后走向公爵府第，从那儿再转进右边的一条小路。继续往前走了还不到一百步，就看见一个女性的身影，跟我思念的人儿完全一个样。街道只是这里那里由窗户透出的光朦朦胧胧地照着，加之这天晚上我已多次认错了人，因此感到没有勇气再试着去招呼人家。我俩擦身而过，胳臂碰着了胳臂。我站住并回过了头，她也一样。‘是你吗?’她说，我听出了她可爱的嗓音。‘啊，终于来啦!’我说，欣喜得差点儿掉眼泪。我俩相互紧握着手。‘喏，’我说，‘我的希望没有落空！我急不可耐地寻找你，感觉告诉我肯定会把你找到。我多么幸福啊，感谢老天让我心想事成!’‘可你真坏!’她回答，‘你为什么不来啊？今天偶然听见你回来已经三天，我便哭了整整一个下午，因为我想你多半已经把我忘啦。一个钟头以前我突然想你，想得说不出的心烦意乱。当时我家来了几位女友，待得时间长得要命。终于，她们走了，我不假思索地立刻抓起帽子和大衣，急匆匆地跑出家门，来到了漆黑的街上，却又不知上哪儿去。我心中一直想着你，唯一的念头是必须与你碰头。’她诉说着衷肠，同时我俩的手仍紧紧握在一起，身体也紧紧挨着，以使对方明白，暂时的离别没有冷却我俩的爱情。我送她直到她家的门口，直到她的家里。她在我前面登上黑暗中的楼梯，拉着我的手差不多是拖着我走。我幸福得没法形容，既因为终于得以与她重逢，也因为我的信念没有骗我，我对不可见的心灵影响的感觉没有落空。”①

歌德的情绪好得不能再好，我完全乐意再听他讲几个钟头。只是渐渐地他已显出倦意，于是我们就进入里间，上床就寝。

1827年10月18日，星期四

（与黑格尔讨论辩证法）

黑格尔到魏玛来了。歌德很器重他，尽管由其哲学滋生的一些个果实并不合歌德的口味。为欢迎黑格尔，今晚歌德举行一个茶

① 歌德回忆中的恋人为他到魏玛不久后结交的封·施泰因夫人。

会，策尔特也出席了，可他当晚就打算离开魏玛。

谈话很多都涉及哈曼[①]，特别是黑格尔讲话的时候。对这位才智非凡的哲学家见解精辟，非经过极其严谨、深入的钻研者所不能为。

随后话题转到了辩证法的本质。黑格尔说：

“归根到底，它不过是一种原本人人都有的矛盾意识，辩证法只是使其规律化并变成为方法论罢了，它的巨大作用在于分辨真伪。”

“只希望这一思辨的艺术和技巧别经常遭滥用，”歌德插进来说，“要那样将是非混淆，黑白颠倒！”

“确实有这样的事，”黑格尔回答，“但只发生在那些精神有毛病的人。”

“如此说我就要称赞自己对自然科学的研究啦，”歌德应道，“因为它能防止这种疾病！须知在科学研究中，我们始终是与无限的、永恒的真理打交道，任何一个在观察和处理其研究对象时不绝对诚实、纯洁的人，立刻会被真理判为不合格而抛弃。我还相信某些有辩证癖好的人，没准儿会通过研究自然获得有效的治疗。”

我们还谈得正高兴，策尔特却站起身来，一言不发地出去了。我们清楚，要离开歌德他心里难受，所以选择这一缓和的方式，以避免那令人心碎的一刻到来。

---

① 哈曼（Johann Georg Hamnn，1730－1788），德国唯心主义哲学家，其学说对德国启蒙运动和狂飙突进运动以及后世的影响很大。

GOETHE

GEDE JINGXUANJI

歌　德　精　选　集

歌德谈话录

下

[德]艾克曼 辑　杨武能 译

河北出版传媒集团
河北教育出版社

第　二　卷

1828 年

1828 年 3 月 11 日，星期二

（天才与创造力；精神与体魄；重用青年才俊）

今天晚饭后我在歌德面前又显得有些拘束和闷闷不乐，[1]使得他不耐烦起来，以致忍不住冲我讥讽地笑笑，并且嘲讽了我两句：

“瞧瞧你成了山迪第二，成了那位著名的特里斯特拉姆的父亲喽。[2]他老人家为一扇嘎嘎叫的房门烦恼了半辈子，就是下不了决心去滴上几滴油，消除这日复一日的不快。

“可是咱们全都这德行！是郁郁寡欢还是精神爽朗，造就了人的不同命运！我们好像就得由灵魔来每天牵着走路，告诉和驱使我们做这做那。而一当这守护神离开了我们，我们便四肢无力，只能在黑暗中摸索。

“拿破仑啊真是个好样的！始终精神爽朗，始终清醒果断，时

---

① 艾克曼几天来一直抱怨睡眠不好。

② 这父子俩都是英国小说家施特恩（Laurence Stern，1713－1768）作品中的人物。

时刻刻都精力充沛，能够立马去成就自己认为有利和必要的事情。他的一生就像个半神，总是从战役走向战役，从胜利走向胜利。说到他完全可以讲，他始终处于精神爽朗状态，正因此他的一生才如此光辉，可称举世前无古人，也许后也不会有来者。

“是啊是啊，我的朋友，拿破仑真是条好汉，咱们确实无法步其后尘！”

歌德在房中踱来踱去。我坐到餐桌边，桌子尽管已经收拾过了，却还剩有一些葡萄酒，以及糕点和水果。

歌德给我斟了一杯酒，要我享用一点儿糕点和水果。他说：

“今天中午请你不肯来，现在喝一杯我好朋友送的酒，对你会大有益处！”

这样的好事我求之不得。在我吃喝的时候歌德仍踱来踱去，一边还兴奋地嘟嘟囔囔，不时从嘴里吐出一些听不明白的字句。

我脑子里仍然回响着他刚才说的关于拿破仑的话，想把话题重新引回到这上面来。我开口道：

“不过我觉得，拿破仑是年轻力壮时才始终处于精神爽朗的状态，当时他身边仿佛有神灵护佑，幸运也一直伴随着他。可是到了晚年，他似乎不再精神爽朗，他的幸运之星和守护神也离开他了。”

“那有什么办法！”歌德回答。“我也不是写不出第二部《塞森海姆之歌》[①] 和《少年维特的烦恼》来了吗？非凡事物的出现得靠神的启示，而这种启示总与创造力旺盛的青春期连在一起。就说拿破仑吧，他就是一位迄今为止最富创造力的人。

“是啊是啊，我的朋友，富有创造力不意味着都得作诗写剧本，也有一种行事作为的创造力，在许多情况下，这种创造力还更加重要。甚至医生也必须富有创造力，如果他真想治病救人，否则他只会时不时地偶尔得手，整个而言仅仅能当个拆烂污的庸医。”

---

① 《塞森海姆之歌》是歌德早年以爱情为题材的抒情诗杰作。

“看来您这所谓的创造力，”我接过话头，“就是人们平常说的天才。”

“两者的确也挺接近，”歌德回答，“因为天才并非别的什么，而仅仅是一种创造力。这种创造力的业绩能大大方方地展示在上帝和自然面前，并因此而产生影响，传诸久远。莫扎特的所有作品都具有这种品质，它们蕴藏着一种能一代一代往下传的生殖能力，一时半会儿不会枯竭和耗尽。其他大作曲家大艺术家亦然。斐底阿斯和拉斐尔不是影响了一个世纪又一个世纪吗？丢勒和荷尔拜因不也影响了一个世纪又一个世纪吗？[①] 那位发明了古德意志建筑艺术的形式和比例关系，从而使后世才有可能建造斯特拉斯堡大教堂和科隆大教堂的无名氏，也是一位天才，因为他的思想保持了长久的创造力，至今影响犹存。[②]路德是位意义非凡的天才，他已加惠了我们很长时间，在未来许多世纪后的哪年哪月他才会丧失影响力，目前尚无从预见。莱辛拒绝接受天才这个崇高称号，不过他对后世恒久的影响力证明他错了。与莱辛相反，我们看见文学界有这样一些人，他们尽管声名显赫，在世时也被奉为大天才，可人一死影响也就完了，就是说远非他们自己和另一些人想象的什么天才。因为如我上面说过的，没有一位天才不具有持久的影响力，而且这完全不受一个人从事的艺术门类以及职业、行当的影响：标准永远只有一个。一位天才既可以是自然科学界的奥肯[③]和洪堡，也可以是军事和政治领域里的斐特烈大王、彼得大帝和拿破仑，还可以像贝朗瑞那样是一个诗人。所有人全一个样，问题只在他们的思想、发现、

① 丢勒（Albrecht Dürer，1471—1528），德国杰出的画家和雕刻家；老荷尔拜因和小荷尔拜因（Hans Holbein d. Ä.，约 1465—1524；Hans Holbein d. J.，1497—1543），父子二人都是德国历史上著名而有影响的画家。

② 德国的代表性建筑风格为哥特式，德国的科隆和现属法国的斯特拉斯堡，均以尖塔高耸入云的大教堂建筑闻名于世。

③ 奥肯（Lorenz Oken，1779—1851），德国自然科学家尖哲学家，进化论先驱之一。

业绩要具有生命力，能长时间地存活下去。

“然后我还必须说明：一个人是否有创造力的标志，不是他作品和业绩的数量。我们文学界有这样一些诗人，他们一部接一部地出版诗集。可按照我的标准这些人压根儿没有创造力，因为他们写的诗缺少生命力和持久的影响。与此相反，哥尔斯密写的诗数量微不足道，但我却必须称他为一位极富创造力的诗人，而且这样做原因无他，就因为他写的少量诗篇蕴藏着必然是经久不衰的生命力。”

谈话暂时停了下来，歌德继续在房里踱来踱去。关于这样一个重要问题，我巴不得听他再讲些什么，于是就设法重新逗引起歌德的谈兴。

“这种天才的创造力，”我提起话头，“是仅仅寓于一位杰出人物的精神中呢，或是也存在在他的身体里？”

“身体对此至少有极大的影响，”歌德回答，“尽管曾经有一个时期，天才在德国总被想象成一个矮小、虚弱甚至驼背的人，可我所赞颂的天才，却应该有相应的体魄。

“人们常讲拿破仑是一位花岗岩做成的人，这也主要就他的身体而言。他什么没有经受过，什么经受不起啊！从叙利亚大漠的灼热沙海到莫斯科城外的冰雪莽原，这中间还经历了无数次的长途行军、浴血征战和夜晚露宿！有什么样的疲乏劳苦和饥寒匮乏他不曾忍受过来啊！缺少睡眠，缺少给养，而且精神总是极度亢奋！在紧张、兴奋得可怕的雾月十八日深夜，他尽管一整天已没吃任何东西，却仍不考虑是否先增强增强体力，而是感觉自己精力充沛，连夜动笔草拟了那份著名的告法兰西人民书。[①] —— 仔细回顾此人所做过和经受过的一切，你一定会想，他在四十岁时该已体无完肤了吧？可他到了这个年纪，仍旧英气勃勃地挺立在那里。

① 法国共和八年的雾月十八日即 1799 年 11 月 9 日，也就是拿破仑发动政变实行军事独裁的日子。

“不过你也完全对，他一生事业的真正闪光点的确在他的青年时代。也真不简单喽，出身底层，在一个群雄逐鹿的时代崭露头角，二十七岁便成为受三千万民众顶礼膜拜的偶像！是的是的，我的朋友，欲成就大业，确实必须趁着年轻。而且拿破仑他并非唯一的范例啊。

…………

“历史上出现过成百上千的才俊之士，年纪轻轻就要么在朝廷要么在疆场上声名远播，建立了赫赫功业。我要当上了国君，”歌德兴致勃勃地继续说，“就绝不会把自己最重要的职位给那些仅凭出身和资历一步步爬上来的人，他们到了这个年纪已经习惯慢吞吞地走老路，自然干不出多少像样的事情。我喜欢用年轻人 —— 但必须富有潜力，头脑清醒，精力充沛，同时还要胸怀大志，品性高尚。如此一来，治理国家和领导人民，就不啻为一种乐趣！可哪儿有这样一位国君，他乐于这么做，又得到了充分的辅佐呢！

“我对当今普鲁士王太子①寄予厚望。据我所知与所闻，他是个非常杰出的人，而这又是识别和选用同样的杰出人才的必备条件。因为不管怎么讲，确实只能是惺惺惜惺惺。只有一位本身有着伟大才能的君主，才会慧眼识珠，在其臣仆中的发现英才并委以重任。‘给人才开路！’是拿破仑的名言。拿破仑确实有自己的用人之道，他让每一个特殊人才都适得其所，发挥所长，他自己一生的所有伟大事业也便得到了很好的辅佐，其他君主却没谁能与他相比。”

…………

歌德说：

“在我一生中有过这么一个时期，每天我能要求自己写一个印张的文稿，而且写得轻松愉快。我写剧本《姐妹俩》只用了三天，写《克拉维歌》，你知道，只用了八天，现在就不好再这样要求啦。可尽管如此，我即使到了高龄，仍一点儿不能抱怨自己身上缺少创

① 普鲁士王太子指普鲁士后来的威廉四世国王（Friedrich Wilhelm IV，1795－1861）。

造力。只不过呢，某些我在年轻时每天都能办到、任何情况下都能办到的事情，现在却只能是周期性地、在一定的有利条件下才办成功啦。例如十至十二年前，在解放战争之后的那个幸福时期，我完全沉醉在了《西东合集》的那些诗篇中，真是干劲儿十足，经常是每天创作出两三首诗，在野地上也罢，在马车中也罢，在旅舍里也罢，全都无所谓。现在可好，写《浮士德》第二部我只能在一大早的几个钟头，也就是刚睡醒了感觉神清气爽，还未让平庸日子的丑陋嘴脸惹得心烦意乱的时候。而且，能完成的又是多少呢？充其量只能写一页，通常却只能写半页左右，而没有兴致常常还更少。”

“一般说来，”我问，“有没有什么办法，可以激发起创作情绪，在创作情绪不高时提高它呢？”

“这个问题极有意思，”歌德回答，“就此可以有见仁见智的想法和说法。

“任何最高级的创造力，任何重大的发现、发明，任何能结出果实和产生影响的思想，都不在任何人的掌握之中，而是超乎于所有尘世力量之上。凡此种种，人只能看作是不期而遇的上天赐予，看作是纯粹的上帝的孩子，只能怀着感恩的喜悦去迎接他们，敬奉他们。这近似于灵魔的情况，它无比强大，想把人怎么样就怎么样，人无意识地受其摆布，却相信在自主行事。在这样的情况下，人常常只能被视为某种更高的主宰世界之力的工具，视为一只用来承受神的影响的上好容器。——我作如是说，因为我想到经常是仅仅一个思想可以改变整整几个世纪的面貌，还有一些个别人的作为，如何给自己的时代打上烙印，让其在后世清晰可辨，并且继续造福一代又一代人。

“可在此之后还有另一种创造力。这种创造力已经容易受尘世的影响，也已经更多地为人所掌握，尽管在此他仍发现有理由对某些神的影响表示敬畏。完成某个计划所必需的所有手段，一个终点已然明朗的思想链条的所有中间环节，一件艺术杰作的可见形态的

所有组成部分 —— 它们我通通归之于创造力的这一范畴之内。

“例如莎士比亚写《哈姆雷特》的最初灵感，就纯粹是上天的赐予：此时全剧的精神不期然地闪现在他的心间，他兴奋得一下子看清了一幕幕场景、一个个人物以及全局的结尾。对此他本人没有产生任何影响，尽管能发现这个赐予永远以有他莎士比亚一样的头脑为前提。至于随后一幕一幕的情节展开和人物之间的对话，就全在他的掌握中了，以至时时刻刻可以写，每天可以写，一连写了好几周，完全做到了随心所欲。而且读他写的所有作品，我们都发现同样的创造力。在他所有的剧本中，我们从来没碰见这样的段落，让人可以讲他写作时情绪不佳，没有充分体现他的功力。每当我们读莎士比亚，所获得的印象总是此人的精神与身体都绝对健康有力，始终健康有力。

“相反，设若一位剧作家体魄没有这么结实健壮，或者甚至经常体弱多病，那他日复一日的写作所必需的创造力肯定也会经常陷于停滞，有时甚至会一连许多天完全没有了创造力。这时也许他想通过汲取精神营养弥补和提高创造力的缺失与不足，就算有作用吧，但如此这般地在一定意义上是硬逼出来的部分，总会让人发现明显的瑕疵。

“因此我建议什么也别硬逼出来，在所有缺少创造力的日子和时刻，与其如此，不如干脆睡大觉或者闲荡，免得日后对硬逼出来的玩意儿感觉不快。”

“您讲的情况，”我应道，“我本人也经常碰见并有所体会，道理肯定完全正确。只是我似乎觉得，有人也可能用合乎自然的方式提高创作情绪，而不一定非得硬逼出来。我在一生中常常有这样的情况，就是遇上复杂的事态总是举棋不定。可这时只要喝上几杯酒，我心中马上豁然开朗，明白了该怎么办，于是当机立断。处事果断该也算有创造力的表现吧，如果饮几杯酒能产生这一品格，这个办法似乎也不好完全唾弃。”

“我不想反驳你的意见，”歌德回答，“但我刚才说得也有道理。由此我们可以看出，真理就好比一颗金刚钻，光芒不只射向一个方面，而是射向许多方面。再有，你很熟悉我的《西东合集》，该知道我在那里边自己就说过：

只有你喝得醉醺醺，
才知啥叫好事情……[①]

“所以我完全同意你的说法，在酒里确实蕴藏着一些特别能促进创造的力量。只不过呢一切都取决于不同的情况和时间，一种对这个人有益的东西，对另一个人就可能有害。此外，在宁静和睡眠中，也蕴藏着促进创造的力量，但运动同样能增强创造力。促进创造的力量还存在于水中，尤其是存在于大气里边。空气清新的旷野更是我们的天国，那儿仿佛有上帝的气息直接吹拂人类，那儿仿佛有神的力量在产生影响。拜伦爵士每天都在野外度过几个小时，一会儿在海岸边纵马驰骋，一会儿在船上张帆划桨，一会儿在水中游泳锻炼体力，所以成了古往今来最富创造力的人物之一。”

1828年3月12日，星期三

（现代文化的病根在城市；英德两国青年成长对比；理论与实践）

…………

“顺便讲一讲，我们老一辈欧洲人的心地多少都有些恶劣，”歌

① 引自杨武能译《西东合集》之《酒肆篇》。

德说，“我们的境况过分矫揉造作和复杂，我们的食物和生活方式失去了纯真自然，我们的社会交往没有真正的爱和善意。每个人举止都彬彬有礼，却没谁有勇气表现出率直与真诚，这样一来，一个以自然秉性和思想为人处事的老实人处境就很艰难。人们常常宁愿生而为南海某一座小岛上的所谓野蛮人，只要哪怕仅仅能享受一次完全纯真的、没附加任何异味的人的生活就好。

“遇上心情抑郁的时候，更深入地思考思考我们时代的弊病，常常就叫人觉得好像世界末日快要到了。罪孽一代人一代人地越积越多！不只是我们承继了父辈的罪孽，我们还将它们加上自己的一份再遗传给自己的后代。”

“我常常也有类似的想法，”我接过话头，“不过一当我看见一队德意志龙骑兵从面前策马驰过，想一想这些年轻小伙子有多么英俊、剽悍，我马上又感到欣慰，于是对自己说，从长远看人类的情形还并非糟糕透顶哪。”

“我们的农村居民自然还一直保持着健康和力量，”歌德回答，“但愿他们不只能给我们提供剽悍的骑兵，还能防止我们的彻底堕落和腐败。农村可以视为一座宝库，从中沉沦的人类正不断地汲取和更新自己的力量。反过来，你要去咱们的大城市看看，那你的心情就完全不同啦。要是你再到某个‘跛鬼二世’或者兼操副业的郎中的店铺旁去遛遛弯儿，他就会悄悄地给你讲一些个故事，叫你听了不禁对人性染上的恶疾心惊肉跳，对社会遭受的戕害不寒而栗。[①]

“不过还是抛开这些虚幻的想法吧。你怎么样？在干什么？今天过得如何？给我讲讲，让我换换脑子。”

“我在读斯特恩的小说，”我回答，“读到尤利克徜徉巴黎街头，并且感慨他所见的每十个人中竟有一个是侏儒。您刚才提到大城市

① 法国作家列萨日有一部讽刺小说叫《跛脚魔鬼》，署名即小说主人公的绰号，此处指称下流郎中的“跛鬼二世”似由此引申。

的罪孽，我便想起这个情节。我还回忆起，在拿破仑时代见过一个法国步兵营，当兵的全是些巴黎城里的人，一个个都又瘦又小，弱不禁风，真不知拿他们去战场上干什么用。”

“惠灵顿公爵的高地苏格兰兵自然别有一番威风！”歌德应道。

“在滑特卢战役之前一年我见过他们，”我接过话头，“那确实是些好汉！一个个身强力壮，英气勃勃，矫健敏捷，仿佛是上帝亲手造出来的。他们昂首阔步，轻松自如，裸露的腿脚迈动起来如此轻捷有力，好似身上全然没有背负原罪和父辈的罪孽。”

“那是个特殊情况，”歌德应道，“原因在种族遗传，在立足的土地，在自由的生存状态，在健康的教育——够啦，英国人总的来说比其他许多民族是要优越一些。就瞧瞧咱们魏玛这里为数极少的英国人，显然不是他们中最优秀的吧，可又全都是些多么能干、多么漂亮的人物啊！年纪轻轻，二十七岁就来到这里，身处德意志这个陌生的国度却一点儿不觉陌生和拘束，相反在社交场合举止言谈充满自信，随意大方，仿佛在哪儿都是主人，仿佛全世界都属于他们。也正是这点赢得了咱们太太们的青睐，搅乱了咱们一位位千金小姐的芳心。身为一个德意志家庭的家长，自然希望家里人都平静无事，所以每当我儿媳妇宣告一位众所期盼的新来的年轻岛民即将光临舍下，我心中总不由得有些忐忑。我已经想象到他临别时将洒下的眼泪。——真是些危险的年轻人啊，不过正因为危险，所以才高贵。”

“可是我并不认为，”我接过话头，“咱们魏玛的英国青年比其他的人更加聪明，更富智慧，更有教养，心性更加高尚卓越。”

“关键不在这些方面，好朋友，”歌德回答，“也不在门第和财富。关键在他们有勇气让自己立身行事顺其自然。他们身上毫无矫揉造作、遮遮掩掩，也不见敷衍马虎、乖僻别扭。不管怎么样吧，他们都是些完完整整的人，也有时完全是些傻子，这我心甘情愿地承认。不过，傻子仍旧是人，在自然的天平上毕竟还是有些个分量。

“享有个人自由的幸福感，身为英国国民的自我意识，受到其他民族器重敬仰的自豪，对还是孩子的他们就有所裨益，使他们在家中和学校里都受到了更多的尊重，享受到了比咱们德国人更加自由幸福地发展自我的可能。

“想了解德国的情况，我只需朝咱们魏玛这儿的窗外瞅一瞅就够啦。新近街上积了雪，邻居的孩子们想试着在外面玩一玩儿雪橇，可马上警察就来啦，可怜的小家伙们一见他立刻逃之夭夭。眼下春日的阳光又将他们引诱出了屋子，小伙伴们很想在家门前玩一玩儿游戏，可样子看上去仍然畏畏缩缩的，像是心中无数，不知什么时候又会有一个警察跑来干涉他们。没有哪个孩子敢于甩响鞭，敢于放声高歌或者大呼小叫，否则立马有警察出来制止。为了让可爱的青年早早地变得驯顺，去掉他们身上一切自然的、独特的、野性的东西，我们使出了浑身解数，到头来只养成了一群庸人。

“你知道，我没有哪一天不接待一些途经此地的陌生来访者。可是如果我讲，我很高兴会见这些人，特别会见一些来自北方的年轻学者，那我肯定是在撒谎。近视，苍白，凹胸，年轻而无青春气息，这就是他们大多数给我留下的印象。一当谈起话来，我立刻发现我们这种人喜欢的事情，在他们看来通通庸俗而无意义，他们完完全全沉溺在观念里，感兴趣的只是那类最深奥的哲学思辨的问题。他们身上找不到一丝丝健全感官和感官之乐的影子，一切青春的感觉和青春的欲求都已从他们身上消失殆尽，而且是无可挽回地消失殆尽。要知道一个人二十岁时已不年轻，到了四十岁还能有什么指望。”

歌德叹了口气，不再作声。

我想到了18世纪的幸福时光，其时歌德正青春年少，我仿佛吸吮着塞森海姆夏日的温暖气息，于是对他念了下面的诗句：

我们年轻的小伙儿和姑娘，

午后快乐地坐在一起乘凉。

“唉，”歌德叹道，“那时候自然很美好！不过把它们忘了吧，免得回想起来，眼下晦暗的日子更叫人忍无可忍。”

“必须出现第二个救世主，”我说，“来改变我们这沉闷、难受和极度压抑的现状。”

“就算出现了救世主，”歌德回答，“人们也会再一次把他钉上十字架。我们压根儿用不着这么伟大的人物喽。只要能让德国人以英国人为榜样，少一些哲学头脑多一些实干能力，少一些理论多一些实践，那我们无须等待救世主耶稣基督的第二次降生，就差不多已经得救啦。由下而上，有民众参与，通过学校和家庭教育，可以成就许多事情；自上而下，经过当政者及其臣僚们的努力，可以成就许多事情。

“因此，我不赞成要求正在求学的未来国家公仆，具备太多的知识和学问，这样做早早地毁了这些年轻人的精神和身体。接下来投身于实践，他们尽管掌握着大量的哲学和理论教条，可这些玩意儿在其有限的职业范围内根本派不上用场，结果必然一股脑儿给忘记掉。而另一方面，他们最需要的东西却已经失去，例如精力旺盛的脑子和身体，一个人在实践中要想事业有成，是万万不可缺少的。

“还有，一位国家公仆在生活中，在待人接物方面，不还需要爱和善意吗？如果一个人自己都感觉不痛快，他又怎能对他人抱有善意和善待他人呢？

“可是所有人的心情都很糟糕！那些给拴在写字台边的学究和公务员们，他们有三分之一身体都垮了，都患上了忧郁症。必须由上头采取措施，至少挽救一下年轻的一代，使其不要遭受同样的戕害。

“但愿吧，”歌德微笑着补充道，“但愿并且期待，一百年后我们的德国人会是另一个样子，会不再是一些唯尚空谈的学究和哲学家，而成了真正健全的人。”

1828年6月15日，星期日

（听提罗尔山民放歌；卡尔·奥古斯特大公辞世）

我们在桌边没坐多久，佣人就报告，赛德尔先生领着提罗尔歌手来了。歌手们被安排到花园的敞厅里，透过洞开的厅门就看得见他们，他们的歌声更老远便听得清清楚楚。赛德尔先生坐到了我们一起。快活的提罗尔山民演唱的歌曲和他们富有地方特色的吆喝[①]，颇对我们年轻人的口味。乌尔莉克小姐和我尤其喜欢《花束》和《你，你在我心里》这两首，请他们把歌词给了我们。歌德本人看上去不像我们其他人似的兴奋。他说：

“想知道樱桃和草莓的味道，必须向小孩子和麻雀请教。”

提罗尔山民还用一支声音嘹亮的横笛和一张平躺着的齐特尔琴，演奏各式各样的舞曲，穿插在歌唱节目之间。

小歌德让人给唤出去了，他一会儿又走了回来。他走到提罗尔人那边，打发走了他们。他又坐到桌旁，跟我们待在一起。大伙儿谈论着《奥伯龙》，说从四乡八野涌来这么多人看这出歌剧，中午肯定就已经买不着票子。小歌德提出散席，说：

“亲爱的父亲，咱们散了吧！先生们和女士们也许希望早一点儿上剧场去。”

如此匆忙似乎让歌德感觉奇怪，因为还不到4点，不过他仍然顺从地站了起来，我们其他人则分散到了各个房间里。赛德尔先生

---

① 一种被称为Gejodel的喉音唱法，与我国的蒙古长调唱法有几分近似。

来到我和另外几个人跟前，满脸愁容地低声说：

“各位想看戏是空欢喜啦，不会再有演出——大公爵死了！在从柏林回来的路上死的。”

众人无不感到惊愕。歌德走进屋来，大伙儿赶紧装着什么也没发生的样子，扯到一些不打紧的话题。他和我走到窗户前，给我讲那些提罗尔山民，讲看歌剧的事。他道：

“今天你坐到我的包厢里来吧，到6点钟你还有时间，别管其他的人，就待在我这儿，咱们还可以再聊聊。”

小歌德试图请大家都离开，以便他赶在刚才送信给他的首相回来之前，向自己的父亲通报那个噩耗。歌德不理解儿子干吗这么心急火燎地催客人离去，表现出不耐烦的样子，说：

“你们难道咖啡都不想喝了吗，须知还不到4点哟！”

这期间别的人全走了，我于是也取下自己的帽子。歌德很诧异地瞅着我，问：

“喏，你也要走？”

“是的，”小歌德抢过话头，“艾克曼在上剧场前还有事要办。”

“可不，”我道，“我还有点儿事情。”

“那去吧，”歌德说，边说边不解地摇摇脑袋，“可我真不明白你们。”

我们和乌尔莉克小姐一起上了楼，小歌德则留在下边向他父亲报告噩耗。

我再见到歌德已是那天夜里。还没跨进房间，我就听见他在唉声叹气，在大声自言自语。他似乎感觉，他的生命被撕开了一个口子，蒙受的损失再也无法弥补。他拒绝任何安慰，讲什么都根本不听。他讲：

“我原以为我会先他而去啊，不过上帝觉得怎么好怎么安排，我们可怜的凡人毫无办法，只能忍受，只能，只能尽量继续活下去。”

老公爵夫人得到噩耗时正在威廉塔尔避暑，已当政的小公爵一行尚在俄国。歌德即刻启程前往道恩堡，为的是逃离这睹物思人的伤心之地，在新环境中从事全新的活动，以恢复身心健康。他先从法国人方面得到了一些重要的创作启示，继而又重新热衷于植物学研究；眼下他居住在乡间，一出门就满眼是茂密的葡萄藤蔓和蓓蕾初绽的花木果树，很适合做这样的研究。

我陪他的儿媳和孙子们去看过他几次。他看上去很幸福，忍不住对我们一再地称赞府第和花园的位置，说它真是再好不过。的确，透过窗户，从这么高的地势俯瞰山下，风光十分迷人。峡谷里植物繁茂，生气勃勃，萨雷河蜿蜒流经如茵的草地。正对面朝东，是一些森林覆盖着的丘陵，越过丘陵极目远方，让人感觉那便是白日里看云聚云散、骤雨降临，夜晚观察东边的星空和旭日初升的最佳去处。

“我在这里已经度过一些美好的白昼，美好的夜晚，”歌德说，“常常天亮前就醒了，我便躺在床上，面对大开着的窗户，观赏三大行星汇聚在一起时的壮烈景象。随着朝霞越来越红，越来越红，我也越来越精神抖擞。随后便整天徜徉在野外，和葡萄的藤蔓作精神对话，它们告诉了我不少好想法，我也可以向你们透露一些奇妙的事情。我又开始写诗啦，而且写得不坏，我真希望自己有运气，能把现在这样的状态保持下去。”

1828 年 9 月 11 日，星期四

（修订《威廉·迈斯特的漫游时代》；席勒的伟大人格）

今天风和日丽，2 点钟时歌德从道恩堡回来了。他身体健硕，皮肤晒得褐黑。我们很快坐到桌旁，在紧靠花园的房间里，敞开着

房门。他讲了接待过哪些访客，收到了什么礼品，看样子对这次出去散心异常满意。然而深入观察，也不难发现一个外出归来者特有的拘谨：即将恢复旧日的生活，需要顾这管那，满足日常的种种需求。

刚上头两道菜，老公爵夫人的使者就到了，说下个礼拜二她很乐意来看他。这表明对于歌德的归来，她着实挺高兴。

大公爵逝世以来，歌德没有见过公爵家的任何人。尽管一直和老公爵夫人保持着通信联系，对于失去大公爵的哀痛已经谈得够多的了，但即将面对面坐在一起，双方仍旧难免会激动悲伤。念及此，他事先可能已感到了几分沮丧。出于同样的原因，歌德也还没有见小公爵，对这位新继位的君主表示臣子的敬意。上面这一切都即将发生，尽管作为一个见过世面的大人物，他不会因此而紧张拘束，但是作为一位生来便我行我素的天才，歌德仍感到不自在。

除此而外，还有来自全国各地的访问。柏林举行的一次自然科学家大会，使众多著名杰出人士踏上了旅途，其中的一部分人来回途径魏玛，已经预先约定来访。一连几个星期的叨扰，将夺去人内心的安宁，使生活偏离习惯的轨道。歌德的脚一踏上府第的门口，穿过一个个房间，就已预感到一些原本异常重要的来访包含的这类不快。

还有一个情况使面临的麻烦更加恼人，这我也不应该忽略。歌德文集的第五批稿子，其中包括《威廉·迈斯特的漫游时代》，必须在圣诞节以前交稿付印。这部小说过去印成了一卷，现在歌德开始完全重写，要将原有部分和许多新内容糅合在一起，计划在新的版本里把一部作品印成三卷。工作尽管已经做了许多，但还要做的也不少。稿纸上到处是需要填补的空白；有的引言缺少点儿意思，有的章节之间还需要有个过渡，免得编辑组合的痕迹太明显；这儿有些个重要片断需要加上开头，那儿需要补充结尾……如此一来，要使这部重要作品叫人读着舒服、满意，三卷合起来尚需加工的地方还很多很多。

今年夏天歌德把稿子交给我通读，我俩当时对这部重要作品口头和书面交换过许多意见。我建议他用整个夏天来完成这件工作，把其他的事情通通摆到一边，他呢同样坚信有必要这样做，并且也已经下定了决心。不想后来大公爵死了，给歌德的存在留下了可怕的空白，再也甭想他有愉快、宁帖的心境来完成这个重任啦。眼前他最重要的只是自己不要垮掉，然后恢复身心健康。

可眼下当他入秋时从道恩堡回来，一重新踏进自己魏玛居所的房间，脑子里必然就想到了要完成《威廉·迈斯特的漫游时代》这件事情，想到了剩下的时间只有短短几个月，而且还面临着许许多多干扰，不容他在纯粹、宁静的心境中去发挥自己的天才。

把上述一切归纳到一起，读者就会理解我为什么讲歌德尽管席上谈笑风生，却仍让人能看出他深藏在心中的隐忧。

可为什么谈及这个情况，还有另外一个原因。它跟歌德的一席令我感觉特别的话，一席既道出了他的处境，也表现了他的本质的话有关。喏，现在我愿讲讲是怎么回事。

奥斯纳布吕肯的阿贝肯教授[①]在 8 月 28 日之前寄给我一个包裹，请我在适当的时刻把它转交给歌德当生日礼物。他说是一件跟席勒有关的纪念物，肯定能让歌德高兴的。

今天在席间谈到了给他转到道恩堡去的众多生日礼物，我便问歌德，阿贝肯的包裹里装的到底是什么。歌德回答：

“装着件很有意思的东西，让我乐了好一阵。一位殷勤的夫人，席勒曾到她家喝过茶来着。真有她的啊，竟把他的谈话给记录了下来，不但文字非常优雅，而且记述忠实准确，过了这么长时间读起来还挺好的，让人有身临其境的感觉。同样的情景出现过何止千百次，但唯有这次幸运地凝固在了纸上，保持着生动鲜活。

① 阿贝肯（B. R. Abeken，1780－1866），席勒生前为孩子们请的家庭教师。

"在这里席勒仍不改本色，让人感到他绝对拥有高尚的天性。他在茶桌上举止大度，就像他出席国务会议时会有的样子。没有任何东西令他拘谨做作，没有任何东西让他缩手缩脚，没有任何东西能阻碍他思想的翱翔。他总是直抒胸臆，无所顾忌地道出活跃在他心里的伟大理念和想法。他是一个真正的人，做人就该像他这个样子！相反，我们其他人总感到局限拘束，周围的人物和物件都会影响我们。例如茶匙要是金的我们便会拘谨起来，因为它本该是银的。这样，受着千百种顾忌的束缚，我们的个性里即使有伟大的东西也麻痹了，也自由释放不出来了。我们是外物的奴隶，环境的奴隶，我们是显得渺小或是显得伟大，全取决于环境对我们的挤压程度，抑或留给了我们多大的自由伸展空间。"

歌德缄默了，谈话插进了别的内容。我呢，却思考着歌德这富含深意的、同样触动了我内心的一席话。

1828年10月1日，星期三

（自然科学研究与亚里士多德）

来自克勒菲尔特的霍宁豪斯先生今天在歌德处用餐。他是一家大商号的老板，同时又爱好自然科学特别是矿物学，通过长时间的游历和研究已成为一位学识渊博的人。他去柏林参加了自然科学家大会归来，谈话涉及大会讨论的内容，特别是一些有关矿物学的发言，也谈到那些火成论者，以及人们对于宇宙成因的观点和假说。在这个过程中曾忆及一些伟大的自然科学家，歌德也谈起了亚里士多德。他说：

"亚里士多德对自然的认识比某位革新家更高明，只不过他太急于发表自己的见解。与自然打交道必须从容不迫，如果想从它那里有所收获。

“要是我研究自然科学问题形成了一种看法，那我也不奢望自然马上予以证实，倒是继续观察、实验，以求进一步地验证。只要它不时对我表现友善，证实我的看法确非虚妄，我就心满意足啦。如果不是这样，它也领我上了另外一条思路，我就沿着这条思路继续探索，也许就更容易找到真理。”

1828 年 10 月 3 日，星期五

（赞斯科特小说；《地球》“精神”）

应歌德的要求读完了福凯的《瓦特堡的歌手之役》，今天午餐时和他谈了这首诗。我俩一直认为，这位诗人毕生研究古德意志文学，到头来却未看出其文化精髓。歌德说：

“在古德意志的黑暗时代，我们不可能得到多少收获，正如从斯拉夫民歌和类似的蛮族民间诗歌中，也没什么好继承一样。你读一读它，在一段时间里对它感兴趣，可为的只是摒弃它，将它置诸脑后。人受自身激情和命运的困扰，已经够郁闷的啦，没有必要再让黑暗的史前时期来增加自己的苦恼。他需要光明，需要欢乐，他必须把目光转向新的文艺时期。在这样的新时期，杰出的人们充分完善了自身，不但自己感到幸福，也有能力用他们的文明浇灌滋养其他人，令其他人同样幸福。

“可如果你想对福凯产生好感，那你就读读他的《温婷娜》，读读这篇再美不过的小说。题材诚然异常精彩，甚至不能讲福凯充分发掘了它，但仍是篇好作品，你会喜欢的。”

“当代德语文学在我这里时运不济，”我说。“刚认识了伏尔泰，也就是刚读过那些肯定属于他最佳创作的短诗，就来读厄贡·厄贝

尔特[1]的诗歌。眼下福凯的遭遇也不见得更好，我正着迷于沃尔特·斯科特的《帕斯的漂亮女孩儿》，正津津有味地读这位大作家的第一部小说，就遵从您的要求放下它转而读《瓦特堡的歌手之役》了。”

“诚然，在如此伟大的外国作家面前，当代的德语作家完全不是对手，”歌德说，“不过呢，好就好在你慢慢熟悉了国内和国外的文学，知道了一个作家原本需要具有在世界上也属较高的素养，以及到哪儿去获得这样的素养。”

小歌德夫人走进来，坐到了我们桌旁。

“对不对，”歌德继续兴奋地说，“沃尔特·斯科特的《帕斯的漂亮女孩儿》很精彩吧！完美无缺！大师手笔！整体结构沉稳妥帖，各部分的笔墨也准确精练，没有任何无的放矢。特别是细节设置精彩绝伦，对话如此，描写叙述也如此。斯科特小说的场面和情景好似特尼尔父子的一幅幅油画，总体布局显示出高超的艺术手腕，一个个人物却真实生动，笔画一丝不苟，描绘细致入微，却又无一笔一画多余，充分表现了作者对艺术的挚爱。——你现在读到什么地方了？”

“我已读到亨利·史密斯领着美丽的弹齐特琴的姑娘穿街走巷朝家里走去，”我回答，“不想却遇见了铸币匠普罗德福特和药剂师德温宁，令他十分恼火。”

“是的，这段不错，”歌德说，“诚实而执拗的刀剑锻造师临了不只带走了形迹可疑的姑娘，甚至连小狗也给背走了，这是所有小说中都难得见到的精彩的一笔。它证明作家对充满奥秘的人性有真正的洞悉。”

“我还必须赞赏另一个手段极其高明的地方，”我说，“就是斯科特把女主人公的父亲写成一个手套缝制匠，他长期以来一直跟山

① 厄贝尔特（E. Ebert，1801—1882），出生在布拉格的德语作家。

民们打交道，做毛皮和皮革的买卖。”

“是啊，”歌德说，“这确实是异常高明的一笔。由此便产生了对全书极有利的情势和背景，为整个故事提供了现实基础，使情节发展具有了最具说服力的真实性。读斯科特，你总是会发现他对事物的描绘刻画既精准又透彻，原因就在于他对现实世界有全方位的认识，而为获得这样的认识，他毕生致力于研究和观察，并日复一日地思考和探究那些最重要的关系。还有他的卓越天赋和渊博的知识！它们让我想到了一位英国批评家。此人把作家们比喻作歌手的嗓音，说有的歌手只有少数几个音唱得好，另外的歌手却音域广阔，高音低音一样出色。斯科特就是后一类歌手。在《帕斯的漂亮女孩儿》里，你找不到一处笔力不逮的地方，一处让你感觉作者知识和才气不够的地方。对他所写的题材，他是全方位地胜任。国王、亲王、王储、教会长老、贵族、市政府要员、普通市民和手工匠人，还有山民们，他们全都刻画得同样准确真实，惟妙惟肖。”

“英国人特别喜欢亨利·史密斯这个人物，”小歌德夫人接过话头，“斯科特看样子也把他写成了小说的主人公。可我最喜欢的却不是他，而是那位王子。”

“王子尽管野性十足仍不失其可爱，”我说，“对他的刻画也一样没得说的。”

“他骑在马上，”歌德说，“让弹齐特琴的姑娘踩上他的脚背，好让他抱起她去吻一吻，这真是一个英国式的大胆举动。不过你们女士们可不好，你们老是偏心眼。你们读一本书通常都为寻找心灵的养料，都为寻找一个你们可以迷恋的主人公！这样读书可是不行啊，问题根本不应该是你们喜不喜欢这个或者那个人物，而是你们喜不喜欢这本书。”

“我们女的生就如此呀，亲爱的公公，”小歌德夫人一边说，一边欠过身去握了握桌子对面的歌德的手。

“那就只好迁就迁就呗，”歌德回答。

歌德旁边摆着最新一期的《地球》，他拿起来翻阅。我趁机跟小歌德夫人谈起我在剧场认识的年轻英国人。

"《地球》的编辑们可真是好样的，"歌德又有几分激动地说，"他们每一天都变得更大气，更了不起，大家伙儿同心协力，充满同一种叫人无以名之的精神。而在德国呢，根本不可能有这样一本刊物。我们全是些各行其是者，根本甭想实现意见统一。谁都有他的省、他的城市甚至他个人的主张。我们可能还要等很久很久，才会形成一种全社会同心同德的局面。"

1828年10月7日，星期二

（罗西尼的歌剧《摩西》；关于人类起源）

今天餐桌上极为热闹。在座的除了魏玛的友好，还有几位从柏林开会回来的自然科学家，其中我只认识坐在歌德身边的马提乌斯先生，他来自慕尼黑。大伙儿你一言我一语地说说笑笑，话题广泛、驳杂。歌德心绪特好，谈兴极高。谈到了戏剧，对最近上演的罗西尼的歌剧《摩西》聊了很久。有人批评它的主题，有人赞扬或者责难它的音乐，歌德则发表了下边的看法。

"好朋友们啊，我真不明白你们，"他说，"你们怎么能够把音乐和主题分开，一个一个地单独欣赏。你们说主题不行，却又能忽视它，去欣赏你们的优美音乐。我真佩服你们的天赋，能够一边用耳朵享受优雅的曲调，一边却让最灵敏的器官眼睛忍受极其荒唐的场面折磨。

"你们的《摩西》呢也确实太荒唐，那么不能否认。幕一拉开，人们就站在那里祈祷！这太不适合。如果你想祈祷，经书上写着，那你就回你的小屋去，随手把门关上，可不能让人在台上祈祷。

“我倒想给你们写一部完全不同的《摩西》，开头完全地不一样。一启幕我就让你们看，以色列的子民们怎样替埃及的总督们当牛做马，受尽磨难，这样，后来有能力将他们从屈辱压迫中解救出来的摩西，他为自己的人民立下了怎样的功勋，就更加清楚明白了。”

歌德继续往下讲，越讲越兴奋，竟然一步一步把整出歌剧的一幕幕一场场全讲了出来，而且剧情总是富有深意并充满古代的生活气息，令在座的所有人大为惊喜，都佩服他文思泉涌，称赞他的想象力太丰富啦。一切都须臾即逝，没法记录下来，不过我仍记住了埃及人跳舞的场面，歌德用它表现人们在战胜黑暗后迎来光明的喜悦。

从摩西回溯到了很久以前的太古洪荒，这时由一位敏锐的自然科学家提头，话题转到了自然史方面。

“在阿拉拉特峰上，”马提乌斯先生说，“有人声称发掘到了挪亚方舟的一块化石，可我感到奇怪，怎么不宣布还发掘出了人类祖先们的头盖骨。”

这么一讲便引出了关于不同人种的讨论，有谁说地球上各个地区分别住着黑种人、棕种人、黄种人和白种人，如此一来就出问题啦，难道真的可以推想所有这些人都是亚当夏娃这一对的后代么。

马提乌斯先生赞成《圣经》的这一说法，他作为自然研究者企图用一句话证明它，大自然在造化万物时严格遵循了节约的原则。

“我不能不反对这个意见，”歌德抢过话头。“我反倒认为，大自然总是表现得很富足，甚至很浪费，它比你们推想的大度得多，它不是一开始仅仅创造了那可怜巴巴的一对，而是马上创造出了几十甚至几百对。

“也就是说，地球发育成熟到了一定程度，洪水消退了，陆地变得葱绿，这就到了变出人类来的时代，于是通过万能的上帝，只要哪里的土地允许哪里便出现了人，也许最早是在一些个高原上。

推想这种情况出现，我认为是符合理性的，但要穷究它如何出现，我则认为白费时间。咱们就让那些喜欢钻牛角尖，除此便没正事好干的人们去干吧。”

“尽管作为自然研究者我乐于服膺阁下的观点，”马提乌斯先生显出几分狡黠说，“可身为虔诚的基督徒，我接受您的观点吧又颇感尴尬，它跟《圣经》的说法真是不好统一起来喽。”

“不过呢，”歌德应道，“《圣经》只讲了上帝在第六天造了两个人，而那些个记录下上帝金言并通过《圣经》传达给我们的才智之士，他们最初讲的只是自己那个被挑选出来的优秀种族，我们呢也绝对无意否认他们乃是亚当后裔的光荣。只不过我们其他人，也包括黑人和拉普兰人①，还有比我们大家都更漂亮的身材修长的人，我们肯定也有另外的祖先啊；优秀种族的才智之士肯定会同意，我们跟亚当的真正后裔区别太多太多了，特别是涉及钱的事，他们比我们所有的人都机灵。”

我们笑了起来。话题随之分散开来。受到马提乌斯先生先生的激励，歌德在反驳他时还讲了一些重要的话，表面上像开玩笑，实际却暗藏玄机和深意。

散席后，佣人来通报普鲁士大臣封·约旦先生到访，我们便退进了隔壁房间。

1828年10月8日，星期三

（蒂克一家；戈特林教授赞罗马）

蒂克带着妻子、女儿和芬肯伯爵夫人去莱茵河地区旅行回来，

① 拉普兰在斯堪的纳维亚半岛北端，气候严寒，生态环境恶劣，土著人多以捕鱼为生。

约好今天来吃午饭。我在前面的房间里碰上了他们。蒂克看上去气色极好，莱茵地区的温泉似乎有益于他的健康。我告诉他，最近一段时间我读了沃尔特·斯科特的第一本小说，非常欣赏他非凡的才气。蒂克接过话头，说：

“我还不了解他最新的这部小说，我怀疑它是沃尔特·斯科特最好的作品。不过这位作家太了不起啦，谁一开始读他，也不管读的是什么，总会感到惊喜，不管从哪个方向，你总能接近他。”

戈特林教授走进房来，他精神焕发，刚去意大利旅游了一趟。再见到他我很高兴，把他拉到一扇窗户边，听他给我讲旅游观感。他说：

“去罗马，你得去罗马，如果你想有出息！那才叫城市！那才叫生活！那才叫世界！我们生性中一切渺小的东西，在德国没法子去除掉，可一踏进罗马立刻变了，环境伟大，我们感到自己也跟着伟大起来。”

“那你为什么不在那里待久一些呢？”

“钱和假期都完了呗，”他回答，“可当我告别美丽的意大利，脚又踏上阿尔卑斯山，心里的滋味真是说不清楚啊。”

歌德进来招呼在场的人。他跟蒂克及其家人寒暄了几句，随后就挽着伯爵夫人走向餐桌。我们其他人也跟过去，男女间隔着落了座。谈话活跃而随意，然而谈了什么我已不怎么能回忆起。

散席以后，佣人通报奥登堡的王子们到访。我们其他人全去到楼上小歌德夫人的房里，阿格尼丝·蒂克小姐便坐到三角钢琴跟前，自弹自唱了《我默默徜徉在田野里》① 等歌曲，很漂亮的女低音，演唱声情并茂，给人留下了难以忘怀的印象。

---

① 即歌德 1775 年至 1776 年间创作的抒情诗《狩猎者的夜歌》。

1828年10月9日，星期四中午

（忆意大利之旅；再谈斯科特小说）

今天中午单独跟歌德和小歌德夫人用餐。和往常一样，席间又拾起了前几天谈过的一个话题。我们再次提到罗西尼的《摩西》，便很高兴地回忆了前天歌德对这部歌剧兴致勃勃的改作。

“当时我是闹着玩儿，”歌德说，“已想不起一时兴起讲了些什么，因为这种事完全出于无意识。不过可以肯定的是，一部歌剧只有题材和音乐同样完美，彼此谐调并相得益彰，我才会欣赏和喜欢。你们问我认为哪部歌剧好，那我就告诉你们《挑水工》，因为这部戏的题材棒极了，即使没配音乐也可以演，也会让观众喜欢看。一部好剧本多么重要，这道理要么是作曲家们不懂，要么是他们有好的题材，但身边根本就没有能帮助他们写好这些题材的行家。《自由射手》的题材事实上不怎么样，这部歌剧的音乐就得格外出色，才能赢得大量观众，因此嘛也该向编剧金德先生表示几分敬意才是。”

就这个话题还发表了各式各样的意见，随后我们却想起了戈特林教授和他的意大利之行。

“这位好人谈起意大利那么欢欣鼓舞，”歌德说，“我不能够责备他，我可是知道自己当时心情如何！是的，我可以讲只有在罗马才感觉到了，人到底是怎么回事。自此以后我再不曾如此情绪高昂，再没感到过如此幸福，跟我在罗马的状况相比，我以后再也没有快乐过。

“不过咱们还是别一个劲儿地伤感下去，”歌德停了停说，“你的《帕斯的漂亮女孩儿》怎样了？感想如何？已经读到哪里？给我讲讲，做个总结吧。"

"我读得很慢，"我回答，"不过已经读到普罗德福特穿上了亨利·史密斯的盔甲，学着模仿他走路和吹口哨的样子，结果被打死了。第二天早上市民们在帕斯的街上发现了他的尸体，把他当成了亨利·史密斯，闹得全城一片惊慌。"

"嗯，"歌德道，"这一幕很精彩，是书中许多极好的段落之一。"

"我特别佩服沃尔特·斯科特的是，"我接着说，"他天才的手腕如此高超，能将复杂纷繁的情节场景调度调理得一清二楚，让我们产生一个错觉，仿佛自己变成了万能的神灵，能够居高临下俯瞰大地，在同一时间里看清楚在不同地点发生的事情。"

"可不是嘛，"歌德接过话头，"沃尔特·斯科特的艺术见解极为高超，正因此我们和像我们一样重视表现手法的人就对他的作品备感兴趣，并因此获益匪浅。我不想越俎代庖，你读到第三部自己还会发现同样高超的艺术手腕：亲王在国务会议上献了一条妙计，让造反的山民相互残杀，这你已经读过了，还知道日子已经定在复活节的星期日这一天，届时两个结下了冤仇的山民部族将来到山下的帕斯，在这儿进行三十个人对三十个人的生死决斗。这时你就将惊叹沃尔特·斯科特的开场安排得何等艺术：决斗那天有一方缺了一个人，如此便早早地埋下了伏笔，好让小说主人公亨利·史密斯到时候顶替进来，自然而然地参加战斗。真是生花妙笔啊，等读到那儿你会很喜欢的。

"读完《帕斯的漂亮女孩儿》你必须接着读他的《瓦福利》，这部作品自然又别有一番景象，无疑也可以摆在迄今的世界最佳小说之列。你会发现，写它的还是写《帕斯的漂亮女孩儿》的同一个人，只不过此人当初尚需赢得广大读者的青睐，因此便兢兢业业，不敢有任何的马虎闪失。反之，《帕斯的漂亮女孩儿》笔墨比较粗放，作家已对自己的读者有了把握，行笔便自由一点儿。你读完了

《瓦福利》自然明白，为什么沃尔特·斯科特迄今一直被冠以‘《瓦福利》的作者’这个称号，因为在这部作品里，他充分展现了自己的才能，从此以后再未写出超过这部处女作，甚或只是跟这部杰作差不多的作品。”

1828年10月9日，星期四晚上

（蒂克朗诵歌德的剧作《克拉维歌》）

为了欢迎蒂克，晚上在小歌德夫人房里举行了很欢快的茶会。我因此有机会结识了麦德姆伯爵夫妇。伯爵夫人对我说，她白天见过歌德，所获得的印象直到现在还使她内心深处充满喜悦。伯爵对《浮士德》及其续作特别感兴趣，就此话题兴致勃勃地跟我聊了好一阵。

有谁说蒂克将朗诵点儿什么，果然没让大家失望，大伙儿很快转移到了一个大房间。等听众们在宽松的环境中舒舒服服地坐在沙发和椅子上以后，蒂克就开始朗诵《克拉维歌》。

这个剧本我读过多次，但这次却感觉十分新鲜，有一种从未体验过的效果。我仿佛听见的是舞台上的道白，只不过更加动人，一个个人物和场景叫人觉得栩栩如生，就好像在欣赏一场角色阵容强大整齐的演出。

几乎没法讲清楚哪一幕哪一场朗诵得更好，是显示男人们力量和激情的段落，是沉静理智的场面，抑或爱情受着痛苦煎熬的时刻，一样地生动感人。只不过对于后者，也就是表现爱情的痛苦，蒂克掌握着一些特别的手段。玛丽和克拉维歌二人对话那场，至今还回响在我耳畔：遭受压抑的心胸，声音的停顿和颤抖，断断续续、喑哑乏力的语句和词，伴随着热泪的抽泣、嘘唏和哀叹——这一切都清晰可闻，令我永生难忘。每一个人都沉溺在倾听里，都感动得忘乎所以。烛光黯淡下来了，谁也想不到或者说没胆量去吹掉它们，生怕会稍稍打断了朗诵。女士们一次次地泪如泉涌，她们的泪水既是歌德此剧感人至深的证明，也是给朗诵者和剧作者献上的最动情的贡品。

蒂克朗诵完了，站起身来擦拭额头上的汗水。听众一个个却仍旧呆坐在位子上，好像谁都还深陷在适才汹涌过心头的感情里，以至找不出一句适当的话语来表达自己的感激，感激那位感动了所有人的杰出朗诵者。

人们渐渐清醒过来，站起身愉快地交谈和走动，随后便去隔壁房间，在一些小桌子旁边用晚餐。歌德本人今晚上不在场，可他的精神和影响一直活跃在所有人中间。他带话向蒂克和他的两个女儿阿格尼丝和多罗特亚表示歉意，并且委托自己儿媳把两枚嵌有他本人肖像和拴着红蝴蝶结的别针，像授勋一样赠送给了姐儿俩。

1828 年 10 月 10 日，星期五
（为欢迎蒂克再次聚会）

伦敦《国外评论》的发行人威廉·弗拉塞先生给我寄来两册这份期刊的第三期，今天早上收到了，中午我便给歌德送了一册过去。

我发现又有一个愉快的聚会，而且仍旧为了蒂克一家和伯爵夫人。他们应歌德和其他朋友的请求再逗留一天，而伯爵家的其他人呢，还在今天早上就提前动身上德累斯顿去了。

席间的一个特殊话题为英国文学，具体讲就是沃尔特·斯科特。借这个机会蒂克说了，十年前他便把第一本《威弗利》带到了德国。

1828年10月11日，星期六

（卡莱尔评介歌德；歌德自称“我的作品不可能普及”；演员沃尔夫）

上次提到的弗拉塞先生发行的《国外评论》这一期刊登了许多重要而有意思的文章，其中极有价值的是卡莱尔的一篇《论歌德》，我今天早上已经把它读了。中午我过去得稍微早一点儿，以便赶在其他客人到来之前与歌德聊聊这篇文章。

如我所愿，我发现他还是一个人在等待着来客。他今天穿着黑色的大礼服，佩戴着星形的勋章，我很喜欢看见他这样穿戴。他今天看上去特别地年轻、爽朗，我们立刻开始我们共同感兴趣的话题。歌德告诉我，卡莱尔谈他的文章他同样在今天早上读过了，这样子，我们就能对外国人所做的努力，交换一些赞誉之辞。歌德说：

“发现苏格兰人的生性刻板，在卡莱尔身上变成了认真和严谨，真是一件令人高兴的事。想想不多几年前爱丁堡人怎样批评我的作品，再对照着衡量一下卡莱尔为德国文学做出的贡献，那就看得很明白，这期间所取得的进步有多大啊。”

“我必须钦佩卡莱尔的首先是他的精神和人格，”我说，“这是他所奉行的路线的基础。他以提高自己民族的文化为重，因此在考虑介绍外国文学作品给自己的同胞时，较少过问作品表现了多少艺术才情，而更加重视作品的道德情操是否高尚。”

“是的，”歌德接过话头，“他据以行事的思想特别可贵。他是何等的认真啊！他把我们德国人研究得多么透彻啊！他对我们的文学几乎比我们自己更在行，至低限度，我们研究英国文学的努力，没法跟他相比。”

“他这篇评论激情似火，劲道十足，”我说，“由此可见，在英国还有许多偏见和阻力需要克服。特别是《威廉·迈斯特》，看样子让一些不怀好意的评论者和蹩脚译者给推到了一个不利的境地。跟这伙人相反，卡莱尔的表现却很出色。有人胡说八道，讲什么没有一个真正的贵妇人会读《威廉·迈斯特》。为了驳斥这愚蠢的说法，他随手拈来似的举了普鲁士前一位王后熟读这部小说的例子，并指出她可算是自己时代最杰出的贵妇人之一哪。”

陆续进来一些赴宴的客人，歌德跟他们打了招呼。随后他把注意力转回到我这里，于是我继续说：

“卡莱尔显然研读了《威廉·迈斯特》，而且深深地让这部有价值的书给折服了，所以很希望它能广泛流传，让每一个有教养的英国人都能从中获得教益和享受。”

为了回答我，歌德把我拉到了窗前。

“小伙子，”他说，“我要给你透露一点儿秘密，它会帮助你立刻看透许多隐情，让你终身受益。我的作品不可能普及，谁要想到使它们普及，致力于它们的普及，谁就犯了一个错误。它们不是为大众创作的，而只是为少数有着类似的愿望和追求，朝着类似的方向前进的人们创作的。”他想继续往下讲，这时却走过来一位年轻女士打断了他，自己和他攀谈起来。我呢转而与别的人闲聊，不多会儿大伙儿便入了席。

席间的谈话我一点儿想不起来了，歌德的话占据了我的整个意识，一直萦绕在我的脑海中。

可不是吗？我想，像他这样一位作家，一位超凡脱俗的思想巨人，一位无比博大深刻的天才，怎么叫他能普及呢！甚至就连他的一小部分，也几乎普及不了啊！就说他的一首诗歌，快活的兄弟们和热恋中的女孩子们会唱得很带劲儿，但其他人又会充耳不闻喽！

而且认真想想，一切超凡脱俗的东西又哪个不是这样呢？莫扎特普及了吗？拉斐尔普及了吗？面对这些精神生活取之不尽用之不竭的伟大源泉，世人无不是偶尔去饮上两口，图的只是一时之快，哪儿有懂得珍惜呢？

是的，我继续想，歌德说得对。他以其博大深刻不可能普及，他的作品只适合少数有着类似的愿望和追求，朝着类似的方向前进的人们阅读。

整体上讲，他的作品适合那类生性沉静、酷好观察的人们，那类渴望参透、揭开宇宙和人生奥秘的人们，那些步他本人后尘的人们阅读。个别而言，它们有的适合那些满怀激情的感受者，那些想在他的诗歌里寻找心灵的欢乐和痛苦的人们阅读；它们也适合有意于学习的年轻诗人，他们可以学到如何正确地表达，如何艺术地处理题材；它们也适合于批评家，他们可以从中找到样板，找到批评应该遵循的标准，他们还可以学到怎样把评论写得有趣又优雅，让读者喜闻乐见；他的作品也适合于艺术家，因为它们不只可以对他进行一般的精神启蒙，他特别还可以从中学到辨别题材的艺术价值，知道哪些应该表现，哪些不值得表现；它们还适合于自然科学家，不只因为他从中能继承一些由歌德发现的伟大自然法则，更重要的是他还会学到一位思想家必须怎样研究自然，才能揭示出自然奥秘的方法。

这就是说，歌德的作品有如一桌菜肴丰美的筵席，所有科学和文艺的求索者都可以入席享用。从作用看它们又好似一座光明和生命的大矿泉，所有人都可以从中取水饮用。

坐在餐桌上，我脑子里不断闪过这样的和类似的思绪。我想到了一个个人物，想到了某些个德国艺术家、自然科学家、诗人和批评家，他们很大一部分教养都多亏了歌德。我想到了某些睿智的意大利人、法国人和英国人，他们的眼睛注视着歌德，行事则遵循着他的精神。

这期间我周围的人们谈笑风生，尽情享用着美味佳肴。我只偶尔插上一句半句，实际上心不在焉。一位夫人向我提出一个问题，我的回答也许不怎么得体。我遭到了嘲弄。

“随艾克曼去吧，”歌德说，“他经常走神儿，除非在剧场里。”

人们哄堂大笑，我却并不见怪，今儿个我在内心中特别幸福。我感激自己的命运，它让我经过一些奇妙的遇合成为了少数幸运者中的一员，能够跟这样一位人物交往并赢得他的信赖。几秒钟之前我心中还生动地显现出他的伟大，眼下却在面前目睹着他本人极其和蔼可亲的形象。

餐后甜品上的是糕饼和鲜丽的葡萄，后者产自一个遥远的地方，具体在哪儿歌德秘而不宣。他给客人分送葡萄，给我递过桌子来的是很熟的一串。“这儿，好小伙子，”他说，“你吃点儿甜的，享享口福吧。”从歌德手里接过来的葡萄在我真是美味无比，这时我的整个身心都感受到他的温暖关怀。

大伙儿谈论着戏剧，谈论着沃尔夫的功绩，以及这位杰出艺术家的种种成就和建树。

“我清楚知道，”歌德说，“此地老一点儿的演员全从这儿学到了某些东西，可是我要说我真正意义上的弟子，只有一个沃尔夫。我想讲一件事，也乐意反复讲这件事，它告诉你们沃尔夫如何吃透了我制定的规则，如何遵循着我的意思行事。

“有一次，我因为某些别的事情很生沃尔夫的气，他当晚有演出，我呢已坐在自己的包厢里。现在你给我把他盯好了，我心想，今天你对他没有丝毫的好感，会为他开脱，会原谅他。沃尔夫出场来了，我锋利的目光一瞬不瞬地盯住他！可他演得多棒！可他那份沉着！可他那份稳健！我挑不出他丝毫的漏眼儿，我教给他的规范已被他完全融会贯通。没法子，我只得又对他好起来。”

1828年10月17日，星期五

（《地球》杂志与法德思想交流）

近来歌德很喜欢读《地球》杂志，常常拿这份杂志当谈话题目。库让[①]及其学派的工作在他看来特别重要。

“这些学者正全力促进法德两国的接近，”他说，“为此，他们创造了一种完全适合于这两个民族且比较容易交流思想的语言。”

还有一点《地球》杂志令歌德特别感兴趣的地方：它评介当代法国文学最新的作品，而且常常为捍卫浪漫派的自由，或者说特别是为摆脱那些毫无意义的规则而大声疾呼。

“陈旧、僵化的往昔留下一大堆条条框框都有什么用！”他今天说，“关于古典和浪漫的争吵还有什么意思？一部作品只要从头至尾都好，都成功，也就古典了嘛。”[②]

1828年10月20日，星期一

（模仿自然与提升自然；艺术家的人格）

波恩的矿物总监诺格拉特开完自然科学家大会从柏林回来，今天受到歌德宴请。席间谈了许多矿物学问题，尊贵的客人特别是对波恩附近的矿藏和地质状况如数家珍。

---

① 库让（Victor Cousin，1792—1867），率先研究德国古典哲学的法国哲学家。

② 在德语里，古典和经典都是 klassisch 这个词。

散席以后，我们走进了摆着一座巨大的朱诺胸像的房间。歌德递给客人们一条长长的画纸，让他们观赏非加利亚神庙的壁画图案摹本。这当儿有人指出，希腊人画动物时并不怎么严格遵循自然，更多的是按照某种习惯。还有人自称发现了希腊人的作品比自然逊色，说他们浮雕上的羊、牛和马等动物往往呆头呆脑，形象丑陋，残缺不全。

“对此我不想和你们争论，”歌德说，“不过首先得弄清楚，这些作品产生于什么时期，出自怎样一个艺术家之手。要知道，已经存在大量的杰作，足以证明希腊的艺术家们在表现动物时不只妙肖自然，而且已经远远超过自然。英国人堪称举世最好的相马者，可现在面对两件古希腊遗留下来的马脑袋，也不得不承认它们的造型完美至极，在当今的世界上，简直找不到这样优良的马种啦。这两个马头产生于希腊的鼎盛时期。当我们惊叹于这些杰作的时候，可别以为是当时的艺术家模仿了比眼下更加完美的自然，更重要的是，随着时代和艺术的进步，艺术家们自身也出息了，在表现自然时也显示了自身人格的伟大。”

这个时候，我正跟一位女士站在旁边的一张桌子前，欣赏一幅铜版画，只能侧着一只耳朵听歌德谈话，可唯其如此，我却听得特别地用心。

客人们渐渐走了，留下我与歌德单独在一起。他坐到壁炉旁，我走到了他跟前。

“阁下您刚才发表了一个重要见解，”我提起话头，“说古希腊人人格伟大，所以能面向自然。我觉得要真正融会贯通您这话的含义，实在是不容易。”“是啊，我的朋友，”歌德又说，“一切全在于此。欲立业，必先立人。但丁在我们心目中十分伟大，可他承袭的是几百年的文明；罗特希德家族是十分富有，可这么多财富是靠不只一代人积累起来的。所有这类事情的根源都比人们想象的要深远得多。咱们古德意志的艺匠们对此完全心中无数，在模仿自然时显出人格既羸弱，艺术也低能，却自以为取得了成就。他们实际上低于自然。然而谁真想创造出伟大的作品，就必须努力提高自身素养，使自己获得希腊人一样的本领，能将原本微不足道的自然现实提升到艺术家自身的精神高度，把自然现象中由于内在的虚弱和外在的阻碍还始终表现为趋势的东西，变成实际存在。”

1828年10月22日，星期三

（关于女性）

今天餐桌上的话题是女性，歌德发表的言谈非常优雅。

“女性嘛，”他道，“是一些银碗，咱们得放一些金苹果进去。我对女性的想法不是脱离客观现实的抽象，她们倒是跟我与生俱来，或者说产生在我身心之中，怎么个产生法只有上帝知道。所以我塑造的女性人物也个个出色，个个都比现实生活中碰见的优秀。”

1828年10月23日，星期四

（设想德国统一；德法文化分布对比）

我们谈到了德国的统一，以及何种意义上的统一既是可能的又是可取的。

“我不担心德国统一不了，”歌德说，“我们很好的公路和未来的铁路一定会起作用。不过统一首先要表现为相亲相爱，要在抵御外敌时永远一心一德。既言统一，德意志塔勒就应在整个帝国币值相同；既言统一，我的旅行箱就应该在三十六个邦通行无阻；既言统一，魏玛市民的旅行证件就不该让某个大邻邦的边境官员称为不管用，仿佛是要进入某个外国。在德意志的各邦之间，根本谈不上本国和外国的问题。此外度量衡要统一，商贸要统一，诸如此类，不一而足，我不想也不能全部列举。

“可如果有人以为，德国统一意味着这个很大的帝国可以有唯一一座很大的首都，这样一座首都既有利于一些个伟大的天才的发展，也有利于广大的人民群众，那他就错啦。

“一个国家不妨比作一个活人有许多器官和四肢的身体，这样的话国家的首都就好比心脏，远远近近的器官和肢体都要由它输送生命和健康。可是离心脏太远了，输送去的生命就弱，而且越远越弱。尤为聪敏的法国人，我想是杜邦[①]吧，他画了一幅法兰西文化地图，以颜色的深浅形象地标示出不同省区或高或低的启蒙程度。于是在远离首都特别是南方的一些省份，有些地区完全变成了黑色，这就象征着那里仍笼罩着黑暗蒙昧。设若美丽的法兰西不只有一个大中心，而是有十个能输送光明和生命的中心，情况还会这样吗？

“除了体现在帝国所有部分的民众都一样有良好的文化教养，德意志的伟大还能体现在何处？可培育和传播这文化教养的，不正是一个个邦国的国都么？设若几个世纪以来德国只有维也纳和柏林两个都城，甚或仅仅只有一个，那我真想看看咱们的德国文化会是什么样子，是的，还有遍及全国、与文化繁荣密不可分的经济繁荣又是什么样子！

“德国拥有分布于帝国全境的二十多所大学，以及同样分布广泛的一百多家公共图书馆，艺术收藏馆和各学科的自然博物馆数量同样不少，因为每一位国君都曾努力把这类美好的东西弄到自己的身边。人文中学和工业技术学校更多不胜数，甚至每一座德意志的

---

① 杜邦，法国经济学家和工程师。

村庄都有一所自己的小学。然而在最后这点上，法国的情况又怎样呢？

“再说说德国的剧院吧，数量超过了七十家，其提高民众文化教养的作用绝不可轻视。还有，没任何国家像德国似的，民众普遍爱好音乐和声乐并且亲身参与，这也不简单！

“喏，你想象一下德累斯顿、慕尼黑、斯图加特、卡塞尔、布朗瑞克、汉诺威以及类似的一些城市，想象一下这些城市所蕴含的巨大生命力，想象一下它们对邻近省区辐射出的影响，然后你问一问自己，如果它们不是早已成为国君们的驻地，上述的一切又会怎样？

“法兰克福、布莱梅、汉堡、吕贝克都又大又繁华，它们对德国繁荣的作用不可估量。可是如果失去了自己的独立自主地位，因并入某个大德意志帝国而沦为了一些小省城，它们还能维持原来的样子吗？我有理由对此表示怀疑。”

1828年11月18日，星期四

（英国评论家和歌德眼中的德国文学）

歌德谈新一期的《爱丁堡评论》。他说：

“看见英国的评论家们而今变得如此高明，如此能耐，真叫人高兴。从前的古板拘谨没了影子，代之而起的是各个方面的大气。在上期的一篇评德国文学的文章中，你会发现后面这个提法：‘在德国诗人里边有这样一些先生，他们的爱好就是老去翻搅别人已经巴不得抛弃的东西。’喏，你怎么看？咱们不是一下子就清楚了问题之所在，知道了该把咱们当代的一大批文人归到哪个档次了吗？”

1828年12月16日，星期二

（歌德、席勒的创作你中有我我中有你；《市民将军》；伏尔泰的伟大人格和诗歌天才）

今天单独与歌德在他的工作室里进餐，我们谈了各种文学问题。歌德说：

“德国人总是摆脱不了庸人习气。瞧吧，他们眼下又在那里发牢骚，又在那里吵吵嚷嚷，原因是发现席勒的诗集选了某些双行警句，在我的集子也选有。他们认为，彻底分清楚哪些真正属于席勒哪些属于我，非常非常重要。好像这真有什么关系，好像分清楚了就能增加点儿什么，好像有这些东西存在着还不够似的！

“像席勒和我这种志同道合的朋友，长年累月地保持着联系，每天都有接触，都交换思想心得，生活中不分彼此，已经是你中有我我中有你，特别是涉及一些个具体想法，已经完全不可能提出它们究竟是出自他或是出自我的问题。我们共同创作了许多双行警句，有时是我提出构想，他写成诗句，有时又刚好反过来，还有些时候是他吟上一句，我和下一句。在这种情况下怎么谈得上我的你的呢！只要谁还认为澄清这样的问题有哪怕一丁点儿重要性，谁真的就还深陷在庸人的泥沼里无法自拔。”

“类似的情况，”我应道，“在文学界时有发生，例如总喜欢怀疑这位那位作家的原创性，拼命想要找出产生它的文学渊源。”

“这样做非常可笑，”歌德说，“可笑得就跟看见一个人营养很好，就问他牛肉、羊肉和猪肉，他到底是吃了哪种肉变得强壮有力了呢？我们的有些能力显然是与生俱来，可我们的生长发育有赖于广大世界的千百种作用和影响，我们的能力和习性全都是我们从这个世界获得的。我之为我多亏了希腊人和法国人，我欠莎士比亚、斯特恩和歌尔斯密太多太多。可即使如此，也未能讲清楚我的文化渊源，它不只是漫无边际，也没有必要讲清楚。主要的是你得有一颗心，有一颗热爱真理、随时随地一发现真理便能接受它的心。

“总而言之，”歌德继续道，“世界已经如此古老，千百年来已有那么许多杰出的人生活过，思考过，能发现和阐明的新东西已经很少。我的颜色学也不完全是新的。柏拉图、达·芬奇和许多的精英人物，他们在我之前已分别发现和道出了同一原理，我只不过又发现了它，又讲出了它，又努力在这个混沌世界里弘扬真理，而这，就是我的功绩。

“要知道，真理得经常反复宣讲，因为谬误也在我们周围反复宣讲，而且不是通过个别的人，是通过大众。在报纸和百科全书里，在中小学和大学里，处处都是谬误占上风，都是谬误赢得了多数人的支持，因而春风得意，志得意满。”

听见歌德这么讲，我不禁哑然失笑。我说：

“每一支蜡烛，每一缕有暗色背景同时自身又被照亮了的炊烟，每一片悬浮在阴影前边的馥郁朝雾，一天又一天地教给我蓝色形成的原理，使我理解了天空何以是蔚蓝色的。可是牛顿的门徒们面对这一切却想，空气具有吞噬掉其他所有颜色而唯独留下蓝色的性质，这叫我完全不能理解。按照他们的理论任何思想都静止不动了，任何健康的观念都消失不见了，我不明白坚持这样的理论有什么好处，有什么乐趣。”

“好心肠的人啊，”歌德说，“这些人才不在乎思想和观念喽。这些人只要有言语，只要能翻嘴皮子，就心满意足了。对此我的靡非斯托斐勒斯就已心知肚明，就说得很精辟，他道：

> 总而言之——要死抠字面！
> 这样包你能经过安全通道，

踏进那坚定的信仰的神殿。
要知道正是因为缺少意义，
才越需要用文字加以充填。[①]”

歌德笑着背诵出这节引诗，看上去心情好极了。他道：

“很好，一切都已白纸黑字，我呢，还希望把藏在心头的反对错误学说及其散布者的想法，通通给印出来。

“在自然科学界，”他停了停继续往下讲，“有一批杰出人士走在前面，我满怀喜悦在一旁关注着他们。另外有些人开始还不错，可惜没有坚持，他们过强的主观倾向导致他们误入了歧途。还有一些人过分执迷于实证，搜集了大量实证材料，结果却什么也证明不了。整体而言缺少的是一种理论精神，只有这种理论精神，能突破重重障碍接近本元现象，成为众多个别现象的主宰。”

短暂的来访打断了我们的谈话，可不久又只剩下我们俩，谈话随即转到了文学方面。我告诉歌德，这几天我重新读了他的一些短诗，有两首读得时间特别久：一首为写孩子和老人的《叙事谣曲》,[②]一首题名为《幸福的夫妻》。

“我本人也颇重视这两首诗，”歌德说，“尽管德国读者迄今还不大能够欣赏它们。”

“《叙事谣曲》的题材内容很丰富，”我道，“您却用各式各样的形式、技巧和手段，将其压缩在极小的篇幅里。其中我特别欣赏的是一当接触到现实，老人对孩子们讲述的故事背景就戛然而止，余下的情节便在我们眼前自然地展开。”

“我在写下《叙事谣曲》之前，”歌德说，“曾在心里酝酿了很久，里边藏着我多年的思考。我曾经试着写了三四次，直到最后才

① 原诗出自《浮士德》第一部第四场《书斋》，引文跟原诗有些出入。

② 这首诗的题名就叫《叙事谣曲》(*Ballade*)。

写成现在这样。”

“《幸福的夫妻》这首诗母题同样非常丰富，”我继续说，“极富地方风情和生活气息，到处撒满了春日的明媚阳光。”

“我一直喜欢这首诗，”歌德说，“因此很高兴你对它特别感兴趣，而且最后欢乐气氛以两个孩子的洗礼达到高潮，我想的确是很妙的。”

随后我们谈到了《市民将军》，我告诉他，我最近跟一个英国人一块儿读了这部有趣的剧本，我们两人心里都产生了要看它演出的热烈愿望。

“就其精神而言，”我说，“剧中没有什么已经过时；就剧情的发展而言，也没有一个细节不是为舞台演出所设计。”

“在当时它确实是个好剧本，”歌德接过话头，“也曾经让我们乐了好些个晚上。自然哪，角色阵容强大，排演也很认真，结果到了台上对白便丝丝入扣，充满着生活情趣。马尔科尔米扮演梅尔滕，那可真叫绝了。”

“施纳普斯一角看样子也同样出彩吧”我说，“我看哪，像这样精彩又讨好的本子，剧院的保留剧目里恐怕并不多。这个角色，这整个剧本，其意义的明确和现实应该是剧院求之不得的了。特别是那一场，他背着背囊走来，然后一件一件取出囊中之物，然后再给贴上八字胡，给自己戴上自由帽，穿起军装，佩戴好宝剑，真叫再精彩不过啊。”

“这一场过去在咱们剧院公演时总是十分成功，”歌德应道，“还有一个情况也不错，那个装道具的背囊是一件真正的历史文物。我拾到它是大革命时期在法国边境的一次旅途中，逃亡者的队伍曾经经过那里，有谁把它给丢失了或者扔了。剧本中出现的东西当时全装在里面，我只是照着写下来就是了，以后每次公演这个背囊和所有囊中之物都参加了演出，令我们的演员高兴得要死。”

现在观众还有没有兴趣看《市民将军》，看了有没有好处，对这个问题我们还谈了一会儿。

随后歌德打听我研究法国文学有何进步，我告诉他，我仍在轮流着读伏尔泰的作品，说他的伟大天才给予了我最纯净的幸福。

“我对他的了解仍然很少，”我道，“我仍在读他那些题赠他人的短诗，我反反复复地读，欲罢不能。”

“可不是吗，”歌德说，“像伏尔泰这样一位伟大天才写的东西全都应该不错，尽管我并不欣赏他所有那些狂妄表现。不过你长时间读他那些题赠他人的短诗并没有错，它们无疑算得上伏尔泰最具欣赏价值的作品，没有一行不明快、乐观、优雅，没有一行不充满智慧。”

“诗里反映着他跟这个地球上所有大人物和统治者的关系，”我说，“令人高兴的是，伏尔泰看样子在那些最有权势的人物跟前毫不感到自卑，因此表现得高贵大度。你永远不会发现，有任何一个皇帝国王哪怕能在一瞬间削弱他精神的自由。”

“是的，”歌德说，“他是高贵大度，而且他不管多么自由不羁，却总能够很好地保持分寸，这就更不简单啦。为此我可以举一个富有权威的例子：奥地利皇后曾经多次对我讲，在伏尔泰题赠给王公大臣们的诗词里，从来找不到丝毫有失分寸的表现。”

“阁下还记得吗，”我说，“他曾经献给日后的瑞典王后普鲁士公主一首短诗，为表爱慕他写的是他梦见自己当上了国王？”

“这是他最精彩的短诗之一，”歌德说着便朗诵起来：

我爱你，公主，我敢于向您表白。
我醒来时并未遭到神们抛弃，
我失去的仅只是我的王国。

“是啊，真叫精彩！”歌德说。“自伏尔泰以后，大概就再没有一位诗人像他似的能随时发挥自己的天才。我想起了一则轶事，说的是他在他的女友沙特莱夫人[①]处做客了一段时间，临别时马车已经停在门口，这时候却收到邻近一所修道院一大批修女送来的信，信上说她们为给自己的院长祝寿准备排演《尤利乌斯·恺撒之死》，请求他为她们替这出戏写一篇开场白。请求合情合理，不容伏尔泰拒绝，他因此赶快叫人取来笔和纸，站在壁炉边上就写出了修女们要的开场白，一首大约二十行的短诗，极为完美、精练，完全符合实际需要，一句话，是同类题材中的上上品。”

“我想读它得要命，”我说。

“我怀疑你的集子里有这首诗，”歌德说，“它前不久才公之于世。这样的诗伏尔泰写了成百上千首，其中不少还藏在这里那里的私人手中。”

“最近几天我在拜伦爵士的作品里发现一个地方，”我说，“从它我很高兴地发现，拜伦也异常景仰伏尔泰。除此还可以看出，拜伦认真读过、研究过伏尔泰，没少学习、借鉴伏尔泰。”

“拜伦深谙学习之道，”歌德说，“他太机灵了，不可能不从这一万众获益的光明源泉中汲取养料。”

谈话随后完全转向了拜伦和他的某些作品，在此过程中歌德时时抓住机会肯定和称赞拜伦的伟大天才，重复了许多他以前已经发表过的看法。

“阁下您对拜伦的所有评价，”我道，“我都衷心赞同，可是不管这位天才诗人有多么重要、多么伟大，我仍旧非常怀疑，从他的作品里我能为《纯粹的人的培养》汲取丰富营养。”

“这我可不得不反驳你，”歌德说，“拜伦的勇敢、无畏和气魄宏大，这一切难道不足以起榜样作用么？我们必须警惕，别只把眼睛盯在纯粹的伦理道德范畴内。一切伟大的事物都有教育作用，只要我们看见了它。”

① 沙特莱夫人（E. du Chatelet，1706—1740），法国作家，作品深得伏尔泰赏识。

1829 年

1829 年 2 月 4 日，星期三

（常识比哲学可靠；作品必须具有感性的魅力；
并非剧本都适合演出）

“我在继续读舒巴特，[①]”歌德说，“他的确是个了不起的人，他甚至讲了些非常高明的话，条件是你能够把它翻译成自己能懂的语言。这本书的主旨归根结底就是：在哲学之外还存在一种立场，亦即健康的理智的立场，在独立于哲学的条件下，艺术和科学总是能借助各种自然的、人力的影响而欣欣向荣。这对我们真是正中下怀。我本人对哲学历来敬而远之，所谓健康的理智的立场也就是我的立场，也就是说，我本人毕生的言和行都在舒巴特这里得到了肯定。

“对他我唯一不能完全赞成的，是他对某些事物的了解比他讲出来得更加清楚，也就是说他并非总是真心实意地致力于工作。像黑格尔一样，他也把原本毫不相干的基督教扯到了哲学里。基督教本身是一个威力巨大的存在，沉沦的、受苦受难的人类曾经时不时地靠着它重新振作起来。只要基督教的这个作用得到承认，它就已凌驾一切哲学之上，用不着要哲学的支撑。同样，哲学家想证明某些学说，例如证明存在的永恒，也不必倚仗教会的威望。让人相信灵魂不朽好啦，他有这个权利，这也符合他的天性，他可以把自己

---

① 舒巴特（K. E. Schubarth，1796—1861），德国哲学家兼文艺评论家。歌德读的是他的《泛论哲学，并特论黑格尔的哲学全书》。

的信仰建立在教会的承诺上。然而如果哲学家也从传说中获取灵魂不朽的证明，那就太软弱无力和没什么意义啦。对我而言，我们对存在永恒的信念来自行动这一概念，因为我如果不停息地劳作直至终生，即使我现在的存在形式不能继续支撑我的精神了，大自然也有义务给予我另一种存在形式。”

听着这些话，我心中油然而生敬佩和爱慕之情。我想，从未听过什么样的教诲，能如此激励人去完成高尚的行动啊，要知道，谁不乐于终生孜孜不倦地劳作、行动呢？如果他因此能获得永生的保证。

歌德叫人取来一个装着素描和铜刻画的画夹。他在静静地翻看了几页之后，便递一幅根据奥斯塔德[①]的油画制作的精美铜刻画给我。他说：“这里，你看见了我们‘夫妻和和美美’的场面。”

我很有兴致地观赏着这幅画，看见的是一家农舍的内部，厨房、起居室和卧室统统合而为一，全部就一个房间。夫妻二人离得很近地面对面坐着，妻子在纺纱，丈夫在绕线，脚边站着一个娃娃。背景上能看见一张床，以及这儿那儿最粗糙、最必需的用具；房门直通户外。一个贫寒而幸福的家庭的充分写照，夫妻二人彼此瞅着，脸上洋溢着满足、惬意和恩恩爱爱的甜蜜。

“这画叫人越看心里越舒服，”我提起话头，“它有一种非常特殊的魅力。”

“这叫感性的魅力，”歌德应道，“任何艺术都不能缺少这种魔力。在类似眼前的题材中，它更可以充分地发挥。相反，在表现进入理性范畴的高深的题材时，还要相应地发挥感性的魅力，不让它干枯、冷却，就困难了。这时作者是年轻或是年迈，就可能产生有利或不利的影响，艺术家因此必须先考虑自己的年龄，然后再决定选材。我的《伊菲根尼》和《塔索》取得了成功，因为当时我还年

① 奥斯塔德（A. v. Ostade，1610—1685），荷兰巴洛克时期的油画家和版画家，尤擅长农村风俗画和风景画。

轻，能够以自己的感性渗透理性的题材，并赋予它生气。而今我老啦，已不再适合写这类理性的作品，要写，就宁可选那类本身已含有一定感性因素的题材。要是格纳斯特夫妇还在就好了，那我就可以再给你们写两出戏，两出散文独幕剧：一出以婚礼结尾，再欢快不过；一出残忍而动人心魄，结尾时留下两具尸体。第一出的素材还来自席勒时代，而且在我推动下他已经写好一场。两个题材我都考虑很久了，对于来我说完全是唾手可得，因此我想每一出都像写《市民将军》那样用八天时间口授就成了。”

“您就写吧，”我说，“您无论如何要把这两个剧本写出来，这可以成为您完成《漫游时代》后的一个休整和小小间歇。您要能再为剧院做些贡献，将出乎所有人意料，世人将何等的喜出望外啊!”

“我已说过，”歌德接着讲，“如果格纳斯特夫妇还在这儿，那我没准儿真会让你们高兴高兴。可是眼下看来没多少希望，一出停留在纸面上的戏根本不算戏。剧作家必须清楚自己要使用的手段，必须为预定担任角色的演员度身塑造人物。也就是说，如果我还指望得上格纳斯特和他的妻子，此外还可请拉洛舍、温特贝格先生和塞德尔夫人来加盟，那我就知道该怎么写，那我就有把握实现自己的编剧意图。

“为演出写作是一件特别的事情，”歌德继续说，“谁要不是对它了如指掌，谁就最好别干这事。一件有趣的事情，人人都以为搬上舞台也必定有趣，才不是哪！可能有某些东西读起来挺有意思，想一想也挺有意思，然而搬上了舞台却完全成了另一个样子；书本上深深打动我们的东西，没准儿到了舞台上会让我们无动于衷。有人读了我的《赫尔曼与多罗苔》，就想也可以看它演出。托普费尔[①]就受此诱惑，把它搬上了舞台。可结果怎样呢，效果如何呢，再加上演员的表现也差强人意，谁又能说从方方面面评判这都是一出好

① 托普费尔（K. Töpfer，1792—1871），德国喜剧作家。

戏呢？为剧院写作是一个特殊的行道，要求操此行道的人真正了解它，并且具有必须具有的天才。这两样都挺稀罕，如果不是两者兼备，几乎就不可能有好的作品出现。”

1829年2月9日，星期一

（关于《亲和力》）

歌德谈了许多关于《亲和力》的事情，特别提到有某人对号入座，自称就是小说中的仲裁人米特勒，而事实上歌德在此之前既不认识他，也未见过他。

“这个人物肯定是有一些真实性喽，”歌德说，“在世界上绝不只有一个两个。归根到底，在《亲和力》中没有一行写的不是我的亲身经历，里边藏着的东西太多啦，任何人都不可能读一遍就全部吸收。”

1829年2月10日，星期二

（魏玛头十年纪略）

我发现歌德身边满是不来梅港口工程的施工图纸和计划书，对这一宏伟工程，他表现出特别浓厚的兴趣。

接着我们谈了许多梅尔克[①]的事情，歌德给我念了他一首1776

① 梅尔克（J. H. Merck，1741—1792），歌德青年时代的好友，本身是一位富有才情的作家和批评家，年龄稍长于歌德，因此对歌德影响不小。

年致维兰特的诗函，一首每行四个重音的双行押韵诗。诗虽写得有些蹩脚，内容却极精彩，讥刺的锋芒特别对准雅可比[①]，似乎是因为维兰特在自己主编的文学刊物《信使》发表的一篇评论把雅可比抬得太高，叫梅尔克对他忍无可忍。

谈了当时的文化状况，以及在经历了所谓狂飙突进时期之后，要想提高自己的文化修养有多么艰难。

谈了他在魏玛的头几年。他对魏玛宫廷不得不抱的态度，他为有益于社会而担任各式各样的公职，是迫不得已必须面对的现实，可这又跟他发挥文学天才相矛盾。所以在头十年没完成什么重要作品，只有一些断片。

好在他没有换地方，没有必要重起炉灶，浪费精力时间。

出逃意大利，为了恢复创作力。误以为有人知道就去不了啦，所以严格保密，到了罗马才给公爵写的信。

从意大利归来，带着宏伟的创作计划。

老公爵夫人阿玛丽亚，完美的女君主，有着完美的人的感情并且乐于生活享受。她很喜欢歌德的母亲，希望她来魏玛常住，他自己却反对。

谈了《浮士德》最初的写作情况：

“《浮士德》跟我的《少年维特的烦恼》一起诞生，1775 年我把它带到了魏玛。开始时我把它写在信纸上，没做丝毫的修改，因为我一直注意每写一行都一定得好，都一定能保存下来。”

---

① 雅可比（J. G.. Jacobi，1740—1814），德国作家，跟他的哲学家弟弟一样也是歌德的朋友。

1829年2月11日，星期三

（魏玛建设二三事）

和建筑事务总监库德莱一起在歌德处进餐。库德莱讲了许多女子工业学校和孤儿院的情况，不住称赞它们是公国最好的机构。学校由大公爵夫人创建，孤儿院的建立则归功于卡尔·奥古斯特大公。还谈了一些剧院装修和道路建设的事情。库德莱摊了一份公爵小教堂的设计草图在歌德面前。谈到为公爵设置的座椅在什么位置，歌德提出了一些异议，他都接受了。饭后索勒来了。歌德又给我们看了一些罗伊特先生的画作。

1829年2月12日，星期四

（歌德的建筑学知识；时代的通病是软弱）

歌德给我朗诵了他刚写成的极其精彩的诗句：任何存在都不会化为乌有……①

“我写这首诗，”歌德说，“是为了反驳下面这句诗：须知一切必然化为乌有，尽管都拼命想存在下去……这些蠢话叫我生气，我柏林的朋友们竟借开自然科学大会之机，把它们印成了金字。”

---

① 这是歌德《遗嘱》一诗的首句。

我们谈到了伟大的数学家拉格朗日[①]，歌德对他高尚的人格大加赞赏。他说：

“他为人善良，正因此也很伟大。要知道，一个善良的人如果又有才华，总是能以德济世，不管他是成了艺术家、科学家、诗人或是别的什么。

“我很高兴，”歌德继续说，“昨天你进一步认识了库德莱。在社交场合他很难得显山露水，可跟我们单独相处，你就看见他是一个头脑和性格都何等出色的人。一开始他遭遇了不少的非难，可经过拼搏，眼下已充分享有公爵府的恩典和信赖。库德莱是我们时代最有能耐的建筑师之一。他待我很友好，我也一样待他，而这对我们双方都有好处，要是五十年前我就有这个朋友该多好！”

谈到了歌德自身的建筑学知识，我提出，他在旅游意大利时一定收获不小。

“它使我对肃穆和伟大有了一个概念，”歌德回答，“但是一点儿技能没教会我。主要是建造魏玛的公爵府，使我得到了提高。当时我不得不跟着干，甚至亲自动手绘制装饰线图案。我绘的比那帮手艺匠还更好，因为我的想象力胜过他们。”

接着谈起了泽尔特。歌德讲：

“我收到他一封信。信上除了别的，提到他的歌剧《救世主》演砸了，原因是他的女弟子之一把咏叹调唱得太软弱，太伤感。软弱是我们时代的通病。我设想，这在德国乃是努力摆脱法国人影响的结果。除了少数例外，画家、自然科学家、雕塑家、音乐家、诗人通通都软弱，民众中的情况也不见得好些。”

“不过，”我接过话头，“我仍不放弃《浮士德》会得到适当配乐的希望。”

“完全不可能，”歌德应道，“这儿那儿必须保留一些令人反

---

① 拉格朗日（Joseph Louis de Lagrange，1736—1813），法国杰出的数学家。

感的、恶心的、可怕的东西，这有悖于当前的时代趣味。音乐的格调必须像《唐璜》，为《浮士德》作曲必须是莫扎特才行。[①]梅耶贝尔也许还可以，可他不会干这样的事，他跟意大利剧院牵扯太多了。”

随后，我已记不起出于什么原因或联系，歌德讲了下面这些重要的话。

“伟大和智慧总是站在少数一边，”他说，“曾经有一些大臣同时遭到民众和国君的反对，却孤独地实现了自己的伟大抱负。永远别想普及理想，各种激情和情感可以大众化，可理想永远只属于少数的精英。”

1829年2月13日，星期五

（动植物的生长发育规律；自然永远都有道理）

单独与歌德进餐。他告诉我：

“写完了《威廉·迈斯特的漫游时代》，我准备再回过头来弄植物学，和索勒一起继续做翻译。[②]我只是担心又会漫无边际，最后再次变成不堪忍受的重负。还有许多重大奥秘未曾揭开，有一些我知道了，更多的只有预感。我想对你透露一个秘密，一个令我自己也感到惊异的秘密。

“植物是一节一节地往上长，最后以花和种子为结束，动物界也没有两样。毛虫和线虫同样一节一节地长大，最后才形成一个脑

① 奥地利作曲家莫扎特早已于1787年去世。

② 现正在他本人指导下由他的瑞士友人索勒（F. J. Soret，1795—1865）将其《植物形变论》译成法文。

袋。这在高等动物和人类就是脊椎，脊椎同样是一节连着一节，最后以集中所有力量的脑袋结束。

“个体的情况如此，整个种群的成长亦然。例如蜂群，也是一个一个的个体联结起来变成为整体，最后也有一个可视为头的结束，这就是蜂王。真是神秘极了，很难解释怎么会这样。只不过我可以讲，对这些现象我是有自己想法的。

“同样，一个民族也造就出自己的英雄，这些人就像半神似的站在云端，保护并造福自己的人民。例如伏尔泰，法国人的文学创造力就凝聚在了他的身上。这样的民族领袖在其活动的那个时代是伟大的，有一些还能超越时代，大多数却被他人取代从而让后世遗忘。”

我很高兴能听歌德说出这些重要的思想。随后他谈起一些自然科学家，说他们关心的主要是如何证明自己的观点。他道：

“布赫[①]先生出版了一部新作，题名本身就包含着一个假说。他书里要讲的是我们随处可见，然而却不知怎样来的和从哪里来的那些个花岗岩块。可是布赫先生却成竹在胸，认定这些花岗岩块乃是一种强力从地球内部抛掷出来并摔碎了的，因为他的书名已如此暗示，已具体点出‘抛散开来的’花岗岩块。这样一来离抛掷的结论仅一步之遥，等于已把谬误的圈套悬挂在老好的读者头顶上，他们却昏头昏脑。

“必须上了年纪，才能识破这一切；必须有足够的钱，才能付得起经验的代价。我说的每一个警句，都花了我一袋钱，我将自己的五十万私产作为代价，为的是学到现有的知识。我花掉的不只是我父亲的全部家产，还有我的薪俸和我五十多年来为数可观的稿酬。除此而外，一些与我关系密切的公侯显贵还支出了一百五十万，以襄助一些大目标的完成，对它们的实施和成败，我

① 布赫（L. von Buch，1774—1853），德国地质学家和物理学家。

都有份。

“一个人光有天才尚不足以通达世事，还必须地位显赫，有机会观看时代的赌徒出牌，并亲身参与结果将有输有赢的赌博。

“不过，要是我不曾努力研究自然科学，我也永远别想认识人的本来面目。在任何其他领域里，都不可能如此接近纯粹的观察和思考，如此了解感觉和知解力的错误以及人性的弱点和优点。一切都多少具有弹性，都摇摇摆摆，都允许多少有所变通，唯有自然一点儿不开玩笑，它永远真实，永远严肃，永远严厉，也永远有道理，缺点和错误永远由人负责。自然藐视不够格的人，只委身于够格而纯真的人，并向这样的人泄露自己的秘密。

“知解力高攀不上自然，人必须有能力把自己提升到理性的最高峰，才有望触及由生理或伦理的原现象所表现出的神性。神性隐藏在原现象背后，原现象产生于神性。

“不过神性只在活的事物中起作用，在死的事物中则不然；神性只寓于未来和发展中，不存在于已成和僵化里面。因此，倾向于神圣的理性也只跟未来的、生机勃勃的东西打交道，知解力却因为要利用而顾及已成的和僵死的东西。

“矿物学故而是一种需要知解力的学科，适用于实际生活，因为它的研究对象是不再能生成的死东西，也没法想象综合。气象学研究的对象虽说是活的东西，我们每天都看见它在发生作用和创造，并且以综合为前提，但是各种起作用的因素太复杂了，人无力适应这种综合，因此在观察和研究中白费精力。我们正朝着综合这想象的岛屿航行，但综合本身看来将始终是一块发现不了的土地。当我想到即使是研究植物和颜色这么简单的东西，要想实现某种程度的综合也多么困难，我都不会感觉惊奇。”

1829年2月15日，星期天

（艾克曼的自然科学天赋）

歌德一见面就对我大加赞扬，很满意我为《漫游时代》编辑的自然史内容的警句。他讲：

“你干脆投身自然研究好啦，你天生是这个料。你可以先写一本《颜色学纲要》嘛。”

接着，我们就颜色学研究这个话题谈了很多。

下莱茵地区寄的箱子到了，东西全取出来摆在了桌子上：考古发掘的古陶罐，矿物标本，教堂中的小画板，狂欢节的诗歌。

1829年2月17日，星期二

（印度哲学与德国哲学）

谈了不少《大科夫塔》这出喜剧的问题。歌德说：

“拉瓦特尔[①]相信卡略斯特罗[②]和他的奇迹。别人揭发他是个骗子，拉瓦特尔却声称此人才真是骗子，而创造奇迹的那个卡略斯特罗乃是一位圣人。

“拉瓦特尔这人心地善良，然而犯了许多大错误。追求严格意

---

① 拉瓦特尔（Johann Kaspar，1741－1801），瑞士哲学家和神学家，以反对启蒙思想著称，一度是歌德的朋友。

② 卡略斯特罗（Alessandro Graf von Cagliostro，1743－1795），意大利炼金术士和冒险家。

义上的真理不是他的事，他老是自欺欺人，因此我跟他彻底决裂了。最后我还在苏黎世见过他，但却没有让他看见。我乔装打扮后漫步在一条林荫大道上，看见他迎面朝我走来，便避到了道路外侧，他跟我擦身而过，却没有认出我。他走起路来像一只鹭鸶，因此便以鹭鸶的形象出现在了布罗肯山①上。”

我问歌德，拉瓦特尔是不是有亲近自然的倾向，就跟他的《面相学》可能让人得出的结论那样。

“才不哪，”歌德回答，“他只倾心于伦理和宗教。拉瓦特尔的《面相学》讲到动物颅骨的部分，是从我这儿贩卖去的。”

话题转到了法国人，转到了基佐、维耶曼和库辛②等人讲的课。歌德十分推崇这三个人看问题的立场，称赞他们以一种自由的和新的观点审视一切，讲什么都单刀直入，有的放矢。他道：

“好比去逛一座花园，迄今人们都要走很多弯路，绕很多圈子才进得去。现在可好，这些人大胆又自由，干脆给围墙拆出一个口子，开上一道门，让人一进门立刻就到了园内最宽敞的大路上。”

从库辛又谈到印度哲学。歌德说：

“如果英国人提供的信息真实准确，这个哲学就根本不是什么陌生的东西，相反倒是我们大家已经经历过的那些时代的重复。整个孩提时代，我们都是感官主义者；等到恋爱了，我们便把恋爱对象原本没有的品质加到人家身上，于是变成了理想主义者；随后爱情发生动摇，我们怀疑对方的忠诚，于是又莫名其妙地变成了怀疑论者。余生已无足轻重，于是得过且过，我们最终转向了清静无为，就跟印度的哲人们一个样。

---

① 布罗肯山是德国民间传说中的妖魔聚会地，《浮士德》第一部的《瓦普几斯之夜》一场写到了山上聚会的情况。

② 基佐（F. P. G. Guizot，1787—1874），法国历史学家，因在1848年革命失败后出任内阁大臣广为人知；维耶曼（A. F. Villemann，1790—1870），法国文学史家；库辛（V. Cousin，1792—1867），法国哲学家。

“咱们德国哲学还有两件大事要做。康德已经写成《纯粹理性批判》，建树大而且多，可是圆圈尚未画完整。现在必须有一位能人，有一位伟人，来写一部《感性和人的知解力批判》。此事要是很快取得成功，那我们德国哲学就没有多少遗憾了。

“黑格尔在《柏林年鉴》写了一篇关于哈曼的书评，”歌德继续说，“近些日子我反反复复读它，对它不能不大加赞赏。作为批评家，黑格尔确实很有眼光。

“维耶曼看问题同样站得很高。法国人尽管再也见不到堪与伏尔泰比肩的天才，但对维耶曼则可以说，他精神的立足点高过伏尔泰，因此可以对伏尔泰的优缺点进行评判。”

1829年2月18日，星期三

（梅尔克多才多艺，酷好艺术收藏）

我们讨论颜色学，其中谈到玻璃杯上那些不透明的花饰。它们在对着亮光时呈黄色，在对着暗处时呈蓝色，这样就让人观察到一个颜色产生的元现象。歌德就此说道：

“面对这个现象，通常人充其量只是感到惊讶，他惊讶之后便心满意足，不会有更多的想法，不会去追寻现象背后更进一步的东西，这便是极限。但是，也有些人目睹了一个元现象总觉得还不够，他们想，必须再看看，这时他们就像一些小孩子，照了镜子会立刻把它转过去，看看背后是否藏着什么。”

谈话涉及了梅尔克，我问梅尔克是否也从事自然研究。歌德回答：

“是的，他甚至有不少用于自然史研究的重要收藏。梅尔克原本多才多艺。他也痴迷于美术，迷得甚至到了这样的程度，如果发现一件佳作落到了一个他认为不懂得珍惜艺术的庸人手里，他即使倾家荡产都要搞过来，把它收入自己的藏品。干这种事情他一点儿不讲良知，不择手段，在没有其他办法时甚至不齿于明目张胆地进行欺骗。”

歌德举了几个有趣的例子。

“再不会诞生像梅尔克这样的人啦，”歌德继续说，“即使诞生，世界也会把他教成另外一个样子。那真是一个好时代呀，我和梅尔克年轻的时候，德国文学还是一张白纸，可以尽情地在上面绘许许多多好图画。现在它已经画得不成样子，已经遭到玷污，看着就叫人不高兴，连聪明人也不知道哪儿还可以下笔。”

1829年2月19日，星期四

（歌德痴迷于颜色学，容不得别人有异议）

和歌德单独在他的书房里进餐。他情绪极佳，对我讲白天他遇见的一些高兴事，其中包括跟阿塔利亚和宫里成功地做成了一笔交易。

随后谈了很久《哀格蒙特》，谈了头天晚上根据席勒加工的本子演出的情况，并且提到由于这次改编弄巧成拙，让剧本蒙受了一些损失。

“删掉了女执政这个人物，”我说，“从哪方面看都不对劲儿，对这出戏来说，她绝对必要。由于这位女君主的存在，不只是整个剧的性质和品味得到了提高，还有它的政治背景，尤其是跟西班牙宫廷有关的情况，也通过她跟马夏威尔的对话清清楚楚地凸现了出来。”

“毫无疑问啊，”歌德说，“而且这位女君主的青睐也增加了哀格蒙特的光彩和身价，还有克蕾尔欣的形象也显得高大起来，因为我们看见她甚至战胜一帮子贵妇人，独占了艾格蒙特的爱情。所有这些都是极微妙而敏感的戏剧效果，损害它们自然不会不冒影响全剧的危险。”

“我还觉得，”我说，“有那么多重要的男性角色，女性角色仅仅克蕾尔欣一个似乎太弱啦，有些受压抑的样子。可多一个女执政，整个画面就变得平衡一些。光在剧中提到她意义不大，她自己上台才能给观众留下印象。”

“你的感觉很对，”歌德说。“当初写这个剧本，你可以想象，一切我都精心掂量过的。因此毫不奇怪，硬砍掉一个主要人物，一个着眼于全剧、支撑着全剧的人物，整个演出效果会受多大的损失。然而席勒生性倔强，行事经常会固执己见，对所处理的对象缺少足够的尊重。”

“大家可能会骂您哟，”我说，“您竟逆来顺受，在一个如此重大的问题上无条件地迁就了他。”

“我常常是太无所谓了，”歌德回答，“加之当时我正忙于别的一些事情，对公演《哀格蒙特》的事我兴趣不大，就随他去了。现在我至少有了一点儿安慰：剧本印出来摆在这里了，也会有一些剧院足够理智，将忠实地、不加删节地、原原本本地排演它。”

歌德随后问起了颜色学的问题，问我对他要我写一篇《颜色学纲要》的建议有没有进一步考虑。我向他讲了实际情况，想不到却因此与他产生了分歧。鉴于这件事的重要性，现在想在给读者报告一下。

谁要做过观察，就回忆得起：在晴朗的冬天出太阳的时候，雪地上的阴影常常看上去都是蓝色的。在他的《颜色学》中，歌德把这种现象归之于主观的现象一类，根据就是我们没住在高山顶上，射向我们的日光并非绝对的白颜色，而是穿过一片多多少少都雾气弥漫的大气层，在到达地上时便呈淡黄色。也就是说阳光照射下的雪地不完全是白色的，而是表面上染成了淡黄色，我们的眼睛却受其刺激，产生了与之相反的蓝色的印象。这样在雪地上被看成了蓝色的阴影，因此是一种索取到的颜色。歌德就以此为标题，用一整节来论述这个现象，于是瑞士博物学家索绪尔在勃朗峰上所做的观察就顺理成章，千真万确啦。

最近几天，我再一次研读《颜色学》的第一章，想看看我能否接受歌德的友好要求，写一篇《颜色学纲要》。碰巧赶上雪地里阳光灿烂，我得以进一步仔细地观察刚才所讲到的阴影呈蓝色的现象，不想看着看着却吃了一惊，发现歌德本人的推论竟然是基于一个错觉。可我又怎么得出这个结论的呢？现在我想讲讲。

我的起居室面朝正南，从窗户望出去是个花园，花园的外边横着一座房子。冬季里太阳在空中的位置不高，房子就朝我这边投来一大片阴影，几乎遮盖了花园一半的面积。

几天前，阳光明亮，天空蔚蓝，我望着窗外，突然吃了一惊：窗前的雪地完全是蓝色的。这不可能是索取到的颜色啊，我自言自语说，因为我的眼睛没有接触任何一点儿阳光照射的雪地，也就不可能被唤起相反的错觉了，我所见到的确确实实是一片蓝色的阴影。可为了做到绝对有把握，免得邻近屋顶上耀眼的雪光接触到我的眼睛，我便卷了一个小纸筒，眼睛穿过纸筒再去看雪地上的阴影，结果蓝色仍旧是蓝色。

这就是讲，那蓝色阴影并非什么主观的东西，对此我已坚信不疑。那颜色是独立于我之外的客观现象，我的主观对它没有任何影响。可它又是怎么回事呢？它确实存在着，可又是怎么形成的呢？

我再次注视窗前及周围，瞧啊，谜底自己解开了。还能是什么哟，我自言自语说，不过就是蓝天的反光，不过就是蓝天让阴影给引诱下来，待在了阴影中罢啦？须知书里已经写着：颜色是阴影的亲属，只要一有机会就喜欢和阴影结合，并在阴影里和通过阴影呈现出来。

随后几天我又有机会去验证自己的假说。我走到田野里，没有蓝天，太阳照射下来也得穿过一层近乎轻烟的雾气，散布在雪地上的完全是一片黄色的光线。阳光十分强烈，阴影棱角分明，在这种情形下，按照歌德的学说必定会形成极其鲜明的蓝色，然而并非如此，那阴影始终是灰色的。

第二天下午，天空布满乌云，太阳只能时不时地透过云层照射下来，给雪地上投下鲜明的阴影。但它们同样并非蓝色，而是灰色。在两种情况下都少了蓝天的反光，都没有它来给阴影染上颜色。

我因此获得了足够的信心，认为歌德对这种自然现象深思熟虑后得出的结论不对，他在《颜色学》里的有关章节急需修订。

对于彩色的双影现象，我发现了类似的问题：借助一支烛光，要么在清晨的破晓时分，要么在傍晚的薄暮里或者月光朗照的夜晚，都可能看见特别美丽的双影现象。歌德没有明说，那个由烛光照射成的黄色阴影具有客观的性质，属于混浊物质的研究范畴，尽管事实确乎如此。但另外一个由微弱的日光或月光照射成的淡蓝色或蓝绿色阴影，他却明确宣称是主观性质的，因为它是由蜡烛投射在白纸上的黄光，在眼睛里引发出的索取到的颜色。

现在仔细观察了双影现象，发现歌德的说法同样并非完全正确。相反我倒觉得，那从窗外射进来的日光或者月光，本身便带有蓝色色调，只是蓝的程度部分经由阴影，部分经由接受它的黄色烛光得到增强罢啦。也就是说，同样得有一个客观基础，一个不容忽视的客观基础。

众所周知，拂晓时的阳光像月光一样，投来的都是苍白的光线。经验足以证实，在拂晓时和月光中人的面孔看上去都显得惨白。莎士比亚似乎已认识到这一点，罗密欧在拂晓时和他的爱人分手，走在旷野里忽然都觉得对方面色苍白，这值得注意的描写肯定也基于他上述的认识。拂晓时的阳光或月光使物体显得苍白这个现象，应该已经足以提醒我们，它本身必定带有淡绿或者淡蓝的色素，产生的效果跟一面用淡蓝色或者淡绿色玻璃制成的镜子一样，只不过还有下面这点有待进一步验证。

由精神的眼睛看到的光线，可以是纯白色的，然而经验中的、由肉眼所见的光线，却很少会这么纯净，倒是多半会受到雾霭或者其他因素的影响，倾向于产生或正或负的偏移，结果就呈现为淡黄或者淡蓝的颜色。直射的阳光在此情况下明显地偏向正的方面，呈淡黄色，烛光同样如此；月光或者拂晓和薄暮的阳光都不是直射的光线，而是都经过了折射，都受到了雾气或者夜色的影响，所以都偏向消极的负的方面，看在眼里便呈淡蓝色调。

不妨在晦明时分或者月光中放上一张白纸，让它一半受到月光或者阳光照射，另一半却被烛光照着，这下子它便会一半淡蓝，一半淡黄。这样一来，在不加阴影和未经主观强调的情况下，两种光线便分别有了或积极或消极的表现。

我的观察由此得出的结论是，歌德关于有色的双影现象说法也不完全正确，造成这一现象的更多是客观因素，不是他认为的相反。他所谓主观索取的法则，只能看作是第二位的。

设若人的眼睛总是那么敏感敏锐，一接触到任何颜色马上便能予以分解，变换出相对的色调，那眼睛就老是将一种颜色转换成另一种颜色，于是便会出现最令人讨厌的混杂不清的景象。

所幸事实并非如此，相反健康的眼睛倒是有这样的生理构造：它对所谓索取来的颜色要么根本视而不见，要么经过了提醒也只能勉强见到。是啊，干这档子事甚至需要经过一点儿训练，有几分灵巧，否则就算条件有利也未必成功。

这类主观现象的特征原本在于，它们的产生前提是眼睛必须受到相当强的刺激，它们即使产生了也不能持久，而会稍纵即逝。我观察雪地的蓝色阴影和歌德观察有色的双影现象一样，都过分忽视了这个根本特征。因为在两种情况下，涉及的都是一个几乎察觉不出来的染色表面，那所谓索取到的颜色，在两种情况下都是一眼望去就立刻清晰地呈现在那儿。

可是歌德的个性决定他一旦认准某个法则就抱住不放，在其似乎隐藏起来了的地方仍然坚持，结果便容易走火入魔，在原本是别的法则起作用的地方发现自己心爱的法则。

今天他提起他的《颜色学》，问我对撰写一篇纲要的问题考虑得怎样。一开始我原本很想不说出我刚才的那些看法，因为感觉有几分尴尬，不知道怎样才能既说真话又不伤害他。

然而由于我对撰写纲要一事很是认真，要想稳稳妥妥地写下去，就必须事先消除所有的谬误，谈清楚某些误解以便将其消除。

因此我别无出路，只能满怀信任地向他承认，我经过认真观察后发现，在有几点上我跟他看法不同，觉得不管是他对雪地上的蓝色阴影做的结论或是他有关有色双影现象的说法，都并非完全无懈可击。

我对他讲了对这几个问题的观察和想法。只是由于我生来不善于做细致清楚的口头阐述，所以仅限于摆出我所看到的结果，没有进行深入的细节探讨，准备留待写出来时再补上。

谁知我刚开始讲，歌德原本高贵、和蔼的面孔立刻阴沉下来，我看得再清楚不过，他不容我提出异议。

“当然喽，”我说，“谁要想挑阁下您的错，那他可得早早起身，然而情况偏偏又是，成熟的人起得太早，幼稚的人捡到便宜。”

“好像你已经捡到了似的！”歌德略带讥讽地回答，“你关于有色光影的想法还停留在 14 世纪，而且深深地陷进了辩证法的泥沼中。你唯一的优点就是你至少足够心怀坦荡，能够怎么想怎么讲出来。

“我的颜色学对于我正如像基督教的信仰，”他随后继续说，样子高兴了一点儿，和蔼了一点儿。“有一阵子你已相信有了一些忠实的门徒，谁知一不留神他们就背弃了你，组织起了一个教派。你跟别的人一样也是个异教徒，要知道你不是第一个背弃我的人。就因为对颜色学存在争论，我已经跟一些最出色的人分道扬镳啦。跟某某由于……，跟某某由于……”

歌德一口气向我列举了好些显赫的姓名。

这期间我们吃完了饭，中止了谈话，歌德便站起来踱到窗边。我走过去握住他的手，因为不管他怎样骂我，我仍然爱他。随后我却感觉出来，理在我的这边，他呢却在忍受痛苦。

也没有过多久，我们又有说有笑，聊起一些无所谓的事情来。可是我告辞的时候对他讲，希望他拿到我的稿子后再仔细斟酌斟酌我的意见，说完全是怪我笨嘴拙舌，才没有能说服他，让他承认我有道理。这一下他又忍不住半开玩笑半带讥讽地对我异教徒长异教徒短地来了一通，直到我走出门外。歌德一方面容不得别人对他的颜色学说三道四，另一方面对自己的文学作品却总是表现极为随和，心怀感激地接受任何有道理的批评。这似乎是个问题；也许谜底就解开了。只要我们想想，他身为诗人让外间推崇备至，《颜色学》是他篇幅最大也最繁难的作品，所受到的却只有责难和反对。整整半辈子，他老是听到来自各方面的异议非难，实在不能理解，所以就自然地老是处于一种受刺激的战斗状态，就必然随时准备进行激烈的反击。

歌德之于他的颜色学就像一位好母亲，别人越瞧不起她的宝贝孩子，她便越加疼爱他。他总是反复地讲：

“我作为诗人的一切成就，我一点儿不觉得有什么了不起。与我同时生活着一些杰出的诗人，在我之前还有更杰出的诗人，在我死后也有杰出的诗人出现。

“可在我生活的这个世纪，颜色学这门繁难的科学我却是唯一一个具有真知灼见的人，因而也自觉超凡出众，倍感欣慰。”

1829年2月20日，星期五

（歌德比喻写作犹如分娩）

和歌德一起进餐。他因完成了《威廉·迈斯特的漫游时代》而感到高兴，打算明天把它寄走。关于《颜色学》，他稍微向我对雪地上的蓝色阴影的看法靠拢了一点儿。他谈到了接着又要开始写作的《意大利游记》。

“咱们就像那些产妇，”他说，“分娩那会儿发誓赌咒再不跟男人睡一张床了，事实却是一不留神又大了肚子。”

还谈了他想怎样写《诗与真》的第四卷，还说1824年我对他已完成部分和继续写作的提纲所做的笔记，将对他的写作大有帮助。

他给我朗诵歌特林的日记，此人十分亲切地谈到了当年耶那的那些击剑教师。歌德说了歌特林不少的好话。

1829年3月23日，星期一

（建筑艺术是凝固的音乐；朋友的不同作用）

“我在我的文件中发现了一份手稿，”歌德今天说，“在那里边我曾把建筑艺术称作凝固的音乐。现在想来也真的不无道理，由建筑传达出的情绪，确实与音乐的效果近似。

“豪华的建筑和房间供王公和显贵们享用。人生活其中，便感到安逸、满足，不再有任何别的欲求。

"这完全违反我的本性。住在如我在卡尔温泉所住的华丽寓所里，我立刻会变懒惰，会无所事事；相反小的住宅，例如咱们眼前呆的这间破屋子，说它乱糟糟吧又还有秩序，颇像吉普赛人家里的情况，这刚好适合我，我内心因此感到充分的自由，可以随心所欲地工作和发挥自己内在的创造力。"

我们谈到了席勒的书信，谈到了他俩在一起的生活，以及他们如何日复一日地在工作中相互促进，相互激励。我说：

"席勒似乎对《浮士德》也很感兴趣。他敦促你写作，自己甚至动了替你续写《浮士德》的念头，真可传为佳话，令人十分感动。我由此发现，他生性有些个急躁。"

"你说得对，"歌德接过话头，"他是这个样子，就跟所有过于受观念左右的人一样。他总是不安静，总得干点儿什么，这在他那些关于《威廉·迈斯特》的信里可以看出来，他一会儿想要这样，一会儿想要那样。我呢要做的只是坚定信念，不让他的事情和我的事情受那样的影响和干扰。"

"今天早上我读了他的《印第安人挽歌》，"我说，"很高兴这首诗是如此精彩。"

"你看见了，"歌德回答，"席勒是一位多么伟大的艺术家，只要展现在他的眼前，即使是传统题材他也同样善于把握。不错，《印第安人挽歌》属于他最成功的作品，我呢，只希望他还能写出一打这样的作品。可你能想象吗？他的一些密友却指责他这首诗，说它没有充分表现他的理想精神。是啊，好小伙子，人们常常吃自己朋友的亏！洪堡不是也批评我的多萝苔，说她不该在敌人来犯时拿起武器进行战斗吗？然而没有这点表现，这位在特定时代和特定环境下应运而生的非凡的姑娘立刻完了，立刻就降到了她那些平庸的姐妹的行列里。不过将来你会看得越来越清楚，只有少数人能以必须做自己的立足点，相反，大家都只愿意赞扬和承认适合于自己口味的东西。而这还是些一流的、杰出的人物啊，你就设想一下吧，大众的意见会怎么样，我们将始终何等孤独。

“要不是我造型艺术和自然科学基础牢实，在这恶劣的时代及其每日每时的影响下，我也很难坚持在水面上，然而就是这保护了我，也让我能由此出发去帮助席勒。”

1829年2月24日，星期二

（结交席勒；灵魔的影响）

“人越是卓越，越容易受灵魔[①]的影响，”歌德说，“因此他必须时刻留神，别让自己起主导作用的志向误入歧途才是。

“例如我跟席勒的结交，就绝对是受了什么魔性的力量左右。我们早不碰在一起，迟不碰在一起，却偏偏等我旅居意大利归来，席勒呢也厌倦了哲学思辨，就碰在了一起。要知道正是这个时期，对我们两人后来取得较大成功都至关重要。”

1829年4月2日，星期四

（掌握军权与掌握政权；古典的和浪漫的；
性格形成的外因）

“我要给你揭开一个政治秘密，”歌德今天吃饭时说，“这个秘

① 灵魔一词的德文原文为der Dämon，指的是自然界中一些神秘而不可抗拒的、带有一定魔性的力量，过去多译为灵魔、魔鬼等等，但在我看来均未尽其意。近闻我在社科院外文所任研究员的师弟李永平有了“灵魔”这个新的译法，觉得更加接近原意，故采用之并作说明，以申谢意并避掠美之嫌。

密迟早会自行显露。卡波蒂斯特里亚[1]在希腊政府首脑的宝座上待不长，他缺少坐这样的位子所必需的品质：他不是一个战士。我们尚无先例，就是一个内阁普通成员能够组织革命政权，并让军队和将军们对自己服服帖帖。只有手里握着刀，统率着一支大军，方能够发号施令，颁布法律，才有把握叫人对你唯命是从，而没有这两件事情就糟糕喽。拿破仑如果不是个战士，就永远爬不到权力的顶峰；同样的道理，卡波蒂斯特里亚已做不了多久的一把手，很快就会开始出演次要角色。这我预先告诉你，你呢很快就会看见，事情的本质决定了一定是这样，不可能变成另一个样子。”

随后歌德谈起法国人，特别是谈库赛、维耶曼和基佐。他说：

“这些人确实富有见识和洞察力，能把过去时代的完美知识与19世纪的精神结合在一起，结果便创造了奇迹。”

从这些人物又转到当代的法国诗人，并谈起了古典的和浪漫的意义。

“我想起一个新的说法，”歌德说，“可以相当不错的说明两者的关系。我称古典的为健康的，浪漫的为病态的。例如《尼伯龙根之歌》如同荷马史诗是古典的，因为两者都健康而且有力。把多数近来的作品归之于浪漫，不是因为它们新，而是因为它们软弱、苍白、病态；称古代的作品为古典，并非因为它们古老，而是因为它们强壮、乐观、健康、有活力。如果我们以这些品质区分古典和浪漫，事情马上就会一清二楚。”

话题转到了贝朗瑞被监禁的事。歌德说：

“他活该如此。他最后的那些诗真的毫无节制，不成体统。他反对国王，反对国家，反对和平的公民意识，受惩罚完全是咎由自取。相反，他早期的诗歌欢快而清纯，使人读起来感觉快乐幸福，

---

① 卡波蒂斯特里亚（L. Kapodistrias，1776－1831），希腊政治家，1827年当选希腊共和国临时总统，1831年遭暗杀。

这在诗歌可以说是最难能可贵的哪。”

“我可以肯定，”我接过话头，“他的环境对他产生了不利影响。他为了讨他那些革命的朋友欢心，便说了一些他自己原本不会说的话。阁下您应该实现您的计划，写出谈作家如何受灵魔影响的一章，这个题材越是考虑，越发显得重要而且内涵丰富。”

“太丰富啦，”歌德说，“说到底，除去我们本身一切都是影响。”

“要注意的只是分清一个影响是有益或是有害，”我说，“是符合我们的天性，有利于它的发展呢，或是阻碍它的发展。”

“这个当然，”歌德应道，“问题确实在这里，只不过难也正好难在我们好的天性总会极力坚守自己，不肯受灵魔过分的支配。”

饭后歌德让人在我们面前的桌子上摆了两盆植物，一盆为盛开的月桂，一盆为日本产的花卉。我表示，由两盆植物传导出来的是不同的情绪：望着月桂使人感觉快活、轻松、温婉、宁静，相反日本植物却叫人感到野蛮，感到伤感。

“你说得不错，”歌德讲，“因此就必须承认，一个地方的植物界也会对当地居民的心理气质有所影响。很显然，谁长期生活在高大挺拔、阴森肃穆的橡树包围之中，他就必定变成跟一个天天徜徉在稀稀朗朗的白桦林下的人不一样的人。只是不能不考虑，一般而言人并不如我们似的敏感脆弱，整个说来都会坚强地生活下去，不轻易屈服于外来的影响。可以肯定的只是，除去种族的遗传因子，土地和气候也罢，食物和所从事营生也罢，通通都会对完成一个民族的性格塑造产生影响。还得考虑，原始部族大多占有着一片他们喜欢的土地，一片已经跟他们作为人的天性和谐一致的土地。

“你转过脸瞧瞧，”歌德继续说，“在你身后的台子上放着一张纸，我请你好好看看。”

“那个蓝色的信封？”我问。

“是的，”歌德回答。“喏，对那一笔字你能讲什么？从那上面书写的地址，可不可以看出写信的人生性大度而又豪放？你觉得有这样手笔的会是怎样一个人?”

我欣赏着那信封，上面的笔迹非常自由狂放。

“有可能是梅尔克写的,”我说。

“不对,”歌德道,“他不够高贵和正派，是泽尔特写的。纸和笔帮助了他，以至书如其人，完全表现出了他性格的大气。我准备把这个信封放进我的名家手迹收藏。”

1829年4月3日，星期五

(筑路的诀窍；爱尔兰解放运动；教会的影响无所不在)

和建筑事务总监库德莱一起在歌德处交谈。库德莱谈到大公爵的美景宫有一道多年来已叫人感觉不舒服的楼梯，想要修好却总遭遇到老公爵表示的疑虑，现在好喽，年轻的君主一执政事情就获得了圆满解决。

库德莱还报告了各个地区修路的进展情况，说通到山后布兰肯海因去的那条路坡度达到了差不多10度，所以不得不绕点儿圈子，而且就算这样还是有几小段的坡度达到了6、7度。

我问库德莱，在丘陵地区筑路要达到的标准倾斜度究竟是多少。

“3、4度就挺舒服,”他回答。

“可是,”我说,“从魏玛出发走东西南北的任何一条路，很快都会碰见一些远远超过这一倾斜度的路段。”

“那都是些距离很小和无关紧要的路段,”库德莱回答,“修路时遇上这样的地方就会有意向村落靠近，以便增加它一点儿租赁马匹的收入。”我们都让这诚实的狡诈逗得笑了。“从根本上讲,”库德莱继续说,“这只是小菜一碟，旅行马车轻轻松松就过去了，稍微苦一点儿赶货车的车夫也已经习惯。再说呢，通常都是到饭店老板那里租马匹，车夫们也就乐得趁机喝上两杯，你要是败了他们这点儿兴，他们才不会感激你喽。”

“我真想知道，”歌德说，“在异常平坦的地方筑路，时不时地有意绕点儿弯子，人为地造成一些个上下起伏，是不是更好呢？这样既不妨碍舒适地行车，路面还会因为雨水很好地流走了而总是保持干爽。”

“可以这么办，”库德莱回答，“看样子这会非常有益处。”

随后库德莱拿出来一份文书，一份对某个年轻建筑师的培训计划，库德莱属下的部门正准备送这个年轻人去巴黎深造。他念了培训计划，歌德认为计划制订得不错，表示了赞成。歌德在部里争取到了必要的支持，大家很高兴事情取得了成功，接着便讨论了预先要采取的措施，以保证钱真正用到点子上，并足够小伙子一年的花销。等他学成归来，准备派他去新建立的职业学校当老师，立刻给这位有才干的年轻人一个适合的用武之地。一切都非常好，我也默默祝福事情顺利圆满。

随后又取出一些申克尔①为木工师傅们绘制的建筑平面兔和羊版图来看。库德莱认为这些图纸很重要，完全适合给将来的职业学校做教材。

还谈到了各种建筑，谈到了声音和隔音问题，谈到了耶稣会的寺院都特别坚固这个情况。歌德讲：

“在墨西纳②，所有房屋都让地震给震塌了，耶稣会的教堂和修道院却巍然耸立在那里，就像是昨天才建的一样，看不出它们有一丝丝受到了地震影响的痕迹。”

话题从耶稣会士和他们的财富转到了天主教徒和爱尔兰的解放运动。库德莱说：

---

① 申克尔（K. F. Schinkel，1781—1841），德国古典主义建筑艺术的主要代表。

② 墨西纳，意大利城市，西西里省的首府。

“看起来好像是承认了爱尔兰独立，可议会制定的法规又使这一步骤对英格兰绝不会有危害。”

“天主教徒的所有预防措施全都没用，”歌德说，“教皇关心的是一些我们想不到的利益，暗中采取的手段更叫我们摸不着头脑。我要是现在当议员，我也不会阻碍爱尔兰独立，可我会让人在记录中加上一条：如果有朝一日因为一个天主教徒投的票让一位新教头面人物掉了脑袋，那么就请大家想到我。”

谈话转到了法国的当代文学，歌德马上又兴奋地讲起库辛、维耶曼和基佐等几位先生授的课。他说：

“丢掉了伏尔泰式的不求甚解，他们有一个博学深思的优点，而这个优点从前单单只是德国人才有。一种钻深钻透的精神，一种穷根究底的精神，就好像他们是在踩榨汁机似的，真了不起呀！他们三位全都很杰出，只不过我更喜欢基佐先生，认为他最了不起。”

接着又谈了一些世界历史的话题，歌德针对执政者发表了下面一些看法。

“要想获得民众的爱戴，一位伟大的统治者用不着玩儿其他任何的手腕，单凭自身的伟大就成了。他要是努力追求并切实付诸行动，使自己的国家在内部幸福安宁，在外部受到别国的尊重，那就不管他是胸前戴满勋章乘坐的御辇也好，还是身上裹着熊皮、嘴里含着雪茄坐的蹩脚马车也好，反正一个样，他一旦赢得了民众的爱戴，就会永远享有民众的敬重。反之，一位国君要是缺少人格的伟大，不会通过一些好的举措去赢得自己人民的爱戴，那他就只能想出一些别的笼络人心的办法，而最好和最有效的办法就是宗教信仰，就是跟民众保持和奉行同样的礼仪习俗。每个礼拜天都到教堂露露面，俯视一下济济一堂的教友们，让众人有机会瞻仰瞻仰自己的风采，这便是值得向每一位年轻的君主进谏的最灵验的办法。再伟大的君主都可以用此法赢取爱戴，笼络人心，甚至连拿破仑也未能免俗喽。”

话题又回到天主教徒，谈到了教士们在暗中的影响和活动有多么厉害。听说哈瑙城有位年轻作家，他不久前在自己出版的刊物上发表了一篇文章，有一点儿取笑念珠的味道。这份杂志马上就销声匿迹了，就是通过教士们在自己的一个个教区施加的影响。

“我的《少年维特的烦恼》很快在米兰出版了意大利文译本，”歌德说，“谁知印了那么多，没过多久便一本看不见啦。原来有位主教大人在背后捣鬼，下令各个教区的教士把所有的书买了个一干二净。我并不因此恼火，相反倒为这位聪明的主教感到高兴，他马上就认定《少年维特的烦恼》对于天主教徒是本坏书，而且我还不能不称赞他，他当即采取果断措施，不声不响地来了个斩草除根。”

1829 年 4 月 5 日，星期日

(歌德朗诵自己的诗歌)

歌德告诉我，吃饭之前他驱车去了美景宫，为的是见识见识库德莱新修好的楼梯。他觉得新楼梯很漂亮。他还告诉我，他想带我去看那儿新运到的一大块木化石。

“这种成了化石的树干，”他说，“在纬度 51 度下面围着地球整整绕了一圈，一直绕到美洲，就像地球的腰带，实在令人惊异不止，真不知道地球最初是个什么状况。因此也就难怪封·布赫先生为了传播自己那些假说而要对世人大搬教条。他确实是无知，可也没有谁比他知道得更多。所以到头来传播什么学术都一样，只要有一点点理性的影子就成。”

歌德转达泽尔特对我的问候，使我很高兴。随后我们谈他的意大利之行，他说他在从意大利寄回来的信里发现了一首诗，想给我看看。他请我把放在我对面台子上的一包书信递给他。我给了他纸

包，里面全是他从意大利发回来的信。他找出那首诗来念道：

邱彼得，放荡、固执的男孩儿！
你求我让你在我家待几小时，
却几天几夜赖着再不肯离开！
而且还喧宾夺主，颐指气使。

我被你赶下自己开阔的卧榻，
坐在泥地上一夜夜忍受煎熬。
你一个劲儿往炉子里加木柴，
耗尽穷光蛋冬天的所有储备。
你把我的家什弄得乱七八糟，
想找什么我准会变成瞎子、疯子。
你整天价胡闹腾，我怕我的灵魂
会给吓出窍，会逃离我的躯体。

我挺喜欢这首诗，觉得它十分新颖。

“你对他不应该陌生，”歌德说，“因为《克劳迪娜·封·韦拉—贝拉》[①] 里有这首歌，卢甘提诺唱的。只不过我把它分解出来了，好叫人读出更多的意味，然而没有谁真正明白到底讲的什么。不过我觉得这样很好，既道出了真情，又富有寓意，典型的阿那克瑞翁的诗风。这首诗以及我歌剧里其他类似的诗歌，原本都应该收进我的诗集里，以便作曲家有一个总的了解。”

我很赞赏他这个想法，记了下来准备随后照办。

歌德的朗诵异常精彩，精彩得叫我再也没法忘记，他自己呢也好像把这首诗铭刻在了脑海里。诗的最后两句，也就是

① 歌德写成于 1789 年的歌剧。

你整天价胡闹腾，我怕我的灵魂
会给吓出窍，会逃离我的躯体。

被他轻声重复念叨，像在梦中似的。

随后他对我讲了一本新出版的《拿破仑传》，作者是传主青年时代的熟人，因此书中披露了一些很值得注意的情况。他说：

“这本书写得很理智，没有掺杂个人情感。可是你可以看出来，只要作者有勇气讲真话，真实的东西具有何等巨大的力量。”

歌德还提到了一位年轻德国剧作家写的悲剧。他说：

“这是一部病态的作品，有些部分无须渲染却渲染过度，有些部分需要笔墨又笔墨干涩。主题思想不错，很不错，但却见不到我所期待的场面；相反，另外一些我不想见的场面，又得到了不厌其烦的精心描绘。我想，这就是病态，或者你更愿意根据我们时髦的理论也称之为浪漫的。”

我们继续愉快地促膝交谈了一会儿，最后歌德招待我吃了蜂蜜，临别时还拿了一些枣子让我带回家。

1829 年 4 月 6 日，星期一

（名声并非微不足道；拿破仑何以受拥戴；
德国人的个人自由观念）

歌德交给我一封埃贡·艾伯特[①]的信。席间我读了它，并因此

① 埃贡·艾伯特（Karl Egon Ebert，1801—1882），一位出生在布拉格的波希米亚（今捷克）的年轻作家。

感到快乐。我们说了许多称赞艾伯特和波希米亚的话，并怀念了曹伯尔教授。

“波希米亚是个特别的地方，”歌德说，“我经常喜欢待在那里。那儿文学家的素养里还包含某些纯净的成分，这在咱们北德已经开始变得稀罕了。这里每一个无赖都在写作，根本谈不上有什么伦理基础和高尚趣旨。”

歌德随后谈起埃贡·艾伯特最近的一首叙事诗，诗里写的是波希米亚还由妇女执掌统治权的过去，也即相传产生了亚马孙族女豪杰的那个时代。

这段谈话引出了另外一位写叙事诗的诗人。这个诗人据说为使自己的作品获得报刊的好评，不惜花了许多的力气。

“这样的评论也确实这儿那儿地出现了，”歌德说，“可是一等后来《哈勒文学报》说了实话，道出了他那首诗的真正价值，其他报刊的溢美之词通通不起作用了。谁现在弄虚作假马上会被揭露，已不再是可以愚弄和误导广大读者的时代。”

“我奇怪人们怎么会对区区名声孜孜以求，”我说，“以致到了不择手段的地步。”

“小伙子，”歌德回答，“名声可不是什么微不足道的东西喽。拿破仑为追求大名声，不是差点儿打碎半个世界吗！”

谈话出现了小小的间歇，随后歌德对我谈起一本写拿破仑的新书，他说：

“真实的力量是巨大的，一切由新闻记者、历史学家和诗人之手加之于拿破仑的美化和妄想，在此书可怕的真实面前通通烟消云散，可是英雄本身并未因此变得渺小，相反随着真实的增加而越发伟大。”

“拿破仑必定具有特殊的人格魅力，”我说，“因此见到他的人才会立刻投奔他，追随他，甘愿接受他的指挥。”

“他这个人当然出类拔萃，”歌德应道，“不过关键还在于，人们都确信在他的麾下能实现自己的抱负。因此人们投奔拿破仑，就像投奔每一个能让他们产生同样信心的人。例如演员们投奔一位新的导演，就因为相信他能指导他们演一些好角色。这是个永远在重演的古老童话，人性生就如此。没有谁自愿为别人效力，可一当他知道为你效力也有益于自己，他就会心甘情愿地为你效力。拿破仑对人有充分的认识，善于利用人的弱点。”

话题转向泽尔特，歌德说：

“你知道，泽尔特获得了普鲁士勋章。喏，现在他缺的可就是族徽啦。不过他已经有了一大群子女，完全有望繁衍出一个世代兴旺的大家族。因此他必须有一个族徽，以便奠定荣誉的基石。我呢也一时兴起，想替他设计一个。我写信告诉了他，他挺满意，只是他希望设计有一匹马。好吧，我回答，我就给你一匹马，不过是长翅膀的马。你转过身去，你背后摆着一张纸，纸上就是我用铅笔绘的草图。”

我拿起纸来看设计图。族徽给人以气派而庄严的印象，我不能不称赞他的创意。族徽下部是一排城墙的雉堞，暗示泽尔特早年是一名能干的泥瓦匠；一匹振翅的飞马从墙后腾空而起，向更高处翱翔，表明泽尔特是一位奋发有为的天才；族徽上部悬着一张七弦琴，琴的上方则有一颗象征艺术的明星闪耀，告诉世人，歌德的这位杰出朋友生逢其时，有着众多优越的条件，因而能名闻遐迩；族徽底下，则挂着普鲁士国王为表彰其丰功伟绩而授予泽尔特的那枚勋章。

“我已让法希乌斯[①]刻制成铜板，”歌德说，“会印一张出来送给你。这不挺好嘛，替自己的一位朋友设计族徽，就等于给他加封了贵族头衔?”

对这奇思妙想我们很是高兴，歌德呢立刻派人去法希乌斯那里

① 法希乌斯（F. W. Facius，1764—1843），魏玛著名的铜刻师傅。

取印刷件。

我们还在桌旁坐了一会儿，吃着美味的糕饼，饮了几杯陈年葡萄酒。歌德嘴里模糊不清地哼哼着什么。我又想起昨天他朗诵的诗，不觉念出声来：

你把我的家什弄得乱七八糟，
想找什么我准变成瞎子、疯子。

“我忘不了这首诗，”我说，“它太别致啦，绝妙地表现了爱情给我们的生活造成的混乱。”

“它让我们面对着一种迷茫状态，”歌德说。

“它给我的印象如同一幅油画，”我说，“一幅尼德兰油画。”

“是有点儿《好丈夫和好妻子》的味道，”歌德说。

“我正想这么讲，”我接过话头，“因为我脑子里一直萦绕着这幅苏格兰油画，奥斯塔德这件作品历历如在眼前。”

“不过奇怪的是两首诗都画不出来，”歌德说，“它们给人的印象犹如一幅画，能引起人类似于观画的情绪，可真画出来了却根本不像样子。”

“这就是很好的例子，”我讲，“说明诗歌不管多么接近绘画，但仍旧离不开自己的领地。这样的诗歌我再喜欢不过，它们既富有形象，又令人感动。可您怎么能产生这样的感觉，我几乎想不通，这首诗就像来自另一个时代和另一个世界。”

“我也不会再有第二次，”歌德说，“也讲不清楚怎么写成了它。我们经常遇见这样的情况。”

“这首诗还有一点特别，”我说，“就是我常常觉得它像押了韵似的，实际却没押韵。怎么会这样呢？”

“原因在节奏，”歌德回答。“每一行诗都有一个引导音节，然后就以扬抑格的格律向前推进，临近结尾却窜进来一个扬抑抑格，这就造成了特殊效果，产生了一种哀怨的味道。”说着歌德便抓起铅笔，进行了如下的音节划分：

∨		- ∨		- ∨		- ∨		- ∨ ∨		- ∨
Von		meinem		breiten		Lager		bin ich ver		trieben.
我		被你		赶下		自己		开阔的		卧榻

我们讨论了一般的节奏问题，一致认为这类事情没法子考虑。歌德说：

“节奏产生于诗的情绪，无意识地。谁在写一首诗的时候刻意思考节奏，那他多半疯了，不会写出任何像样的东西。”

我等着取族徽拓印件回来，歌德便又谈起基佐，说：

“我在继续读他的历史讲义，它们写得很是不错。今年的部分追溯到了公元8世纪。他的观点深邃、透辟，我还没见过哪个历史学家超过了他。有些人想不到的事物，在他看来极为重要，因为是重大事件的根源。例如某些宗教观念的时兴对历史的影响，还有原罪说、恩典说、行善说等等赋予某些时代这样那样的特征，他都为我们追本溯源，详加论证。还有至今仍活着的罗马法，它尽管像一只潜入水里的鸭子时不时地不见了踪影，可却从未消失，总会活泼泼地再冒出来。我们看见他对罗马法也处理得很好，而且顺便还给了我们杰出的萨维尼①充分的肯定。

“基佐论及古代高卢人②受其他民族影响时有关德国人的论述，引起了我特别的注意。‘日耳曼人带给了我们个人自由的观念，’他说，‘这种观念首先为该民族所拥有。’这不是很对吗？他不是讲得完全正确？这种观念不是直到今天还在我们中间起作用吗？宗教改

① 萨维尼（Friedrich Karl von Savigny，1779—1861），德国法学家，历史法学学派的奠基人。

② 高卢人为现代法国人的祖先。

革来源于此，大学生们在瓦特堡谋反闹事也来源于此，聪明和愚蠢有同样的根源。还有咱们文学的五色斑斓，咱们诗人一个个热衷独创，是人都以为必须独辟蹊径，恰似学者们也喜欢各立门户，自我封闭，孤芳自赏，唯以自我为中心……一切一切，盖源于此。相反，法国人和英国人就团结得多，也惯于互相照顾。他们的穿着和举止即显示出某些一致性，生怕因标新立异而引人注目甚或招人耻笑。德国人呢却谁都各行其是，只顾满足自己，不问他人有何感觉，因为正如基佐正确指出的，人人头脑中都装着个人自由的观念。由这种观念，我刚才说了，既衍生出许多好思想，也滋长了许多怪德行。”

1829年4月7日，星期二

（拿破仑非凡的政治、军事才能；
拿破仑与《少年维特的烦恼》）

我走进歌德的房间，发现他正和宫廷顾问迈耶尔坐在桌旁。迈耶尔前一阵身体不好，看见他已经康复，我很高兴。他俩在谈论艺术品，谈到了皮[①]花了四千英镑买到一幅克劳德·洛兰的油画，迈耶尔因此对皮尔特别有好感。报纸到了，我们分了分，然后边读报边等上汤。

马上提起了时下的热门话题爱尔兰解放运动。歌德说：

“对于我们而言，这件事的重大意义在于暴露出了一些谁也想不到的情况，没有这个契机，恐怕永远也不会谈到那些事情。爱尔兰的实际情况我们可并非真正清楚，事情太复杂啦。不过也看得出

① 皮尔（R. Peel，1788－1850），英国政治家和艺术收藏家。

来，这个国家所受的苦难无药可治，即便是解放运动也没法除去它的病根。在此之前，不幸的是爱尔兰得独自承受自己的苦难，可现在呢，不幸的是英格兰也给拖了进来。事情就这样。而天主教徒呢根本就不可信。显而易见，面对着五百万天主教徒的权力优势，两百万新教徒迄今的处境又多么糟糕。举个例子吧，四周都是天主教邻居包围着，可怜的新教佃农就不会不受刁难、压榨、欺凌。天主教徒内部也处不好，可一当要对付一名新教徒，他们又会立刻抱成了一团。”

话题从爱尔兰解放转到了土耳其战争。大家感到不解，俄国人以其优势兵力，竟在去年的战役中止步不前。

“问题在物资不足，”歌德说，“所以便对一个个人抱有过高的期望，尽管俄国人表现出色，勇于牺牲，结果在总体上还是于事无补。”

“还有那也真是个该诅咒的地方，”迈耶尔接过话头。“就说古时候吧，任何从多瑙河向北方山区挺进的敌人，到了这个地区都总有仗打，都总会遭遇顽强的抵抗，而且都几乎走不进去。俄国人哪怕只能保持靠海一侧的畅通，也可以从海路获得给养啊！”

“但愿如此，”歌德说。过了一会儿，他又讲：

“我正在读《拿破仑远征埃及记》，是每天陪伴在这位英雄身边的布里安[①]写的，许多事情都褪去了冒险猎奇色彩，以赤裸裸的真相庄严地展示在读者眼前。可以发现，拿破仑之所以远征埃及，仅仅是因为当时在法国无所作为，而要想登上王座，就只有完成这一划时代的讨伐。一开始他犹豫不决，不知该干什么。他视察了大西洋沿岸的所有法国港口，了解战船的状况，想弄清楚有没有远征英国的可能性。可他发现征讨英国不行，于是才下决心远征埃及。”

---

① 布里安（Bourrienne），法国传记作家，所著十卷《回忆录》记叙了拿破仑从执政到复辟的全过程。

“我不能不佩服拿破仑，”我说，“那么年纪轻轻，就能把影响整个世界的大事干得如此轻松自如，游刃有余，好像在此之前已有过多年实践和历练一样。”

“小伙子，”歌德应道，“这就是伟大天才的禀赋啊。拿破仑摆布世界就像胡美尔[①]弹他的钢琴，两样都令我们惊讶。这一个和另一个同样叫我们莫名其妙，但却又都是事实，都明明白白地发生在我们眼前。拿破仑特别了不起的地方在于，他任何时候都是那个样子。战前也罢，战后也罢，胜利也罢，失败也罢，他永远坚定不移，永远头脑清醒，永远当机立断。他永远如鱼得水，能应付任何的情势和环境，就像胡美尔既能演奏慢板也能演奏快板，既可弹高音部也可弹低音部。凡是真正的天才总会表现为得心应手，应付自如，在和平艺术和战争艺术里一个样，在钢琴背后和大炮背后一个样。

“从这本书可以看出，”歌德继续说，“关于他的埃及远征编造了许多神话。尽管证实了少数，许多却完全无法证实，多数都不是那个样子。

“例如说他下令枪杀了八百土耳其俘虏，是真实的，不过看来开了很长的军事会议，在考虑过所有情况之后仍无其他办法，经过深思熟虑后才做出了这个决定。

“讲他钻到了金字塔里面则是瞎话。他只是好端端地站在塔外，让人给他描述了在地底下看见的情况。

“还有说他常穿阿拉伯服装也有些牵强。他只不过在家里唯一一次这么乔装打扮过，让家里人看看他这么穿像不像样。然而他不适合缠头巾，正像所有长脑袋的人缠头巾都不合适，所以这套服装他再未穿过。不过他确实去看望过黑死病人，而且这样做是为了以

① 胡美尔（Johann Nepomuk Hummel，1778—1837），德国作曲家和钢琴家，歌德时代的魏玛宫廷乐队指挥。

自己的例子表明，只要人能够战胜恐惧，就能够战胜黑死病。而他是对的！我可以讲自己的一次经历。有一年热病流行，我呢却不得不冒被传染的危险，结果就单凭自己坚强的意志抵抗住了疾病。在这类情况下意志品格多么有用，真是难以置信。它仿佛能渗透你的躯体，使其进入足以抗拒一切有害影响的积极状态。相反恐惧却是一种怠惰、虚弱和敏感的状态，任何敌人都容易将其控制占据。拿破仑很了解这一点，他知道自己必须无所畏惧，才能够给他的大军以身作则。

“你该对我表示敬意才对啊！”歌德高兴地以开玩笑的口吻说。“拿破仑出征带有什么样的书？—— 我的《少年维特的烦恼》！”

“从那次在艾尔福特的会见可以看出，”我接过话头，“他把它读得很熟哪。”

“他读得熟得就像法官熟悉自己的案卷，”歌德说，“所以也才会与我谈论它。

“在布里安的著作里有一份拿破仑带到埃及去的书籍的清单，其中也有《少年维特的烦恼》。可这份书单值得注意的是它各种不同的分类。例如在政治一类，列入的是《旧约》《新约》《古兰经》，由此可知拿破仑是以什么观点看待宗教。”

歌德还给我们讲了一些他正在读的这本书里一些有趣的内容。其中说到拿破仑和他的部队到了红海的海岬上，正值退潮时分走过一片干涸的海滩，可谁想却让返回的潮头给赶上了，跑在最后的士兵已让海水淹到腋下，险些就得到了跟法老一样的下场。歌德借此机会谈了许多有关涨潮的新想法。他用云跟潮水作比较，说云不是从远方向我们飞来的，而是在各处同时生成，同时向前移动。

1829年4月8日，星期三

（世界之都罗马；演说家的素质；君主思维与艺术家思维；油画临摹与翻译）

我进屋时歌德已经坐在摆好餐具的桌子旁。他很高兴地招呼我，说：

“我收到了一封信。哪儿来的吗？罗马来的！可谁来的呀？巴伐利亚的国王来的！”

“我替您高兴，”我说，“可不是很特别吗，一小时前我在散步时也老想着这位国王，现在好喽，又听见您的这个喜讯。”

“我们内心常常是会有些预感，”歌德说。“信在那边桌上，去拿来坐在我身边念吧！”

我取来信，歌德拿起报纸来读，于是我便完全不受干扰地开始读那国王的信函。信上注明的日期是1829年3月26日罗马，笔迹工整而且异常清晰。国王告诉歌德，他在罗马置了一处产业，也就是带有不止一个花园的马耳他别墅，紧邻着卢多维希别墅，坐落在城市西北角的一座丘陵上，整个罗马城一览无余，东北边更毫无遮拦，看得见圣彼得大教堂的全貌。“世人不惜千里迢迢地来欣赏的这一美景，”布伐利亚国王写道，“我现在只需推开自己屋子的窗户，便随时可以舒舒服服地欣赏啦。”他一个劲儿地炫耀自己能这么美美地定居罗马的幸福。“我已经十二年没见罗马了，”他写道，“我思念罗马就像人们思念自己的情人，可是从今以后，我将心情平静地回到这里，就像回到一位心爱的女友身边。”随后谈到那一处处珍贵的宝藏，一座座庄严的建筑，谈得热情洋溢，谈得就像一位艺术行家，不但热爱真正美的东西，而且关心它的维护发掘，容不得任何对高尚艺术品位的偏离。信函通篇文字都那么优美，那么有人情味，谁也想不到会出自一位王者之手。我向歌德表达了我的欣喜之情。

“你见到了一位君主，”歌德说，“他除去王者的威严，还保持着与生俱来的优美人品。这是个罕有的现象，因此也就更加喜人。”

我重新读信，又发现了几个精彩的段落。“在罗马这儿，”国王写道，“我消解了坐王位所有的忧烦，艺术和自然成了我每日的享受，艺术家成了我进餐的桌友。”他还写怎么经常经过歌德曾经居住的房子，怎么睹物思人想念歌德。还引用了《罗马哀歌》的一些诗行，由此可见国王已对这部组诗烂熟于心，到了罗马当地又时不时地重温过它。

“是啊，”歌德说，“他特别喜欢《罗马哀歌》，他在魏玛把我折腾得够呛，老要我告诉他这些优雅的诗里哪些内容是真的，好像真有那么回事一样。可大家很少考虑，诗人往往只需要微不足道的一点点由头，便能写出很好的东西来。

“我现在只希望手边有国王自己那本《诗集》，”歌德说，“这样我就好回他的信了。从已经读过的少数几首来看，那些诗应该不错。形式和手法很像席勒，如果他在这美丽的瓶子里能装进表现高尚心灵的内容，那就让人有理由期待读到许多精彩的东西。

“对于国王在罗马购置了那么优美的产业，我真是感到欣慰。我知道那幢别墅，它位置异常优越，德国的艺术家全都住在附近。”

佣人来换食碟，歌德吩咐他去把屋顶室那幅巨大的罗马铜版画铺开在地板上。他说：

“我要让你看看，国王购置的别墅地势有多么好，以便你能充分地想象出实地的情形。”

我心中充满对歌德的感激，回答他说：

“昨晚我读了《克劳迪娜·封·韦拉一贝拉》，从中获得了不少愉悦。结构如此严谨，情节却又如此大胆、轻松、放肆而又欢快，我真巴不得看到它在舞台上演出。”

“如果演得好的话，”歌德说，“那确实会很不错。”

“我已经在脑子里安排好演员阵营，”我道，“分配好角色。格那斯特先生一定让他演鲁甘提诺，他天生是演这个人物的料；弗朗克演唐·佩德罗，因为他的条件近似，让兄弟俩有些相像是不错的；拉·洛舍先生演巴斯科，他戴上面具化好妆，就会给予这个人物他所需要的野性。”

“埃伯尔万夫人我想是个不错的卢青德，”歌德接过话头，“施密特小姐演克劳迪娜。”

“阿隆索咱们必须让他身材魁梧，”我说，“更多地在乎好的演技，而不大在乎歌喉，我想欧勒斯或者格拉夫都适合。歌剧的作曲是谁呀，音乐怎么样？”

“作曲为莱哈特，”歌德回答，“而且音乐很棒。只是配器适合早先的口味，嫌软了一点儿。这方面我必须搭搭手，把配器弄得强一些，充实一些。咱们那首歌《邱彼得，放荡、固执的男孩儿!》，作曲家配的曲子格外成功。”

“这首歌本身就特别，”我说，“一朗诵起来人就堕入一种惬意的、如梦似幻的情绪。”

“它就是在这样一种情绪里产生的，”歌德说，“因此也有理由造成这样一种情绪。”

我们吃完了。弗里德利希进来报告，罗马的巨幅铜版画已经在屋顶室里铺开。我们于是走过去看。

世界之都的概貌图展现在我们眼前，歌德很快找到了卢多维希别墅，也找到了国王在近旁的新产业马耳他别墅。

“你瞧瞧，”歌德说，“位置怎么样！整个罗马都展现在面前，小丘又这么高，上午和早上一直可以望到对面的城外去。我到过这座别墅，经常从这些窗户里欣赏风景。这儿，城市在台伯河对岸向东北延伸的地方，那里就是圣彼得大教堂；还有这儿，梵蒂冈近在咫尺。你瞧，国王从他别墅的这些窗子看河的这边，就望见了这些房屋。这儿有一条长长的大道穿过波波罗门进城，它正是从北方的德国来罗马的路。进城后走不到几条街，街角上的一幢房子便是我的客居之所。现在人们指着罗马的另一幢房子说我在那里住过，其实不对。只不过呢这没有啥，这类事情归根到底是无所谓的，得尊重人家的传统习惯。”

我们回到原来的房间。我说：

“首相会为国王这封信高兴的。”

“那就给他看好啦，”歌德说。“我读到有关巴黎议会那些演说和辩论的消息，”歌德继续道，“就总得想到咱们的首相，想到他要在那里肯定如鱼得水，大显身手。因为坐在那个位置上不仅需要口才，而且需要演说的冲动和兴趣，而这两者，咱们的首相身上可都是兼而有之。拿破仑也具备这种演讲的冲动，要是他不能讲话，就必须书写抑或口授给别人写。还有我们发现布吕歇也爱演讲，而且讲得动听，讲得有感召力，这个能耐他是在议会里练出来的。还有咱们的大公爵，尽管他天生寡言少语，却也喜欢演说，要是不能演说，那他就写。他写过一些论文，起草过一些法规，而且多半都不错，只可惜一位君主没有时间和心境，去对所有事情的细节作必需的了解。例如到了晚年，他还做出过如何为修复油画付酬的规定。这件事很好，他做到像个君王的样子，规定了按尺寸判断修复工作的价值。他规定，修复按英尺计价。一幅修复的油画有 12 平方英尺，那就付十二个银币，4 英尺就付四个银币。这是君王的规定，但并不艺术。须知状态不一样，一幅 12 英尺的油画可能不花多少力气就能在一天之内修复，而另一幅只有 4 英尺，却花整整一个礼拜的时间和辛劳也休想修复得了。可君主们都是军事家，都爱好数学公式，行事都喜欢大而化之地用尺寸和数字说话。”

我欣赏这则逸闻。随后又谈了一些艺术方面的事。

“我有些临摹拉斐尔和多米尼奇诺[①]油画的素描，”歌德说，“对它们迈耶尔做了一个值得注意的评价，我愿意告诉你。

“‘这些素描有的地方技法欠纯熟，’迈耶尔说，‘不过看得出来，临摹这些油画的人对它们的感觉细腻而且正确，把这一感觉移植进了素描，就在我内心中忠实地再现了原作。如果让一位当代的艺术家临摹那些油画，他可能把一切都画得好得多，或许也准确得多，然而可以预言，他会缺少对原作的那份忠实感觉。这就是说，他尽管画得更好些，但却远远不够，不足以使我们对拉斐尔和多米尼奇诺获得如此纯粹而又充分的理解。’

“这不是一个很好的例子吗?”歌德问。“在翻译方面也可以举出类似的例子。例如弗斯肯定很成功地译介了荷马，可是不妨设想还有一个人，他对原著的感觉更单纯、更真切，尽管总的看来他不是弗斯那样一位大翻译家，却也能够再现原著的精神。”

我觉得他讲的一切都很正确，很有意义，对他表示完全同意。

鉴于天气晴朗，艳阳高照，我们便去下边的花园走走。到了那儿，歌德首先吩咐佣人把一些低垂到了路上的树枝拉上去捆扎起来。

黄色的番红花开得十分艳丽。我们先看了花，然后再俯视路面，发现地上的花影完全成了紫色。歌德讲：

“你最近说绿色和红色相互衬托，效果超过了黄色和蓝色，因为绿色和红色处于更高一级，所以就比黄色和蓝色显得更加饱满和强烈。我不赞成这个观点。任何颜色只要鲜明地显现在你眼中，都会强烈地衬托出相对的颜色。问题只在我们的眼睛得具备适当的情绪，没有过分明亮的阳光妨碍它观看，地面的状况也并非不利于接受投影。总而言之，必须防止对颜色作过于细致的分辨和确定，否

---

① 多米尼奇诺（Dominichino，1581—1641），意大利文艺复兴时期的油画家。

则太容易冒本末倒置和正误混淆的危险，把简单的事情弄复杂的危险。”

我记住了歌德的话，把它看作指导自己做研究工作的一个好教训。聊着聊着，剧场开演的时间就快到了，我起身告辞。歌德一边送我一边笑道：

“注意了，今晚得好好沉住气，别让《一个演员一生的三十年》那些恐怖场面吓坏了你。”

1829年4月10日，星期五

（克劳德·洛兰作品欣赏；创作要重视历史真实；人是个懵懂的造物；博马舍逸事）

“趁着汤还没有上来的工夫，我先让你饱饱眼福，”歌德和蔼地说道，同时把克劳德·洛兰的一册风景画递到了我手里。

它们是我所见到的这位大师的头一批画。印象异常深刻，随着我一页又一页地往后翻，我也越来越又是惊又是喜。这儿那儿都有大片的阴影，但效果之强烈不亚于从背景中射进空气里的明亮阳光及其在水里的反光，由此便总能造成巨大、鲜明、有力的印象，我则总是体察到大师反反复复宣示的艺术准则。我既兴奋又佩服，他的每一幅画都自成一个小世界，其中没有任何东西不符合情绪的基调，不烘托着这个基调。可能是一个停着船的海港，一些渔民在活动，海边上有几座漂亮建筑；可能是一片荒寂的小丘，几只山羊在吃草，还有小溪和石桥，稀稀落落的灌木丛和一棵大树，一个牧民在树荫下休息，吹着芦笛；或者是一块荒芜的洼地和一潭死水，在盛夏的烈日底下透着凉意——画面都总是绝对地完整统一，没有任何地方有一丝一毫与基调不符的异质的东西。

“在这里你到底见识了一位完人，”歌德说，“他想的很美，感觉也美，在他的心灵中，存在一个你在外面任何地方都不容易遇见的世界。他的画都高度真实，可却无丝毫的现实。克劳德·洛兰熟谙现实世界的细枝末节，他以它们为材料，以便表现自己美丽的心灵世界。这便是懂得利用现实素材的真实理想，它只显得真实，只是个幻象，而并非真正的现实。”

“我想，”我道，“这话很有道理，而且既适用于文学，也适用于艺术。”

“我也这么想，”歌德说。

“这样吧，”他继续讲，“你不妨把进一步欣赏克劳德·洛兰这位大师保留到饭后，因为他的作品实在太棒啦，不适合一口气看许多。”

“我也这么感觉，”我说，“每当我翻下一页时，心里总感到一些畏惧，一种面对美的事物的特殊畏惧，就跟读一本杰作时一个样子，大量堆积在一起的精彩片断迫使我们停下来，继续往下读总感到几分踌躇犹豫。”

“我已给巴伐利亚国王写了回信，你拿去读读吧。”停了片刻，歌德拾起话头说。

“一定对我很有教益，”我应道，“我非常高兴。”

“还有《总汇报》这里有一首致国王的诗，”歌德说，“昨天首相念给我听了，你也得看一看。”

歌德给我报纸，我接过后默默地读起来。

“喏，怎么样？”他问。

“富有情感，手法幼稚，”我回答，“愿望是好的，才气却不足，语言生硬造作，作者以为只要押韵便成了诗。”

“你说得完全对，”歌德说，“我也认为这首诗很蹩脚，没有丝毫的形象性，有的只是思想，路子歪了。”

“要写好一首诗，”我说，“就需要对所讲的事物有深入细致的了解。谁如果不像克劳德·洛兰似的掌握着一个完整的时间，他思路再怎么正确也难得写出什么好东西。”

“事情的特别之处就在于，”歌德说，“只有天才真正知道该怎么做，其他所有人都或多或少会堕入歧途。”

“美学家们便是明证，”我讲，“他们谁都不知道到底该教授什么，结果害得年轻的诗人完全昏了头。不去把握现实，反倒侈谈理想；不告诉年轻诗人他缺乏什么，反倒搅乱他已有的知识。例如一个人生来就有几分机智幽默，即使自己全然不知自己有此天赋，也肯定会得到很好发挥；反之，如果有人对他这些才能大加赞赏，他呢也听进去了，那他自然运用自己天赋的能力立刻就会遭到破坏和妨碍，意识会让能力瘫痪，他呢事与愿违，没有受到促进，而是遭拖了后腿。”

“你完全正确，而关于这个问题要讲的话会很多。

“最近我读了埃贡·艾伯特新写的叙事诗，”歌德继续说，“你也应该读一读，这样我们说不定能给他一点儿帮助。此人确实是个挺招人喜欢的才子，可他这首新诗却缺少真正诗意的基础——现实的基础。风景、日出日落以及为他拥有的外部世界，所有这些地方都写得好得不能再好。然而除此以外，凡是涉及过去的时代，凡是属于传说范畴的东西，都未得到应有的真实再现，因此便缺少了真正的核心。对亚马孙女强人及其立身行事的描写也一般化了，这在年轻人看来倒是诗意而浪漫，在美学界也算得上司空见惯。”

“这是目前整个文学界的通病，”我接过话头，“大家总是避免特殊的真实，生怕它没有诗意，结果便流于平庸。”

“埃贡·艾伯特应该坚持利用编年史，”歌德说，“这样他的诗作便会有价值。我想起了席勒在写《威廉·退尔》时如何研究历史，如何拼命了解瑞士的情况；我还想起莎士比亚如何使用编年史，并且整段整段地从编年史摘录进他的作品中，在此情况下，也不妨要求一个现代的年轻诗人如法炮制不是？还有我的《克拉维歌》，同样大段大段地摘取了博马舍的《回忆录》啊。”①

“可是经过加工已经看不出来，”我说，“已经不再跟素材一个样啦。”

“理当如此，”歌德回答，“事实也如此。”

歌德随即给我讲了博马舍的《回忆录》的几个片断。他说：

“他是一位了不起的基督徒，你必须读读他的《回忆录》。打官司是他最在行的事，不打官司就不舒服。他打过一些可谓空前绝后的最稀奇古怪、最别出心裁、最胆大放肆的官司，从其中的一次还保留下来了一些他作为律师的演讲词。可偏偏是这场有名的官司博马舍输了。正当他离开法庭从台阶上往下走，首相迎面而来，想要上法庭去。他命令博马舍让路，博马舍拒绝让他，坚持要二人各让一半。首相感觉有辱尊严，便命令一帮随从将博马舍推到边上去，也真就推了。谁料博马舍一转身又回到法庭里，马上展开对首相的诉讼，结果却赢了。”

我挺欣赏这则逸闻，随后一边进餐，一边高高兴兴地聊了各式各样的事情。

“我又找出了我的《再访罗马》，”歌德说，“为的是终于了结它，开始写别的东西。我已经出版的《意大利游记》，你知道，完全是书信编成的。我再次旅居罗马写的这些信性质却不同，不好那么编，牵扯家里的事和魏玛的情况太多，我的意大利生活谈得太少。不过呢却有一些个言论，颇能反映我那会儿的真实内心。因此现在我打算把这样的段落抽出来，编纂编纂，插进我的小说里，使其获得一种特别的语调和气氛。”

我认为这蛮好，对歌德的打算表示赞成。

“人应该努力认识自我，”歌德继续说，“在所有的时代都这样

---

① 博马舍（Pierre Atustin Caron de Beaumarchais，1732—1799），法国喜剧作家，《塞维勒的理发师》和《费加罗的婚礼》的作者。

讲，反反复复地这样讲。这是一个稀罕的要求，迄今没有谁达到过，也根本没有谁能达到。人的全部思想和欲求通通指向外界，指向围绕着他的世界，他所要做的，只是为达到自己的目标而尽可能认识世界，让世界为自己所用。只有在享乐和受苦的时候，他才知道自身，也只有通过享乐和受苦，他才会认识到自己应该追求什么，避免什么。再说呢人是个懵懂的造物，不知道自己从哪儿来，到哪儿去；他了解世界很少，了解自己最少。我同样不了解我自己，也希望上帝别让我了解自己。但我想说的是，我到了四十岁才在旅行意大利期间变得聪明起来，对自己有了足够的认识，知道自己不是搞造型艺术的材料，过去的努力方向错了。我画画时缺少表现事物的足够欲望，面对素材的强烈影响我存在某种恐惧，合我口味的是那种比较软的、温和的东西。画一幅风景吧，我总是从柔和的远景开始，再通过中景往前走，总是害怕赋予前景应有的力度，结果我的画作永远出不来效果。我要想进步，就必须练习，每有停顿，总是必须再从头开始。当然我也并非完全没有才气，特别是画风景画。哈克尔特[①]就经常讲：'你要肯在我这里待上一年半，我就包你能画出让自己和别人都高兴的作品。"

我听得津津有味。"可一个人怎么知道自己有没有搞造型艺术的真正才能呢?"我问。

"真正有才能的人，"歌德回答，"要对形体、比例和颜色有天生的敏感，稍经指点立刻便正确地掌握这一切。特别是形体感要强，要具有通过光线处理把对象变得实实在在的欲望。即使在练习的间隙里一样获得长进，内在的长进。这样的天才不难辨认，当然对于大师更不在话下。

"今天早上我去了公爵府，"歌德很高兴地继续说，"大公爵夫人的房间已变得很有品位，库德莱和他那些意大利人确实证明有两

① 哈克尔特（Philipp Hackert，1737—1807），德国古典主义风景画家。

下子。漆工们还在刷墙壁，是一些米兰人，我立刻用意大利语招呼他们，发现还没有忘记这种语言。他们告诉我最后粉刷的是威滕堡国王的宫殿，刚完工又签合同要去科塔，可在这点上大伙儿意见不一致，而这时候魏玛也听说了他们，便把他们招来装修大公爵夫人的房间来啦。我很高兴再一次说和听意大利语，因为语言可是能带来一个国家的气氛。老好的工匠们离开家已经三年了，他们说，可想径直从这儿就奔回家去啊。在此之前他们还接受委托替咱们剧院粉刷了一幅布景，你们对此多半不会生气吧。都是些非常能干的人，其中一位的师傅号称米兰头号装修技师，这就是讲你们有望看见精美的装修啦。”

弗里德利希收拾干净桌子以后，歌德让他给他铺开了一张罗马小地图。他道：

“对于我们其他人来讲，罗马不是久居之地，谁想留下来定居，就必须结婚成家，皈依天主教，不然就待不下去，就活不痛快。哈克尔特真下了狠心，身为新教徒却能长期坚持住在那里。”

随后歌德指着面前的线描地图，告诉我一些值得留意的建筑和广场。

“这儿，”他讲，“是法尔耐斯花园。”

“您写《浮士德》的《巫厨》一场不就在这里吗？”我问。

“不对，”他回答，“那是在勃克赫塞花园别墅。”

随后我继续欣赏克劳德·洛兰的风景画，同时跟歌德还谈了这位大师的一些情况。我问：

“可不可以让一位当代青年画家效法他的榜样呢？”

“如果谁有类似于他的心灵，”歌德回答，“那没有问题，他可以学习克劳德·洛兰而大有造就。可谁要是不幸而没有类似的心灵天赋，那他充其量只能窥见大师个别零星的优点，并把它们挂在嘴上装装门面罢了。”

1829年4月11日，星期六

（歌德青年时代的两封书信）

今天我发现餐桌摆在长厅里，而且准备了多份餐具。歌德和小歌德夫人对我表示热情欢迎。陆续走进来了叔本华夫人、法国领事馆的年轻伯爵莱因哈特及其表弟封·D先生——此人正好途径魏玛，去为抗击土耳其的俄国军队效力、乌尔莉克小姐以及最后还有佛格尔宫廷顾问。

歌德兴致特别高，为了让客人开心，他在入席之前讲了一些法兰克福广为流传的笑话，特别是讲罗特希德和贝特曼俩人如何相互使坏，搞砸对方的投机买卖。

莱因哈特伯爵到宫里去了，我与其他人入了席。席间谈话热烈而优雅，谈旅游，谈浴场，叔本华夫人尤其对她在莱茵河畔、离修女院岛不远的新产业的装修感兴趣。

上甜品时莱因哈特伯爵来了。他因来去神速而受到赞扬，要知道这么短的时间他不仅在宫里进了餐，而且还两度更衣。

他带来了已经选出新教皇的消息，当选的是一位卡斯提奥利奥尼。于是歌德给大伙儿讲了选教皇的传统仪式。

莱因哈特刚在巴黎过完冬天，有好些大家想听的政界和文艺界新闻可以讲。谈到了诸如夏多布里昂、基佐、萨尔万迪、贝朗瑞、梅里美，等等。

散席后客人一个个走了，歌德把我领进他的书房，给我两件极其有意思的手稿看，我非常高兴。是歌德青年时代的两封信，1770年从斯特拉斯堡写给他在法兰克福的朋友霍尔恩博士的，一封在7月，一封在12月。在两封信里，都可听见一个预感到自己有远大前程的年轻人在吐露心声。后一封信里已经显露出《少年维特的烦恼》的一些端倪，也跟塞森海姆的那一段有关系，幸福的年轻人看样子完全陶醉在最甜蜜的感受中，日子过得有些个昏头昏脑。信上字迹平静、干净、清秀，已经具有歌德日后一直保持不变的手迹的个性。我欲罢不能，反反复复地读这两份宝贵的信函，在离开歌德时真是觉得自己万分幸运，对他则是万分感激。

1829年4月12日，星期日

（高龄的植物象征；错误的志向不无益处；
彼得大帝想复制阿姆斯特丹）

歌德给我念他回巴伐利亚国王的信。他的措辞和语气就像一个亲自走上了别墅的台阶，站在国王的面前向他做口头陈述的人。

“这可是不容易呀，”我说，“在这样的情况下要摆正位置，掌握好分寸。”

“我一辈子跟显贵高官打交道，”歌德回答，“对我这样的人并不难。唯一得注意的只是不可太随意，而时刻必须遵守一定的规范。”

随后歌德谈起他眼下正忙于编辑的《再访罗马》问题。他道：

“从那个时期的一些信我清楚看出，人在每一个年龄段与其或前或后的一些年比较起来，都会有某些超前的思想或落后的思想。例如在四十来岁时，我对一些事情就看得清清楚楚，见地不凡，在某些方面甚至胜过了现在；不过我现在八十岁了，也有不少优越之处，要我拿它们跟那个时候的长处交换我是不肯的。”

“听您这么讲，”我说，“我便看见了植物的变形发育。我很理解，人都不乐意自己从开花的时期退回到叶子青绿的时期，从结果产种子的时期退回到开花的时期。”

“你这比方完全说出了我的意思，”歌德接过话头，停了停他又笑道：“试想有一片已经长得有棱有角的叶子，它乐意从已经充分伸展的状态再变回蜷缩局促的胚叶么？很好很好，咱们甚至有了一种植物象征高龄，就是已经过了开花结果的季节，虽不再生产却仍在蓬蓬勃勃生长的那种。

“糟糕的是人一生中受错误志向的耽误如此之多，”歌德继续说，“但却从来不认识这样的错误，除非已经摆脱了它。”

“可怎么能看出和知道一个志向是错误的呢？”我问。

“错误的志向没有创造力，”歌德回答，“即使能创造出点儿什么，也毫无价值。发现别人有这个情况不怎么难，可换成了自己，就需要有大而活跃的智慧啦。及时发现了吧也并不总是有用，还会犹豫、疑惑、优柔寡断，就像很难甩掉自己心爱的姑娘，尽管她的不忠早已反复得到证明。我这么讲，是因为我想起自己花了许多年才认识到自己搞造型艺术的志向是错误的，而要摆脱它，在认识到以后又花了许多年。”

“不过，”我接过话头，“这个志向给您带来了那么多好处，很难再称它是错误的吧？”

“我因此长了见识，”歌德回答，“所以也心安理得。而这，正是每个错误志向都能给我们的好处。一个音乐天赋不够却花了力气学音乐的人，固然永远成不了大师，但是将学会识别和珍视大师的作品。我拼命努力固然仍没能成为画家，但却尝试过这门艺术的方方面面，从而学会了欣赏一笔一画，辨别成功与失败。这同样是不小的收获，所以即使错误的志向也很少完全没有益处。举例说吧，为了解放耶稣的墓地而进行十字军东征，显而易见是错误的事业，可是呢它也有个好处，就是让土耳其遭到永远的削弱，阻止了它成为欧洲的匈奴大老爷。”

我们还谈了各式各样的事情，然后歌德提到塞古[1]的一本写彼得大帝的书，他对这本书很感兴趣，从中得到了许多启示。他说：

“彼得堡的地理位置实在糟糕，特别是考虑到它近旁的地面不断提升，沙皇彼得大帝认为可以使城市本身免除一切水患，只要他让它升高一些，仅只把港口留在低洼处。一位老船夫向他提出了相反的意见，预言每隔七十年都会来一次水淹全城，还提到一棵老树，树干上刻着历年涨水的最高位置。然而说什么都没有用，沙皇固执己见，并且砍去了那棵老树，免得眼前有这么个持不同意见者出现。

“你会承认，一位如此伟大的人物竟这样行事，绝对是有点儿问题的。可你知道我怎么给自己解释吗？我认为是人都无法摆脱自己青年时代的印象，这毛病如此严重，以至有些事物明明有缺陷，就因为他早年习惯了，在有它们的环境里度过了早年的幸福时光，他日后也会同样地喜爱和珍惜，就好像他花了眼晕了头，看不出它们有毛病似的。就这样，彼得大帝企图在涅瓦河口复制出一个他年轻时爱上了的阿姆斯特丹，正如荷兰人也总是受到诱惑，禁不住要在他们远方的殖民地一再地建造新的阿姆斯特丹一样。”

1829年4月13日，星期一

（克劳德·洛兰的师承和艺术传承问题）

今天席间歌德给我讲了不少有意思的事，饭后我又在欣赏几幅风景画。

“这个画册题名叫《自由的真实》，”歌德说，“其实它同样可以

① 塞古（Segur，1780—1873），法国历史学家。

叫“自由的自然与艺术”，因为里边的风光和艺术都叹为观止，而且还结合得再完美不过。”

我打听克劳德·洛兰的出身背景，以及他是哪个画派的传人。歌德回答：

“他的前一位大师是阿果斯提诺·塔西[①]，此人又师从保罗·布里尔[②]，这就是说，保罗·布里尔画派及其信条奠定了克劳德·洛兰的艺术基石，并且在他身上得到了一定程度的发扬光大。因为在他的前辈们那儿还显得严肃刻板的东西，到克劳德·洛兰的作品里已经有了发展，变得明快、优雅、自由、潇洒了。他已登峰造极，不可逾越。

“再说，一位如此伟大的天才，又生长在如此非凡的时代和环境中，就几乎没法讲他师从的是哪个人。他只需环顾四周，发现什么适合自己的禀赋天性，就可以吸收作为养料。克劳德·洛兰无疑既应该感谢卡拉齐兄弟[③]画派，也应该感谢自己身边的其他名家大师。

“所以人们习惯讲：尤利乌斯·罗曼[④]是拉斐尔的弟子，但是同样也可以讲，他是他那个世纪的弟子。只有盖多·列尼[⑤]教过一名学生，此人把自己师傅的精神、心性和技艺通通很好地吸收继承过去了，以至几乎成了同一个人，创造出了同样的杰作，这些杰作极富特色，几乎不可能再重复。卡拉齐画派却相反，它的教法属于启发式，能让每一个天才循着自己既有的方向发展并成为大师，一个个各不相同。卡拉齐们是天生的艺术教育家，他们有幸生活在一个

① 阿古斯提诺·塔西（Agositino Tassi，1566—1642），意大利文艺复兴时期画家。

② 保罗·布里尔（Paul Bril，1554—1626），尼德兰画家。

③ 卡拉齐兄弟画派，由意大利波伦亚画家罗多韦科·卡拉齐（Lodovico Carracci，1555—1619）及其兄弟创立的西欧学院派画派。

④ 尤利乌斯·罗曼（Julius Roman，1492—1546），意大利画家。

⑤ 该多·列尼（1575—1642），意大利画家。

各方面都高度发达的时代，因此可以从各门学科中提取最精华的东西供弟子们学习。他们是伟大的艺术家，伟大的教育家，可我却不能讲，他们是人们所谓的富于睿智者。我这么讲有些个冒失，只不过我觉得就是这样。”

我还欣赏了克劳德·洛兰几幅风景，然后便翻开一部百科辞典，想看看里边对这位大师说些什么。辞典中印着：“他的主要建树在于改进了调色板。”歌德与我相视而笑，他说：

“你瞧瞧，如果死抱书本，里边怎么写怎么信，那能学到的真多喽!”

1829年4月14日，星期二

（有关拉斐尔和米开朗琪罗谁更伟大的争论）

下午进屋时歌德已经和迈耶尔宫廷顾问坐在桌子旁边，谈论着意大利和艺术方面的话题。歌德让我摆一卷克劳德·洛兰的画册在他们面前，迈耶尔翻到了一幅风景画，告诉我们这就是报上说皮尔先生花四千英镑弄到的那幅。不能不承认这是幅精美的好画，皮尔先生没有吃亏上当。画右侧可以看见一群人坐的坐着，站的站着，一名牧人向一个姑娘弯下腰去，看样子正在教她学吹芦笛；画中央是一片阳光中闪亮的湖水；画左侧则看得见一些牲口在树荫下吃草。两组形象极好地保持着平衡，光影的表现更是富有魅力，充分展现了大师固有的风格。接着我们谈到了这幅画的真迹迄今在哪里，以及迈耶尔是在意大利何人的藏品里见到过它。

话题随后转到了巴伐利亚国王在罗马新置的产业。迈耶尔说：

“我很了解这座别墅，经常在里边待过，想起它优美的环境位置心里就高兴。那是座平平常常的宫殿，国王少不了对它进行装修，把它变得符合自己高雅的品位。我去的时候阿玛莉亚老公爵夫人住在里面，赫尔德则在旁边一幢楼。后来封·苏塞克斯公爵和明斯特的伯爵也在里面住过。因为地势高爽，风光优美，这幢别墅总是受到外国显贵们的青睐。”

我问迈耶尔顾问，马耳他别墅离梵蒂冈有多远。他回答：

“从别墅旁边的特里尼塔·迪·蒙特教堂也就是我们艺术家的聚居地出发，去梵蒂冈走半个小时光景。我们每天都去散一次步，常常甚至不止一次。”

“过桥的路似乎绕了点儿弯子，”我说，“我想乘船渡过台伯河便直插田野，走起来会近一些。”

“才不哩，”迈耶尔回答。“不过我们也曾这么认为，因此没少坐渡船。记得有一次从梵蒂冈归来，我们在过渡时适逢一个月光朗照的美丽夜晚。我们中有布里、希尔特和李普斯等一帮子熟人，于是有爆发了是拉斐尔更伟大呢，还是米开朗琪罗更伟大的老争论。从登船时争起，等船抵对岸却正好来劲，便有位好闹着玩儿的老兄——我想多半是布里发出动议：双方不争出个结果，不取得一致意见，就谁也甭下船。建议被采纳了，船夫不得不将船重新撑离岸边，划回河对面去。这一下才真叫热闹啊，每次到了岸边都总得往回划，因为争得难分难解，胜负未分。就这样，我们过去过来了好几个小时，谁也没有尝到什么甜头，只便宜了那位船夫，让他的摆渡钱一次次地增加了上去。他带着一个十二岁的男孩儿当帮手，这小家伙到底觉得事情有些个蹊跷，便问他父亲：‘爸爸，这些人怎么啦，干吗老不上岸，咱们把他们划到了又总得划回去?’‘我不知道哟，孩子，’船夫回答，‘可我相信他们是疯了。’终于，为了不通宵划来划去，大伙儿勉强达成一致上了岸。”

这则有关对艺术痴迷狂热的逸闻趣事，听得我们哈哈大笑。迈耶尔顾问心绪极好，接着又给我们讲罗马，歌德和我则大饱耳福。他讲：

“关于拉斐尔和米开朗琪罗的争论那会儿正时髦，所以只要有足够多的艺术家聚在一起，只要双方都有那么几位在场，就每日每时都肯定会争起来。在罗马一家酒既便宜又好的馆子里，就总是发生这样的论战。论战的一方会以几幅油画，以这些油画的某些细部作为论据，如果对方提出反证和不伏，那就有必要去现场看真迹。于是一边唇枪舌剑，一边离开酒馆，快步走向西斯廷教堂。开教堂大门的钥匙掌握在一个鞋匠手里，他每开一次都得收取四个铜子。进去后便站在画前指指划划，继续争论，时间长了又回到酒馆，抱着酒瓶子终于取得和解，你好我好，忘记了所有的分歧。每天都发生这样的争论，那位住在西斯廷教堂边上的鞋匠因此挣了不少铜钱。”

趁着谈兴，大伙儿又回忆起另外一位鞋匠，这老兄总习惯把他的皮子垫在一枚古代大理石雕像的脑袋上捶打。迈耶尔说：

“这是一位罗马皇帝的头颅，雕像正好立在鞋匠的家门口，我们经常经过那个地方，也老看见他在干自己令人赞叹的营生。”

1829年4月15日，星期三

（时代对年轻人的诱惑）

我们谈到一些人，他们没有真正的才能却被叫去搞创作；还有一些人，他们写的是自己不懂的东西。

“这就是对年轻人的诱惑呀，”歌德说。“我们生活在一个文化得到广泛传播的时代，文化好似已经分散在一个年轻人呼吸的空气中。他在吸进周围的空气的同时，也吸进了文学和哲学的思想。它们活跃在他体内，他可就以为它们是他的财富，于是把它们当作他的说出来。然而，在他把从时代得来的还给时代以后，他可就一贫如洗了。这好像一眼人工喷泉，有水注入时会咕噜咕噜往上冒一阵，借来的水一枯竭便无声无息啦。”

1829 年 9 月 1 日，星期二

（德国人就灵魂不朽问题争论不休；英国人重实利，蓄奴贩奴，言行不一）

我对歌德谈起一个途经此地的人，说他听了黑格尔一堂论证上帝存在的课。歌德同意我的看法，认为这样的课已不再合时宜了。

“已经过了怀疑的时代，”歌德讲，“现在很少有谁不怀疑上帝，而怀疑自己。再说，神的本质、灵魂的不朽、灵魂的存在以及灵与肉的关系这些永恒的问题，哲学家们对我们已经讲到头了。新近有一位法国哲学家干脆一开头就宣布：‘众所周知，人的存在为两部分，也即肉体和灵魂。我们因此开始讲肉体，然后再讲灵魂。’费希特可是走得更远一点儿，也比较聪明地从难题里脱了身，说什么：‘我们准备讨论作为肉体的人，以及作为灵魂的人。’他心知肚明，一个如此紧密联系在一起的整体，是没法子分开的。康德的办法无疑最有效了，他划出了人类智慧所能深入的界限，把根本无法解决的问题丢开了事。关于灵魂不朽，哲学家们还有什么脑子不曾动啊！结果走了多远呢！我不怀疑我们会继续存在，因为世界不会缺少生命力（Entelechie），不过我们的不朽不会以相同的方式。为了将来表现出伟大的生命力，现在也必须是一种生命力。

“可当我们德国人还在为解决这些哲学问题苦苦折磨自己，富有实用的大智慧的英国人却笑话我们，并且已经赢得了世界。谁都知道他们反对奴隶买卖的宣言，他们向我们说教，宣称其所作所为是以人道的准则做基础，可现在却暴露出来，他们真正的动机是现

实利益的追求。众所周知，非如此英国人永远不会采取行动，这一点我们应该了解。在非洲西海岸，他们自己的大庄园里就使用黑奴，从那里输出黑奴违反他们的利益。在美洲，他们自己建立了广大的黑人殖民地，那里生产力旺盛，每年贩卖黑奴的收益可观。他们以此满足北美洲的需求，他们以这种办法做着极端有利可图的买卖，再从外边贩运黑奴进来便有损他们的商业利益，所以并非无的放矢地主张反对非人道的奴隶交易。在维也纳会议上，英国使节仍旧是大声疾呼，可葡萄牙使节够聪明了，便不动声色地回答说，他不知道大家在此聚会是要颁布一项国际法呢，还是制定一些道德准则。他对英国人的意图了解得很清楚，他同样有自己的日的，并知道如何为其辩解，并努力争取达到目的。”

1829年12月6日，星期日

（《浮士德》第二部的第二幕第一场；
天才让人追慕却不可企及）

今天饭后歌德给我念了《浮士德》第二部的第二幕第一场。我印象非常深刻，内心中油然涌起巨大的幸福感。我们从又回到了浮士德的书斋，靡非斯托斐勒斯发现一切仍跟他离开时一模一样。他从挂钩上取下浮士德的老皮袍子，从袍子里飞窜出成千上万只小蛾子和昆虫来。靡非斯托斐勒斯念念有词，蛾子虫子又藏匿起来了，这时我们的眼前才清楚地呈现出书斋内的景象。他穿上了皮袍，趁浮士德还不省人事地躺卧在帷幕后的时候，再来充当一回主子。他拉了拉铃。铃铛在这死寂如同古老修道院的厅堂里发出可怕的声响，房门被震开了，墙壁也颤抖不止。瓦格纳的助手慌慌张张地冲进来，发现靡非斯托斐勒斯坐在浮士德的位子上，虽然不认识靡非斯托斐勒斯，却对他毕恭毕敬。他回答有关瓦格纳的问题，说他如今已是一位名人，正盼着自己的导师归来。我们听见，瓦格纳教授眼下正在他的实验室里忙着制造一个人造人。助手被打发走了，又进来一位学士，就是我们一些年以前见过的那个畏畏缩缩的大学生。当时穿着浮士德袍子的靡非斯托曾戏弄了他一番，而今他可已长大成人，满脑子自命不凡，连靡非斯托菲勒斯也不是他的对手，只好连人带椅子向后退避，最后一直移到了乐池边上。

歌德念完了这一场。我很欣赏他年轻人一般的创作活力，竟能使一切如此精练、紧凑。

"构思已经很久很久啦，"歌德说，"五十年来我不断地思考斟酌，结果内容越积越丰富，现在困难就在于删除和舍弃了。整个第二部的构思真的已很古老，我说了。可是我现在才把它写出来，在对世事已经通晓练达许多以后才把它写出来，却对事情有好处。我就好比一个年轻人，早年有许多的小银币和铜钱，并在往后的岁月里兑换成了越来越多的钱，结果最后摆在他面前的财产已是一堆纯净的金币。"

我们讨论学士这个人物。我讲：

"在他身上，是不是在一定意义上表现出那类唯心的哲学家的性格呢？"

"不，"歌德回答，"他身上体现的只是狂妄自大，年轻人特别容易有这个毛病，在我们解放战争头几年的例子尤其显著。①再有就是每一个人年轻的时候都以为，世界是随自己的诞生而出现，一切事物原本只是为了他而存在。在东方确实有过这样一个人，他每天早上都要把自己的下人召集起来，他不命令太阳升起就不许他们出工。不过呢他够机灵的，总能等到太阳自己真要出来的一刹那才发出命令。"

① 解放战争指反对拿破仑占领的战争。

我们谈了许多关于《浮士德》的问题，诸如它的结构布局，等等。

有一会儿，歌德陷入了静静的沉思，随后又开口说道：

“人老了，对世事的想法就会跟年轻的时候不同。例如我总摆不脱这样一个想法，就是灵魔为了挑逗和愚弄人类，时不时地总会树一些特具诱惑力的典型人物，让人人都去追慕他们，然而却谁都追不上，因为他们太伟大。例如思想和行为同样完美的拉斐尔，就是灵魔树的一个这样的人物，某些杰出的后来者已经接近他，却没有谁把他追赶上。还有音乐里的莫扎特同样不可企及，还有文学方面的莎士比亚也是。我知道你对此会提出怎样的异议，可我指的只是自然资质，只是天生的禀赋，在这方面拿破仑同样高不可攀。俄国人克制住了自己，没有进军君士坦丁堡，[①]尽管因此很伟大。可拿破仑也具有这样的品质，因为他也克制住了自己，没有进军罗马。”

有这个蕴涵丰富的话题还有许多联想，我不禁暗自考虑，歌德他是否也是灵魔想要树的典型呢？他这个人物太有魅力啦，叫你不能不效法追慕；他又太伟大，也叫人无法企及。

1829年12月16日，星期三

（歌德解说《浮士德》中的人造人；
古典风格与浪漫风格）

今天饭后歌德给我念《浮士德》的第二幕第二场，也就是靡非斯托斐勒斯去找瓦格纳，发现他正在实验室里用化学方法造人。实

① 君士坦丁堡即今土耳其的伊斯坦布尔，时为控制黑海与地中海之间交通的战略要地。俄国彼得大帝之后的历代沙皇一直觊觎它却未敢出兵。

验成功了，烧瓶里出现了一个发光的小人荷蒙库鲁斯，并且立刻开始活动。瓦格纳对一些自己不理解的事情提出了问题，靡非斯托却拒绝回答，说什么他才不爱废话连篇喽，他只想行动，他迫切需要关心的是咱们眼下人事不省的主人公，他急需他的帮助。对于荷蒙库鲁斯这个人造生命来说，现实如同透明似的一清二楚，他窥见了酣睡中的浮士德的内心，发现他正做着一个幸福的美梦，梦见丽达正在一个风光秀丽的地方沐浴，突然天鹅却来与她幽会。荷蒙库鲁斯一说出这个梦，我们心里便显现出那极其迷人的情景。靡非斯托却什么也看不见，荷蒙库鲁斯于是嘲笑他，说都怪他是个北方的魔鬼喽。

“总的来说，”歌德道，“你会发现跟荷蒙库鲁斯相比，靡非斯托处于不利的地位。荷蒙库鲁斯在头脑清醒这点上与他旗鼓相当，但通过对美和善的追求却又远远胜过了他。还有呢他称他为亲爱的表弟。对嘛，像荷蒙库鲁斯似的精神的产物，他由于还没有完全变成人而未受到蒙昧和局限，可以算作灵魔一类，如此一来他俩之间就确实存在某种亲缘关系。”

“确实，”我说，“在这里靡非斯托显得是要低一个档次。只是我呢忍不住要想，他在荷蒙库鲁斯的产生过程中也暗中起了作用，正如我们迄今对他的了解，还有在出现海伦的那几场他都总是充当暗中起作用的角色。这个样子，他的地位在总体上又得到提升，在个别问题上也就可以心安理得一些了。”

“你对他的处境体会得很准确，”歌德说，“是这个样子，我也考虑过是不是在靡非斯托去找瓦格纳，看见荷蒙库鲁斯正在形成时让他念几句诗，以表明他的参与其事，也让读者心里有个谱。”

“这样做没有妨碍，”我说，“更何况也已经暗示出来了，通过落幕前靡非斯托斐勒斯的那句：

搞来搞去还是得依靠

咱们自己的小小创造。”

“你说得对，”歌德接过话头，“对于细心的人这差不多已经够了，尽管如此我还是想再加几句诗。”

“不过，”我应道，“结尾的那句非常棒，很难设想可以没有。”

“我想啊，”歌德说，“它够人琢磨一阵子的。好比一个父亲养了六个儿子，不管他怎么做，都注定落不下好。还有国王和大臣们，他们提拔了许多的人到位高权重的职务上，也可以根据自身的经验想象出一点儿个中的意味。”

浮士德梦见丽达的情景又出现在我的脑海中，以我心灵的体会，这应该是关系全局的极为重要的一笔。

“真是奇妙，”我说，“在这样一部作品里边，各个部分之间怎么能相互联系，相互影响，相互补充，相互提高。通过这第二场的浮士德梦见丽达，后边的海伦那场才获得了真正的基础。在那里一再地提到天鹅和天鹅生的女儿，可这里却出现了那个情节本身，以后再带着对它的实感去看海伦那场戏，一切便豁然开朗、切实完整啦！”

歌德承认我说得对，看样子挺高兴我有此见识。他说：

“你还会发现，在前面这些场已经常响起古典和浪漫的音调，也经常提及古典和浪漫时期的人和事。这样，就好像筑了一层层阶梯，好让人走上去见海伦，在那儿两种文学风格都充分得以展现，并得到平衡和谐。”

“现在法国人也开始正确理解这些关系了，”歌德继续说，“‘一切都很好，很协调，’他们说，‘古典的就像浪漫的，问题只在于要懂得使用这些风格，善于驾驭这些形式。你也可以把两种都同时用得很糟糕，这种不像样子，那种也差不离。’我想，他们讲得有理，说得不错，这样嘛就可以安静一阵子了。”

1829年12月20日，星期天

（文艺家成功的三个条件；如何理解和
表现《浮士德》的寓意形象）

在歌德家进餐。谈到首相，我问歌德，首相旅居意大利归来有没有带给他曼佐尼的消息。歌德回答：

“他写信给我谈起了曼佐尼。首相去访问过他，他住在米兰附近的庄园里，令我遗憾的是身体一直不大好。”

“很奇怪，”我说，“杰出的天才人物特别是诗人，我发现他们往往都体质衰弱。”

“这种人之所以成就突出，”歌德说，“前提条件就是体质柔弱，这样才多愁善感，能够聆听到天籁之声。可如此身体素质在与社会和自然的冲突中又容易受到伤害，谁要不像伏尔泰似的既极度敏感又异常坚韧，就容易让疾病缠身。席勒也老是病恹恹的，我刚认识他时，以为他最多只能活四个礼拜。可他也具有一定的韧性，他还活了许多年，如果生活方式健康，可能会活得更久。”

话题转到戏剧，具体讲的是某次演出是否成功。歌德说：

“我看了温泽尔曼扮演的这个角色，他总是叫人看着觉得舒服，具体讲总是让人体会到那样一种精神的极度自由轻松。要知道表演艺术也跟其他所有艺术一样，演员做什么都处于一种情绪，他的作为和表演将我们带入同样的情绪。艺术家的情绪轻松自如，我们也轻松自如，反之他如果压抑拘谨，就使我们也忧心忡忡。艺术家这种轻松自如通常都来自他对自己的事情胜任愉快，例如我们在欣赏尼德兰的油画时心情是那么轻松愉快，原因就在艺术家们表现的是自己身边的生活，对题材完全驾驭自如。一个演员要让我们感到精神轻松自由，那他就必须学习并且发挥想象力和自身的天赋以便充分驾驭角色，为此他必须使出自己浑身解数，调动自己所有的身体手段。还有他必须具备一个基本条件，就是精力充沛。缺乏想象力，仅仅学习是不够的；学习加上想象力，没有天赋仍然不够。女性大多数靠自身的想象力和性格气质取得成功，沃尔夫就是其中的佼佼者。”

继续着这一话题，歌德便谈到曾经活跃在魏玛舞台上那些最出色的演员，对其中出类拔萃的几位更是称赞有加，念念不忘。

说话间我又想起《浮士德》，想起荷蒙库鲁斯，想到了最好怎样在舞台上显现这样一个形象。我说：

“即使不能使观众看见这个小人儿本身，也要让人看见烧瓶中的那点儿亮光。还有，该他说的重要台词，也要念得跟一个小孩儿不可能念的那个样子。”

“瓦格纳不能够放下手中的烧瓶，”歌德说，“因此声音必须像是从瓶子里传出来的。这个角色适合一位腹语艺术家担任，我曾经听过这样一位的表演，他肯定能很好造成不在现场的印象。”

我也想起狂欢节上的类似表演，觉得不妨尽可能地再现在舞台上。我说：

“还可以进一步考虑，就像那不勒斯的年市吧。”

“那就需要一座很大很大的剧场，”歌德说，“几乎没法想象。”

“我仍然希望经历这样一次演出，”我回答。“我特别喜欢由智慧牵着的那头大象，胜利女神高高地站在它背上，疑惧和希望让铁链拴着走在它两边。[①] 这可是一个好得不能再好的寓意场景啊。”

“可它并非登台的第一头大象，”歌德说，“在巴黎，曾有头大象演过一个完整的角色。一群土著人带它上来，它摘掉国王的王冠，然后给他戴上一顶新的，这肯定很棒是不是。随后，在演出结

① 参阅《浮士德》第二部《宽阔的大厅》一场。

尾，大象又给叫了出来，完全是独自出场向观众行礼，行完礼才又退了回去。你瞧，这就是说，咱们的狂欢节也可以这么派大象的用场。不过呢，整个场面是太大了，要求有的是一位不容易有的导演。”

“可是会异彩纷呈，效果空前，”我说，“任何剧院都不肯轻易放过这个机会。效果是怎么一步步产生，出场的人物如何越来越显赫啊！首先上场的是漂亮的男女园丁，他们既装点了舞台，又充当群众，这样接着登台的越来越重要的人物就不缺少环境和观众。随后出来的是大象，大象之后，从云雾缭绕的背景中，又见一辆龙驹宝辇飘过头顶。再往后是伟大的帕恩登场，最后则一切全让虚幻的烈火团团包围，得等到茫茫大雾和雨云终于从天而降，将烈火熄灭！这一切要是都能像您想的那样表现出来，那观众必定惊讶得目瞪口呆，不知道怎样来吸收消化眼前这么丰富的印象才是啊。”

“别说啦，”歌德道，“别提观众，我不想听到他们。重要的是把作品写出来摆在那里，世人爱拿它怎么办怎么办好了，能怎么利用它怎么利用它好了。”

随后我们谈到驾车童子。歌德问：

“浮士德装扮成了财神普路托斯，靡非斯托戴着吝啬的面具，你肯定注意到了。可谁又扮这个驾车童子呢?”

我犹豫不决，不知怎么回答。

“他是欧福良啊!”歌德说。

“他怎么可能出现在狂欢队伍里呢?”我问，“他可是在第三幕才诞生呀!”

“欧福良不是人类，”歌德回答，“而只是一个寓意形象。他象征文学，不受任何地点、任何时间和任何个人的限定。后来由他体现的同一个精神，现在表现为了驾车童子，在这点上他就如同无所不在的幽灵，随时随地可以被召唤出来。”

1829年12月27日，星期天

（靡非斯托发明纸币与普鲁士印行钞票）

今天饭后歌德给我念靡非斯托为皇帝造纸币一场[①]。

“你想得起吧，”歌德说，“前边的帝国会议得出的结论是缺少金钱，靡非斯托答应帮助弄钱来。这个主题随后一直贯穿在狂欢的化装游行中，靡非斯托安排装扮成大帕恩的皇帝在一张纸上签了名，这张纸因此提高身价变成了钱，经过大量复制后流传开来。

“到了这一场皇帝又提起此事，自己却不知道他干了什么。财政大臣给皇帝一些钞票并说明了原委。皇帝一开始勃然大怒，在进一步看清发纸币的好处后却喜不自胜，用新印制的票子大大赏赐了身边的群臣，在下场时还随手扔下了几千克朗，立刻被胖小丑收集起来，准备把这些纸头儿变成田产。”

听着歌德精彩的朗诵，我欣喜地悟出，歌德让靡非斯托发明纸币真叫奇思妙想，神来之笔。如此这般，就联系上了时下世人主要关心的事，使其有了永恒的意义。

朗诵刚刚结束，才讨论不多几句，歌德的儿子就下楼来坐在了我们一起。他给我们讲他读了库珀[②]的最后一本小说，并绘声绘色地复述了故事梗概。我们只字未提刚才朗诵的《浮士德》那一场，他自己却很快开始大谈特谈普鲁士发行钞票的事，还讲人们愿意超

---

① 参阅《浮士德》杨武能译本《御苑》一场。

② 库珀（J. F. Cooper，1789－1851），美国第一位影响广泛的小说家，代表作为统称“皮袜子”的五部写印第安人的长篇小说。

值兑换它。任随小歌德自己讲去，我和他父亲却相视发出会心的微笑：没想到剧中的情节竟如此合时宜。

1829年12月30日，星期三

（歌德朗诵帕里斯和海伦现形一场）

今天饭后歌德继续给我念《浮士德》。他说：

“皇宫里的人们发财以后就想找找乐子。皇帝希望看看帕里斯和海伦，具体讲就是要通过魔法让他俩现形。然而靡非斯托斐勒斯跟古希腊世界风马牛不相及，无力支配这些神话人物，于是任务自然落在了浮士德肩上，浮士德呢也会圆满成功。可要使现形成为可能，浮士德必须做的事现在还没完成，下次我再接着给你念这一节。可在此之前，让你先听听帕里斯和海伦现形本身这段。”

我沉溺在幸福的企盼里，歌德开始朗诵。在古老的骑士厅中，我看见皇帝和大臣们纷纷走进来，为了一睹现形的奇迹。大幕升起了，眼前出现一座剧院，一座古希腊神庙。靡非斯托斐勒斯藏身在提词箱里，舞台上一边站着星象家，浮士德手捧着一只三脚香炉从另一边登上台来。他念了必须念的咒语，只见从香炉袅袅腾起的烟雾中，帕里斯慢慢地显现了出来。美少年一举一动都伴着妙曼的音乐，一如浮士德在一旁做的解说。他坐下来，靠向椅背，把一条胳臂弯在头上，就像我们在古代美术作品中看见的造型。妇女们一见他都无比欣喜，都夸赞他的青春魅力；男人们却恨透了他，都心里生嫉妒，都拼命贬低他。帕里斯睡着了，海伦随之出现。她走近酣睡者，吻了吻他的嘴唇，她离开他走了，在转身之际又回头望了望他。就是这一回眸尽显了她非凡的魅力，她迷住了男人们，正像帕里斯迷住了女人们。男人们心中燃起了爱火和赞颂，女人们心中燃起的是嫉妒、仇恨和责难。目睹这自己招来的美人儿，浮士德整个心驰神往，忘乎所以，忘记了自己所处的时间、地点和场合，害得靡非斯托不断地提醒他：别忘了自己是干什么的。在帕里斯和海伦之间倾慕和默契似乎不断增多，小伙子抱住了她，想把她掳走，浮士德却想从帕里斯的怀抱里拖出她来。谁知他一将钥匙冲着美少年，便发出一声剧烈的爆炸，幽灵们烟消云散，浮士德则不省人事地倒在地上。

1830 年

1830 年 1 月 3 日，星期日

（伏尔泰等人的影响；《浮士德》非同寻常，仅凭理智无法索解）

歌德给我看 1830 年英文袖珍本的《纪念年历》，里面印有一些精美的铜版画，以及拜伦爵士几封极有趣的信函，我像享用餐后甜点似的读了它们。歌德自己则拿起杰拉德[1]新出版的《浮士德》法译本来翻阅，有时还像在朗读的样子。

"想到这本书还以五十年前伏尔泰统治的法语流行于世，"歌德开口道，"我不禁浮想联翩，不胜惊叹。你没法想象我心中有怎样的感想，对伏尔泰及其伟大的同时代人的意义毫无了解，不知道他们曾经如何主宰了整个精神世界。我的自传没讲清楚，这些法国人如何影响了我的青年时代，以及我费多大的劲儿去摆脱他们的影

① 杰拉德（Gerard de Nerval，1808－1850），法国诗人兼翻译家。

响，以便能够自立自主，并且端正我本人与自然的关系。”

我们还谈了伏尔泰的另一些事情。歌德给我背诵了《系统》这首诗，我由此可以看出，他在青年时代必定很认真地钻研过这类作品，把它们变成了自己的东西。

上述杰拉德的译本尽管大部分是散文，歌德仍称赞它很成功。他道：

“德文的《浮士德》我已不爱再读，然而在法译本里，一切又令人感到极其新鲜，极其富有朝气和睿智。

“《浮士德》可是不寻常啊，”歌德继续说，“一切试图凭理智去靠近它的努力通通白费。必须考虑到，它的第一部乃是产生自个人的某种蒙昧状态。可正是这蒙昧刺激了人类，吸引他们不断力求索解，就像人类曾为所有无法解答的问题费尽心机一样。”

1830 年 1 月 10 日，星期日

（关于《浮士德》中的“众母”）

今天饭后歌德给我朗诵浮士德去寻找众母那一场，让我获得了巨大的精神享受。

情节的新颖和出人意表，还有歌德朗诵的方式和技巧，都深深地吸引着我，让我觉得已经身临其境，像浮士德一样在听靡非斯托斐勒斯讲述时也不寒而栗。

故事情节我听清楚了，也体会到了，但却仍有许多未解之谜，因此忍不住想请歌德给解释一下。他呢，跟一贯似的显得很神秘，只是睁大两眼盯着我，嘴里对我重复着：

“众母！众母！—— 听起来好生奇怪的！

“别的我不能再向你透露什么，”他接着说，“只能告诉你，我

曾经在普鲁塔克的著作里发现，在古希腊有把众母视为神灵的传说。这就是我从传统借用的全部东西，其他通通为我自己发明创造。我把手稿借给你带回家去，认真地读完它，看能不能找到谜底。”

回到家我静下心来反复研读那奇妙的一幕，感到非常幸福，并对众母的本质和作用，对她们的环境和居所，产生了如下的看法。

设若地球这个巨大的天体内部是空的，因此朝每一个方向都可以自由运动几百英里而不撞上什么物体，那么这就可能成为浮士德下去寻找的那些无名女神的居留之所。她们仿佛就生活在一切地域之外，因为在她们近旁没有任何物体；也生活在时间之外，因为没有任何星辰在她们头顶上照耀和升起落下，示意她们昼夜的轮回交替。

众母就这样坚持在永恒的晦暝和寂寥中，成为一群积极创造着的存在，她们本是创造与坚持的法则，地球表面一切有形体和生命的东西都源自她们。一旦生命停止了呼吸，就会变成精神回到她们那儿，她们于是将它保存起来，直至它再获得机会成为新的存在。在众母居所这茫茫无际的空间，一切曾经存在和将会存在的生命的灵魂和形态，都像云似的围绕着她们飘来飘去。也就是说，魔法师用法术控制了一个生命的肉体或者想让过去存在的生命还魂，都必须去到她们的王国里。

也就是说，尘世生命永恒的变异，诞生与发育、破坏与重构，便是众母永不停息中止的作为。地球上所有通过繁殖而获得新生命的过程，都是母性起主要作用，所以也有理由想象那些司职创造的神灵乃是母性的，故而尊称她们为众母便不是没有道理。

当然，这一切都只是文学创作。只不过人的生活过于狭隘，不可能钻得太深走得太远，一当有点儿什么发现，便心安理得，心满意足。我们在尘世看见一些现象，感受到一些影响，不知道它们从何而来，将去向何处。我们总是把一切归结为一个精神源泉，归结为一个神灵，对这个神灵我们不甚了了，完全描绘不出他的形象，可我们不得不把他从天上拽下来，把他想象成人类的样子，为的就是使我们模糊迷茫的预感获得几分体现，变成稍许可以把握的存在。

这样，便产生了所有在各民族中代代相传的神话传说，同样地，歌德也创造出了一个新神话。这个神话看上去至少相当地符合自然界的真实，故而也该足以与历来凭想象所创造的最佳神话媲美。

1830年1月24日，星期日

（回忆伯里施；关于《浮士德》第二部的写作）

“最近两天我收到了一封信，”歌德说，“是咱们在施托恩海姆那位著名的采盐专家写来的。信的开头很有意思，我必须讲给你听。

“‘我得到了一个经验，’他写道，‘一个叫我终生难忘的经验。’可如此开头之后会是什么呢？是一件说小不小，至少让我们损失了一千银币的事故。那个钻了200英尺深的土层和岩石才弄出来的矿井，他却掉以轻心没在两边加上撑子，结果松软的土壁垮塌下来，坑道里满是烂泥。要想把它清理出来现在就得花很多钱再施工，随后还得再铺1200英尺的金属管道下去，以防再出现类似的事故。他早就该这样做，而且也肯定这样做了，如果这种人不是那么勇敢，勇敢得叫人简直无法理解。可是也必须这样勇敢，否则便做不出如此冒险的事情。谁知道出了事故他却绝对跟个无事人似的，完全是心安理得地写什么：‘我得到了一个经验，一个叫我终生难忘的经验。’不过呢我还是要称他为一个讨人喜欢的人，他一点儿没抱怨又立刻干起来了，永远不会被困难吓倒。你觉得怎样，是不是很有意思?”

“这让我想起了施特纳，”我回答，“他老抱怨，他没有很理智地利用自己的病患。”

“是有点儿类似，”歌德说。

“我还忍不住想到伯里施[①]，”我继续说，“想到他教训你什么叫经验——这几天我正好又再读这一章，觉得挺开心，说什么：‘经验嘛就是你知道你经历了你原本不想经历的事情喽。’”

“可不是嘛，”歌德笑道，“都是些老玩笑，当时我们就这么样糟蹋掉自己的时间!”

“伯里施看样子是个蛮风趣、蛮潇洒的人，”我继续说，“想想他在地窖酒馆开的那个玩笑多有意思，那晚上他想阻止一个年轻人去赴自己心上人的约会，用的手段就再滑稽不过：他把挂在身上的佩剑一会儿颠过来，一会儿倒过去，引得所有人哄堂大笑，结果那小伙子也就忘记了约会的时间。”

“是啊，”歌德说，“挺有意思，要是搬上舞台会成为极其风趣的一幕，正如伯里施其人整个就不啻为剧中的一个好角色。”

接着我们继续说说笑笑，又重温了歌德在自传《诗与真》里讲述的所有伯里施的奇言异行。例如他酷爱灰色的穿戴，丝绸、平绒、毛呢都一律的灰色，搭配起来只显出一点点色调的偏差而已。还有他如何煞费苦心，为的只是再给身上添加一点儿新的灰色。还有他如何写诗，如何嘲笑排字工人，同时却突出强调抄写者的尊严和品位。还讲到他最心爱的打发时间的方式，就是斜躺在窗台上打望来往的路人，在想象中随意改换人家的穿戴，以这种方式把他们

---

① 伯里施（E. W. Behrisch，1738—1809），歌德在莱比锡求学时的挚友，比歌德年长，对歌德的诗歌写作帮助很大。

一个个变得笑人得要命。[1]

"还有他总喜欢跟邮差开的那个玩笑，"歌德说，"你觉得怎么样，是不是也挺有趣?"

"我不知道怎么回事，"我回答，"您的自传只字未提。"

"有意思极啦!"歌德说，"那我就给你讲吧。

"我和伯里施一起躺在窗口，他看见邮差从街上走来，走了一家又一家，他便像往常似的从口袋里掏出一枚铜钱来，放到自己身边的窗台上。'瞧见那个邮差了吗?'他转过头来问我，'他越走越近，马上就要上楼来了，我一看他那样子就知道。他拿着一封给你的信，怎样的信呢？不一般的信，一封装着支票的信。一张支票！多大的支票，我不想说。你瞧，现在他进来了。没有！不过他马上会进来。快看他又在那儿。这下！来呀，进来呀，老朋友！进这屋来呀！他走过去了！真愚蠢！真是个蠢货！一个人怎么能够如此愚蠢，如此不负责任呢！双重的不负责任：对你不负责任，没把他攥在手里那张给你的支票送过来；对他自己更是完全不负责任，我已经为他准备好一个铜板，他竟硬是不来拿，害我又得收回去。'就这样，他边说边气派十足地把那枚铜子放回口袋，我们呢也有一阵好笑的。"

我欣赏这个玩笑，跟其他玩笑相比它毫不逊色。我问歌德，他是不是以后再不曾见过伯里施。

"我再见过他，"歌德回答，"而且在我刚到魏玛不久，大概是1776年，当时我陪卡尔·奥古斯特公爵到德骚去，伯里施也已经离开莱比锡，应聘当了德骚王太子的太傅。我发现他完全是老样子，身为宫廷显贵仍不改幽默的本性。"

"你时隔不久便名满天下，他有没有说什么?"我问。

"他的第一句话就是：'我不告诉过你吗？你当时不出版你的诗

---

① 这一节描写的伯里施的奇异行径详见《诗与真》第七章《伯里施》一节。

集，一定要等到完成了杰作才付印，不是很聪明吗？诚然，你当时的那些诗也不差，否则我就不会替你抄写啦。可如果咱们没有分手，那我也不会让你出版你另外的东西，我也会替你抄写它们，这样子照样会非常好。’你瞧，他还是老样子不是。他待在宫里很不自在，我总是到了宴会上才见到他。

“1801年我最后一次见到他，他已经老了，但仍旧未改乐天的性格。他住着宫里几间非常豪华的房间，其中的一间却摆满了天竺葵，那年头人们都特别热衷种植这玩意儿。可是这时植物学家又在天竺葵中分出来一些个亚类，并把其中的一类取了个学名叫鹳嘴子葵。这一来老先生可不乐意啦，大骂植物学家：‘这帮子蠢货！我想我已把整个屋子种满天竺葵了，他们却跑来讲这是什么鹳嘴子葵。如果不是天竺葵，我种它干吗呀？我拿鹳嘴子葵有啥用！’就这么一次次地骂上半个钟头，你看见了，本性未改，完全还是从前的伯里施。”

随后我们谈到《古典的瓦普几斯之夜》，几天前歌德给我朗诵了《浮士德》这一场的开头。他说：

“想挤进来的神话人物多得数不过来，可我得谨慎行事，只收留那些形象鲜明，能给观众留下深刻印象的。现在浮士德跟马人希隆在一起，我希望这一场写得不错。只要我保持勤奋状态，过几个月就完成了《古典的瓦普几斯之夜》。现在可是再没有什么能使我丢下《浮士德》了，我要能活到完成这部作品，那真是棒极啦！现在第五幕差不多已经脱稿，接下来第四幕也就顺理成章，不会再费多少周折。”

接着歌德谈到他的健康，夸赞自己身体一直很好，是个幸福的人。他说：

“我之所以现在这么健康，得感谢佛格尔大夫，没有他我恐怕早就没了。佛格尔天生做大夫的料，而且是我见过的最具天才的人物之一。不过咱们别讲他多么多么好，免得他让别人给抢去了。”

1830 年 1 月 31 日，星期日

（数字与世界管理）

在歌德家进餐。我们谈起弥尔顿[1]，歌德说：

“不久前，我读过他的《力士参孙》，这部戏比近代任何一位诗人的其他作品都更符合古希腊人的精神。它非常之伟大，而作者本人也失明了，正好就帮助他把参孙的处境描绘得异常真实[2]。弥尔顿确实是位了不起的诗人，对他我们必须怀有充分的尊敬。”

送来了各式各样的报纸。我们阅读柏林戏剧新闻，得知那儿上演了一出有海怪和鲸鱼的戏。

在法国《时代》杂志的一篇文章里，歌德读到英国的神职人员薪酬奇高，数量竟超过了余下的整个基督教教会人士薪金的总和。歌德说：

“有人曾经断言，世界将用数字来管理，这下我可知道数字也会告诉我们，世界是管理得好或是不好。”

---

① 弥尔顿（J. Milton，1608—1674），英国时期世纪最伟大的诗人，代表作为史诗《失乐园》和悲剧《力士参孙》，作品都富有反抗封建暴政的斗争精神。

② 大力士参孙被敌人弄瞎了眼睛，在痛苦和狂怒之下推倒了囚禁他的宫殿，与敌人同归于尽。

* * *

（歌德作品的版本、手稿和自绘插图）

陪魏玛大公爵的公子拜访歌德，他在书房里接待了我们。

我们谈到歌德著作的各种版本，听见他说大部分的版本他自己并未收藏，我很是感觉诧异。他讲甚至连《罗马狂欢节》的第一版也没有，而这一版里，还印了他亲自作的铜刻原版插图。他讲，在一次拍卖会上，他曾出价六个银币竞拍这个本子，然而没有拍到。

随后他给我们看《葛慈·封·伯利欣根》的初稿，完全是五十多年前他在妹妹怂恿下，用几个星期写成的那个老样子。秀丽的笔触已显得如此清朗、潇洒，他后来的德文书法一直没有变样，现在也没变样。手稿干干净净，读了许多页也不见丝毫涂改，使人更愿意当它是誊清过的，而不相信真是匆匆草写成的初稿。

据歌德告诉我们，他最初的作品全都是自己亲笔写成，《少年维特的烦恼》也一样，只可惜手稿已经丢了。相反后期的所有作品几乎全为口授，只有诗歌和匆匆记录下来的提纲，还留有他的笔迹。他经常想不到让人为自己的新作留一个抄件，相反常常把自己唯一拥有的稿本送去斯图加特付印，不怕自己最珍贵的作品偶然发生意外。

等我们欣赏够了《伯利欣根》的稿本，歌德又给我们看《意大利游记》的原稿。在这观察和感想的逐日记录中，我们发现仍保持了《伯利欣根》的优美书法风格。整个显得坚定、沉稳、自信，没有一点儿涂改，可以看出，作者对所要记录的细节时刻都做到了心知肚明。没有什么变来变去，除了稿纸，稿纸是这位旅行者走到哪儿在哪儿买，所以规格和颜色总在变。

在稿本的末尾，有一幅歌德随手画的钢笔画挺有意思。画的是一位穿着自己宽袍大袖的公务服的意大利律师，在法庭上慷慨陈词。这老兄真是说多么逗有多么逗，他挑选的那身制服如此打眼，叫人以为他原本是要去参加化装舞会。然而一切却都是现实生活的忠实描绘。只见胖胖的演说家随意舒适地站在那儿，食指掐着拇指尖，伸直了其他指头。就这么一点儿动作配合他头顶着的大假发，真正叫恰到好处。

1830 年 2 月 3 日，星期三

（谈到儿时的莫扎特）

在歌德家进餐。谈到了莫扎特，歌德说：

"我看见他时他还是个七岁的孩子。他途经法兰克福，开了一个音乐会。我自己差不多十四岁。他头戴假发，腰悬佩剑，一副小大人的样子，我今天还记得清清楚楚。"

我睁大了眼睛，听歌德讲他差不多长大了还看见莫扎特是个孩子，在我简直像个奇迹。

1830 年 2 月 7 日，星期日

（普里马斯侯爵）

在歌德家用餐。谈了谈普里马斯侯爵。歌德说在奥地利皇后的一次宴会上，他曾不揣冒昧，为维护这位侯爵说了一句机智聪明的话。侯爵对哲学似懂非懂，绘画也是个缺少品位的半吊子，他送给

郭勒小姐那幅画就是证明。他心地善良、软弱，散尽了家财，最后落得一贫如洗。

谈了免责（Desobligeanten）一词的含义。

饭后小歌德领着儿子瓦尔特和小沃尔夫走进来，他已装扮成克林索尔①，准备好了到宫里去。

1830年2月10日，星期三

（再谈《古典的瓦普几斯之夜》；拿破仑的穿着）

陪歌德进餐。他真心实意地称赞里默尔为2月2日的庆典创作的贺诗。他说：

“总而言之，里默尔这人不管干什么，都拿得出手，都看得。”

接着我们又谈《古典的瓦普几斯之夜》，他说碰见了一些连他自己都感到意外的情况。他也没料到，题材铺的面竟这么开，这么散。他讲：

“现在写了一半多一点儿，可我想控制住自己，希望复活节之前全部完成。在此之前一个字也不再让你看到，可一当完成就全部给你，让你带回家去静静审阅。如果你现在已编到第三十八和第三十九卷，那咱们复活节就可以寄出最后一批稿子，那真是太好啦。咱们夏天便可以腾出手来干点儿大事。我将继续写《浮士德》，争取啃掉第四幕这块硬骨头。”

我听了很高兴，向他保证，我这方面将给予全力配合。

随后歌德派他的佣人去打听老公爵夫人的情况，她病得很严重，看样子令他非常担心。他说：

---

① 克林索尔是史诗《帕奇法尔》里的魔法师。

“她不该再去看假面游行，然而王侯们都习惯了自行其是，所以宫里和大夫们的抗议和反对通通没有用。她要拿反抗拿破仑的同样意志力去抗拒自己衰弱的身体，瞧着吧，她也快了，跟他的儿子卡尔大公一样，脑子还完全清楚、管用，身体却已不再听使唤。”

歌德看上去忧心忡忡，好一会儿一言不发。不过很快我们又谈起愉快的事情来，他告诉我他读了一本书，一本哈德逊·罗[1]写的替拿破仑辩护的书。他说：

“书中有些极为珍贵的片段，只有在身边耳闻目睹他言行的人才写得出来。你知道，拿破仑总习惯穿一套深绿色的制服。年深日久，日晒雨淋，这套制服终于完全不成样子，必须换一套新的了。拿破仑希望仍旧要同样的深绿色，可是在厄尔巴岛却没有这种现成衣料，尽管也找到一块绿呢子，然而绿得不够纯粹，绿里泛黄。要让这位世界的主宰穿上这种颜色的服装，那是根本不可能的。没有别的法子，只好让人把他那套旧军服翻个面，马马虎虎穿在身上。

“你有什么话说？完全是个悲剧？看见这位王中之王最后落到这步田地，看到他不得不穿翻过面的制服，是不是令人无限感慨？只不过呢，想想此人曾用脚肆意践踏千百万人的生命和幸福，最后落得这个下场，也是命该如此，也是报应，而且还算非常温和的报应。拿破仑毕竟是位大英雄喽，复仇女神娜梅西丝也不得不表现得温柔一点儿，给人留点儿面子。拿破仑给了我们一个教训，凡事都不能走极端，不能为实现一个理想牺牲一切，否则就太危险了。”

我们还谈了一些有关的事情，接下来我便上剧院观看《塞维拉之星》的演出。

---

① 拿破仑失败后被囚禁在圣赫勒拿岛，哈德逊·罗（Hudson Lowe，1767－1844）为该岛的总督。

1830年2月14日，星期日

（歌德对老公爵夫人逝世的反应）

今天中午应邀去歌德家用膳，途中听到了老公爵夫人刚刚去世的消息。我的第一个念头是，这对年届高龄的歌德将是何等的打击啊！我忐忑不安地跨进了歌德家的大门。佣人们告诉我，歌德的儿媳刚上他那儿去，向他报告那个噩耗。五十多年了呀，我对自己说，他跟老公爵夫人关系亲密，受到她特别的爱护与恩宠，她的死必定令他深感痛惜。如此想着走进他的房间，谁知眼前的景象令我大为意外：只见他精神健旺，心情愉快，正跟自己的儿媳和孙儿坐在餐桌旁喝汤哩，看上去就跟什么事也没有发生似的。我们继续高高兴兴地聊一些无所谓的事情。这当儿城里突然丧钟齐鸣，小歌德夫人连忙对我使个眼色，我俩立刻提高了嗓门，为了不让那钟声搅扰和震撼他的内心，因为我们以为，他的感觉和我们一样。谁知他的感觉才跟我们不一样啊，在他内心里完全是另一番景象。他坐在我们面前，仿佛一位全然不为尘世苦乐所动的神灵。佛格尔宫廷顾问随着通报走进房来，坐到我们桌旁，详细给我们报告了老公爵夫人辞世的情形，歌德冷静地听着，丝毫未改迄今表现出的泰然自若神情。佛格尔告辞走了，我们继续享用自己的午餐和谈话，也谈了不少《混沌》[①] 的情况。歌德对其上一期刊载的《关于娱乐的思考》大为赞赏，认为写得极好。小歌德夫人带着儿子上楼去了，我跟歌德单独待下来。他给我讲《古典的瓦普几斯之夜》，说每天都有进展，自己也没料到有些精彩的片段那么成功。然后他给我看一封今

---

① 歌德的儿媳奥蒂莉编辑的一本私人杂志。

天收到的巴伐利亚国王来信，我怀着极大的兴趣读了这信。

信的每一行都表现出国王高尚的思想情操。国王始终对歌德平等相待，似乎在他特别受用。宫廷顾问索罗到访，坐在了我们一起。他带来了大公爵对歌德的慰问，进一步稳定了歌德宁静开朗的情绪。他继续进行谈话，提到了法国著名的交际花尼侬·德·朗克罗，说这位大美人儿十六岁时濒临死亡，还为安慰周围的人镇静异常地讲了下面的话：“怎么办呢？我留下来的净是些会死的人！”事实上她却活了下来，甚至活到了九十高龄，而在此之前，一直到八十岁，她还有数以百计的爱慕者因她而感到幸福，也因她而忍受绝望。

随后歌德谈到葛齐[①]和他在威尼斯的剧院，说在那里即兴表演的演员们所得到的只是些题目。葛齐认为，总共只存在三十六种悲剧性的情景，席勒则相信要多一些，只是他一次也没成功地找出来过，就算仅仅三十六种。

接着又谈了德籍法国作家格林的一些趣事，谈了他的气质和性格，以及他对纸币的极端不信任。

1830 年 2 月 17 日，星期三

（布景和服装的颜色配合；来自生活不等于照搬生活）

我们讨论戏剧演出，具体讲讨论布景和服装的颜色。结论如下：一般说来，布景的色调应该有利于衬托出前边的服装的颜色，像伯特尔的布景都或多或少地偏向棕色，就总能使服装的颜色鲜明地显现出来。可要是一位布景设计家不得不偏离这一如此有利的不

① 葛齐（C. Gozzi，1720—1796），意大利喜剧作家。

确定色，有必要表现例如一间红色或者绿色的屋子，或者一顶白色的帐篷，或者一座绿色的花园，那么演员就得聪明地避免穿同样色彩的服装。一个穿着红制服、绿裤子的演员走进红色的房间，他的上半身便消失了，观众只看得见他的两条腿；他要保持同样的着装进入一座绿色的花园，他便没有腿了，上身却格外显眼起来。一次我就见过一位演员穿着白色的上衣，深色的裤子，他在白色的帐篷里完全不见了上身，在深色的背景前完全没有了双腿。

"即使布景设计师不得不画一间红色或者绿色的房间，或者绿色的花园，"歌德补充说，"那他也该把这些颜色调得浅一些淡一些，以便前边的任何服装都能显现出来，产生应有的效果。"

我们谈到荷马史诗《伊利亚特》，歌德叫我注意一个很有意思的情节，就是阿喀琉斯有一段时间无所作为，目的就是让别的英雄有机会露面，有机会慢慢显身手。

谈到他的《亲和力》，歌德说这部小说中没有一笔不来自生活，也没有一笔完全照搬生活。塞森海姆的故事也是如此。

饭后检阅尼德兰画派的一个画夹。其中一幅码头即景便引起了我们的注意：画面一侧是一些工人在饮水，另外一侧的工人则在一只木桶上掷色子。为了不损伤艺术效果，画家便避免照搬现实。木桶的盖子获得了主要的光线，从工人们的举动看出，色子已经掷下去，可是在桶盖上却未见画出来，原因就是画出来会遮断光线，也就是有损效果。

接着又观看雷斯达尔为准备他那幅墓园图所作的速写，[1] 从它们可以看出，这样一位艺术家有多么用功。

---

[1] 雷斯达尔（J. v. Ruysdael，1628—1682），荷兰风景画家。所提到的墓园图即《阿姆斯特丹近郊的犹太墓地》。

1830年2月21日，星期日

（植物的繁衍和艺术的传承）

陪歌德进餐。他让我看一种吊兰植物，我很感兴趣。我发现它在允许下一个个体发育之前，努力尽可能地延续自己的生存。歌德随后说：

“我决心在后四个礼拜尽量少读《时代》和《地球》杂志。事情是这样的，在这段时间里肯定会发生一件事情，我想静候外面传来讯息。这有利于我的《古典的瓦普几斯之夜》，再说，对那些东西感兴趣原本没有任何好处。”

随后他给我一封布瓦塞勒[1]从慕尼黑来的信。这封信令歌德很高兴，我同样也怀着极为愉快的心情读完了它。布瓦塞勒特别谈到了歌德的《再访罗马》，还有最近一期《艺术与古代》的几篇文章。他对这些文章的评论既善意又深刻，使我们有理由对这位要人罕见的修养和作为谈了许多许多。

歌德接着对我讲起科内流斯[2]的一幅新作，说它构思很不错，画得也很好，还提到布局的合理决定了上色的成功。

后来，在一次散步的时候，我又想起那吊兰植物。我想，凡是生物都尽量延续自己的存在，过后却会萎缩下去，以便繁衍同类。这个自然法则让我联想到那个传说，它告诉我们，太初之时神原本孤孤单单，可后来却创造出一个儿子，一个毕肖他自己的儿子。艺术大师们能做的最有意义的事情，莫过于培养出一些好样的弟子

① 布瓦塞勒（S. Boisseree，1783－1854），德国艺术史家和艺术收藏家。

② 科内流斯（P. Cornelius，1783－1867），德国历史画家。

来，以使自己的理论和事业得到传承。一位艺术家或者作家的任何作品同样可以看作是他的孩子，这样的作品出色到了何种程度，创造出它的艺术家或作家就有多出色。因此，别人的任何杰作都不该引起我的嫉妒，因为它让我看见了背后那位出色的、配创作出这一杰作的人。

1830年2月24日，星期三

（科内流斯的一幅油画草图）

陪歌德进餐。我们谈到荷马。我提出，天神们的影响直接波及了现实社会。歌德说：

“这影响极其温柔并富有人情味。我呢则谢天谢地，我们总算脱离了法国人将天神的这种影响称作机械文明（Maschinerie）的时代。当然哪，要体会出如此巨大的贡献的意义需要时间，因为它要求实现彻底的文化转型。”

歌德随后告诉我，他对海伦出场的描写又作了有一点儿润色，以提升她的魅力，并且讲这样做是接受了我的意见，使我深感荣幸。

饭后歌德给我看科内流斯的一幅油画的草图。画上表现的是奥尔弗斯站立在冥王普鲁托的宝座前，请求他放掉他的爱人欧莉德刻。①画面让我们觉得是经过精心构思，个别部分画得也挺不错，只是不能让人真正得到满足，不能引起心灵的愉悦之感。也许，我们想，再作上色之后会变得和谐一些吧。也许更有利的是表现下一个瞬间，就是奥尔弗斯已经使普鲁托动了心，交还了他的欧莉德刻。这样一个情景就不再充满紧张和期待，而会让人感到充分的满足。

---

① 奥尔弗斯进入冥土搭救亡妻的故事出自希腊神话。

1830年3月1日，星期一

（植物形变论）

和耶那来的佛克特宫廷顾问一起在歌德家进餐。谈的都是自然史方面的话题，佛克特宫廷顾问得以展现自己渊博的学识。歌德说他收到了一封批评信，信上讲胚叶不是叶子，根据为它们在背面没有眼。我们却从各式各样的叶子获得了信心，坚信胚叶背后无论如何都是有眼的，就跟随后出现的任何一片叶子一样。佛克特说，歌德植物形变论的观点堪称现代自然科学最富影响的发现之一。

我们谈到鸟类的标本。歌德讲，有个英国人在一些大笼子里养着数百只鸟，其中死了几只，他便让人做成了标本。这些标本令他非常满意，于是他便想，把所有的鸟全杀了做标本，岂不更好吗？想到做到，立马行动。

佛克特宫廷顾问说，他打算把法国动物学家居维尔的《自然史》翻译成五卷，再加以补正、扩充后出版。

饭后佛克特走了，歌德给我看他的《古典的瓦普几斯之夜》手稿。让我惊讶的是，短短几个星期它已变得这么样厚。

1830年3月3日，星期三

（维兰特的小说《奥伯龙》；圆极和单子）

饭前陪歌德乘车出游。他对我写巴伐利亚国王的那首诗做了好评，指出拜伦爵士对我产生了良好的影响，但却认为我缺少人们所谓的适应能力。而在这点上伏尔泰堪称大家，所以歌德建议我最好以伏尔泰为榜样。

随后在餐桌上我们谈了许多维兰特的问题，特别是有关他的《奥伯龙》。歌德认为这部作品基础薄弱，在写出来之前没有好好制定提纲。为长上胡须和臼齿就动用一个灵魔，这情节杜撰得实在差劲，更何况主人公还待在一旁完全无所事事。不过呢，大诗人文笔优美、生动、机智，让人读起来倒也觉得很舒服，就忽略了其他问题，能读下去了。

我们继续谈了许多别的事情，包括又谈到了圆极（die Entelechie）。歌德说：

“人总想摆脱掉不合自己口味的东西，这在我看就是一个证明：固守这一个人品性的情况确实存在。”

有好一会儿我也在思考同样的问题，并想说同样的话，听见歌德把它说出来了，便倍感欣慰。

“莱布尼茨对这种独立的存在有过类似的想法，”他继续说，“具体讲，我们所谓的圆极，被他叫作单子（Monaden）。”

我打算读一读莱布尼茨的原著，以便对问题有进一步了解。

1830年3月7日，星期日

（法国文坛名流的雕像；孤身独处不利于创作）

中午12点去见歌德，发现他今天特别精神抖擞。他向我透露，他不得不放下《古典的瓦普几斯之夜》，赶着完成最后要交的那部分稿件。他说：

“可这么处理我挺聪明，我停在写得正顺手的地方，已经有许多好的构思的地方。这样，比起闷着头往前写，直到写不动了再停下来，要接着写会容易得多。”

我记住歌德的话，把它当作一个好的经验。

原打算饭前乘车出去兜兜风，可我们两个都觉得待在房里很惬意，便给马解了套。

这期间弗里德利希打开了一口从巴黎送来的大木箱。箱子是雕塑家大卫[①]的礼物，里边装着五十七位名人的浅浮雕石膏肖像。弗里德利希把它们分别放进不同的抽屉里。对所有这些非凡人物细加观赏，真是莫大的乐趣。我对梅里美更是情有独钟，他的头颅看上去是那样有力和果敢，一如他的天才；歌德却指出它有些幽默的味道。维克多·雨果、阿尔弗雷德·德·维尼和埃米尔·德尚[②]的头像都显得单纯、自由而活泼。还有盖伊小姐、塔斯图夫人和其他一些年轻女作家的头像，也令我们高兴。法布维尔[③]的像让我们想起前几个世纪的人，反复地观看它，对我们是一种享受。就这样，我们一个名人一个名人地慢慢往下看，同时歌德忍不住一遍一遍地表示，大卫的礼物对他不啻一座宝藏，他对这位杰出的艺术家真是感激不尽。只要有人途径魏玛，他绝不放过向人家展示自己这些藏品的机会，并顺便询问那些自己还不了解的人物的情况。

木箱里还装有一些书，歌德让人把它们搬进前面的房间，我们也跟着过去坐在桌旁。我俩兴致很好，翻来覆去地谈论着作品和写作打算。歌德讲：

“一人独处不好，单独一个人在那里写作尤其不好，想要作品

---

① 大卫（P. J. David，1787－1866），法国现实主义雕塑家，他为歌德塑的像也流传了下来。

② 维尼（A. d. Vigny，1797－1863），出身贵族的法国浪漫主义作家和诗人；德尚（E. Deschamps，1791－1871），法国浪漫主义诗人兼评论家，曾和雨果共同创办《法国诗神》杂志，翻译过歌德的《叙事谣曲》。

③ 法布维尔（Ch. N. Fabvier，1782－1869），法国将军，同情希腊人民反抗土耳其的斗争，1827 年指挥雅典保卫战。

成功，就必须有他人的参与和启迪。我能写成《阿喀琉斯》和其他一些叙事谣曲得感谢席勒，是他鼓励了我写作。如果我能完成《浮士德》的第二部，你也可以算上一份功劳啊。这话我已讲过多次，但还必须反复讲，以便你了解。”歌德这些话令我很高兴，觉得其中有许多真情的流露。

在用饭后甜品的时候，歌德拆开了一个包裹。里边是埃米尔·德尚的诗和附上的一封信，歌德把信递给我看。我高兴地看出，歌德对法国文学的新生产生了多大的影响，年轻的法国诗人如何热爱他，视他为自己的精神领袖。对于年轻的歌德，莎士比亚产生过同样的影响，伏尔泰却不能说对外国的年轻诗人也产生了类似的影响，他们并未聚集在他的精神旗帜下，视他为自己的主宰和导师。埃米尔·德尚的信处处透露出可爱的豪爽坦诚。歌德说：

“可以看见一颗美好的心灵正含苞待放。”

在大卫寄来的石膏浮雕底下，压着一幅图，图上画的是以各种各样方式摆放着的拿破仑军帽。

“这是给我儿子画的，”歌德说，说着便派人把图送上楼去。

结果马上有了反应，小歌德很快下楼来喜不自胜地宣布，这些帽子将成为他纪念自己心目中的英雄的珍贵藏品。再过不到五分钟，画就已经装好玻璃镜框，跟其他纪念拿破仑的物品摆在了一起。

1830年3月14日，星期日

（如何看待令人反感的题材；政治诗的价值；
文明程度与民族仇恨）

晚上在歌德家。他让我看已经整理好的大卫雕塑，几天前，我曾看见他忙着指挥仆人从木箱里取出这些宝贝。这是一些法国最杰出的年轻诗人的侧面浮雕像，他已经在几张桌子上挨个儿地把它们摆得整整齐齐。他再一次称赞大卫非凡的天才，说他在构思和手法两方面同样伟大。通过大卫，法国浪漫派出类拔萃的才子们敬赠给歌德一大批亲笔签名的近作，他也拿出来让我看了。其中，我注意到了圣浦夫、巴朗西、雨果、巴尔扎克、德·维尼和雅宁①等人的作品。

“大卫寄来的礼物将使我高兴许多天，”歌德说。“整个一个礼拜我都在读年轻诗人们的作品，从中获得了新鲜的印象，生活因此焕然一新。为这些我所珍爱的肖像和书籍，我将特别进行编目。在我的艺术收藏里和图书馆里，他们都将各自获得一个特殊的地位。”

看得出来，法兰西的年轻诗人对他如此崇拜景仰，令他内心深感幸福。

随后他念了埃米尔·德尚的《论文集》的一些片断。他称赞德尚翻译的《柯林斯新娘》忠实而成功。他还讲：

“我还收藏有这首诗意大利文翻译的手稿，它再现了原诗，连韵律也一个样。”

《柯林斯新娘》引发歌德的谈兴，他进一步说到自己另外一些叙事谣曲。他道：

“他们绝大部分得归功于席勒，是他催促我创作，因为他主编的《时序女神》总需要发表点儿新的东西。所有这些作品我已在脑子里酝酿多年，它们萦绕在我心中，犹如优美的图画，犹如甜蜜的梦境，来回往返，让我沉浸在幸福的幻想里。这些光辉形象就像是多年的友好，我很不乐意向它们道别，很不忍心以捉襟见肘的文字使其变得具体。终于白纸黑字了，我望着它们深感忧伤，就像是要

---

① 圣浦夫（Ch，A. Sainte Beuve，1804－1869），法国文学批评家；巴郎西（P. －S. Balance，1776－1847），法国宗教学家和社会学家；雅宁（J. G. Janin，1804－1874），法国作家和戏剧评论家。

和自己的一位挚友永别。

“我其他时候写诗完全不是这样，”歌德继续说，“在写之前根本毫无印象和预感，而是突然间诗兴大发，非马上动笔不可，接着就感觉像做梦一般身不由己，单凭着直觉把它写了下来。在这样的梦游状态下，常常是写在一张斜放在面前的纸上，直到整首诗写完了，或者已经到了没有可以继续写的地方，我才会发觉。我曾经收藏过一些如此胡乱草成的诗稿，只可惜后来慢慢全弄丢了，令我十分遗憾，再也拿不出我那么沉迷在诗里的实证材料来啦。”

随后话题转回到了法国文学，特别是谈到了一些并非无足轻重的天才作家新近表现出的超浪漫主义倾向。歌德认为，这一方兴未艾的文学革命对文学本身很有益处，但是对掀起这场革命的一个个作家却不利。

“任何革命都免不了过激，”歌德说。“一开始，政治革命通常要的只是消除各式各样的弊端，可是还没等革命者明白过来，他们已经深深陷入流血和恐怖的烂泥坑。今天法国人在进行文学变革也一样，一开始追求的只是更加自由的形式，然而到了眼下已不能就此停步，而是要把迄今的全部内容连同形式一块儿抛弃。人们已开始声称表现思想和行为没有意思，却试图去写形形色色丑恶淫邪的东西。希腊神话美好的内容让魔鬼、巫师和僵尸取代了，古代高贵的英雄不得不让位给骗子和罪犯。如此这般才够味儿！才有效果！可是等到读者尝过并习惯了这味道浓烈的菜肴，口味便只会变得越来越大，越来越强烈。一位想要产生影响、获得承认的年轻天才，在尚未长大到可以自行其是的时候，就只好迎合流行趣味，是的，甚至不得不努力做到在宣扬恐怖邪恶方面青出于蓝而胜于蓝。可是如此拼命追求外在的效果，任何深入的钻研都会置之度外，也将完全忽视人的内在素质和才能按部就班的认真培养。这可是一个天才可能遭遇的最大祸害呀，即便整个讲来，文学会从眼前的倾向中获得好处。”

“这种将断送一个个年轻天才的倾向，”我接过话头，“可怎么又会对整个文学有好处呢？”

“我刚才描绘的极端和偏差，”歌德回答，“会渐渐消失，最后留下的将是一大收获，亦即在形式更自由的同时，内容也会更加千变万化，丰富多彩。大千世界，芸芸众生，没有什么再被当作缺少诗意而排斥掉。我把现今这个文学时代比作人发高烧，它本身尽管不好，尽管没谁愿意患，结果却是让人更加健康，却值得高兴。那些真正乌七八糟的东西，眼下往往构成文学作品的全部内容，将来却只会成为有用的陪衬。是啊，今天遭排斥的极纯洁、极高尚的东西，人们不久又会更加热烈地渴望和追求。”

“我注意到了，”我说，“就连您喜欢的梅里美，他的《弦琴集》同样写的是令人反感的题材，从而也走上了超浪漫主义的道路。”

“梅里美处理这类题材的方式与他的同辈完全不同，”歌德回答，“这些诗歌固然充满各式各样的恐怖内容，墓地啊，夜行啊，幽灵啊，僵尸啊，等等，但所有这类令人反感的东西都未触及诗人内心，相反他在处理它们时都保持一定的客观距离，并且抱着讽刺的态度。他完全像一位艺术家想去尝试尝试某个感兴趣的东西罢了。我已说过，他在创作时完全摈弃了自己的内心，甚至也摈弃了法国人的身份，而且是这样地彻头彻尾。所以一开始人们真把《弦琴集》当成了伊利里亚的民间诗歌，[①]也就是说他差一点点就达到了作伪乱真的目的。”

“梅里美这家伙确实了不起，”歌德继续说，“须知，客观地处理一个题材，所需要的能力和才气远远超出人们的想象。拜伦也是如此，他尽管个性鲜明突出，时不时地仍有能力完全摈弃自身，例

① 梅里美的《弦琴集》亦名《伊利里亚诗歌选》，1827 年问世时假托是一个叫伊·玛格拉诺维奇的人搜集的伊利里亚民歌。伊利里亚位于巴尔干半岛西北部和亚得里亚海沿岸，这里的民歌类似南斯拉夫民歌。

如在他的一些剧作中……"

…………

"…… 一般说来，即使在最幸运的情况下，一首政治诗也永远只能看作是某一个民族的喉舌，在多数情况下更只能视为某个党派的喉舌了。不过，它要是优秀，也会为这个民族和这个党派热情地接受。再者，一首政治诗也永远只能视为一定时代环境的产物，可是时过境迁，对于后世，这首诗就必然失去其来自题材的价值啦。贝朗瑞情况不错！巴黎就是法国，他伟大祖国一切引人注目的大事全集中发生在首都，都在那儿获得生命，都在那儿引起反响。这样，他的大多数政治诗都绝不可视为只是某一个党派的喉舌，相反他所反对的东西都具有全国性的普遍意义，所以人们倾听他永远如同倾听人民的声音。在我们德国不可能有这样的情况。我们没有哪座城市，是的，甚至没有哪个邦，对它你可以毫不犹豫地说：这里就是德国。我们在维也纳提出问题，人家回答：这儿是奥地利！我们在柏林提出问题，人家回答：这儿是普鲁士！仅仅十六年前，当我们终于摆脱了法国人的统治，那会儿还到处都是德国，一位政治诗人在这里还大有用武之地。然而这时并不需要他。普遍的贫困和普遍的耻辱感，像恶魔一样攫住了整个民族，诗人能够点燃的愤激之火，早已在各处自行燃烧起来了。不过我不否认，阿伦特、寇尔纳和吕克特也起了一些作用。①"

"有人责备您，"我有些冒失地道，"说在那个伟大的时期，您即使不能拿起武器投入战斗，至少也该发挥一个诗人的作用。"

"别扯这个，好朋友！"歌德回答。"这世界真荒唐，它不知自己到底想要什么。让世人爱怎么讲怎么讲，爱怎么干怎么干吧。我没有仇恨怎么能拿起武器？我不再年轻怎么能够仇恨？要是二十岁

① 阿伦特等三位都是德国反对拿破仑的民族解放战争时期的爱国诗人。

时碰上那样的事件,[1]我肯定不会落在人后，然而出事那会儿，我已年过六旬。

“再说我们为祖国服务也不能所有人全用一种方式，而是人人按照上帝的安排，尽其所能。为此，我半个世纪以来够辛苦的了。我可以讲，我生来该干什么工作，我就夜以继日地干了，一时一刻也未曾偷闲，总是在努力、在研究、在行动，能做几多做几多，能干多好干多好。如果所有人都能对自己下同样的结论，那就万事大吉啦。”

“归根到底，”我安慰他说，“您不该为那样的指责烦恼，相反倒可以因此感到骄傲。因为它不说明别的什么，只说明世人对您真是看重，以为您既然对祖国文化的贡献比任何人都多，就要求您最后什么都做。”

“我不能怎么想怎么说，”歌德回答。“每一种流言蜚语后边，都藏着对我的恶意，情况比你知道的严重。多年来就有人仇视我，企图暗中伤害我，这些流言蜚语我感觉只是旧仇恨换的新面孔。我明白得很，不少人视我为眼中钉，急欲除之而后快。既然对我的天才无可奈何，就想损坏我的人品。一会儿说我傲慢，一会儿说我自私，一会儿我对年轻的天才满怀嫉妒啦，一会儿我又沉溺于声色啦，一会儿讲我缺少对基督的信仰，喏，最后甚至骂起我不爱祖国、不爱我亲爱的德国人来了。你多年来够了解我的，感觉得出这些胡言乱语究竟是怎么回事。可是你如果想知道我吃的苦头，就不妨读一读我的《赠词》。我的这些反击会使你明白，有人怎么总是变着花样想叫我生活不痛快。

“一个德国作家就是一位德国殉道者！是的，我的朋友，你不会发现情况有什么两样。而我本人呢，也很难抱怨什么，所有其他作家的处境不见得比我强，多数甚至更坏，在英国和法国与我们这

---

① 指拿破仑占领德国，德国各地自发抵抗，开始所谓的民族解放战争。

儿完全一样。莫里哀什么苦没受过，卢梭、伏尔泰什么苦没受过！拜伦让恶毒的舌头逐出了英国，设若不是早死使他摆脱了庸人和他们的仇恨，最后恐怕只得逃向天涯海角了事。

“如果再加上心地褊狭的群众迫害高尚的人！不，一个有才能的人，一个天才，也会迫害另一个有才能的人和天才。普拉滕叫海涅恼火，海涅同样对待普拉滕。一些人相互诽谤、敌视，尽管世界足够大，足够宽，足以让人人都和平地生活和工作。一个人有了才便有了敌人，这个敌人将折腾他一辈子。

“仿佛坐在书斋里就能写战歌！仿佛我是这样的诗人！如果夜里走出营房就听见敌人前哨的战马嘶鸣，那我倒真乐意写战歌来着！然而这不是我的生活，这不是我的事业，这是特奥多尔·寇尔纳的生活和事业，他的战歌也完全适合他这个人。可我呢，却不具好斗的性格，好斗的思想，战歌之于我，只会是带在脸上显得别扭的假面具。

“我写诗从来不无病呻吟。什么我不曾经历，什么不曾让我忧心如焚，使我烦恼，我也就不会写诗加以表现和抒发。我只有恋爱的时候才写爱情诗。现在我怎么能在不怀仇恨的情况下，写表达仇恨的诗歌呢？咱们私下讲吧，我不仇视法国人，尽管为了能摆脱他们的统治，我也要感谢上帝。法兰西民族是世界上最文明的民族之一，我本身的大部分教养都归功于它，像我这么个只以文明和野蛮为价值标准的人，又怎么能仇恨这样一个民族呢！

“从根本上讲，”歌德继续说，“民族仇恨就是个怪东西。你总发现在文明程度最低的地方，民族仇恨最强烈。可在达到了一定的文明程度以后，它就完全消失了。这时候，人们在一定意义上已经凌驾于民族之上，已经感到邻国人民的幸福和痛苦就是自己的幸福和痛苦。这样的文明程度适合我的天性，并且还在满六十岁以前，就已长期坚持这样一种立场。”

1830年3月16日，星期三

（关于耶稣与十二门徒作为艺术题材的设想）

早上小歌德先生来找我，告诉我他已经决定做一次早就想要做的意大利旅行，说他父亲答应提供必需的路费，他希望我和他一起去。对这个消息我们都很高兴，便商量了很久如何准备。

临近中午路过歌德的府第，他在窗口对我招手，我赶快上楼去。他在前面的房间里，精神矍铄，兴致也很好。他立刻谈他儿子的旅行，说他同意他去，认为是件有益的事，很高兴有我同行。他说：

“这对你两个都好特别是你的文化修养，在旅途中会发挥很大作用。”

随后他给我看一件耶稣与十二门徒的雕塑。我们谈到，以这样的题材雕塑出来的人物形象全都会失去神采。歌德说：

“一个使徒总跟另一个使徒差不多，要赋予他们个性和意义，至少他们先得有事迹和生活。我对这件事开了个玩笑，自己创作了一组《圣经》十二人物图，他们各有各的样子，各有各的神采，因此每个都可成为雕塑家的好样板来着。

“首先是亚当，一个你能想象的最完美的美男子。他可以一只手扶着锄头，象征着人生来就该种地。

“亚当之后是诺亚，由于是他开始了新一轮的创造。他驯化了葡萄，可以让他的样子有些像印度的酒神。

“接下来是摩西，作为第一位立法者。

“然后是大卫，战士和国王。

“大卫之后是以赛亚，君主和先知。

“随后是但以利，他预示着未来的耶稣。

“耶稣基督。

“紧跟耶稣的是约翰，他热爱眼前的这位。如此这般，耶稣基督被十二个门徒围绕着，其中之一即但以利性情温和，留着长发，另一个即是约翰热情洋溢，留的是短发。喏，约翰之后该谁了？

“迦百农的头领，信徒们的代表，渴望立刻得到恩典者。

“他后面是玛格达莲娜，人类忏悔、期待宽恕和改恶从善的象征。这两个人物的形象寄寓着基督教的内在精神。

“随后可以是保罗，基督教义最得力的传播者。

“雅各紧随保罗之后，他去到最遥远的民族那儿，是传教士的代表。

“彼得收尾。艺术家得把他摆在门边上，神情活像正在审视那些想进门的人，看他们够不够资格进入天堂。

“你看这组像怎么样？我想，让十二使徒丰富多彩，不像他们似的全一个德行。摩西和玛格达莲娜我打算画成坐姿。”

我很高兴听见这一席话，请歌德最好把自己的想法画下来，他答应了我。他说：

“我还想通盘考虑一下，然后跟第三十九卷的其他新东西一块儿交给你。”

1830年3月17日，星期三

（海伦被诱拐时的年龄和神话故事的灵活使用）

陪歌德进餐。我跟他谈起他诗里的一个地方，问他是该像所有旧版本一样写成“如你的祭师贺拉斯在狂喜中所预言”呢，或是像新版本写成“如你的祭师普罗佩斯[1]所预言”。

“我这后一种写法是受了戈特林的误导，”歌德说，“再说，‘祭师普罗佩斯’听起来也别扭，所以我赞成早先的写法。”

“你的《海伦》手稿也存在同样的情况，”我说，“原先是‘忒修斯诱拐走了她，诱拐走了这头十岁的苗条幼鹿’，后经戈特林反对，你便改成了‘这头七岁的苗条幼鹿’，结果不仅对于这位美丽的姑娘来说太年轻了，对于前去解救她的孪生兄弟卡斯托耳和波吕丢刻斯也一样。是啊，故事整个发生在寓意时代，谁也说不准海伦到底多少岁，加之神话全都那么灵活随意，怎么使用起来方便顺手就可以怎么使用。”

“你说得有道理，”歌德应道，“我也赞成她在给忒修斯拐跑那会儿是十岁，因此后来就写成了‘打十岁起，她便不中用了’。所以将来的版本，请你总是把‘七岁的幼鹿’改为‘十岁的幼鹿’。”

饭后歌德给我看两册诺伊洛伊特[2]的新作，都是根据他的叙事谣曲创作的诗意画，令我们特别赞赏的是画家自由而开朗的精神。

* * *

(驳斥教会人士对《少年维特的烦恼》的责难)

…………

歌德给我讲他一次遭遇英国德比郡主教布里斯托勋爵的情况，说：

---

① 普罗佩斯 (Sextus Propertius，前 50—15)，跟贺拉斯一样都是古罗马诗人，代表作为四卷哀歌体的爱情诗。

② 诺伊洛伊特 (E. N. Neureuther，1806—1882)，德国画家，以替歌德的叙事谣曲和小说插图闻名。

“布里斯托勋爵途径耶那，希望认识我，便邀我在一个晚上去看望他。他这人有个脾气，就是偶尔会表现粗暴。不过只要你同样粗暴地回敬他，他又会变得十分驯顺起来。在谈话过程中，他意欲对我的《少年维特的烦恼》说教一番，并以有人遭其误导而自杀为理由，要我做良心的自责。他讲：

“‘《少年维特的烦恼》是一本极不道德的、该遭天谴的书！’

“‘住口！’我高声反问，‘您竟这样讲我可怜的《少年维特的烦恼》，那您对这尘世间的那些个大人物，又怎么讲呢！他们大笔一挥就把十万之众送上战场，经过相互残杀死掉八万，并且竞相烧杀抢掠。目睹了这些暴行您反倒感谢上帝，并为其大唱赞美诗！还有哪，您用地狱的可怕惩罚吓唬您教区的弱小灵魂，害得他们失去了理智，临了在疯人院里度过可怜的余生！要不您又以某些在理性面前站不住脚的正统教义，在您教民的心中播下有害的怀疑种子，使这些不够坚强的灵魂堕入迷津再也出不来，最后唯有死亡！您对您自己该怎么讲？您该怎样谴责您自己？现在您竟追究起一个作家的责任来，竟诅咒一部让某些心胸狭隘的人曲解了的小说，一部充其量不过使这个世界少掉了十来个傻瓜和窝囊废的小说，而这些人啥有益的事也干不了，仅仅还会吹灭自己那点儿生命之火的微弱残焰罢啦！我想我原本为人类做了大贡献，理应得到它的感谢哩。现在您却想把我这点儿战功变成罪行，另一方面您又容许你们自己，容许你们教会和世俗的王公长老们，犯那么大和那么严重的罪行！’

“这一反击对我的主教产生了极好的效果。他变得温顺如一只绵羊，在随后的交谈中对我表现得再彬彬有礼不过，再温文尔雅不过。这样，我与他便度过了一个很愉快的夜晚。因为布里斯托爵士粗暴尽管粗暴，却是一个有头脑和见过世面的人，对各种话题都能谈得头头是道。临别他把我送了出来，接着又让一位修道院院长继续送我。和这位修道院长上了大路，他便高声嚷起来：

“‘歌德先生啊，您讲得太精彩啦。您深得勋爵大人的欢心，您找到了通向他心灵的秘密路径。您要不这么粗鲁，不这么坚定，您在回家时对今天的访问肯定不会如此满意。'”

“为了您的《少年维特的烦恼》，您真受了各式各样的委屈啊，”我打断歌德。“您与布里斯托勋爵的遭遇，让我想起了您和拿破仑讨论《少年维特的烦恼》的情况，当时塔勒朗①不也在场吗?”

“他是在场，”歌德回答。“对拿破仑我可没有什么好抱怨。他对我很客气，谈起《少年维特的烦恼》来也符合我对一位如此伟大的人物的期望。”

…………

1830 年 3 月 21 日，星期三

（精神和身体的相互影响；古典的诗和浪漫的诗）

陪歌德进餐。一开始他便谈到他儿子的旅行，说对于收获我们不可抱过高的幻想。他讲：

“一般都会怎么去，怎么回来，是啊，一定要防止带回来一些不切实际的有害想法。例如我就从意大利带回来了楼梯得漂亮的观念，照此办理显然会毁了我的房子，因为它所有的房间开间都小了，容不下那样的楼梯。关键是要学会控制自己。如果由着我自己的性子来，我真想把自己和周围的一切都毁掉。”

随后谈到了身体的病态表现，以及身体和精神的相互影响。歌德说：

“精神对维持身体状况能有多大的影响，简直难以置信。我常

① 塔勒朗（P. Ch. M. H. Talleyrand，1754—1838），拿破仑时代的外交家，他的《回忆录》写到了拿破仑在艾尔福特会见歌德的情况。

常患腹痛病，全靠意志和上身的力量坚持着正常生活。精神绝不能屈服于身体！我在气压高的时候比气压低的时候工作起来轻松一些。既已了解这点，我就更加提起精神来抵消不利影响，结果总是成功。

“然而在创作中有些东西却勉强不来，因此，那种凭意志力写不出的作品，就只能等情况好的时候去写。例如现在我就不急于完成我的《古典的瓦普几斯之夜》，为的是一切真正能写得足够优美而有力。我已经取得很大进展，希望能在你走[①]之前全部完成。

“这一幕中有些带刺的东西，我把它们与特定对象分离开来，使之一般化，这样读者尽管知道它们有所指，却没谁清楚到底何所指。不过我仍遵循古典法则，努力使一切都轮廓鲜明，不容出现任何的暧昧和模糊不清，像浪漫手法所会造成的那样。

“古典的诗和浪漫的诗这个概念如今已传遍世界，引起了许多的争论和分歧，”歌德继续说，“它原本出自我和席勒。我主张写诗要用客观的方法，并坚持以此为准则；席勒呢完全以主观的方法写作，认为他那样做正确，为了反驳我的意见，写了一篇文章叫《论素朴的诗和感伤的诗》。他向我证明，我自己虽不情愿却仍采用了浪漫的写法，我的《伊菲根尼》偏重情感，压根儿不像人们乐于相信的那么古典和合乎古代精神。施莱格尔兄弟抓住这个思想，把它加以发挥，结果现在传遍了全世界，闹得人人都在谈古典主义和浪漫主义。这在五十年前可还没人想到喽。”

我把话题引到了他那十二个《圣经》中的形象上，歌德又对我补充了一些想法。

“我已经说过，亚当不应该完全塑造成裸体，以我想象，最好是在他已经犯了原罪之后——应该给他披上一块薄薄的鹿皮。与此同时，为了表示他是人类的祖先，不妨在他身边画上他的长子，一

① 指艾克曼陪歌德的大儿子去意大利旅游。

个目光放肆、桀骜不驯的男孩儿，一个手里捏着一条蛇的赫尔库勒斯。

“对诺亚我也产生了另外的想法，一个我觉得更好的想法：我不再让他像印度酒神，而要把他塑造成一个葡萄种植者，也就是可以把他想象成一位救苦救难者。他种出葡萄，帮助人类解脱苦闷忧愁。”

我很欣赏这些好想法，决心把它们记录下来。

随后歌德给我看诺伊洛伊特为他的《马蹄铁传奇》绘的一幅插图。我说：

“画上只有八名使徒陪在救世主身边。”

“就这八个对于他都已经太多，”歌德抢过话头，“画家非常聪明，把他们分成了两组，避免了枯燥乏味和单调。”

1830 年 3 月 24 日，星期六

（一首精彩绝伦的法文诗）

在歌德家用餐，席间谈得异常高兴。他对我讲一首题名为《米拉波的笑》[①] 的法文诗，一篇随同大卫的石膏浮雕送来的手稿。他说：

“这首诗富有思想，充满勇敢精神，你必须看看。仿佛是靡非斯托斐勒斯给了诗人灵感，要是之前不曾读过《浮士德》，那他写得真叫棒，要是已经读过《浮士德》，也同样棒。”

---

① 原是题名为 *Le rire de Mirabeau*。米拉波（H. G. R. Mirabeau，1749－1791），法国大革命时的著名政治家和演说家。诗作者为歌狄耶－德拉罗（Cordellier－Delaroue，？－1855）。

1830 年 4 月 5 日，星期一

（歌德承认自己有个怪癖：不喜欢别人戴眼镜；关于自负与谦逊）

众所周知，歌德是个不喜欢戴眼镜的人。

“这可能是我的一个怪癖，”他不止一次对我说，“可我就是克服不了。一当有个鼻梁上架着眼睛的陌生人跨进我的房间，我立刻没了情绪，想控制住自己也不行。我感觉很不自在，大部分的好意还在门口就没啦，思绪也变得紊乱，更别指望接下去内心会再无拘无束，自自然然。我总会产生来人不怀好意的印象，好像他一打招呼就会对我说粗话似的。近些年来，在我发表了一些说自己极其讨厌眼镜的诗之后，我的这个印象就更加强烈啦。现在一个陌生人戴着眼镜来访问我，我立刻会想：他要么没有读你的新作 —— 这已经对他有些不利；要么已经读了，知道了你的脾性，但却对它不以为然 —— 这就还要糟糕。唯一一个戴着眼镜不令我反感的人，是策尔特，除此以外的所有人，戴眼镜都叫我讨厌。我总会产生这样一种感觉，仿佛人家是要把我当作仔细观察的对象，是想以自己武装起来的视力透视我隐秘的内心，看清我老脸上的一条条细小皱纹似的。可是，他们想这样来结识我，却彻底打破了我们之间的公平合理，因为他们妨碍了我反过来也认识他们。须知，一个人用两片亮晃晃的玻璃遮住了心灵的窗户，在说话时叫我不能瞅着他的眼睛，我还能了解他什么呢！”

“有人讲戴眼镜使人变得自负，”我接着说，“因为眼镜把他们提升到了远远超出自然能力的知觉完美的地步，久而久之便会产生一个潜意识，好像这人为的好视力在他们真是天生的似的。”

“这个说法很有道理，”歌德回答，“看样子出自一位自然科学

家。不过仔细看看，它却站不住脚。因为真要这样，所有瞎子就该是最谦逊的人喽，相反生就一双锐利眼睛的人通通必定自负。可事情绝非如此，我们反倒发现，一切精神与身体生来健壮的人通常都是最谦逊的人，反之所有身体特别是精神有缺陷的人，更容易属于狂妄自负的一类。看来好心的自然为安抚受了它亏待的人们，给了他们一个平衡和补偿的手段，这就是自负跟狂妄。此外，谦逊和狂妄乃是高度精神性的伦理现象，跟身体没有多少瓜葛。狂妄常见于褊狭和精神迷茫的人，精神清朗、才华卓著的人却从不狂妄。后一种人充其量会对自己的才能沾沾自喜，可由于这才能实际存在，所以他们的喜悦心情就完全跟狂妄沾不上边。”

…………

1830 年 4 月 21 日，星期三

（给艾克曼的临别赠言）

今天我向歌德告别，因为定在明天一早动身跟他公子一道去意大利。又谈了一些有关旅行的问题，他特别建议我要好好观察，不时地写信给他。离开歌德我有些激动，可一见他身体健硕又感到安慰，有信心再见时他安康幸福。临别他送给我一本纪念册，里边题写着下面的词句：

不等我看见，已成为往昔，
我未曾发觉，已发生变异。
——《约伯记》

录赠远游者
歌德 1830 年 4 月 21 日于魏玛

1830年4月24日，星期六，法兰克福

（法兰克福地方风情）

中午11点前我去城郊散步，穿过一座座花园，向着陶努斯山脉的方向走去。明媚的自然，茂盛的植物，令我心生喜悦。前天在魏玛，树木刚刚抽芽，这儿却见栗子树的新枝已有约一尺长，菩提树的也有20厘米，白桦树的叶子已经碧绿，橡树全都长出嫩叶来了。我看见草长了一尺来深。在城门口我遇见一个女孩儿，正提着沉重的草筐往城里走。

我穿过园子，以便放眼陶努斯山脉。不时刮来一点儿和风，云便从西南方飘来，把影子投在陶努斯群山上面，随即向着东北方移动。在园子与园子之间，我看见有几只鹳鸟落下来又飞起去，翱翔在飘逸的白云和蓝天之间的阳光里，那景象美极了，也让本地区风光之迷人展露无遗。我往回走，在城门口碰见一群褐白相间的花奶牛，毛皮油光水滑，看上去漂亮到了极点。

这里空气清新宜人，水微带甜味。自从离开了汉堡，我就没吃过比这里更好的牛排，还有可口的白面包，我也十分受用。

时值博览会期间，街上从早到晚商贾云集，还有形形色色的艺人吹拉弹唱。一个萨伏伊[①]少年引起我特别的注意，他弹着七弦琴，身后牵了条狗，狗背上蹲着只猴子。男孩儿吹着口哨，边唱边走到我们楼下，讨好了我们好半天，为的是得到一点儿赏钱。我们扔下去一些钱币，数量超过了他可能的期望，我想他会报以感激的一瞥吧。谁知才没有哪，他把钱装进口袋，目光立刻转向了另一些可能赏给他钱的人。

---

① 萨伏伊是法国的一个地名。

1830年4月25日，星期日，法兰克福
（令人惊叹的餐厅侍者）

乘着店主人的一辆豪华马车，今早上我们围着法兰克福兜了兜风。整洁的街市，漂亮的房舍，美丽的河流，优雅怡人的林园，无不赏心悦目。然而我很快意识到，从所有这些事物中提炼出某些思想乃是一种精神需求，不如此，到头来一切都会变得无足轻重，都会毫无意义地打我们身边溜过。

中午回到旅店就餐，发现席上面孔很多，可模样引起我注意的没有两张。然而餐厅的招待头儿却引起了我极大的兴趣，以至两只眼睛始终追随着他和他的一举一动。真的，他真是个奇人！我们将近两百个客人坐在长长的餐桌旁，如果我讲这位招待师几乎是独自一人在完成全部招待任务，包括一道一道地上菜，一批一批地收走空盘子，其他侍者全都只是传来递去地当他的下手，那听起来真是几乎没法相信。在整个过程中从无滴汤洒水，也从未磕碰任何客人，一切都是那么流畅、轻盈，就像是在幽灵国里。如此这般，成百上千的盘子碟子从他的手中飞到了桌子上，过一会儿又经过他从桌上飞回到他的下手手里。他完全沉溺于自己的职司，整个人似乎只剩下了眼睛跟双手，紧闭的嘴唇只是时不时张开来简短地答问和发指示。而且他还不只是管上菜，还得接受客人一个个地点酒水，在此过程中他得记住一切，以便用餐结束时知道每位客人吃了什么，该收人家多少钱。我佩服这位年轻奇人眼观六路、头脑极其清醒和记忆力超群。而且他总是那么冷静从容，那么满怀自信，因此嘴唇间永远挂着笑意，时刻准备好巧妙应对客人的玩笑，回答客人的问题。一位老派的法国骑师在结束进餐前向他抱怨女士们都走

了，他马上便回敬一句："C'est pour vous autres; nous sommes sans passion."（只有您在乎这个，咱们没有兴趣）法语他说得蛮地道，英语同样如此，有人向我保证他还掌握了另外三种语言。后来我跟他聊了聊，发现他各方面的修养异常深厚，实在令我佩服。

晚上看《唐璜》演出，让我们有了理由怀念魏玛。归根结底演员们嗓子全都不错，也有很好的天赋，只可惜表演和道白全如同一些未受过任何师傅指导的普通人。口齿不清，好像台下没有坐着观众。有几个人的表演使我体会到，失去了个性的平凡立刻变成庸俗和可恶，有了个性它马上会提升到艺术的更高境界。观众吵吵闹闹，狂热浮躁，要求谢幕和加演的喊叫声不绝于耳。对女演员则林娜的表演褒贬不一，总是这一半观众发出嘘声，那一半观众热烈鼓掌，结果两派越斗越来劲，每次都以狂呼乱叫、喧嚣骚动收场。

1830年5月28日，米兰

（米兰的歌剧演出）

我到这里快三个礼拜，是写点儿什么的时候了。

遗憾的是斯卡拉大剧院暂停演出，我们进去看见到处满是脚手架，剧场正进行维修，据说还要加建一列包厢。第一流的男女歌唱演员都趁此机会旅行去了，据说有的去了维也纳，有的去了巴黎。

我一抵达就去欣赏了木偶剧院的演出，很喜欢演员们道白异常清晰。这家木偶剧院也许是世界上最棒的了，它名闻遐迩，一到米兰就听见人们谈论它。

卡诺比亚纳剧院有上下五层包厢，是斯卡拉大剧院之后最大的剧场，能容纳三千观众。我非常高兴，经常去这家剧院，反复欣赏同一出歌剧，同一部芭蕾舞剧。三个星期以来一直在上演罗西尼的歌剧《奥里伯爵》和芭蕾舞剧《日内瓦的孤女》。桑一屈里科绘制的或者在他指导下制作的布景色彩既赏心悦目又保持低调，对角色的服装起到了很好的烘托作用。据说桑一屈里科有很多能干的下手，所有的订单都交给他，他再分配任务给下手们，同时给予指导，以至全都打他的名字，他自己却很少动手。据说他给许多能干的艺术家固定发放丰厚的年薪，即使他们病了，即使一整年啥活儿也没有，他仍旧照发不误。

歌剧院本身首先招我喜欢的是舞台上看不见提词箱，这东西在其他剧场十分讨厌，老是把演员的脚给你遮挡住。

再有乐队的指挥席也令我满意。指挥能纵观乐队，掌控左右，他站在中央稍微凸起一点儿的位置上，紧靠着堂座，所有人都看得见他，他也能越过乐队看清楚舞台上的情况。相反，在魏玛，乐队指挥的站位尽管也看得清楚舞台，可是乐队却在他背后，因此他想给谁一点儿示意总得扭过身去。

乐队本身阵容非常强大，我数了一下有十六件低音乐器，也就是两侧各有八件。近百名演奏家分坐两厢，都向里侧过身来对着指挥，也就是背朝着延伸进台口的堂座包厢，一只眼睛瞟得着舞台，一只眼睛瞄得着堂座，正面看着的却是指挥。

男女演员们的嗓子都好极了，都那么纯净明亮，那么雄浑有力，唱起来都那样轻松自如，一点儿不吃力。我想起了泽尔特，真希望他这时在我身边。最令人迷醉的是科拉迪一潘塔那莉夫人的嗓音，她唱的是侍童。我向旁人谈起这位杰出的歌唱家，就听说她今年冬季已经让斯卡拉歌剧院聘走了。唱孔特萨一阿德勒的第一女主角的是年轻的新秀阿尔贝提尼小姐，她的音质犹如阳光似的极其温柔，极其清亮，每个从德国来的人都一定喜欢她得要命。最后还有一位男低音也很出色，他的音色浑厚深沉，只是跟他的表演一样尽管也放得开，但仍略显生涩，总之是年轻欠成熟吧。

合唱队表现上佳，跟乐队配合得天衣无缝。

至于演员们的形体动作，我觉得有些个松懈、慵懒，原本指望看见的却是富有意大利个性的生气勃勃的表演。

面部化妆只是薄薄的一层红色，就跟现实生活中人们乐于看见的那样，一点儿不像是浓妆艳抹，油头粉面。

我发现尽管乐队阵容强大，却从来不曾压住演员的歌声，他们始终居于主导位置。在旅店的餐桌旁提起这事，便听见一位懂行的年轻人作的如下回应。

"德国的乐队以自我为中心，"他说，"都想突现乐队的地位，显示自身的重要性。意大利的乐队相反却作风低调、谨慎，非常清楚在歌剧中声乐乃是主体，乐队伴奏只应起烘托歌唱的作用。加之意大利人认为，一种乐器音色要美就不能音量过大。所以在一支意大利乐队中哪怕有许多提琴、双簧管、小号和大号，吹奏起来整体效果仍然柔和悦耳，反之，一支只有三分之一阵容的德国乐队却会演奏得又响亮又嘈杂。"

"您言之有理，我无话可说，并且很高兴我的问题得到了如此明确的解答，"我接过话头，"只不过眼下那些时髦作曲家是不是也有责任，是不是怪他们把歌剧的乐队配器搞得太强了呢?"

"诚然，现代作曲家是有这种毛病，"陌生青年回答，"然而真正的大师如莫扎特和罗西尼却永远不会如此。不错，他们甚至也有这种情况，就是在伴奏中加进了自己的、独立于歌唱旋律的主题，但是尽管这样，他们却始终掌握着分寸，让歌声永远保持盖过一切的主体地位。当代的作曲家们相反，常常以强大的配器压倒歌唱，实际上倒暴露出了他们在写伴奏时主题贫乏。"

我对这位陌生的年轻行家表示了赞赏。我的邻座告诉我，年轻人是一位来自利夫尼亚的男爵，曾长期旅居巴黎和伦敦，住在米兰已经五年，很有学问。

在歌剧院还有一点发现，我必须提到，我很高兴能有这个发现。说的是在舞台上，意大利人不把黑夜表现为真正的黑夜，而只是做象征性的处理。在德国的剧场里我总感到不舒服，夜晚的场面就完全是夜晚，结果演员的表情乃至人物本身都整个消失了，能看见的就只有茫茫夜色的一片漆黑。意大利人的处理聪明得多。他们舞台上的黑夜从来不是真正的黑夜，而仅仅为一个暗示。他们只是让背景暗下来一点儿，角色呢都尽量移动到台前，仍然完全在灯光的照射中，脸上的每一丝表情都看得清楚。这在绘画里也应该管用。我很好奇，不知道有没有些画上的黑夜使人物面部晦暗得看不出表情来。我希望，大师们没有这样子的画作。

同样的准则也很好地运用在了芭蕾里。我看见一个黑夜的场面，一位少女遭到一个强盗的袭击，舞台只是稍稍暗下来了一点儿，人物的所有动作和表情都完全看得清楚。姑娘一叫喊强盗就逃走了，乡邻们纷纷提着灯从茅舍里赶出来。但他们的灯不是光线混浊的火明子，而是白亮白亮的灯光，以此强烈的照明衬托出先前的沉沉黑夜。

在德国我曾听说意大利观众很吵闹，到这里得到了证实，而且是歌剧越往后演，观众越是不安静。两周前我看了？*Conte Ory*？的头几场演出之一。最出色的男女演员一出场，立刻就响起了掌声，在一些不关紧要的场次确实有人讲话，但是一开始唱精彩的咏叹调，全场便鸦雀无声，唱完后歌手会赢得满场的喝彩。合唱的效果极好，我尤其赞赏乐队和声乐丝丝入扣的配合。不过眼下，在天天晚上都演歌剧以后，观众的注意力已经涣散，人人都在讲话，剧院里整个是一片嗡嗡声。没有谁再鼓掌，真不理解舞台上怎么还张得开嘴唇，乐池中还拉得开弓子。也再找不到激情，找不到精确了。在这样一个充满欢声笑语的环境中，渴望聆听一点儿音乐的外国人只会大失所望。

1830年5月30日，米兰，圣灵降临节第一天

（幸福的源泉无处不在）

我还想记录迄今很高兴地在意大利发现的几个情况，或者几件别的感兴趣的事。

在辛普伦隘口[①]上面，在雪与雾弥漫的荒野中，紧邻着一片避难地[②]，一个男孩儿领着自己的小妹妹爬上山来到我们的马车旁。俩小孩儿都背着背篓，背篓里装着他们从山下的树林中拾来的柴火。男孩儿递上来几块水晶石什么的，我们付给他了一点儿铜币。这当儿我留意到了一个让我铭刻心中、永生难忘的情况：男孩儿走在我们车旁，偷眼瞅了瞅自己赚得的钱，目光中洋溢着怎样的惊喜啊！我从来不曾见过这种置身天国般的幸福表情，于是想，上帝在人的心灵里安排了所有的幸福源泉和所有的感受幸福的能力，不管你生活在哪里，生活得好与坏，获得幸福的机会却完全一样。

我原想继续我的报道，然而却给打断了再也提不起笔来，尽管我在意大利每过一天都获得了许多重要印象，都进行了认真观察。直到离开了小歌德，阿尔卑斯山已经落在了背后，我才又给歌德写了下面的东西。

---

① 辛普伦隘口，位于瑞士南部的阿尔卑斯山上。

② 指为1685年躲避迫害而逃离法国的新教徒建立的收容所。

1830年8月2日，星期一

（法国七月革命和法国科学院关于研究方法的争论）

法国爆发七月革命的消息今天传到了魏玛，①使所有人都紧张激动。午后我去看歌德。一见我他就冲着我喊：

“喏，对这样一个伟大事件，你做何感想？火山爆发了，一切都在熊熊燃烧，再不会关起门来谈判啦！”

“真是个可怕的事件！”我回答，“不过情况尽人皆知，当局就那么个德行，结局便也不出所料，只能赶跑迄今统治法国的王室了事。”

“我们看来都在自说自话喽，好朋友，”歌德回答，“我讲的根本不是那些人，我说的完全是另外的事情。我是说法国科学院公开吵起来了，在顾维叶和乔弗列之间，爆发了一场对于科学事业再重要不过的争论！”②

歌德的这一表白大出我的意料，我真不知该说什么好，感觉脑袋里有几分钟只是一片空白。

“这件事重要得无以复加，”歌德接着说，“你想象不出，我在得到7月19日会议的消息时有怎样的感受。现在咱们有了乔弗列这位强有力的、长期的同盟军。同时我还看出，法国科学界对这件事多么关心，因为尽管发生了可怕的政治动乱，7月19日仍照常开

---

① 指1830年7月27日巴黎爆发的工人和民众起义。起义结果是推翻了法王查理十世，选举了路易·菲利普为所谓“市民国王”。

② 顾维叶（G. de Cuvier，1769—1832）和乔弗列（Geoffroy de Saint－Hilaire，1772—1840）都是法国著名的解剖学家，二人的分歧在于前者主张自然科学研究使用分析法，后者主张使用综合法。

会，而且还座无虚席。然而最精彩的是，由乔弗列引入法国的自然科学研究的综合法，而今已不可逆转。经过在科学院自由讨论，而且是当着广大听众讨论，事情便已经公开，不可能再提交给一些秘密委员会，被关起门来否决掉和压制下去。从今以后，法国的自然科学研究也将是精神统驭物质。人们将能够窥探伟大的造化法则，窥探造物主无比神秘的工场！如果我们沿袭分析的方法仅仅只跟物质的个别部分打交道，对规定各部分物质运动方向、以内在法则约束或钳制任何偏离的精神的嘘息无所感触，那所有与自然打交道的努力根本不会有什么结果！

“五十年来，我尽心竭力地干这桩大事。一开始孤立无援，随后得到了一些支持，最后更为一些志同道合者所超越，因此感到非常高兴。当我把自己关于腭间骨的最初结论寄给彼得·康培[①]，令我深感苦恼的是他完全不予理睬。在布鲁门巴赫[②]那儿的遭遇也同样令人失望，虽然经过一段个人交往他站到了我的一边，可是随后我争取到了索迈林、欧肯、达尔滕、卡鲁斯等等杰出人物，[③]是他们成为我的志同道合者。现在乔弗列又毅然站到了我一边，和他一起的还有他在法国所有有影响的门生和追随者。这件事对于我价值大得无法想象，我有理由为最终迎来了事业的广泛成功欢呼雀跃。这件事让我贡献了毕生精力，也完完全全可以称为我的事业。

① 康培（P. Camper，1722—1792），荷兰医生和解剖学家。

② 布鲁门巴赫（J. F. Blumenbach，1752—1840），德国解剖学家和人类学家。

③ 索迈林（S. Th. V. Sömmering，1755—1830），德国自然科学家兼医生；欧肯（Lorenz Oken，1779—1851），德国自然科学家兼哲学家；达尔滕（John Dalton，1766—1844），英国物理学家和化学家；卡鲁斯（Carl Gustav Carus，1789—1869），德国医生兼哲学家。

1830年9月12日，星期日，日内瓦

（艾克曼的罗马印象）

“今天要向您讲的事情这么多，我简直不知道该在哪里开始，哪里结束。

“阁下您经常开玩笑说，旅游是件很好的事，只是有个条件，就是不再回来。令我感到苦恼的是发现此言不虚，因为眼下我正处在一个类似于岔道口的地方，不知道该走哪一边才好。

“我逗留在罗马，时间尽管很短，但对我的影响理所当然地却异常大。在这里，气象万千的自然界充满奇迹，我似乎听见它的话语，它的提问：为了听这种语言，我到底从多远的地方来？人类的伟大创造、伟大业绩激励着我，让我看看自己的双手，以便弄清楚我自己也能做什么。千差万别的生存方式触动着我，问我自己的生存状态怎样。因此我内心中生出了三大渴望：渴望增加我的知识，渴望改善自己的生存状态，首先是为使这两者成为可能而渴望干点儿事情。

“至于最后这点，我完全清楚自己该做什么，根本没有疑问。很久以来我心里老挂着这事，这些年一有余暇就在进行，而进展就跟一艘新造的船要出海，缺的差不多仅只是缆绳和帆。”

…………

1830年10月13日，星期三

（歌德的一个学习习惯）

歌德给我看一些单词表，他在表上用拉丁文和德文写了许多植物名称，为的是能背熟它们。他告诉我他曾有过一间房间，墙上全裱糊的是这样的表格，他在学习和背诵的时候，就沿着墙壁一圈圈地走。

“可惜都给粉刷掉了，”他补充说。“我还有另外一间屋子，墙上按年代顺序写着我多年来写作的记录，而最近的我总是补充在后面。这间屋子可惜也重新粉刷过了，为此我很是遗憾，因为它现在正好可以派上大用场。”

1830年10月20日，星期三

（关于圣西门的学说；集体幸福与个人幸福的关系）

歌德要我给他讲讲我对圣西门主义者的看法。我答道：

“他们学说的主要方向似乎是主张，人人都要为集体的幸福而工作，并将这个视为自身幸福的必要前提。”

“我想，”歌德接过话头，“每个人必须从自己开始，首先谋求自身的幸福，由此最后才可能万无一失地产生集体的幸福。进一步讲，他们的学说在我看来根本不现实，根本没可能办到。它完全违反自然，完全违反经验，完全不符合几千年来事物发展的进程。只要每个人都恪尽职守，只要每个人在自己职责范围内都兢兢业业，有所作为，那集体的事情自然就办好了。以写作为业的我从来就不曾问：广大群众想要什么？我怎样才有益于集体？我追求的永远只是使自己变得更明智、更优秀，只是提高自己的人格涵养，然后永远只表现我认为善与真的东西。这，我不否认，诚然会在一个大的范围内发生影响和起作用。不过它并非目的，而完全是必然的结果，就像所有自然力的影响都会产生这样的结果。身为作家，如果我以努力满足大众的愿望为目标，那我就必须取悦他们，给他们讲一些好听的故事，就像已故的科策布①干过的那样。”

“您的意见无可辩驳，”我回答。“只是呢，不只存在我作为人的个体所要享受的幸福，而还有一种幸福，即我作为国家的公民和巨大集体的一分子所要享受的幸福。喏，设若不以实现全民的最大幸福为原则，那立法又以什么做基础呢！”

“如果你朝这方面讲，”歌德回答，“那我自然就没啥好反驳的了。不过，这一来只有极少的精英分子才用得上你的原则，它只可能成为对国君和立法者有用的药方。不过即使在这里，我仍觉得法律必须更多追求的是减少弊端的总量，而非增加幸福的总量。”

“两者也许差不多会殊途同归吧，”我回答。“错误的道路在我看可算一大弊端。一位国君，喏，如果在自己的国家推行好的路线，并一直把它贯彻到最边远的村庄，那就不只消除了一个大弊端，而也为自己的臣民创造了一个大幸福。往下说，司法拖拉也是一大不幸。一位国君如果能为他的臣民制定一套公开口头审案的规程，保证加快司法程序，那又不只是革除了一大弊端，而也再次为民造了福。”

“借用你的调子，我想在给你吹几支味道完全不同的歌曲，”歌德打断了我，“不过有些弊端我们暂且别去碰，好让人类保留一点

① 科策布（August von Kotzebue，1761—1819），与歌德同时代并一度十分吃香的德国剧作家，上演的作品多达两百多部。

儿继续发展自身力量的依托。可我的主要论点目前只是：为人父者就该照看好自己的家，做手艺人就该照料好自己的顾客，当牧师就该宣讲好相互友爱，至于警察嘛，就请别破坏大家伙的快乐哟！”

1830年11月25日，星期四

（歌德谈他跟艾克曼的谈话）

早上歌德派人送来几本书，都是几位英国作家和德国作家给我的赠书。中午我去他家里用餐。我看见他手里捧着一个夹子，夹子里是一些寄来求售的铜版画和素描、速写。他告诉我，早上大公爵夫人来看过他，他已对她讲了我会去他那里。

小歌德夫人进来了，我们一起入席。我不得不报告我旅途的见闻。我讲了威尼斯，讲了米兰，讲了热那亚，他看样子特别关心住在当地的英国领事一家，想知道他们的详细情况。随后讲到日内瓦，他便很关切地打听索勒一家和彭斯特藤[①]好不好。关于后者，他希望我讲得更详细些，我尽量照办了。

饭后我很高兴，歌德谈到了我记录的与他的谈话。他说：

“这得成为你首要的任务，在整理齐全并誊清好之前，咱们可别松劲儿喽。”

此外，歌德今天似乎特别安静，还常常陷入沉思，这在我看可不是好迹象。

---

① 彭斯特藤（K. V. v. Bonstetten，1745－1832），瑞士作家。

1830 年 11 月 30 日，星期二
（歌德的健康状况）

上个礼拜五歌德吓得我们够呛。夜里他大咯血，一整天都生命垂危。算上一次割动脉放血，他失血达 6 磅之多，这在八十高龄的他可是要命哦。然而，他的大夫佛格尔宫廷顾问的高超医术和他非凡的身体素质加在一起，这次仍然战胜了死神。他迅速康复起来，不但胃口再好不过，又整夜睡得很沉。任何人都不让去见他，大夫禁止他讲话，然而他活跃的精神安静不下来，已经老是想到自己的工作。早上我收到下面这张他坐在床上用铅笔写的字条：

> 行行好吧，我亲爱的博士，请再读一读附上的这首你已经熟悉的诗，把新增加的内容补充进去，使其变得完整。接着是《浮士德》!
>
> 很高兴再见到你！
>
> 歌德
>
> 1830 年 11 月 30 日

歌德完全康复之后很快就把整个身心投到了《浮士德》第四幕的写作，还有就是完成《诗与真》的第四卷。

他建议我先编辑他迄今未曾刊印过的一些小作品，通读一下他的日记和发出的书信，以使我们对将来怎样编订它们心中有数。

没再考虑编辑我跟他的谈话这件事。我觉得更加明智的是别管已经写下来的东西，先抓紧难得的机会尽可能增加新的内容。

1831年

1831年1月4日，星期二

（关于《浮士德博士历险记》）

我与歌德一块儿翻阅托普菲尔[①]的几册素描。托普菲尔是我在日内瓦的一位朋友，他兼具作家和造型艺术家的才能，可迄今似乎更乐意用可见的形象表现自己充满生气的思想精神，而不喜欢将其诉诸飘浮不定的文字。眼下翻阅的这一册素描题名《浮士德博士历险记》，给人的印象完全是一部滑稽小说，特别为歌德所赞赏。

"真是太绝了！"他一页一页翻着，不时地发出赞叹，"处处闪烁着天才和智慧的光辉！有几幅完全叫作绝妙无比！将来如果选择一个正经一点儿的题材，并且画得再稍微认真些，那他没准儿会创作出一些个超出所有想象的杰作。"

"有人企图把他与拉伯雷[②]作比较，并且指责他模仿拉伯雷，"我插话道，"说他剽窃人家的思想。"

"这些人真叫莫名其妙，"歌德回答，"我看根本不是那么回事。我以为托普菲尔正好相反，完全是个独立自主的、富有创造性的天才，我见过的天才从来都是他这样。"

---

① 托普菲尔（R. Töpffer，1799—1846），瑞士作家和画家。

② 弗朗索瓦·拉伯雷（F. Rabelais，约1483—1553），法国作家，其代表作《巨人传》是一部富于批判精神的讽刺小说。

1831年1月17日，星期一

（谈《红与黑》）

我们谈到了《红与黑》，歌德认为它是司汤达最好的作品。

“不过我不否认，”他补充说，“他的一些女性形象有点儿过于浪漫。可是，她们无不显示出作者观察生活的细致和心理剖析的深刻，这又让我们乐于原谅他某些细节描写得不够真实啦。”

1831年2月9日，星期三

（写诗不能只讲究艺术技巧）

昨天和亲王一起继续读弗斯的《路易丝》，脑子里对这本书产生了一些看法。它对地方风情和人物外在特征的描写很令我欣赏，遗憾的是老感觉这首诗立意不高，特别在人物通过对话相互宣泄内心的段落，我的这种遗憾感觉更加强烈。在《威克菲特的乡村牧师》[①] 里也写了一位乡村传教士及其家人，然而作家本身见多识广、学养深厚，受此影响，作品中人物的内心世界也就丰富多彩。《路易丝》呢整个处于受到局限的中不溜水平，自然哪，要满足一个特定读者群的需要还总是够的。至于说到诗歌形式，我觉得为表现如此平庸的内容而用六音步的格律诗，是过分小题大做，因此也常常

① 《威克菲特的乡村牧师》是爱尔兰英语作家哥尔斯密（O. Goldsmith，1728－1774）的代表作。

显得有些勉强和造作，结果便不总是自然流畅，叫人念起来感觉舒服。

今天中午在进餐时我对歌德谈出了自己的看法。他说：

“这首诗先前的版本这方面要好得多，我回忆起来，当初读着挺喜欢。谁想后来弗斯又东修西改，在艺术技巧上钻牛角尖，毁掉了诗句原本自然、轻灵的优点。眼下更是一切着眼于技巧，批评家先生们绞尽脑汁，抠来抠去都只是如何押韵之类的鸡毛蒜皮问题。要是我现在年纪还轻，胆量够大，那我偏要碰一碰所有这些清规戒律，偏要想怎么写怎么写，怎么读起来舒服怎么写，管他押韵不押韵，合节拍不合节拍。我呢将努力抓住主要的东西，努力表现出高尚的思想感情，叫人人都受到感染，都喜欢读，都喜欢把它背下来。”

1831年2月11日，星期五

（普拉滕和拜伦都毁于“爱争辩”的毛病）

今天进餐时歌德告诉我，他已经开始写《浮士德》第四幕，并且打算这样坚持写下去，我听了很兴奋。

接着，他对莱比锡的年轻语言学家朔恩大加赞赏，说他写了一本研究欧里庇得斯剧作中服装的著作，在书中既表现出学识渊博，又无丝毫卖弄，完全以说清楚问题为限度。他道：

“我很高兴，他实事求是，目标明确，不像时下不少别的语言学家太热衷于技巧问题，老爱折腾音节的长啊短啊什么什么的。

“老追求技巧的细枝末节，永远是一个无所作为的时代的标记。同样，一个人如果这个德行，那也表明他将无所作为。

“妨碍一个人的还有其他弱点。例如普拉滕伯爵，他具备成为一位优秀诗人的几乎所有素质：他极富才智和干劲儿，极有想象力和创造力，也受过完美的技巧训练，还有爱好学习和处事严谨更少有他人可比。然而，不幸的是好争辩的性格却妨碍了他。

“身处那不勒斯和罗马的伟大环境中，他仍忘不掉德国文学的可悲可怜，在他这样一位大才子真叫不可原谅。他那《浪漫的俄狄浦斯》在表明，正是他普拉滕应该写出德国最好的悲剧来，特别是技巧方面更没得说的。可是，上述作品的悲剧主题既已流于模仿，现在他再怎么认真也休想写出一部真正的悲剧来喽！

“还有，必须时刻警惕爱争辩的毛病，它会像敌人一样占领我们的心灵，然后变成幽灵四处作祟，破坏我们心智的自由创造，敏感柔弱的天性更会完全被它搅乱和毁掉。拜伦爵士便毁于自己爱争辩的天性。为了德国文学的荣耀，普拉滕有理由改弦易辙，永远摆脱这一恶习。”

1831 年 2 月 12 日，星期六

（关于信念和勇气）

在阅读《圣经·新约》的时候，我想起了歌德最近给我看的一幅画：耶稣基督在海上行走，彼得踏着浪花向他走来，在突然失去勇气的一瞬间立刻开始下沉。

“这则传说再美不过了，”歌德说，“我最喜欢的就是它。其中包含着最高深的哲理：人只要有信念和勇气，天大的困难也能战胜；相反只要产生一点点怀疑，立刻就会输掉。”

1831年2月13日，星期日

（《浮士德》的结构特点；文艺家的人格是作品的一切）

在歌德家里进餐。他告诉我继续在写《浮士德》第二部第四幕，并且讲开头部分现在写得完全如他希望的一样成功。

“该写什么，如你知道的，我早就心中有数，”他说，“只是对怎么写，我一直不完全满意。这下我高兴啦，终于有了一些个好主意。现在我要设法填补第三幕《海伦》和先已完成的第五幕之间的整个空白，并且写出详细提纲，然后就可以舒舒服服、稳稳当当地正式动笔写，喜欢写哪个部分就先写哪个部分。第四幕的性质又很特别，恰是一个与其他部分无关的、独立存在的小世界，只凭借着些微的前因后果与全剧联系在一起。”①

“也就是说，”我接过话头，“第四幕和其他部分的性质仍然完全一致喽。因为，从根本上讲，与奥厄尔巴赫地窖酒店、女巫厨房、布洛肯峰、御前会议、化装游行、制造纸币、实验室、古典的瓦普几斯之夜以及海伦等等有关的各幕各场，也都是自成一个独立的小世界，尽管相互影响，但却关系并不紧密。对诗人来说，重要的是展现出一个光怪陆离、复杂纷繁的世界，一位脍炙人口的主人公的故事，只被当作一条贯穿全剧的线索，他爱串上什么东西就串上什么东西。这也是《奥德赛》和《吉尔·布拉斯》所采用的手法。”②

---

① 《浮士德》第二部的写作并非按先后顺序一气呵成，而是断断续续、颠来倒去，所以最后才补写第四幕。

② 《吉尔·布拉斯》是18世纪著名作家勒萨日的讽刺小说，内容为一个西班牙流浪汉接二连三的奇遇。

“你说得完全对，”歌德说，“采用这种结构只有一点需要注意，就是各个部分都必须鲜明而够分量，同时整个作品则永远难以把握，这就诱使人们反复一再去阅读它。”

我对歌德谈起一个年轻军人的来信。我曾和其他朋友一起建议此人去外国效力，现在他发现外面的情况不是他所想象的，便骂所有曾经劝过他去的人。

“给人提建议这件事挺特别，”歌德说，“你要是见过一些世面，知道再聪明的建议也可能导致失败，相反最馊的点子倒会侥幸成功，那你就将对给别人提建议这件事望而却步了。归根结底，也就是求人家给自己出点子者脑袋不够使，给人家出点子者自以为是。只有在你自己愿意参与的事情上，你才应该提出建议。遇到别人求我给他出个好主意，我呢多半会回答：好的，乐于从命，只不过得有个条件，就是他得答应不照着我的主意办。”

谈话转到了《圣经·新约》。我告诉歌德，我又读了讲耶稣基督在海上漫步，彼得迎面朝他走来那一段。我说：

“长时间不读《圣经》，再读时总会惊讶于那些福音传播者道德之伟大，会发现那些对我们道德意志力的崇高要求，也具有明确无误的命令的性质。”

“你特别会发现信仰的明确无误的命令，”歌德说，“后来穆罕默德又把它推进了一步。”

“再有，”我说，“仔细看看福音传播者们都充满了偏离和矛盾，今天我们读到的这些福音书，它们在汇集起来之前必定都有过离奇的遭遇。”

“谁想对它们做历史的评价和考察，”歌德说，“那就无异于‘一个人得喝干大海’。最好是干脆坚持相信眼前的现实，什么有益于培养和提高你的德行，就将什么吸收过来，还有把那个地方的情况搞清楚也不错。为此我能推荐给你的最好读物，莫过于罗尔那本关于巴勒斯坦的书。这本书精彩极了，已故的大公爵喜欢它得要命，一下子买了两本，第一本读完之后送给了图书馆，另一本则替自己保留起来，以便随时带在身边。”

我表示惊讶，大公爵竟关注这样的事情。歌德说：

“在这点上他很了不起。只要有一定的重要性，不管属于什么专业他通通感兴趣。他永远走在前面，只要时下有什么新的发明和新的创造，他总是努力使自己也掌握和拥有。要是什么失败了，就不会再提起。我常常伤脑筋，不知怎样为这个那个失败向他表示歉意，他却对任何失败都满不在乎，总是又兴致勃勃地去追求新的东西。这是他性格中的一大优点，而且并非后天养成，是与生俱来。”

饭后我们一同观赏新近出来的一些大师的铜刻画，尤其是风景画，并高兴地发现它们一点儿毛病也没有。

“几个世纪以来全世界已积累如此多的好东西，”歌德说，“在其影响下又出现好作品，也就不足为奇了。”

“糟只糟在有那么多错误的教条，”我应道，“害得有才能的年轻人不知究竟该拜哪一方的神圣。”

“你的话有的是证明，”歌德说，“我们看见一代代人被错误的教条坑害、葬送，我们自己也深受其苦。尤其是今天通过印刷，任何谬误都可以轻而易举地广泛传播！就算这样一位艺术判官一些年后思想有所进步，就算他也会把自己经过提高的观念公之于世，然而他的错误说教已经起了作用，而且将来还会像混在香草一起的毒草似的继续其作用。令我感到欣慰的是，真正伟大的天才不会让错误教条引入歧途，不会让它把自己毁掉。”

我们继续观赏铜刻画。歌德说：

“真是些杰作啊。你看见的确实是些了不起的天才，他们学有所成，已经具有相当高的艺术品位和造诣。只不过所有这些画作仍缺乏一点儿什么，那就是：雄强之气。记住这个词，并且加上着重的标记。这些画缺少一定的穿透力，这种穿透力在前一些世纪无时无处没有表现，而在今天却看不见啦，而且不只是绘画作品里看不见，其他所有艺术里也看不见。眼下生活的是软弱的一代，也说清楚他们的软弱是由于遗传，抑或是教育和营养比起来还更加软弱的缘故。”

“由此可见伟大的人格对于艺术多么重要，”我说，“特别是在过去的一些世纪里，艺术家的人格常常都表现得十分伟大。在威尼斯你站在提香和维罗涅斯的作品前，[①]你就会感到这些男子雄强的精神已经渗透其中，不管这是他们早期的尝试，还是他们最后的创作。他们强大而有力的感受贯穿整幅绘画的各个部分，我们在观赏这样的作品时，一股出自高尚艺术人格的力量会扩展我们的心胸，使我们超越自身。您所说的雄强之气，也在鲁本斯的风景画里特别地表现了出来。诚然在画上只有树木、大地、水流、山峦和云朵，可他强有力的精神全灌注到了这些形象里。如此一来，尽管我们看见的仍旧是熟悉的自然现象，但在我们眼里它们全渗透了艺术家的人格力量，并且按照他的意愿实现了更新。”

“是啊，”歌德说，“在艺术和文学中确实人格就是一切，然而在当代的批评家和艺术判官中，就有这么一些孬种不承认这个道理，把文艺家的伟大人格，仅仅视为作品的一种无足轻重的佐料而已。

“自然哪，要体察并尊重伟大的人格，自己又不能不也有人格。所有否认欧里庇得斯的崇高精神的人，要么是些没有能力体会这种崇高的可怜虫，要么是些不知廉耻的骗子。这些骗子企图以其僭越狂妄之举，提高自己在软弱的世人眼里的身价，也确实提高了他们的身价。”

---

① 提香（Vecellio Tizian，1495—1576），意大利文艺复兴时期的著名画家，威尼斯画派的代表人物，维罗涅斯（Paolo Veronese，1528—1588），意大利文艺复兴后期的威尼斯画派著名画家。

1831年2月14日，星期一

（天才要以强健的体魄为基础）

陪歌德进餐。他刚读完拉普将军的《回忆录》，①谈话因此便转到拿破仑，转到他母亲勒迪蒂亚夫人自知养育了这么多英雄子女，自知身为这么个有权势家庭的主母，必定会有怎样的感受。

“她生第二个儿子拿破仑时十八岁，她的丈夫二十三岁，也就是说父母亲都正值身强力壮，对儿子的体魄便有了好处。拿破仑之外她还生了三个儿子，个个都非常聪明、能干、健壮，除了日常事情在行，还具有一定的文学才能。接在这四个儿子后面还养了三个女儿，最后一个叫婕洛美，看来在所有兄弟姐妹中是最差劲的一个啦。

“天才自然并非遗传，但却需要有一个适当的身体基础。因此，一个人是家里的老大或是老幺，是年富力强的父母所生或是年老体弱的父母所生，就绝不一样了。”

我接过话头，说道：

“值得注意的是各种天才之中，音乐天才最早显现，因此莫扎特才五岁，贝多芬才八岁，胡梅尔才九岁，就以演奏和作曲的才能惊动了自己周围的人。”

“音乐才能的确可能很早就表现出来，”歌德说，“因为音乐这东西完全是天生的，内在的，无须从外界汲取很多营养，不拥有生活的经验。不过呢，像莫扎特这样的现象自然永远是一个奇迹，一

① 拉普（Graf Jean Rapp，1771－1821），拿破仑的副官，曾长期追随拿破仑。他的《回忆录》出版于1823年。

个无法进一步说清楚的奇迹。这些出类拔萃的个人，我们以惊羡的目光注视着他们却不明白他们来自何处，倘若上帝不是时不时地在他们身上一试身手，那他干吗还到处去寻找机会显示圣迹呢。”

1831年2月15日，星期二

（关于歌德的剧作《大科夫塔》）

陪歌德进餐。我给他讲上剧院的情况，他称昨晚上演的《亨利三世》很精彩，但却认为大仲马的这出戏不真正合观众的胃口。他说：

“要是剧院归我管，我才不敢公演它喽。因为我还记得很清楚，为了使观众勉强接受《坚定的王子》，我们可是费了老劲儿了。要知道这出戏远比《亨利三世》更加富有人情味和文学味，从根本上讲也就离我们的观众近得多啊。”

我谈起最近几天再次阅读的《大科夫塔》。我一场一场地讲完了它的剧情，最后表示希望能再一次观看它的演出。歌德回答：

“我很高兴，你欣赏这部戏，并且看出了我寓于剧中的深刻含义。归根结底，要把地地道道的事实先写成文学再搬上舞台，可不是一件轻而易举的小事。而且你还会承认，整部作品原本都是为搬上舞台而构思的。席勒也很赞赏这出戏，我们曾公演过一回，在修养较高的人们看来那可真是精彩。然而对于普通的观众就并非如此，剧中所描写的罪行总是有点儿可怕，难免叫人不寒而栗。就其大胆的性质而言，完全可以归入《克拉拉·加苏尔》戏剧集一类。而这位法国剧作家[1]呢真的会嫉妒我，我竟抢在他的前头表现了一

[1] 指法国作家梅里美。

个如此好的题材。说是好题材，因为它毕竟不只具有伦理道德的意义，而且具有重大的历史意义。该事件发生在法国革命前夜，在一定程度上为革命奠定了基础。王后不幸深深地卷进了冒险勾当，因而失去了尊严，甚至不再值得受到尊重，如此一来在民众的心目中也就失去了不可侵犯的地位。仇恨伤害不了任何人，蔑视却能把人击倒。科泽布长时间受人憎恨，可要是那个大学生敢于对他捅刀子，先还得有某些刊物跳出来把他搞臭才行[①]。”

1831年2月17日，星期四

（年长未必就更聪明；《浮士德》第一、第二部的不同性质）

陪歌德进餐。上午编辑完了他1807年的《卡尔温泉浴场暂住记》，我把稿子带给了他。我们谈到其中一些逐日仓促记录下来的精彩片断。歌德笑着说：

“人总以为老了才会聪明，实际是随着年龄的增长，人要做的是保持原有的聪明。人在不同的年龄段固然都有变化，但是却不能讲总是越变越好，在有些事情上，他二十岁时的见解可能和六十岁时完全一样正确。

“诚然，我们对世界的观感在平原上是一个样子，在高山上是另一个样子，在众峰顶上的冰川之巅又是另一个样子。站在一个立足点可能比站在另一个立足点多见点儿世面，可也就如此而已，因此不能说，在这个立足点的看法比在另一个立足点更加正确。所

① 刺杀剧作家科泽布的大学生名叫桑德（K. L. Sand，1795－1820）；“某些刊物”包括维兰特主编的《民众之友》。

以，如果一个作家在一生的不同阶段都留下了纪念碑似的作品，那主要就因为他有与生俱来的基础和良好愿望，他在每个阶段的所见所感都真实纯粹，并且老老实实地说出了心中的所思所想，没有任何别的图谋和曲折隐讳。如此一来，他写的东西只要在产生的那个阶段站得住脚，就会一直站住脚，不管作家本人将来还会有怎样的发展和改变。”

我表示完全赞成歌德的高见。他于是接着说：

“最近我碰巧拣到一页废稿，读了读。嗯，写得不错！我对自己讲：你也不会有另外的想法，要是写也差不多会这个样。可等我再仔细看看这页废稿，才发现它是我自己作品的一个片断。因为我一直赶着往前写，就忘记了曾经写过的东西，所以很快就出现把自己的东西完全当作别人作品的情况。”

我打听他写《浮士德》的进展。歌德回答说：

“我再也放不下它了。我每天都在构思。今天我已把第二部的全部成稿拿去装订，以便能看见到底有多大分量。第四幕缺少的部分我暂时用白纸充数，毫无疑问，已完成的部分将吸引和刺激我去做完还需要做的事情。这类直观的东西作用比想象的大得多，必须想方设法给精神以促进。”

歌德叫人把装订好的《浮士德》新稿本拿进来。我一见摆在眼前的原稿足有一个对开本那么多，真为他已写成的数量吃了一惊。

“这就是您在我来魏玛六年写的全部东西。这期间您还经历了许多别的事情，能用于写作的只有很少一点儿时间。由此可见，只要不断地坚持做点儿什么，也会积少成多啊。”

“人越老，越坚信这个道理，”歌德接过话头，“可青年人却以为，什么都必须一天完成。如果运气好，我继续感觉身体不错，就希望第四幕在接下来的春季里，能取得很大进展。你知道，这一幕也是我早就构思好了的，只不过在写出来时，余下的部分大有提高，以至原来的构思只能再一般地用用了。现在我必须通过一些新的构思提高这过渡性的半成品，使其达到其余部分同样的水准。”

“可是比起第一部来，”我说，“您在第二部展现的世界，要丰富多彩得多啊。”

“我也这么想，”歌德回答，“第一部是纯主观的，一切全出自一个比较狭隘和热情的个人，他的半蒙昧状态也可能讨人喜欢。可第二部几乎完全没有任何主观的东西，这儿显现的是一个更高、更广、更明朗、更少些激情的世界，谁若是不曾四处求索，经历过风雨人生，谁读它就会一筹莫展。”

“真是得费费脑筋，”我应道，“还时不时地需要有些学问。我很高兴，我曾读过谢林关于卡比里的小册子，①知道您在《古典的瓦普几斯之夜》那有名的一段影射的是什么。”

“我老是发现，”歌德笑道，“有些知识总是好的。”

1831年2月18日，星期五

（过度自由不可取；执政者不宜热衷个人爱好）

陪歌德进餐。我们谈起不同的政体，话题转到了过度的自由化将困难重重，因为这会让人人都提出自己的要求来，政府最后却根本不知道怎样去满足所有这些要求。你会发现，自上而下地施以仁政从长远看是行不通的，因为需要治理的是一个鱼龙混杂的、经常甚至是堕落的世界，要使其对政府保有敬畏就不能太善良、太宽容和道德高尚。同时还提到，执政是一项伟大的事业，要求人投入整

① 谢林（F. W. J. Schelling，1775－1854），费希特和黑格尔之后德国唯心主义哲学的主要代表。他在《希腊萨摩特勒斯岛上的众神》一书中写到了祭祀卡比里神的秘密仪式，为歌德在《古典的瓦普几斯之夜》所引用。

个的身心，所以，为政者就不宜过分热衷某种个人爱好，例如特别喜欢艺术什么的。须知，这不仅仅会转移国君本身的注意力，还会使整个国家忽视某些原本更应该注意的问题。热衷艺术的更多地应该是民间的富豪。

随后歌德告诉我，索勒翻译他的《植物形变论》进展顺利，他现在修订这本书，特别是有关植物螺旋式生长的部分，意外地得到了许多来自外界的帮助。他说：

“你知道，我们已经翻译一年多，其间碰到了无数的难题，工作常常被迫中断，我因此常常在心里暗自咒骂。可是现在我倒觉得该向所有这些难题表示敬意啦，因为就在我们这么进退两难的时候，外边一些杰出人物的研究已趋成熟，其成果对于我犹如雪中送炭，使我的所有想法大大前进一步，著作也好收尾了，而在一年前，这样的结尾没法想象。我一生中常碰见类似的情况。在这样的情况下，你不由得相信有更高的存在在起作用，有灵魔什么的在暗中帮助。然而对此人只能够祈求，却不敢妄加解释。”

1831年2月19日，星期五

（谈执行法规必须严格）

和佛格尔宫廷顾问一起在歌德家用餐。歌德收到一个关于赫郭兰岛的小册子，读得津津有味，向我们转述了其中的要点。

在对这个很特别的地区谈了一阵之后，话题转到了医药方面，佛格尔讲了时下最重大的新闻，就是尽管打了各式各样的防疫针，在艾森纳赫仍突然暴发了麻疹，在短时间里已经要了好些人的命。

“自然老是时不时给人来个恶作剧，”佛格尔说，“即使医学理论是有效的，也得十分当心才成。本以为预防麻疹的疫苗绝对有效，因此定出了种牛痘的法规。可现在艾森纳赫出事了不是？种了牛痘的人照样受到天然病毒的感染，使接种疫苗的效果受到了怀疑，也让有关法规的威信大打折扣。"

"尽管如此，"歌德接过话头，"我还是主张今后别放弃接种疫苗的严格规定，它带给人们的福音数都数不过来。相比之下，艾森纳赫似的小小例外算不了什么。"

"我也是这个意见，"佛格尔说，"我甚至认为，出现这种接种了疫苗仍然感染天然病毒的情况，原因在于接种本身有缺陷。也就是要让接种起到免疫作用，那它就必须达到引起发烧的强度，不发烧只刺激一下皮肤，是不会有用的。因此今天在委员会开会的时候，我就建议责成公国所有医务人员加大接种的剂量。"

"我希望您的建议得到了通过，"歌德说。"我一直主张严格执法，特别是眼下这个时代，人们由于软弱和过分自由主义，时时处处都习惯了无限制的退让迁就。"

随后谈到眼下连对罪犯刑事责任能力的认定也开始变得松松垮垮，一些法医证明和鉴定常常帮助罪犯逃脱了应得的惩罚。借此机会，佛格尔表扬了一位年轻大夫，说此人碰见类似问题总是表现出个性，就在最近才顶住法庭方面的质疑，出具了一名杀婴女犯有刑事责任能力的证明。

1831 年 2 月 20 日，星期日

（歌德主张在自然科学领域排除目的论）

陪歌德进餐。他表示，他检验了我对雪地里蓝色阴影的观察结果，认为它系由蓝天的反射形成这个结论正确无误。他说：

"不过呢两者可能同时起作用，由黄色灯光引起的反应也会增

加蓝色的效果。”我完全赞成他这说法，很高兴歌德终于同意了我的意见。

“我恼火的只是，”我说，“我没当场把在 am Monte Rosa und Montblanc 做的色彩观察详细记录下来。不过主要结果是过了十八至二十个小时以后，在正午最明亮的日光中，雪呈现出了黄色，甚至橙红色，而与此同时，远处群山没有雪的阴暗部分却是极其鲜明的蓝色。这个现象没令我感到惊讶，因为我原本就可以预言，只要中间夹着的昏暗部分足够多，它就会给反射着日光的白雪增加一点儿暗黄色调。可这现象却令我特别高兴，因为它有力地驳斥了某些自然研究者的错误观点，也就是他们认为空气具有蓝色的染色特性。要知道如果空气本身是淡蓝色的，那在我与玫瑰峰之间的二十小时间隔，就一定会使雪呈现出淡蓝色或者月白色，而不是黄色和橙红色。”

“你的观察很有意义，”歌德说，“完全驳倒了那个错误观点。”

“归根到底，”我说，“关于暗影的理论其实很简单，人极容易错误地以为用不了几小时就能将它传授给另一个人。困难却在于按照这个法则进行实践，并在其有着千差万别和遭到掩饰的表现形式中，不断地认识这一带有原始意义的现象。”

“我想拿它跟玩儿惠斯特相比，”歌德说，“玩儿这种扑克牌的规则和规律也极容易教和学，可要成为此中高手，却得玩儿好长好长时间。谁也根本别想光凭听听就学会什么，某些事情你不亲身努力实践，就只能一知半解，成为所谓半瓶水。”

接着，歌德给我讲起一位年轻物理学家的书，说不能不称赞它表达得清楚明晰，对它的目的论倾向他也乐意予以原谅。他说：

“人自然会把自己看作造物的目的，把其他所有事物都仅仅看作与自己有关，也即以为它们都是为他服务，为他所用的。人征服了植物界和动物界，由于他把其他造物都当作了食品，便承认造物主为自己的上帝，并赞颂上帝像父亲一般关怀他的仁慈。他从母牛获取牛奶，从蜜蜂获取蜂蜜，从绵羊获取羊毛。由于人给这些东西都附加了一个对他有用的目的，也就相信它们是为此而创造的。是的，他不能想象，哪怕即使最小的小草会不是为他而存在，他即使眼下还未发现它的功用，他仍旧相信将来一定会发现。

“人对整个的大千世界一般这么想，在特定的问题上也抱着同样的想法，因此就免不了把他习惯的观点从生活中移用到科学里，在研究有机体一个个器官的时候，也要问它们的目的和用途。

“这也可以维持一段时间，就算在科学里，他持这种观点也可以有一段时间畅通无阻。但是过不多久他就会碰见一些现象，让他发现用这样狭隘的观点行不通了，他要是没有更高的立足点，就一直会陷入矛盾。

“那些个目的论鼓吹者会说：公牛长角为的是自卫。那我就要问：绵羊为什么没有角呢？就算也有吧，那这角怎么会卷在耳朵旁边，对羊一点儿用没有呢？

“要我说啊，事情是另一个样子：公牛用角自卫，就因为它有角。

“提出目的这个问题，提出为何这个问题，根本就不科学。相比之下，倒不如问如何来得更有意义。例如我要是问：公牛是如何长出角的？我于是就会去观察它的生理结构，同时也弄明白，狮子为什么没有角，也不可能有角。

“再如，人的头盖骨有两个未填满的空洞。你问为何不会有多少结果，相反问如何则可能认识到，这两个空洞实乃动物头盖骨的遗存。在那些低等动物身上，这两个空洞还要大一些，即使到了高级的人的身上，它们也仍未完全消失。

“功用论鼓吹者相信，要是不信奉给了牛用于自卫的角的上帝，他们就失去了上帝。可是请相信我，我信奉的上帝如此伟大，他创造的大千世界真叫丰富多彩，竟在创造了千万种植物和千万种动物之后，再创造出包容一切的一种：人类。

“让人们将来信奉这个上帝吧，他给了牲畜饲料，给了人饮食，让他尽情享用。我呢，却信奉这样一位上帝，他赋予了世界如此强的生殖力，即使只有百万分之一衍化成了生命吧，世界也会挤满芸芸众生。战争也罢，瘟疫也罢，水灾火灾也罢，全都伤不了世界一根毫毛。这，就是我的上帝！”①

1831 年 2 月 21 日，星期一

（赞扬谢林；谈论《古典的瓦普几斯之夜》）

歌德很赞赏谢林最近那次安抚慕尼黑大学生的演说。他道：

“这个演说真是好极了，我们早就了解和敬重这位杰出天才，现在令人高兴的是再次领略到了他的风采。这一次题目正好合适，题旨光明正大，也难怪会取得圆满成功。要是对他那篇《卡比里神论》的题目和题旨也能作如是观，那我们同样不得不赞扬他，因为他在此一样展现了自己的演说天赋和口才艺术。”

---

① 这是歌德的一篇重要谈话。为帮助读者理解，兹照录前辈朱光潜先生译本的注解于后：

这是理解歌德的世界观和思想方法的一篇极重要的谈话。原始宗教一般都认定世界是由一神或多神创造的，神对所造物各定有一种目的或功用。目的可以是为物自身的，也可以是为人的。这就叫目的论。西方从亚里士多德到康德，很多哲学家都相信这种目的论。目的论的基础是有神论。歌德是泛神论者，泛神论认为自然本身就是神，神不是世界之外遥控世界的。所以他是一个不彻底的无神论者。

歌德在科学方法上主张排除目的论，不追究事物为什么目的发生，侧重事物的内外因和内在规律。这自然就否定了创世说或“天意安排”说，对辩证思想的发展是很重要的。他所说的综合法也就指此。

在达尔文之前，歌德的科学思想中已有进化论的萌芽，他对人的头盖骨中两个空洞的解释就是明证。话不多，在科学史上却极为重要。恩格斯肯定歌德对进化论的贡献，见《马克思恩格斯选集》第四卷，第 225 页。

从谢林的《卡比里神论》谈到《古典的瓦普几斯之夜》，谈到了这一场跟第一部的布罗肯峰那些场有何区别。

“原先的《瓦普几斯之夜》带有王权的性质，”歌德说，“魔鬼无处不被尊为至高无上的首脑；《古典的瓦普几斯之夜》却是绝对的共和主义，一切地位平等，谁也不比谁更高贵，谁也不用低声下气，不用去伺候别人。”

“还有，”我说，“《古典的瓦普几斯之夜》的人物个个轮廓鲜明，在德国的布罗肯山上却只看见一群群同类型的男魔女魔。”

“因此当荷蒙库鲁斯对他提起忒萨利亚的魔女，靡非斯托斐勒斯便立刻明白是怎么回事。一听忒萨利亚的魔女，一位古希腊罗马文化历史的行家同样会产生不少联想，但对完全没有修养的人却仅仅是个名称而已。”

“古代世界必定鲜活地存在于您的心里，”我说，“不然您怎么能把所有的形象塑造得如此栩栩如生，使用和处置得如此得心应手。”

“要是没有终生从事造型艺术，”歌德说，“那对我也就不可能。困难倒是在于必须有节制，形象太丰富啦，必须舍弃不绝对适合我创作意图的部分。举例说吧，像弥诺陶洛斯和哈尔皮埃[1]以及另外一些怪物形象，我就没有使用是不是。”

“可您安排在那个夜里出现的形象全都相互关联，”我说，“都形成一组一组，因此让人容易同时也乐意去想象和回忆，使其构成一个完整的画面。画家们肯定也不愿放过这么好的创作题材。我呢尤其高兴看见靡非斯托斐勒斯出现在丑陋无比的福耳库阿斯中间[2]，侧面戴着人所共知的面具。”

“这中间蕴含着好些有趣的段子，”歌德说，“世人迟早会以某

① 弥诺陶洛斯和哈尔皮埃是希腊神话里的人身牛首怪和鸟身女妖。

② 见《浮士德》第二部第三幕第一场。

种方式利用它们。要是法国人现在就发现《海伦》，看出其中什么对他们的戏剧有用就好啦！他们将毁掉这幕戏，但却会巧妙地用它达到自己的目的，而这，就是可以期待和希望的一切啦。正如剧中有个地方已经暗示过的，他们将给福耳库阿斯增加一个伴唱的幽灵合唱队。”

“问题是得有一位浪漫主义的诗人，”我说，“来把这幕戏从头至尾处理成歌剧。要充分发挥《海伦》的戏剧效果，最好能由罗西尼集中使用其大才替这部歌剧谱曲。要知道，剧情提供了使用华丽的布景、多变的形象、辉煌的服饰和迷人的芭蕾片段的契机，很难在另外一部戏里再找到这种可能，更别提剧情意蕴丰富，在此基础上提供的感官享受何等丰富多彩，要想再别出心裁、更上层楼真是谈何容易啊。”

“等着吧，”歌德说，“看天神们下一步带给咱们什么。这样的事情一点儿急不起来。问题在于人们得开窍，布景设计师、诗人、作曲家得从中发现自己的好处。”

1831年2月21日，星期一

（教会总监施瓦贝）

在街上遇见教会总监施瓦贝。我陪他走了一段，他便给我讲他做的各种各样的事情，让我窥见了这位杰出人物影响巨大的活动范围。他说，他正忙于用余暇时间主编一部新的布道文集，他编的教科书之一最近已经译成丹麦语出版，四千册一售而空，还有普鲁士的顶尖名校也都采用了这本教材。他请我去访问他，我欣然答应了下来。

随后在餐桌上和歌德谈起施瓦贝，歌德也完全同意我对他的称赞。他说：

“大公爵夫人同样高度评价他，要知道这位女士可称得上是知人善任啊。我将把他的肖像纳入我的收藏，你去拜访他正好可以顺便请求他给我允许。你就去吧，对他正在从事和打算从事的工作要表现出关注和兴趣。能窥见一个不与当事人密切往来便无从了解的特殊活动领域，对你将确实是件有趣的事。”

我答应照办，再说我生性也爱好结识从事实际工作的、有益于社会的人。

1831年2月23日，星期三

（矿物界和有机界之间没有阶梯式的演进）

饭前在艾尔福特大道散步遇见歌德，他吩咐停下车来，让我坐上去。我们朝城外行驶了一大段路，来到枞树林子旁边的高地上，谈论着自然研究方面的问题。

丘陵和群山都白雪覆盖。我提到黄颜色极其柔和，通过夹在中间的昏暗地带，在几英里以外的阴影看上去便呈蓝色，而非淡黄色。歌德赞同我的说法，随后我们谈到这类元现象的重大意义，以为在其背后可以直接发现神性。

“我不问这最高的存在有没有理智或者理性，”歌德说，“而只是感觉它本身就是理智，就是理性。所有的造物都为其所渗透，而人尤其如此，所以他能认识这最高存在的某些部分。”

吃饭的时候谈到了某些自然科学家，他们立志彻底搞清楚有机世界，却以处于下端的矿物学研究入手。歌德说：

“这太荒谬啦。在矿物界最简单的东西最美丽，在有机界最美丽的却最复杂。显而易见嘛，两个领域的倾向完全不同，从一个到另一个根本不存在阶梯式的演进。”

我铭记住了这意义重大的话。

1831年2月24日，星期四

（自然现象不一定总与人的感受吻合）

读了《维也纳年鉴》刊载的歌德关于牙齿的论文，考虑到写这篇文章必须具备怎样的知识前提，我不由得心生钦佩。

进餐时歌德告诉我索勒刚来过，他们正进行的《植物形变论》翻译取得了可喜的进展。歌德说：

“研究自然难就难在你得在规律藏而不露的地方发现规律，不能让不合乎我们感受的矛盾现象所迷惑。要知道自然界有些现象不符合我们的感受知觉，但却是真实的。例如太阳静止不动，不升也不降，而是地球每天以难以想象的高速度在围着它运转，这跟我们的感受可谓南辕北辙，但却没有一个有知识的人怀疑它是真的。同样，植物界也有一些矛盾现象，因此得格外小心，不然便会误入歧途。

1831年2月26日，星期六

（须提高道德修养，学会敬畏自然法则）

今天读歌德的《颜色学》，很高兴发现自己通过几年来的努力观察，对这门学科已有了不少的心得，能够相当清楚地体会出歌德为它所做的贡献。我佩服歌德为完成这部巨著所付出的心血，因为我不只看到最后的结论，还进一步看到了为得出明确的结论所必须克服的一切困难。

只有一个拥有巨大道德力量的人，才能完成这件事。谁想要步他的后尘，也必须提高道德修养，必须消除心中一切庸俗、粗鲁、虚伪、自私的杂念，否则就会为纯洁、真实的自然所唾弃。明白了这点，人就不惜花去一生中的好几年时间来涉猎这个广阔的知识领域，以使自己的感官、心智、性格经受检验，得到颐养。在此过程中，他将学会敬畏自然法则，并在一个凡人的可能范围内处处跟神性亲近。

反之，一个人则会痴迷于文学和超感官的神秘事物，痴迷于这些主观的、无定则的东西。这些东西对人别无任何要求，只会迎合讨好他，充其量任他自行其是。

在文献中，只有真正伟大真正纯洁的东西对人有益，其存在犹如第二个自然，它要么提高我们到它自己的水准，要么蔑视我们。相反，有毛病的文学会助长我们缺点，让我们受到作家所患疾病的感染，而且染了病还不自知，因为它符合我们的天性，也就不被认为有毛病。

可要想从优秀的文学和有缺点的文学中都获得一些好处，就必须处在一个很高的水平，具备一个能够置身事外做客观观察的基础。

因此我赞成接近绝不会助长我们缺点的大自然，它要么会造就我们，要么在哪儿都对我们不理不睬。

1831 年 2 月 28 日，星期一

（所谓魔性和歌德的信仰）

昨天歌德把他《诗与真》第四卷的手稿寄给了我，让我看看还有没有什么需要加工。今天一整天我都在做这件事。我很喜欢干这

工作，任务就是看什么已经有了，什么还可能增加。有几章看上去已经完美无缺，无须乎任何补充；另外几章相反却不无统一协调方面的缺陷，造成的原因就在成稿的时代前后差异太大。

这第四卷与前三卷有很大的不同。前三卷的情节都朝着一个既定的方向向前发展，因此也就历经了许多年。这一卷的时间似乎一点儿没变动，也看不出主要人物有什么坚持不懈的追求。事也干了一些，但都没有完成，也曾有些打算，但干起来却又是另一个样子。因此让人觉得处处有一种在暗中起作用的力量，有一种近乎命运的安排，它把许多不同的线牵引到了一起，但要织成布却是将来的事。

所以这一卷正好适合谈谈那种神秘而难以捉摸的力量，人人都感觉得到它，却又没有一位哲学家能对它做出解释，只有宗教人士能用安慰的言辞勉强将它应付过去。

歌德称这种说不清道不明的世界和生命之谜为魔性，歌德的这个称呼，我们感觉，似乎也揭示出了它的本质，我们的印象是仿佛我们生命的背景前幕布给拉开了。我们因此看得更远也更清晰了，但是很快却发现面前的对象过于巨大无边，过于变幻莫测，而我们的目力却有一定的局限。

无论何处，人都生而渺小，能理解和喜欢的都只是自己熟悉的事物。一位大行家理解一幅油画，能够把不同的细部跟他熟悉的整体联系起来，整体与细部对于他同样生动。他也不偏爱某一些细部，他不问一张脸是讨厌还是美丽，不问一个局部是亮还是暗，而只是关心整体布局是否得当，是否合乎规则。可要是我们把一个外行领到一幅稍微大点儿的油画前，那我们就会看见他会不顾整体或者让整体搞昏了头，而只为一些个细节所吸引，对另一些细节又表现出反感，到头来他只留下一些已知的或细微的印象，也许只会称赞这顶头盔画得很好，那匹羽毛画得挺像。

可是归根结底，在宇宙这幅命运的大油画前，我们人类全都或多或少地扮演着这么个外行的角色。画上的明亮部分和优美部分吸引着我们，阴暗部分和反差部分令我们反感，整幅画则让我们昏头昏脑。我们把无法解开的矛盾归咎于个别的局部，枉费心机地寻找着个别局部的意义。

就算有人能成为通晓人间事物的行家，充分掌握了人世间的艺术和知识，可在神的事情上，他仍只是貌似那至高无上的存在本身而已。是的，就算这至高无上者愿意给我们以启示，向我们揭开种种命运之谜，可我们也无法理解它们，不知拿它们如何处置，于是又像那个站在油画前的外行一样，任随那位大行家怎么说破嘴皮，也没法把理解油画的基础知识灌输进他的脑袋。

有鉴于此，所有宗教的教义都并非直接由神创立，而是一些精明的人的创造，就太正确不过了。只有这样，它才能量体裁衣，适应同为人类的广大民众的需要和接受能力。

设若教义都为神所创造，那谁也不会理解，但它要是人的作品，就不会讲那些人无法理解的事情。

学识渊博的古希腊人也没有别的办法，只能通过一些特别的神祇来做他们教义中个别玄妙难解的内容的象征。但是这个别的内容仍然受到限制，给紧密联系的整体留下了缺陷，于是古希腊人便发明了统驭一切的命运观念。然而命运本身又是在许多方面都说不清道不明的，所以靠它也并不能解决问题，只能把问题搁置起来。

耶稣基督想象出了一个唯一的神，并把自己内心感觉到的所有完美德行通通加在这个神的身上。这个神成了他美好心灵的体现，像他一样满怀着仁爱，完全适合接受善良人类的衷心信仰和无私献身，并且将其视为与头顶上的天国无比幸福甜美的结合。

可是我们称之为神性的这个伟大存在，不只体现在人的心里，而是也体现在浩瀚无垠、包罗万象的大自然中，也体现在影响深远的世界大事中，因此就不能按照人的尺度对其进行想象。细心的人立刻会发现这样做有种种的不足和矛盾，以至生出怀疑甚至堕入绝望，这时他要么足够渺小，可以编造托词自我安慰，要么足够伟大，会提升立足点以便高瞻远瞩。

歌德在早年便发现斯宾诺萨是这样一位高瞻远瞩的思想家，很高兴这位伟人的观点正好符合自己青春时期的需要。他在斯宾诺萨身上看到了自己，于是也借助斯宾诺萨坚定了自己终生的信念。

这些信念不具有主观的性质，而是以体现神的创造和意愿的客观世界作为基础，因此在他自己日后对世界和自然的深入探索中没有成为无用的皮壳遭到抛弃，而是成了植物最初的萌芽和根，能够年复一年地茁壮生长，最后开放出万紫千红的智慧花朵。

反对者常常责难歌德，说他没有信仰。可他只不过没有他们的信仰，因为对于他来说它太渺小。要是歌德把自己的信仰说出来，他的反对者定会惊讶莫名，然而却又没有理解它的能力。

歌德远不以为自己能认识那最高存在的本质。他的所有文章和所有言论都表明，这最高存在原本玄妙难解，对于它，人有的只是不断向其靠近的足迹和朦朦胧胧的预感罢了。

再者，自然和我们人类全都充满着神性，是神性维持着我们的存在，我们生活、活动和存在于其中，遵循着永恒的法则受苦和享乐。我们执行法则，法则在我们身上执行，不管我们认识到它们或是认识不到它们。

孩子喜欢吃蛋糕，可并不知道蛋糕师傅是谁；麻雀喜欢吃樱桃，可并不会想樱桃是怎么长成的。

1831 年 3 月 2 日，星期三

（歌德对魔性的解说）

今天在歌德家进餐，席间很快又谈到魔性问题，为进一步说明

他的看法，歌德讲了以下的话。

“魔性是理智和理性无法解释的现象，”他说，“我的天性中不存在魔性成分，可我却受到它的影响。”

“拿破仑看样子是个具有魔性的人物，”我说。

“他绝对是，”歌德应道，“而且极其严重，以至几乎再没有谁能与他相比。还有已故的大公爵也是个具有魔性的人物，他干劲儿无穷，永不安分，因此对他来说他自己的公国是太小了，即使把最大的邦国给他他仍然会觉得小。这类魔性人物，古希腊先民把他们视为半神。”

“魔性会不会也表现在事件中呢？”我问。

“完全会，”歌德回答，“而且所有无法用理智和理性解释的事情，里边都包含着魔性。总之，它以千差万别的方式显现在整个大自然，或不可见或可见。有些造物完全是魔性的，有些则部分受到魔性影响。”

“靡非斯托斐勒斯不也有些魔性品格吗？”我问。

“不，”歌德回答，“靡非斯托斐勒斯这个形象过于消极反面，魔性却表现为一种积聚正面意义的行动力。

“在艺术家中间就不乏魔性人物，”歌德继续说，“音乐家中更多，画家少一些。帕格尼尼具有高度的魔性，所以演奏起来才出神入化。”

我很高兴听到了歌德所有这些解说，它们使我清楚了歌德脑子里想的魔性究竟是什么。

随后就他的《诗与真》第四卷谈了很多，歌德请我用笔把还需做的润色记录下来。

1831 年 3 月 3 日，星期四

（反对滥建宫殿）

中午和歌德在一起。他正浏览几册建筑设计图，认为一座一座地建宫殿乃是狂妄，因为从来不清楚这些建筑能存在多久。他说：

“谁能生活在帐篷里，谁就会生气勃勃，或者像某些英国人那样，离开一座城市和一家酒店走进另一家酒店，到处都一样有好吃好喝。”

1831 年 3 月 6 日，星期日

（歌德未完成的早期剧作《小丑的婚礼》）

进餐时陪歌德随便闲聊，也谈起孩子们和他们的种种淘气行径。于是歌德打了个比喻，说孩子的淘气就像植物茎干上的叶片，它们自己会渐渐落掉，用不着太留意，太当成一回事情。

“人的成长必然经历不同的阶段，”他说，“每个阶段都带有每个阶段的德行和缺点，它们无论出现在哪个阶段，都应看作是绝对符合自然的，有一定合理性的。到下一阶段他便会成为另一个样子，丝毫不再有从前的那些优点和缺点，但却变成了别样的优点和缺点。如此继续变下去，直到最后的那次变化，这次将怎么个变法，我们还心中无数啊。”

饭后歌德给我朗诵他从 1775 年保存至今的《小丑的婚礼》的几个片断。戏的开场是克里安·布鲁斯特弗勒克的一段独白，他抱

怨道，他尽管拼命努力，还是没把小丑这个行道学好。整场戏都带有《浮士德》的笔调和味道。每一行都表现出巨大惊人的创造力和叛逆性，我只能遗憾它完全出了格，哪怕仅仅是一些片断也无法公之于世。随后歌德给我念了一份差不多满满三页的剧中人名单，角色名字多达一百个。全是些怪里怪气的绰号和诨名，其中不少粗俗透顶，滑稽透顶，叫人实在忍俊不禁。有些针对着身体缺陷，把人物描绘得栩栩如生；另一些暗示出各式各样的怪癖和恶行，显示出作者对于世风之颓败已有深刻的洞悉。这出戏要是写成功了，世人肯定会惊叹于作者的想象丰富，竟能把如许多形形色色的、富于象征意义的人物，全都生动地写进仅只一个剧情里面。

“没法设想当时能完成这部戏，”歌德说，“为此先得有冒天下之大不韪的胆量。偶尔心血来潮时我倒也有，但归根结底不符合我严肃的天性，因此也就不可能坚持写下去。再说咱们德国也太压抑啦，根本不可能出现这样的作品。要是在巴黎那样的广阔舞台上，类似的剧作就可以四处狂演，就像我在那里也可以变成一个贝朗瑞，这一切在法兰克福或者魏玛简直不可想象。

1831年3月8日，星期二

（魔性之于文艺；魔性、人性和神性）

今天在餐桌上歌德一开始就对我讲他正读《艾凡赫》。他说：

“沃尔特·斯科特是位无与伦比的大天才，难怪他对整个读书界产生了如此非凡的影响。他启发我思考许多问题，在他的创作中，我发现了一种自有其特殊法则的全新的艺术。”

随后谈到他《诗与真》的第四卷，不经意间又探讨起魔性这个问题来。歌德讲：

“文学里肯定存在一些魔性，尤其是在所有的理智跟理性都不大管用的无意识的方面，所以文学的影响也就超出了理解的范围。

“类似的情形在音乐中达到了极致，因为音乐更加莫测高深，完全不容理智靠近它，它所产生的影响会控制一切，谁也不可能明白自己为什么会这样。宗教仪式因此也少不了音乐，它是能对人产生奇妙影响的主要手段之一。

“同样，魔性也喜欢附着在地位显赫的大人物身上，例如腓特烈大帝和彼得大帝。

“已故大公爵也是如此，所以没有谁能违抗他的意志。他只要静静地待着，也无须显得和善和蔼，就对人产生了一种吸引力。我遵照他建议做的一切全都取得了成功，每当自己的理智跟理性不够用的时候，我就只需要去问他该怎么办，他呢仅凭直觉发表点儿意见，我却总是立刻心中有数，对未来的成功有了把握。

“他似乎获得了能控制我想法和追求的神奇本领，须知一旦失去了魔性只剩下人性，他就会变得无所适从，整天心烦意乱。

“拜伦身上也有强烈的魔性在起作用，因此才能对广大民众产生难以抗拒的魅力，特别是女性没法不为他倾倒。”

“这种我们称为魔性的影响力，”我试着说，“似乎渗透不到有关神性的观念里边。”

“小伙子啊，”歌德道，“对神性的观念我们究竟了解多少，我们对这最高存在的狭隘理解究竟有什么意义！土耳其人用九十九圣名称呼他们的神安拉，我即使也这样仍然力不从心，神性的内涵无边无际，我最终还是什么也没说出来。”

1831年3月9日，星期三

（再赞斯科特；描绘道恩堡宫门的画和诗）

今天歌德继续盛赞沃尔特·斯科特。他说：

“一般人读了许多太没价值的东西，结果除了浪费时间就什么收获也没有。原本应该只读自己欣赏的作品，就像我年轻时读沃尔特·斯科特一样。眼下我刚开始读《罗布·罗伊》，想这样一本接一本地把他最好的长篇小说全读完。自然是一切都很了不起，题材、内容、人物、手法，还有动笔前不倦的准备、研究，还有细节描写的极端真实！可算见识了英国历史是怎么回事，还有一位有才能的作家如果继承了这份遗产，将意味着什么。我们的五卷德国历史相比之下实在太贫乏，以致我写完了《葛慈·封·伯利欣根》就立刻得转入生活题材，写一本类似《阿格妮斯·贝尔瑙厄琳》和《奥托·封·维特尔斯巴赫》的平庸之作[①]，结果自然没有什么意义。”

我告诉他，我正在读《达夫尼斯与赫洛亚》，更准确地讲读的是库利耶的法语译本。[②]

“那也是部杰作，”歌德接过话头，“我过去经常读它，欣赏它，觉得书中表现出了高度的智慧和艺术性以及品位，相比之下善良的维吉尔自然是略逊一筹。富有地方色彩的风光描写完全是普桑大师

---

① 这两部平庸剧作分别出自德国剧作家托林伯爵（J. A. v. Törring，1753－1826）和巴博（J. M. v. Babo，1756－1822）之手。

② 《达夫尼斯与赫洛亚》是3、4世纪之交的古希腊作家朗戈斯的一部艳情小说，多亏法国作家库利耶（P. L. Courier，1772－1825）的发掘和翻译，世人才得窥其全貌。

的风格[①]，虽稍逊于人物塑造却仍旧很成功。

“你知道，库利耶在佛罗伦萨的图书馆里发现了一部新手稿，有这首诗迄今的所有版本都缺失的主要部分。这下我不得不承认自己一直读的是它的残本并且还称赞它，却没有感觉、没有发现它缺少了真正的精华。眼下的本子使我们如此满意，压根儿想不到会有缺少的部分，便足以证明这部诗集多么了不起。”

饭后歌德让我观赏建筑总监库德莱的一幅素描。画的是道恩堡宫极为有味道的一扇门，题词为拉丁语，意思大概是热情欢迎和接待进门者，愿过往的人一路顺风。

歌德曾经把这题词改写成一首德语小诗。1828 年夏天大公爵死后他暂住道恩堡时给堡主封·波尔维兹写了一封信，信头子上题写的赠言就是这首小诗。当时我听许多人讲过这封信，现在很高兴歌德给我看了画上那扇跟诗有关的门。

我怀着极大的兴趣读了歌德这封信，佩服他很好地描绘了道恩堡宫以及下面山谷的地形特点，借以表现一些极其深邃的思想感情，具体讲，表现一个人在经受巨大哀痛之后振作起来，恢复身心健康的心路历程。

我非常喜欢这封信，它让我发现无须去远方寻找好的写作素材，一切全看作家本身有没有才情，要有便会小中见大，用最不足道的素材写出有些分量的作品。

歌德把信和画放进一个特别的夹子里，保存起来以备将来使用。

---

① 普桑（N. Poussin，1594－1665），法国古典主义绘画的主要代表。

1831年3月10日，星期四

（关于歌德的小说 *Novelle*）

今天和亲王一道读歌德那篇写老虎狮子的 *Novelle*。他很欣赏这篇小说，从中感受到了一门伟大艺术的力量；我同样喜欢这篇作品，因为窥见了一种完美布局的奥秘。我由此感到下面这个想法处处得到证实：作家心中经年累月藏着某个题材，完全彻底地掌握了它，对它的整体和细节了若指掌，于是能够把每一个部分都巧妙安排到必需它的地方，同时为情节的进一步展开做好准备。这样，所有内容便前后呼应同时又各得其所，于是整个布局就再完美不过。在继续阅读的过程中，我感到一个强烈的愿望，就是想让歌德本人把这 *Novelle* 中的瑰宝视为别人的作品，以便做出客观的观察和评价。同时我还想到，这篇小说的篇幅真是恰到好处，既适合作家精心地完成总体布局和细节穿插，也有利于读者较好地理解和接受其内容的整体和局部。

1831年3月11日，星期五

（斯科特细节描写的得与失）

进餐时跟歌德谈了各种各样的事情。他说：

“沃尔特·斯科特的特别之处在于，处理细节的高超手腕常常又导致他的失误。例如在《艾凡赫》中有个场面，夜里在一座宫殿的大厅中，大伙儿围桌而坐，这时突然进来一个陌生人。尽管从上到下描写一下此人的长相穿着无可厚非，但是还写了他的双脚，他的鞋子，他的袜子，就是一个失误。因为晚上坐在桌子旁边有人进来，那能看见的只是他的上半身。一写到他的脚，那阳光马上就射进来了，于是眼前的场景失去了夜晚的意味。”

我感到此话确实有说服力，便牢记在了心里。

随后歌德继续盛赞斯科特。我请他把自己的看法写成文章，他却表示拒绝，理由是这位作家的艺术造诣太高了，很难对其做公开评价。

1831年3月14日，星期一

（讽刺歌剧和风情素描）

陪歌德进餐，和他谈了一些事情。他让我讲前天上演的《波尔蒂契的哑女》[1]，我谈到剧中提出的革命动机完全没有得到形象的表现，不过这样倒更对大家的胃口，因为这样便留下一个空白，谁都可以根据自己城市和自己地区的弊端随意填补些什么进去。

“整出歌剧根本就是对民众的讥讽，”歌德说，“竟然把一个渔家女的爱情交易搞成公众事件，把娶了一名侯爵夫人的侯爵称为暴君，简直是要多荒谬有多荒谬，要多可笑有多可笑。”

饭后歌德给我看一些根据柏林的俗语绘成的风情素描，其中确实有些好笑得要命的东西。值得称赞的是画家很好地掌握了分寸，画风只接近漫画并不真正是漫画。

---

① 法国作曲家奥柏（D. F. E. Auber，1782—1871）创作的反映1647年那不勒斯渔民起义反抗西班牙统治的歌剧。1830年此剧在布鲁塞尔上演，对比利时人民反抗荷兰的民族独立运动起到了鼓舞作用。

1831年3月16日，星期三

（席勒《威廉·退尔》结尾的失误）

陪歌德进餐，把他的《诗与真》第四卷交还给他，并且谈了谈。

还谈到《威廉·退尔》的结尾，我忍不住表示惊讶，席勒怎么可能犯这样的错误：在对待逃跑的施瓦本公爵这个问题上，他的主人公行为欠高尚，他严厉地审判此人，同时为本身的行为沾沾自喜。

“简直不可理解，”歌德说，“不过像其他人一样，席勒也受了妇女的影响。这次他之所以失误，原因就更多地在这样的影响，而不在他的秉性。”

1831年3月18日，星期五

（《颜色学》的修订；掷色子的比喻）

在歌德家进餐。我带给他《达夫尼斯与赫洛亚》，他想再读一下。

我们谈到一些高尚的生活准则，不知把它们传播给其他人好不好，可不可能。歌德说：

“从善如流的秉性很罕见，因此在日常生活中聪明的做法总是把高尚的准则保留给自己，在要表示胜人一筹时才需要多少抖搂多少出来。”

我们还提到，许多人特别是批评家和作家老对真正的伟大视而不见，相反却给平庸的东西高度评价。

“人只承认和赞赏他自己力所能及的事物，由于某些人本身处于平庸状态，所以就会要小聪明，把确实存在毛病但也总有某些优点的作品骂得一无是处，极力贬低，以便使他们自己赞赏的东西显得高级一点儿。”

我记住了这些话，以便将来知道怎样看待这类现象。

随后谈到《颜色学》，说至今仍有某些德国教授告诫自己的学生别去读它，称它是一个大错误。

“我只是替某些好学生感到遗憾，”歌德说，“我本人却完全无所谓。我的《颜色学》将与世长存，不会长时间遭到否认和排斥的。”

他随后告诉我，他的新版《植物形变论》和索勒不断修订的译本都进展顺利。他说：

“这将是一本值得重视的书，经过加工修订，不同部分已融合成一个整体。我在书中引证了几位有影响的年轻自然科学家的著作，很高兴发现而今德国的学术精英已形成统一的良好文风，以至分辨不出是这个讲的或是那个讲的了。修订这本书比我想象的费劲儿，一开始我也勉强上马，然而就像受到什么魔性的力量支配似的欲罢不能喽。”

“您顺应它的支配是对的，”我说，“因为魔性的力量非常强大，以至到头来都总是有道理的。”

“只不过人还是得努力抵抗魔性的影响，”歌德应道。“就说眼下吧，我就试图尽量勤奋、努力，在条件允许的范围内力所能及地把工作干得好得不能再好。干这样的事就好比赌博，法国人称之为Codille，说什么赌输赌赢尽管由掷下去的色子决定，但赌徒的聪明却能让他在盘子上准确下注。”

我佩服这聪明的说法，把它当作有指导意义的教训记在心里。

1831年3月20日，星期日
（长诗《达夫尼斯与赫洛亚》）

歌德在进餐时说，他最近几天读了《达夫尼斯与赫洛亚》。

“这首诗美极了，”他说，“美得使人记不住诗里描写的糟糕生活状况给人的印象，每次重读都总会重新发出惊叹。诗里阳光灿烂，让人觉得看见的净是些雄壮有力的图画，这些图画反过来又作用于诗集，启发我们阅读的幻想。”

“我很喜欢它的精炼紧凑，”我说，“一切尽在其中。几乎没有任何分散注意力的陌生暗示。起作用的神祇仅仅是潘恩和宁芬①，别的神连提都没有提及，由此可见，牧人们有这两位已经心满意足。”

“不过，紧凑尽管紧凑，却展现了一个完整的世界，”歌德说。“我们看见了形形色色的牧人、种地的农夫、园丁、葡萄种植者、船夫、强盗、士兵以及体面的市民，大老爷和没有人身自由的奴隶。”

“在诗中我们也看见了人生的各个阶段，”我说，“从出生到暮年，还有各种居家状况和一年四季的生活场景，也依次呈现在我们眼前。”

“还有如画的景色啊！”歌德道，“寥寥几笔就气象万千，让我们看见了人物背后种植葡萄的山丘、田野和果园，看见了他们脚底下的牧场和流经牧场的小河，看见了一片小树林以及远方辽阔的海洋。丝毫不见雾霭、乌云和潮湿，阴晦的日子无影无踪，永远只有

---

① 潘恩是希腊神话里的森林神；宁芬是水泽女神。

湛蓝、纯净的天空，只有清新宜人的空气和干爽无尘的地面，让人随处都可以赤裸着身子躺卧下去。

“整首诗表现出高超的技艺和修养，”歌德继续说，“构思透彻缜密，不缺少一个任何主题，艺术极其精湛，例如写到在海边发出异味的达夫尼斯身旁发现宝藏那个段落就是如此。其格调品位、完整谨严以及给人以如品佳肴的美好感受，都使这首诗足以媲美古往今来最成功的诗作！一切外来的干扰和不利影响，诸如袭击、抢劫、战争等等令人厌恶的东西，通通都在转瞬间失去作用，几乎没有留下任何痕迹。最后即使在市民中出现了罪恶现象，那也跟主要人物无关，而只是涉及他的一个仆从，一个次要人物。这一切都是这首诗第一个方面的美的表现。”

“还有，”我说，“诗中所表现的主仆关系也令我感动。主人对仆人极为人道，仆人尽管单纯幼稚、无所拘束，却十分敬畏主人，想方设法要赢得主人的好感。同样还有那个年轻市民，他因为臆造了一段不自然的爱情而遭到达夫尼斯的嫉恨，可却又以主人的儿子这个身份重新获得了他的青睐。具体原因是他勇敢地从牧牛人那里夺回了被抢走的赫洛亚，把她带回到了达夫尼斯身边。”

“所有事情都保持了高度的理智，”歌德说，“例如赫洛亚自始至终都保持了自己处女的贞节，尽管恋爱的双方都巴不得赤身裸体地睡在一起。这样的构思和母题既感人又美好，表现的是人类最伟大的东西。

“必须写一大本书，才能对这首诗的高度成就做出充分评价。最好每年都读它一遍，好不断从中获得启迪，好重温巨大的美好感受。”

1831年3月21日，星期一

（不赞成青年干预国政；18世纪的法国文学天才）

我们讨论那些一直在巴黎引起不安的政治事件，以及年轻人妄图参与国家大事的想法。

“在英国也一样，”我说，“一些年以前，大学生们递交了一些请愿书，企图对有关天主教问题的重大决策施以影响，结果遭到人们嘲笑，接下来便没谁再留意他们了。”

“对于在拿破仑治下成长起来的一代青年来说，”歌德接着讲，“这位大英雄的榜样特别激发起了他们的唯我主义。他们再也安静不下来啦，除非在他们中间又出现一个伟大的专制君主，把他们自己想要成为的那种人的特性发挥到极致。糟糕的是像拿破仑这样一个人，不会很快再出现啦。我几乎担心，还要牺牲几十万人，世界才会恢复安宁。

“至于文学的作用，在若干年内根本别去考虑。眼下别无他法，只能悄悄地为比较安定的未来准备一些好的东西。”

在谈完不多的政治问题之后，话题马上又转到了《达夫尼斯与赫洛亚》。歌德称赞库利耶的翻译十分完美。他说：

“库利耶做得对，他尊重并保留了阿密欧特的旧译，只在一些地方做了修订和润色，以便更忠实于原文。这古典的法语如此质朴，完全适合所译的原著，在这部诗集的其他文字的翻译中，很难再找到如此完美的本子了。”

随后我们谈了库利耶本人的著作，谈了他那些小传单，谈了他为臭名昭著的佛罗伦萨手稿墨迹做的辩护。歌德讲：

“库利耶是位大天才，身上有着拜伦的特点，也有些像博马舍和狄德罗。他跟拜伦似的充分掌握着所有作为论据的事实，具有博马舍似的诉讼熟巧，狄德罗一般的口才，加之自己又如此聪明机智，因此辩护起来精彩至极。他似乎未能完全洗清掉有关墨迹问题的指控，在总的方向上也不够积极正面，叫人没法完全赞成他的做法。他跟整个世界作对，很难设想他本身在这件事情上一点儿没有责任，一点儿没有错。”

接下来我们谈到德语的 Geist 和法语的 esprit 这两个词的区别。[①]歌德说：

“法语的 esprit 近乎我们德国人所谓的 Witz。我们的 Geist 也许法国人就需要用 esprit 和 ame 两个词来表达，其中同时包含的 Produktivität 这个意思是法语 esprit 所缺少的。”[②]

“伏尔泰却具有我们德国人所谓的 Geist，”我说。“既然法语的 esprit 不够用，那法国人又怎么讲呢？”

“在这不得已的情况下，”歌德回答，“他们就用 génie 来表示。”

“眼下我正读一部狄德罗的作品，”我说，“这个人非凡的天才令我吃惊。知识何等的渊博，口才何等的雄健！我看见了一个动荡的大时代，人们相互争斗，心智和性格始终受着磨炼，都一定得既灵敏又坚强才行。法国人上个世纪所拥有的那些文学家，真叫杰出非凡啊。只要往里窥视一下，我便深为惊叹。”

“那是文学一百年来的发展变化，”歌德说，“从路易十四时代开始生长发育，最后终于繁花似锦。可伏尔泰本人也激励了狄德罗、达兰贝尔[③]、博马舍等等等等，因为要在他旁边占有一席之地，

---

① 德语 Geist 和法语 esprit 应该说意义相近而又有区别，基本含义即我们所谓的精神。这段对话表明了歌德对语言的高度重视。

② 德语 Witz 意为智力、才智、机智，法语 ame 意为心灵、心智，德语 Produktivität 意为生产力、创造力。法语 génie 意为天才。

③ 达兰贝尔（J. l. R. d'Alembert，1717－1783），法国哲学家和数学家，百科全书派的重要成员。

就真得成为个人物，不可有丝毫的懈怠。”

随后歌德提到耶那有一位年轻的东方语言学和文学教授，说他在巴黎生活了很长时间，接受了很好的教育，他希望我认识这位年轻学者。我告辞的时候，他给我一篇施隆谈最近出现的那颗彗星的文章，以免我在这些事情上完全一窍不通。

1831年3月22日，星期二

（年轻德国艺术家的不良倾向）

吃完饭以后，歌德从一位年轻朋友的罗马来信中给我念了几段。信里写到，一些个德国艺术家在那儿给人的标准印象是：头发老长，胡子往上翘，衬衫领子立在老德意志外套的领口上面，嘴里叼着烟斗，手上牵着一条獒犬。他们来到罗马，好像不是为了朝拜大师和学习什么东西。拉斐尔他们觉得没有啥，提香也只是色彩还可以。

“尼布尔[①]预见到即将会有一个野蛮时代，”歌德说，“他的话是对的。野蛮时代已经到来，我们业已生活其中。要知道，除去不承认杰出的人和事，野蛮还能有什么表现呢？”

那位年轻朋友随后讲到了罗马狂欢节，讲到了选举新教皇，[②]讲到了紧接着爆发的骚乱。

人们看见狂欢的队伍中霍拉斯·威尔纳[③]打扮得像个骑士，相反一些德国艺术家却安安静静待在旅馆里修剪自己的胡子。由此可

---

① 尼布尔（Barthold Niebuhr），歌德同时代的历史学家，著有《罗马史》。

② 指教皇格里高里十四世。

③ 霍拉斯·威尔纳（Horace Vernet，1789－1863），法国画家，时任罗马法兰西画院院长。

以看出，以他们的行为举止，德国的艺术家不可能赢得罗马市民的好感。

一些年轻德国艺术家身上表现的坏毛病，我们讨论其根源在于一些个别人的不良影响呢，还是已经成为一种广发传播的精神疾病，甚或其病根就在整个时代。

“它来自少数个别人的不良影响，”歌德说，“而且直到今天已经影响了四十多年。所使用的教条为：艺术家必须虔诚而有天赋，方能与大师比肩。这样的理论非常讨好，人们举双手表示拥护。以为只要变得虔诚，什么也无须学习，而自己的天才嘛，每个人又都是从娘胎里带来的。结果，就只能有仅仅符合自己妄想和喜好的表现，以求稳稳当当地博得平庸民众的喝彩！”

1831年3月25日，星期五

（舒适的环境使人怠惰、消极）

歌德让我看一把漂亮的绿色扶手椅，它是他前几天在一次拍卖会上拍得的。

“不过我将很少坐它，或者甚至根本就不坐，”他说，“因为任何的安逸舒适，原本完全违反我的天性。你瞧我房里没有沙发，我永远坐的是我这把老木头椅子，直到几个星期前才给它加了个靠脑袋的地方。一个家具舒适而讲究的环境，会破坏掉我的思维，使我处于安逸的被动状态。除非你从小已经习惯，否则漂亮的房间和豪华的家具只适合没有思想的人，或者不喜欢有思想的人。”

1831年3月27日，星期日

（老公爵夫人安娜·阿玛莉亚和莱辛的名剧《明娜·封·巴恩海姆》；歌德早年的挚友梅尔克）

经过了长久的期盼，明媚的春天终于到来了。蓝蓝的天空中飘着朵朵白云，天气温暖得又可以穿着夏日的衣裙出游啦。

歌德吩咐在花园的凉亭里摆上餐桌，于是今天我们又在户外进餐。我们谈到了老公爵夫人，说她总是不声不响地到处出力和做好事，从而赢得了所有臣民的心。歌德说：

“老公爵夫人不但心肠好，而且聪明、善良，她真正是国家的福分。人们总会马上感觉出好处来自哪里，就像他们崇拜太阳和其他有益于人的自然元素①一样。我不奇怪所有人也会对她心怀爱戴，也将很快给她以应得的尊重。”②

我告诉歌德，我正和小公爵一起读《明娜·封·巴恩海姆》，感觉这个剧本真是棒极了。我说：

“有人讲，莱辛是个冷冰冰的理智的人，可在这个剧本里，我却发现他富有情感，生性殷勤、质朴，心地善良，是一个再理想不过的快乐活泼而修养良好和心胸开阔的人。”

“当这个剧本出现在那黑暗的年代，”歌德接过话头，“你可以想象它对我们年轻人产生了怎样的影响！简直就像一颗光芒四射的

① 西方的所谓自然元素（Elemente）指水、火、风、土。

② 魏玛公国的老公爵夫人安娜·阿玛莉亚在其执政时期和她儿子继位以后，的确都为这个小邦国做了不少好事。魏玛之能成为德国乃至欧洲的重要精神文化中心，很大程度上应归功于她，归功于魏玛宫廷从她开始的崇尚文艺，尊重作家、艺术家和学者的风气。

流星！它使我们注意到，除去当时那个羸弱的时代所理解的文学，还有一种高级得多的文学存在。前两幕是剧情铺垫的真正杰作，从中人们已经学到了许多，而且永远有值得学习的地方。

"而今自然没谁再愿意注意什么铺垫啦，原本要第三幕才可望出现的效果，他现在第一场就想得到，全不顾及写作就像航海，得先划离岸边到达一定的深度，然后才能张开满帆快速航行。"

歌德吩咐送来一些精酿的葡萄酒，是他上次过生日一些法兰克福朋友送的礼物。我们一边饮酒，他一边给我讲了几则梅尔克的轶事。说他不能原谅已故的老公爵，就因为一次在埃森纳赫的鲁尔镇，这位竟然把一种中不溜的酒当成了精美佳酿。

"梅尔克和我，"歌德继续说，"我俩的关系一直就像靡非斯托斐勒斯和浮士德。一次他大肆嘲笑我父亲从意大利寄来的一封信，原因是信里抱怨了意大利糟糕的生活方式、饮食习惯以及难喝的葡萄酒和成群的蚊子。梅尔克不能原谅我父亲，在如此美丽的国度，在如此宜人的环境中，竟在意这些个小事，什么饮食啊蚊子啊，等等。

"梅尔克的所有这些看不顺眼，无可争辩，都起源于他高深的文化修养。可是由于他不具建设性，而是坚定地走向了相反的方向，所以就总喜欢指责而不是赞扬。于是他情不自禁地吹毛求疵，以满足自己这一癖好。"

我们谈到佛格尔和他非凡的行政管理才能，谈到吉勒及其个性。歌德说：

"吉勒这人自成一格，任何人都无法与他相比。他是唯一一个跟我一起反对乌七八糟的出版自由的人。他立场坚定，值得信赖，总是站在法制的方面。"

饭后去花园里踱了一会儿步，盛开的白色雪钟花和黄色番红花令人赏心悦目。还有郁金香也开了，我们谈到了这种荷兰特有花卉的鲜艳和珍奇。歌德道：

"真难想象还会出现伟大的花卉画家，现在对他的学问要求太苛刻啦，植物学家给他一根根地数花蕊，却对绘画的构图和光线明暗懵然无知。"

1831年3月28日，星期一

（歌德的妹妹和他与莉丽的恋爱关系）

今天我又和歌德度过了一些美好时光。他告诉我：

"我差不多已经完成了我的《植物形变论》，还有我有关螺旋线和封·马尔提乌斯先生要讲的话，也讲得差不多了，因此今天早上我又回到《诗与真》的第四卷，把还要补充的内容列成了一个提纲。在一定意义上我可以说是令人羡慕的，到了我这样的高龄还有机会来写自己青年时期的事情，而且这个时期对我个人而言意义重大。"

我们讨论了他和我都认为是最具现实意义的部分。

"跟莉丽那段恋情的描写根本不缺少朝气，"我说，"相反，那样一些场面充满了早年的青春气息。"

"那是因为这些场面诗意浓郁，"歌德应道，"我用诗歌的魅力，弥补了年轻时对爱情体验不深的缺陷。"

接着讨论到歌德写他妹妹的那个值得注意的段落。他说：

"这一章会让才女们感兴趣，因为她们许多人跟我妹妹的情况类似，也都天资聪颖，品性端庄，不幸却因外貌欠佳而自惭形秽。"

"每临到节庆活动和开舞会，她脸上总会发皮疹，"我说，"真是件怪事，叫人禁不住想到有什么魔性的东西在作祟。"

"她生性怪僻，"歌德说，"道德方面高高在上，却无丝毫感性的激情。得委身一个男人的想法令她反感，试想一想，这样一副德行自然会给婚姻造成不幸。有同样倾向或者不爱自己丈夫的女人，会体会出我这话有何含义。因此我也从来不觉得我妹妹真的结婚了，相反倒感觉她原本去当修女院的院长更合适。

“尽管她嫁的是一位极其出色的男子，婚姻生活却并不幸福，所以才会拼命劝我别跟莉丽结合。”

1831年3月29日，星期二

（梅尔克的奇行异事）

今天谈到梅尔克，歌德又给我讲了几件很能说明他的性格的事。

“已故大公爵对梅尔克很好，”歌德说，“有一次甚至为他所欠的四千银币债款付了担保费。可没过多久梅尔克就把这笔钱还了回来，令大家都感觉惊奇。他的经济状况并未好转，所以他到底跟债主做了什么交易，就成了一个谜。直到后来我再见到他，他说了下面的一席话，我心中的谜团才解开了。

“他说：‘公爵是位很不错的主子，慷慨大方，信任他人，能给人帮助就给人帮助。于是我想：你骗了这位主子的钱，就会损害成百上千的其他人，因为他将失去可贵的对人的信任，结果一个人造孽便苦了许多不幸的好人。那我又怎么办呢？我去借了一个坏蛋的钱来搞投机。要知道即使骗了这小子的钱，那也没有啥，可我不能欺骗好人，这很缺德是不是。’”

对梅尔克这人的奇异豪举我们忍俊不禁。歌德接着说：

“他还有个特点，就是在谈话过程中总是不时发出‘嗬！嗬！’的声音。年纪越大这个毛病越严重，最后那声音高得像狗叫。他长期搞投机买卖，结果晚年患了严重的疑心病，最近落得个自杀的下场。他疑心自己就要破产啦，事实上情况根本没有他想象的那么糟糕。”

1831年3月30日，星期三

（《诗与真》第三卷以及书名的含义）

又谈到了魔性的问题。歌德说：

“它喜欢附着于显要人物，还爱选择稍微蒙昧一些的时代。像柏林这样一座平庸枯燥的城市，就几乎没有魔性的表现机会。”

歌德说出了我自己几天前有过的想法，因此我很得意，就像我们的思想每次获得了证实的时候一样。

昨天和今早上我都在读他《诗与真》的第三卷，读的时候产生了学外语时曾有过的感觉，就是在取得进步以后重温旧课文，才发现一些原来以为已经读懂的小地方，现在才真正品尝出了其中的细微滋味。

“您的《诗与真》是这样一本书，”我说，“我们读了它会大大提高自己的修养。”

“全是我个人的生活经历，”歌德应道，“所述的一个个事实只有助于全面地观察时代，只有助于更好地检验真理。”

“其中您提到巴塞多夫，”我说，“说他为了达到更高的目的需要那些人，希望博得他们的好感，但却没有考虑如果他不顾一切地宣扬他那些令人反感的宗教观点，把人们眷爱的东西变得可疑，结果却必然毁掉一切——这样的和类似的段落在我看来非常有意义。”

“我想书里隐藏着一些人生的象征，”歌德说，“我将它题名为《诗与真》，因为它努力想从处于低处的现实领域得到提升。而让·保尔出于相反的思考，写了一本他生活的《真实》，仿佛这样一个人生活的真实别有一番景象，而非作者也是一个平平常常的人似的！可是德国人很难学会接受非凡的事物，高深一点儿的东西他们常常视而不见，失之交臂。如果仅只真实，还算不上我生活里的事件，它还得有些个意义。”

1831 年 3 月 31 日，星期四

（迈耶尔令人愉快的性格）

跟索勒和迈耶尔赴亲王的宴会。席间谈起文学问题，迈耶尔给我们讲了他第一次认识席勒的情况。他说：

“我和歌德在耶那的天国里散步，不期然遇见席勒，第一次与他进行了交谈。当时他尚未完成他的《唐·卡洛斯》，刚刚才从瑞典回来，看样子病得挺严重，神经痛得很厉害。他那张脸看上去就像十字架上受难的基督。歌德想，他活不到两个礼拜了，谁知他却缓过了气来，恢复健康后才写成功了他所有的代表作。”

迈耶尔随后讲起让·保尔和施勒格尔的几件事情，这两位他都是在海德堡的一家酒店里碰见的，还讲了他旅居意大利情况，都是些令我们听了感觉愉快的事情。

在迈耶尔身边我总是心情舒畅，这也许由于他是个自满自足的人，很少在意周围的环境，相反却时不时地流露出内心的愉快满足。同时他还见多识广，知识渊博，记忆过人，多年前的事情还记得清楚得就像昨天才发生一样。他的性格理智重于感情，设若没有极其高尚的教养作为基础，这种个性必定令人畏惧，然而事实是他静静的存在总令人感觉舒适，总能给人教养。

1831年4月1日，星期五

（画家不能没有师承）

陪歌德吃饭，席间谈了各式各样的问题。歌德让我看罗伊特尔男爵的一幅水彩画，画的是一个青年农民站在一座小城的市集上，旁边有一个卖篮筐和桌布的女贩。年轻人望着面前的篮子，两个坐着的妇女和一个站在一旁的蛮丫头，却友善地注视着英俊的小伙子。画面的布局好极了，人物表情十分地真实和自然，叫人怎么看也看不够。

“这幅水彩画达到了很高的水平，”歌德说，“可有些头脑简单的人却说什么，罗伊特尔在艺术上不欠任何人的情，他完完全全靠的是自己。仿佛除了愚蠢和笨拙，全靠自己还能有别的什么似的！这位艺术家即使没有任何叫得出名字来的师傅，那他总跟一些杰出的大师打过交道，总会向他们和伟大的前辈以及无所不在的大自然学习，然后才自成一家的吧。自然给了他卓越的天赋，艺术和自然又一起培养了他。他是杰出的，在某些方面独树一帜，可尽管如此仍不能讲，他一切全靠自己。对一个极端疯狂和毛病特多的艺术家，倒真可以讲一切全由于他自己，对一位杰出的艺术家却不好这么讲。”

歌德让我看出自同一位画家的另一幅画，画的中间留了一块用作题词的空地，四周的一圈则用金色和各种色彩画成了一个框子。框子的上方是一幢哥特式建筑；从两旁垂下来繁复的阿拉伯花饰，其间交织着一些风景和家庭生活场面；最下边则是一幅优雅的林中小景，鲜绿鲜绿的树和草赏心悦目。

“罗伊特尔男爵希望我在空白处写点儿什么，”歌德说，“可他这个边框画得如此漂亮、雅致，我担心我的这笔字会毁了整个画。为此我作了几句诗，考虑请一位书法家来为我代笔是不是更好。等他写好了，我愿意再亲笔签上名字。你看如何？你有什么建议？”

“如果我是罗伊特尔，”我回答，“我看见诗的笔迹出自他人，我会感到不痛快，反之会很高兴，如果它是您亲笔书写的。一位画家在身边创造了足够的艺术，用不着在您的字里再来寻找艺术，关键是它得真，得是您的亲笔。我甚至还要建议您别用拉丁字体书写，而要采用德语的花体，这样更能显示您书法的特点，也更适合哥特式的环境。”

“你可能是对的，”歌德说，“最终我这么办也最方便。也许在未来几天的某一瞬间，我会突然鼓起了动笔的勇气。不过呢，如果我玷污了一幅如此美妙的画，”歌德笑着补充道，“那你可要负责喽。”

“你就写吧，”我回答，“不管写得怎么样，都会是好的。”

1831 年 4 月 5 日，星期二

（诺伊罗特尔的绘画天才）

中午和歌德在一起。他说：

“在艺术界很不容易碰见一个比诺伊罗特尔更加喜人的天才。难得有位艺术家量力而为，多数人都好高骛远，去做自己能力和天资所不及的事情。对诺伊罗特尔却可以讲，他的天才尚待发挥。自然界一切领域的题材他都应付裕如，人物和动物画得棒，山川林木同样棒。他具有高度的艺术创造力、艺术技巧和艺术趣味，在一定意义上讲，以其深厚的修养完成一些容易画的书沿装饰画形同浪费。他呢真好像不大在乎自己的种种才能，这样，便传递到观画的

人身上一种随意而舒适之感，总让他觉得余味无穷。

“画书沿装饰画没有谁达到过他那么高的境界，即使阿尔布勒希特·丢勒那样的大天才，在这方面也不足以称作他的师傅，而只不过是他的一位启迪者而已。

“我打算寄一幅诺伊罗特尔的这种画给苏格兰的卡莱尔先生，”歌德继续说，“希望我这位朋友不视其为不受欢迎的礼物。”

1831年5月2日，星期一

（批评伯尔内热衷党派政治）

歌德告诉我一个令人兴奋的消息：最近几天，他差不多就要写完一直空在那里的《浮士德》第二部第五幕的开头啦。

“这些场面的构思也已经酝酿三十多年，”歌德说，“它是如此重要，我从来不曾失去对它的兴趣，只是要写出来太困难，因此我害怕啦。现在通过各种办法，我又动起笔来了，如果运气好，我会紧接着一口气写完第四幕。”

吃饭时歌德和我谈起伯尔内[①]。他说：

“伯尔内是个人才，党派仇恨成了他利用的同盟力量，不依靠这个力量，他不可能产生影响。在文坛我们常常发现这样的例子，就是仇恨取代了才能，一些才能微不足道者大出风头，就因为充当了某个党派的喉舌。同样，在现实生活中也有大量这样的人，他们没有足够的人格得以自立，只好投靠一个党派以自重，以使自己成为一个人物。

① 伯尔内（Ludwig Börne，1786－1837），德国文学批评家兼政论家，激进的民主主义者，曾尖锐地批评歌德的政治态度。

“贝朗瑞相反是一个人才，一个自足自立的人才。他因此从来不为哪个政党服务。他感觉自己内心十分地充实，不需要世人再补充什么，也不担心世人会夺走什么。”

1831年5月15日，星期日

（歌德立遗嘱，指定艾克曼编辑出版遗著；《漫游时代》的临时增补）

单独陪歌德在书房里吃饭。愉快地交谈了一会儿，最后他把话题转到他个人的事情，同时站起身来，从书桌上取过一页写好了的文书。

“像我这么个已经八十开外的人，”他说，“差不多没有权力再活下去啦，我必须每天作好听从上帝召唤的准备，并且安排好家事。最近我对你说过，我已在遗嘱中指定你为我遗著的编辑出版人，今天我弄了张小小的字据，算是一份合同吧，请你和我一起来签署它。”

说着，歌德把文书放到我面前，我看见上面开列着他身后要出版的部分已经完成、部分尚未完成的作品清单，以及相关的进一步要求和条件。我基本上都同意，于是双方签了字。

所列举的材料以前我已时不时地编辑过，估计大约有十五卷之多。随后我们讨论了一些还未完全肯定下来的细节。歌德道：

“可能出现这样的情况，就是出版商对超出一定的印张有顾虑，因此不得不从成稿中抽掉这样那样的内容。在这种情况下，你可以去掉《颜色学》的论战部分。我自己的观点已包含在理论部分里，加之历史部分又多半是论争性质，里边已论及牛顿的主要谬误，论争的内容也差不多够啦。尽管我决不放弃对牛顿定律近乎严厉的剖析，它在当时是必要的，在将来仍有价值，但是从根本上讲，任何论争都有违我的天性，因此我也没多少兴趣。”

我们谈得比较详细的第二个点，是印在《威廉·迈斯特的漫游时代》第二、第三章结尾处的格言与反思。

也就是在开始对这部曾经印成一卷的小说进行修订和增补时，歌德已经做了总共出两卷的预告，跟他全集新版的预告一样。然而在实际工作中，稿子增加的量超出了他的预期，再加上他秘书抄写的松散一点儿，歌德便产生了错觉，误以为已经够印三卷，于是手稿便分成三卷交付出版。可谁料已经印了相当一部分，才发现歌德计算错了，结果后边两卷弄得太单薄，出版商只好请歌德再补些稿子去。可因为小说的情节本身已没法更改，要再插进一篇新构思和新创作的 *Novelle* 吧时间也太紧迫，所以歌德的处境真是十分尴尬。

在此情况下他派人把我请了去，对我讲了事情经过，同时向我透露他准备采取的对策。说着，他让仆人取来两大捆应急用的手稿，把它放在我的面前。

“这两包都是迄今未曾刊印过的各种文稿，”他说，“有的已经完成，有的还是片断，关于自然科学、文学艺术和社会生活的铭文警句，全都混杂在一起。你看怎么样，能不能整理编选六至八个印张出来，拿去暂时填补《漫游时代》的空缺。严格说来尽管不完全合适，可也不是完全没有道理：在玛卡丽娅的笔记里就有这样一些东西。如此一来不但解决了眼下的一大麻烦，同时还有个好处，就是顺手把一批富有价值的东西发表了出去。”

我立刻着手整理那些零零星星的文稿，在很短的时间里就完成了编辑工作。歌德看样子非常满意。我把所有警句编成了两部分，我们将一部分题名为《摘自玛卡丽娅笔记》，将另一部分题名为《漫游者的思考》。歌德这时刚好完成了两首重要的抒情诗，一首为

《题席勒头颅遗骨》，一首为《没有任何生命会化为乌有》[①]，他因此希望也立刻将它们公之于世，于是我们便在每一部分警句的末尾各附上了一首诗。

而今《漫游时代》出版了，可却没谁知道曾经发生了什么事。人们发现小说的情节让一堆谜一般的语录给打断了，只有专业人士，也就是艺术家、科学家和文学家，才可望解开这些谜，所有其他读者，特别是女读者，都必定感觉它们挺讨厌。还有那两首诗同样不大好理解，至于它们怎么会出现在这里，也很难讲清楚。

歌德对此也不禁失笑。他今天说：

“事已至此，也没有别的法子，只能是将来你在编辑出版我的遗作时，再把这些东西摆到应该摆的地方，以使它们在重印本中适得其所。至于《漫游时代》，去掉了警句和那两首诗，就可以紧缩成两卷，跟最初的打算一样。”

我们统一了意见：我将把所有涉及艺术的格言收入艺术一卷，把所有涉及自然科学的格言收入自然科学卷，同样，一切有关伦理的和文学的，也分别放到相应的卷里。

1831年5月25日，星期三

（歌德如何参与席勒的戏剧创作）

我们谈到《华伦斯泰的营帐》。因为我常听人讲歌德曾参与这出戏的创作，说什么特别是托钵僧的布道词完全出自他的笔下。今天进餐时我问起这个问题，他给了我下面的回答。

“从根本上讲，”他说，“席勒的所有作品都是他自己的创作。

① 原诗题名《遗嘱》，新的题名为其第一句。

只是呢我们相互关系如此亲密，席勒不只告诉我他的写作计划并跟我商量，而且也讨论如何实施，还根据每天的进展随时交流，听取我的意见接受我的建议，如此这般，我可以讲也真正是参与了创作。写托钵僧的布道词时，我派人给他送去了亚伯拉罕·阿·圣·克拉拉[①]的演讲稿，他立刻用它巧妙地编写成了那段布道词。

“至于个别段落是否出自我的笔下，我简直想不起来了，记住了的仅有这样两句诗：

> 被另一位上尉刺死了的上尉，
> 他遗赠给我的仅仅是几颗色子。

“因为我想交代清楚那个农民掷色子怎么老会输，便亲手在稿子上添加了这两行诗。席勒没有考虑到这点，以其一贯的大胆作风，他只管让农民掷色子，却不问他怎么会老输。我已经说过，精心构思不是席勒之所长，也可能正因此吧，他的剧作戏剧效果更加强烈。”

1831年5月29日，星期日

（歌德的泛神论信仰）

歌德对我讲到一个男孩儿，说他犯了一个小错误就怎么都不能安心。他说：

“发现这个情况令我不快。它表明这孩子心灵过分脆弱，对自身的道德人格估计太高，以至不能原谅自己犯任何错误。如果不干

① 17世纪奥古斯丁教派的僧侣，他的布道词在天主教圈子里很有名。

点儿大事使其平衡，这样的心灵会使人患上疑心病。”

前几天有人给我送来一窝小篱笆雀，同时还有一只让黏胶棍捉住了的老鸟。令我惊讶的是老鸟不只在房里一直哺育小鸟，而且甚至在被放出窗外以后又飞回到了小鸟身边。这样一种不惧危险和囚禁的亲子之爱，令我深为感动。今天我向歌德表示了我对此的惊奇。

“你真傻啊！”他意味深长地微笑着回答我说，“如果你相信神，你就不会大惊小怪了。

他原本应该感动世界，
胸怀自然也寓于自然，
他心里存在着活跃着的一切
永远不缺少他的力量和精神。

“如果上帝不曾让老鸟对小鸟也满怀这种战胜一切的爱，如果整个大自然的所有生物不同样充满这样的激情，那世界将不会存在！可事实是神性广布寰宇，无所不在，永恒的爱也就无处不显示出力量。”

前些时候，在收到一位年轻雕塑家寄来的米龙[①]《母牛和吃奶的牛犊》的仿制品时，歌德也发过同样的感慨。

“这儿，”他说，“咱们见到了一个最崇高的题材，它借助美丽的比喻，在我们眼前展现出了那个维系世界、贯穿整个大自然并赋予大自然活力的原则。这件雕塑和类似的作品，我誉之为神无处不在的真正象征。”

---

① 公元前5世纪的希腊雕塑家，最著名的作品为《掷铁饼者》。

1831年6月6日，星期一

（《浮士德》为什么借用基督教的观念和形象）

今天，歌德给我看了他补写的《浮士德》第二部第五幕的开头。我念到了菲利门和巴乌希斯的茅舍遭焚烧，浮士德深夜站在他宫殿的阳台上，嗅到了夜风吹来的烟味那一节。

“菲利门和巴乌希斯这两个名字仿佛把我带到了弗里基亚海岸，”我说，“让我想起了古代一对有名的夫妇，然而我们这一幕的故事发生在近代，情景气氛也是基督教的。”

“我的菲利门和巴乌希斯跟古代那对有名的夫妇及其传说[①]完全无关，”歌德回答。“我给夫妇俩取这样的名字，只是为了使人物性格更鲜明。相似的人物和相似的关系，要是名字再相似，就再好不过喽。”

随后我们谈起浮士德，说他性格中继承了永不知足，即使已到老年仍积习不改，尽管拥有全世界的所有珍宝并统治着一个自己创建的新王国，还是对不属于他的几株菩提树、一座茅舍和一只小钟耿耿于怀。在这点上他与以色列王亚哈不无相似，这家伙想象自己一无所有，除非他能把那波特的葡萄园也弄到手。

“在第五幕里出现的浮士德，”歌德继续说，“按照我的构思应该刚好一百岁，在什么地方明确指出这点是否好，我没有把握。”

然后我们讨论结尾，歌德提醒我注意下面这段：

---

① 希腊传说：古代小亚细亚住着一对老夫妇，他俩殷勤款待了乔装出游的天神宙斯和神使赫耳墨斯，因而得到厚报，小茅屋变成了一座大神庙，夫妇俩变成了庙里的祭司，于高龄寿终正寝。《浮士德》里两位殷勤待客的老夫妇遭遇完全相反。

灵界的高贵成员，
已逃离恶魔手掌，
我们能将他搭救，
他永远奋发向上。
还有上天也给他
如此的关怀厚爱，
还有幸福的一群
衷心欢迎他到来。

“在这几行诗里，”歌德说，“藏着浮士德得救的钥匙：浮士德自身的活动越来越高尚，越来越纯洁，直至结束，再者，从天上来帮助他的，则是永恒的爱。这样就与我们的宗教观念完全和谐一致了。根据这个观念，人要获得永生的幸福，光有自身的努力还不够，还得加上神的恩宠。

“还有你会承认，让得救的灵魂升天这个结局很难处理，在表现这类超感官的、几乎不可测知的内容时，如果我没用轮廓鲜明的基督教形象和意象使构思变得具体、实在，那就会使之平淡空洞啦。”

在接下来的几个星期里，歌德完成了还需补写的第四幕。这样，到 8 月份整个第二部的手稿都已装订成册，大功告成了。终于达到自己长期为之奋斗的目标，令歌德异常兴奋。

“打现在起，”歌德说，“我的生命已经可以视为纯粹的馈赠，不管今后我还做与不做以及做的是什么，从根本上看都完全无所谓啦。”

1831年6月27日，星期一

（反对雨果表现丑恶和可怕的事物）

我们谈论维克多·雨果。歌德说：

“雨果是个了不起的天才，只可惜完全让他那个时代的邪恶、浪漫倾向给迷住了，因此误入歧途。他除了美，也表现极其不堪、极其丑恶的东西。最近我读他的《巴黎圣母院》，真是用了很大的耐性，才忍受住读这部小说所感到的痛苦。这是一部再讨厌不过的书啦！即使对人性和人物的真实描写能给你一些快感，仍不能抵消你必须忍受的刑讯之苦。他这部作品完全违反自然，缺乏真实！他向你展示的所谓角色，不是有血有肉的活人，而是一些可怜的木偶，他提着这些木偶随心所欲地跳来蹦去，让它们做各式各样的丑态和鬼脸，只要能达到他预期的效果就好。可那是怎样一个时代啊，不但使这么一本书有可能产生，甚至还觉得它完全可以忍受，还认为它挺有趣！”

1831年12月1日，星期四

（批评雨果过分多产损害了自己才能的发挥）

…………

我们谈到了雨果，认为过分高产大大影响了他才能的发挥。歌德道：

“他胆量真大，一年竟写了两出悲剧和一部长篇小说，而且看样子写作只为挣大钱。像这样干怎么可能不越写越差，怎么可能不把宝贵的才华葬送掉。我责骂他绝不因为他努力想富起来，想博取现时的声誉，可是，他如果希望名传后世，就必须从此开始少写一点儿，多工作一点儿。”

歌德接着分析《玛丽安·德罗姆》[1]，让我了解它的素材原本只够写成极富悲剧性的、很棒的一幕，可作者出于某些完全次要的考虑，竟鬼迷心窍，拼命把它拖成了长长的五幕。

“这样只有一个好处，”歌德继续说，“就是让我们看到了作者也擅长细节描写，尽管这也并非微不足道，也有些个意义。”

1831年12月21日，星期三

（普辛和赫尔曼·封·施瓦嫩费尔德的风景画）

陪歌德进餐。我们谈到他的《颜色学》为什么难以流传。他说：

“它难以传播，因为它，你知道，不只要求人读，要求人研究，而且还要求人做，这可就难啦。写诗和画画的法则也一样，在一定程度上可以传授，但想成为一名好诗人和好画家，那就需要天才，而天才是无法传授的。要发现简单的元现象，认识它的重大意义，用它进行实践，就需要有高瞻远瞩的创造精神才行，这可就是一种罕见的、只有少数天赋极高的人才具备的才能了。

“而且光有这种才能还不行。正如一个人掌握了所有的规则，具备了所有的天赋仍然不够，还必须不懈地练习，才可能成为画

---

① 《玛丽安·德罗姆》是雨果1831年出版的一部悲剧。在歌德批评雨果的时候，他的另外两部杰作《悲惨世界》和《九三年》尚未问世。

家。《颜色学》也一样，一个人光了解它最精妙法则并具备适合的精神同样不够，还必须对一个个经常是神秘莫测的现象，以及从其派生出来的和相关联的现象，不断地做观察实验。

“例如我们一般都很清楚，黄色和蓝色混合形成绿色，但是谁要能说了解彩虹的绿色或者树叶的绿色或者海水的绿色，那他就得全面通晓整个色谱，并由此而对颜色世界获得一个迄今几乎无人达到过的高度认知。”

饭后我们观赏普辛的几幅风景画。这时歌德道：

“你看这几处让画家用上高光的地方，就不容许再表现细节了，因此对这些承受主要光线的局部，最适合表现的对象就是水、岩石、房舍和光秃的地面。反之，那些要求画出丰富细节的东西，画家就不能用到这样的地方。

“一位风景画家必须知识渊博，”歌德继续说，“光懂得透视学、建筑学、人体和动物解剖学还不够，而是甚至对植物学和矿物学也得有一些个了解。了解植物学，为了很好表现树木和其他植物的特性；了解矿物学，为了把不同类型的山画得特点鲜明。当然画家也无须成为矿物学的专家，因为他多半只是跟石灰岩、片岩和砂岩打打交道，需要知道的只是不同岩质的山的不同形状，不同的山在遭到风化时的不同裂纹，以及哪些树木在山上生长茂盛或者变成了畸形。”

随后歌德一边给我看几幅赫尔曼·封·施瓦嫩费尔德的风景画，一边对这位杰出画家的艺术和人品进行点评。

“这位画家的艺术倾向极为鲜明，”他说，“鲜明得无与伦比。他衷心热爱大自然。观赏他的画作，我们就能感受到充满他内心的神圣宁静。他出生在尼德兰，到罗马师从克劳德·罗兰，受到他师傅的全面培养，使自己卓越的天赋得到了充分发挥。”

说罢我们翻开一部艺术家辞典，想看看里边对赫尔曼·封·施瓦嫩费尔德说些什么，发现有批评称他尚未达到自己师傅的水平。

“蠢货!”歌德道。“赫尔曼·封·施瓦嫩费尔德跟克劳德·罗兰是不同的类型，这个不能讲哪个更好。如果我们一生中别无建树，仅仅只有我们的传记作者和词条撰写者讲的那点儿东西，那我们多半选错了行当，白费了精力。”

这一年年底和第二年年初，歌德又全身心投入了他心爱的自然科学研究，一方面受布瓦塞勒的激励，去进一步探究彩虹的形成规律，另一方面也出于对顾维耶和圣－希莱勒之间争论的特别关心，又研究起植物和动物形变学的问题来。他还跟我一起编辑了《颜色学》的历史部分，潜心参与了有关颜色合成那一章的修订。后者是他提议我做的工作，为了能把修订后的稿子收入他著作的理论卷。

在此期间不缺少各式各样的娱乐活动，以及他所做的精彩谈话。日复一日，他出现在我眼前都精神矍铄，体力充沛，我于是想永远会是这个样子，听取他的教诲便过分掉以轻心，以至于追悔莫及。1832 年 3 月 22 日，我不得不和成千上万高尚的德国人一起，为歌德逝世这一无法弥补损失而痛哭不止。

过后不久，我凭最近的记忆做了下面的补记。

1832 年

1832 年 1 月 5 日，星期四

（同一大师的画作无所谓优劣高下）

我的朋友托普费尔从日内瓦寄来了几册新的素描和水彩画，题材多为瑞士和意大利的风景，是他在徒步漫游期间逐渐积累下来的。歌德对这些素描特别是水彩画的优美大为惊讶，说他仿佛看见

的是罗里[①]的作品。我插嘴道，这根本不是托普费尔最成功的作品，他还有完全不同的东西可以寄来。

“我不明白你这是什么意思！即使他真还有更好的作品，那又能说明什么问题！一位画家一旦达到了艺术精湛的一定高度，那他的这幅作品是不是超过另一幅作品，几乎就无所谓啦。在他的每一件作品里，行家总是能见到大师的手笔，以及大师的全部天才和全部艺术手腕。”

1832年2月17日，星期四

（伟大人物都得依靠大众成就自己的事业）

我早先给歌德送去了一件在英国雕刻的杜蒙肖像[②]，他看来挺感兴趣。

“我经常反复观看这位杰出人物的肖像，”今天傍晚我去看歌德时，他说。“一开始有些令我反感的地方，不过我把它归咎于艺术家的处理，人物的面部表情被他刻得太硬、太深了一点儿。可是我把这极富个性的头颅注视得越久，便越来越少僵硬的感觉，直至最后完全消失了。这时候，从深色的背景上凸现出来的是一张充满宁静和仁爱的脸，一张睿智、高雅而温和的脸。一位聪明、善良、为大众谋幸福的人，通常就是这个模样，看着这模样，让人心里觉得宁帖。”

---

① 罗里（Gabriel Lory，1760－1836），歌德同时代的德国风景画家。

② 杜蒙（P. E. L. Dumont，1759－1829），瑞士哲学家、法学家和政论家，曾充任法国大革命时期的政治强人米拉波的秘书，在其所著《米拉波回忆录》（1832年）中披露了米拉波不少左右逢源的政治手腕。歌德读的是从其外甥处得到的手稿。

随后我们谈起了杜蒙，特别谈到他写的有关米拉波[1]的回忆录。在这些回忆录中，杜蒙揭开了米拉波左右逢源的秘密，让人看见他如何善于利用各式各样的势力，并且指名道姓地讲了不少才智之士曾让他动员起来实现自己的目的，他则用这些人的力量干自己要干的事。

“我不知道还有什么书比这部回忆录更有教育意义啦，”歌德说，“透过它，我们窥见了那个时代最隐秘的角落的深处；通过它，米拉波奇迹在我们眼里变得自然了，而这位英雄却并未因此丧失他的任何一点儿伟大。可现在法国的报刊上出来了一些个评论家，对此他们另有高见。这些个好人认为，回忆录作者企图毁掉他们的米拉波，因为他揭开了米拉波超人一般的行事的秘密，并且还把迄今单独归在米拉波名下的丰功伟绩分了一部分给其他人。

“法国人把米拉波看作自己的大力神赫库勒斯，而且也完全正确。只是他们忘记了，即使一尊巨无霸雕像也得由许多部分构成，即使古代的赫库勒斯也是个集体性存在，这位大力士既承担着自己的业绩，也承担着他人的业绩。

“不过归根结底，我们全都是集体性人物，你愿意也罢，不愿意也罢。要知道，我们真真正正能称作我们自己固有的东西，财产也好，品格也好，是何其的少啊！我们全都需要吸取和学习，既向先辈们学习，也向同辈们学习。即使是最伟大的天才吧，如果完全凭借自身的天赋，也不会有大的出息。可是许多很优秀的人偏偏不明白这点，老梦想着要独创，结果便在黑暗中摸索了半辈子。我曾认识一些艺术家，他们自诩没有任何的师承，一切一切全靠自己的天才。真是些傻瓜啊！好像这真可能似的！好像这个世界不是一步

---

① 米拉波（H. G. C. de Mirabeau，1749—1791），法国政治家，主张君主立宪。大革命初期以第三等级代表身份选进了三级会议，同时却暗中勾结宫廷，遂于 1791 年登上议长宝座。

步紧逼着他们，他们尽管愚蠢却仍被它造就成了个样子！是的，我断言，这样的一位艺术家只需沿着这间屋子的四壁走一圈，匆匆将我挂在墙上的大师们的素描瞅上一瞅，如果他确实有些天才的话，那他在离开时就会变成另外一个人，一个更加高明的人。

“总而言之，除了吸取外界资源并用其为我们的崇高目的服务的能力和意愿，我们身上还有什么优点呢？请允许我讲讲自己，直言不讳地说出我的感受。在漫长的一生中，我确实做了一些事情，完成了一些的确可以引以为自豪的作品。可是老老实实地讲，除了看、听、辨别和挑选，以及用自己的心智赋予所见所闻以生气并将其艺术地再现的能力和意愿之外，我没有什么真正自己的东西。我的作品决不能仅仅归功于我个人的聪明才智，而要归功于千千万万我以外的其他人，是他们给我提供了写作的素材。我曾遭遇过许多的愚人和智者，许多头脑清醒的人和固执褊狭的人，许多儿童、青年和成熟的老年人，他们全都告诉我他们的感受和想法怎样，他们如何生活和工作，他们积累了怎样的经验，我呢，仅仅是加以取用，仅仅是收获别人为我播种的东西，如此而已。

“归根结底，是凭自己的天赋得到什么或是从别人那儿获得什么，是通过自己获得成就或是通过他人获得成就，这样的问题毫无意义，关键在于，你得有强烈的意愿，并且具备实现自己意愿的能耐和毅力，其他一切全无所谓。米拉波尽可能地利用了外界和外界的力量，他完全正确。他具有识别人才的天赋，才智之士受他强大天性的灵魔吸引，纷纷投奔他，心甘情愿地接受他的领导。这一来，他身边便围绕着大批杰出人物，他又以自己如火的热情感染、激励他们，使他们投身他高尚的事业。他的天才，他的独创性，他的伟大，也都正好在于他善于与人合作，善于通过他人成就自己的事业。

1832年3月初

（出身和气质）

进餐时歌德告诉我，卡尔·封·施彼格尔男爵要来看他，说他太喜欢男爵这个人了。他道：

“他是位非常英俊的年轻人，气质、风度一看就可断定是个贵族。他休想否认自己的出身，正如他无法否认自己高贵的气质。因为他出身和气质两者俱佳，这便使他具有了一种怎么掩饰也掩饰不了外貌特征。有些个像美貌这样的无形力量，你只要靠近它们，就不会不感觉到它们的卓尔不群。”

1832年3月11日，星期日

（谈《圣经》的真伪、基督教的原始教义以及“神性”的表现）

晚上在歌德家待了近一小时，谈了各种有趣的话题。新近我买了一部英文《圣经》，发现不含《外经》，因此深感遗憾。未收入的具体理由是它们被视为“伪经”，亦即不是真正来自上帝。我于是见不着多比这位纯洁高尚的虔诚转变的典范，也读不到《所罗门的箴言》和《西拉克之子耶数的箴言》[①]，读不到所有这些举世罕有的、高度智慧和道德的文献，心里实在不是滋味。我向歌德抱怨人

① 亦名《耶数智慧书》或《便西拉智训》，为“次经”的一卷。

们眼光极度狭隘，只把《旧约》的一些篇章视为直接来自上帝，其他同样精彩的却不是，仿佛世间还会出现什么高尚、伟大的东西，竟然可以不是来自上帝，不是在上帝影响下结的果实似的。

“我完全同意你的意见，”歌德回答说。“不过看《圣经》的有关问题，存在两种观点。一种是原始宗教的观点，也就是纯粹自然和理性的观点，出自上帝的观点。它永远保持原来的样子，将一直延续和有效，只要什么时候还有上帝的造物存在。不过呢，这种观点只适合于少数‘选民’①，它太高尚、太尊贵，不可能普及。然后就有了教会的观点，更符合人本性的观点。这种观点是脆弱的，是易于变化而且也确实处于变化中的，只是在不断的变化当中依然会延续下去，只要什么时候还存在软弱的人类。未经污染的上帝的启示之光太纯净、太明亮啦，不适合可怜的、极端软弱的人们，非他们所能承受。教会于是充作好心的中间人介入进来，起缓解和调和的作用，以便所有人都得到救助，以便许多人都感觉幸福。于是对基督教教会便有了这样的信仰，即相信它作为基督的后继者，可以解除世人深重的罪孽，而通过这一信仰，教会就拥有了巨大的权威。基督教教士们的主要注意力呢，便也放在了保持自身的这一权威和声望和维持教会的大厦岿然不动上面。

“因此，教会很少过问《圣经》里的这篇那篇是否对开启人的心智大有帮助，是否对提高人的德行、纯洁人的天性有所裨益，反过来，倒是在摩西五经②中大讲人类祖先犯罪堕落，因而需要诞生一位救世主的故事；接着又在先知书里一再暗示所期待的救世主即将出现，最后在福音书中让我们看到他真的降临人世，并为补赎我们人类的罪孽而被钉死在了十字架上。你瞧，遵循这样的目的和方

---

① 这儿的所谓选民是基督教新教的一个名称，指事先被上帝挑选出来予以特殊照顾的善人。

② 摩西五经指《圣经·旧约》开头的五篇，即《创世纪》《出埃及记》《利未记》《民数记》《申命记》。

向，以这样的标准进行衡量，高尚的多比也好，所罗门的智慧和西拉克的箴言也好，都不会有多少意义啦。

“再者，《圣经》这部书中的真与伪问题，就更奇怪了。什么叫作真，难道不是那些与纯粹的自然和理性和谐一致，今天仍有益于人类最高发展的优秀品性吗！什么是伪，无外乎不能结出果实的，至少是结不出好果实的荒谬、空虚和愚蠢！如果以向我们传播的内容是否绝对真实做标准来判断真伪，那么，我们甚至对《福音书》一些地方的真实性也有怀疑，因为其中马可和路加所记都不是亲身见闻和经历，而是事后根据口头传说补写上的，而最后的约翰三书也是约翰到了晚年才写他年轻时的事情。尽管如此，四福音书在我看来还全都绝对真实，因为其中强烈地反映着基督崇高的人格，他那样地神圣，尘世间可谓绝无仅有。如果有人问我，崇拜敬畏基督符不符合我的天性，我会回答：绝对符合！我要对他顶礼膜拜，因为我视他为最高道德准则的神圣启示。如果有人问我，崇拜太阳符不符合我的天性，我会同样回答：绝对符合！因为太阳是最高存在的启示，也即为我们尘世中人有幸见到的最强有力的存在。我崇拜它，因为它包含着神赐的光明和生殖力，全靠着这些，我们人类还有和我们一起的动物植物，才得以生存和繁衍。可是有人问我，我是不是愿意向使徒彼得或保罗的一根拇指骨头鞠躬，我却会回答：饶了我吧，千万别用你们这些荒诞不经的玩意儿来烦我！

“‘切莫熄灭精神！’那位使徒说。

“在教会的规章中有太多荒谬的东西。可它仍然想维持统治，于是就必须有一些昏庸的群众对它俯首帖耳，任随它统治。高高在上的、富得流油的教士们什么都不怕，怕的就是下层民众的启蒙，所以也一直尽量不让民众接触《圣经》。因为一个穷教徒如果在福音书里看见基督是那么贫困艰辛，只能领着他的那些门徒谦卑地徒步而行，相反身居高位的主教们显赫、富有如同王侯，出行总是乘坐六匹马拉着飞跑的豪华车，真不知心里会做何感想喽！

“我们压根儿不清楚，”歌德继续说，“总而言之，我们一切都得感谢马丁·路德和他发动的宗教改革。[1]我们摆脱了愚昧的锁链，由于文化的不断发展而获得了追本溯源、把握纯净的基督教义的能力。我们重新有了勇气立足于神的坚实大地，并且体验我们由神赐予的真实人性。任随精神文明不断地提高好了，任随自然科学在更大的广度和深度上继续发展好了，还有人的心智也无论怎样扩展—— 一切反正都超越不了基督教义闪烁在福音书中的崇高道德之光！

“不过我们新教徒在纯洁道德的路上前进越迅速，天主教徒们跟得也会越快。时代的伟大启蒙影响日益扩大，一当他们也有所体验，便必定会跟上来，愿也罢，不愿也罢。如此一来，最终所有教派都将合而为一。

“还有新教内部讨厌的派别之争也会停止，随之而来的是父子之间、兄妹之间也不再相互仇恨和敌视。因为一当人家理解了基督原本为博爱的纯正教义并将其化为血肉，就会感到自己生而为人的伟大和自由，对这派或那派外在仪式细枝末节的差异也不会特别在乎了。

“还有我们全体都会渐渐从信奉一种言语和信仰的基督教，转而信奉思想和行为的基督教。”

话题转到了在基督之前，在中国人、印度人、波斯人和希腊人中间曾生活过一些伟大人物，在他们身上，跟在《旧约》中讲到的一些伟大犹太人身上一样，也体现了神的力量。还探讨了这样一个问题，就是在我生活的现代世界，神的作用又如何影响伟大的天才人物。

---

① 马丁·路德1517年以反对教会卖“赎罪符”敛财发动了宗教改革，1521年在逃避迫害避居瓦特堡时将《圣经·新约》从拉丁文翻译成了德语，不但打破了教会对阅读和诠释《圣经》的垄断，还促进了德语的统一，影响至为深远。

“如果听听人们谈话，”歌德说，“你几乎会相信，从古代起神就已归于寂灭。人呢，似乎现在完全自立了，必须考虑在没有神和神每日呵护的情况下如何继续活下去。在信仰和道德问题上，大家还承认神的影响，可在科学和艺术方面，就相信一切纯属尘世的事情，没有任何别的，纯粹是人的能力的产物罢了。

“可是请试试仅凭人的意愿和能力也创造出一点儿什么来，并且把它摆在那些冠以莫扎特、拉斐尔或者莎士比亚之名的作品边上比一比！我知道得很清楚，这三位高贵的人物绝非空前绝后，在所有艺术领域，都曾有大量杰出的天才进行创造，并也创作出了完全可以与上述三人媲美的杰作。然而，如果他们与这三人一样伟大，那么他们也就同样地超凡脱俗，同样的是受到了神的眷顾。

“总而言之，事情原本是怎样，应该是怎样呢？事实是，在那尽人皆知的、幻想的六天创造之后，上帝根本没有去休息，而是继续在努力工作，像第一天一样。用简单的元素拼凑出这个粗笨的世界，使它年复一年地在阳光中转动，肯定已让他不感到有多少乐趣，因此他又计划在这些物质基础上建个苗圃，好培育出一批人类精英。就这样，他继续在比较杰出的人物身上下功夫，以其作为平庸之辈的表率。”

歌德不作声了，我却将他这一番睿智而深刻的话牢记在了心里。

几天以后

（歌德论诗人的祖国和爱祖国；艾克曼瞻仰歌德遗体）

我们谈到了希腊人的悲剧命运观。歌德说：

“这类的观念不再适应我们今天的思维方式，已经过时了，整个说来也和我们的宗教观矛盾。一位现代作家再把这些老观念写进剧本里，就总是显得矫揉造作。这犹如一件早已不时兴的外套，就像古罗马人的袍子什么的，穿在我们身上就是不合适。

“我们现代人更适合使用拿破仑的语言：政治即命运。可千万别学我们的先锋作家说什么：政治即文学，或者政治是适合诗人的题材什么的。英国诗人汤姆逊写了一首挺棒的描写四季的诗，可写起自由来却糟糕得很，[①]倒不是因为诗人缺乏诗才，而是因为题材缺少诗意。

“诗人想搞政治就必须参加一个党派，如此一来就必然失去作为诗人的自我。他必须对自己的自由精神道再见，对自己不受约束的观察道再见，相反得把褊狭和盲目仇恨的软帽拉下来把耳朵蒙住。

“诗人作为人和公民是会爱自己的祖国，不过呢，他发挥自己诗才、以诗为事业的祖国是善，是高尚和美。这个祖国不限于某个特定的省份，某个特定的国度，他无论在哪儿发现了它，就会将它抓住，并且加以表现。他犹如一只翱翔在广阔大地上空的雄鹰，看见野兔就会箭一般扑下去，根本不管那兔子是在普鲁士，还是在萨克森。[②]

“还有，到底什么叫爱祖国？到底什么叫爱国行动？一个诗人终生致力于与有害的偏见做斗争，消除狭隘的观念，开启民众的心智，净化他们的审美趣味，使他们的思维情操变得高尚起来，难道他还能做什么更好的事吗？难道他这样做还不够爱国吗？对一位诗人提出如此不合实际的、毫无益处的要求，就如同要求军队的一个团长：为了做一名合格的爱国者，他必须卷入政治纷争，而把自己

① 汤姆逊（James Thomson，1700－1748），英国早期浪漫主义诗人，《四季》和《自由》都是他比较著名的作品。

② 普鲁士和萨克森是德国境内的两个邦国。

的本职工作放到旁边。可是，一位团长的祖国就是他的那个团，他要成为一个出类拔萃的爱国者，原本无须过问政治，除非直接牵涉到他。与此相反，他只要全心全意地努力带好自己统辖下的那几个营，把他们训练好，管束好，使一切都井井有条，以便一当祖国处于危难之中，他的部下能尽职尽责地完成使命就行了。

“我恨一切的敷衍塞责、滥竽充数，视它们如同罪恶，但我特别恨的是有关国家大事方面的滥竽充数、敷衍塞责，因为它们会给千百万人带来灾难。

“你知道，总的说来我很少过问别人对我写些什么，只不过呢却常常又会传到我的耳朵里。我很清楚，我尽管一生辛劳，我的所作所为在某些人眼里却一钱不值，原因就在我不屑于与党派之争搅和在一起。为了得到这些人的认可，我必须变成雅各宾俱乐部的会员，宣传流血和杀戮![1]别再扯这糟糕的话题吧，免得在反对非理性的过程中，我自己也跟着失去了理性。”

同样地，歌德也批评了乌兰特为另一些人大肆吹捧的政治倾向。他说：

“你注意，政治家乌兰特将吞噬掉诗人乌兰特。[2]当上议会议员，每天都生活在争吵和激动中，绝不适合诗人柔弱的天性。他的歌声将会消失，这相当可惜啊。施瓦本那地方富于教养，存心良善，又能干又会说，适合当议员的人有的是喽，然而像乌兰特似的诗人，仅仅只有一个。”

歌德殷勤地接待的最后一位客人，是阿尔尼姆夫人[3]的长子，

---

① 在这里歌德影射的是伯尔内等激进的社会民主主义作家。

② 乌兰特（Ludwig Uhland，1787－1862），德国施瓦本浪漫派的主要代表。

③ 阿尔尼姆夫人（Bettina von Arnim，1785－1859），即贝蒂娜·封·阿尔尼姆，系德国浪漫派重要代表阿西姆·封·阿尔尼姆（Achim von Arnim，1781－1831）的妻子。她本身也是一位作家，与歌德关系甚好，以所著《歌德与一个孩子的通信》闻名于世。

他写下的最后的文字，是题在这位年轻朋友纪念册里的几行诗。

歌德逝世的第二天早上，我产生了再瞻仰一下他遗容的强烈愿望。他忠诚的仆人弗里德利希为我开了停放遗体的房间的门。歌德仰面躺着，安详得如同睡熟了似的：高贵威严的面容神情坚毅，笼罩着深沉的宁静，饱满的额头似乎还在进行思考。我想得到他的一缕卷发，然而敬畏之情制止我去剪它。他赤裸的身躯裹在一条白色床单里面，四周贴身摆放着巨大的冰块，为的是尽量久地保存遗体完好。弗里德利希牵开床单，我对遗体那天神一般的伟岸美丽惊叹不已。宽阔有力的胸部高高隆起，丰满的双臂和双腿微微显露出肌肉，两只脚脚型单纯而精致，全身不见丝毫潮湿、消瘦和干瘪的迹象。面对这样一位完美、魁梧的男子我无比惊讶，一时间竟忘记了不朽的精神已经离开了他的躯体。我把手扪在他心口上，四处寂静无声，我转身往外走，以便让噙在眼里的泪水痛痛快快地流淌。

译余漫笔

歌德的立体“全身塑像”

杨武能

世界文学宝库珍奇无数、异彩纷呈，在这中间艾克曼的《歌德谈话录》却独标一格，堪称一部价值非凡的佳构杰作。此书德文原题名为*Gespräche mit Goethe in den letzten Jahren seines Lebens*，照直译出来大致是《与暮年歌德的对话》。包括作者艾克曼本人在内，恐怕谁也不曾料到它会从汗牛充栋的类似著述中脱颖而出。许许多多同样记述歌德谈话和生平的文字都湮灭无闻了，艾克曼这部书长期广泛流传，成为一部深受文艺界、学术界和普通读者青睐的世界名著，因而也独占了《歌德谈话录》这个既响亮又蕴涵丰富的题名。时至今日，这部书不但在德国家喻户晓，即使在我们时空相距遥远的中国，任何有教养的人都不会不知道艾克曼的这部大作。教育部把《歌德谈话录》列入了给中学生的推荐书目，就足以证明它多么受重视。仅仅靠着这样一本书，作者艾克曼便得以留名青史。

艾克曼何许人，为什么偏偏是他完成了这部作品？

对于此书的产生和成功，歌德本人除了被动地接受“访谈”，是否还主动、积极地做了什么？

《歌德谈话录》究竟是怎样一部作品，为什么具有如此巨大的价值，产生了这么深远的影响？

就诸如此类读者和专家都不会不感兴趣的问题，亦即一些个直接关系到本书的理解和欣赏的问题，笔者准备介绍一些自己掌握的情况，谈谈个人的粗浅看法。

《歌德谈话录》何以偏偏出自艾克曼笔下？

《歌德谈话录》之出自艾克曼笔下绝非偶然，成就他的既有客观的机缘，更有他主观的种种优越条件。从他这近乎歪打正着的成功，我们真可以获得许多启示。

艾克曼（Peter Johann Eckermann，1792－1854）出生在普通的农民家庭，虽家境贫寒却勤奋好学，求知欲旺盛，故而能靠自己的努力和好心人的资助念完大学。艾克曼喜欢文学特别是诗歌，对大诗人歌德更崇拜得五体投地，不但自己的诗歌创作以歌德为楷模，还写了一部主要以歌德作品为范例的诗论。他专程到魏玛拜谒歌德，目的就是拿自己的诗作登门求教。

1823 年 6 月 10 日，年已七十五岁的大诗人歌德在自己魏玛的家中，像无数次地接待他的仰慕者一样接待了年轻的艾克曼，并对他留下了一个为人诚恳、勤奋、踏实的好印象。这便决定了时年三十一岁的小伙子一生的命运，因为年事已高的歌德已在考虑自己的身后事，正留意物色一名适合在将来编辑、整理和出版他遗作的助手。艾克曼的人品、学识和文笔俱佳，在他看来正是再恰当不过的人选。多亏老天帮忙，让这么个年轻人恰恰此时出现在歌德面前！

于是老诗人很快便拿了一些早年的作品让小伙子试着编辑整理，结果相当令他满意。随后经过歌德诚恳的邀请，艾克曼便留在魏玛，后来他又在多次挽留之下一待待了整整九年，直至歌德 1832 年 3 月逝世。

在这漫长的岁月里，艾克曼成了歌德家受欢迎的常客和工作中得力的帮手，不但经常有机会与大诗人和大思想家聚首倾谈，还在相互了解的基础上与这位自己深深敬慕的长者建立了诚挚的友谊。面对年轻的艾克曼，身份和地位极其显赫的魏玛重臣、“诗坛君王”和“奥林帕斯山上的宙斯”一改旧貌，不只慈祥和蔼，而且推心置腹，无所讳避，一打开话匣子就滔滔不绝。艾克曼呢，作为后学、助手和景仰者，对老诗人睿智的谈吐自然更是洗耳恭听，生怕有所遗漏和疏忽。就这样，长时期地在如此难得的良好环境和氛围里，便孕育和诞生了《歌德谈话录》这部无与伦比的精彩杰作。

不过，起作用的当然不只是歌德和蔼、主动的态度，不只是良好的环境氛围。须知除了艾克曼，歌德身边还有过其他一些学识渊博、文笔劲健同时也受到老诗人善待的人，他们却要么没想到做，要么想到了却没能做成这样一件看似并不起眼，然而却堪称不朽的事情。

原因在哪里呢？原因在艾克曼具备一些其他的人没有的主观条件和优秀品格：

艾克曼生性温和，善解人意，富有观察力，在与人交流时既乐于聆听，也善于提出问题，对于渴望述说的老人来讲，他真是一位求之不得的理想对话者。艾克曼的这些特点和优点也即他取得成功的原因，都充分表现在言行里，凡读过《歌德谈话录》的人都能体会出来。

还有一点更加难能可贵，就是艾克曼非凡的眼光。他一开始似乎就意识到了记录歌德谈话的重要意义，因此不但时时事事格外留心，且能持之以恒，坚持记录整理歌德日常的言谈达九年之久，真可谓一位世间少有的、独具慧眼的有心人！要知道歌德留这个年轻后生在身边原本只是让他做编辑旧作的助手，艾克曼以此获得的报酬看来也不多，所以还得靠教授学生解决生计。所以他待在魏玛不只是生活清苦、忙碌，甚至还牺牲了自己的文学创作乃至家庭生活。可是结果呢，付出当然获得了异常丰厚的回报：艾克曼以他在给歌德当助手期间堪称独特的建树和贡献，在德国的思想文化史上永远留下了自己的名字和影响。

说到艾克曼的建树和贡献，不能不指出他除编辑出版歌德的遗作全集，除写成独一无二的《歌德谈话录》，还激励、催促和帮助歌德完成了自己最重要的作品《浮士德》第二部。甚至可以讲，如果没有艾克曼，很可能也就没有完整的、旷世不朽的《浮士德》！在促使歌德充分发挥创作才能这点上，原本卑微的小人物艾克曼，完全可以和赫尔德、席勒等德国思想文化史上的巨人并肩站在一起。

一点启示：在拥有六千年文明的中国，从古至今也涌现了无数的大诗人、大文豪和大思想家，然而似乎却没有一个像艾克曼这样“伟大的”小人物和助手。就因为没有这样的助手，经过时间长河的无情冲刷、汰洗，我们大文豪和大思想家本该留下的丰富精神遗产逐渐归于无形，已失去和湮灭掉了的真不知有多少！

自白与自述：歌德的“全身塑像”和又一部《诗与真》

顾名思义，艾克曼的《歌德谈话录》应该是以歌德为主体和中心的谈话记录，也即一部纪实之作。它之重要，毋庸讳言，首先在于歌德这个人的重要。歌德身为诗人、作家、思想家以及自然研究者和政务活动家，所以谈话涉及的方面非常广泛。然而歌德首先被视为一位文学家，谈的问题也多涉及文学艺术，此书通常便归入了文艺类的著作。

谈话的时间自 1823 年 6 月 10 日至 1832 年 3 月初，也就是歌德在世的最后九年多，但是内容却不局限于这段时间发生的事情，还包含大量歌德对往事的回忆，对未来的展望。歌德喜欢把自己一生的创作称作一篇巨大的“自白”，其实艾克曼的这部《歌德谈话录》才是他真实而全面的自白。人们因此视它为又一部歌德“自传”，也有人称其为一尊立体的歌德“全身塑像”。

现在的问题是，歌德这部“自传”、这尊“塑像”是否真实可信呢？为回答这个问题，得看一看它产生的具体过程。

歌德本人是谈话的主体，也即亲自参与了“自传”的写作和“塑像”的雕琢，这就保证了它基本真实可信。可为什么讲基本，而非完全呢？因为有以下一些情况——

歌德与艾克曼谈话绝大多数都在他魏玛的家里，但有时也会在散步的路上或者外出的马车中。即使坐在家里吧，艾克曼也并非随谈随记，更不具备今日的录音条件，而多半只能在事后根据简单的日记进行回忆和整理，有时甚至连日记也没有，整理只得全凭记忆，而又并非总是整理得那么及时。

再有，尽管艾克曼很早就考虑到了出版，歌德本人却不同意在自己生前办这件事。到 1830 年他终于松了一点儿口，但审阅谈话记录稿的承诺却至死未能兑现。后来人们用新发现的歌德日记对照谈话录，便发现其中的记载难免有一些出入。

由上述两点，便得出了“自传”和“塑像”基本真实可信的判断。

《歌德谈话录》的第一、二卷出版于 1836 年，也即歌德逝世已经过了四年。出版后在文艺界反响强烈，也得到歌德的至亲好友认可。这大大鼓舞了艾克曼，于是他第二年开始着手编写第三卷。可是由于前两卷销售不畅等原因，第三卷的辑录、整理和出版竟拖了十二年，到 1848 年才得以问世。这一般都在译介时舍去了的第三卷，不但更多地依靠的是艾克曼本人的回忆，还包含了相当多歌德和艾克曼的瑞士友人索勒（F. J. Soret）辑录的歌德谈话。

在谈话录的出版前言中，艾克曼写道：

> 我认为歌德这些有关人生、艺术和科学的谈话，不仅仅包含着不少的启示，不少无比珍贵的教益，而且作为对他这个人

的直接写生，尤其有助于使我们心目中从他丰富多彩的作品里得来的歌德形象，变得更加丰满完整。

不过我也远不认为这些谈话描绘出了歌德全部的精神。这位非凡的天才人物好比一颗有许多个侧面的钻石，每一面都反射着不同的色彩。正如在不同场合和不同的对象面前他都是另一个人，我也就可以十分谦虚地讲：书里的这个只是我的歌德。

艾克曼这些话的意思是，对歌德这位伟大而复杂的人物很难有完全准确和绝对真实的描绘，他谈话录里塑造的只是“他的歌德”，也即他所见的歌德，他心目中的歌德。这是因为，艾克曼在记录歌德的言谈时必定有自己的取舍，必定有由于崇拜而加入的理想成分，甚至也可能于无意间混杂进了自己的好恶。因此德国学者干脆将艾克曼的《歌德谈话录》与歌德回忆他青年时代的自传《诗与真》相提并论，即认为在基本真实的前提下也容忍了诗化或美化的不尽真实。

结论仍旧是，《歌德谈话录》“基本真实可信”，它基本上反映了老年歌德的精神面貌和思想观点，确实富有智慧、教益和启迪，值得我们认真汲取。

《歌德谈话录》的丰富内涵和巨大价值

也因此学者们大都强调《歌德谈话录》是一部“智者之书”，因为它凝聚着大诗人和大思想家歌德的思想和精神，如有学者说的是一座“歌德思想和智慧的宝库”。的确，在书里可以听见歌德以高度凝练、概括和富有个性的语言，有声有色地谈论宇宙、自然、社会、人生、哲学、政治、军事、文学、艺术乃至为人处事、剧院经营管理等等，也就是如先前的译家朱光潜先生和洪天富先生都着重指出的，这部书相当全面、具体地反映了歌德的宇宙观、世界观、人生观以及政治思想和文艺思想。因此，艾克曼的《歌德谈话录》不但给予广大读者以智慧的营养和思想的启迪，也为研究歌德的学者提供了可称权威的依据。

歌德首先是一位文学家，谈论文学、艺术和美学的时候自然特别多。他在谈话中不只阐明自己对种种文学问题的观点，还经常分析自己的作品，特别是当时正在写作的《浮士德》第二部，为其中一些难解的问题，例如怎样解读《古典的瓦普几斯之夜》、“人造人”以及怎样看待悲剧的开场和结尾借用基督教的观念和形象等等，给出了自己的答案。谈话过程延续了八九年，他几乎涉及了包括《少年维特的烦恼》《威廉·迈斯特》《塔索》《亲和力》等等在内的几乎所有主要作品。除此他还没少回忆初入文坛时伯里施、梅尔克、赫尔德等对自己的帮助，回忆与挚友席勒在创作中的相互激励，相互切磋，以至有的作品难以说清究竟谁的贡献多一些。因此，《歌德谈话录》又被称作“打开歌德创作之门的一把钥匙”。

除了谈自己的创作，歌德还更多地以同时代人和文学同行的身份，近距离地评介了一系列德国作家和欧洲作家。例如欧洲作家，他经常谈到的有英国的莎士比亚、拜伦、斯科特，法国的莫里哀、贝朗瑞、雨果，意大利的但丁、曼佐尼和西班牙的卡尔德隆等等。对这些世界级的大作家，他不但具体地分析他们创作的特点和成功之处，还指出其不足——创作和性格的不足。这后一点更加难能可贵，非自己也是世界级的大家所不可为。歌德学识渊博，视野开阔，目光犀利，高瞻远瞩，观察所及常常称得上慧眼独具，识见高卓。一个例子就是他基于对包括对东方文学在内的世界各国文学的关注和了解，在谈中国的明代小说《好逑传》时第一个提出了“世界文学”的伟大构想，在我们这里早已经成为美谈。因此，外国文学特别是欧洲文学的研究者和爱好者，也可视《歌德谈话录》为一部不可多得的辅助参考读物。

还有，歌德自幼学习绘画，热爱造型艺术，长期从事艺术品收藏，因此具有很高的艺术鉴赏力。《歌德谈话录》涉及各类绘画以及雕塑和建筑艺术的篇幅不少，现在常常挂在我们口里的“建筑是凝固的音乐”时髦说法，很可能最早是出自歌德之口（1829 年 3 月 23 日）。至于对拉斐尔、鲁本斯、德拉克洛瓦等绘画大师的作品，歌德在谈话里更有不少具体、细致和精到的分析和评说，例如 1827 年 4 月 11 日对鲁本斯的一幅风景画的分析等等，简直就是一篇篇精彩的画论！

再者，歌德不只谈论具体的文艺作品，也经常探讨诸如自然与现实、感性与理性、内容与形式的关系之类的文艺美学问题，同样不乏真知灼见。

中国有句俗语：“与君一席话，胜读十年书。”说明与长者、智者谈话交流，虚心听取他们的教诲，对增长我们的见识、启迪我们的思维、提高我们的学养和德行多么有益，多么重要。大思想家、大文豪、大诗人歌德可并非一般意义的长者和智者，而是处于人类思想文化史顶峰之上为数不多的巨擘之一。多亏了非凡的有心人艾克曼，他用他的《歌德谈话录》，在卷帙浩繁的歌德著作的边上另建了一座歌德思想精神的宝库，为后世留下了一份承袭起来更加方便的宝贵遗产。通过他和他的这部书，我们可以与歌德做整整九年的心灵交谈和交流，所获得的东西又会是多少啊！

另眼看歌德：不可忽视的可读性和趣味性

《歌德谈话录》的思想意义和学术价值怎么估计都不算高，先贤们也强调得够多了，自朱光潜先生的选本在 1978 年问世以来，已经相当地深入人心。这当然不是说无须继续对此书进行思想和学术研究，宝库中待发掘的珠玉珍玩确实还相当不少，可堪玩味的慧语隽言、哲理智慧还比比皆是。笔者再次只想强调，此书其实也极富可读性，其实也好看得很。

是的，富有思想意义和学术价值的《歌德谈话录》的确非常好读、耐读，非常好看、耐看！它虽说讲了许多有关宇宙人生、文学艺术的重大问题，但却深入浅出，因为都紧密地结合实际，是诗人、哲人、智者无比丰富的亲身经历见闻和所思所感的浓缩、结晶。读这部书，我们不只能认识歌德生活的时代、地域和环境，还会进入他的精神世界，不知不觉间眼界便获得极大的开阔。

例如谈戏剧问题，他便结合自己和席勒的戏剧创作，以及他长期管理剧院的经验。在这中间，有趣的逸闻趣事真是不少。而尤为可喜的是，在书里我们见到一个与自己信赖的助手和忘年之交促膝谈心的歌德，一个走下了神坛的有血有肉、谈笑风生、亲切和蔼的歌德，一个既有人的优秀品质又有人的毛病，既理性、睿智又怪僻乃至迷信的歌德。总而言之，在歌德的这部“自传”或者更准确地讲是“自述”中，我们会发现一些他身上常常被忽略了的品质，会看见一个在日常生活中平易近人，既平凡又伟大、既风趣又可爱的歌德。因为名为《歌德谈话录》，实则所记并非纯粹是对话，也有老年歌德生活状况和情态的不少描写。

这里仅举几个让我们对歌德刮目相看亦即另眼看歌德的例子：

在人们的心目中，歌德这样的大诗人和大思想家一般都不擅长行政和经济事务，其实不然。不说他做过魏玛管辖甚多的大臣，就讲他长期担任魏玛剧院的总监，就显示出了丰富的管理经验和非凡的经济头脑。1825 年 3 月至 5 月以剧院为话题的很多，不少都对我们极有启发意义。例如他讲：一个剧院要站住脚，必须要排练出一套反复上演、常演常新的保留剧目；剧院绝不能为省钱而让二三流演员挑大梁；剧院要想成功，光有好的演员班子不够，还必须致力于提高观众的修养，拥有一批属于自己的高水平观众；特别强调必须重视票房收入，认为票房好坏也反映演出的质量。

一般人都有歌德生性浪漫、在男女关系方面轻浮随便的印象，其实并非完全如此。他在讲到如何当个称职的管理者时说自己有两个大敌，一是他太爱才，二是剧院里漂亮女演员众多，也不乏出于各种原因来投怀送抱者，自己一不留神就会堕入情网，失去待人处事的公允和领导者的威信，所以他一直很注意保持与她们的距离。（1825 年 3 月 22 日谈话）这些话虽出自歌德本人之口，但也证明他在男女问题上并不随便、轻浮。他虽一生多恋，却都因为确实对对方产生了爱情。

歌德出身富裕市民家庭，后来身居高位，名声显赫，在传世的肖像画上也衣着讲究，我们便相信他一生乐享富贵荣华。其实也不是啊。一次他在拍卖会上拍到一张漂亮的绿色扶手椅，但是却说："不过我将很少坐它，或者甚至根本就不坐，因为任何的安逸舒适，原本完全违反我的天性。你瞧我房里没有沙发，我永远坐的是我这把老木头椅子，直到几个星期前才给它加了个靠脑袋的地方。一个家具舒适而讲究的环境，会破坏掉我的思维，使我处于安逸的被动状态。"（1831 年 3 月 25 日谈话）

歌德长期效力于魏玛宫廷，也曾晋封为贵族，许多人都批评过他的"贵族趣味"，甚至骂他是"公侯的奴仆"。可是读了他 1827 年 9 月 26 日的谈话，听他讲："我并非现在自夸，而是事实确乎如此，在我乃本性使然：就是对于纯粹的王公贵族，如果他们不同时具有人的优秀品性和价值，我从来不存多少敬意。是啊，我对自己的身份处境挺满足，感觉自己很是高贵，因此如果人家要把我变成王侯，我一点儿不会受宠若惊。在发给我贵族证书的时候，许多人以为我因此会飘飘然了。才不喽，咱们私下说吧，我真是无所谓，一点儿无所谓！身为法兰克福的富有市民，我们一直视自己如同贵族，手里多了一纸证明文书，并不意味着我在思想品德方面比过去有丝毫长进。"我们大概就会改变看法。

总之，艾克曼的《歌德谈话录》能帮助我们更全面地认识歌德，也发现另外一个歌德。

《歌德谈话录》确乎是一座宝库，还有太多精彩有趣之处等待读者自己去发掘、占有和把玩。在强调它的可读性时，这儿想再说说它的文学价值也就是文学性，因为两者原本关系密切。有关内容方面上边已经讲了不少，只再讲艾克曼流畅、灵动、优美的文笔，也配得上歌德老人深邃博大的思想和隽永雅致的谈吐，与之相得益彰。难怪《歌德谈话录》会博得眼光挑剔的尼采的称赞，说它是“空前优秀的德语作品”（… das beste Buch，das es gibt）。

“全译本”问题及其他

凡是认真做过翻译的人都有体会：要理解一部作品与其阅读五遍，不如翻译一遍。因此翻译完一部书特别是内涵深刻丰富的杰作，必定会有不少的心得、体会留下来。上面写出来与读者分享的，正是笔者译完《歌德谈话录》后的一部分心得、体会。

关于《歌德谈话录》的方方面面，可以讲的还很多。限于篇幅，仅再交代一下有关此书译本的二三问题。

1978 年朱光潜先生的选译本刚面世，立即成了正跟随冯至老师研究歌德的我最常阅读和引用的一本书。后来也曾多次动过自己搞一个全译本的念头，但由于先做了其他更急迫的事情，还没等动手，洪天富先生等的两个“全译本”就出来了。如果不是不断有出版社来约我搞新的选本，我是下不了决心再来“炒冷饭”的。

冷饭要炒好实在不容易，特别不容易的是配料和口味既不可能完全不同于前人，又不得不有别于前人，甚至还要超越前人。这是复译或曰重译必须把握的分寸，必须有的追求。与此同时，还要敢于和善于借鉴旧译本的长处，拒绝或害怕借鉴不利于文化传承和积累，只表明复译者缺少自信并且愚蠢。

具体讲，我学习和借鉴朱光潜先生译本的地方很不少。例如目录，我觉得像他那样为每节谈话拟一个内容提要虽然增加译者的工作量，甚至难免有“画蛇添足”甚至“不忠实原著”之讥，但却大大方便了读者和研究者，所以也就学过来了。还有注释，也参考和采用了一些朱先生和洪先生写的，特在此声明并一并表示感谢。我和朱先生的不同，一是如我在前文已提及的，在内容挑选方面比较重视趣味性，二是更加注意译笔的流畅和上口。我这样做，也是希望新译本更容易为包括大、中学生在内的广大读者接受。

再说说“全译本”问题。已有读者指出，《歌德谈话录》在我国原有的洪天富等的“全译本”，事实上都并不全。那么我现在这个在浙江文艺出版社的选本基础上增补成的这个本子，是不是就全了呢？也不是。但并非我不想完整地译介这部世界名著，而是它很难译全。事实上，我们都没找到一个堪称“全”的德语原文本：洪天富先生依据的是原东德柏林建设出版社 1955 年的本子，我依据的是法兰克福岛屿出版社 1981 年的版本，应该讲出版社和版本都是够权威和可靠的了，但是所收内容仍各有取舍。不过尽管如此，我却认为它们已经够“全”了，即使是对热衷于了解歌德的读者和研究者，再“全”似乎也没有多少必要。从我上面介绍的版本情况可以看出，时隔十多年才续完的第三卷不但水分不少，而且有些主要出自索勒的文字还与歌德谈话录名实不符。因此我们都没有译第三卷，我呢几经考虑，更删去了一些艾克曼自己的旅游见闻和工作计划。需要说明，我的翻译除了依据岛屿出版社的贝格曼（Franz Bergemann）选编本，还参照了德国谷滕贝格项目计划（Gutenberg—Projekt）发布在网上的电子文本，并据以作了少量的补充。

为方便大家阅读和研究这部世界名著，我承袭朱光潜先生为每节谈话拟一个内容提要的做法，算是我这个本子的优点和与“全译本”不同之处吧。当然，有得必有失，“提要”的片面和不准确，只好请求谅解了。

2012 年 3 月 成都 府河竹苑

附录一

莎士比亚命名日致辞

杨武能

译者引言

英国大文豪莎士比亚的名字叫威廉，按照基督教新教的历法，每年的10月14日为使徒威廉的纪念日，也即莎士比亚本人的命名日。1771年9月，歌德应邀为萨尔兹曼主编的《德国社会》杂志写了这篇颂词，并据此于纪念日的当天在法兰克福家中的一个小型聚会上发表了演讲。这是一篇文采飞扬、热情洋溢且风格独特的散文，不只表明青年歌德无比景仰莎士比亚并深受其影响，而且反映了处于狂飙突进时期的诗人崇尚自然和天才，反对包括所谓“三一律”在内的一切清规戒律的狂放不羁的精神思想。

* * *

当命运似乎已快把我们送回到乌有之境的时候，我们却希望仍然流芳尘世，这样一种情怀，在我看来，真是再高尚不过了。先生们，对于我们灵魂的存在而言，人生真是太短暂了，短得只能成为一个证明：人不管多么高贵或是低贱，多么功勋卓著或是庸碌无为，都一样地宁可厌倦一切，而不会厌倦人生。没有谁能达到他出发时热切向往的目标——须知一个人即使一帆风顺，也终有倒下的一天，而且常常就是在胜利在望的当儿，他会掉进一个天知道是谁给他挖的陷坑里，从此湮灭无闻。

湮灭无闻！我！对于我来说，我可就是一切啊，只有通过我，我才能感知一切啊！每个有自我意识的人都会发出这样的呼喊，同时加大人生的步伐，以备最终踏上彼岸世界的无尽旅程。自然每个人只是尽其所能地快步往前走。这一个可以迈开漫游者的矫健步子，另一个却穿上一步跨七里的宝靴赶到了前面，两步就顶得上前者一天的路程。不管怎么说吧，前面那位勤勉的漫游者始终是我们的朋友和伙伴，对后面这位巨人般的步伐我们却只能瞠乎其后，只能心存敬意地努力追随，并用我们常人的步幅去衡量他巨人的足迹。

赶快启程吧，先生们！只要细细察看他所跨出的哪怕只是一步，就会使我们胸襟开阔，激情如火，胜似傻乎乎地盯着瞧那浩浩荡荡的王妃入城仪仗。①

今天，我们缅怀、景仰这位最伟大的漫游者，自己也因此获得了荣耀。我们懂得珍视他的功绩，自己心中便也生出了它们的萌芽。

别指望我发表长篇大论，讲得井井有条，气定神闲、娓娓道来，可不是喜庆日子的调门。再说，眼下我对莎士比亚思考得实在不多，搞得好，我在这儿所能讲的，充其量也只是我的一些个预感，我的一些个感受罢了。我读完他作品的第一页，就已经终身倾心于他，待到读罢他的第一个剧本，我更像一个

---

① 写此句时，歌德多半想到了同年在他上学的斯特拉斯堡看见的奥地利公主玛利·安东涅特的仪仗。其时公主正前往巴黎，与法王路易十六完婚。

天生的盲人，让神手一摸突然之间便见到了光明。我认识到，我清清楚楚地感觉出，我存在的意义无限地扩大啦，一切于我都是那么新鲜，那么陌生，未曾习惯亮光的双眼不禁感到疼痛。渐渐地，我学会了观看，直到今天，感谢那位赐予我感知力的神灵，我还清楚地体验到我有了怎样的收获。

我毫不犹豫地放弃了有规则的戏剧。在我看来，地点的一致像牢狱一般可怕，情节的一致和时间的一致一如桎梏般地束缚着我们的想象力。我跃上自由的蓝天，才感到自己有了双脚和双手。而今，我看清了那些主张循规蹈矩的先生们在自己的洞窟中给了我多少损害，目睹着还有许多自由的心灵继续蜷伏在他们的洞里，要是我不能向他们宣战，要是我不每天去努力击碎他们的堡垒，我的心就会激愤得爆裂。

法国人奉为楷模的古希腊戏剧，从内到外都具有其特殊的品质，如果说一个法国爵爷已模仿不了阿尔克比亚德斯的话，那么高乃伊更休想对索福克勒斯亦步亦趋。[①]

希腊悲剧源于古代祭祀的插曲，后来具有了庄严的政治内容，为的是向民众展示其祖先的一桩桩伟大业绩，其内容和风格是那样地纯粹、朴实、完美，以至在心灵中激发起了种种完整而宏伟的感情，究其根源就因为希腊悲剧本身就完整而且宏伟。

再说那又是何等样的心灵啊！是希腊的心灵！我说不清楚它究竟为何物，可是能体会感觉出它的特性，为了简便起见，我只想提一提荷马、索福克勒斯和忒奥克里特[②]，是他们教我体会到了希腊的心灵。

---

① 阿尔克比亚德斯（Alcibiades），公元前5世纪的雅典贵族，兼为政治家、军事家，同时还是大哲学家苏格拉底的弟子；高乃伊（Corneille，1606－1684），法国古典主义戏剧奠基人；索福克勒斯（Sophokles），是公元前5世纪时的希腊悲剧大师。

② 忒奥克里特（Theokrit），公元前3世纪的希腊诗人。

现在就让我实话实说吧：渺小的法国人哦，你想拿希腊人的铠甲去干什么呢，它对于你可是太大、太沉了啊！

正因此，所有法国的悲剧到头来也只是对自身的模拟嘲弄罢了。

正因为它们的情节都十分规则，所以彼此就相似得如同一双鞋子的这只像另一只，而且常常还挺无聊，一般说来特别是那第四幕，这个情况先生们不幸都已亲身经历过了，完全用不着我再啰唆。

我不知道，究竟是谁率先把政治、历史事件搬上了舞台，有兴趣的人尽可以就此写出一篇考证的鸿文。对此一发明的荣誉属于莎士比亚的说法我表示怀疑，但他却把这类戏剧发展到了迄今看来仍为其极致的高度，这就够了。他那样的高度只有极少数人的目力能及，这就意味着很难指望有谁能够忽视他，甚或超越他。

莎士比亚，我的朋友，倘使你还活在我们中间，那我就非追随在你左右不可，你要是出演俄瑞斯特斯，我就心甘情愿充当你的配角皮拉得斯，而不屑于去担任得尔福神庙里的祭司长这个威严显赫的人物。①

我要停笔了，先生们，打算明天继续往下写，须知我现在的语调虽然发自内心，然而在你们听来也许并不怎么愉快。

莎士比亚的戏剧宛如一只精美的百宝箱②；在这箱子里，世界历史就像用一根看不见的时光之线串着，从我们眼前一幕一幕地拉过。他的布局，拿时下的行话来说，根本算不上是布

---

① 俄瑞斯特斯和皮拉得斯是希腊神话中的一对好朋友，前者为报父仇而杀死了自己的母亲，遭到复仇女神的迫害追逐，后者始终忠实相伴。他俩的故事曾被欧里庇得斯等大戏剧家写成悲剧，歌德后来也以俄瑞斯特斯的事迹创作了名剧《伊菲根尼在陶里斯》。得尔福（Delphi）是古希腊祭祀太阳神阿波罗的神庙所在地。

② 这里所谓“百宝箱”即我们俗称的西洋镜。

局，可是他所有的剧作全都围绕着一个秘密的点转动，时至今日尚没有一位智者见过这个点，给它下过定义。也就在这个点上，我们的自我本性，我们的意志所要求的自由，都与整个剧情的必然发展产生了冲突。然而，我们败坏了的趣味已蒙蔽住我们的眼睛，我们想要逃出黑暗见到光明，几乎需要重新创造一个世界。

所有的法国人以及受了他们传染的德国人，甚至包括魏兰特，在这件事上也和在其他一些事上的表现一样，都不够光彩。[1]伏尔泰一向以亵渎所有至尊为能事，对于莎士比亚的戏剧更成了地道的特尔西托。我要是能为成尤利西斯，就管叫他的脊背在我的杖下皮开肉绽，面目全非。[2]

这些先生的大多数还特别讨厌莎士比亚的人物。

而我却要高呼：自然啊！自然啊！没有什么如像莎士比亚的人物一般地自然。

一听此言你们全来围攻我。

让我喘口气，把话说完吧！

莎士比亚和普罗米修斯比赛，一点儿一点儿地模仿他捏塑人类，只不过身材高大而魁梧，正因此我们就认不出自己的这些兄弟们来啦。[3]随后他又一口气把他的精神吹进自己塑造的人物体内，使他们变得栩栩如生，他借他们所有人的口讲话，于是我们能看出他们之间的血缘关系。我们这个世纪也竟敢对自然问题妄下结论吗？我们这些人从小在自己身上感到的一切一切，在其他人身上看见的一切一切，都只是束缚和扭曲，又哪

---

① 魏兰特（Wieland，1733—1813），于歌德同时而稍年长的德国重要作家，他用散文翻译的莎士比亚剧作风行一时，但在评注中对莎剧的格调趣旨有所指摘。

② 特尔西托是荷马史诗《伊利亚特》中的一个小丑，因无端谩骂希腊联军的统帅阿伽门农而遭尤利西斯的杖责。

③ 关于普罗米修斯塑造人的故事，请参见歌德早年的颂歌《普罗米修斯》。

儿能认识自然呢！面对莎士比亚我经常感到羞愧，因为不少时候我在一见之下便不由得想，要让我来写准是另一个样子！随后我便认识到，我真是个可怜虫，自然借莎士比亚之口吐露真言，我的那些人物呢，不过是一些由传奇小说的怪诞想法吹成的肥皂泡而已。

就此打住吧，尽管我还没有真正开始。高贵的哲学家们说过的关于世界的话，用在莎士比亚身上同样合适：我们所谓的恶只是善的另外一面，为善的存在所必需，原本系构成整体的一部分，就像必须有赤道炎热似火，有拉普兰冰冻千尺①，地球上才存在温带一样。他领着我们漫游大千世界，我们这些娇生惯养的井底之蛙呢，一碰见只陌生的蛤蟆就呱呱乱叫：天啊，它要吃掉咱们了哦！

起来，我的先生们！吹响喇叭，把所有高贵的心灵从所谓优雅时尚的乐园中唤醒。他们一个个在那儿睡眼惺忪，无聊昏愦，说存在吧又不存在，心里倒有热情，骨头却缺少精髓，想歇息不够疲倦，想行动却太懒惰，于是只能在桃金娘和月桂树丛之间闲来荡去②，哈欠不断，行尸走肉般地勉强活着。

---

① 拉普兰位于斯堪的纳维亚半岛北端的苔原地带，以气候寒冷恶劣著称。

② 桃金娘和月桂树是欧洲18世纪中叶曾经流行的安那克瑞翁诗派常用的意象，象征文艺和诗人的荣誉。

附录二

思想家歌德

杨武能

“最伟大的德国人”与“歌德时代”

恩格斯曾经称歌德为“最伟大的德国人”。他如此推崇歌德，原因当不只在歌德写成了《浮士德》和《少年维特的烦恼》等不朽杰作，开创了德语文学的新纪元，更多地恐怕还在于这位作家有着非凡而杰出的思想，在于歌德的思想体现了德意志民族的民族精神。也就是说，世所景仰的伟大、不朽的歌德，首先是一位思想家。

古往今来，德意志民族产生了许许多多大哲人和大思想家，因此被世人公认为最善于思索的民族。“最伟大的德国人”这个称号，应该讲非最伟大的思想家莫属！歌德正是这样一位思想家。就靠着歌德——当然也包括席勒、贝多芬、康德、黑格尔等德意志民族精神的代表人物维系着，一次次遭受分裂、身处逆境甚至绝境的德国才得以重新统一，重新奋起，重新跻身世界先进国家的行列。君不见即使在第二次世界大战后两个德国水火不容、你死我活的年代，所有德国人的心目中仍只有一个歌德；歌德曾长期生活、创作和思考的魏玛，仍被视为整个民族的圣地；在德国什么都一分为二的情况下，唯歌德协会仍然只有魏玛的一个，仍然保持着统一。也就难怪，当代德国权威的歌德研究家 K. R. 曼德尔科夫要说，歌德“已成为德意志民族同一性的隐蔽中心”[①]。这个情况，显示了思想和精神的强大威力，我们不妨看作是恩格斯称歌德为“最伟大的德国人”的一个重要注解。

至于“歌德时代”（Goethezeit）这个流行于 20 世纪的术语和提法[②]，系另一位德国权威歌德研究家 H. A. 可尔夫所创造。它大致包括 1770 年至 1830 年这半个多世纪，几乎涵盖了德国文学史和思想文化史上影响深远的狂飙突进运动、古典时期和浪漫主义运动，也即是歌德创作与思维能力最活跃、最旺盛的二十一岁至八十一岁这个时期。可尔夫用近三十年的时间完成了一部多达五卷的巨著《歌德时代的精神》[③]，为“歌德时代”一说提供了有力的历史依据，构建了坚实的理论基础，阐明了它的丰富内涵和深刻意义。

不过，可尔夫这个“歌德时代”的提法并非完全无所承袭的首创：早在一百年前，同为大诗人和大思想家的海涅就说过，歌德的逝世标志着“一个艺术时代的终结”。从一定意义上讲，可尔夫是发挥了海涅的思想，并进行了有系统的提高和总结。还有，恩格斯在《德国状况》一文中，对歌德生活和创作的那个时代所做的精彩、准确的描绘和论述，可以讲也为这个时代定了性，“歌德时代”这个名称已经呼之欲出。我国杰出的美学家朱光潜先生在《歌德谈话录》的译后记里引述恩格斯的有关论述，就频频地、醒目地使用了“歌德时代”这个提法和术语。[④]

现在我要说的是，如此用一个人的名字称呼整整一个时代，在

---

① 见 K. R. 曼德尔科夫编《批评家看歌德》第 1 卷导言，慕尼黑贝克出版社 1975 版。

② Goethezeit 一词已收入 Gero von Wilpert 编著的《文学术语词典》（*Sachwörterbuch der Literatur*），Kröner 出版社 1979 版，第 315 页。

③ H. A. Korff，*Geist der Goethezeit*，第 4 卷，1925—1952。

④ 见朱光潜译《歌德谈话录》，人民文学出版社 1978 年版，第 269—270 页。

世界各国的历史上恐怕都不多见，要有，也多半限于极少数曾经影响一个时期历史进程的叱咤风云的人物，如君王或领袖之类。歌德身为文化人却享此殊荣——完全与他曾经担任魏玛大公国的首相一职无关，这本身便证明了他超凡出众、非同一般的杰出和伟大。而歌德作为进行精神创造的诗人和作家，当然主要是思想的杰出和伟大。

对于这个时代，恩格斯著名的定性是：它“在政治和社会方面是可耻的，但是在德国文学方面却是伟大的”[①]，德国“这个最屈辱的对外依赖时期，正是文学和哲学领域最辉煌的时期，是以贝多芬为代表的音乐最兴盛的时期”[②]。此时在德意志思想文化的天幕上，真可谓华光万道、星汉灿烂：哲学家康德、费希特、谢林、黑格尔，文学家莱辛、赫尔德尔、席勒、荷尔德林、E. T. A. 霍夫曼、海涅，音乐家莫扎特、海顿、贝多芬、舒伯特，自然科学家亚历山大·洪堡以及语言学家兼教育家威廉·洪堡等等，都已在原本幽暗的苍穹冉冉升起，都是围绕在俨如北斗的歌德前后左右的巨星。

类似歌德时代这样的思想文化昌明鼎盛的时代，即使在整个人类历史上也并不多见。[③]能成为这样一个时代的中心、全面体现其时代精神者，显然不会仅只是一位作家或诗人，而必须有更加宽广的精神活动领域和更巨大深远的社会影响，必须是一位视野开阔、头脑敏锐的思想家和文化巨擘。歌德正是这样一位思想家和文化巨擘，虽然仅仅作为诗人和作家的他也已十分伟大。

综上所述，歌德之所以被称为“最伟大的德国人”，之所以被视为德意志精神的化身，成为维系民族团结、国家统一的无形纽

---

① 恩格斯，《德国状况》，见《马克思恩格斯全集》第 2 卷第 634 页。

② 见《马克思恩格斯论文艺》德文版第 2 卷第 219 页，转引自朱光潜译《歌德谈话录》，人民文学出版社 1978 年版，第 270 页。

③ 意大利的文艺复兴时代，我国的百家争鸣时代和汉、唐的鼎盛时期，也许可以算作这样的时代。

带，他的名字之所以被用来称呼德国思想文化史上最光辉、灿烂的时代，笔者以为主要因为他是德意志民族一位空前渊博、深刻而且超前的思想家。

歌德思想概说：载体与特质

开始考察歌德思想的内涵，审视它的特质，我们首先感到惊讶的是它的无比丰富。

为了全面、系统地研究和解说歌德的思想，有学者写了一部径直题名为《歌德思想》的专著。①朱光潜先生《西方美学史》的德国古典美学部分，依次介绍了康德、歌德、席勒和黑格尔的美学思想，在论述歌德的一章，便称歌德那多达一百四十三卷的全集乃是“美学思想的一个极丰富和极珍贵的宝库”，“还有待于进一步的发掘”②。其实，《歌德全集》中丰富、珍贵和待发掘的何止是美学思想，还有涉及更加广泛和丰富的人生哲学、社会伦理学以及自然哲学，还有其他许许多多方面的精辟思想。

对歌德丰富、深刻的思想进行粗略的审视，笔者以为不妨将他的一百四十三卷作品为主要思想载体，做以下的大致分类：

第一类，文学作品。

歌德以作家和诗人名世，用以表达思想并受到重视的首先自然是他的文学创作。歌德一生辛勤写作六十余年，诗歌、小说、戏剧、散文、游记、自传等体裁样式全都采用过，作品的数量极其惊人。这些作品，特别是他的代表作诗剧《浮士德》，小说《少年维特的烦恼》《威廉·迈斯特》，《普罗米修斯》《神性》《幸福的渴望》

---

① 请参阅高中甫著，《歌德接受史——1773－1945》，社会科学文献出版社1993年版，第204页。

② 朱光潜，《西方美学史》人民文学出版社1983年版，下卷第410页。

等抒情诗，都富含着深邃的哲理思想。单单是《浮士德》所包含的思想，两个多世纪来便让一代代的学者潜心研究、发掘，出版了无数的专著和文章。还有《少年维特的烦恼》这部脍炙人口的小说，我们过去只强调了它的社会批判意义和反封建精神，忽略了另一个重要内容即它丰富的人生哲学和自然哲学。又如《威廉·迈斯特的学习时代》《威廉·迈斯特的漫游时代》这两部长篇小说，和《浮士德》一样表现了积极有为的人生观，而第二部中那个奇特的“教育省”，更是形象地展示了歌德崇尚实践的教育思想。在歌德晚年完成的《西东合集》里，像著名的《幸福的渴望》似的哲理诗可谓比比皆是，甚至连一些爱情诗例如那首尚未引起足够注意的《重逢》，其哲理蕴涵同样异常深刻，异常丰富。

第二类，自然科学著作。

《歌德全集》中这类著作与文学作品一样数量可观，其中也包含着丰富、深刻乃至超前的哲学思想，迄今却完全被我们忽视了。为说明歌德这类著作的重要，只需看一个事实：是歌德在研究动物植物生成演进的过程中，率先提出了形变（Metemorphose）和类型（Typus）这两个重要术语和概念，并将形态学或形变论（Morphologie）的学科名称，引入了到了科学史中。歌德在《植物形变论》和《动物形变论》中所提出和阐发的思想，不仅使他成了19世纪达尔文之前的进化论先驱，还为斯本格勒的《西方的没落》这部20世纪初的文化哲学巨著提供了方法论基础①。

除了在植物学和动物学（包括骨骼学和解剖学）这两门学科建树卓著，歌德还研究过数学、地质学、矿物学、光学、化学、颜色学，在相关著作中都不乏独到、深刻的思想。即使他有的学说本身——如其企图推翻牛顿理论的《颜色学》，事实证明并不正确，却也同样处处闪烁着思想的光彩和智慧的火花。

---

① 请参阅《歌德接受史》第205页。

歌德从年轻时起就醉心科学实验和研究，一生十分看重自己在这方面的作为，认为文学和科学两者同样需要人的创造性，对于历史的发展同样十分重要。1816 年至 1817 年间，为弄清自己的《植物形变论》在学术界的接受情况，他在搜集整理材料时写下了这样一句话："没有任何地方的人愿意承认，科学与文学二者可以结合起来。人们忘记了，科学原本就发展自文学……"① 歌德这一独到、深刻的思想与其多方面的实践一样，都证明歌德是一位超凡脱俗的文艺美学家兼自然哲学家。

还值得一提的是，文学与科学的相互结合、相互促进，在歌德身上真正得到了实现。一方面，他的不少文学作品直接以自然科学为题材，例如在论著《颜色学》里穿插了不少诗歌，他还有一首哀歌（Elegie）题名就叫《植物的形变》。再如大家比较熟悉的小说《亲和力》的书名和情节，都是以当时的化学发现为背景建构起来的，不了解这个背景便很难读懂这部小说。特别是《浮士德》的故事，更糅合进了当时有关生命起源和地壳形成的科学论争，关于自然和宇宙的哲学思想更是深刻、丰富到了极点。

歌德研究自然科学不但有多部专著存世，并且影响、促进和渗透进了他的文学创作，整个看来可以说已经建立起了自己的自然哲学体系。这个体系有一个中心，就是他重视实践、变化和发展的进化论思想。

正是在这样的思想基础上，歌德并非关起门来潜心于个人的研究和著述，而是同时积极参与科学和社会实践，尤其关心世界范围内科学技术的进步，在晚年对诸如修建巴拿马运河、多瑙一莱茵运河以及苏伊士运河等等世纪工程，都表现出了浓厚的兴趣。

第三类，谈话、书信、格言、警句等等。

---

① Bernd Witt (hrsg.), *Goethe-Handbuch*, Band 4 / 2, S. 781, Verlag J. B. Metzler 1998.

除了文学作品和自然科学著作，歌德思想的这第三类载体同样数量可观和重要，其中最著名、影响也最大的是爱克曼的《歌德谈话录》《歌德席勒文学书简》。作为作家，歌德也特别喜欢写作警句、格言、赠辞，例如独立成篇的《威尼斯警句》《格言与反思》(*Maxime und Reflesionen*)，以及在《亲和力》《漫游时代》中以“日记摘抄”“观感”形式出现的警句等等。这一类载体不但同样富含伟大深刻的思想，而且往往还表现得更加直接、集中和突出、鲜明，可以讲浓缩、结晶着思想家歌德的大量智慧。对于博大浩瀚的歌德思想而言，这第三类载体数量较小，看似不怎么起眼，但对我们研究者来说至少与歌德的前两类作品一样不可忽视。

对于歌德著作中的文学作品、自然科学著作和谈话、书信、格言、警句这三类文字，我只挂一漏万地举例做了说明，由此已可看出歌德的思想有多么丰富和深刻!

但是，要称为一位伟大的思想家，光是思想丰富、深刻似乎还嫌不够；仅用上面举的例子，特别是用《普罗米修斯》《神性》《威廉·迈斯特》《浮士德》等作品所表现和蕴涵的精神，还可以说明歌德思想的另外一些特质，即它非同一般的高尚、博大、超前……

不是吗？他上述代表作的主人公在一定意义上也即歌德的化身和代言人，几乎没有例外地都是胸怀宽广的思想者，都有着思想家的禀赋，同样也经受着思想者的痛苦和磨难。维特的烦恼、浮士德的苦闷，不就是思想者典型的烦恼和苦闷；普罗米修斯的自白、迈斯特的“观感”，不就是发出声音的思想？

上述这些作品，都鲜明地表现了歌德一贯视人类为一个不可分割的整体，把人的尊严和广大民众的幸福看得高于一切的人类意识。那个敢于按照自己的模样塑造人，希望人们和他一样“去受苦，去哭泣，去创造，去欢乐”但却不尊敬神灵的普罗米修斯，体现了一种积极进取、自尊自强的人生哲学，不堪做我们人类的榜样？那个高贵、善良、乐于助人，并且能分是非、辨善恶和治病救命的单数的“人”(der Mensch)，显然是思想家歌德头脑中理想的人类，不值得今天现实的人类效仿吗？还有那位为追求人生真谛上天入地、九死不悔、自强不息、立志为千百万人开拓自由幸福疆土的浮士德博士，更堪称胸怀博大的人文主义者的化身，是歌德的“高贵、善良、乐于助人”的人类的典范！

一句话，这些作品和人物所体现的歌德思想，完全当得起高尚、博大这样的赞语。

再看看歌德思想的超前。

和他的自然哲学思想以进化和实践为核心一样，歌德的人生哲学和社会理想也有一个核心，那就是欧洲自文艺复兴以来一脉相传的人道主义或人文主义思想。只不过到了歌德这儿，传统的以人为本的思想得到发扬光大，人的含义从个人主义的“小我”扩展为了千百万人的“大我”，扩展为了整个人类。歌德正因为富有高尚、博大的人道精神和鲜明、强烈的人类意识，所以胸怀特别宽广，眼光特别超前，思想往往突破地域、民族、宗教、国家的界线和时代的束缚，所关心的常常是人类和世界共同的问题。正因此，歌德思想也具有世界的普适性，为全人类所认同，并且能冲破时光的阻隔历久常新，具有即使在今天仍富有意义的超前性质。

为说明歌德思想的超前性和现实意义，在这里做一个个案分析，那就是他著名的“世界文学”构想。

“世界文学”构想与“全球化”

由歌德塑造的“世界文学”这个词，具有内涵丰富、深刻、超前等等一系列品质，是歌德思想一个典型而集中的体现。照我看它不仅如朱光潜先生指出的那样是歌德文学和美学思想的重要组成部分，也反映了这位大诗人和大思想家积极进取、充满人文主义精神的世界观，乃是他视人类世界为一个整体的人类意识和世界意识的结晶和升华，其高瞻远瞩的超前性尤其值得重视。

还在马克思、恩格斯于《共产党宣言》中提到“一种世界的文学”[1] 之前二十年的 1827 年，“世界文学”（Weltliteratur）一词就已出现在了歌德的口中和笔下。在我们中国最为人熟知和称道的，自然是当年 1 月 31 日他与艾克曼的谈话，因为话题是由歌德正在阅读的《好逑传》这部明代小说引起的。歌德告诉艾克曼，“中国人在思想、行为和感情方面和我们几乎一样，让我们很快就感到他们是我们同类的人”，并且说：

> 我愈来愈深信，诗（Poesie，概言文学 —— 笔者）是人类的共同财富，它随时随地由成百上千的人所创造出来……民族文学在当今已没有很大意义，世界文学的时代即将来临，而我们每个人现在就应该出力，加快这一时代的到来……[2]

上述与艾克曼的谈话远非歌德论及世界文学这个当时尚属崭新概念的唯一一次，也不是最早的一次。在此之前，在他自己办的《艺术与古代》杂志的第六卷第一期中，歌德就曾写道：

> 我从一些法国报刊援引这些报道，并非仅仅想让人们记起我和我的工作，而是有一个更高的目的，我想先提它一下。那就是，我们在哪里都能听见和读到关于人类取得进步的消息，

---

① 《共产党宣言》写道：“资产阶级，由于开拓了世界市场，使一切国家的生产和消费都成为世界性的了…… 旧的、靠国产品来满足的需要，被新的、要靠极其遥远的国家和地带的产品来满足的需要所代替了。过去那种地方的和民族的自给自足状态和闭关自守状态，被各民族的各方面的互相往来和各方面的互相依赖所代替了。物质的生产是如此，精神的生产也是如此。各民族的精神产品成了公共的财产。民族的片面性和局限性日益成为不可能，于是由许多民族的文学和地方的文学形成了一种世界的文学。”见《马克思恩格斯选集》1972 年版，第 1 卷第 254 页。

② Eckermann，*Gespräche mit Goethe*，Insel Verlag 1981 年版，第 1 卷第 210 页。

关于世界和人的生活前景更加广阔的消息。这方面的全面情况，无须我研究和细说，我只想使我的朋友们注意到：我坚信一种具有普遍意义的世界文学正在形成，而在未来的世界文学中，将为我们德国人保留一个十分光荣的席位……①

随后，在 1827 年 1 月 27 日给友人施特莱克福斯的信中，歌德又写道：

我深信正在形成一种世界文学，深信所有的民族都心向往之，并因此而做着可喜的努力，德国人能够和应该做出最多的贡献，在这个伟大的聚合过程中，他们将会发挥卓越的作用。②

在与艾克曼那次谈话之后，歌德还对自己关于世界文学的构想有过许多阐述和发挥，限于篇幅这儿不再摘引。仅仅上述的事实已可说明，世界文学这个概念在歌德并非偶然地提了出来，而是经过长期、深入的思索，形成了具有丰富内涵的相当系统的思想。③

那么，为什么歌德，或者说恰恰是歌德，首先产生和提出了关于世界文学的伟大思想呢？

从客观方面看，诚如歌德在前述为《艺术与古代》杂志写的文章中所说，是“人类取得进步”以及“世界和人的生活前景更加广阔”，为世界文学的形成创造了必要的前提，但是主观上呢，显然也有属于歌德个人的原因。这原因，简言之就是他有着渊博的学识，宽广的胸怀，超前的眼光，就在于他是一位“高居于奥林匹斯山上的宙斯”似的精神巨人和思想家。正因此，歌德虽然生活在分

---

① 引自 Goethe Werke，*Hamburger Ausgabe*，第 12 卷第 362 页。

② 同上。

③ 不排除有人在歌德之前使用过世界文学这个词，甚或提出过有关的想法，但是对其进行反复、系统而且深刻的阐述，歌德却肯定是第一个。

裂落后的德国，困居于小小的魏玛城，目光却能超越德国乃至欧洲的界线，密切关注着全人类的发展进步，并且实际参加因为人类的进步而开始的那个“伟大的聚合过程”—— 由民族的文学和地方的文学形成世界文学的过程。所以，对歌德来讲，产生关于“世界文学”的思想可谓顺理成章，水到渠成。须知，即使与处于相同时代、相同条件下的众多作家和思想家相比，歌德的种种优点也极其鲜明而且突出。

综上所述，思想家歌德特别伟大之处在于，他不是站在狭隘的德国人的立场上观察问题，而是胸怀着全人类和全世界。他说过：“作为一个人和一个公民，诗人会爱自己的祖国。然而，他在其中施展诗才和进行创造的祖国，却是善、高尚和美。”他还讲：“广阔的世界，不管它何等辽阔，终究不过是一个扩大了的祖国。”① 所以他格外关注和重视诸如美国独立、法国大革命以及建造第一台机车这类对整个世界历史进程有积极影响的大事，而对自己国家反对拿破仑的所谓解放战争一点儿不感兴趣。总而言之，诗人歌德乃是一个以全人类为同胞、以世界为祖国的胸怀博大的人道主义者，一个事实上的世界公民。这一点，看来就是他产生世界文学这一光辉思想的世界观方面的原因。

另一方面，歌德是一位深深植根于本民族文化传统中的诗人和思想家。他自幼学会了拉丁文、希腊文、法文、英文、意大利文乃至希伯来文等多种语言，十岁时已开始阅读伊索、荷马、维吉尔和奥维德的作品以及“浮士德博士”等德国民间故事。由于信奉路德教，他也熟读《圣经》的《新约全书》和《旧约全书》，从中汲取了许多智慧。从青年时代起，他更如饥似渴地阅读近代和现代德国作家、英国和法国作家的作品，克洛卜斯托克、莱辛、莎士比亚、

---

① 转引自 P. Boerner，*Johann Wolfang von Goethe*，Rowohlt Verlag 1978 年版，第 130 页。

歌尔斯密以及莫里哀等都曾是他学习的榜样。可以说，歌德很早就了解了以古代希腊罗马文学、希伯来文学以及古日耳曼文学三者融合而成的德国文学乃至欧洲文学的全貌。对于一般人来说，这应该已经很了不起，歌德却全然不以此为满足。随着对世界历史和现状的了解日益增多，眼界日益宽广，他的文学兴趣也在发展。对于阿拉伯文学，他不仅仅停留在小时候已经读得烂熟的《一千零一夜》，还研读波斯诗人卡菲兹的诗集，从而进入了近东世界。他还读过古代印度梵文诗人迦梨陀莎的诗剧《沙恭达罗》和其他印度文学作品，对它们倍加赞赏。到了六十岁以后的晚年，歌德又倾心于中国文学，因而完成了对于人类几个最主要和最发达的文学的了解。换言之，整个世界的文学都在他的视线之中，他有可能比较它们，找出差异，但发现的却是更多的共同之处。不仅如此，歌德还博采众长，致力于将不同民族的文学融合起来，在 1819 年完成了一部“西方诗人写的东方诗集”——《西东合集》，在 1827 年完成了《中德四季晨昏杂咏》。他那如今已成为世界文学宝库中无价之宝的《浮士德》，更从希腊罗马古典文学、《圣经》、德国民间传说以至印度的《沙恭达罗》等不朽作品中汲取了多种营养。因此可以说，当歌德 1827 年首次提出世界文学这个概念的时候，世界文学的现实已存在于他的心目中，已通过他自己的创作得到了实践和验证。这或许就是歌德能产生世界文学这一思想的文化素养方面的原因。比起世界观方面的原因来，文化素养方面的原因似乎更加重要。因为在一般情况下，一个人的世界观很大程度上取决于他的文化素养，或者如歌德说的“文化水平”。而歌德的博学多识和高瞻远瞩，在马克思主义诞生前的 19 世纪初，可以说无人堪与比拟。

人类的进步和科技、文化的发展，使世界文学概念的提出有了客观可能，而上述两个个人主观方面的优越条件，就决定了提出它的恰恰的歌德，而不可能是别的随便什么人。

写到此，我们自然会进一步问，歌德心目中的“世界文学”，具体是个什么样子呢？对于这个问题，还是听听歌德自己的回答吧。

1827 年，他在《德国的小说》一文中写道：“既让不同的个人和不同的民族保持自己的特点，同时又坚信只有属于全人类的文学才是真正有价值的文学，这样，就准保能实现真正的普遍容忍。”第二年，在《艺术与古代》杂志第六卷第二期，他又写道：“这些杂志正赢得越来越多的读者，将最有力地促进一种我们希望的具有普遍意义的世界文学的诞生。只是我们得重申一点：这儿讲的世界文学，并不意味着要求各民族的思想变得一致起来，而只是希望他们相互关心，相互理解，即使不能相亲相爱，也至少得学会相互容忍。”到了 1830 年，歌德已八十高龄，关于世界的文学思想仍萦绕在的他心中。在为卡莱尔的《席勒生平》一书写的序言里，他说：“好长时期以来我们就在谈论一种具有普遍意义的世界文学，而且不无道理：须知各民族在那些可怕的战争中受到相互震动以后，又回复到了孤立独处状态，会察觉到自己新认识和吸收了一些陌生的东西，在这儿那儿感到了一些迄今尚不知道的精神需要。由此便产生出睦邻的感情，使他们突破过去的相互隔绝状态，代之以渐渐出现的精神要求，希望也被接纳进那或多或少是自由的精神交流中去。”

歌德对世界文学这个概念的解说，至少包含以下三层意思：

首先，歌德认为世界文学形成的最起码条件和最重要结果，就是实现各民族之间普遍的容忍。为此，各民族应通过包括文学交流在内的精神交流，学会相互了解，相互关心，相互尊重。歌德这种以容忍为基本内容的世界文学思想，是一种热爱人类、热爱和平的真诚情感在文学观中的反映。它发展了歌德与席勒过去提出的以美育改造人性的理想，将启蒙思想家倡导的不同宗教和教派之间的宽容，扩展为了各民族之间的宽容或者说容忍。

其次，歌德坚信，“只有属于全人类的文学才是真正有价值的文学”。也就是说，文学 —— 真正有价值的文学应该为人类服务，被人类所理解和接受。文学的历史证明，这是一个真理。正由于各民族都贡献出了数量不等的这样的作品，世界文学在今天早已成为现实。歌德之所以能写出《浮士德》这样的不朽杰作，之所以能成为各国人民共同景仰的世界大文豪，正由于他有着为全人类而写的明确意识。因此，歌德心目中的世界文学的第二个含义，就是它不仅仅属于一个地区、一个民族，而属于全人类和全世界。所以他深信，“诗是人类共同的财富”。

但是与此同时，歌德又讲要“让不同的个人和不同的民族保持自己的特点”，讲世界文学“并不意味着要求各民族思想变得一致”—— 这就是歌德对世界文学解说的第三层意思。作为一位德国作家，歌德不止一次强调“在未来的世界文学中，将为我们德国人保留一个十分光荣的席位”。正因此在创作实践中，他一方面努力吸收其他民族文学的优点，奉行“拿来主义”，但同时却不放弃自己的传统。他创作的《西东合集》也罢，《中德四季晨昏杂咏》也罢，其基调仍然是西方的，德国的，歌德的。他的浮士德，这位人类杰出的代表，仍然是一个德国男子。总而言之，歌德有关世界文学的思想以及实践，都绝无抹杀民族特点和否定历史传统的意思。

歌德在差不多一百八十年前形成的世界文学构想，已有了近乎文学、文化领域中的“全球化”思维；他就此提出的一系列观点，诸如为迎接世界文学时代的到来而力主各民族之间“实现真正的普遍容忍”，“让不同的个人和不同的民族保持自己的特点”，认为民族仇恨乃是“文化水平”低下的产物等等，其超前性质，可谓不说自明，而当今思考所谓“全球化”的问题，恐怕也有一定的参考价值和现实意义。

在谈及我国第一位歌德翻译家郭沫若贡献时，戈宝权先生曾经这样评价：“不要说郭老的全部翻译，他就只译一部歌德的《浮士德》，也就很了不起。”[①]我这儿袭用戈宝权的立论方式，也认为：不要说思想家歌德给我们留下了那么丰富、宝贵的精神遗产，他就仅仅是率先提出了世界文学的构想，也该载入人类思想史的史册，永远受到后世的尊崇。因为它表现了思想家歌德高贵的人类意识，博大的世界胸怀，以及他精神视野的广阔和目光的超前。

歌德大胆而超前的思想不胜枚举。在自然科学领域，除了他那曾经引领时代潮流的形变理论，还有《浮士德》中的 Homoculus（人造人）这个有趣甚至惊人的例子，因为它不但很容易让人联想到我们今天的试管婴儿，而且在德国已有学者把它与基因工程和克隆人的论争联系了起来。至于在社会和家庭伦理方面，小说《亲和力》表现的婚姻、恋爱观，在 19 世纪初也可谓超前到了惊世骇俗的地步，而在今天的西方却正好时兴。

结论：歌德只有一个

人类之区别于所有其他的生命，就在于人有思想、思维和思辨的能力，并创造了作为思想、思维和思辨载体的语言。一个伟人之区别于芸芸众生，就在于伟人的思想更加丰富、深刻，更加高尚、博大，更加独创、超前。歌德之非同一般的伟大，不仅仅在于他是一位创作成果丰硕的作家和诗人，更在于他是一位思想丰富、高尚、博大、超前的思想家。正由于歌德同时是一位目光深邃、富有睿智、高瞻远瞩和胸怀博大的思想家，他才成了今天世所景仰的大文豪和精神巨人，才成了人类思想文化史上一颗光耀千秋的巨星。作为思想家的歌德，贡献和影响应该讲比作为作家的歌德更多、更大。

---

① 戈宝权《谈郭沫若与外国文学的问题》，见《郭沫若研究论集》四川人民出版社 1980 年版，第 307 页，。

在人类社会曾经产生过的思想家当中，歌德无疑占有一个独特而显眼的位置。他思想的卓越、深刻，堪与柏拉图、康德、黑格尔等大思想家媲美；而他的胸怀博大、高瞻远瞩，却几乎无人可及。纵目中外古今，像歌德似的兼为大作家和大思想家，既有大量享誉世界的巨著、杰作，又具深邃的思想、卓越的精神者，更是屈指可数，我们甚而至于可以讲，这样的歌德只有一个，正如“奥林匹斯山上的宙斯”只有一个。

由此想到百年来我国的歌德译介、研究和接受状况。包括我本人二十多年来的努力在内主要都还只着眼于歌德的文学作品或者也包括他的美学著作，而忽略了他留给我们的更加丰富、巨大的思想遗产。这就使我们仅仅把歌德看成一位作家和诗人而忽略了他是伟大的思想家，这就使我们见木不见林，这就使我们的译介和研究仍停留在相当于德国本土歌德研究 19 世纪的水平，即仍把注意力仅仅集中在作家的生平及其作品文本的思想、技巧、语言等等的局部和表面，而没有深入他思想家的本质做总体的精神上的把握。这不能不说是一个严重的缺陷。须知，文学作品如《浮士德》等尽管是歌德思想的主要载体，但仍远远不能涵盖歌德思想的全部。在此情况下，今天比较全面、深入地研究歌德的思想，在笔者看来似乎便有了补课的意义和迫切性。